HEYNE BÜCHER

Das Buch

»Es sind die Kinder, die verschwinden. Sie gehen fort und kommen nicht wieder – oder sie legen sich zum Schlaf nieder und sind nicht mehr da, wenn die Sonne aufgeht. Niemand weiß, was mit ihnen geschieht. Auf dir ruht nun all unsere Hoffnung. Hilf uns, Kim, wie du uns schon einmal geholfen hast.«

Als Kim den Märchenmond betritt, fühlt er schon die tiefgreifende Veränderung, von der diese Welt hinter den Träumen erfaßt ist. Auch seine Freunde sind davon betroffen. In jedem von ihnen scheinen die dunklen Seiten der Seele die Oberhand zu gewinnen. Gemeinsam mit Rangarig, dem Golddrachen, und Priwinn, dem Prinzen der Steppenreiter, macht sich Kim auf den Weg zur gläsernen Burg. Es wird eine Reise durch verwüstetes Land und tausenderlei Gefahren. Rangarig wird von einem Eisendrachen schwer verletzt, und Kim wird von den Zwergen gefangengenommen. Tief unter der Erde muß er nun in ihrer Schmiede Sklavendienste tun. Ein Entkommen scheint unmöglich. Doch Kim hat gelobt, all seine Kraft und Klugheit einzusetzen, um Märchenmond zu retten …

Die Autoren

Wolfgang Hohlbein, geboren in Weimar, und Heike Hohlbein, geboren in Neuss, leben heute mit ihren Kindern in der Nähe von Düsseldorf. Sie gelten als erfolgreichstes Autorenteam auf dem Gebiet der Phantastik.

Von Wolfgang Hohlbein liegen im Heyne Verlag vor: *Das Druidentor* (01/9536), *Das Netz* (01/9684), *Das Siegel* (01/10262), *Azrael* (01/9882), *Hagen von Tronje* (01/10037), *Saint Nick* (01/10147), *Azrael: Die Wiederkehr* (01/10558), *Im Netz der Spinnen – Videokill* (01/10507).

WOLFGANG UND HEIKE HOHLBEIN

MÄRCHENMONDS KINDER

Roman

WILHELM HEYNE VERLAG
MÜNCHEN

HEYNE ALLGEMEINE REIHE
Nr. 01/10711

Besuchen Sie uns im Internet:
http://www.heyne.de

Umwelthinweis:
Das Buch wurde auf
chlor- und säurefreiem Papier gedruckt.

Wilhelm Heyne Verlag GmbH & Co. KG, München
Printed in Germany 1998
Umschlagillustration: Bernhard Faust/Agentur Holl
Umschlaggestaltung: Atelier Ingrid Schütz, München
Satz: Pinkuin Satz- und Datentechnik, Berlin
Druck und Bindung: Ebner Ulm

ISBN 3-453-13573-3

FÜR ALLE, DIE DAS TRÄUMEN
IMMER NOCH NICHT VERLERNT HABEN –
DENN MASCHINEN HABEN KEINE TRÄUME.

I

Nachdem alles im Krankenhaus angefangen hatte, war es eigentlich nur logisch, daß es dort auch weiterging. Nicht, daß an dieser Geschichte irgend etwas logisch gewesen wäre, dachte Kim, nein, ganz sicher nicht.

Indessen betrachtete er mit einer Mischung aus Betroffenheit und Neugier das blitzende Blaulicht des Krankenwagens, das sich in den Scheiben des gegenüberliegenden Hauses spiegelte. Viel lieber hätte sich Kim natürlich den Krankenwagen selbst angesehen; beziehungsweise den Grund, aus dem er keine zehn Meter vor der Einfahrt der Universitätsklinik Düsseldorf stand und auf den Abschleppdienst wartete. Ein Krankenwagen, der selbst einen Verkehrsunfall hatte – das war schon beinahe lächerlich.

Tante Birgit war wieder einmal dazu verdonnert worden, Kim Gesellschaft zu leisten und zu warten, bis Mutter und Becky aus der Klinik kamen und sie gemeinsam zurückfahren konnten. Sie hatte Kim versichert, daß bei dem Unfall niemand ernsthaft zu Schaden gekommen war – er brauchte also kein schlechtes Gewissen haben, daß er einfach grinsen mußte bei der Vorstellung eines verunfallten Unfallretters. Kim schob den letzten Kaugummi aus der Packung, die ihm Tante Birgit spendiert hatte, steckte ihn in den Mund und schnippte das dazugehörige Papier zielsicher einen halben Meter neben die Abfalltonne am Straßenrand. Er sah sich verstohlen nach seiner Tante um. Keine Spur von ihr – jedenfalls schien es so. Dann erblickte er ihr kurzgeschnittenes schwarzes Haar in dem dichten Kreis, den die Neugierigen um den zerdepperten Rot-Kreuz-Wagen bildeten und damit sowohl die Polizei als auch die Krankenpfleger nach Kräften bei ihrer Arbeit behinderten. Das war wieder einmal typisch Erwachsene, dachte Kim verärgert: Vorträge halten, daß man *so etwas nicht tut* und *es sich nicht gehöre,* neugierig herumzustehen und zu gaffen, wenn ein Unfall passiert war, schließlich (Originalton Tante Birgit) *war so etwas keine Volksbelustigung, sondern eine schlimme Sache* – und sich dann selbst nicht daran halten.

Kim war ein wenig verärgert. Nicht, daß er etwas gegen seine Tante hatte – ganz im Gegenteil, er mochte Tante Birgit sehr. Aber so nett sie auch war, sie war eben eine Erwachsene, und das, was sie tat, war wieder mal typisch Erwachsene, dachte er noch einmal. Bäh!

Außerdem war Kim ohnehin nicht in besonders guter Laune. Er haßte es, wenn man ihn als kleines Kind behandelte, und daß er jedesmal mitkommen und noch dazu seine Tante als Leibwächter mitschleifen mußte, wenn Becky zur Untersuchung ins Krankenhaus mußte. Was, bitteschön, war das anderes als die Behandlung, die man einem kleinen Kind angedeihen ließ? Kim hatte sich mehrmals bitter darüber beschwert, aber sein Vater war in diesem Punkt unerbittlich. – Und das alles nur, weil Kim ein einziges Mal, als er allein daheim geblieben war, ein paar Freunde zu Besuch gehabt hatte, die in dieser Zeit ein klitzekleines bißchen Unordnung gemacht hatten. Es war einfach nicht gerecht! Was zum Teufel konnte Kim dafür, wenn dieser blöde Fernseher im Wohnzimmer so wackelig auf seinem Tisch stand, daß er bei der kleinsten Berührung – nämlich eines Fußballs – herunterfiel und einen kleinen Riß – nämlich in der Bildröhre – davontrug? Seine Eltern hatten sowieso seit Monaten davon gesprochen, ein neues Gerät zu kaufen – und es dann auch getan. Im elterlichen Wohnzimmer thronte jetzt ein 90-cm-Monstrum von Fernseher, wie es sich sein Vater immer gewünscht, aber gegen den sich Mutter stets mit dem Argument gewehrt hatte, der alte täte es ja noch. Dankbar sollte sein Vater ihm sein, statt ihn zu bestrafen! Es war einfach nicht fair!

Aber wer hatte je davon gehört, daß Erwachsene fair zu Kindern waren?

Kim hatte die Lust am Kaugummi verloren. Er spuckte ihn in großem Bogen aus, und er landete ebenso weit neben der Mülltonne, wie das Papier zuvor, nur auf der anderen

Seite. Dann vergrub er die Hände in den Hosentaschen und drehte sich lustlos um, als seine Tante auf der anderen Straßenseite kurz den Kopf wandte, um sich davon zu überzeugen, daß ihr Schützling noch da stand, wo sie ihn zurückgelassen hatte. Er könnte sich ja etwa heimlich dem Ort des Geschehens nähern, um ebenfalls einen neugierigen Blick zu riskieren – und unweigerlich seelisch Schaden zu nehmen, dachte Kim spöttisch. Schließlich war der Anblick einer zerknautschten Stoßstange nun wirklich nichts für schwache Nerven. Bäh!

Kims Fingerspitzen berührten ein paar Münzen in seiner Hosentasche. Er zögerte einen Moment, zog sie heraus und zählte seine Barschaft flüchtig durch – etwas über drei Mark. Eigentlich genug, dachte er, um ins Café hinüber zu gehen und sich eine Cola zu genehmigen. Bis seine Mutter und Becky zurück waren, würde sicher noch eine Stunde vergehen, vielleicht auch mehr. Kim fragte sich zum x-ten Male, warum eine Untersuchung, die eigentlich nur zehn Minuten beanspruchte, immer drei oder vier Stunden dauern mußte; und er fand zum x-ten Male keine Antwort darauf. Es schien ein ehernes Gesetz zu sein, daß in Krankenhäusern eben alles lange dauerte, selbst wenn es im Grunde schnell gehen könnte. Er fragte sich übrigens auch zum ebensovielten Male, warum seine Schwester nach all der Zeit immer noch regelmäßig alle sechs Wochen zur Untersuchung mußte, wo doch längst alles wieder mit ihr in Ordnung war.

Vielleicht lag es daran, daß die Ärzte im Grunde immer noch nicht begriffen hatten, was damals eigentlich geschehen war – und wie konnten sie auch? Es gab auf dieser ganzen Welt nur zwei Menschen, die das wußten, und diese beiden würden es niemals jemandem verraten – ganz davon abgesehen, daß es ohnehin keiner glauben würde …

Unwillkürlich kehrten Kims Gedanken zu jenem Tag zurück, an dem vor langer Zeit alles angefangen hatte. Vielleicht lag es an der Umgebung, denn genau in diesem Krankenhaus hatte er Themistokles das erste Mal gesehen. Und dort, auf der gegenüberliegenden Straßenseite, hatte er Kim durch das Fenster des Cafés, in dem sie danach saßen, noch einmal zugelächelt. Genau da hatte er das erste Mal gespürt, daß die Krankheit seiner Schwester keine Krankheit war, sondern etwas völlig anderes, und daß ...

Kim verscheuchte die Gedanken.

Es war vorbei, lange her. Nicht vergessen, aber vorüber. Seine Schwester Rebekka und er hatten einen Blick (eigentlich war es ein bißchen mehr als ein Blick gewesen) in eine fremde Welt geworfen, jene Welt auf der anderen Seite des Schlafs, in der die Wirklichkeit zum Traum und Träume zur Wirklichkeit wurden. Beide waren sie dort gewesen, und sie hatten das seltsamste und größte Abenteuer ihres jungen Lebens erlebt. Aber es war vorbei.

Für Kim war dieser Gedanke ohne Bitterkeit. Manchmal, wenn er an Märchenmond und seine Bewohner zurückdachte – an Themistokles, den gütigen, alten Zauberer mit dem weißen Bart und den sanften Augen, an Gorg, den gutmütigen Riesen, und an seinen Freund, den Bären Kelhim, an den goldenen Drachen Rangarig, an Prinz Priwinn, an Ado und all die anderen, denen er auf seiner phantastischen Reise begegnet war und mit denen er Freundschaft geschlossen hatte –, dann überkam ihn ein leises Bedauern, daß er sie niemals wiedersehen sollte. Aber Verbitterung oder gar Zorn spürte er nicht. Kim wußte, daß er Märchenmond nicht wirklich verloren hatte. Ein Teil dieser wunderbaren Welt würde immer in ihm sein, und manchmal spürte er ihn wie ein mildes, warmes Licht, das ihn erfüllte, und das um so heller zu leuchten schien, desto düsterer und trostloser die Welt ringsum war.

Es war mehr als ein phantastisches Abenteuer gewesen, das die beiden erlebt hatten. Kim und seine Schwester Rebekka hatten etwas geschenkt bekommen, was zwar die meisten Kinder besaßen, nur war es den wenigsten so bewußt wie ihnen: den Glauben an die Macht der Phantasie und das sichere Wissen, daß es jenseits der Realität des Sichtbaren und Greifbaren noch mehr gab, ja, daß diese Welt sogar nur ein winzig kleiner Teil dessen war, was die meisten Menschen als Wirklichkeit bezeichneten.

Manchmal fragte sich Kim, was sie wohl sagen würden, all diese superschlauen Erwachsenen mit ihren allwissenden Computern und Fachbüchern, wenn sie die Wahrheit wüßten. Und manchmal war die Verlockung groß, sie ihnen zu erzählen.

Aber er tat es nicht. Was sie erlebt hatten, würde ein Geheimnis bleiben zwischen ihm und Rebekka. Und natürlich Themistokles.

Nachdenklich betrachtete Kim die blinkenden Münzen auf seiner Handfläche und ließ sie dann mit einem enttäuschten Seufzer wieder in der Hosentasche verschwinden. Das Café war für sein schmales Taschengeld entschieden zu teuer. Vielleicht konnte er Tante Birgit dazu überreden, ihm eine Cola zu spendieren. Sie war nicht nur nett, sondern auch äußerst großzügig, meistens jedenfalls.

Kim wollte sich eben umdrehen, um seiner Tante über die Köpfe der Menschenmenge hinweg einen *Noch-eine-Minute-und-ich-sterbe-vor-Durst-Blick* zuzuwerfen, als er eine verzerrte Spiegelung in der großen Scheibe des Cafés sah. Nur für den Bruchteil einer Sekunde. Ein flüchtiges Aufflakkern wie das blaue Blitzen des Krankenwagenlichtes, aber sehr deutlich. Und es war kein formloser Lichtfleck, sondern der Umriß einer menschlichen Gestalt.

Einer Gestalt, die er kannte!

Ein weißhaariger, bärtiger, alter Mann, der langsam seine Linke hob und Kim verzweifelt zuwinkte. Der Junge starrte ihn fassungslos an, dann fuhr er mit einem nur noch halb unterdrückten Aufschrei herum – und riß ungläubig die Augen auf.

Hinter ihm war niemand. Es stand keiner da, der sich in der Scheibe hätte spiegeln können. Das heißt, natürlich war hinter ihm jemand. Jede Menge Jemands sogar, die herumstanden und neugierig zu dem verunglückten Krankenwagen hinübergafften. Nicht wenige drehten sich jetzt sogar zu Kim herum und warfen ihm sonderbare Blicke zu. Denn Kim hatte vorhin tatsächlich aufgeschrien, und jetzt stand er da, mit weit aufgerissenen Augen und offenem Mund. Leichenblaß. Eine Frau drehte sich zu ihm herum und machte eine Bewegung, als wollte sie ihn an der Schulter angreifen, führte sie aber nicht zu Ende.

»Ist alles in Ordnung mit dir, mein Junge?« fragte sie. Und als Kim nicht reagierte, stellte sie die Frage zum zweitenmal. Kim nickte nur stumm und zwang sich zu etwas, das er für ein Lächeln hielt. Immer noch blickte er fassungslos zu der großen Glasscheibe und zu der leeren Stelle direkt hinter sich, jener Stelle, wo ein alter Mann mit einem weißen Bart gestanden haben mußte, als er sich in der Scheibe spiegelte. Ein Alter, der keinen Anzug oder Mantel trug wie all die anderen Männer hier, sondern eine weite, schwarze Robe, auf die vorne der lange Bart fiel, und der einen mannshohen Stab in der Rechten hielt, um den sich eine geschnitzte Schlange mit weit aufgerissenem Maul wand.

Er war nicht da.

Der Alte war ganz eindeutig nicht da, und er konnte auch nicht dagewesen sein. Denn Kim hatte sich so rasch herumgedreht, daß keiner in dieser kurzen Zeit in der Menschenmenge unterzutauchen vermocht hätte.

Und trotzdem hatte Kim den Mann ganz deutlich in der Scheibe gesehen.

»Geht es dir auch wirklich gut, Junge?« vergewisserte sich die Frau. »Du bist ja kreidebleich!« Sie trat einen Schritt näher und legte Kim nun doch die Hand auf die Schulter. Ihre Berührung war leicht und warm, und sie lächelte freundlich. Sie schien sich tatsächlich zu sorgen.

Trotzdem schob Kim ihre Hand nach kurzem Zögern beiseite und zwang sich abermals zu einem Lächeln. »Mir fehlt nichts«, brachte er jetzt heraus. »Ich habe mich nur ... erschrocken.« Er deutete mit einer Kopfbewegung auf die Fensterscheibe hinter sich. »Eine Spiegelung, verstehen Sie?«

Der Ausdruck in den Augen der Frau machte deutlich, daß sie ganz und gar nicht verstand – oder ihm nicht glaubte. »Eine Spiegelung?«

»Nur eine Sinnestäuschung«, versicherte Kim hastig. »Es ist alles in Ordnung. Wirklich.«

Einen kurzen Moment lang blickte ihm die Frau mißtrauisch ins Gesicht, aber dann zuckte sie mit den Schultern, drehte sich wieder um und verschwand in der Menge. Kim blieb reglos stehen, mit unbewegtem Gesicht und wie zur Salzsäule erstarrt.

Aber diese Ruhe war nur äußerlich. Hinter seiner Stirn schlugen die Gedanken Purzelbäume. Die wenigen Worte vorhin auszusprechen, hatten ihn fast all seine Kraft gekostet.

Alles in Ordnung?

Plötzlich hatte Kim alle Mühe, sich selbst davon abzuhalten, schrill über seine Behauptung zu lachen.

Nichts war in Ordnung!

Obwohl ihm die Vernunft sagte, daß es völlig unmöglich war, drang da plötzlich eine andere, viel stärkere Stimme in seine Gedanken, die ihm erklärte, daß er die Gestalt sehr wohl gesehen hatte. Weder ihre Gestalt noch die Geste, mit der sie die linke Hand gehoben und Kim zugewunken hatte, waren Einbildung gewesen, so wenig, wie der verzweifelte, fast entsetzte Ausdruck auf dem Gesicht des alten Mannes. Wenn aber all dies keine Einbildung war, dann hatte Kim allen Grund zu behaupten, daß gar nichts mehr in Ordnung war.

Denn die Gestalt im Spiegel war niemand anderes gewesen als Themistokles, der Zauberer aus Märchenmond.

»Ist alles in Ordnung mit dir?«

Es war das drittemal, daß Kim diese Frage hörte. Und das angedeutete Nicken, mit dem er darauf antwortete, schien Tante Birgit ebensowenig zu überzeugen wie die Frau vorhin. Kim hatte sich – nachdem seine Hände und Knie zu zittern und sein Herz zu jagen aufgehört hatten – einen Weg über die verstopfte Straße zu dem querstehenden Krankenwagen und damit zu seiner Tante gebahnt. Und nach dem ersten unmutigen Stirnrunzeln, das bei seinem Anblick über ihre Züge gehuscht war, war Tante Birgit deutlich erschrocken und hastig auf ihn zugetreten.

»Mir fehlt nichts«, sagte Kim. »Es ist nur ...«

»Ja?« Seine Tante legte ihm die Hand auf die Schulter

und sah ihm aufmerksam ins Gesicht. Kim widerstand im letzten Moment der Versuchung, auch ihre Hand abzustreifen.

»Ich fühle mich ... ein bißchen komisch«, meinte er schließlich.

Tante Birgit musterte ihn noch einmal durchdringend und sehr ernst, dann nahm sie die Hand von seiner Schulter und legte sie statt dessen auf seine Stirn. »Fieber hast du jedenfalls nicht«, stellte sie sachlich fest.

»Das ist es auch nicht«, sagte Kim hastig. »Mir ist nur ein bißchen flau im Magen. Vielleicht kriege ich eine Grippe.«

»Vielleicht«, meinte seine Tante. Dann fragte sie: »Hast du heute überhaupt schon was gegessen?«

»Sicher«, antwortete Kim. »Du weißt doch, daß Mutter mich nicht ohne Frühstück aus dem Haus läßt.«

»Ohne Frühstück?« Tante Birgit blickte ihn zweifelnd an. »Es ist jetzt fast vier!«

»Ich hatte keinen Hunger«, sagte Kim. »Und es ist auch nicht so –«

»Unsinn«, unterbrach ihn Tante Birgit, nicht laut, aber in einem Ton, der keinen Widerspruch duldete. »Wir gehen jetzt ins Café hinüber, und du wirst ein Stück Kuchen essen, oder besser zwei.«

Kim gab auf. Er kannte diesen Ton und wußte, wie sinnlos jedwede Art von Widerspruch war. Trotzdem versuchte er es noch einmal: »Mutter und Becky sind bestimmt gleich zurück, und –«

»Die werden uns schon finden«, unterbrach ihn seine Tante energisch. »Außerdem haben wir von drüben einen ausgezeichneten Blick auf die Einfahrt. Und ich habe die Wagenschlüssel – schon vergessen? Davon abgesehen, könnte ich jetzt eine Tasse Kaffee vertragen. Also komm.«

»Ist ... was passiert?« fragte Kim mit einer Geste auf den Krankenwagen. Jemand hatte endlich das Blaulicht ausgeschaltet, und die beiden Fahrer hatten den Wagen verlassen. Einer von ihnen stand mit in den Taschen vergrabenen Händen da und betrachtete kopfschüttelnd den eingedrückten Kotflügel des Wagens. Kim hatte den Unfall gesehen, wie die meisten Leute hier: der Wagen war mit quietschenden Bremsen, aber doch recht gemächlich gegen einen der steinernen Poller gekracht, die den Torbogen flankierten, nachdem er den Bordstein hinaufgehüpft war und etliche Blumenbeete umgepflügt hatte. Es hatte nicht einmal richtig geknallt, sondern eigentlich nur leise geknirscht. Trotzdem waren der gesamte Kotflügel und die Hälfte der Kühlerhaube zertrümmert, und die Stoßstange so weit in den Wagen hineingeschoben, daß sie den Reifen aufgeschlitzt hatte.

Gottlob war der Wagen leer und die beiden Fahrer angeschnallt gewesen, so daß niemand verletzt war. Der Fahrer hatte das Blaulicht nur eingeschaltet, damit keiner der nachfolgenden Wagen auf das Wrack auffuhr, das quer stand und die halbe Straße blockierte.

»Wie ist es denn dazu gekommen?« fragte Kim neugierig. Einen Augenblick lang blickte seine Tante ihn mit unverhohlenem Mißtrauen an, als überlegte sie, ob Kims Übelkeit vielleicht nur vorgetäuscht war, damit er doch noch einen Blick auf den Unfall erhaschen konnte. Aber dann schien sie zu dem Schluß zu kommen, daß dem nicht so war. Sie zuckte mit den Schultern und deutete auf eine kleine Gruppe, die sich ein Stück weit in den Torbogen zurückgezogen hatte und aufgeregt diskutierte. Kim sah den zweiten Krankenwagenfahrer in seiner weißen Kleidung und einen hochgewachsenen, dunkelhaarigen Jungen zwischen zwei uniformierten Polizeibeamten. Etwas an diesem Jungen war seltsam, aber Kim konnte nicht sagen, was.

»Der Junge da«, fing Tante Birgit an. »Er ist einfach auf die Straße gesprungen. Der Fahrer mußte den Wagen herumreißen, um ihn nicht zu überfahren, und da hat er die Gewalt über das Steuer verloren. Jedenfalls habe ich das so gehört.«

Kim stellte sich auf die Zehenspitzen, um besser sehen zu können. Die beiden Polizisten, der Krankenwagenfahrer und der Junge standen im Schatten des gemauerten Torgewölbes, so daß er sie nicht richtig erkennen konnte. Trotzdem, irgend etwas an diesem Jungen war ... sonderbar. Sein

Gesicht wirkte seltsam leer und teilnahmslos, als ginge ihn das alles, was rings um ihn geschah, gar nichts an. Einer der beiden Polizisten hatte ihn an der Schulter ergriffen, redete auf ihn ein und schüttelte ihn. Der Junge reagierte nicht darauf. Es schien fast so, als merke er es gar nicht.

»Schock«, diagnostizierte seine Tante, die Kims neugierigen Blick natürlich bemerkt hatte. »So etwas kommt oft vor. Wahrscheinlich wird es eine Weile dauern, bis sich der arme Kerl überhaupt erinnert, was geschehen ist. Na ja«, fügte sie mit einem Seufzer hinzu, wandte sich um und deutete zugleich auf Kim und auf das Café drüben. »Man wird sich schon um ihn kümmern. Wozu ist das hier ein Krankenhaus? Komm jetzt – ehe mir wieder einfällt, daß ich dir eigentlich verboten hatte, hier zu gaffen.«

Kim gehorchte, aber nicht, ohne noch einen letzten, sehr aufmerksamen Blick auf den Jungen zu werfen. Woher kam bloß dieses Gefühl, daß er ihn irgendwoher kannte. Nein – nicht kannte. Kim wußte genau, daß er sein Gesicht noch nie zuvor gesehen hatte. Und doch sagte ihm eine innere Stimme, daß er genau wissen müßte, wer dieser Junge war. Ja, es war seltsam.

Seltsam – und sehr beunruhigend.

Wider Erwarten schmeckte der Kuchen herrlich, nachdem Kim die ersten Bissen heruntergewürgt und mit einem Glas Cola nachgespült hatte. Coca-Cola und Käsekuchen – das grenzte ja schon an Geschmacksverwirrung! Seine Beunruhigung ließ im gleichen Maße nach, wie sein Zittern aufhörte. Und nach einer Welle verschwand auch das Durcheinander in Kims Verstand, und er begann mehr und mehr einzusehen, daß er sich die Gestalt im Spiegel wohl doch nur eingebildet hatte.

Kim fand sogar eine Erklärung dafür, und sie war noch dazu so einfach. Er kam sich jetzt reichlich albern vor, daß sie ihm nicht schon in der allerersten Sekunde eingefallen war. Es war dieser Ort, dieses Café, vor dessen Fenster er Themistokles damals gesehen hatte, und das Krankenhaus auf der anderen Straßenseite, in dem alles begonnen hatte.

Die Erinnerungen waren einfach zu übermächtig hier. Für einen Moment hatten sie seinen Blick für die Wirklichkeit getrübt – und wie hatte er auch anderes erwarten können? Kim hatte geglaubt, irgendwann damit fertig zu werden, aber natürlich stimmte das nicht. Es gab Dinge, über die man nie wirklich hinwegkam. Und dazu gehörte das Abenteuer in Märchenmond.

Das erste Stück Kuchen weckte Kims Appetit erst richtig, und er lehnte nicht ab, als Tante Birgit – nicht ohne einen weiteren, fast entsetzten Blick auf die sonderbare Zusammenstellung seiner Mahlzeit – ihm anbot, ein zweites Stück zu bestellen. Tatsächlich hatte Kim seit dem Frühstück nichts mehr zu sich genommen – abgesehen von fünf Streifen Kaugummi. Das war an sich nichts Besonderes: Kim war alles andere als ein Feinschmecker. Er betrachtete Essen als notwendiges Übel. Er mochte regelmäßige Mahlzeiten nicht, und aß nur dann gern, wenn er wirklich Hunger hatte. Jetzt hatte er Hunger, und es schmeckte ihm ausgezeichnet.

Während Kim dasaß und mampfte, betrachtete er die Szene vor der Krankenhauszufahrt. Die Straße war vollkommen verstopft. Der Abschleppwagen hatte sich in einem Slalom, zum Teil über den Bürgersteig fahrend, zu dem Wrack durchgekämpft, aber hinter und vor ihm verbarrikadierten bereits unzählige Autos die Straße. Zu Anfang waren es nur ein paar Neugierige gewesen, die langsamer fuhren und damit die Autos hinter ihnen behinderten, aber schon bald war der Verkehr vollständig zusammengebrochen. Der Stau reichte längst bis zum Ende der Straße und darüber hinaus. Kim beobachtete nicht ohne ein gewisses Maß an Schadenfreude, wie einer der beiden Polizisten ebenso tapfer wie vergeblich versuchte, Ordnung in das Chaos zu bringen.

Kims Blick löste sich von dem Gewusel aus Automobilen und Fußgängern und blieb an der grüngekleideten Gestalt des Polizisten hängen, der in diesem Moment aus der Toreinfahrt kam und versuchte, sich zu seinem Streifenwagen durchzukämpfen. Er war allein.

»Ist was?« fragte Tante Birgit, die Kims Blick gefolgt war. Er sah sie einen Moment lang verwirrt an und schloß dann aus ihrem Blick, daß irgend etwas an seinem Gesichtsausdruck wohl nicht stimmte. »Nein«, sagte er. »Wieso?«

»Du starrst den Polizisten so an.«

Kim zuckte unruhig mit den Schultern und gewann etwas Zeit, indem er ein gewaltiges Stück Käsekuchen in sich hineinstopfte. »Erischallein«, nuschelte er mit vollem Mund.

»Was?«

Kim schluckte den Bissen herunter, unterdrückte mit aller Macht ein Husten und trank hastig den Rest seiner Cola. Seine Tante übersah den wehleidigen Blick, den er dem geleerten Glas zuwarf. »Er ist allein«, sagte er dann noch einmal. »Ich dachte, sie würden den Jungen mitnehmen – weil er doch den Unfall verursacht hat.«

Tante Birgit zuckte mit den Achseln. »Sie werden seine Personalien aufgeschrieben haben«, antwortete sie. »Schließlich hat er kein Schwerverbrechen begangen. Vielleicht haben sie ihn auch im Krankenhaus gelassen – er sah irgendwie nicht gut aus.« Sie brach ab, blickte wieder zum Tor hinüber und fügte dann hinzu: »Da kommen deine Mutter und Becky.« Kim biß ein letztes Stück von seinem Kuchen und wollte aufstehen, aber Tante Birgit winkte ab. »Iß ruhig. Wir haben genug Zeit. Sie haben uns schon gesehen – siehst du?«

Sie hob die Hand und winkte, und auf der anderen Straßenseite winkte Kims Mutter zurück. Sie und Becky schlängelten sich zwischen den auf beiden Fahrspuren dicht an dicht stehenden Autos dem Café zu. Und nach wenigen Augenblicken erschienen sie am Tisch.

»Was ist denn da draußen los?« fragte Kims Mutter kopfschüttelnd. »Das sieht ja aus, als wäre der ganze Verkehr zusammengebrochen.«

»Ein Unfall.« Tante Birgit deutete auf den grellgelb gestrichenen Abschleppwagen, der den Krankenwagen mittlerweile an den Haken genommen hatte und versuchte, ihn von der Straße zu ziehen, ohne dabei ein halbes Dutzend anderer Wagen zu demolieren. Kim beobachtete mit fast wissenschaftlichem Interesse, wie der Wagen beinahe zentimeterweise vor- und zurücksetzte, ohne dabei nennenswert von der Stelle zu kommen, während die beiden Polizeibeamten ebenso lautstark wie zwecklos Kommandos an die Autofahrer zu brüllen begannen. Vielleicht sollte man die ganze Straße, so, wie sie jetzt war, zubetonieren, sinnierte Kim, samt der Wagen, die sie blockierten. Wenn der Zement trocken war, konnte man ja eine neue Fahrspur darüber leiten. Wahrscheinlich ging das schneller, als diese hilflosen Versuche, das Chaos wieder aufzulösen.

Er verscheuchte diesen albernen Gedanken und tauschte einen kurzen Blick mit seiner Schwester, die auf einem der gegenüberliegenden Stühle Platz genommen hatte und gierig auf den Rest seines Käsekuchens blickte. Kim zögerte kurz, dann schob er ihr den Teller zu. Er war sowieso satt.

»Du mußt das nicht essen, Becky«, sagte Tante Birgit mit einem strafenden Blick in Kims Richtung und schob den Teller wieder zurück. »Ich bestelle dir ein neues Stück.« Sie hob die Hand und winkte die Kellnerin herbei.

»Wir sollten lieber fahren«, wandte Kims Mutter ein.

»Fahren?« Tante Birgit lachte leise, aber ohne sonderlich viel Humor. »Bis sich dieser Stau aufgelöst hat, kommst du höchstens mit einem Panzer aus der Parklücke. Setz dich und trink einen Kaffee.«

Kims Mutter überlegte einen Moment, aber ein Blick aus dem Fenster überzeugte sie schließlich davon, daß ihre Schwester wohl recht hatte. Seufzend ließ sie sich auf einen Stuhl sinken und bestellte einen Cappuccino, als die Kellnerin kam. Und für Rebekka ein Glas Orangensaft und ein Stück Torte.

»Na, wie war's?« wandte sich Tante Birgit an Becky. Daß die regelmäßigen Krankenhausbesuche nicht unbedingt Rebekkas ungeteilte Zustimmung fanden, war kein Geheimnis. Und in den letzten Monaten hatte sich Becky sogar heftig dagegen gewehrt. Die letzten Male hatten Mutter und Tante Birgit sie fast mit Gewalt hierherschleifen müssen. Kim verstand das nicht ganz – er wußte, daß seiner Schwester nicht weh getan wurde. Die Ärzte wollten sich einfach davon überzeugen, daß sie ihr wochenlanges Koma auch tatsächlich gut überstanden hatte. Es war zwar schon eine geraume Weile her, aber die Ärzte wollten Rebekka auf mögliche Spätfolgen hin untersuchen.

»Prima«, antwortete Mutter an Rebekkas Stelle. »Und es war das letzte Mal – jedenfalls für dieses Jahr.«

Nicht nur Kim sah überrascht auf. »Das letzte Mal?« wiederholte Tante Birgit.

»Sie wollen sie erst in sechs Monaten wiedersehen«, bestätigte Kims Mutter. »Der Professor hat sie heute selbst noch einmal untersucht. Er sagt, er wäre sehr zufrieden mit ihrem Gesundheitszustand. Es besteht kein Grund mehr, alle paar Wochen wiederzukommen. Noch zwei, drei Untersuchungen in Abständen von einem halben Jahr, und wir haben es endgültig hinter uns.«

»Aber das ist ja phantastisch!« rief Tante Birgit. »Meinst du nicht auch, Beckyschatz?«

Beckyschatz starrte sie böse an. Kim war nicht ganz sicher, weshalb. Zum Teil lag es wohl daran, daß sie es haßte, so genannt zu werden. Aber da schien noch etwas anderes zu sein. Rebekka war nie besonders redselig gewesen – aber sie hatte noch kein einziges Wort gesprochen, seit sie das Café betreten hatte, und überhaupt wirkte sie irgendwie still. Zu still, für Kims Geschmack. Als bedrückte sie etwas. Oder als hätte sie etwas gesehen, was sie zutiefst erschreckt hatte …

»Blödes Krankenhaus«, sagte sie schließlich. »Ich hasse es.«

Tante Birgit blickte sie schockiert an, während Mutter Mühe hatte, ein Lachen zu unterdrücken. Schließlich rang sich auch die Tante zu einem Lächeln durch.

»Na ja, jetzt hast du's ja hinter dir«, meinte sie. »Ein halbes Jahr ist lang, du wirst sehen.«

Rebekka schenkte ihr einen weiteren düsteren Blick und wandte sich dann der Torte zu, die die Kellnerin in diesem Moment brachte. Draußen auf der Straße hatte der Abschleppwagen den verkeilten Krankenwagen endlich losbekommen und war dabei, selbst im Verkehrsgewühl stekkenzubleiben. Kim sah, wie eine junge Frau in einem offenen Sportflitzer eine winzige Lücke vor sich erspähte und den Wagen geschickt ein paarmal vor- und zurücksetzte, bis sie nicht mehr von der Stelle kam und gegen die Stoßstange ihres Vordermannes krachte. Der Fahrer des Wagens stieg aus und bekam auf der Stelle einen Tobsuchtsanfall.

Kim knabberte lustlos am Rest seines Käsekuchens herum, während er einen berittenen Polizisten entdeckte, der am entgegengesetzten Ende der Straße auftauchte und versuchte, eine Lücke in der Blechlawine zu finden, die breit genug für sein Tier war. Eigentlich war das nichts Besonderes – hier in Düsseldorf sah man dann und wann noch einen Polizeibeamten zu Pferde; manchmal die einzige Möglichkeit, auf den verstopften Straßen überhaupt noch voranzukommen. Trotzdem war an dem Anblick etwas, das Kim in seinen Bann schlug. Wieder hatte er das Gefühl, daß dieses Bild ihm irgend etwas sagen müßte. Und wieder wußte er einfach nicht, was.

»Das kann ja heiter werden«, seufzte Tante Birgit. »Wie sollen wir da jemals rauskommen?«

»Was ist überhaupt geschehen?« erkundigte sich Kims Mutter noch einmal.

»Eigentlich nichts Besonderes«, antwortete Tante Birgit. »Ein Junge ist vor den Krankenwagen gelaufen. Der Fahrer mußte ausweichen und hat das Tor gerammt. Aber es gab nur Blechschaden.«

»Ein Junge?«

Tante Birgit nickte. »Ja. Er hat sich irgendwie komisch benommen, finde ich. So völlig teilnahmslos hinterher, weißt du? Als ob er träumte. Und er hatte so seltsame Sachen an.« Kim verschluckte sich an seinem Kuchen, begann zu husten und besprenkelte Rebekka und seine Tante mit Kuchenkrümeln. Rebekka kreischte und griff unverzüglich nach einem Stückchen Torte, das sie in seine Richtung warf, während Tante Birgit erschrocken zurückprallte. Das Stück Torte verfehlte Kim um Haaresbreite und landete am Kleid einer dicken Frau, die hinter Kim saß und erschrocken hochsprang. Fast hätte sie der vorbeieilenden Kellnerin das volle Tablett aus der Hand gestoßen. Die sprang gerade noch mit einem Schrei beiseite, daß der Kaffee in den Tassen schwappte. Da schnippte Rebekka mit ihrer Gabel ein zweites Stückchen Torte los, das diesmal wirklich mitten im Gesicht ihres Bruders landete.

Unter anderen Umständen hätte Kim seine helle Freude an dem Durcheinander gehabt, das so plötzlich losgebrochen war. Aber im Augenblick bemerkte er kaum etwas davon. Er spürte nicht einmal die Sahne, die auf seine rechte Wange klatschte und daran herunterzulaufen begann.

Er hatte so komische Sachen an! Das war es!

Das war es, was er die ganze Zeit über geahnt hatte! Wieso war er nicht selbst darauf gekommen? Sofort und auf den ersten Blick?!

Weil es unmöglich ist, antwortete eine leise Stimme hinter seiner Stirn. Weil es völlig ausgeschlossen ist, und du weißt das ganz genau.

Aber das war die Stimme seiner Vernunft. Daneben gab es noch eine andere, die im Moment sehr viel stärker war – und von der er einfach wußte, daß sie recht hatte. Das Spiegelbild im Fenster. Der Junge, der aussah, als ob er träumte, und der so seltsame Sachen anhatte. Rebekkas böser Gesichtsausdruck und das sonderbare Unbehagen, das er selbst spürte, seit sie hierhergekommen waren.

Es gab nur eine Erklärung, auch wenn sie völlig unmöglich war. Es mußte einfach so sein. Und gleichzeitig durfte es nicht sein. Nicht um alles in der Welt.

Er hatte nur noch eine Wahl – er mußte sich mit eigenen Augen überzeugen.

Kim sprang so heftig auf, daß er dabei seinen Stuhl umstieß und den Kuchenteller vom Tisch riß.

»Kim!« schrie seine Mutter. »Wo willst du hin! Komm zurück!« Aber das hörte er schon gar nicht mehr. Er war auf der Stelle herumgefahren und stürzte aus dem Café. Als Kims Mutter ihre Überraschung endlich soweit überwunden hatte, daß sie die Verfolgung aufnehmen konnte, da war ihr Sohn bereits auf der anderen Seite der Straße und in der Toreinfahrt des Krankenhauses verschwunden.

Zum erstenmal heute war Kim froh, schon so oft hiergewesen zu sein, denn er kannte mittlerweile das Krankenhausgelände so gut, als wäre er hier zu Hause. Nicht, daß er auch nur eine Sekunde lang darüber nachgedacht hätte, was er nun tat – aber es erwies sich doch als Vorteil, nicht zum Pförtner gehen und fragen zu müssen, wohin man den Jungen gebracht hatte. Davon abgesehen, daß er wahrscheinlich gar keine Antwort auf diese Frage bekommen hätte, wäre kostbare Zeit verlorengegangen. Zeit, die er nicht hatte. Denn wenn schon nicht seine Mutter, so würde Tante Birgit garantiert die Verfolgung aufnehmen. Und sie war verdammt gut in Form.

Gottlob hatte Kim einen gewissen Heimvorteil auf seiner Seite. Er raste durch das Torgewölbe, schlug einen Haken nach links um einen verblüfften Krankenpfleger herum und schoß mit Riesensätzen quer über den kurzgeschnittenen Rasen auf den weißgekachelten Betonklotz zu, in dem sich die Notaufnahme befand. – Während der Zeit, in der sie Rebekka damals hier besucht hatten, hatte er oft genug aus dem Fenster geschaut und die Prozedur der Aufnahme verfolgt. Ganz sicher hatte man den Jungen zuerst hierher gebracht. Und das vor nicht allzulanger Zeit. Alles in allem konnten keine zehn Minuten vergangen sein, seit der Polizeibeamte allein aus dem Tor herausgekommen war.

Kim warf einen Blick über die Schulter zurück und stellte erleichtert fest, daß von seiner Tante keine Spur zu sehen war und ihm auch sonst niemand folgte. Nur der Krankenpfleger stand wie vom Donner gerührt da und starrte dem blonden, hochgewachsenen Jungen nach, der den Frevel beging, einfach über den sorgsam manikürten Rasen zu laufen, wobei er dann und wann einen Satz machte, um über eines der ›RASEN BETRETEN VERBOTEN‹-Schilder zu springen.

Kurz bevor er die Aufnahme erreichte, lief Kim wieder auf den Kiesweg hinaus und fiel in einen leichten Trab. In Schweiß gebadet und keuchend vor Anstrengung, betrat er das Gebäude. Die infrarotgesteuerten Automatiktüren schienen zu kriechen, während sie vor Kim selbsttätig auseinanderglitten; um ein Haar wäre er gegen das Glas gerannt. Ein starker Geruch nach Desinfektionsmitteln und Krankenhaus schlug ihm entgegen, als er in die Halle stürmte. Der Anblick der blitzenden Kacheln, der weißgekleideten Schwestern und Ärzte, der kalten Kunststoffstühle und der lieblos gerahmten Drucke an den Wänden, die zusammen mit den künstlichen Blumen in ihren Plastikkübeln vergeblich versuchten, die triste Krankenhausatmosphäre aufzulockern, weckte wieder mit Macht die Erinnerung in Kim. Plötzlich fühlte er sich klein und verloren. Er hätte nicht hierherkommen sollen. Es war völlig verrückt – der Junge *konnte* nicht das sein, wofür er ihn hielt. In ein paar Minuten würde eine sehr wütende Tante Birgit hinter ihm auftauchen und ihm die Hölle heiß machen, und das (nebst des unangenehmen Gespräches mit seinem Vater, das unweigerlich am Abend folgen mußte) war dann alles, was er erreichen würde. Selbst wenn der Junge hier war – wie sollte er ihn finden?

Kim blieb unter der Tür stehen, um seinen pfeifenden Lungen Gelegenheit zu geben, sich halbwegs zu erholen, so daß er zumindest Luft zum Sprechen hatte. Dann trat er an die gewaltige Theke heran, die die gesamte rechte Hälfte des Raumes beherrschte. Ein halbes Dutzend Schwestern saß hinter grünleuchtenden Computerbildschirmen, ohne sichtbar Notiz von ihm zu nehmen.

Kim räusperte sich übertrieben, und nachdem er das dreimal hintereinander getan hatte, blickte eine der jungen Frauen tatsächlich zu ihm auf. Im ersten Moment wirkte sie ein wenig verwirrt, als sie sah, wie verschwitzt und abgekämpft er aussah. Dann lächelte sie freundlich und stand auf.

»Was kann ich für dich tun, junger Mann?« fragte sie.

Eine gute Frage, dachte Kim. Er hätte eine Menge dafür gegeben, wenn ihm eine Antwort eingefallen wäre. Er druckste herum, dann sprach er einfach das erste aus, was ihm in den Sinn kam: »Mein Bruder«, sagte er schwer atmend. »Ich suche meinen Bruder. Er ist gerade ... gebracht worden. Der Unfall, ich meine ...«

Er begann zu stammeln und brach schließlich vollends ab, während die Schwester ihn fragend ansah. »Dein Bruder? Wie heißt er denn?«

»Thomas«, antwortete Kim, indem er den erstbesten Namen aussprach, der ihm in den Sinn kam.

»Und weiter?«

Jetzt geriet Kim in Verlegenheit, aber diesmal kam ihm der Zufall zu Hilfe – genauer gesagt, eine zweite Schwester, die von ihrem Monitor aufsah und erst ihn, dann ihre Kollegin durch ihre Brille anblickte.

»Der Junge, der hier vor dem Tor fast überfahren worden wäre?« fragte sie.

Kim nickte heftig.

»Der ist nicht hier.« Noch bevor Kim das Gefühl heftiger Enttäuschung, mit dem ihn ihre Worte erfüllten, auch nur richtig empfinden konnte, fügte sie hinzu: »Sie haben ihn in die Kinderklinik hinübergebracht.« Sie beugte sich hinter ihrem Computer vor und blickte Kim durchdringend an. Das grüne Licht des Bildschirmes spiegelte sich in ihren Brillengläsern. Es sah aus, als liefen in ihren Augen kleine Zahlenkolonnen ab.

»Die Kinderklinik?« vergewisserte sich Kim.

»Du kannst da jetzt nicht hin«, sagte sie. »Aber gut, daß du da bist. Dein Bruder hat kein Wort gesprochen. Wir wissen nicht einmal, wie er heißt. Vielleicht kannst du uns –«

»Das erzähle ich alles den Ärzten drüben«, unterbrach sie Kim und wirbelte herum.

»He!« protestierte die Schwester. »Du kannst doch nicht –«

Natürlich konnte Kim. Und er tat es auch.

Mit ein paar gewaltigen Sätzen durchquerte er die Halle, rannte diesmal wirklich gegen die Glastür, die wieder im Schneckentempo auseinanderglitt, und taumelte auf den Weg hinaus. Die Kinderklinik lag fast am anderen Ende des großen Krankenhausgeländes, aber Kim legte die Entfernung von gut zwei Kilometern in absoluter Rekordzeit zurück. Er war zwar völlig außer Atem, als er die sechsstöckige Kinderklinik erreichte, aber von der Gewißheit erfüllt, sowohl seine Tante als auch irgendeinen anderen möglichen Verfolger mit diesem Sprint abgehängt zu haben.

Taumelnd vor Erschöpfung betrat er das Gebäude und sah sich hastig um. Es war viel stiller hier als in der Aufnahme. Es gab keine Theke, sondern nur eine Glasscheibe mit einem runden, metallgefaßten Guckloch, hinter dem aber niemand war, und zwei Aufzüge in der gegenüberliegenden Wand.

Die Türen des einen schlossen sich in diesem Moment – und Kim erhaschte gerade noch einen Blick auf braunes Wildleder und wadenhohe, geschnürte Stiefel.

Verdammt! Er war genau eine Sekunde zu spät!

Schon wollte Kim losstürzen, um in den zweiten Aufzug zu springen, da begriff er, daß ihm das gar nichts nützte. Blitzschnell schlug er einen Haken nach rechts, rannte auf die Treppe zu und begann, immer zwei, manchmal drei Stufen auf einmal nehmend, hinaufzuhetzen. In der ersten Etage angekommen, sah er gerade noch, wie das Licht über der Aufzugtür erlosch, wirbelte mitten in der Bewegung herum und raste die nächste Treppe hinauf.

Dann die nächste. Die übernächste. Und auch die vierte.

Seine Aussichten, als jüngster Patient mit Herzinfarkt gleich selbst ein Zimmer in dieser Klinik zu beziehen, standen nicht schlecht, als er das fünfte Stockwerk erreichte und sah, wie sich die Aufzugtüren öffneten.

Kim schwindelte vor Anstrengung. Er spürte, wie aus seinem Magen eine heftige Übelkeit emporstieg, während er schweißgebadet und keuchend gegen die Tür sank, die vom Treppenhaus in den Korridor führte. Der fremde Junge trat in Begleitung eines Krankenpflegers in diesem Augenblick aus dem Lift. Sie wandten sich nach rechts und gingen sehr rasch in die entgegengesetzte Richtung, so daß der Pfleger ihn gottlob nicht sah. Auch der Junge sah ihn nicht, aber Kim konnte einen flüchtigen Blick auf sein Gesicht werfen. Es wirkte noch immer so leer und ausdruckslos wie unten in der Toreinfahrt. Der Fremde war – wie hatte Tante Birgit es ausgedrückt? – tatsächlich sehr sonderbar gekleidet: Seine Füße staken in wadenhohen, fast hauteng anliegenden Schnürstiefeln aus samtweichem und doch zähem Leder, und aus dem gleichen, nur etwas dünnerem Material bestanden auch die Hose und das weit geschnittene Hemd, das er darüber trug. Ein breiter Gürtel mit einer goldfarbenen Messingschnalle hielt beides zusammen, und über seinen Schultern hing ein schräggeschnittenes, an der längsten Stelle nicht einmal bis zum Gürtel reichendes Cape, ebenfalls aus Leder, aber von weinroter Farbe.

Kim stand da wie vom Donner gerührt, während sich der Junge und der ihn begleitende Krankenpfleger langsam den Flur hinunterbewegten und schließlich in einem Zimmer ganz an seinem Ende verschwanden.

Unmöglich! dachte er, immer und immer wieder. Sein Herz und seine Lunge taten um die Wette weh, und er zitterte so heftig, als hätte er Schüttelfrost. Kims Gedanken drehten sich wie wild im Kreis, während er versuchte, eine Erklärung für das Unerklärliche zu finden.

Hinter ihm fiel eine Tür ins Schloß. Kim fuhr erschrocken zusammen und wich mit einer raschen Bewegung ins Treppenhaus zurück. Mit angehaltenem Atem preßte er sich gegen die Wand neben der Tür und lauschte auf die Schritte, die sich rasch näherten, zu seiner Erleichterung aber vorübergingen, ohne auch nur zu stocken, bis sie vollends verklangen. Kims Herz hämmerte immer noch wie wild, jetzt aber mehr vor Aufregung als vor Anstrengung.

Eine ganze Weile blieb er einfach so stehen und wartete, bis endlich wieder Schritte vom Ende des Korridors erklangen; diesmal nicht das harte Klack-Klack von vorhin, sondern die leisen, fast lautlosen Schritte von Turnschuhen, wie sie Krankenpfleger und Schwestern zu tragen pflegten. Kim nahm all seinen Mut zusammen und trat hervor.

Der Pfleger, der den Jungen begleitet hatte, kam ihm entgegen. Er war allein, trug aber etwas in der rechten Hand, das Kim nach einigen Augenblicken als eine schmale Lederscheide erkannte. Zwei Schlaufen befanden sich daran, mit denen sie offensichtlich an einem Gürtel befestigt werden konnte. Der ebenfalls mit Leder umwickelte Griff eines schmalen Dolches lugte daraus hervor.

Der Mann blieb stehen und sah Kim fragend an. »Was tust du hier?« fragte er in nicht besonders freundlichem Tonfall. »Die Besuchszeit ist vorbei.«

»Ich weiß«, antwortete Kim, wobei er insgeheim selbst ein wenig über seine Kaltblütigkeit staunte. »Ich wollte auch nur meine Eltern abholen. Sie sind bei meinem Bruder. Er ist heute morgen operiert worden.«

Das Mißtrauen in den Augen des Pflegers schwand um keinen Deut. »In welchem Zimmer liegt er denn?« fragte er.

»Sechshundertundneun«, antwortete Kim auf gut Glück.

»Dann bist du eine Etage zu tief«, antwortete der Mann. »Das hier ist der fünfte Stock.« Er deutete auf den Aufzug. »Ich fahre nach oben. Du kannst mitkommen.«

Kim schüttelte den Kopf. »Lieber nicht«, antwortete er. »Ich mag keine Aufzüge. Ich bin einmal in einem steckengeblieben. Außerdem bin ich zu Fuß schneller. Vielen Dank.«

Damit drehte er sich um, trat zum zweitenmal ins Treppenhaus hinaus und begann nach einem letzten Zögern tatsächlich die Treppe hinaufzusteigen.

Er hatte gerade den ersten Absatz hinter sich gebracht, als er hörte, wie unter ihm die Tür zum Treppenhaus aufgemacht wurde. Völlig hatte er das Mißtrauen des Mannes offenbar doch nicht zerstreut.

Kim blieb stehen und lauschte. Ein paar Sekunden vergingen, dann wurde die Tür wieder geschlossen, und nach einigen weiteren Augenblicken hörte er, wie sich der Lift summend in Bewegung setzte. Kim machte auf der Stelle kehrt und lief die Treppe wieder hinunter.

Ein allerletztes Mal versuchte ihn die innere Stimme seiner Vernunft zurückzuhalten, als er vor der Tür des Zimmers angekommen war, in dem der Junge sein mußte – was er hier tat, war völliger Wahnsinn. Wahrscheinlich war der Junge gar nicht allein in dem Zimmer, und selbst wenn, so konnte es bestenfalls einige Augenblicke dauern, bis jemand kam, um nach ihm zu sehen. Doch Kim ignorierte das lautlose Flüstern hinter seiner Stirn jetzt ebenso wie die vorhergehenden Male, kämpfte seine Angst nieder und drückte leise, aber entschlossen die Klinke herunter.

Das Zimmer war dunkel und still. Die Vorhänge waren zugezogen, so daß Kim die Gestalt des Jungen nur als dunklen Umriß auf dem Weiß der Bettwäsche erkennen konnte, und es schien so, als hätte er ausnahmsweise Glück – der Junge war tatsächlich allein.

Als Kim an das Bett herantrat, sah er, daß der Pfleger den Jungen ausgezogen und in ein weißes Nachthemd gehüllt hatte. Seine Kleider lagen ordentlich gefaltet auf einem Hocker auf der anderen Seite des Bettes, und der Inhalt seiner Taschen war auf dem metallenen Nachtschränkchen ausgebreitet; offensichtlich hatte der Pfleger nach irgendwelchen Ausweisen oder Papieren gesucht. Wenn dieser Junge wirklich der war, für den Kim ihn hielt, dann konnte der Pfleger lange suchen. Dort, wo der Junge herkam, kannte man so etwas wie Ausweise nicht.

Leise beugte sich Kim über das Bett und betrachtete das Gesicht des Fremden. Als Kim das Zimmer betreten hatte, war ihm, als schliefe der Junge, weil er so reglos dalag und nicht auf sein Erscheinen reagierte. Aber es stimmte nicht. Die Augen des Jungen standen weit auf und starrten die Decke an.

»Hallo«, flüsterte Kim.

Keine Reaktion. Im Gesicht des Jungen zuckte kein Muskel, und auch sein Blick blieb leer. Selbst, als sich Kim über das Bett beugte und sein Gesicht ganz dicht an das des anderen heranbrachte, schienen dessen dunkle Augen durch den Besucher hindurchzustarren. Kim war jetzt sicher, daß der Junge ihn nicht sah; ebensowenig, wie er den Krankenwagen gesehen hatte, der ihn um ein Haar überfahren hätte, oder einen der Männer, die ihn hierhergebracht hatten.

Trotzdem versuchte Kim noch einmal, den Jungen anzusprechen.

»Verstehst du mich?« fragte er. – Keine Antwort.

Kim biß sich auf die Unterlippe und warf einen hastigen Blick zur Tür, ehe er fortfuhr: »Ich weiß, wer du bist. Du kannst mir vertrauen. Das alles hier muß dich furchtbar erschrecken, aber du … du mußt nicht so tun, als ob du schläfst. Ich weiß, wo du herkommst. Schickt dich Themistokles? Oder Prinz Priwinn?«

Beim Klang dieser beiden vertrauten Namen schien etwas im Blick des Jungen aufzuflammen und sofort wieder zu erlöschen. Kim hätte nicht beschwören können, ob es wirklich dagewesen war, oder ob er es nur gesehen hatte, weil er es sehen wollte. Der Junge war zwar offensichtlich bei Bewußtsein, nahm aber von seiner Umgebung, wie es schien, überhaupt nichts wahr.

Enttäuscht trat Kim wieder vom Bett zurück, richtete sich auf und wollte sich schon zur Tür wenden. Dann blieb er noch einmal stehen und betrachtete die Habseligkeiten, die auf dem Nachttisch und dem Hocker ausgebreitet waren. Rasch trat er hinzu und begann, den Inhalt der Taschen zu durchsuchen.

Er fand nichts, was ihm weiterhalf – der Junge hatte nichts weiter bei sich als eine zusammengerollte Schnur, an der ein Angelhaken befestigt war, zwei abgewetzte Feuersteine und eine winzige Flöte mit drei Löchern, die kaum so lang wie Kims kleiner Finger war. Kim fragte sich, welche Art von Musik man auf diesem Mini-Instrument wohl spielen konnte. Das Mundstück sah aus, als wäre es für Zwerge gemacht. Vielleicht war es das.

Kim wog die Flöte unschlüssig in der Hand, verbarg sie dann in der geschlossenen Faust und wandte sich den Kleidern auf dem Hocker zu. Trotz alledem, was er bisher gesehen und gefunden hatte, konnte es ein Zufall sein, ein sehr, sehr unwahrscheinlicher Zufall – aber es war möglich. Was Kim brauchte, war indes ein Beweis.

Er fand ihn, kaum daß er sich den Kleidern des Jungen zugewandt hatte.

Hemd, Hose und Stiefel des Jungen bestanden aus jenem feinen und doch fast unzerreißbaren Leder, wie er es so gut in Erinnerung hatte. Die Gürtelschnalle war aus glänzendem Messing gearbeitet. Und als Kim sie in die Hand nahm, um das Motiv zu betrachten, das in feiner Kunstschmiedearbeit aus dem Metall herausziseliert worden war, schien es plötzlich, als bekäme er einen Eimer eiskaltes Wasser in den

Nacken geschüttet: Auf der Gürtelschnalle war der Kopf eines Pferdes zu sehen, der sich aus einem halbmondförmigen Muster herausstreckte. Und bei genauerem Hinsehen entpuppte es sich als ein verschlungenes »C«. Kim starrte die Gürtelschnalle eine geschlagene Minute lang fassungslos an. Da flog hinter ihm die Tür auf, und eine ganze Schar von Spitalsbediensteten stürmte in das Zimmer, allen voran der Pfleger, dem er beim Aufzug begegnet war, und die bebrillte Schwester vom Empfang.

»Was tust du denn hier?« rief eine zornige Stimme. Eine Hand ergriff ihn an der Schulter und zerrte ihn unsanft von den Kleidern fort, und eine andere entwand ihm die Hose und warf sie auf den Hocker zurück. Jemand begann, an seiner Schulter zu rütteln, und die Stimmen redeten immer lauter auf ihn ein: »Wer bist du? Was willst du hier?«

Kim stand ganz still. Er leistete keinen Widerstand, als er am Arm ergriffen und fast mit Gewalt aus dem Zimmer gezerrt wurde, aber er starrte bis zum letzten Moment auf die Gürtelschnalle des Jungen, die in der schwachen Helligkeit des Krankenzimmers wie unter einem inneren Feuer zu glühen schien; auf sie und das Emblem, das sie zeigte.

Das Muster war nicht einfach nur ein hübsches Bild. Es war ein Wappen.

Und er hatte dieses Wappen schon gesehen – unzählige Male sogar. Es war das Wappen von Caivallon, Heimat der stolzen Steppenreiter von Märchenmond.

II

Kim war nicht ganz sicher, ob es wirklich ein Glück war, daß sein Vater an diesem Abend ganz besonders spät von der Arbeit nach Hause kam. Zwar verblieb ihm auf diese Weise noch eine kleine Gnadenfrist bis zu dem zu erwartenden Krach, aber auch diese Zeit war nicht gerade angenehm.

Dabei erinnerte er sich kaum mehr an das, was später im Krankenhaus geschehen war. Der Pfleger, der ihn aus dem Zimmer gezerrt hatte, hatte ihn reichlich unsanft ins Büro des Chefarztes gestoßen, und das einzige, woran er sich wirklich besann, war seine Mutter, die irgendwann völlig außer Atem aufgetaucht war und sich mit energischen Worten Gehör verschaffte und ihren Sohn erst einmal in Schutz genommen hatte – allerdings mit einem Blick auf Kim, der kommendes Unheil versprach, und den ihr Sohn nur zu gut kannte. Aber selbst das hatte ihn kaum gestört. Seine Gedanken waren unentwegt um die Gürtelschnalle des namenlosen Jungen gekreist, und das, was sie bedeutete. Wenn alles andere noch Zufall gewesen sein mochte – das nicht mehr. Es gab keinen Zweifel, der Junge war ein Steppenreiter aus Caivallon, der großen Grasebene im Herzen Märchenmonds – eines Landes, das es nach den Begriffen der meisten Menschen, die Kim kannte, gar nicht gab, und dessen Bewohner hier in dieser Welt nicht leben konnten.

Später, als sich Kim ein wenig beruhigt und wieder zu sich selbst gefunden hatte, erinnerte er sich, daß die große Aufregung schließlich den Chefarzt selbst aufmerksam gemacht hatte – und das war ein Glück gewesen. Professor Halserburg kannte die Familie Larssen recht gut, schließlich behandelte er Rebekka seit geraumer Zeit. Und es war einzig und allein seiner Fürsprache (und der von Kims Mutter, die mit wahren Engelszungen redete) zu verdanken gewesen, daß die Krankenhausverwaltung am Ende darauf verzichtet hatte, die Polizei zu rufen.

Kim verstand die ganze Aufregung nicht – was hatte er schon getan, außer ein Zimmer zu betreten, in dem er eigentlich nichts zu suchen hatte, und sich die Kleidung eines Jungen anzusehen?

Die Angestellten des Krankenhauses schienen das aber anders zu sehen. Ihre Gesichter standen auf Sturm, als es Kims Mutter endlich gelungen war, den Professor soweit zu beruhigen, daß er sie gehen ließ. Vor allem die Schwester mit der Brille, die ihm am Empfang die Auskunft gegeben hatte, blickte Kim voller unverhohlenem Zorn nach.

Zumindest ein Problem war gelöst gewesen, als sie endlich das Gelände der Universitätsklinik verließen – der Verkehrsstau hatte sich gelegt. Am Straßenrand stand ein offener roter Sportwagen mit zerknautschter Kühlerhaube und ein Stück entfernt ein Streifenwagen der Polizei mit laufendem Blaulicht, aber ausgeschalteter Sirene. Hier und da standen noch Passanten in kleinen Gruppen herum und diskutierten; meistens sehr aufgeregt. Kim verstand nur Wortfetzen. Aber aus dem wenigen , was er auffing, schloß er, daß noch irgend etwas passiert sein mußte, seit er ins Krankenhaus gelaufen war.

Doch auch das hatte ihn nicht die Bohne interessiert. Es war jetzt fast so geworden, wie Tante Birgit zuvor den fremden Jungen beschrieben hatte – als träume er. Kims Gedanken kreisten wild, und er stellte sich immer und immer wieder die eine Frage: *Was war in Märchenmond geschehen?* Was ging dort vor, daß er Themistokles' Gesicht im Spiegel sah und ein Steppenreiter aus Caivallon *hier* auftauchte?

Während Tante Birgit den Wagen über die wie üblich verstopfte Rheinbrücke nach Hause gelenkt hatte, versuchte Kims Mutter, ein Gespräch zu beginnen – natürlich wollte sie wissen, was um alles in der Welt in ihn gefahren war. Was hatte sein seltsames Benehmen zu bedeuten? Und, und, und …

Kim beantwortete keine ihrer Fragen. Was hätte er auch sagen sollen? Daß er einen Zauberer gesehen hatte und einen Jungen aus einer Welt, die nur in seinen Träumen existierte, wo er, Kim, auf dem Rücken eines Drachen geflogen war und gewaltige Schlachten geschlagen hatte? Lächerlich. Wenn er *das* erzählte, dann würde er sich schneller im Krankenhaus wiederfinden, als ihm lieb war – und zwar in der geschlossenen Abteilung der Psychiatrie.

Kims Blick hatte ein paarmal Rebekkas Gesicht gestreift, während er tapfer versuchte, so zu tun, als wäre er mit plötzlicher Taubheit geschlagen und könnte die Worte seiner Mutter gar nicht hören. Rebekka aber war seinem Blick ausgewichen. Von allen Menschen auf der Welt war sie die einzige, mit der er über sein Erlebnis sprechen konnte; schließlich waren sie damals zusammen in Märchenmond gewesen. Aber Becky war noch klein, und trotz ihres gemeinsam überstandenen Abenteuers war ihr Verhältnis zueinander so, wie es nun einmal meistens ist: nur allzu oft wie Hund und Katz. Davon ganz abgesehen – selbst wenn er mit Becky über Themistokles und den jungen Steppenreiter hätte reden wollen, wäre das im Auto unmöglich gewesen, unter den Augen (und vor allem Ohren!) seiner Mutter und seiner Tante! Er mußte warten, bis sie heimkamen und ungestört waren.

Daheim waren sie dann ziemlich rasch. Aber ungestört waren sie weniger.

Kim war der erste gewesen, der ausgestiegen war, kaum daß Tante Birgit den Wagen vor der Einfahrt geparkt hatte. Eilig hatte er die Tür aufgeschlossen und wollte sofort nach oben in sein Zimmer gehen. Aber seine Mutter hatte ihn mit scharfer Stimme zurückgerufen und auf den großen Eßzimmertisch gedeutet: der Ort, an dem traditionsgemäß im Hause Larssen alle Probleme besprochen, alle Konflikte geklärt und, falls notwendig, auch Urteilssprüche gefällt wurden. Kim hatte das sichere Gefühl, daß es heute eindeutig um ein Urteil gehen würde …

Aber er hatte nicht widersprochen, sondern sich klaglos und mit steinernem Gesicht auf einen Stuhl sinken lassen. Hier saß er nun und harrte der Dinge, die da kamen. Nur einen kleinen Moment lang versuchte er, sich eine Ausrede für sein Verhalten zurechtzulegen, gab dieses Unterfangen aber gleich wieder auf. Was immer er sagen konnte, hätte zumindest genauso lächerlich geklungen wie die Wahrheit.

Das zu erwartende Standgericht ließ noch eine Weile auf sich warten. Seine Mutter brachte Rebekka nach oben in ihr Zimmer, während sich Tante Birgit in die Küche verkrümelte und Kaffee aufsetzte. Dann und wann rauschte sie durch den Raum und warf ihrem Neffen unheilvolle Blicke zu. Der saß wie ein armer Sünder auf der Anklagebank und spielte nervös mit den Fingern. Schließlich kam Kims Mutter zurück und setzte sich. Tante Birgit klapperte mit einem Tablett herbei, darauf standen zwei Tassen Kaffee, eine Zuckerschale und ein Glas heißer Milch mit Honig (igitt!). Obwohl sich Kim allein beim Anblick schon der Magen herumdrehte, griff er nach dem Glas Milch und nahm einen Riesenschluck; nicht weil er etwa Durst hatte, sondern nur, um gutes Wetter bei seiner Tante zu machen, die eine Gesundheitsfanatikerin war – einen Fehler hatte eben jeder.

»Also?« begann seine Mutter das Gespräch.

»Also – was?« Kim stellte sich dumm, was ihm – zumindest, wenn man seiner Schwester Glauben schenkte – sowieso nicht sehr schwer fiel.

Der Gesichtsausdruck seiner Mutter verfinsterte sich. »Du weißt ganz genau, was ich meine«, sagte sie. »Was war los? Wieso bist du in dieses Zimmer eingebrochen?«

»Ich bin nicht eingebrochen«, verteidigte sich Kim empört. »Ich –«

»Schon gut«, unterbrach ihn seine Mutter. »Die Frau von der Krankenhausverwaltung hat jedenfalls genau dieses Wort benutzt.«

Kim blickte seine Mutter verblüfft an. Die Krankenschwester mit der Brille? Er hatte gar nicht mitbekommen, daß sie so starke Ausdrücke gebraucht hatte. Rein gar nichts hatte er mitbekommen, denn er war in Gedanken weit fort gewesen. Eine ganze Welt weit fort, um genau zu sein.

»Wir wollen dir doch nichts«, fuhr seine Mutter fort. »Im Gegenteil – ich kenne dich gut genug, um zu wissen, daß du so etwas nicht grundlos machst. Schließlich bist du kein kleines Kind mehr, sondern schon halb erwachsen.«

»Und dieser Grund würde uns eben interessieren«, fügte seine Tante hinzu. Sie nippte an ihrem Kaffee. »Wenn deine Mutter den Professor nicht so gut gekannt hätte, dann hättet ihr jetzt jede Menge Ärger am Hals, ist dir das klar?«

Kim nickte, während er Mühe hatte, ein hysterisches Auflachen zu unterdrücken. Jede Menge Ärger? Seine bedauernswerte Tante hatte ja keine Ahnung, wieviel Ärger er wahrscheinlich schon hatte.

»Was wolltest du von diesem Jungen?« bohrte Mutter weiter. »Der Pfleger, der dich überrascht hat, behauptet steif und fest, du hättest versucht, seine Sachen zu stehlen.«

»Blödsinn«, entfuhr es Kim.

Mutter nickte. »Genau das habe ich auch gesagt. Und der Professor hat mir geglaubt – Gott sei Dank. Wenn nicht, säßen wir jetzt vielleicht auf einer Polizeiwache. Trotzdem bleibt der Krankenpfleger dabei, daß du die Sachen in der Hand hattest, als er hereinkam. Stimmt das?«

Kim nickte widerstrebend. Außer dem Pfleger hatten ihn ungefähr ein halbes Dutzend anderer Leute mit dem Gürtel des Jungen in der Hand überrascht. Es hatte sehr wenig Sinn, das abzustreiten.

»Und warum?«

»Ich wollte sie mir … ansehen«, sagte Kim ausweichend.

»Ja, aber weshalb denn?«

»Ich … weiß es nicht«, murmelte Kim. »Sie sahen so komisch aus. Und ich dachte, ich … ich würde den Jungen kennen.«

Zwischen Tante Birgits Augenbrauen entstand eine steile, tief eingegrabene Falte, und auch seine Mutter sah ihn mit neu erwachendem Mißtrauen an. »Woher?«

»Gar nicht«, antwortete Kim hastig. »Ich habe mich getäuscht. Ich dachte eben, ich kenne ihn.«

»Und das fällt dir ein, zehn Minuten nachdem du ihn gesehen hast?« fragte seine Tante. »So plötzlich, daß du einfach aufspringst und wie von Hunden gehetzt losrast?« Sie wiegte den Kopf.

Nein, die einzige Ausrede, die Kim eingefallen war, konnte niemanden hier überzeugen.

»Also?« versuchte es seine Mutter noch einmal.

Diesmal blieb Kim stumm, und nach einer Weile schien auch seine Mutter einzusehen, daß sie zumindest im Moment nicht weiterkommen würde, denn sie schüttelte mit einem tiefen Seufzer den Kopf, trank einen Schluck Kaffee und sagte mit einer entsprechenden Handbewegung: »Gut, lassen wir das für den Moment. Wir sind alle nervös. Geh auf dein Zimmer und warte dort. Vielleicht erzählst du deinem Vater mehr.«

So schnell, wie er gerade noch konnte, ohne zu rennen, ging Kim die Treppe hinauf, warf die Tür hinter sich zu und lehnte sich mit geschlossenen Augen dagegen. Sein Herz begann wieder zu hämmern. Es war, als spürte er den wirklichen Schrecken erst jetzt, als er endlich allein war. Statt sich zu beruhigen, begannen seine Hände wieder zu zittern, und er sah immer wieder das bleiche Gesicht des Jungen vor sich – und die goldfarbene Gürtelschnalle mit dem Wappen von Caivallon. Außerdem hatte der Krankenpfleger einen Dolch in der Hand gehabt, als er das Krankenzimmer verließ. Zweifellos die Waffe des Jungen. Dolch, Schwert und Bogen waren die traditionellen Waffen der Steppenreiter in Märchenmond.

Aber das ist unmöglich! versuchte Kim ein letztes Mal, der Stimme seiner Vernunft Gehör zu verleihen. Wenn dieser Junge hier war, dann bedeutete das, daß ... irgend etwas Unvorstellbares geschehen war.

Dann fiel ihm das Gesicht wieder ein, das er in der Scheibe gesehen hatte.

Kim war jetzt völlig sicher, daß es keine Einbildung gewesen war. Der Mann, den er gesehen hatte, war Themistokles gewesen, der Zauberer von Märchenmond. Sein Gesicht war nicht gütig gewesen, voller uraltem Wissen und Sanftheit wie sonst, sondern eine Maske des Entsetzens, das Antlitz eines Menschen, der etwas Schlimmeres gesehen hatte als den Tod. Ungleich Schlimmeres.

Etwas drückte gegen sein rechtes Bein. Kim runzelte die

Stirn, griff in die Hosentasche und riß verblüfft die Augen auf, als er sah, was er da aus der Tasche zog.

Es war ein winziges rundes Stück Holz mit drei Löchern, kaum größer als Nadelstiche – die Flöte, die er unter den Habseligkeiten des Jungen gefunden hatte. Er konnte sich gar nicht daran erinnern, sie eingesteckt zu haben – offensichtlich hatte er sie ganz instinktiv in der Tasche verschwinden lassen, als der Pfleger hereingestürmt war.

Ein eiskalter Schauer überlief ihn. Unvorstellbar, wenn der Mann ihn durchsucht und die Flöte gefunden hätte! Kein Mensch hätte ihm dann noch geglaubt, daß er *nicht* in das Krankenzimmer gekommen war, um etwas zu stehlen!

Schuldbewußt ließ Kim die Flöte wieder in der Tasche verschwinden, löste sich von seinem Platz, schloß die Tür ab, ging zum Bett und ließ sich mit hinter dem Kopf verschränkten Händen darauffallen. Ohne, daß er sich dagegen wehren konnte, kehrten seine Gedanken zurück in das Land der Träume.

Märchenmond …

Es war so lange her, auch wenn es ihm manchmal vorkam, als wäre es erst gestern gewesen. Er hatte sich damit abgefunden, daß er wohl nie mehr in das Reich der Phantasie würde zurückkehren können. Natürlich war in ihm stets ein winziger, unwahrscheinlicher Hoffnungsschimmer gewesen, noch einmal den Weg dorthin zu finden, und oft hatte er davon geträumt. Aber im Grunde hatte er gewußt, daß das unmöglich war.

Jetzt schien es, als gäbe es einen Weg, nicht unbedingt für ihn, sondern umgekehrt für die Bewohner jener Welt hierher. Aus irgendeinem Grund hatte der junge Steppenreiter den Schritt in die Welt der Menschen getan, aber es schien, als hätte er einen furchtbaren Preis dafür bezahlt. Und aus dem gleichen Grund – den Kim nicht einmal zu erahnen vermochte, doch er war sicher, daß er schrecklich war – hatte Themistokles versucht, Verbindung mit ihm aufzunehmen. Warum? Um ihn zu warnen?

Oder um … seine Hilfe zu erbitten?

Themistokles war schon einmal hiergewesen, um Kim zu

Hilfe zu rufen, auch wenn sich später herausgestellt hatte, daß es eher die Bewohner von Märchenmond waren, die Kim halfen, als umgekehrt. Auch damals war es Themistokles nicht leichtgefallen, Kim zu rufen, aber er hatte es geschafft mit seinen Zauberkräften, und er hatte Kim den Weg hinüber über die Schattenberge gewiesen, wo er –

Der Gedanke elektrisierte Kim regelrecht.

Mit einem Satz sprang er vom Bett hoch und durchquerte das Zimmer. Seine Knie bebten vor Aufregung, als er vor dem kleinen Regal stehenblieb, auf dem er seine Science Fiction- und Fantasy-Schmöker sowie seine Modellsammlung untergebracht hatte. Säuberlich aufgereiht vor den zerlesenen Taschenbüchern standen das Modell einer fliegenden Untertasse (von Kim selbst aus zwei echten Untertassen, über deren Verbleib seine Mutter heute noch rätselte, zusammengebastelt), ein fünfzehn Zentimeter großer, goldener Drache aus Zinn, zwei Perry-Rhodan-Flugpanzer – und die *Viper.* Kims Hände zitterten so heftig, daß er das Modell fast fallen gelassen hätte, als er den Viper-Jäger von seiner durchsichtigen Plastikhalterung hob.

Das dreißig Zentimeter große, pfeilflügelige Modell war viel mehr als ein Spielzeug. Die Viper war das Schiff, in dem er in seiner Phantasie so oft gegen die Cylonen und die Maahks und Cantaro gekämpft hatte; in dem er in seinen Träumen die Tiefen der Galaxis erforscht und waghalsige Rettungsunternehmen von den Oberflächen sturmgepeitschter Höllenplaneten durchgeführt hatte.

Und es war das Schiff, das ihn nach Märchenmond gebracht hatte.

Lange Zeit stand Kim einfach da und blickte das Modellraumschiff an. Und während er das tat, reifte ein Entschluß in ihm. Er wußte, daß es völlig verrückt und praktisch aussichtslos war – aber er hatte keine Wahl. Themistokles und vielleicht ganz Märchenmond waren in Gefahr, das wußte er jetzt, und sie brauchten Hilfe. Kim war vielleicht der einzige Mensch auf dieser Welt, der ihnen helfen konnte.

Er überzeugte sich davon, daß seine Zimmertür auch sicher verschlossen war, trug das Modell zum Bett zurück und setzte sich mit untergeschlagenen Beinen auf die Dekke. Seine Augen wurden schmal, und nach und nach erschienen feine Schweißperlen auf seiner Stirn, während er all seine Gedanken auf diesen einen Wunsch konzentrierte: wieder im Cockpit der Viper zu sitzen und noch einmal den Weg nach Märchenmond zu finden. Er konnte es. Er hatte es schon einmal getan, und es würde ihm wieder gelingen, wenn er es nur wirklich wollte.

Und während er so dasaß, schien es im Zimmer dunkler zu werden. Kim merkte es nicht einmal; es war, als schrumpfe die Welt auf einen winzigen hellen Fleck im Zentrum eines gewaltigen Meeres aus Dunkelheit, in dem es nur noch ihn und die Viper gab, und schließlich nur noch die Viper. Und dann war es ihm, als begänne das Raumschiff langsam zu wachsen …

Es war dunkel rings um ihn herum, als Kim erwachte. Einzig ein umheimlicher, grünlicher Schimmer spendete etwas Licht. Wie ein düsterer Zauber hing er in der Luft und veränderte die Umrisse der Dinge auf eine sehr unangenehme, aber mit Worten kaum zu beschreibende Art. Etwas stach schmerzhaft durch Kims Hemd und bohrte sich tief in seine Brust. Sein Nacken und die Schultern taten so weh, daß Kim es im ersten Moment nicht einmal wagte, sich zu bewegen. Er hatte es geschafft! Das war sein erster Gedanke. Er war wieder da! Es war genau wie damals; zwar konnte sich Kim an den Flug diesmal nicht erinnern, aber er schien genau wie beim erstenmal mit der Viper über einem unwegsamen Teil des Landes abgestürzt zu sein, denn der weiche Boden unter ihm mußte der Sumpf jenseits des Schattengebirges sein. Und es war die Dunkelheit, die stets hier in diesen finsteren Wäldern herrschte, nur durchbrochen vom grünen und blauen Leuchten kalt verbrennenden Sumpfgases. Was Kim so schmerzhaft in die Brust stach, das waren zweifellos die Trümmer der Viper, die ihn auch diesmal wieder getreulich hierher gebracht hatte, ehe ihre Technik versagte – in einem Land, in dem Technik sowenig funktionierte wie Magie in der täglichen Welt.

Mit zusammengebissenen Zähnen, den Schmerz in Nakken und Schultern tapfer verbeißend, stemmte sich Kim in die Höhe, preßte die Augen zu schmalen Schlitzen zusammen und sah sich um, jeden Moment darauf gefaßt, die gigantische Gestalt eines schwarzen Ritters aus der Dunkelheit auftauchen zu sehen. Diesmal war er vorbereitet. Er würde nicht noch einmal auf Baron Karts Tricks hereinfallen, oder auf Boraas' Lügen.

Doch aus der Dunkelheit tauchte weder ein schwarzer Ritter noch der finstere Boraas auf, und im Moment hatte Kim nichts anderes zu tun, als einfach dazusitzen und sich unbeschreiblich dämlich vorzukommen.

Die Umrisse der Bäume rings um ihn herum waren nichts anderes als seine Möbel, so wie die Dunkelheit des Schattenwaldes die seines eigenen Zimmers war. Statt auf sumpfigem Boden lag Kim auf dem Bett, und sein Nacken schmerzte, weil er in einer unmöglichen Haltung eingeschlafen war. Er mußte lange dagelegen sein, wie die Dunkelheit vor den Fenstern bewies. Und was das unheimliche Zauberlicht anging, so stammte es vom Monitor seines Home-Computers, der eingeschaltet war und die übliche grüne Leuchtschrift zeigte. Nur in einem Punkt hatte Kim recht gehabt: Das Stechen in seiner Brust kam tatsächlich von den Trümmern der Viper. Er war im Schlaf nach vorne gesunken und hatte das Plastikmodell mit seinem Körpergewicht zermalmt.

Lange saß Kim einfach da und starrte das an, was von dem kunstvoll zusammengebauten Modell übriggeblieben war – ein Haufen scharfkantiger Kunststoffteile, von denen der Lack abzuplatzen begann. Das Modell war nicht einfach nur zerbrochen – es war völlig zerstört, als wäre ein Riese darüber hinweggestampft und hätte mit dem Absatz darauf herumgetrampelt, damit auch ja kein Stück mehr ganz bliebe. Kims Augen füllten sich mit Tränen. Die Viper hatte ihn einst in jene fremde Welt gebracht, ihr Verlust schmerzte ihn wie der eines guten Freundes. Zitternd nahm er zwei der wenigen größeren Bruchstücke in die Hand und versuchte, sie im schwachen Schein des Computerbildschirmes zusammenzusetzen – was natürlich völlig unmöglich war. Neben den drei oder vier größeren Trümmern war das Modell in unzählige kleine Splitter zerborsten, die noch dazu in sich verbogen und verzogen waren. Selbst wenn Kim dazu in der Lage gewesen wäre (was er nicht war) – er würde Wochen, wenn nicht Monate brauchen, um aus diesem Chaos wieder etwas zu machen, was der ursprünglichen Viper auch nur ähnelte. Nach einer Weile stand er auf, zog die Nase hoch und fuhr sich mit dem Unterarm über das Gesicht, um die Tränen fortzuwischen. Fast behutsam sammelte er die Plastikreste ein, trug sie zum Papierkorb – und trat dann wieder zurück. Nein – er brachte es einfach nicht fertig, das Wrack in den Müll zu werfen. Statt dessen legte er das, was von dem Modell übrig war, sorgsam auf seinen Schreibtisch und ging noch einmal zum Bett zurück, um auch die letzten Fitzelchen einzusammeln.

Das war schwierig, denn das Zimmer war fast vollständig dunkel, und der bleiche Schein des Monitors reichte allenfalls, Umrisse und Schemen zu erkennen. Deshalb ging Kim zurück zur Tür, streckte die Hand nach dem Lichtschalter aus – und zögerte erneut.

Sein Blick glitt über den Schreibtisch und blieb auf dem Monitor des Commodore-Computers hängen. Seltsam – er konnte sich gar nicht erinnern, ihn eingeschaltet zu haben. Ja, er war jetzt fast sicher, es nicht getan zu haben. Sonderbar. Höchst sonderbar. Und ein bißchen beunruhigend.

Kim dachte eine Weile angestrengt nach, verwarf dann aber den Gedanken, der ihm gekommen war. Ganz egal, was für Purzelbäume die Wirklichkeit heute zu schlagen schien – mit Märchenmond und dem Zauberer Themistokles hatte das unheimliche Verhalten seines Computers ganz bestimmt nichts zu tun. Im Land der Träume funktionierte nicht einmal ein Feuerzeug – geschweige denn ein Computer. Er betrachtete die flimmernde grüne Leuchtschrift auf dem Bildschirm noch ein paar Sekunden. Woran erinnerte ihn dieses Bild? Dann zuckte er mit den Schultern, schaltete das Gerät aus und machte Licht im Zimmer.

Die weiße, schattenlose Neonhelligkeit vertrieb die

dumpfe Furcht, die sich in Kims Seele eingenistet hatte. Er sah auf die Uhr – es war nach sieben. Sein Vater war wohl schon längst von der Arbeit zurück, und Kim wunderte sich, daß es nicht schon an der Tür geklopft hatte – als Auftakt zu dem Donnerwetter, das sein alter Herr machen würde, wenn er erfuhr, was sein Sohn in der Klinik getrieben hatte.

Nachdenklich schaltete Kim das Licht wieder aus, öffnete die Tür und trat auf den Korridor hinaus.

Es war sehr still im Haus. Ganz leise hörte er die Stimmen seiner Eltern, die sich im Wohnzimmer unterhielten, untermalt vom Gebrabbel des Fernsehers. Sein Vater war also tatsächlich schon zu Hause.

Kim wappnete sich innerlich für die Auseinandersetzung, die ihm bevorstand. Er atmete tief und entschlossen ein, drehte sich dann aber auf dem Absatz herum, noch bevor er den ersten Schritt getan hatte.

Statt nach unten ins Wohnzimmer ging er den Flur weiter hinauf und blieb vor Rebekkas Zimmer stehen. Vielleicht konnte er noch vorher ungestört mit ihr sprechen.

Er lauschte. Aus dem Zimmer drang nicht das kleinste Geräusch, aber das besagte nichts – seit die Kinder eigene Radios und Cassettenrecorder besaßen, hatte Vater eingesehen, daß sich der Einbau schalldichter Türen sehr positiv auf den Familienfrieden auswirkte.

Kim klopfte.

Keine Antwort.

Er klopfte abermals und etwas heftiger, wobei er gleichzeitig mit angehaltenem Atem ins Erdgeschoß hinunter lauschte, ob er damit nicht etwa seine Eltern alarmierte, bekam wieder keine Antwort und drückte schließlich behutsam die Klinke herunter.

Die Tür war nicht abgeschlossen – und Rebekka war nicht da. Auf dem aufgeschlagenen Bett saß nur Kelhim, der einäugige, zerrupfte Teddybär. Was seltsam war, denn Rebekka machte kaum einen Schritt ohne den Teddy; ja, sie nahm ihn manchmal sogar mit in die Badewanne. Wie in Kims Zimmer war es auch hier beinahe vollständig dunkel. Statt vom Bildschirm eines Computers kam das einzige

Licht von der Beleuchtung in dem großen Terrarium, das auf einem niederen Schrank neben dem Fenster thronte; der unheimliche, blauweiße Schein verlieh den Dingen ein ebenso unwirkliches Aussehen wie vorhin das Computerlicht in Kims Zimmer.

Kim blieb einen Moment enttäuscht unter der Tür stehen und wandte sich dann dem Terrarium zu. Rebekka hatte das Ding samt seiner beiden kaltblütigen Bewohner – zwei nur handgroße rotgrüne Zwergen-Leguane – vergangenes Jahr zu Weihnachten bekommen, während sich Kim für den Computer entschieden hatte. Becky ließ keine Gelegenheit verstreichen, ihm zu versichern, wie blöde sie seinen Computer fand, und Kim hielt umgekehrt nicht mit seiner Ansicht hinterm Berg, für wie langweilig er die beiden Mini-Echsen hielt.

Aber jetzt faszinierte ihn plötzlich irgend etwas daran. Es war, als zöge das von kaltem bläulichem Licht erfüllte Glasbecken seinen Blick magisch an.

Er trat näher heran und ließ sich in die Hocke sinken. Eines der beiden Tiere (war es Rosi oder Rosa? Er hatte nie begriffen, wie seine Schwester die beiden Salamander auseinanderhielt – für ihn sahen sie absolut gleich aus) hatte sich wie üblich unter einem Stück Rinde verkrochen, so daß nur die Schwanzspitze zu sehen war. Das andere Tier war halb auf den kleinen Plastikbaum geklettert, der die rechte Hälfte des Terrariums einnahm.

Kim blinzelte verblüfft. Das Tier hing wirklich in einer komischen Haltung da. Es war ein Stück den Baum hinaufgeklettert, hatte sich aber gleichzeitig halb um den Stamm herumgewickelt und klammerte sich mit seinen winzigen Krallen an der Kunststoffoberfläche fest. Es sah fast aus wie eine Schlange, die sich um einen Stab gewunden hatte, mit halb geöffnetem Maul und starren, glitzernden Augen, die ihn durchdringend anzustarren schienen. Kim bezweifelte, daß das Tier begriff, was es da auf der anderen Seite der Glasscheibe sah; falls es ihn überhaupt sah. Trotzdem fröstelte ihn bei dem Anblick. Rasch stand er auf, verließ das Zimmer und ging ins Erdgeschoß hinunter.

Die Eltern saßen im Wohnzimmer und sprachen miteinander. Als Kim eintrat, unterbrachen sie ihr Gespräch. Vater blickte ihn einen Moment lang mit undeutbarem Ausdruck an, dann deutete er mit einer Kopfbewegung auf einen freien Platz auf der Couch, und Kim setzte sich gehorsam. Sein Blick streifte den Fernseher. Der Ton war fast ausgeschaltet, aber auf der großen Mattscheibe flimmerten die Bilder eines Science-fiction-Films: Gewaltige Raumschiffe rasten im Tiefflug über die Oberfläche eines öden, verbrannten Planeten, auf dem sich Männer und Frauen in zerfetzten Kleidern verzweifelt gegen die Angriffe eines riesigen Roboterheeres verteidigten. Der Film war nicht besonders gut gemacht, die Tricks waren mies. Kim hatte einen geübten Blick für so etwas. Trotzdem staunte er. Science-fiction- und Fantasy-Geschichten waren seine große Leidenschaft. Er hätte gewußt, wenn ein solcher Film angekündigt gewesen wäre. Seine Angewohnheit, immer als erster die Fernsehzeitschrift danach zu durchsuchen, hatte schon mehr als einmal zum Krach mit seinen Eltern geführt – vor allem, wenn er vergaß, die Zeitschrift zurückzugeben, oder erst, nachdem er alles, was ihn interessierte, herausgeschnitten hatte.

Sein Vater räusperte sich jetzt übertrieben, und Kim fuhr ein wenig schuldbewußt zusammen. Er riß seinen Blick von der Mattscheibe los. Aber nicht ganz. Aus dem Augenwinkel verfolgte er weiter die Handlung, die wirklich nicht besonders intelligent war – aber irgendwie spannend war sie doch, wie es schien.

»Wenn du deine Aufmerksamkeit gütigerweise vielleicht mir zuwenden würdest, wäre ich dir sehr dankbar, mein Sohn«, begann sein Vater.

Kim seufzte innerlich. Wenn Vater diesen Ton anschlug, dann war es wirklich ernst. Kim tat wenigstens so, als interessiere ihn die Handlung des Fernsehfilms nicht.

»Ja?« fragte er verlegen.

Der Ausdruck auf dem Gesicht seines Vaters wandelte sich von Sturm zu Orkan. »Spiel bitte nicht den Dummkopf, Junge«, sagte er streng. »Du weißt ganz genau, was ich von dir wissen will. Ich hätte dich schon vor einer Stunde gerufen, aber deine Mutter wollte nicht, daß ich dich wecke.«

Er legte eine Pause ein, um seine Worte besser wirken zu lassen, und Kim blinzelte rasch und – wie er hoffte – unauffällig zum Fernseher hinüber. Auf der Mattscheibe war jetzt die Großaufnahme eines der Roboter zu sehen. Das Ding war so primitiv gemacht, daß sich Kim einbildete, es selbst besser machen zu können. Das Gesicht war kein Maschinengesicht, sondern ähnelte einer jener furchteinflößenden Masken, wie sie Eishockey-Torwarte zu tragen pflegten. Nur ein Detail war wirklich gut: Hinter dem schmalen Schlitz im oberen Drittel der Maske waren keine Augen zu sehen, sondern eine flimmernde grüne Leuchtschrift. Der Anblick war sehr beunruhigend, denn obwohl Kim nicht wußte, weshalb, hatte er wieder das bestimmte Gefühl, daß ihn dieses Bild an etwas erinnerte. Etwas nicht sehr Angenehmes. »Also – was war heute nachmittag los?« fragte Vater, als er endlich begriff, daß er keine Antwort auf sein Schweigen bekommen würde.

»Ich weiß es nicht«, gestand Kim. »Ich hatte das Gefühl, diesen Jungen zu kennen. Ich … ich mußte einfach hin, verstehst du?«

»Nein«, antwortete Vater. »Das verstehe ich nicht. Wieso mußtest du dorthin – wie ein Verrückter und ohne deiner Mutter auch nur ein Wort zu sagen?«

»Nun, ich …«

Das Läuten der Türglocke bewahrte Kim davor, eine weitere Ausrede stammeln zu müssen, die den Ärger seines Vaters wahrscheinlich noch geschürt hätte. Die Eltern tauschten einen überraschten Blick, der klarmachte, daß sie nicht mit Besuch gerechnet hatten. Dann zuckte Vater mit den Schultern, stand auf und ging mit raschen Schritten aus dem Zimmer.

Kim blickte ihm verwirrt nach, nutzte aber dann die Gelegenheit, dem Fernsehfilm weiter zu folgen. Die Roboter hatten inzwischen die menschlichen Verteidiger überrannt und setzten zum letzten Sturm auf deren Festung an: einen gewaltigen Turm aus blauem, vielfach unterteiltem Kristall, in den ihre Laserwaffen mehr und mehr häßliche Löcher hineinschmolzen.

Vater kam zurück, und nicht allein. In seiner Begleitung befanden sich ein Polizeibeamter in grüner Uniform – ein vielleicht fünfzigjähriger, grauhaariger Mann, dem man den Kriminalbeamten so deutlich ansah, als wäre sein Beruf in roten Lettern auf seine Stirn tätowiert – und der Professor aus dem Krankenhaus.

Kim starrte besonders den Arzt völlig verdattert – und mit einem geradezu explodierenden Gefühl des Unbehagens – an, ehe sein Vater mit einem übertriebenen Räuspern seine Aufmerksamkeit wieder auf sich zog.

»Wir haben Besuch«, sagte er überflüssigerweise. »Professor Halserburg kennt ihr ja. Und das ist Hauptkommissar Gerber von der Kriminalpolizei«, fügte er mit einer erklärenden Geste auf den Grauhaarigen hinzu. Er tauschte einen schnellen, beruhigenden Blick mit Mutter, die beim Anblick des Polizisten um mehrere Grade blasser geworden war und stocksteif in ihrem Sessel saß, dann wandte er sich wieder Kim zu.

»Der Herr Kommissar hat ein paar Fragen an dich, mein Sohn.«

»An ... mich?« stotterte Kim. Völlig verständnislos starrte er den Kriminalbeamten an. »Aber ich habe doch gar nichts –«

»Nur keine Aufregung, mein Junge«, unterbrach ihn Gerber. Auf seinem Gesicht erschien ein freundliches, durch und durch echtes Lächeln, das in krassem Gegensatz zu seiner sonstigen Erscheinung stand. Ohne eine entsprechende Einladung abzuwarten, setzte er sich Kim gegenüber in den Sessel und fuhr fort: »Wir sind nicht hier, weil du etwas getan hast. Ich möchte dir nur ein paar Fragen stellen.«

»Fragen?« echote Kim. »Aber ich weiß doch gar nichts.«

»Nun, warten wir ab«, meinte Gerber lächelnd. Aber jetzt wirkte das Lächeln nicht mehr ganz echt. Kim hatte plötzlich das Gefühl, daß er sehr, sehr vorsichtig sein sollte, mit dem, was er sagte.

»Möchten Sie ... einen Kaffee?« warf seine Mutter unsicher ein. Es war ihr anzusehen, wie unwohl sie sich in ihrer Haut fühlte. Die Polizei im Haus! Der Blick, den sie Kim rasch zuwarf, sah nach mindestens einem Monat Stubenarrest aus. Professor Halserburg schüttelte ablehnend den Kopf, während Gerber nickte. »Gern – wenn es Ihnen nicht zu viele Umstände bereitet, heißt das.«

»Keineswegs.« Mutter stand auf und verschwand mit raschen Schritten in der Küche, ließ die Tür aber offen, so daß sie jedes Wort mithören konnte. Auf dem Fernseher erschien wieder das Bild des Eishockey-Roboters. Sein grünes Leuchtauge schien Kim sehr aufmerksam anzublicken.

»Du kannst dir sicher denken, warum wir hier sind, junger Mann«, nahm Gerber das unterbrochene Gespräch wieder auf.

Kim schluckte mühsam. Er wollte antworten, aber alles, was er zustande brachte, war ein mühsames Kopfschütteln.

Der Kriminalbeamte deutete auf den Arzt. »Professor Halserburg hat uns erzählt, was heute nachmittag in der Universitätsklinik vorgefallen ist.«

„Ich habe nichts gestohlen«, verteidigte sich Kim. »Ich war nur im Zimmer, aber ich habe nichts –«

»Schon gut«, unterbrach ihn Gerber mit einer beruhigenden Geste. »Und selbst wenn, würde kaum die Kriminalpolizei deshalb hier auftauchen.«

»Warum sagen Sie nicht einfach, was Sie von meinem Sohn wollen«, mischte sich Kims Vater ein. Seine Stimme klang eine Spur schärfer, als es der Situation angemessen schien. Offensichtlich war auch er nervös.

Gerber wandte sich ihm zu und blickte ihn einen Augenblick lang schweigend an. »Nur eine Auskunft, mehr nicht«, antwortete er schließlich.

»Es geht um diesen Jungen, nicht wahr?« vermutete Vater. Er setzte sich ebenfalls, machte sich aber nicht einmal die Mühe, Halserburg oder dem uniformierten Polizisten einen Platz anzubieten.

Gerber nickte. »Unter anderem.«

»Unter anderem?« staunte Kims Vater.

Es war der Professor, der nun das Wort ergriff. »Es tut mir wirklich leid, wenn wir Ihnen oder Ihrem Sohn Unannehmlichkeiten bereiten«, sagte er. »Aber Kim ist vielleicht unsere einzige Möglichkeit, Antworten auf einige Fragen zu bekommen, die uns schon lange beschäftigen. Und auch die Polizei.« Er machte eine entsprechende Geste zu Gerber hin und fuhr, jetzt an Kim gewandt, fort: »Siehst du, Kim – dieser Junge, der dich so brennend interessierte, ist nicht der erste ...«

»Nicht der erste *was?*« hakte Vater nach. Mutter erschien in der Küchentür und blickte Kim und den Professor mit einer Mischung aus Neugierde und Verblüffung an. Vom Fernseher her verfolgte das grüne Leuchtauge des Roboters die Szene.

»Nicht das erste Kind, das wir in diesem Zustand finden«, fuhr Halserburg fort. »Du hast ihn gesehen, Kim – ihm fehlt nichts. Körperlich, meine ich. Aber er ist völlig katatonisch.«

»Kata- was?« fragte Kim.

Der Professor lächelte flüchtig. »Völlig teilnahmslos«, erklärte er. »Laienhaft ausgedrückt. Er atmet, sein Herz schlägt, und er reagiert auf äußere Reize – Schmerz, Kälte, Hitze. Aber das ist auch alles. Wenn du ihn in eine Ecke stellen würdest, würde er einfach stehenbleiben, bis seine Beine unter ihm nachgeben.«

»Und was hat mein Sohn damit zu tun?« erkundigte sich der Vater.

»Dieser Junge ist nicht der erste, den wir in diesem Zustand finden«, ergänzte Gerber. »In den letzten Wochen haben wir allein in Düsseldorf fast ein Dutzend Kinder in diesem Zustand gefunden. Und das Sonderbare ist – niemand scheint sie zu vermissen. Sie haben keine Papiere bei sich, können nicht reden –«

»Und sie sind alle ein wenig sonderbar gekleidet«, fügte Professor Halserburg hinzu. »So wie der Junge heute nachmittag.«

»Dazu kommt, daß der Krankenwagenfahrer behauptet, der Junge wäre wie aus dem Nichts aufgetaucht.«

»Wie bitte?« fragte Vater.

Kommissar Gerber zuckte mit den Schultern. »Das waren seine Worte. Er behauptet, der Junge wäre plötzlich einfach dagewesen. Er kam nicht von irgendwo dahergerannt. Es fällt mir schwer, das zu glauben, aber der Mann ist bereit, es zu beschwören. Aber – wie gesagt – die Unfallursache ist nicht der Grund, aus dem wir hier sind. Uns geht es hauptsächlich darum, herauszufinden, wo diese Kinder herkommen. Wer sie sind – und was ihnen fehlt.«

»Sind sie denn krank?« fragte Kim – und hätte sich am liebsten gleich selbst auf die Zunge gebissen.

Halserburg zögerte einen Moment. »Das steht zu befürchten«, sagte er. »Ihnen fehlt nichts – auf den ersten Blick. Aber sie scheinen ... in einer Art Trance zu sein. Wir stehen vor einem Rätsel. Und sie werden natürlich immer schwächer. Einige müssen bereits künstlich ernährt werden, und ich weiß nicht, wie lange wir das können.«

»Wir müssen herausfinden, wo sie herkommen«, wiederholte Gerber. »Niemand kennt sie. Und bisher bist du der einzige Mensch, der etwas über sie zu wissen scheint.«

Aber das war nicht alles, dachte Kim. Gerber und sein uniformierter Begleiter hatten vielleicht keine Ahnung davon, aber er las in den Augen des Professors, daß dieser keineswegs vergessen hatte, was damals mit Rebekka geschehen war. Ein eisiger Schauer überlief ihn.

»Es scheint ähnlich zu sein wie mit deiner Schwester damals«, sagte Halserburg, als hätte er Kims Gedanken gelesen. Seine Stimme wurde eindringlich. »Wenn du irgend etwas weißt, Kim, dann mußt du es uns sagen. Ganz gleich, was es ist – ich gebe dir mein Ehrenwort, daß alles unter uns bleibt.« Er tauschte einen fragenden Blick mit dem Kriminalbeamten. Gerber nickte.

»Aber ich ... ich weiß doch nichts«, murmelte Kim. »Wirklich, ich ... ich habe mich getäuscht. Ich dachte, ich würde den Jungen kennen, aber das ... das ist nicht wahr, und –«

»Aber heute nachmittag ...«, unterbrach ihn Halserburg, »... du warst so bleich, als hättest du ein Gespenst gesehen. Vermutlich hast du gar nicht richtig mitbekommen, worüber deine Mutter und ich gesprochen haben. So verhält man sich nicht, wenn man nichts weiß.«

»Der Professor ist sicher, daß du diesen Jungen kennst«, fügte Gerber hinzu.

»Nein«, Kim blieb stur.

Der Kommissar blickte ihn durchdringend an, dann griff er unter seinen Mantel und zog eine durchsichtige Plastiktüte hervor. Darin eingerollt war ein schwerer Ledergürtel mit einer blitzenden Messingschnalle. »Das hattest du in der Hand, als man dich überraschte«, sagte er. »Möchtest du mir erklären, was es ist?«

»Ein Gürtel«, antwortete Kim.

In Gerbers Augen blitzte es auf, aber er beherrschte sich. »Das wissen wir«, antwortete er gepreßt. »Aber es ist ein sehr sonderbarer Gürtel, nicht? Ich habe so etwas noch nie gesehen – und unser Labor behauptet, daß das Messing von einer Reinheit ist, wie wir es gar nicht herstellen können.«

»Das stimmt«, antwortete Kim. »Es stammt auch nicht von dieser Welt.«

»Wie bitte?« entfuhr es Kommissar Gerber. Überrascht und neugierig beugte er sich vor. Der Roboter auf dem Fernsehschirm tat dasselbe. »Das mußt du mir schon erklären.«

»Der Junge«, sagte Kim mit fester Stimme. »Er kann gar keine Papiere bei sich haben. Er kommt aus einer anderen Welt, und dort gibt es so etwas nicht.«

»Was?« Gerbers Gesicht erstarrte.

»Es gibt ein Land, in dem Märchen wahr sind«, erzählte Kim. Es war das erste Mal, daß er darüber sprach. »Man kann es nur im Traum betreten, wissen Sie! Bisher war das jedenfalls so. Ich war einmal da, und meine Schwester auch, aber das ist lange her, und –«

»Das reicht!« unterbrach ihn Gerber. Er machte sich jetzt gar nicht mehr die Mühe, seinen Zorn zu verbergen. »Wenn du mich auf den Arm nehmen willst, junger Mann, dann mußt du dir schon etwas Besseres einfallen lassen. Warum erzählst du nicht gleich, der Junge käme vom Mars?« Er machte eine zornige Handbewegung. »Ich kann auch anders, wenn es sein muß.«

»Das glaube ich nicht«, sagte da der Vater kühl zum Kommissar.

Gerbers Kopf ruckte mit einer zornigen Bewegung herum. »Sie –«

»*Sie*«, unterbrach ihn Kims Vater kalt, »scheinen sich nicht ganz im klaren darüber zu sein, daß mein Sohn noch nicht strafmündig ist, Herr Kommissar. Ganz davon abgesehen, daß er nichts Verbotenes getan hat. Aber selbst wenn, haben Sie nicht das mindeste Recht, in diesem Ton mit ihm zu sprechen.«

Kommissar Gerber schluckte ein paarmal trocken. Er sah aus, als würde er jeden Moment in die Luft gehen wie ein überhitzter Dampfkessel. Aber dann stopfte er den Gürtel nur mit einer wütenden Bewegung wieder unter seinen Mantel und stand auf. »Wie Sie wollen«, sagte er. »Sie werden noch von mir hören. Und Ihr Sohn auch.«

»Bitte, meine Herren!« mischte sich Professor Halserburg ein. »Niemand hat etwas davon, wenn wir uns streiten.« Er seufzte, schüttelte ein paarmal den Kopf und wandte sich wieder an Kim.

»Wir wollen dir doch nichts Böses«, sagte er. »Es geht nur um diese Kinder. Sie sind krank. Vielleicht werden sie sterben. Willst du das?«

»Natürlich nicht«, antwortete Kim heftig. »Aber ich ... ich kann Ihnen nicht helfen. Selbst wenn ich wollte –«

»Du willst also nicht«, hakte Gerber nach.

»Unsinn«, sagte der Professor, nun auch in scharfem Ton. »Ich kenne den Jungen – glauben Sie wirklich, er würde uns nicht helfen, wenn er es könnte?«

»Ich glaube gar nichts«, antwortete Gerber zornig. »Das ist mein Beruf.«

Kims Mutter kam mit einem Tablett voller Kaffeetassen aus der Küche, aber Vater machte ein abwehrende Handbewegung. »Das ist nicht mehr nötig«, meinte er kalt. »Die Herren wollen gerade gehen.«

Kommissar Gerber funkelte ihn an, verbiß sich aber jede Antwort, und Professor Halserburg sah plötzlich sehr traurig aus. »Vielleicht überlegst du es dir noch, Kim«, sagte er und griff in die Manteltasche. »Ich gebe dir meine private Telefonnummer. Wenn du mir etwas zu sagen hast, ruf mich an. Ich gebe dir mein Ehrenwort, daß niemand etwas davon erfahren wird. Auch die Polizei nicht«, fügte er mit einem Seitenblick auf Gerber hinzu, der böse zurückstarrte.

»Ich bringe Sie zur Tür«, sagte Vater und stand auf. Er führte die Herren hinaus. Auch der Roboter auf dem Bildschirm wandte sich um und ging. Kim stand auf, setzte sich aber sofort wieder, als ihn ein Blick seiner Mutter traf.

Auf dem Bildschirm tobte noch immer die Schlacht zwischen den Robotern und den Männern in der Kristallburg, aber Kim sah jetzt kaum noch hin. *Diese Kinder sterben vielleicht, Kim,* hatte Professor Halserburg gesagt. *Wir wollen ihnen doch nur helfen!*

Glaubten sie denn, er wollte das nicht?!

Und plötzlich spürte Kim Angst. Ganz entsetzliche Angst. Daß im Lande Märchenmond etwas Unvorstellbares geschehen war, war für ihn zur Gewißheit geworden. Er mußte dorthin, ganz egal, wie!

Draußen im Flur wurde die Tür geschlossen, dann kam sein Vater zurück. Sein Gesicht war unbewegt, aber seine Augen brannten vor mühsam unterdrücktem Zorn. »Zufrieden?« fragte er.

Kim sah ihn ratlos an.

»Du hast dir ja schon eine Menge geleistet, aber die Polizei hatten wir bisher noch nicht im Haus«, fuhr der Vater aufgebracht fort. »Was steht denn als Nächstes auf deinem Plan?«

»Bitte«, sagte Mutter. »Laß ihn in Ruhe. Du siehst doch, wie leid es ihm tut.«

»Sehe ich das?« Ärgerlich ging ihr Mann zum Tisch und zündete sich eine Zigarette an – und das war nun etwas, was er wirklich nur selten tat. »Ich sehe nur«, fuhr er hustend nach dem ersten Zug fort und wedelte heftig mit der Hand vor dem Gesicht, »daß sich unser Sohn jede Menge Ärger eingehandelt hat. Und uns dazu! Du hast diesen Kommissar doch gehört! Er glaubt ihm kein Wort! Und ich auch nicht«, fügte er mit einem finsteren Blick in Kims Richtung hinzu.

»Aber es ist so, wie ich sage«, verteidigte sich Kim. »Ich weiß nicht, wer dieser Junge ist!«

Sein Vater setzte zu einer wütenden Entgegnung an, besann sich dann aber im letzten Moment und nahm einen weiteren, von einem Hustenanfall gefolgten Zug aus seiner Zigarette. »Also gut«, meinte er, nachdem er wieder halbwegs zu Atem gekommen war. »Wie du meinst. Ich bin die Geheimniskrämerei leid. Geh in dein Zimmer, Sohn. Bis morgen früh hast du dir vielleicht überlegt, ob dein Verhalten klug ist.«

Kim blickte ihn traurig an, dann wandte er sich um und stürmte über die Treppe in sein Zimmer hinauf.

III

Es versteht sich wohl von selbst, daß Kim sich lange schlaflos hin- und herwälzte in dieser Nacht. Ebenso, wie es sich von selbst versteht, daß Kim später doch eindämmerte. Eine Stunde oder länger war er auf seinem Bett gelegen und hatte den Stimmen seiner Eltern gelauscht, die gedämpft aus dem Wohnzimmer heraufdrangen, ohne daß er freilich verstand, was sie sprachen.

Nicht, daß das wirklich nötig gewesen wäre – selbst wenn Kim nicht über eine besonders ausgeprägte Phantasie verfügt hätte, wäre es unschwer zu erraten gewesen, was sein Vater und seine Mutter besprachen: Vaters Stimme klang laut und sehr erregt, während die seiner Mutter immer leiser wurde und bald gar nicht mehr zu hören war. Kim setzte in diesem Fall ganz auf das diplomatische Geschick seiner Mutter, die es noch stets irgendwie geschafft hatte, ihren Mann zu besänftigen, wenn diesem wegen Kim wieder einmal der Kragen zu platzen drohte.

Und es schien ihr auch diesmal wieder gelungen zu sein, denn als Kim – irgendwann, spät in der Nacht – plötzlich hochschrak und sich im dunklen Zimmer umsah, da waren die Stimmen aus dem Erdgeschoß verstummt, und im Haus war es still. So vollkommen still, daß es fast unheimlich war. Zuerst saß Kim einfach da, blinzelte sich den Schlaf aus den Augen und wunderte sich ein wenig, daß er überhaupt eingeschlafen war, bei alldem, was ihm im Kopf herumspukte. Aber schließlich war der Tag aufregend genug gewesen, kein Wunder, daß er müde war.

Kim gähnte, schwang die Beine aus dem Bett, auf dem er vollkommen angezogen eingeschlafen war, und fuhr sich mit beiden Händen über die Augen. Er fühlte sich noch ein bißchen benommen, aber er wußte, daß er so bald nicht wieder einschlafen konnte – und schließlich hatte er wirklich Besseres zu tun, als seine Zeit im Bett zu vertrödeln. Er *mußte* einen Weg zurück nach Märchenmond finden.

Nur hatte er keine Ahnung, wie.

Langsam stand er auf, sah sich in seinem Zimmer um und ging zur Tür, um Licht zu machen, überlegte es sich dann aber anders. Sein Vater hatte die Angewohnheit, manchmal bis spät in die Nacht hinein zu arbeiten. Wenn er das Licht sah, das aus Kims Zimmer drang, brachte er es fertig und kam herein, um nach dem Rechten zu sehen. Und womöglich den unterbrochenen Streit fortzusetzten. Statt also das Licht anzuknipsen, schaltete Kim nur seinen Computer ein und lies den Farbbildschirm mit einem Knopfdruck weiß werden. Die Helligkeit, die der Monitor abgab, reichte durchaus, um sich zurechtzufinden.

Seufzend ließ sich Kim an seinem Schreibtisch nieder, betrachtete eine Zeitlang das zermalmte Wrack des Viperjägers und machte sich lustlos daran, wenigstens die größten Trümmerstücke notdürftig zusammenzukleben. Er rechnete sich keine großen Chancen aus, damit viel zu erreichen, aber verdammt, irgend etwas mußte er schließlich tun. Und es erschien ihm immer noch besser, etwas Sinnloses zu tun als gar nichts.

Als er das zertrümmerte Hecktriebwerk anfügen wollte, an das, was vom Rumpf übriggeblieben war, und sich dabei vorbeugte, spürte Kim einen stechenden Schmerz im rechten Oberschenkel.

Er verzog das Gesicht, ließ das Plastikteil auf den Schreibtisch fallen und griff in die Tasche. Mit spitzen Fingern zog er die winzige Flöte hervor, die er aus dem Krankenhaus mitgenommen hatte.

Diesmal steckte er sie nicht sofort wieder weg, sondern wog sie lange und nachdenklich in den Händen. Ob sie vielleicht …?

Ein Versuch konnte nicht schaden, obgleich ihm der Gedanke ein bißchen lächerlich vorkam. Außerdem wäre es einfach zu leicht. Trotzdem setzte er das kleine Instrument an die Lippen, versuchte mit spitzen Fingern die winzigen Löcher darauf zuzuhalten und blies kräftig hinein.

Im allerersten Moment hörte er gar nichts, dann gab die Flöte einen dünnen, aber so gräßlichen Mißton von sich, daß Kim erschrocken zusammenfuhr und sie um ein Haar fallen gelassen hätte. Der Ton war so schrill, daß seine Zähne schmerzten und die Glasscheibe vor dem Bildschirm seines Computers zu vibrieren begann.

Verblüfft sah er die kleine Flöte an, verbarg sie wieder in der geschlossenen Faust und blickte sich dann im Zimmer um. Nichts.

Sein Zimmer blieb sein Zimmer, und die Dunkelheit vor dem Fenster blieb die Dunkelheit vor dem Fenster. Was hatte er erwartet? Daß sich der Boden auftat und ein Fahrstuhl nach Märchenmond erschien?

Mit einem enttäuschten Kopfschütteln steckte er die Flöte wieder ein und wollte sich erneut der Viper zuwenden. Aber in diesem Moment hörte er ein Geräusch aus dem Erdgeschoß.

Überrascht blickte er auf, sah auf die kleine Uhr, die in der oberen rechten Ecke des Computerschirms immer mitlief, und dann wieder zur Tür. Es war fast vier – selbst für seinen Vater eine ungewöhnliche Zeit. Außerdem pflegte er, wenn er schon so lange wach war, sich sehr vorsichtig zu bewegen, und nicht herumzutrampeln wie ein Elefant in einer Konservendosenfabrik – und ungefähr so hörten sich die Geräusche an, die noch immer heraufdrangen.

Kim stand auf und ging zur Tür. Er öffnete sie vorsichtig und so leise er konnte. Angespannt lauschte er hinaus.

Der Krach drang aus dem Wohnzimmer herauf; das hörte er jetzt ganz deutlich – und es klang tatsächlich, als scheppere dort unten jemand mit sämtlichen Kochtöpfen, Bratpfannen und Konservendosen, die er in der Küche hatte auftreiben können. Was, um alles in der Welt, ging dort unten vor?

Behutsam schob Kim die Tür ganz auf, trat auf den Korridor hinaus und sah nach rechts und links. Es war vollständig dunkel – weder aus dem Erdgeschoß noch aus dem Schlafzimmer seiner Eltern, das am Ende des Ganges lag, kam auch nur das mindeste Licht. Dafür wurde das Scheppern und Klirren unten noch lauter, und dann hörte Kim ein seltsames Rasseln, das er sich gar nicht mehr erklären konnte. Mit klopfendem Herzen bewegte sich Kim auf die Treppe zu und blieb auf dem obersten Absatz stehen. Die Wohnzimmertür stand auf. Die Gardinen schienen nicht vorgezogen zu sein, denn er sah einen bleichen Lichtschimmer von grauer Farbe, der das Rechteck der Tür ausfüllte, und nachdem sich seine Augen ein wenig an das schwache Licht gewöhnt hatten, auch den Tanz von Schatten. Jemand bewegte sich im Wohnzimmer. Und Kim war sicher, daß es nicht sein Vater war.

Auf Zehenspitzen schlich er weiter, blieb auf halber Höhe noch einmal stehen und sah wieder zum elterlichen Schlafzimmer zurück. Seine Tapferkeit ängstigte ihn ein bißchen – um so mehr, als er sich eines Gespräches mit seinem Vater vor nicht allzu langer Zeit erinnerte, in dem sie sich über den Unterschied zwischen *Mut* und *Leichtsinn* unterhalten hatten. Wenn dort unten im Wohnzimmer wirklich ein Einbrecher war, dann war es wohl nicht besonders intelligent, wenn Kim allein hinunterging und ihn stellte. Andererseits – wer hatte je von einem Einbrecher gehört, der sich alle nur erdenkliche Mühe bereitete, Krach zu machen?

Kim schlich weiter, erreichte die Wohnzimmertür und lugte mit angehaltenem Atem um die Ecke.

Und da war er sehr froh, sich so leise bewegt zu haben.

Das Wohnzimmer war völlig verwüstet. Sämtliche Möbel waren umgeworfen und zum Teil zerbrochen, der Fernseher, Vaters Stereoturm und die elektronische Wanduhr waren nur noch rauchende Trümmerhaufen, als hätte sie jemand methodisch kurz und klein geschlagen, und durch die offenstehende Tür konnte Kim sehen, daß es in der Küche den technischen Gerätschaften nicht anders ergangen war. Das Fenster stand weit offen, war aber dabei zerschlagen, und die Vorhänge waren heruntergerissen. Ein helles, unangenehmes Licht fiel von draußen ins Zimmer, so daß Kim die gesamte Verwüstung in aller Deutlichkeit sehen konnte. Sie – und die Gestalt, die inmitten des Chaos stand und beständig den Kopf von rechts nach links und wieder zurück drehte, als suche sie etwas Neues, was sie zerschlagen und zermalmen konnte.

Nein, es war nicht Kims Vater.

Es war überhaupt kein Mensch. Jedenfalls keiner, wie Kim ihn je zuvor gesehen hatte ... Eine geraume Weile stand Kim einfach da, starrte den zwei Meter großen, kantigen Riesen an, der in dem verheerten Zimmer stand, und zweifelte am eigenen Verstand.

Obwohl er ihn gegen das grelle Licht vor dem Fenster nur als schattenhaften Umriß erkennen konnte, gab es gar keinen Zweifel: die gewaltigen, kantigen Schultern, die riesigen Klauen, eine davon schlank und mit gelenkigen, überaus geschickt anmutenden Fingern ausgestattet, die andere eine fürchterliche Stahlklaue mit rasiermesserscharfen Kanten, die zu nichts anderem zu gebrauchen war als zum Zerreißen und Zerfetzen, das Gesicht, dessen Silhouette an die Maske eines Eishockey-Torwartes erinnerte, und das schmale, schlitzförmige Auge, hinter dem grüne Leuchtbuchstaben jagten – es war der Roboter aus dem Science-fiction-Film vom Abend!

Und fast, als spüre er seine Anwesenheit, drehte die Gestalt in diesem Moment den kantigen Schädel und blickte Kim an. Kim erwachte mit einem Schrei aus seiner Erstarrung und fuhr herum. Instinktiv machte er einen Schritt auf die Haustür zu, prallte dann aber mitten in der Bewegung zurück. Rebekka und seine Eltern! Er mußte sie warnen! Der Koloß war nicht hergekommen, um sich mit ihnen zu unterhalten! Ganz egal, aus welcher Ecke der Galaxis er auch kam – dies würde keine Begegnung der dritten Art, sondern eine der tödlichen sein, wenn er seine Eltern oder seine Schwester im Schlaf überraschte. Es war seltsam genug, daß sie der Krach nicht schon geweckt hatte.

Als Kim an der Wohnzimmertür vorüberstürmte, traf ein fürchterlicher Schlag die Wand und ließ das Haus bis in seine Grundfesten erzittern. Eine stählerne Faust brach krachend durch den Stein, grabschte nach Kims Arm und riß ein Stück aus seinem Pullover, als Kim sich im letzten Moment zur Seite warf.

Er stolperte, prallte gegen das Treppengeländer und fiel die ersten fünf Stufen hinauf, anstatt sie zu gehen. Ein weiterer, noch härterer Schlag traf die Wand und ließ sie völlig zusammenbrechen; offensichtlich hielt der Koloß nicht allzuviel davon, Türen zu benutzen, sondern ging lieber den direkteren Weg.

Die Angst gab Kim zusätzliche Kräfte. Mit einem Satz war er wieder auf den Beinen, hetzte die Treppe hinauf und schrie dabei aus Leibeskräften nach seinem Vater. Sein Gebrüll mußte noch zwei Häuser weiter deutlich zu hören sein, ganz abgesehen von dem Höllenlärm, den der Roboter veranstaltete, als er sich gewaltsam einen Weg durch die Wohnzimmerwand schuf. Aber trotzdem regte sich im Haus nichts. Das Licht hinter der Schlafzimmertür ging nicht an, und niemand antwortete auf die Schreie.

Kim erreichte das Ende der Treppe, warf einen gehetzten Blick über die Schulter zurück – und schrie ein zweites Mal noch gellender auf. Als er sah, daß die rechte schlankere Hand des Roboters nicht mehr leer war.

Seine Bewegung und der grellweiße Blitz, der wie eine Nadel aus Licht nach Kim stach, kamen fast gleichzeitig.

Der Laserstrahl verfehlte Kim um Millimeter, brannte ein faustgroßes Loch in die Tür seines Zimmers und setzte so nebenbei das Treppengeländer und den Teppich in Brand. Greller Feuerschein erfüllte den Flur, und die Luft war binnen Sekundenbruchteilen schneidend heiß und kaum noch zu atmen.

Kim stürzte herum, erreichte mit zwei Riesensätzen die Schlafzimmertür seiner Eltern, riß sie auf – und rannte mit voller Wucht gegen ein unsichtbares Hindernis, das sich dahinter erhob.

Der Anprall war so heftig, daß er benommen rückwärts taumelte und auf dem Hosenboden landete. Sein Kopf dröhnte, und die Lichtblitze vor seinen Augen stammten jetzt nicht mehr nur von den lodernden Flammen, die den Korridor erfüllten. Während hinter ihm die Treppe unter dem Gewicht des stählernen Giganten zu erzittern begann, rappelte sich Kim mühsam hoch und trat noch einmal an die Tür heran. Er konnte das Schlafzimmer seiner Eltern dahinter deutlich erkennen – aber als er die Hände ausstreckte, stießen seine Finger auf harten Widerstand, als stünde er vor einer Wand aus massivem Glas.

Und genau das war es auch. Als er genauer hinsah, bemerkte er die blitzenden Lichtreflexe, die die Flammen auf dem Glas verursachten. Und den Schatten, der plötzlich hinter ihm erschien.

Zum zweitenmal ließ sich Kim einfach zur Seite fallen, und zum zweitenmal verfehlte ihn der Schuß aus der Strahlenpistole des Roboters nur um Haaresbreite. Der grelle Lichtstrahl schlug in die gläserne Wand, durchdrang sie völlig mühelos – und ohne sie auch nur zu beschädigen! – und explodierte an der gegenüberliegenden Wand des Schlafzimmers. Der Schrank, die Tapeten und ein Teil der Vorhänge fingen sofort Feuer. Aber in dem plötzlichen, grellen Licht konnte Kim auch erkennen, daß das Zimmer vollkommen leer war. Das Bett war aufgeschlagen, aber seine Eltern waren nicht da.

Ihm blieb nicht einmal Zeit, so etwas wie Erleichterung zu empfinden, denn der Roboter gab sich keineswegs damit zufrieden, das Schlafzimmer seiner Eltern zu flambieren, sondern versuchte nach wie vor, Kim zu treffen. Ein dritter Laserblitz zuckte aus seiner Hand und brannte eine rauchende Spur in den Boden neben den Maschinenmann, ehe er gute zwei Meter des Treppengeländers absäbelte und auch noch ein Loch in der Wand hinterließ. Kim raffte all seine Kraft zusammen, rollte sich mit zusammengebissenen Zähnen über die Spur aus glimmendem Holz, die der Lichtstrahl im Boden hinterlassen hatte, und kam hakenschlagend wieder auf die Füße. Mit einem Satz war er quer durch den Korridor und riß die Tür zu Rebekkas Zimmer auf.

Er war nicht einmal mehr besonders überrascht, als er auch hier gegen eine unsichtbare Wand aus Glas krachte. Es war, als wäre Kim in einem riesigen Aquarium eingeschlossen, völlig allein mit einem tollwütigen Roboter, der wild entschlossen schien, die Nacht mit einer Grillparty zu beenden. Als Kim diesmal auf die Füße kam, hatte der Roboter den Treppenabsatz fast erreicht und hob gerade seinen kolossalen Eisenfuß, um ihn auf den Flur zu setzen. Gleichzeitig zielte er erneut mit seiner Lichtwaffe auf Kim – und er war jetzt so nahe, daß er schon blind und blöd zugleich sein mußte, um danebenzuschießen. Und Kim ahnte, daß dieses Wesen keines von beiden war.

Die Angst brachte Kim auf eine verzweifelte Idee. Als die Waffe in der Hand des Roboters herumschwenkte, sprang er mit einem Satz über den Flur, riß den großen Wandspiegel herunter, der neben der Badezimmertür hing, und hielt ihn sich vor Brust und Gesicht.

Die Laserwaffe des Roboters stieß einen weiteren, grellweißen Lichtblitz aus, der den Spiegel direkt vor Kims Herz traf.

In diesem Moment wartete Kim darauf, einfach tot umzufallen. Aber der Laserstrahl durchschlug den Spiegel nicht, sondern prallte davon ab und fuhr im gleichen Winkel zurück, in dem er zuvor eingeschlagen war. Vor den Füßen des Roboters verwandelte sich das Holz der Treppenstufe in rauchende Rotglut und verschwand.

Eine halbe Sekunde später verschwand auch der Roboter, denn die Treppe, ihres Haltes beraubt, brach unter ihm zusammen, und er stürzte polternd in die Tiefe. Der Knall, mit dem er unten aufschlug, schien das ganze Haus zum Wanken zu bringen.

Kim stand einfach keuchend da, erleichtert, noch am Leben zu sein, dann ließ er sich vorsichtig auf Hände und Knie herabsinken und kroch auf die zusammengebrochene Treppe zu. Der Roboter war in einem Wust aus zertrümmertem und zum Teil brennendem Holz zu Boden gestürzt – aber er schien keineswegs außer Gefecht gesetzt. Ganz im Gegenteil – als Kim vorsichtig den Kopf über die Kante streckte und zu ihm herabsah, begann er sich wieder zu bewegen. Sein rechter Arm pendelte wild und ziellos hin und her, und aus seinem Inneren drang ein schrilles, unangenehmes Heulen und Jaulen. Langsam hob er den Kopf und blickte aus seinem unheimlichen, grünleuchtenden Auge zu Kim empor.

Der Junge kroch hastig ein Stück zurück, richtete sich auf und sah sich wild um. Sein Triumph war nur von kurzer Dauer gewesen. Er war gefangen. Der Korridor brannte lichterloh, und die Flammen griffen immer schneller um sich. Ins Schlafzimmer oder in das Zimmer Rebekkas konnte er nicht, wie die beiden Beulen an seiner Stirn nachhaltig bewiesen, und das Bad hatte kein Fenster. So blieb nur sein eigenes Zimmer. Mit ein bißchen Glück konnte er aus dem Fenster steigen und über das Garagendach entkommen, ehe das ganze Haus in Schutt und Asche fiel.

Hastig riß Kim die Tür auf und zog erschrocken den Kopf zwischen die Schultern, als ihm auch hier lodernde Flammen entgegenschlugen. Der Laserstrahl, der die Tür durchschlagen hatte, war an seinem Schreibtisch explodiert und hatte ihn mitsamt dem Computer und dem Viper-Wrack in einen rauchenden Trümmerhaufen verwandelt. Und auch hier hatten die Flammen bereits auf die Wände und den Teppich übergegriffen.

Kim hustete, hob schützend die Hände vor das Gesicht und tastete sich halb blind zum Fenster. Mit tränenden Augen riß er die Gardinen beiseite, öffnete es – und stöhnte vor Enttäuschung, als seine Finger wieder gegen einen massiven unsichtbaren Widerstand stießen. Dicht hinter dem Fenster erhob sich auch hier eine Wand aus stahlhartem Glas!

Kim drehte sich keuchend herum und sah sich im Zimmer um. Hitze und Helligkeit trieben ihm die Tränen in die Augen, und er bekam kaum noch Luft. Zu allem Überfluß hörte er durch das Prasseln der Flammen eben ein gewaltiges Poltern und Krachen aus dem Erdgeschoß heraufdringen, das ihm klarmachte, daß sein grünäugiger Verfolger keineswegs aufgegeben hatte. Es war nicht zu erkennen, was der Roboter tat – aber Kim war sicher, daß er in wenigen Augenblicken wieder auftauchen würde, um ihm endgültig den Garaus zu machen!

Taumelnd verließ Kim wieder das Zimmer, drehte sich hilflos im Kreis und suchte verzweifelt nach einem Ausweg. Der größte Teil des Korridors stand bereits in Flammen, und der Rauch war so dicht, daß Kim das Gefühl hatte, ersticken zu müssen. Jeder Atemzug war eine Qual. Selbst wenn ihn der Roboter nicht erreichte, würde er in wenigen Augenblicken ersticken und verbrennen.

Wieder drang dieses fürchterliche Krachen und Bersten aus dem Erdgeschoß herauf. Kim arbeitete sich hustend und mit tränenden Augen zur Treppe vor und beobachtete entsetzt, wie der Roboter da unten alle möglichen Möbelstücke zusammentrug und am Fuße der zusammengebrochenen Treppe zu einem Haufen auftürmte. Noch ein paar Minuten, und er würde sich auf diese Weise eine Treppe gebaut haben, über die er bequem heraufkriechen und nachsehen konnte, ob sein Opfer noch lebte. Und gegebenenfalls etwas dagegen unternehmen.

Kim taumelte verzweifelt in sein Zimmer zurück, riß einen Stuhl hoch und schmetterte ihn mit aller Kraft gegen die Glaswand vor dem Fenster.

Der Stuhl zerbrach. Die Glaswand nicht.

Er brauchte etwas Stärkeres, um sie zu zertrümmern – aber was? Es gab in seinem Zimmer alles mögliche – aber nichts, was geeignet schien, eine Scheibe aus Panzerglas zu zerstören. Trotzdem riß er ein Stück des zerbrochenen Stuhls in die Höhe und schlug damit mehrmals und mit aller Gewalt zu. Mit dem einzigen Ergebnis, daß Kims Arme nach ein paar Hieben zu schmerzen begannen und er nun wirklich keine Luft mehr bekam; das Zimmer war derart von heißem Rauch erfüllt, daß Kim das Gefühl hatte, Feuer zu atmen. Er taumelte wieder auf den Gang hinaus – und blickte direkt in das grünleuchtende Schlitzauge des Roboters, das sich in diesem Moment über den Treppenabsatz schob. Die winzigen Leuchtbuchstaben dahinter schienen triumphierend aufzuflammen. Eine gewaltige Eisenklaue griff nach oben und grub sich knirschend in die Dielen, während der schwere Riese begann, seinen Körper in die Höhe zu ziehen.

Die schiere Todesangst erfüllte Kim mit dem Mut der Verzweiflung. Mit einem Satz sprang er auf den Roboter zu, holte aus und versetzte ihm einen Tritt, daß sein Metallschädel wie eine Glocke dröhnte. Der Roboter wankte, aber er kippte nicht, wie Kim gehofft hatte, rücklings nach unten und zerbrach vollends, sondern schlug im Gegenteil wieder mit der Klaue aus, so daß sich Kim mit einem hastigen Hüpfer in Sicherheit bringen mußte.

Er war verloren! Das Haus brannte jetzt wie ein Scheiterhaufen, und der Koloß würde in wenigen Augenblicken hier sein und Kim zweifellos umbringen, wenn es ihm nicht gelang, die Glaswand zu zerbrechen!

Und dann fiel ihm etwas ein. Es gab noch eine Möglichkeit, das Glas zum Zerspringen zu bringen ...

Kim versetzte dem Roboter einen weiteren Tritt, sprang mit einem Satz in sein Zimmer zurück und riß die winzige Flöte aus der Tasche. Vor lauter Aufregung ließ er sie fallen und tastete einen Moment lang blind über den Teppich, der mit Asche und qualmendem Holz übersät war. Dann hob er sie an die Lippen und blies mit aller Macht hinein.

Ein schriller, quäkender Quietschton erklang, der so intensiv war, daß Kim vor Schmerz die Augen schloß. Sein Schädel schien zerspringen zu wollen, und seine Zähne fühlten sich an, als versuche jemand, sie einzeln auszureißen.

Aber als Kim den Blick hob und wieder zum Fenster sah, waren sämtliche Scheiben zerborsten, und das Glas davor war nicht länger unsichtbar, sondern hatte sich in ein Spinnennetz aus Sprüngen und Rissen verwandelt.

Kim atmete tief ein, wappnete sich gegen den neuerlichen Schmerz und setzte das Musikinstrument erneut an die Lippen, als eine stählerne Hand seine Schultern packte und ihn mit unvorstellbarer Kraft herumriß.

Kim schrie auf, prallte gegen die Wand und taumelte hilflos auf den Flur hinaus, als ihm der Koloß einen Stoß versetzte. Die stählerne Klaue schlug nach Kims Gesicht und verfehlte es nur knapp, weil Kim in diesem Moment abermals das Gleichgewicht verlor und rücklings auf den Korridor hinausfiel.

Sofort wollte er sich herumwerfen, aber er konnte die Bewegung nicht einmal halb zu Ende führen. Der Roboter machte einen einzigen, stampfenden Schritt und sein riesiger Eisenfuß erwischte Kims Hosenbein und nagelte es regelrecht an den Boden. Kim schrie auf und versuchte sich loszureißen, aber der Stoff seiner Jeans hielt seinen Kräften stand.

Fast gemächlich drehte sich die fürchterliche Gestalt vollends herum, starrte auf Kim herab – und hob den zweiten Fuß, um ihn damit zu zerstampfen.

In diesem Moment dachte Kim nicht mehr nach – setzte seine Flöte an die Lippen und blies mit aller Kraft hinein.

Der Ton schien seinen Schädel sprengen zu wollen. Er schrie vor Schmerz auf, warf gequält den Kopf zurück und blies noch einmal in das winzige Mundstück. Vor dem Fenster seines Zimmers zerbarst klirrend die Scheibe, und gleich darauf sank auch die unsichtbare Wand vor der Schlafzimmertür in einem Scherbenregen in sich zusammen.

Etwas traf mit ungeheurer Wucht auf das Glas hinter Rebekkas Tür und ließ es regelrecht explodieren. Ein langgestreckter, rotbrauner Schatten flog wie ein Blitz durch die Luft, prallte gegen den Roboter und schleuderte ihn meterweit davon. Mit einem schrillen, metallischen Kreischen krachte die riesige Mordmaschine gegen die Wand.

Kims Augen weiteten sich ungläubig, als er sah, was den Roboter angegriffen hatte: Es war ein geschupptes, grünrotes Etwas mit fürchterlichen Krallen und Zähnen, Augen wie geschliffene Rubine und einem wild peitschenden, muskulösen Schweif, das jetzt dicht vor dem Roboter hockte und ihn mißtrauisch beäugte. Das Geschöpf ähnelte einem Salamander – oder hätte ihm jedenfalls geähnelt, wäre es nicht von der Schwanzspitze bis zum Maul gute drei Meter lang gewesen und in den Schultern so hoch wie ein Schäferhund. Wie ein sehr großer Schäferhund.

Der Roboter drehte sich blitzschnell herum und musterte seinen neu aufgetauchten Gegner aus seinem grünen Auge. Kim sah, wie er ein paarmal versuchte, die Hand zu heben, die noch immer den Laserstrahler trug; doch der Arm verweigerte ihm den Dienst. Aber der andere funktionierte noch und der endete in der schrecklichen Stahlklaue.

»Paß auf!« schrie Kim automatisch, als er sah, wie der Maschinenmann eine Bewegung nach links vortäuschte und dann blitzartig aus der anderen Richtung heraus zuschlug. Kim hatte keine Ahnung, ob der Riesensalamander seine Warnung hörte oder verstand. In jedem Fall schien sie überflüssig zu sein. Mit einer Schnelligkeit, die bei einem Wesen seiner Größe einfach unvorstellbar war, wich das Tier dem Hieb aus, sprang gleichzeitig auf den Roboter zu und ließ eine lange, geschmeidige Zunge aus dem Maul herausschnellen. Ehe der Roboter auch nur begriff, was geschah, hatte sich die Zunge um seinen Arm gewickelt. Fast gleichzeitig machte die Echse eine Bewegung zur Seite und schlug mit dem Schwanz zu.

Ein Geräusch erklang, als schlüge ein Hammer von der Größe der Freiheitsstatue auf einen entsprechenden Amboß. Mit einem trockenen Knirschen brach der Arm des Roboters dicht unter dem Schultergelenk ab, und mit einem Male sprühte die ganze riesenhafte Gestalt blaue und orangerote Funken. Statt grünem Licht erfüllten plötzlich rote Flammen den schmalen Sehschlitz in seinem Eisengesicht. Die ganze, riesige Gestalt wankte, schien sich für einen winzigen Moment noch einmal zu fangen – und stürzte dann stocksteif und rücklings zum zweitenmal ins Erdgeschoß herab. Diesmal hörte Kim deutlich das Geräusch von zerberstendem Metall.

Völlig fassungslos starrte Kim die große rotgrüne Echse an. Sie ... kam ihm bekannt vor, so verrückt ihm selbst der Gedanke erschien. Sie war ... war ...

Ihm blieb keine Zeit, den Gedanken zu Ende zu verfolgen, denn Kim war keineswegs außer Gefahr. Der Roboter mochte besiegt sein, aber das Haus brannte noch immer, und die Flammen hatten mittlerweile fast von dem gesamten Korridor Besitz ergriffen. Selbst unter dem Körper der Echse züngelten gelbe und rote Flammenzungen hervor, ohne daß sie es jedoch zur Kenntnis zu nehmen schien. Wahrscheinlich schützte sie ihr dicker Schuppenpanzer vor der Hitze.

Aber Kim besaß keinen solchen Schutz. Er begann die

Hitze immer stärker und stärker zu fühlen, und jeder Atemzug wurde zur Pein. Hustend stemmte er sich in die Höhe, sah sich um und bemerkte entsetzt, daß die Flammen jetzt auch die Tür zu seinem Zimmer völlig ausfüllten. Der Raum war ein loderndes Inferno, das eher an das Innere eines Hochofens erinnerte denn an das Zimmer, das er seit vierzehn Jahren bewohnte. Auch das Schlafzimmer seiner Eltern brannte. Es blieb nur noch der Weg in Rebekkas Zimmer. Kim hustete, machte einen großen Schritt, um nicht über den Schwanz der Echse zu stolpern, taumelte durch die Tür – und prallte mit einem überraschten Laut zurück.

Rebekkas Zimmer brannte nicht.

Es war auch nicht mehr Rebekkas Zimmer. Es war überhaupt kein Zimmer mehr.

Vor Kim erstreckte sich eine scheinbar unendliche, in düsteren Braun- und Schwarztönen gehaltene Landschaft, in der nur wenige, verkrüppelt wirkende Bäume und bizarres Buschwerk wuchsen, die an Gebilde aus geflochtenem Stacheldraht erinnerten. Die Tür, durch die er getreten war, war auch keine Tür, sondern ein gezacktes Loch in einer gewaltigen Wand aus schimmerndem Glas, die sich so weit erstreckte, wie das Auge reichte.

Etwas berührte ihn an der Hüfte. Kim drehte sich herum und machte einen erschrockenen Schritt zur Seite, als er sah, daß es der Riesensalamander war. Er war ihm gefolgt und hatte neben Kim haltgemacht. Der Blick seiner faustgroßen kalt schimmernden Reptilienaugen bohrte sich in den des Jungen. »Wasssss issssst?« zischelte die Echse. »Worauf wartessssst du? Dasssss sssssie zurückkommen?« Sie bewegte unruhig den gewaltigen, dreieckigen Schädel und kroch einen Schritt auf Kim zu. Ihr Schwanz peitschte unruhig. »Steig auf«, zischelte sie. »Wir müssssen machen, dasssss wir wegkommen. Diesssser eine war nicht allein.«

Kim machte keine Anstalten, auf den Rücken der Echse zu steigen.

Er tat überhaupt nichts. Wenigstens nicht gleich.

Er stand einfach da und starrte abwechselnd den sprechenden Riesensalamander und die unwirkliche Landschaft vor sich an, und ganz, ganz langsam begriff er, wieso ihm dieses Wesen so bekannt vorgekommen war. Was vor ihm stand, das war nichts anderes als einer der beiden Leguane aus dem Terrarium seiner Schwester. Nur war es kein Zwerg mehr, sowenig, wie die unheimliche Sumpflandschaft vor Kim länger das Innere des Terrariums war.

Zugleich fiel ihm schlagartig ein, wo er sich befand. Das war nicht mehr das Haus seiner Eltern. Nicht einmal dieselbe Stadt, ja, nicht einmal mehr dieselbe Welt. Kim hatte den Weg gefunden, nach dem er so verzweifelt gesucht hatte.

Er war im Lande Märchenmond.

Stunden später war Kim nicht mehr so sehr überzeugt davon, daß die öde, monotone Welt, durch die ihn die Echse trug, wirklich das Land war, für das er es hielt. Und in Wahrheit hatte er auch keinen Zeitbegriff mehr; er wußte nicht, ob er seit zwölf oder erst zwei oder gar schon zweihundert Stunden auf dem geschuppten Rücken des Riesensalamanders hockte; jedenfalls fühlte er sich, als wären es viele Stunden gewesen.

Das gewaltige Tier trottete recht gemächlich über den sumpfigen Boden, wobei es ziemlich rücksichtslos in Wasserlöcher platschte, durch dorniges Unterholz brach oder sich unter tiefhängenden Zweigen der wenigen Bäume hindurchschlängelte, die seinen flachen Körper zwar nicht berührten, dafür aber den seines Reiters. Kims Gesicht war bald zerschrammt und voller blutiger Kratzer, sein Pullover hing in Fetzen – die Haut darunter zu einem guten Teil auch – und sein Rücken wie auch ein gewisser Körperteil etwas tiefer darunter schmerzten unerträglich. Kim hatte die Echse ein paarmal gebeten, anzuhalten oder wenigstens etwas genauer darauf zu achten, wo sie lief, aber diese schien der menschlichen Sprache plötzlich nicht mehr mächtig zu sein.

Stunde um Stunde war sie dahingetrottet, hatte Bäche durchwatet und kleine Waldstücke durchquert. Sie war durch Sümpfe und gewaltige Schlammlöcher gekrochen, aus denen stiegen Blasen auf, die ein übelriechendes Gas entließen, sobald sie an der Oberfläche platzten. Es war dunkel geworden, aber nicht ganz. Ein unheimlicher, grauer Schimmer am Himmel war geblieben, obwohl Kim weder Mond noch Sterne entdecken konnte. Und irgendwann später hellte es auf, aber wie die sonderbar halbdunkle Nacht auch nicht ganz – der Tag blieb verhangen wie ein regnerischer früher Novemberabend, obwohl die Sonne vom Himmel schien.

Kim mußte trotz seiner unbequemen Lage und trotz des Tohuwabohus, das in seinen Gedanken herrschte, irgendwann auf dem Rücken seines absonderlichen Schuppentaxis eingeschlafen sein, denn als er die Augen wieder aufschlug, hatte sich seine Umgebung verändert: Vor ihm erstreckte sich noch immer sumpfiges Ödland, in dem Bäume und Büsche wie aus hartem schwarzen Draht wuchsen, aber der Himmel war lichter geworden, und hier und da entdeckte Kim einen Tupfen von Grün und Rot zwischen den tristen Farbtönen des Sumpfes.

Es fiel auf, daß das schweigsame Reittier langsamer geworden war, und kaum hatte Kim dies bemerkt, da blieb es wie auf ein Stichwort hin völlig stehen und wackelte mit dem Kopf. Kim verstand und kletterte steifbeinig von seinem Rücken.

Jeder einzelne Knochen in seinem Leib tat ihm weh. Stöhnend reckte er sich, machte einen vorsichtigen Schritt und biß die Zähne zusammen, als sein Rücken und sein wundgesessenes Hinterteil mit heftigen Schmerzen auf die Bewegung reagierten. Die Echse stand ein Stück abseits und blickte ihn schweigend, aber sehr aufmerksam aus ihren großen, glitzernden Augen an. Kim erwiderte ihren Blick, aber nicht sehr lange. Obwohl ihm dieses Wesen zweifellos das Leben gerettet hatte, fühlte er sich in seiner Nähe nicht besonders wohl. Das Reptil strahlte eine Fremdartigkeit aus, die ihn schaudern ließ.

Trotzdem zwang sich Kim zu einem Lächeln, als er sich vollends zur Echse umwandte. »Ich dachte schon, du wirst überhaupt nicht mehr müde«, sagte er. »Wie weit sind wir gelaufen?«

»Keine Pause«, antwortete die Echse. »Weiter gehe ich nicht. Du bisssst jetzt in Sssssicherheit.«

Kim warf einen raschen Blick in die Richtung zurück, aus der sie gekommen waren. »Du meinst, sie kommen nicht hierher?« fragte er.

»Dasssss wagen sssssie nicht«, versicherte ihm die Echse. Dann gab sie einen Laut von sich, der sich anhörte, als wollte ein Krokodil plötzlich lachen. »Und wenn doch, dann werden sssssie sssssich wundern. Sssssollen sssssie nur kommen. Ich zerreissssse sie.«

Kim dachte daran, wie die Echse den Roboter erledigt hatte, und glaubte ihr auf Anhieb.

»Ich ... danke dir jedenfalls«, sagte er. »Für alles, was du getan hast. Ohne dich wäre ich jetzt tot.«

»Ssssstimmt«, zischte das Schuppenwesen, kniff ein Auge zu und musterte ihn kalt aus dem anderen. »Und?«

»Oh ... nichts ...«, murmelte Kim, »es hätte mir nicht gefallen, das ist alles.«

Die Echse würdigte ihn nicht einmal einer Antwort, sondern drehte sich auf der Stelle herum und begann in die Richtung zurückzukriechen, aus der sie gekommen waren. Kim konnte nicht sagen, warum, aber er hatte das sichere Gefühl, daß sie sich in seiner Nähe so wenig wohl fühlte wie er umgekehrt in der ihren. Und obwohl es ihm ein bißchen ungerecht vorkam, war er erleichtert, daß sie ging.

Trotzdem rief er das Tier noch einmal zurück. »Rosi?«

Er hatte keine Ahnung, welcher der beiden Leguane es war, aber das Wesen blieb tatsächlich stehen und wandte ihm den mächtigen Schädel zu. »Warum nennsssssst du mich sssssso?« zischelte es in leicht verärgertem Ton.

»Entschuldige«, sagte Kim hastig. »Ich meine, versteh das nicht falsch, aber für mich seht ihr beide gleich aus. Wenn du nicht Rosi bist, mußt du Rosa sein.«

»Mein Name ist Lizard«, fauchte die Echse. »Deine Schwester nennt mich Rosi. Ein dämlicher Name.«

»Lizard, entschuldige«, stammelte Kim hastig. »Das konnte ich ja nicht wissen.«

»Jetzt weisssssst du essssss«, zischelte die Echse übellaunig und fuhr sich mit der langen, geschmeidigen Zunge über die Lippen. Kim überlegte dabei, ob sie vielleicht hungrig war, beschloß aber, daß er die Antwort lieber nicht wissen wollte. »Wohin gehst du?« fragte er.

»Fort«, antwortete Lizard. »Mein Reich endet hier. Du musssst schon allein weitergehen.«

»Allein?« murmelte Kim. Unbehaglich sah er sich um. Die Landschaft war nicht mehr ganz so öde wie bisher, aber auch alles andere als einladend. »Aber wohin soll ich denn gehen?«

»Du wirssssst schon den Weg finden«, erwiderte Lizard. »Du wolltessssst ins Land der Träume, nicht? Du bissssst da.«

»Da?« wiederholte Kim verständnislos. »Du mußt dich irren. Das hier ist ...« Er brach verwirrt ab. Die Landschaft, in der sie sich befanden, war alles andere als ein Traumland. Eher schon ein Alptraumland.

»Das hier ist nicht das Land der Träume«, sagte er schließlich.

»Isssst es doch«, antwortete Lizard. »Nur nicht deiner Träume. Hast du gedacht, allessss richtet sich nach dir, Warmblüter?«

Kim blickte die Echse verdattert an. Es dauerte einen Moment, bis er begriff, was er gerade gehört hatte. Und vor allem, was es bedeutete.

»Moment mal!« sagte er. »Du willst damit sagen, daß ... daß das hier ... daß das hier *dein* Märchenmond ist? Dein Traumland?«

»Hasssst du wassss dagegen?« erkundigte sich Lizard lauernd.

»Keineswegs«, versicherte Kim eilig. »Ich ... ich war nur überrascht, das ist alles. Ich habe gedacht, daß ...«

»Ja?« fragte Lizard, als Kim mitten im Satz stockte. Kim sah das riesige Schuppenwesen verstört an. Es fiel ihm schwer, weiterzusprechen. Wie oft hatte er die beiden Leguane beobachtet, wie sie hinter der Scheibe ihres gläsernen Gefängnisses saßen, scheinbar zur Reglosigkeit erstarrt, nichts als kleine, geistlose Tiere, die er nicht einmal hübsch fand. Kim schauderte abermals.

»Ich habe nicht gewußt, daß ihr auch träumt«, meinte er schließlich.

»Tun wir aber«, gab Lizard unfreundlich zurück. »Und jetzt gehe ich. Lauf einfach geradeaus, dann kommssssst du schon, wohin du willssssst.«

»Warte noch«, sagte Kim hastig.

Lizard blieb noch einmal stehen und starrte ihn mißmutig aus einem Auge an. Das andere bewegte sich unabhängig davon in einer anderen Richtung und suchte den Sumpf ab. »Wasssss issssst denn noch?«

»Nur noch eine Frage«, sagte Kim. »Wovon träumt ihr?«

Unverhohlen starrte ihn die Echse weiter an, bis Kim sich immer unbehaglicher unter ihrem Blick zu fühlen begann. Dann gab Lizard einen Laut von sich, der wieder wie ein Lachen klang; vielleicht war es aber auch das genaue Gegenteil.

»Von der Freiheit«, sagte Lizard.

Kim antwortete nicht. Schweigend und sehr, sehr betroffen blieb er stehen, bis sein geschuppter Retter zwischen den Büschen verschwunden war.

IV

Kim war weiter in die Richtung gewandert, in die Lizard ihn den ganzen Tag über getragen hatte, und von der er ziemlich willkürlich bestimmte, daß sie Süden sei (später sollte er herausfinden, daß sie es wirklich war, und zwar aus dem einzigen Grund, weil er wollte, daß sie es war). Schließlich war er so müde geworden, daß er sich auf einem Flecken halbwegs trockenen Bodens ausstreckte und auf der Stelle einschlief. Als Kim die Augen aufschlug, war es dunkel geworden, und zum erstenmal, seit er die Grenzen nach Märchenmond überschritten hatte, war es tatsächlich Nacht. Der Himmel war schwarz und nicht von diesem düsteren, wattigen Grau, das an das Licht einer Straßenlaterne erinnerte, die weit entfernt im Nebel brannte und einem das Gefühl gab, nicht mehr richtig atmen zu können. Obwohl aus dem Sumpf immer noch große Gasblasen aufstiegen, die unangenehme Gerüche entließen, trug der Wind doch einen Hauch angenehmer Kühle heran.

Kim war nicht von selbst erwacht, sondern eine Berührung hatte ihn geweckt.

Er setzte sich mit einem Ruck auf und sah sich um. Im allerersten Moment erkannte er rein gar nichts, so tief und absolut war die Finsternis, die ihn umgab. Fast wünschte sich Kim das graue Nebellicht der Echsenwelt zurück. Aber dann gewöhnten sich seine Augen an das blasse Sternenlicht, und er sah schattenhafte Umrisse.

Allerdings war Kim nicht sicher, ob es so gut war, etwas zu erkennen … Kim war tatsächlich von jemandem wachgerüttelt worden. Und dieser jemand hockte noch immer neben Kims rechtem Bein und betrachtete abwechselnd ihn und den Turnschuh an seinem Fuß.

Kim mußte sich beherrschen, um nicht angeekelt das Gesicht zu verziehen. Das Wesen, das an seinem Zeh geknabbert hatte, war nur so groß wie eine Katze, aber nicht annähernd so niedlich. Genauer gesagt, war es die häßlichste Kreatur, die Kim jemals zu Gesicht bekommen hatte: klein und rauh und von einer undefinierbaren Farbe, die irgendwo zwischen Schleimgrün und Matschbraun schwankte. Obwohl sein Körper dort, wo er nicht aus Stacheln und Widerhaken und rasiermesserscharfen Krallen bestand, über und über mit Schuppen bedeckt war, schimmerte er feucht und klebrig, und der Gestank, den das Wesen verbreitete, nahm einem schier den Atem. Seine übergroßen Triefaugen musterten Kim tückisch. Und aus dem offenstehenden Maul, in dem eine Reihe kleiner, aber nadelspitzer Zähne blinkte, tropfte Speichel auf den Boden. Es musterte Kim von oben bis unten – mit einem Blick, als überlegte es, wo es zuerst hineinbeißen sollte.

»Hal... lo«, sagte Kim stockend. Vorsichtig setzte er sich auf, bekämpfte tapfer seinen Widerwillen und zwang sich sogar zu einem Lächeln.

»Wer bist du denn?«

Das kleine Scheusal sabberte heftig, antwortete aber nicht. Kim schluckte ein paarmal, um das Gefühl der Übelkeit, das der Anblick dieser Gestalt in ihm auslöste, nicht zu übermächtig werden zu lassen, setzte sich ganz auf und zog die Knie an den Körper. In den trüben Augen des kleinen Ekels machte sich ein Ausdruck von Enttäuschung breit, als der Turnschuh zurückgezogen wurde, aber es rührte sich noch immer nicht.

Kim versuchte es noch einmal. »Verstehst du mich?« fragte er. »Ich meine – verstehst du, was ich sage? Nein? Komm mal her.« Obwohl ihm allein der Anblick des Tieres den Magen herumdrehte, beugte er sich vor und streckte die Hand aus. Schließlich konnte das Wesen nichts für sein Aussehen. Wahrscheinlich war Kim in seinen Augen auch nicht wesentlich hübscher, allenfalls appetitlicher, und das im wortwörtlichsten Sinn. Kim wußte, daß man nicht unbedingt vom Äußeren eines Lebewesens auf seinen Charakter schließen sollte.

Nicht unbedingt und nicht immer. Aber manchmal eben doch.

Das kleine Monster blickte ihn einen Moment lang aus einem Auge an, richtete den Blick des anderen auf seine ausgestreckte Hand und schnupperte schließlich an seinem Zeigefinger wie ein Hund, der Witterung aufnahm.

Dann biß es herzhaft hinein.

»Iaaaa!« brüllte Kim, sprang mit einem Satz auf die Füße und riß den Arm zurück. Klein-Ekel hatte sich allerdings in seinen Finger verbissen und dachte nicht daran, loszulassen. Kim schrie vor Schmerz und Wut, hüpfte wie von Sinnen abwechselnd auf dem rechten und auf dem linken Bein herum und schwenkte den Arm wild hin und her, ohne daß das Tier seinen Biß lockerte.

»Mistvieh!« schrie Kim. »Aua! Laß sofort los!«

Aber das Tier dachte nicht daran – ganz im Gegenteil. Jetzt begann es auch noch mit allen vier Klauen seine Hand zu bearbeiten und wickelte den langen Schwanz, der mit scharfen, spitzen Stacheln übersät war, um Kims Unterarm, um mehr Halt zu haben. Kim kreischte, ließ den Arm wie einen Dreschflegel vor dem Gesicht in der Luft wirbeln – und schaffte es endlich, das kleine Monstrum abzuschütteln. Mit einem pfeifenden Laut flog es durch die Luft und landete meterweit entfernt in einem Busch. Nur um sofort auf seinen winzigen Beinchen wieder heranzuwieseln.

Eine Sekunde lang starrte Kim das Tier aus ungläubig aufgerissenen Augen an, hin und her gerissen zwischen Zorn und Verblüffung über die Dreistigkeit dieses lebenden Nadelkissens, das einen Gegner von Kims Größe angreifen wollte. Dann war das Tier heran und biß Kim so heftig in den Zeh, daß er den Schmerz durch den Turnschuh spürte und mit einem abermaligen Schrei zurückprallte. Ohne nachzudenken, gab er dem Tier einen Tritt, der es hilflos davonkollern ließ, dabei verlor er selbst das Gleichgewicht und landete unsanft auf dem Hosenboden.

Aber als das Tier erneut heranstürmte, war er vorbereitet. Kim ballte die Faust und spannte die Muskeln zu einem Hieb, der es auf der Stelle zermalmen mußte.

Als spüre es die Gefahr, brach das Monster im letzten

Moment seinen Angriff ab und legte den Kopf schräg. Seine Augen blitzten tückisch, aber auch sehr vorsichtig.

»Komm nur her!« sagte Kim. »Auf einen wie dich habe ich gerade gewartet.«

Klein-Ekel gab einen unangenehmen, zischelnden Laut von sich und sabberte wieder. Seine winzigen Krallen gruben sich in den sumpfigen Boden.

»Was willst du?« fragte Kim herausfordernd. »Komm nur her und hol dir eine Tracht Prügel, oder hau ab!« Er griff nach einem Stein.

»Hunger!« sagte das Tier.

Kim riß die Augen auf. »Wie?«

»Hunger«, wiederholte das Mini-Monster. »Du bist groß – und ich hab einen großen Hunger.«

Kim schluckte, starrte auf das stachelige Wesen zu seinen Füßen herab und dann auf seinen Zeigefinger. Die winzigen Zähne des Biestes hatten eine doppelte Reihe nadelspitzer, blutender Pünktchen in seiner Haut hinterlassen. Und die Wunden brannten, als hätte jemand Salz hineingerieben.

»Nur ein Stück!« bettelte das Tier. Es schniefte hörbar, sagte noch einmal mit weinerlicher Stimme: »Hunger!«, während sich seine Augen tatsächlich mit Tränen füllten.

»Mich kann man nicht essen«, erklärte Kim hastig und schob seinen blutenden Finger in den Mund. »Ich schmecke scheußlich!«

»Du lügst«, behauptete das Nadelkissen-Tier.

»Ach?« fragte Kim lauernd. »Wieso?«

»Du ißt dich doch selbst!«

Kim blinzelte, nahm verblüfft den Finger wieder aus dem Mund und mußte plötzlich lachen. Das Tier fuhr sich mit der Zunge über die Lippen und kroch wieder ein Stückchen näher, wobei es Kims rechtes Hosenbein vom Knie bis zur Tasche vollsabberte.

»He!« protestierte Kim. »Paß doch auf, was du da tust!« Er versuchte das Wesen zur Seite zu schieben, zog die Hand aber im letzten Moment wieder zurück, als er es in seinen Augen gierig aufblitzen sah.

»Jetzt hör mir mal zu«, begann er. »Ich habe was dagegen, aufgegessen zu werden, kapiert?«

»Nicht ganz aufessen«, versicherte Klein-Ekel. »Nur ein Stück. Ein ganz kleines.« Seine Augen erinnerten plötzlich an die eines hilflosen Rehkitzes, das einen Menschen um ein Stück Zucker anbettelt. »Nur einen Finger«, bettelte es, »Oder einen halben?«

»Nein!« rief Kim, der sich zwischen Lachen und Zorn hin und her gerissen fühlte. »Nicht einmal einen Viertel! Nicht einmal den Fingernagel, ist das klar?«

Kim stand auf und ballte die rechte Hand zur Faust, denn der Finger schmerzte noch immer höllisch.

»Dann vielleicht einen Zeh?« fragte das Tierchen hoffnungsvoll. Kim wollte wütend werden – aber wieder konnte er nicht anders: er platzte einfach heraus und begann schallend zu lachen, bis er keine Luft mehr bekam. Noch immer kichernd und glucksend ließ er sich vor dem Tierchen in die Hocke sinken und betrachtete es kopfschüttelnd, während er sich mit der linken Hand die Tränen aus den Augen wischte. »Hast du was?« fragte das Tier. »Warum schreist du so?«

»Ich schreie nicht«, versicherte ihm Kim. »Das hört sich nur so an ... Wer bist du überhaupt?«

»Ich?« Das Tierchen schien einen Moment lang ernsthaft über den Sinn dieser Frage nachzudenken. »Ich«, sagte es schließlich. »Ich bin ich. Wer soll ich denn sonst sein?«

»Geschieht mir recht«, murmelte Kim. »Blöde Fragen kriegen blöde Antworten, nicht wahr?« Er seufzte. »Mein Name ist jedenfalls Kim. Vielleicht hast du ja schon einmal von mir gehört?« fügte er hoffnungsvoll hinzu.

»Nein«, antwortete sein Gegenüber. »Und gekostet habe ich dich auch noch nicht. Ich könnte mich an den Geschmack erinnern. Bestimmt.«

»Ja, bestimmt«, pflichtete ihm Kim bei und erhob sich wieder. »Ich muß jetzt gehen. Ich habe noch einen weiten Weg vor mir. Es hat mich gefreut, dich kennenzulernen.« Und damit wandte er sich um und ging mit raschen Schritten davon. Noch herrschte tiefe Nacht, aber Kim war überhaupt nicht mehr müde. Außerdem hätte er sowieso nicht mehr schlafen können – nicht in einer Gegend, in der man damit rechnen mußte, stückweise aufgegessen zu werden, wenn man nicht aufpaßte.

Den Weg durch den nachtdunklen Sumpf zu finden, erwies sich als schwieriger, als Kim gedacht hatte. Immer wieder stolperte er über eine Wurzel, die er in der Dunkelheit nicht rechtzeitig sah, trat in jäh aufklaffende Sumpflöcher und knallte zweimal mit der Stirn gegen einen Baumstamm, der scheinbar aus dem Nichts vor ihm auftauchte. Sein Mut sank. Und ein Blick in den Himmel machte ihm klar, daß mit dem Tagesanbruch noch lange nicht zu rechnen war.

Überhaupt kam ihm die Landschaft, durch die er wanderte oder eigentlich stolperte, immer unheimlicher vor. Der Sumpf dehnte sich, soweit das Auge reichte, die Bäume und das Buschwerk wirkten allesamt irgendwie krank und verkrüppelt. Aber was hatte Kim erwartet? Das hier mochte ein Teil von Märchenmond sein, aber es war das Land der Schuppentiere. Eigentlich sollte er froh sein, daß sich seine Schwester Rebekka ein Terrarium und Leguane gewünscht hatte und nicht etwa eine langbeinige, pelzige Spinne – oder gar Fische …

Als Kim sich nach einer Welle zufällig umdrehte, sah er einen winzigen Schatten, der mit lautlosen Bewegungen hinter ihm herhuschte. Mit einem Ruck blieb Kim stehen und runzelte verärgert die Stirn, als er in ein Paar trüber, viel zu groß geratener Glubschaugen blickte, die er nun schon kannte.

»Was soll das?« fragte er verärgert. »Wieso läufst du mir nach?«

»Hunger«, bettelte das kleine Tier störrisch. Kim seufzte.

Das Scheusal blickte ihn treuherzig an. »Vielleicht ein Ohr?«

»Nein!« brüllte Kim, so laut er nur konnte. Wütend trat er auf das Tier zu, besann sich aber im letzten Moment.

»Warte mal«, sagte er. »Du hast großen Hunger, sagst du?«

Das Tierchen nickte heftig und huschte auf ihn zu.

»Hör zu«, sagte Kim. »Hier sind doch überall Seen und Tümpel, nicht wahr? Ich bin sicher, daß es darin Fische gibt. Magst du Fisch?«

»Klar.«

»Und du kennst dich hier in der Gegend aus?« fragte Kim.

»Freilich.«

»Dann mache ich dir einen Vorschlag«, sagte Kim. »Sobald es hell ist, fange ich einen großen, saftigen Fisch für dich, das verspreche ich dir.«

»Einen großen? Nur für mich?«

»Ganz allein für dich«, versicherte Kim. »Ich will nicht eine Schuppe davon abhaben. Dafür zeigst du mir jetzt den Weg hier heraus. Ich suche ... meinesgleichen. Verstehst du?«

»Solche wie dich?« wiederholte das Monsterchen.

»Genau«, antwortete Kim. »Wesen wie mich, die sich nicht fressen lassen wollen. Weißt du, wo ich sie finden kann?«

»Sicher. Ist nicht einmal mehr weit. Aber erst den Fisch.«

Kim seufzte. »Können wir nicht warten, bis es hell ist?« fragte er. »Ich meine – du scheinst im Dunkeln ja ausgezeichnet zu sehen, ich leider nicht.«

»Das habe ich gemerkt«, antwortete das Tier. »Du bist gerade fast ins Loch eines Schnappers gefallen.«

Kim verzichtete vorsichtshalber darauf, zu fragen, was ein Schnapper war. Die Antwort hätte ihm bestimmt nicht gefallen. »Also abgemacht?« fragte er. »Ich besorge dir den Fisch, sobald es Tag ist, und du zeigst mir den Weg hier heraus.«

»Abgemacht«, nieste das Tier.

Kim richtete sich wieder auf, bevor er aber weiterging, wandte er sich noch einmal an seinen Begleiter. »Wenn wir schon zusammen wandern, dann brauchst du einen Namen«, sagte er. »Wie soll ich dich nennen?«

Das kleine Stacheltier blickte ihn verstört an, und Kim begriff. »Okay, okay«, sagte er hastig. »Ich denke mir einen aus.« Plötzlich grinste er über das ganze Gesicht. »Du bist häßlich wie die Nacht, weißt du das eigentlich? Ich denke, ich werde dich Bröckchen nennen.«

»Bröckchen?«

»Das ist die Koseform von Kotzbrocken. Paßt irgendwie zu dir. Einverstanden?« antwortete Kim kichernd.

Das Tier überlegte kurz, nickte dann und kroch eifrig mit kleinen trippelnden Schritten über Kims Füße hinweg, wobei es seine Turnschuhe bis zu den Knöcheln mit grünem Schleim vollschmierte.

Kim machte sich schon das erste Licht der Dämmerung zunutze, um aus einigen ausgerissenen Gräsern und dünnen Zweigen eine provisorische Angelschnur zu flechten. Das war leichter gesagt als getan, aber Kim war geschickt, und nach einigem Herumprobieren brachte er eine etwa drei Meter lange, geflochtene Schnur zustande, die ihm für sein Vorhaben geeignet schien; schließlich hatte er nicht vor, einen Walfisch zu fangen, sondern nur etwas, das ausreichte, seinen gefräßigen Begleiter satt zu kriegen. Ein wenig mehr Schwierigkeiten bereitete ihm der Angelhaken, aber er behalf sich schließlich, indem er seinen Gürtel auseinandernahm und die Schnalle an einem Stein umbog. Er schliff sie so scharf, wie er konnte. Bröckchen saß die ganze Zeit daneben und beobachtete ihn aus seinen hervorquellenden Augen, sagte aber nichts mehr – wofür ihm Kim dankbar war. Einer der Gründe, warum er schon jetzt damit begonnen hatte, eine Angelrute zu bauen, war der, daß er mittlerweile selbst hungrig war. Der andere – und viel gewichtigere – Grund aber war, daß das kleine Ekel während der vergangenen Stunden nicht aufgehört hatte, ihm zu versichern, wie hungrig es war, und fortgefahren war, ihn um ein Ohr, einen Finger oder einen Zeh anzubetteln. Kim war am Ende seiner Geduld, und wer weiß, was er womöglich noch dafür gegeben hätte, nur damit dieses elende Plappermaul endlich die Klappe hielt.

Aber soweit kam es nicht. Sein vierbeiniger Gefährte führte ihn zu einem kleinen, aber offensichtlich sehr tiefen Tümpel, und Kim hatte seine selbstgebastelte Angel kaum ausgeworfen, als auch schon ein silberner Schemen dicht unter der Oberfläche des schlammigen Wassers heranschoß und so heftig an der Leine riß, daß Kim um ein Haar kopfüber in den Tümpel gestürzt wäre.

Trotzdem hielt er die Leine eisern fest, und zu seiner Verwunderung hielt sie sogar, obwohl er einen sehr großen Fisch erwischt zu haben schien. Das Wasser sprudelte und schäumte am Ende der Angelschnur, während sich sein Fang verbissen zur Wehr setzte. Und mehr als einmal glaubte Kim, daß seine Kräfte versagten und er wieder loslassen müßte. Bröckchen flitzte während der ganzen Zeit unentwegt aufgeregt vor ihm hin und her, fuhr sich gierig mit der Zunge über die pickeligen Lippen und besprenkelte Kim mit Geifer und grünem Schleim. Schließlich wurde es ruhig am Angelhaken. Keuchend vor Anstrengung zog Kim den Fang aus dem Wasser. Es war wirklich ein riesiger Fisch – fast so lang wie sein Arm und sicherlich fünfzehn Pfund schwer, und seine Augen schienen Kim vorwurfsvoll und verwirrt anzublicken. Vielleicht, dachte Kim mit einem Gefühl von Betroffenheit, war das die erste Angelrute gewesen, die es in dieser Welt hier gab.

Er verscheuchte den Gedanken, zog den Fisch mit einer letzten Anstrengung ans Ufer und hob einen Stein auf, als das Tier heftig mit Schwanz und Flossen zu schlagen begann. »Was tust du da?« erkundigte sich Bröckchen.

»Ich erlöse ihn von seinen Leiden«, antwortete Kim. »Das macht man als Angler so. Oder soll ich warten, bis er qualvoll an Land erstickt ist?«

Bröckchen antwortete nicht, sah ihm aber aufmerksam zu, während Kim tat, was er tun mußte, um sich schließlich schwer atmend und mit einem leichten Gefühl von Übelkeit im Magen wieder aufzurichten. Er war mit seinem Vater schon oft Angeln gewesen, aber diese unangenehme Arbeit hatte er immer ihm überlassen.

»Du hast ihn erschlagen«, meinte Bröckchen vorwurfsvoll – was ihn aber nicht davon abhielt, gleich darauf das Maul aufzureißen und ein gewaltiges Stück aus dem Fisch herauszubeißen.

»Du wolltest ihn doch, oder?« erwiderte Kim gereizt.

»Aber doch nicht ganz!« antwortete Bröckchen mit vollem Maul. »Ein Stück hätte gereicht.« Er schluckte, biß ein weiteres Stück aus der Flanke des Fisches und sah Kim mit schräggehaltenem Kopf an. »Hättest du mich auch erschlagen, gestern abend?« fragte er. Kim war ein bißchen verlegen. »Warum … fragst du das?« fragte er.

Bröckchen deutete auf den Stein, den Kim wieder fallen gelassen hatte. »Du hattest auch einen Stein in der Hand.«

»Das … das war doch etwas ganz anderes«, stotterte Kim.

»Wieso?«

»Nun, ich …« Kim suchte einen Moment vergeblich nach den richtigen Worten. »Das … das war … du bist so häßlich, und da bin ich erschrocken.«

»Ah«, sagte Bröckchen und biß wieder in den Fisch. Kim staunte nicht schlecht. Der Fisch war ungefähr dreimal so lang wie das kleine Stachelmonstrum, aber Bröckchen hatte schon ein gutes Stück davon vertilgt.

»Ich verstehe. Du erschlägst häßliche Tiere.«

»Nein«, antwortete Kim. »So … so meinte ich das nicht. Es … es war, bevor ich wußte, daß du sprechen kannst.«

»Du meinst – wenn ich nichts gesagt hätte, dann hättest du mich erschlagen?«

Kim seufzte. Er begann sich immer unwohler zu fühlen.

»Nicht doch«, murmelte er. »Ich meine … ich … also …« Mit einem Male kam er sich ganz klein und schäbig vor. Dieses winzige Etwas hatte ihn tatsächlich aus der Fassung gebracht.

Nicht nur, um das Thema zu wechseln, fragte er: »Gibst du mir ein Stück von deinem Fisch?« Ihm fiel ein, wie hungrig er war.

Bröckchen stellte alle Stacheln auf, duckte sich wie eine angreifende Katze und funkelte Kim an. »Du hast gesagt, ich kann ihn ganz allein für mich haben!« keifte es.

Kim seufzte. »Nun, ich hab ja nur gefragt. Der Fisch ist doch so groß'«

»Und?« entgegnete Bröckchen. »Gesagt ist gesagt!«

»Ist ja gut«, winkte Kim ab. »Ich mache dir einen Vorschlag – iß dich satt, und ich nehme mir, war übrig bleibt – einverstanden?«

Bröckchen grunzte eine Antwort, die Kim nicht verstand, und grub sich schmatzend und schlingend tiefer in den Fisch hinein. Kim stand eine Weile kopfschüttelnd und leicht angewidert dabei, dann drehte er sich um und entfernte sich ein paar Schritte, um das nicht mehr ansehen zu müssen. Die Ohren konnte er leider nicht verschließen – Bröckchen schmatzte wie eine ganze Schweinefamilie.

Langsam ging Kim um den kleinen See und sah sich dabei um. Es wurde jetzt zunehmend lichter – in das Grau der Dämmerung mischte sich die erste Helligkeit, und der Sumpf sah schon nicht mehr ganz so bedrohlich aus wie in der Nacht. Hier und da entdeckte Kim sogar einige wilde Blumen zwischen den farblosen Moorgewächsen, und weit entfernt glaubte er einen Strich aus richtigem Grün auf dem Horizont zu erkennen. Offensichtlich hatte Bröckchen wirklich Wort gehalten und ihn zu den Grenzen des unheimlichen Moorlandes geführt.

Er fragte sich, in welchem Teil von Märchenmond er wohl war. Das Land war groß – sehr, sehr groß. Wenn er Pech hatte, konnte er wochenlang wandern, bis er die gläserne Burg Gorywynn endlich erreichte – falls sie überhaupt sein Ziel war.

Kim wurde schmerzhaft bewußt, wie wenig er im Grunde eigentlich wußte – er hatte Themistokles' Gesicht im Spiegel gesehen, und einen Jungen gefunden, der die Kleidung und das Wappen der Steppenreiter trug. Und das war auch schon alles. Er wußte nicht, was in Märchenmond geschehen war, und warum er hier war.

Aber das würde er auch nicht herausfinden, indem er hier herumstand und sich den Kopf zerbrach. Er hatte gar keine andere Wahl, als weiterzugehen und den Weg nach Gorywynn zu suchen. Vielleicht würde er auch später auf einen zuverlässigeren Führer treffen.

Er wartete, bis er sicher war, daß Bröckchen sich satt gegessen hatte, dann ging er wieder zurück – und riß ungläubig die Augen auf.

Das kleine Scheusal hockte da, wo er es zurückgelassen hatte – aber der Fisch war verschwunden! An seiner Stelle lag nur noch ein unterarmlanges, säuberlich bis auf das Mark abgenagtes Rückgrat, aus dem Hunderte von nadeldünnen, gebogenen Gräten wuchsen!

»Das darf doch nicht wahr sein!« entfuhr es Kim.

Bröckchen grinste ihn an, fuhr sich mit der Zunge über die Lippen und rülpste lautstark.

Kim starrte fassungslos abwechselnd das Tier und den abgenagten Fisch an. »Du … du willst mir doch nicht erzählen, daß du … daß du den ganz allein aufgegessen hast!« keuchte er ungläubig.

»Doch«, antwortete Bröckchen. »Er hat gut geschmeckt …« Es sah Kim mit schräggehaltenem Kopf an.

»Tut mir leid, daß nichts für dich übriggeblieben ist. Aber ich dachte mir, wenn er schon tot ist, kann ich ihn auch ganz auffressen. Wenn du willst, können wir jetzt weitergehen.«

»Sicher«, murmelte Kim, während er immer noch wie betäubt dastand. »Ganz … wie du meinst.«

»Na, dann komm.« Bröckchen machte einen Schritt, blieb plötzlich wieder stehen und musterte das Fischskelett nachdenklich. »Eigentlich zu schade zum Liegenlassen«, sagte es – und verschlang mit einem einzigen Biß auch noch das, was von dem Fisch übriggeblieben war.

Sie wanderten eine weitere halbe Stunde auf den Streifen von Grün am Horizont zu. Über dem Sumpf ging die Sonne auf, aber hier unten wurde es nicht richtig hell. Die niedrigen, aber dichtstehenden Bäume schluckten den größten Teil des Sonnenlichtes, und was ihnen entging, das verschlang der Nebel, der mit dem ersten Licht des neuen Tages aus dem Boden zu steigen begann. Der Nebel war feucht und legte sich wie ein klebriger Film auf die Haut, aber er vermochte Kims Zuversicht nicht mehr zu brechen – sie näherten sich eindeutig der Grenze des Sumpflandes.

Bröckchen ging die meiste Zeit voraus, lief aber auch manchmal neben Kim her oder fiel ein paar Schritte zurück, und je länger Kim das kleine Tier betrachtete, desto weniger abstoßend fand er es. Natürlich, es war und blieb häßlich – aber Kim begann sich zu fragen, wieso er anfangs solchen Ekel bei seinem Anblick verspürt hatte.

Jetzt erreichten sie den Rand des Sumpfes, und Bröckchen blieb stehen. Der Blick seiner hervorquellenden Augen richtete sich auf die sonnenbeschienene, sanft gewellte Wiese, die sich vor ihnen erstreckte, nur hier und da von ein paar Bäumen oder Büschen unterbrochen. In einer Entfernung von drei oder vier Kilometern erblickte Kim den Rand eines weiteren Waldes – aber eines ganz anderen Waldes, als jener des Sumpfgebietes war.

»Da wären wir«, sagte Bröckchen. Es blickte unsicher in den Himmel, ehe es sich wieder Kim zuwandte. »Wenn du deinesgleichen suchst, geh einfach geradeaus.« Der Kleine zögerte einen Moment. »Das mit dem Fisch war gut«, sagte es schließlich. »Glaubst du, daß du das noch mal kannst?«

»Warum nicht?«

»Ich könnte dich noch ein Stück führen«, fuhr Bröckchen fort. »Dein Weg ist ziemlich weit. Du könntest dich verirren. Oder kennst du dich zufällig hier aus?«

Kim unterdrückte ein Grinsen.

»Nein«, gestand er. »Ich könnte schon einen Führer gebrauchen – falls dieser Führer mit meiner Bezahlung einverstanden ist.«

»Ein Fisch pro Tag?«

»Abzüglich dem, was ich davon esse.«

Bröckchen schien enttäuscht, und Kim beeilte sich, hinzuzufügen: »Ich bin ein schwacher Esser, mein Ehrenwort. Ich esse kaum so viel, wie ich selbst wiege.«

»Bestimmt?« vergewisserte sich Bröckchen.

»Bestimmt«, antwortete Kim. »Meistens sogar sehr viel weniger.« Er wußte selbst nicht genau warum – aber plötzlich wünschte er sich, daß das kleine Tierchen ihn weiter begleitete; es spielte keine Rolle mehr für ihn, ob es häßlich war.

»Na gut«, meinte Bröckchen, nachdem es eine Welle nachgedacht hatte. »Warte hier einen Moment.« Und damit wandte es sich herum und verschwand mit wieselflinken Schritten hinter einem Busch.

Es blieb ziemlich lange fort, so lange, daß Kim sich allmählich fragte, ob es sich vielleicht einen bösen Scherz zum Abschied erlaubt hatte und ihn einfach hier zurückließ. Er wartete noch eine ganze Weile, dann ging er mit entschlossenen Schritten auf den Busch zu.

Aber kaum hatte er die halbe Entfernung überwunden, teilten sich die dürren Zweige, und ein rot- und orange- und gelbgestreiftes wunderhübsches Wesen trat hervor.

Kim riß verblüfft Mund und Augen auf. Was da vor ihm stand, das war das schönste Tier, das er jemals zu Gesicht bekommen hatte. Es war nicht größer als Bröckchen, aber wo das Stacheltier aus nadelspitzen Stacheln und schleimigen Schuppen bestanden hatte, da trug dieses Wesen ein prächtiges Federkleid. Samtweiche Pfoten und ein langer, buschiger Schweif wie der einer Perserkatze waren unter den rauschenden Federn verborgen, die seinen Körper wie ein flaumiger Mantel umgaben, und ein Paar großer, weicher Rehaugen blickte aus dem hübschen Gesichtchen zu Kim empor, das ihn sofort in seinen Bann schlug. In seiner wogenden Federstola sah es aus wie einer jener prachtvollen Rotfeuerfische, wie sie Kim einmal in einem Film gesehen hatte.

»Wer ... wer bist du denn?« murmelte Kim, während er sich mit einem Lächeln in die Hocke sinken ließ und dem prachtvollen Geschöpf die Hand entgegenstreckte.

Das Tierchen blickte ihn eine Sekunde lang fast spöttisch an – und biß ihm herzhaft in den Finger. »Eigentlich habe ich ja keinen Hunger mehr«, sagte es, »aber ein kleiner Nachschlag paßt immer.«

Kim sprang mit einem verblüfften Ausruf auf die Füße, steckte den blutenden Finger in den Mund und starrte das Geschöpf mit großen Augen an. »Br... öckchen?« stammelte er.

»Es ist ein dämlicher Name – aber meinetwegen können wir dabei bleiben. Irgendwie paßt er zu dir.«

»Aber das ... wie kann das sein ... ich ... ich meine ...«

»Daß ich häßlich wie die Nacht bin, ich weiß«, sagte Bröckchen. »Stimmt. Aber die Nacht ist vorbei, oder?«

»Umpf«, machte Kim – was angesichts dessen, was da hinter seiner Stirn vorging, sogar noch verhältnismäßig intelligent war.

»Genau«, sagte Bröckchen. »Und jetzt komm. Der Weg ist weit, und ich glaube, ein gewisser Fisch wartet auf uns.«

Es dauerte lange, sehr lange, bis Kim sich beruhigt und an die erstaunliche Verwandlung des Stacheltieres gewöhnt hatte – und er versuchte erst gar nicht, sie etwa zu verstehen. Er hatte einst in diesem Land schon phantastischere Dinge erlebt – aber wenige, die überraschender gekommen waren. Sie brachen auf und machten sich an die Überquerung des Graslandes. Der Wald, den Kim gesehen hatte, war weiter entfernt als vermutet, denn sie marschierten gute zwei Stunden, ehe sie seinen Rand endlich erreichten. Bröckchen wuselte die ganze Zeit vor ihm her, wobei seine samtweichen Katzenpfoten nicht den mindesten Laut verursachten. Mehr als einmal verschwand es im hohen Gras, um wie ein hüpfender kunterbunter Federball plötzlich wieder aufzutauchen. Dazwischen redeten sie über dies und das – Bröckchen erkundigte sich neugierig, wer Kim war, und woher er kam, und Kim antwortete geduldig. Er stellte selbst die eine oder andere Frage, bekam aber nur wenige Antworten. Wie es schien, war der Federball bisher nie aus seiner Heimat, dem Sumpfland, herausgekommen. Trotzdem wußte er, daß Kims Ziel im Süden lag – also in der Richtung, in die sie sich bewegten.

Als sie den Waldrand erreichten, legten sie eine Rast ein. Kim war rechtschaffen müde, und nachdem Bröckchen (angesichts seiner wundersamen Verwandlung wirklich ein blöder Name, aber Kim war zu müde, um sich einen neuen auszudenken) hoch und heilig versprochen hatte, erstens Wache zu halten und zweitens darauf zu verzichten, sich ein verspätetes Frühstück aus Kim herauszubeißen, streckte sich der Junge im Schatten eines Baumes aus und schlief fast auf der Stelle ein.

Als Kim erwachte, stand die Sonne bereits hoch am Himmel. Er hatte fast den halben Tag verschlafen, fühlte sich aber so frisch und ausgeruht, daß sein Ärger darüber im Nu verflog. Nachdem er seinen Durst an einem klaren Bach gestillt hatte, den sie in der Nähe fanden (man fand in Märchenmond immer eine Quelle, wenn man durstig war), marschierten sie weiter.

Der Wald erwies sich als nicht sehr tief. Schon bald lichtete sich das Unterholz, und die Stämme der uralten Bäume standen nicht mehr so dicht, so daß sie besser vorankamen. Der Boden jedoch begann unebener zu werden – zwischen dem saftigen Moos erschienen immer öfter harte graue Felsen, und ein paarmal mußte Kim klettern oder große Umwege nehmen, meistens dann, wenn er nicht auf Bröckchens Warnung hörte, sondern meinte, mit seiner Körpergröße die Hindernisse überwinden zu können, die für den Winzling unübersteigbar waren.

Endlich erreichten sie den Waldrand, und jetzt sah Kim auch, warum das Gehen immer schwieriger geworden war: der Wald säumte wie ein natürlich gewachsener Schutzwall die Krone einer felsigen Steilwand, die weit unter ihnen in die Tiefe stürzte. An ihrem Fußende begann ein sanft gewelltes Hügelland mit Feldern und Wiesen, kleinen Waldstücken – aber auch den hellen Flecken von Dörfern und vereinzelter Häuser und Gehöfte.

Nun, das Herabklettern würde mühsam genug werden – und doch jubelte Kim innerlich. Dörfer und Höfe – das bedeutete, er würde endlich jemanden fragen können, was in Märchenmond vorgefallen war! Und warum Themistokles ihn um Hilfe gerufen hatte!

»Und jetzt?« fragte Bröckchen.

Kim seufzte tief und deutete ergeben auf die Steilwand zu ihren Füßen. »Wir müssen klettern«, sagte er. »Aber keine Angst – wir werden es schon irgendwie schaffen. Wenn du willst, trage ich dich.«

»Prima«, sagte Bröckchen und hüpfte gleich mit einem Satz auf Kims Schultern. Die Berührung war so sanft, daß Kim sie kaum spürte, nur das Federkleid kitzelte seine Wange.

»Wir könnten auch die Brücke nehmen«, schlug Bröckchen vor.

»Welche Brücke?«

Eine schmale Samtpfote deutete an Kims Nase vorbei nach links. »Die da, du Blindfisch.«

Kim lachte leise. Bröckchens Charakter schien sich nicht so grundlegend geändert zu haben wie sein Aussehen. Kim blickte gehorsam in die angegebene Richtung. Und tatsächlich – weit entfernt sah er etwas wie ein filigranes Gespinst, das sich an der Wand emporrankte, dünn wie Spinnweben, aber entschieden zu eckig, um natürlichen Ursprungs zu sein. Anscheinend war er nicht der erste, der hier heraufgekommen war. Jemand hatte etwas wie eine riesige Feuerleiter an der Wand errichtet. Der Weg dorthin schien ziemlich weit, aber Kim zog es vor, ein paar Kilometer zu laufen, statt dieselbe Strecke an einer fast senkrechten Wand herabzuklettern. Den bunten Federwuschel auf der Schulter, machte er sich auf den Weg.

Die Sonne hatte ihren Höhepunkt längst überschritten, als sie die Leiter erreichten, und Kim begann einzusehen, daß er wohl eine weitere Nacht unter freiem Himmel verbringen mußte. Seine Kräfte ließen bereits nach. Und er konnte von Glück sagen, wenn er noch vor Einbruch der Dunkelheit den Fuß der Steilwand erreichte. Selbst das Federgewicht Bröckchens begann sich allmählich unangenehm auf seiner Schulter bemerkbar zu machen; aber der Knirps dachte natürlich nicht daran, freiwillig abzusteigen.

Kim kam aus dem Staunen nicht mehr heraus, als er sich der sonderbaren Konstruktion näherte, die tatsächlich wie eine Feuerleiter an der Felswand hing. Allein ihre Größe verblüffte, ja erschreckte ihn sogar. Sie war wahrlich gigantisch. Die einzelnen Stufen waren zwar von üblicher Höhe, aber so breit, daß mindestens zwanzig Männer nebeneinander darauf gehen konnten. Sie bestand ganz aus uraltem, verrostetem Eisen, das an manchen Stellen schon Löcher aufwies; hier und da schien eine Stufe ganz zu fehlen, und der Wind, der beständig an der Felswand blies, trug rote Staubfahnen aus Rost mit sich. Kim fragte sich vergeblich, welchem Zweck diese absonderliche Konstruktion dienen mochte. Und warum man sich die Mühe gemacht hatte, sie zu erbauen, wenn man sie dann verfallen ließ.

Kim zögerte eine ganze Weile, ehe er den Fuß auf die oberste Stufe setzte; dann trat er vorsichtig auf die erste Sprosse, jeden Moment darauf gefaßt, daß das Ganze unter seinem Körpergewicht zusammenbrach, um sich dann blitzschnell zurückzuwerfen. Aber nichts dergleichen geschah. Die Treppe wankte nicht einmal. Der einzige, der wankte, war Kim, als er vollends hinaustrat und ihn der Wind nunmehr mit ungeminderter Wucht traf. Er streckte den Arm aus und hielt sich am Geländer fest. Ein Teil des rostigen Eisens zerbröckelte unter seinen Fingern, aber er fand trotzdem Halt. Bröckchen kreischte, als der Wind sein Federkleid traf und es aufplusterte. Fast wurde es von Kims Schulter heruntergeweht. Verzweifelt klammerte es sich an Kims Haar fest, aber seine weichen Pfötchen hatten ja keine Krallen mehr. Wie eine zu groß geratene Flaumfeder nahm es der Wind auf, und es wäre unweigerlich in die Tiefe gestürzt, hätte Kim nicht blitzschnell mit der freien Hand zugegriffen und es festgehalten. »Puh«, sagte Kim. »Das war knapp.«

»Allerdings«, keuchte Bröckchen. Seine Stimme war plötzlich piepsig und schrill geworden, und Kim konnte fühlen, wie sein kleiner Körper unter dem Flaumkleid wie Espenlaub zitterte.

Ganz vorsichtig, die linke Hand stets am rostigen Eisen des Geländers und immer erst einen Fuß ganz aufsetzend und nach festem Stand suchend, ehe er den anderen hob, bewegte sich Kim die Treppe hinunter.

Es war eine lebensgefährliche Kletterpartie. Die Leiter befand sich tatsächlich in einem sehr schlechten Zustand. Nur zuoft mußte Kim einen großen Schritt über Stufen hinwegmachen, die so durchgerostet waren, daß sie nur noch aus papierdünnen, rostroten Gittern zu bestehen schienen; oder gar ganz verschwunden waren. Einmal kamen sie an eine Stelle, an der sich ein ganzer Teil der Treppe in roten Staub aufgelöst hatte, so daß unter ihnen nichts mehr war als ein gewaltiger, gähnender Abgrund. Kim überwand ihn, indem er sich am Rand mit zusammengebissenen Zähnen und angstvoll geschlossenen Augen auf dem rostigen Geländer entlanghangelte. Er schaffte es. Aber hinterher fühlte er sich so erschöpft, daß er sich erst einmal niederlassen und nach Atem ringen mußte, als er endlich wieder eine Sprosse erreicht hatte. Als sie sich schließlich dem Fuß der Treppe näherten, hatte die Sonne bereits den letzten Abschnitt ihrer Tageswanderung begonnen. Die Schatten wurden länger, und von Süden her wehte ein kühler Wind, der Kim sehr willkommen war, denn er war am ganzen Körper in Schweiß gebadet. Bröckchen hatte sein Teil dazu beigetragen, denn nachdem der kleine Federbusch zum zweitenmal fast von Kims Schulter heruntergeblasen worden wäre, hatte er es kurzerhand unter sein Hemd gestopft. Zwar spürte Kim sein Gewicht kaum, aber die flauschigen Federn hatten ihn schwitzen gemacht.

Plötzlich blieb Kim stehen, richtete sich auf und blickte scharf aus zusammengepreßten Augen nach unten.

»Was ist los?« piepste Bröckchen und steckte neugierig die Schnauze aus Kims Hemd, so daß die roten Federn hinter seinem Köpfchen Kim unter dem Kinn kitzelten.

»Ich ... weiß nicht genau«, sagte Kim zögernd. »Ich glaube, da unten steht jemand.«

Auch sein flauschiger Begleiter sah jetzt nach unten, und Kim spürte am neuerlichen Kitzeln der Flaumfedern, daß Bröckchen nickte.

»Tatsächlich«, piepste es. »Aber irgendwie ... ist er komisch.«

»Wieso?« Kim hatte längst begriffen, daß Bröckchens Augen viel schärfer als die seinen waren.

»Weiß nicht«, antwortete das Federwesen. »Komisch eben. Sei lieber vorsichtig.«

Das war nun eine Auskunft, die Kim nicht besonders weiterhalf – aber er beschloß, trotzdem auf Bröckchens Warnung zu hören und auf der Hut zu sein.

Er stieg langsam weiter hinab und rutschte schließlich in die Mitte einer Sprosse. Hier unten, fast am Boden, war der

Wind nicht mehr so stark, daß er sich unentwegt festhalten mußte. Dabei behielt er die Gestalt, die er aus der Höhe herab entdeckt hatte, ununterbrochen im Auge.

Es schien sich um einen Mann zu handeln; einen sehr hochgewachsenen, breitschultrigen Mann, der dunkle Kleidung trug. Er stand völlig reglos da und hatte ihnen den Rücken zugewandt. Er bewegte sich auch nicht, als die beiden immer näher kamen und er eigentlich Kims Schritte hätte hören müssen. Der Mann stand einfach da, reglos, den rechten Arm halb erhoben und wie nach einem unsichtbaren Halt ausgestreckt. Zur Vorsicht kam in Kim nun Furcht hinzu. Obwohl sie dem Mann jetzt ganz nahe waren, konnte Kim ihn nicht richtig erkennen, denn das Licht der Sonne verlor rasch an Kraft, und hier unten am Fuße der gewaltigen Felsmauer hatte bereits die Dämmerung Einzug gehalten. Der Körper dort erhob sich nur noch wie ein schwarzer Umriß vor einem nicht wesentlich helleren Hintergrund. Aber er wirkte zu groß. Zu massig.

Bröckchen räusperte sich unter seinem Hemd. »Kim?«

»Ja?« Kim ließ die unheimliche Gestalt nicht aus den Augen. »Es wird dunkel«, sagte Bröckchen.

»Ich weiß«, antwortete Kim.

»Nun ja, ich dachte, es wäre dir lieber, wenn ich … wenn ich nicht unter deinem Hemd bin, wenn ich …«

Bröckchen sprach nicht weiter, aber Kim hatte es plötzlich sehr eilig, den Federball unter seinem Hemd hervorzuzerren und neben sich auf die Treppenstufe zu setzen.

»Danke«, sagte dieser. Dann konzentrierte sich Kim wieder auf die Schattengestalt. Der Mann hatte sich immer noch nicht gerührt, obwohl er schon hätte taub sein müssen, um ihre Stimmen nicht zu hören, wenn ihm schon das Dröhnen von Kims Schritten auf dem widerhallenden Eisen der Treppe entgangen war. Und Kim war auch plötzlich gar nicht mehr so sicher, daß es überhaupt ein Mann war …

Vorsichtig trat er von der letzten Stufe der Treppe herunter, umging die Gestalt in respektvollem Bogen und näherte sich ihr von der Seite.

Seltsam! Es war eine riesige, sicherlich zwei Meter große

und breitschultrige Gestalt, die ganz aus rostigem, zernarbtem Eisen bestand. Ihre rechte Hand war schlank und hatte dünne, überaus gelenkig wirkende Finger, die in einer zupackenden Geste erstarrt waren; die linke stellte eine fürchterliche Eisenkralle dar, wie eine Baggerschaufel, nur kleiner, wenn auch wahrscheinlich nicht sonderlich schwächer.

Kims Herz begann plötzlich wieder wie rasend zu hämmern, als ihm schlagartig einfiel, wo er eine solche Gestalt schon einmal gesehen hatte ...

Trotzdem ging er vorsichtig weiter. Jeden Moment darauf gefaßt, die eiserne Gestalt herumfahren zu sehen. Sprungbereit, um sofort die Flucht zu ergreifen, umkreiste Kim den unbeweglichen Riesen, bis er sein Gesicht sehen konnte.

Besser gesagt: die Stelle, wo sein Gesicht sein sollte ...

Kim atmete auf. Was er sah, glich dem Roboter, der ihn im Haus seiner Eltern angegriffen hatte. Aber wo bei jenem die furchteinflößende Eishockey-Torwartmaske mit dem grünen Leuchtauge gewesen war, da gähnte bei dieser Gestalt ein rundes Loch, durch das man direkt in seinen Schädel hineinblicken konnte. Und der war vollkommen leer. Kim konnte das rostzerfressene Eisen seines Hinterkopfes erkennen.

»Was ist das?« fragte Bröckchen. Seine Stimme hatte sich ein wenig verändert.

»Ich ... bin nicht sicher«, meinte Kim stockend. »Ich dachte, ich hätte jemanden wie ihn schon einmal gesehen. Aber jetzt ...« Er zuckte mit den Schultern, ließ den Satz unvollendet und näherte sich – noch immer sehr vorsichtig, aber jetzt schon weniger ängstlich – dem eisernen Mann. Behutsam stellte er sich auf die Zehenspitzen, warf einen letzten sichernden Blick auf die reglos herabhängende Schaufelhand des Riesen und lugte dann zu seinem Schädel hinauf.

Ein Schatten sprang ihn an, zerkratzte ihm das Gesicht und stob keifend und flügelschlagend davon. Kim schrie auf. Er taumelte zurück und fand erst im letzten Moment sein Gleichgewicht wieder. Verblüfft blickte er auf. Ein kleiner schwarzer Vogel schwang sich hoch in die Luft und begann schimpfend über Kim zu kreisen. Noch vorsichtiger stellte sich Kim zum zweitenmal auf die Zehenspitzen und blickte zu dem gewaltigen Eisenkopf hoch.

Ja, der Schädel war leer. Mehr noch, aus der Tiefe der metallenen Rüstung drang ein wehleidiges Piepsen und Fiepen, und darüber am Himmel schrie wütend der Vogel – offensichtlich hatte er die leere Höhle des Körpers dazu benutzt, sein Nest hineinzubauen. Jetzt bangte er um seine Jungen.

»Das ist seltsam«, murmelte Kim, während er wieder von der Gestalt zurücktrat.

»Was ist seltsam?«

»Dieses Ding.« Kim deutete auf den eisernen Riesen. »Es ist völlig leer.«

»Vielleicht hat ihn jemand aufgefressen«, vermutete Bröckchen. »Und die Schale stehenlassen? Sie sieht ziemlich hart aus.«

Kim lächelte, wurde aber sofort wieder ernst. »Kaum«, sagte er. »An dem, was da drin war, würdest du dir die Zähne ausbeißen.« Er schüttelte den Kopf, trat ein paar Schritte zurück und sah sich nachdenklich um. Erst jetzt fiel ihm auf, im welch sonderbarer Haltung die leere Hülle dastand. Ihr rechter, halb erhobener Arm schien mit ausgestreckten Fingern nach Süden zu deuten – oder waren sie gar nicht ausgestreckt? Eigentlich, überlegte Kim, waren sie eher gespreizt, als wären sie erstarrt, während sie zupackten. Aber was hatte der Riese packen wollen? Etwas, das ihn angriff? Oder das ganze weite Land, das sich vor ihnen ausdehnte?

Kim schauderte bei dem Gedanken. Er sah sich weiter um.

Nach einer Welle entdeckte er einen zweiten, reglosen Schatten, der nicht einmal sehr weit entfernt dastand. Ein weiterer Roboter. Auch er war hohl wie der erste, aber in nicht annähernd so gutem Zustand. Sein Körper wies zahllose, ausgefranste Löcher und gewaltige Dellen auf, ein Arm fehlte, und jemand schien seinen Hohlkopf genommen und damit Fußball gespielt zu haben, denn er lag meterweit entfernt und war vollkommen eingedellt. Und auch dieser war nicht der letzte.

Nachdem sie erst einmal richtig angefangen hatten zu suchen, fanden Bröckchen und Kim fast ein Dutzend der gewaltigen, rostzerfressenen Gestalten, die in der Nähe der Treppe herumstanden und -lagen, zum Teil fast bis zur Unkenntlichkeit zerstört, manche fast unbeschädigt, aber leer und tot. Und das war noch nicht alles. Zwischen den Gestalten lagen Unmassen von Trümmern auf dem Boden – verbogene Eisenstangen, rostige Zahnräder, die jedes größer waren als Kim selbst, Teile von geheimnisvollen Maschinen, deren Funktionen Kim nicht erkennen konnte. Oder einfach zernarbte, kantige Brocken von braunroter Farbe, die bei der leisesten Berührung zu Staub zerkrümelten. Es war, als bewegten sie sich über einen gewaltigen Schrottplatz, der schon vor Jahrhunderten verlassen worden war.

Unheimlich, dachte Kim fröstelnd. Er war jetzt froh, daß es immer schneller dunkelte und sie fort mußten. Sie wanderten in Richtung Süden und konnten so dem Tageslicht wenigstens noch eine halbe Stunde folgen.

V

Sie holten den Tag noch einmal ein, als sie aus dem Schatten der Felswand herauskamen. Die Sonne hatte sich in einen roten Feuerball verwandelt, der nurmehr einen Fingerbreit über dem Horizont stand, und die Schatten waren länger geworden. Aber Kim hatte von der Riesentreppe aus aufmerksam die Landschaft unter sich beobachtet und gesehen, daß es ein kleines Gehöft ganz in der Nähe gab. Mit ein wenig Glück konnte er es bis Einbruch der Dunkelheit erreichen; spätestens kurz danach.

Er schritt schnell aus; vielleicht schneller, als nötig gewesen wäre, und es war wohl nicht nur seine Unruhe und die Sehnsucht, endlich Auskunft zu erhalten, die ihn zu dieser Eile trieben. Die Versammlung erstarrter, hohler Eisengestalten und die Anhäufung der rostigen Metallteile hatten ihn erschreckt; und sie verwirrten ihn zutiefst. Sie waren etwas, das einfach nicht in dieses Land paßte; so wenig, wie ein geflügelter Drache in Kims Heimat gepaßt hätte. Und je länger er darüber nachdachte, desto unheimlicher kam ihm auch die gewaltige Treppe an der Felswand vor. Wer in diesem Land sollte eine solche Treppe bauen – und vor allem: warum? Solange und sooft er auch darüber nachdachte, es ergab einfach keinen Sinn. Es wurde wirklich Zeit, daß er Themistokles und seine Freunde wiedersah, um ihnen Fragen zu stellen. Sehr viele Fragen.

»Was ist mit dem Fisch, den du mir versprochen hast?« drang Bröckchens Stimme in Kims Gedanken. Kim drehte im Gehen den Kopf und sah etwas Orange-Rotes, Flauschiges neben sich durch das wadenhohe Gras wuseln. »Es wird bald dunkel. Und so blind wie du bist, fängst du nachts ganz bestimmt nichts.«

Kim kramte einen Moment in seiner Erinnerung, dann besann er sich, aus der Höhe auch einen Bach gesehen zu haben, der sich unweit der Felswand durch das Gras schlängelte. Er war nicht sehr weit entfernt gewesen, nicht einmal auf halbem Wege zu dem Hof, auf den er jetzt zuging.

»Gleich«, sagte Kim. »Da sollte irgendwo ein Bach sein. Wir müssen einfach nur geradeaus gehen.« Ohne anzuhalten, griff er in die Tasche, zog seine Angelschnur und den improvisierten Haken heraus und wickelte alles vorsichtig auseinander.

Tatsächlich erreichten sie wenig später den Bach, und wie am Morgen begann die Leine in den Händen zu zukken, kaum daß Kim ihr Ende ins Wasser geworfen hatte. Der Fisch, den er diesmal herauszog, war noch größer als der erste, und der Federwusch stürzte sich mit einem begeisterten Schnauben darauf, kaum daß Kim seinen Fang vom Haken gelöst hatte. Zwar schien Bröckchen bei Tage weitaus bessere Tischmanieren zu haben als bei Dunkelheit – aber sein Appetit war um keinen Deut geringer. Unter Kims verblüfften Blicken vertilgte er den Fisch, der sein eigenes Körpergewicht um ein Mehrfaches übertreffen mußte, binnen kurzem. Erst als er fast bei der Schwanzspitze angekommen war, hielt er inne, sah auf und blinzelte Kim schuldbewußt an. »Oh«, murmelte er. »Jetzt habe ich dir gar nichts übriggelassen. Ich ... ich hatte ganz vergessen, daß du auch etwas davon haben wolltest. Entschuldige bitte.«

Kim winkte großzügig ab. Der Anblick des weißen Fischfleisches hatte ihn daran erinnert, daß er seit zwei Tagen nichts gegessen hatte. Sein Magen knurrte mittlerweile so laut, daß er durchaus bereit gewesen wäre, auch rohen Fisch zu essen. Aber es war nicht mehr weit bis zu dem Haus, das er gesehen hatte. Dort würde er sicher etwas zu essen bekommen.

»Das macht nichts«, sagte er. »Iß dich ruhig satt. Ich ... bin nicht so hungrig.«

»Du bist wirklich ein schwacher Esser«, murmelte Bröckchen und verschlang auch noch die Schwanzspitze und die Gräten des Fisches. Dann rülpste er. Aber etwas zurückhaltender als letzte Nacht. Eigentlich war es nur ein kleines

Bäuerchen. »Gehen wir weiter?« fragte er, während er sich genüßlich mit der Zunge über die Lippen leckte.

Kim stand auf, zögerte aber, den Bach zu durchwaten, obwohl er kaum zwei Meter breit und allerhöchstens einen halben tief war. »Ich glaube, ich finde den Weg von hier aus allein«, sagte er. »Du mußt nicht weiter mitkommen – wenn du nicht willst«, fügte er etwas hastig hinzu.

Bröckchen blickte ihn fast vorwurfsvoll an, dann drehte er sich um und sah zur Felswand zurück. Sie war bereits in Dunkelheit gehüllt und nur noch als gewaltiger Schatten zu erkennen, hinter dem die Welt einfach aufzuhören schien. »Die Treppe wieder hoch?« murmelte er schaudernd. »Und noch dazu bei Nacht?« Er schüttelte sich. »Ich glaube, ich bleibe noch eine Weile. Eigentlich ist es ganz nett hier.«

»Vielleicht findest du ja später einen leichteren Weg zurück nach Hause«, meinte Kim. Er fühlte sich … sonderbar. Ja, er hatte angefangen, Sympathie für dies seltsame Wesen zu empfinden. Und es war ihm im Grunde gleichgültig, in welcher Gestalt es vor ihm saß.

»Vielleicht«, sagte Bröckchen. »Ich könnte dich ja noch ein Stück begleiten. Ich meine, nur um sicherzugehen, daß du auch wirklich an dein Ziel kommst.« Plötzlich kicherte er. »Vielleicht fängst du mir noch einen Fisch? Später, meine ich?«

Kim lachte. »Einverstanden. Und meine Angel schenke ich dir noch dazu. Vielleicht lernst du, damit umzugehen.«

So brachen sie auf. Das Gelände, durch das sie marschierten, veränderte sich beständig – mal überquerten sie Wiesen voller bunter Wildblumen, mal kämpften sie sich mühsam ihren Weg durch stacheliges Unterholz oder tasteten sich halbblind durch kleine Waldstücke, in denen die Nacht bereits Einzug gehalten hatte. Dann wurde es endgültig dunkel, und als Kim sich das nächste Mal zu seinem Begleiter herumdrehte, da sah er statt eines orange-roten Federballes ein stacheliges Etwas hinter sich durch das Gras kriechen.

»Hör mal«, sagte er. »Wenn wir zu dem Gehöft kommen,

dann wäre es vielleicht besser, wenn ... ich meine ... du solltest vielleicht ...«

»Ja?« erkundigte sich Bröckchen, als Kim vollends ins Stammeln geriet und schließlich abbrach.

Kim atmete hörbar ein. »Ich meine, es wäre vielleicht besser, wenn man dich nicht sieht«, sagte er. »Falls du verstehst, was ich meine.«

Bröckchen antwortete nicht darauf, aber nach einigen Augenblicken, in denen sie in unbehaglichem Schweigen nebeneinander hergegangen waren, sagte es deutlich hörbar: »Hunger.«

Kim blieb stehen. »Das ist doch nicht möglich«, antwortete er. »Du hast doch gerade erst einen Fisch verputzt, der –«

»Ich rede doch nicht von mir«, unterbrach ihn Bröckchen. »Ich meine den da!«

Die beiden letzten Worte hatte er schon geschrien, und als Kim herumfuhr und in den Wald hinter sich blickte, da schrie auch er vor Schrecken auf und riß unwillkürlich die Hände hoch.

Hinter ihnen erhob sich ein wahrhaft gigantischer Schatten. Zuallererst glaubte Kim, daß einer der Eisenmänner aus seiner Erstarrung erwacht und ihnen gefolgt wäre, aber dann erkannte er, daß der Umriß noch größer und wuchtiger war als diese und außerdem struppig. Das dumpfe Knurren, das eine Sekunde später an sein Ohr drang, wäre gar nicht mehr nötig gewesen, um ihn begreifen zu lassen, was da so plötzlich hinter ihnen aus der Dunkelheit aufgetaucht war.

Es war ein Bär!

Bröckchen kreischte und verschwand wie der Blitz im Unterholz. Darauf machte der Bär einen tolpatschig wirkenden Schritt und erhob sich mit einem wütenden Knurren auf die Hinterläufe. Kim sah, wie sich das Sternenlicht auf einem einzelnen, glitzernden Auge widerspiegelte.

Mit einem Entsetzensschrei prallte Kim zurück, als die gewaltige Bärentatze nach ihm schlug. Der Hieb verfehlte ihn, aber der bloße Luftzug riß ihn schon von den Füßen und ließ ihn ins Gras fallen. Rasch rollte er sich herum, warf schützend die Arme über den Kopf und sprang gleichzeitig wieder auf die Füße. Der Bär knurrte und versetzte ihm einen Stoß vor die Brust, daß Kim alle seine Rippen knacken hörte, und er wäre abermals gestürzt, hätte er sich nicht taumelnd an einen Baum festgeklammert.

Nicht für lange.

Er ließ seinen Halt sehr schnell wieder los, denn schon rissen die fürchterlichen Bärenkrallen fingertiefe Narben in die Baumrinde, und zwar genau dort, wo sich gerade noch Kims Gesicht befunden hatte.

Kim taumelte rückwärts gehend vor dem riesigen Schwarzbären davon, und das Tier folgte ihm, knurrend, mit ausgebreiteten Armen und seltsam wiegenden Schritten, die nicht halb so tolpatschig und langsam waren, wie sie aussahen.

Kims Fuß verfing sich. Er stolperte, kämpfte eine Sekunde lang mit wild rudernden Armen um sein Gleichgewicht und torkelte rücklings zwischen den Bäumen hervor, ehe er der Länge nach hinschlug. Mit einem einzigen, gewaltigen Schritt holte ihn der Bär ein und riß das Maul auf. Fingerlange Zähne blitzten im Mondlicht wie kleine gekrümmte Dolche.

Da schoß plötzlich ein kleiner, stacheliger Ball aus der Dunkelheit heraus, landete im Nacken des Bären und fing an, diesen mit Zähnen, Krallen und Stacheln gleichzeitig zu bearbeiten. »Hunger!« brüllte Bröckchen. »Du bist zwar ein Riesenvieh, aber ich hab' auch einen Riesenhunger!«

Der Bär brüllte vor Überraschung und Wut, richtete sich noch weiter auf und versuchte, den winzigen Stachelball in seinem Nacken mit den Pfoten zu erreichen. Es war klar, daß Bröckchen diesem gewaltigen Tier nicht gewachsen war – wahrscheinlich durchdrangen seine Krallen nicht einmal dessen dicken Pelz – aber der unerwartete Angriff hatte den Bären abgelenkt. Vielleicht fand Kim Zeit, davonzulaufen. Hastig sprang er auf die Füße, rannte ein paar Schritte weit und blieb wieder stehen. Der Bär versuchte noch immer, mit beiden Klauen seinen Nacken zu erreichen, wobei er so gewaltig brüllte, daß der ganze Wald zu zittern schien.

Zornig trampelte er auf der Stelle herum. Jetzt, als Kim ihn deutlich im Mondlicht erkennen konnte, sah er, daß es wahrlich ein Untier war – größer als ein Grizzly und mindestens eine halbe Tonne schwer. Aber …

Verblüfft drehte sich Kim vollends herum und sah genauer hin. Da, im gleichen Augenblick, in dem der zottige Riese sich endlich mit einem zornigen Schütteln des kleinen Quälgeistes auf seiner Schulter entledigt hatte, sah Kim, daß der Bär tatsächlich nur ein Auge hatte. Und ein Ohr fehlte auch. Bröckchen war in hohem Bogen ins Gebüsch geflogen, fuhr aber sofort wieder herum und raste mit gebleckten Zähnen auf seinen ungleichen Gegner zu. Dieser knurrte, beugte sich leicht vor und hob die rechte Tatze, um dem Winzling endgültig den Garaus zu machen. Kim schrie aus Leibeskräften: »Bröckchen! Hör auf!«

Das Tierchen verhielt tatsächlich mitten in der Bewegung und blickte verblüfft zu Kim hinüber, auch der Bär wandte den mächtigen Schädel und sah Kim aus seinem einzigen Auge an.

»Hör auf«, rief Kim noch einmal. »Er wird mir nichts tun. Und du, Kelhim«, fügte er lächelnd hinzu, »solltest dich schämen, uns so zu erschrecken. Hast du denn immer noch nicht gelernt, daß deine Art von Humor manchmal etwas derb ist?«

Lächelnd ging er auf den riesigen Bären zu, blieb vor ihm stehen und breitete die Hände aus, wie um ihn zu umarmen. Kelhim legte den Kopf auf die Seite und maß den Jungen mit einem langen, fast nachdenklichen Blick. Er rührte sich nicht, und für den Bruchteil einer Sekunde überkamen Kim nun doch Zweifel. Was, wenn er sich getäuscht hatte und wirklich einer wilden Bestie gegenüberstand, statt seines alten Freundes? Aber dann sah er noch einmal genau hin und erkannte, daß es tatsächlich Kelhim war. Kelhim, der sprechende Zauberbär, einst sein Gefährte im Kampf gegen Boraas' schwarze Horden und einer der besten Freunde, die er jemals gehabt hatte. Es gab gar keinen Zweifel.

»Du wirst wohl allmählich alt, wie?« fragte Kim spöttisch. »Vielleicht solltest du dir einmal etwas Neues einfallen lassen. Schon als wir uns das erste Mal gesehen haben, hast du so getan, als wolltest du mich auffressen.«

Bröckchen räusperte sich umständlich. »Entschuldige«, sagte es unsicher zu Kim. »Aber bist du sicher, daß du weißt, was du tust?«

»Ganz sicher«, antwortete Kim fest und trat noch näher an den riesigen Bären heran. Kelhim knurrte, hob die Tatze und senkte gleichzeitig den Kopf. Seine vernarbte Nase bewegte sich wie die eines schnüffelnden Hundes.

»Komm schon, alter Junge«, sagte Kim. »Sag was.«

Kelhim knurrte erneut, hob die Tatze noch ein wenig höher – und schlug zu.

Diesmal traf er.

Kim hatte plötzlich das Gefühl, von einem dahinrasenden Lastwagen gerammt zu werden. Der Hieb riß ihn von den Füßen und schleuderte ihn weit über die Lichtung, wobei er sich immer und immer wieder in der Luft überschlug. Daß er sich beim Aufprall nicht den Hals oder wenigstens einige Knochen brach, verdankte er einzig der Tatsache, daß er in einem Busch landete, der dem Sturz die ärgste Wucht nahm. Trotzdem blieb er benommen liegen und kämpfte sekundenlang gegen schwarze Bewußtlosigkeit, die seine Gedanken vernebeln wollte. Stöhnend wälzte er sich herum, wollte sich in die Höhe stemmen und sank mit einem Schmerzensschrei wieder zurück, als seine geprellte Schulter unter der Belastung einknickte. Schwarze und rote Schlieren tanzten vor seinen Augen. Wie ein verzerrtes Gespenst aus einem Alptraum sah Kim den Umriß des Bären auf sich zuwanken, noch immer auf die Hinterläufe erhoben und die Tatzen ausgestreckt. Ein tiefes, durch und durch böses Knurren drang an Kims Ohr.

»Kelhim«, stöhnte er. »Was … was tust du da? Ich bin es – Kim!«

Da blieb der Bär für einen winzigen Moment stehen. Ein fast nachdenklicher Ausdruck erschien in seinem Auge, und für einen Augenblick glaubte Kim, so etwas wie Erkennen darin aufleuchten zu sehen. Aber dann erlosch es, und er blickte wieder in das Auge eines gierigen Raubtieres.

»Kelhim!« keuchte Kim. »Nein!«

Der Bär brüllte, packte ihn mit einer Kralle, wobei er Kims Hemd und einen guten Teil der Haut darunter in Fetzen riß, und zerrte ihn in die Höhe. Das Maul klaffte auf, und stinkender, heißer Raubtieratem schlug Kim ins Gesicht. Ergeben schloß er die Augen und wartete auf den letzten, alles beendenden Schmerz.

Plötzlich ging ein heftiger Schlag durch den Leib des Bären, und Kim stürzte von hoch oben zum zweitenmal sehr unsanft auf den Boden herab.

Kelhim brüllte auf und wandte sich um. Dahinter konnte Kim nicht mehr als einen gewaltigen Schatten erkennen. Die gewaltigen Tatzen des Bären fuhren durch die Luft und trafen auf einen Widerstand, der unter den Hieben zu dröhnen begann wie eine Glocke.

Kim kroch hastig davon, richtete sich stöhnend auf und preßte die Arme gegen den Leib. Er bekam kaum noch Luft. Aus tränenerfüllten Augen sah er Kelhim an.

Der Bär rang verbissen mit jener schattenhaften Gestalt, die kaum weniger groß und massiv war als er. Immer wieder fuhren die gewaltigen Bärentatzen durch die Luft und trafen krachend den Körper des Gegners, aber der schien unverwundbar zu sein, denn er wankte nicht einmal unter den fürchterlichen Hieben. Dafür wurde Kelhim immer wieder getroffen – und er schien die Schläge sehr wohl zu spüren, denn sein Knurren klang jetzt immer schmerzerfüllter.

Schließlich geschah das Unfaßbare: Kim hätte niemals im Leben geglaubt, daß es jemanden gab, der dem gewaltigen Untier gewachsen war – aber am Ende war es Kelhim, der den Kampf verlor und sich Schritt für Schritt vor dem unbekannten Angreifer zurückzog!

Kim schwindelte. In seiner Schulter erwachte ein pochender Schmerz, und gleichzeitig machte sich ein Gefühl betäubender Lähmung in seiner ganzen linken Körperhälfte breit. Mit spitzen Fingern tastete er nach seiner Schulter, dort, wo ihn die Bärenpranke getroffen hatte. Er wimmerte vor Schmerz. Die Wunde selbst war nicht sehr tief und blutete noch nicht einmal heftig, aber Kim fürchtete, daß der Arm gebrochen war.

»Laß das, du Dummkopf!« sagte da eine Stimme hinter ihm. »Leg dich hin. Ich kümmere mich um deinen Arm.«

Kim gehorchte – schon weil er sich einfach zu schwach fühlte, um noch einen weiteren Schrecken zu empfinden. Stöhnend ließ er sich zurücksinken, schloß die Augen und keuchte erneut vor Schmerz, als sich geschickte, aber nicht sehr sanfte Finger an seinem Arm zu schaffen machten.

»Das sieht nicht gut aus«, fuhr die Stimme fort. Sie kam Kim irgendwie bekannt vor, aber er wußte beim besten Willen nicht, woher. »Der Arm scheint nicht gebrochen zu sein, aber du wirst den größten blauen Fleck deines Lebens davontragen. Du mußt völlig verrückt sein, nachts und allein in dieser Gegend herumzulaufen, Junge.«

Kim öffnete endlich die Augen und blickte in ein bärtiges, sehr gutmütig aussehendes Gesicht. Wieder schien ihm, als sei es ihm irgendwann vertraut gewesen. Auch der Mann blickte Kim aufmerksam an.

»Glaubst du, daß du aufstehen und gehen kannst?« fragte er schließlich. »Mein Haus ist nicht sehr weit. Hier im Wald kannst du nicht bleiben. Brokk hat das Untier verjagt, aber es wird zurückkommen.«

»Kelhim ...«, stöhnte Kim. »Das war ... Kelhim.«

»Natürlich war das Kelhim«, sagte der Bärtige kopfschüttelnd. »Jeder hier weiß das. Allerdings sehen ihn die wenigsten von so nahe wie du und haben hinterher noch Gelegenheit, davon zu erzählen.«

»Aber wieso ... hat er mich angegriffen?« stöhnte Kim.

Der Mann riß ungläubig die Augen auf. »Wieso er dich angegriffen hat, du törichter Kerl?« schnaufte er. »Jedermann weiß, daß Kelhim das schlimmste und gefährlichste Raubtier diesseits der Berge ist, und da fragst du, wieso er dich angegriffen hat? Woher kommst du? Vom –«

Und plötzlich brach er ab. Seine Augen quollen vor Unglauben schier aus den Höhlen, und sein Unterkiefer klappte herunter. »Kim?« flüsterte er. »Bist du ...« Er keuchte, starrte Kim eine weitere Sekunde lang fassungslos an – und fiel dann mit einer plötzlichen Bewegung vor ihm auf die Knie.

»Ihr seid Kim!« rief er aus. »Ihr seid es. Der Retter von Märchenmond.«

Und im gleichen Moment erkannte auch Kim ihn. »Brobing?« murmelte er. »Seid Ihr ... Brobing?«

Es war ihm unangenehm, daß der Mann vor ihm auf den Knien lag, und so streckte Kim trotz der großen Schmerzen den Arm aus und zupfte Brobing an der Schulter, damit er aufstand. Der Mann hob den Kopf, erhob sich aber nicht ganz.

»Ihr seid es!« stammelte er freudestrahlend. »Ihr seid zurückgekommen!«

Jetzt konnte auch Kim sich erinnern. Brobing war der Bauer, den er bei seinem ersten Besuch in Märchenmond zusammen mit Gorg, Rangarig, Prinz Priwinn – und Kelhim! – das Leben gerettet hatte. Damals, als Brobings Hof von einer Abteilung schwarzer Reiter angegriffen wurde. Daß Kim nun gerade auf ihn gestoßen war, mußte doch mehr als ein Zufall sein.

»Ihr seid zurückgekommen«, sagte Brobing noch einmal. »Oh, Ihr seid wieder da. Jetzt wird alles gut. Ich wußte, daß Ihr eines Tages erscheinen würdet. Wir alle wußten es!« Er machte Anstalten, sich schon wieder vor dem Jungen niederzuwerfen, aber diesmal hielt Kim ihn mit einer Handbewegung zurück.

»Ich verstehe überhaupt nichts«, sagte er. »Was ... was geht hier vor? Was tut Ihr hier, und wieso ... wieso hat Kelhim mich angegriffen?«

Brobings Gesicht verdüsterte sich. »Er ist ein wildes Tier geworden, Herr«, sagte er. »Und das ist nicht alles, was geschehen ist. Schlimme Dinge gehen in Märchenmond vor.« Er schien noch mehr sagen zu wollen, besann sich dann aber eines anderen und gab sich einen sichtbaren Ruck. »Aber das erzähle ich Euch alles später. Jetzt bringe ich Euch erst einmal ins Haus, damit wir uns um Euren Arm kümmern können. Versucht nicht, aufzustehen. Brokk kann

Euch tragen.« Er wandte den Kopf und rief in die Dunkelheit hinein. »Brokk!«

Eine Gestalt trat aus der Nacht auf sie zu, und Kim fuhr mit einem erschrockenen Laut hoch.

Es war der riesige Schatten, der gegen Kelhim gekämpft und ihn schließlich besiegt hatte. Er war mehr als zwei Meter groß und so breitschultrig, daß er fast mißgestaltet wirkte. Sein Gesicht war eine flache, ausdruckslose Maske mit einem dünnen Schlitz als Auge, hinter dem ein unheimliches grünes Licht loderte, und sein Körper bestand ganz aus Eisen. Seine rechte Hand war wie die eines Menschen geformt, nur größer, während die linke eher einer Baggerschaufel ähnelte.

Vor ihnen stand einer der eisernen Riesen, wie Kim und Bröckchen sie am Fuße der Treppe gefunden hatten.

»Brobing!« keuchte Kim entsetzt. »Paß auf!«

Brobing wandte den Blick, sah zuerst den Eisenmann und dann mit leichtem Staunen Kim an.

»Ihr müßt nicht erschrecken, Herr«, lächelte er. »Das ist nur Brokk. Ein guter Freund.«

Der Weg zum Haus des Bauern war weiter, als es nach Brobings Worten geklungen hatte. Tapfer hatte Kim versucht, aufzustehen und aus eigener Kraft zu gehen, aber dieser Versuch war kläglich gescheitert: nicht wegen der Schmerzen, sondern weil seine ganze linke Körperhälfte einfach taub war, und sowohl der Arm als auch das Bein versagten Kim den Dienst. So hatte er es zugelassen, daß Brokk ihn trug, obwohl ihm schon die bloße Berührung des Eisenmannes unangenehm war. Brobing schien das zu spüren, denn obwohl Kim keinerlei Bemerkung gemacht hatte, versuchte der Bauer selbst zuerst, Kim zu tragen. Aber es wurde ihm bald beschwerlich; Brobing war gewiß kein Schwächling, aber Kim war ein für sein Alter hochgewachsener Junge, und der Weg war weit. Brokk hingegen schien Kims Gewicht nicht einmal zu spüren. Und er trug ihn angesichts seines kantigen harten Äußeren mit erstaunlicher Behutsamkeit. Nur sein ruckhafter, abgehackter Gang führte bald dazu, daß Kim auch noch übel wurde. Gottlob erreichten sie Brobings Hof, ehe es wirklich schlimm wurde.

Es war ein einfaches, aber weitläufiges, weißes Gebäude mit zwei Stockwerken und einem fast bis auf die Erde reichenden, strohgedeckten Dach. Dahinter, in der Nacht nur undeutlich zu erkennen, erhoben sich die Stallungen und Scheunen, und über den klirrenden Schritten des Eisenmannes hörte Kim die Geräusche von Kühen und Schweinen, dann das Gekläff eines Hundes, der ihnen knurrend entgegengesprungen kam. Als er die Ankömmlinge erkannte, wandelte sich sein Bellen in ein erfreutes Winseln und Schwanzwedeln. Offensichtlich hatte Brobing, der damals Haus und Hof verloren hatte, sich ein neues, schönes Zuhause geschaffen. Und ein sehr viel größeres dazu.

Als Kim ihn darauf ansprach, nickte der Bauer stolz: »Es hat sich viel geändert, seit Ihr fortgegangen seid, junger Herr. Es geht uns jetzt sehr viel besser – wenigstens in mancher Beziehung.«

Kim kam nicht dazu, den Bauern zu fragen, was er mit diesen rätselhaften Worten meinte, denn auf das Gebell des Hundes hin war im Haus eine Tür aufgegangen, und plötzlich hörte er einen spitzen Schrei. Eine Gestalt, die er nach wenigen Augenblicken als Brobings Frau wiedererkannte, rannte mit wehenden Haaren auf sie zu. »Torum!« rief sie. »Hast du –«

Jäh blieb sie stehen, blickte zuerst Kim, dann ihren Mann und dann wieder Kim an, der noch immer hilflos in den Armen des Eisenmannes lag, und etwas in ihrem Gesicht veränderte sich. Kim hatte eine wilde, fast verzweifelte Hoffnung in ihren Augen gesehen, als sie herangestürmt gekommen war. Jetzt erlosch diese Hoffnung und machte einem Ausdruck tiefer Enttäuschung und Trauer Platz. »Jara!« rief Brobing. »Schau, wen wir gefunden haben! Erinnerst du dich nicht?«

Die Frau sah erneut Kim an, und er las in ihrem Blick, daß sie ihn sehr wohl erkannt hatte, sogar schneller als ihr Mann vorhin. Aber Kim las keine Wiedersehensfreude in ihren Augen. Nur diese tiefe, qualvolle Enttäuschung, die er sich nicht erklären konnte.

»Das ist Kim!« sagte Brobing aufgeregt. »Brokk hatte recht, als er glaubte, den Bären zu hören! Wir kamen gerade noch zurecht, um Kim vor Kelhim zu retten. Der Bär hätte ihn getötet. Aber so ist er mit dem Schrecken davongekommen.«

»Das ... ist gut.« Jara versuchte, Kim anzulächeln, aber er sah dabei Tränen in ihren Augen schimmern. »Seid Ihr verletzt, Herr?«

»Nur ein Kratzer«, meinte Kim.

»Er hat einen ziemlichen Hieb abbekommen«, stellte Brobing die Dinge richtig. »Geh ins Haus und bereite Wasser und frische Tücher vor, damit wir seine Schulter kühlen können. Und sei ein wenig freundlicher zu unserem Gast. Du tust ja gerade so, als würdest du dich überhaupt nicht freuen, ihn wiederzusehen.«

»Doch«, erwiderte Jara hastig. »Es ist nur ...« Sie suchte einen Moment nach Worten, und wieder sah Kim, wie schwer es ihr fiel, die Tränen zurückzuhalten. »Als ich dich sah und Brokk, der einen Jungen auf den Armen trug, da dachte ich im ersten Moment, es wäre ...«

Ihre Kräfte versagten endgültig. Sie brach mit einem kleinen, schluchzenden Laut ab, fuhr auf der Stelle herum und rannte fast so schnell ins Haus zurück, wie sie herausgekommen war.

Brobing blickte ihr einen Moment lang kopfschüttelnd nach, ehe er sich mit einem entschuldigenden Lächeln wieder an Kim wandte. »Ihr müßt verzeihen, Herr«, sagte er. »Aber meine Frau weint um Torum, unseren Sohn. Er ... verschwand vor einem halben Jahr. Sie muß geglaubt haben, daß er es ist, den wir gefunden haben.«

»Verschwand?« Kim horchte auf. »Was meinst du damit?«

»Er ist fort«, antwortete Brobing traurig. »Wie so viele. Er war fast in Eurem Alter, wißt Ihr. Er sah Euch sogar ein bißchen ähnlich.« Er seufzte tief, gab sich einen sichtbaren Ruck und fuhr sich verstohlen mit dem Handrücken über die Augen, ehe er in verändertem Ton fortfuhr: »Aber gehen wir doch ins Haus. Drinnen redet es sich besser. Und ich kann mir vorstellen, daß Ihr auch hungrig und durstig seid. Ihr seht jedenfalls so aus, als wärt Ihr es.«

Kim widersprach nicht. Sein knurrender Magen war zwar im Moment das, was ihn am wenigsten interessierte, aber er begriff sehr wohl, daß Brobing auf seine Art ebenso litt wie Jara und es ihm schwerfiel, darüber zu sprechen.

Brokk trug Kim ins Haus, wobei er sich bücken mußte, um mit seinem gewaltigen eisernen Schädel nicht gegen den Türsturz zu prallen. Die hölzernen Dielen knarrten unter seinem Gewicht, und er war so breitschultrig, daß es Kim nicht weiter verwundert hätte, wäre er einfach wie ein Korken im Flaschenhals im Türrahmen steckengeblieben. Aber der Eisenmann wand sich geschickt durch die Tür hindurch, trug Kim zu einer hölzernen Bank und setzte ihn behutsam ab.

Kim atmete hörbar auf, als sich die eisernen Klauen zurückzogen. Brokk genoß sichtlich Brobings uneingeschränktes Vertrauen, und er hatte Kim zweifellos das Leben gerettet. Ja, auch wenn Kim es nicht verstand – Kelhim hätte ihn getötet, wären Brobing und sein schauriger Begleiter nicht im letzten Moment aufgetaucht.

Der Bauer schien Kims Unbehagen zu spüren, denn er sah erst Kim und dann den Eisenmann stirnrunzelnd an, ehe er auf die Tür deutete und sagte: »Geh hinaus, Brokk. Halte Wache. Der Bär war ziemlich nahe am Haus. Ich möchte nicht, daß er uns im Schlaf überrascht.«

Wortlos und gehorsam wandte sich der rostrote Riese um und stampfte aus dem Raum. Das ganze Haus schien unter seinen Tritten zu wanken.

»Ich fand ihn auch unheimlich, als ich ihn das erste Mal sah«, meinte Brobing lächelnd, nachdem Brokk draußen war. »Aber Ihr müßt keine Angst vor ihm haben. Er kann niemandem etwas tun; nicht einmal, wenn er es wollte. Und er ist sehr nützlich.« Der Mann sah Kim an, als erwarte er an diesem Punkt, daß Kim eine ganz bestimmte Frage stellte.

Aber Kim schwieg. Er war froh, daß Brokk gegangen

war, und wollte ganz bestimmt nicht über ihn reden. Es gab Wichtigeres zu besprechen. Kim brannten tausend Fragen auf der Zunge, und er las auf Brobings Gesicht, daß es dem Bauern ebenso erging.

Bevor er jedoch dazu kam, auch nur eine einzige dieser Fragen zu stellen, kamen die Bäuerin Jara und zwei Dienstmägde herein, hoch beladen mit Schüsseln voller dampfendem Wasser und sauberen weißen Tüchern. Und sie gingen zuerst einmal daran, sich gründlich um Kims geprellte Schulter und all die anderen kleinen Kratzer und Schrammen zu kümmern, die er sich während seiner Wanderung durch das Sumpfland zugezogen hatte.

Kim war dieser Aufwand peinlich, und doch genoß er es insgeheim, daß sich jemand um ihn sorgte. Seine Schulter wurde mit einem wohlriechenden Öl eingerieben und dann so fest verbunden, daß die Verbände erst mehr schmerzten als die Prellung. Auch all die anderen kleinen Verletzungen wurden versorgt. Als die Behandlung endlich fertig war, fühlte sich Kim merklich wohler als zuvor. Schließlich brachte Jara noch frische Kleider: ein kurzes, ärmelloses Hemd aus seidenweichem Leder, das lose über dem Gürtel getragen wurde, Hosen aus dem gleichen Material, nur widerstandsfähiger, und wadenhohe, weiche Stiefel, die so perfekt paßten, als wären sie für Kim gemacht. All dies erinnerte ihn an den jungen Steppenreiter – und damit an den eigentlichen Grund, aus dem er überhaupt hier war.

»Gefallen Euch die Kleider nicht?« fragte Jara, die seinen Blick bemerkte, aber offensichtlich falsch gedeutet hatte. »Sie passen doch, oder?«

»Wie angegossen«, versicherte Kim. »Und sie sind wirklich sehr schön.« Wieder sah er diese Trauer in Jaras Gesicht.

»Haben sie Eurem Sohn gehört?« fragte er leise. Jara nickte. Ihre Augen füllten sich mit Tränen, aber diesmal wandte sie sich nicht ab, sondern sah Kim weiter an und antwortete: »Ja. Ich selbst habe sie ihm genäht, im letzten Winter. Er war … fast so groß wie Ihr, als er verschwand.«

»Wann war das?« fragte Kim.

»Vor einem halben Jahr, Herr.« Jara begann, die Tücher und Schüsseln und Kims zerfetzte Hose und Pullover wegzuräumen, während eine der Mägde bereits Teller und Besteck für das Essen auftrug. Es war zubereitet worden, während die Bäuerin sich um Kim gekümmert hatte. »Er ging … zur Nordweide, um nach den Tieren zu sehen. Das war seine Aufgabe, und er erfüllte sie gerne.«

»Und was ist geschehen?« erkundigte sich Kim.

»Das weiß ich nicht«, flüsterte Jara. Ihre Tränen versiegten so rasch, wie sie gekommen waren, aber ihr Blick blieb leer, wie auf einen Punkt in weiter Ferne gerichtet. »Er kam eines Abends einfach nicht zurück. Wir haben ihn überall gesucht, wochenlang. Mein Mann und Brokk waren sogar in Kelhims Höhle –«

Kim sah aus den Augenwinkeln, wie Brobing seiner Frau einen erschrockenen Blick zuwarf, aber seine Frau reagierte gar nicht darauf, sondern fuhr mit tonloser Stimme fort: »– weil sie dachten, der Bär hätte unseren Jungen vielleicht geholt.«

»Kelhim?« Kim konnte es immer noch nicht glauben.

»Er hat viele von uns getötet, Kim«, meinte Brobing ernst. »Ich sagte Euch schon – er ist ein wildes Tier geworden.« Auch er seufzte, und sein Gesicht verdunkelte sich, als ihn die Erinnerung übermannte. »Wir fanden viele Tote, aber Torum war nicht dabei. Ich glaube nicht, daß Kelhim unseren Sohn geholt hat. Glaubte ich das, dann wäre dieser verdammte Bär schon tot, und wenn es das letzte wäre, was ich in meinem Leben tue.«

Seine Worte – und vor allem der Ton, in dem er sie aussprach – ließen Kim schaudern. Rache? dachte er verwirrt. Das … das war ein Wort, das nicht hierher in diese Welt paßte. Aber er sagte nichts, sondern wartete geduldig, bis Brobing sich wieder soweit in der Gewalt hatte, daß er weitersprechen konnte.

»Torum ist nicht der erste, der auf diese Weise verschwand, Herr.«

»Ich dachte es mir«, murmelte Kim.

Brobing sah überrascht auf, und auch seine Frau blickte

Kim erschrocken an. Kim hätte sich am liebsten selbst auf die Zunge gebissen, aber es war zu spät, die Worte zurückzunehmen.

»Ihr wißt davon?« flüsterte Brobing. Eine wilde Hoffnung flammte in seinen Augen auf.

»Ich glaube, das ist der Grund, aus dem ich hier bin«, sagte Kim vorsichtig.

»Dann habt Ihr vielleicht von Torum gehört?« fragte Jara. »Wißt Ihr, wie es ihm geht? Wo er ist?«

Kim hätte gerne geantwortet und ihr gesagt, daß es ihm gut ginge und sie sich keine Sorgen zu machen brauchten – aber er konnte es nicht. Märchenmond war kein Land, in dem eine Lüge lange Bestand hatte, nicht einmal aus Barmherzigkeit. Und es wäre eine Lüge gewesen. Er wußte nicht, wo Torum war – der Junge im Krankenhaus hat das Wappen Caivallons getragen und war bestimmt nicht Jaras Sohn. Auch hatte Kim die Worte des Professors nicht vergessen: *Sie werden vielleicht sterben, wenn wir nicht herausbekommen, was ihnen fehlt, Kim.*

»Nein«, antwortete er traurig. »Ich habe Euren Sohn nicht gesehen.«

Jara blickte ihn einen Moment lang traurig an, dann lächelte sie, aber während sie es tat, begannen wieder Tränen über ihr Gesicht zu laufen, und nach einer Welle stand sie auf und verließ das Zimmer.

Kim schwieg bekümmert.

Auch auf Brobings Gesicht hatte sich Schmerz ausgebreitet. »Sie war früher ein so fröhlicher Mensch«, sagte er. »Ihr habt sie gekannt. Aber seit Torum verschwunden ist, lacht Jara nicht mehr. Manchmal habe ich Angst, daß ihr das Herz bricht und ich sie auch noch verliere.«

»Ich glaube, daß Torum noch lebt«, sagte Kim jetzt, um den Mann zu trösten. Er war nahe daran, Brobing zu erzählen, was er wußte, aber er tat es nicht. Es hätte mehr Fragen aufgeworfen als beantwortet.

»Habt Ihr vergessen, daß wir nicht um unsere Toten trauern?« fragte Brobing. »Denn wir bewahren sie in unseren Herzen auf, und sie leben in uns und unserer Erinnerung weiter. Doch jemand, der einfach verschwindet – das ist etwas anderes. Niemand weiß, was mit Torum und den anderen geschehen ist. Ob sie noch leben, oder wo sie sind. Ob man sie gefangenhält, ob sie Sklaven sind oder freie Menschen ...«

Er sprach nicht weiter, aber das war auch nicht nötig, denn Kim hatte sehr wohl begriffen, was er meinte. Es war nicht nur der Schmerz über den Verlust ihres Sohnes, der ihm und seiner Frau das Herz brach – es war die Ungewißheit, was mit ihm geschehen war. Gab es etwas Schlimmeres, als hilflos dazusitzen und sich alle möglichen Schrecknisse vorzustellen, die einem geliebten Menschen widerfahren konnten?

»Wie viele sind es, die verschwunden sind?« fragte er.

Brobing blickte ernst. »Sehr viele«, bestätigte er. »Sie gehen einfach weg und kommen nicht wieder. Oder sie legen sich zum Schlaf nieder und sind nicht mehr da, wenn die Sonne aufgeht. Niemand weiß, was mit ihnen geschieht. Und es werden immer mehr. Manche sagen, daß bald alle Kinder verschwunden sein werden.«

»Aber es muß doch eine Erklärung dafür geben«, beharrte Kim.

Brobing sah ihn an und schwieg. Und plötzlich begriff Kim, daß er selbst es war, von dem man hier eine Antwort auf diese Frage erwartet hatte, und nicht umgekehrt. »Wann hat es angefangen«, fragte er, »und wo?«

»Das weiß ich nicht«, sagte Brobing. »Wir leben hier weit von den Städten und Burgen entfernt, Herr. Nachrichten dringen nur spärlich zu uns, und langsam. Doch ich habe erfahren, daß überall im Lande Kinder zu verschwinden beginnen.«

»Und niemand tut etwas dagegen?« fragte Kim zweifelnd.

»Aber was sollte man denn tun?« erwiderte Brobing traurig. »Oh, natürlich hat man sie gesucht – lange und überall. Themistokles hat all seine Zauberkraft aufgeboten, sie aufzuspüren, und andere Zauberer haben ihm geholfen. Aber es war zwecklos. Sie haben das ganze Land abgesucht, und ich habe gehört, daß Rangarig, der goldene Drache, über ganz Märchenmond bis hin zu den brennenden Ebenen geflogen ist, um eine Spur von den Kindern zu finden. Sie sind nicht entführt worden, wenn es das ist, was Ihr glaubt. Niemand hätte einen Zauberer wie Themistokles täuschen können. Sie sind einfach ...« Er breitete in einer hilflosen Geste die Hände aus, »... fort.«

Kim blickte lange und sehr düster an Brobing vorbei ins Leere. Und für einen Moment glaubte er die Antwort auf alle Fragen zu wissen. Aber der Gedanke entglitt ihm so rasch, wie er gekommen war.

»Und das ist nicht alles, was geschehen ist, nicht wahr?« fragte er leise. Er hatte die Worte des Bauern nicht vergessen. Brobing seufzte. »Nein. Aber ich kann Euch nicht sagen, was es ist, Herr. Etwas ... geschieht. Alle merken es, aber niemand weiß, was es ist.«

»Das verstehe ich nicht.«

»Die Menschen verändern sich, Kim«, erklärte Brobing. »Sie lachen weniger. Viele sind hart und verbittert geworden. Es gibt Streit, und im letzten Jahr berichtete ein Reisender, daß ein Krieg ausgebrochen wäre.«

»Krieg?« entfuhr es Kim ungläubig. »Krieg in Märchenmond?!«

Brobing hob besänftigend die Hand. »Kein großer Krieg, wie damals, gegen den bösen Zauberer Boraas und seine schwarzen Reiter«, sagte er. »Aber es gab Gefechte – ich weiß nicht, warum – zwischen den Steppenreitern von Caivallon und dem Herrn des Sumpflandes im Osten, dem Tümpelkönig. Viele wurden verletzt, einige sogar getötet. Hätte Themistokles nicht schlichtend eingegriffen, wäre es wohl noch viel schlimmer gekommen.«

Es fiel Kim schwer, das zu glauben. Er kannte den Herrn von Caivallon, und er kannte erst recht den Herrn der östlichen Sümpfe: Der Tümpelkönig war alles mögliche – aber ein Mann des Krieges war er nicht!

»Es ist als ... als würden wir etwas verlieren«, murmelte Brobing hilflos. »Und wir wissen nicht einmal, was.«

Kim dachte plötzlich an das Bild zurück, das er kurz vor

Sonnenuntergang gesehen hatte: den erstarrten Eisenmann, der am Fuße der Leiter stand und die Hand über das Land ausstreckte, als wolle er es an sich reißen.

»Sind es ... die Eisernen?« fragte er.

Brobing schien ehrlich überrascht. »Die Eisernen?« Er schüttelte den Kopf und hätte beinahe gelacht. »Oh nein, Herr, da täuscht Ihr Euch. Sie sind unsere Freunde und Diener. Ohne sie wäre alles noch viel schlimmer, glaubt mir.«

»Als ich das erste Mal hier war«, antwortete Kim, »verschwanden keine Kinder. Und es gab noch keine Eisenmänner.«

»Es ist leicht, einen Sündenbock zu finden«, erwiderte Brobing, »aber nicht richtig.«

Noch bevor Kim antworten konnte, schoß ein dumpfer Schmerz durch seinen bandagierten Arm, und er preßte mit einem Stöhnen die Zähne zusammen.

»Ist es schlimm?« Brobing sah ihn besorgt an.

Kim schüttelte den Kopf und unterdrückte ein Wimmern. »Nein«, sagte er gepreßt. »Oh verdammt – ich verstehe einfach nicht, was in Kelhim gefahren ist.«

»Ich sagte Euch bereits – er ist zum wilden Tier geworden.«

»Es fällt mir so schwer, das zu glauben«, antwortete Kim. »Auch, wenn ich es am eigenen Leib gespürt habe. Er hat ... viele getötet, sagst du?«

»So ist es«, bestätigte Brobing traurig. »Er ist ein Raubtier. Manche Bauern sind weggezogen, aus Furcht vor ihm. Hätten wir Brokk nicht, dann wären auch wir längst geflohen, denn unser Hof liegt sehr nahe bei seiner Höhle. Wüßten unsere Nachbarn, wie nahe sie ist, wären sie längst dorthin gegangen, um Kelhim zu erschlagen. Seit langem versuchen sie, ihn zu stellen, aber in den Wäldern, außerhalb der Höhle, ist er ihnen überlegen, ganz egal, wie viele sie sind.«

Kim dachte an den raschen, erschrockenen Blick zurück, den Brobing vorhin seiner Frau zugeworfen hatte. »Ihr wißt, wo seine Höhle ist, und habt es ihnen nicht gesagt?« vergewisserte er sich.

Brobing schüttelte den Kopf. »Ich müßte es tun, ich weiß«, sagte er schuldbewußt, »aber ich kann es nicht. Einst hat er zusammen mit Euch und Euren Freunden unser aller Leben gerettet. Ich kann ihn jetzt nicht ausliefern, auch wenn er gefährlich ist.«

»Das verstehe ich nicht.« Kim konnte es nicht fassen. »Kelhim ein blutrünstiges Ungeheuer! Wie ist das gekommen?«

»Auch das gehört zu den Veränderungen, von denen ich sprach, Herr«, antwortete Brobing. »Die Tiere beginnen das Sprechen zu verlernen, viele werden gefährlich. Die Wälder sind nicht mehr sicher. Niemand geht noch nach Dunkelwerden und ohne Waffen aus dem Haus.«

Was hatte Brobing im Wald gesagt: *Es gehen schlimme Dinge im Land vor?* Kim fröstelte.

»Ich werde herausfinden, was hier geschehen ist, Brobing«, versprach er. »Gleich morgen früh werde ich nach Gorywynn aufbrechen, um Themistokles zu finden.«

VI

Er brach am nächsten Tag nicht nach Gorywynn auf. Die zweitägige Wanderung durch das Sumpfland schien doch mehr an Kims Kräften gezehrt zu haben, als er selbst eingestehen wollte, und er schlief wie ein Stein. Brobing und seine Frau erzählten jedenfalls hinterher übereinstimmend, daß sie beide mehrmals versucht hätten, ihn aufzuwecken, aber ohne Erfolg. Als Kim von selbst erwachte, war der Tag schon mehr als zur Hälfte vorbei.

Das war ärgerlich. Aber der Schlaf in einem richtigen, weichen Bett und das Essen hatten Kim gutgetan, und er fühlte sich zum erstenmal seit Tagen wieder wirklich ausgeruht und erfrischt. Nachdem Jara ihm ein ebenso verspätetes wie reichhaltiges Frühstück zubereitet hatte, wandte er sich mit der Bitte an Brobing, ihm ein Pferd zu leihen, damit er sich auf den Weg nach Gorywynn machen konnte.

Aber der Bauer lehnte ab. »Es ist zu spät«, sagte er. »Die nächste Stadt liegt am Fluß, und bis dahin ist es ein guter Tagesritt, selbst wenn man keine Rast einlegt. Das schafft Ihr heute nicht mehr.«

»Ich kann unter freiem Himmel übernachten«, meinte Kim. Die Vorstellung, einen weiteren Tag zu verlieren, behagte ihm nicht. »Das macht mir nichts aus.«

»Das glaube ich Euch gerne«, antwortete Brobing. »Aber es ist zu gefährlich. Habt Ihr Kelhim vergessen?« Er machte eine entschiedene Handbewegung, als Kim widersprechen wollte, und fuhr mit leicht erhobener Stimme fort: »Das ganze Land von hier bis zum Fluß ist sein Revier. Tagsüber greift er selten an, und wenn, könnt Ihr ihm sicher ausweichen – ich werde Euch Sternenstaub geben, meinen besten Hengst. Aber nachts ist es zu gefährlich.«

Kim schluckte die Antwort herunter, die ihm auf der Zunge lag; zumal ihm auch der besorgte Blick nicht entgangen war, den Brobing und Jara tauschten. Die beiden sorgten sich wirklich um ihn. Und das letzte, was er wollte, war, ihren Schmerz noch zu vertiefen. Sie sollten nicht um ihn bangen müssen.

»Möchtet Ihr Sternenstaub kennenlernen?« fragte Brobing plötzlich.

Kim nickte begeistert. Er liebte Tiere und vor allem Pferde. Rasch sprang er auf und folgte Brobing aus dem Haus. Sie gingen zu einem der großen Ställe, die sich hinter dem Hauptgebäude erhoben. Erneut fiel ihm auf, um wie vieles größer dieser Hof war, als der, den Brobing und die Seinen früher bewohnt hatten. Als der Bauer dies merkte, sagte er voller unübersehbarem Stolz: »Wir sind lange durch das Land gezogen, ehe wir einen Flecken Erde fanden, auf dem wir uns niederlassen konnten«, erklärte er. »Aber es hat uns nicht gereut. Dieser Ort ist beinahe noch schöner als der, an dem wir damals lebten.«

»Und dein Land ist größer«, fügte Kim hinzu.

»Sechs Tagwerke, in jeder Richtung«, bestätigte Brobing. »Und erst im letzten Winter haben wir eine Quelle mit Bitterwasser entdeckt.«

»Bitterwasser?«

»Man füllt es in Lampen, und es brennt viele Stunden«, erklärte Brobing.

»Petroleum«, sagte Kim. »Ihr meint Petroleum.«

»Nennt man es da, wo Ihr herkommt, so?« Kim nickte, und Brobing fuhr mit einem Lächeln fort: »Im nächsten Jahr werde ich ein paar Männer einstellen, die mir helfen, es zu fördern und in Krüge abzufüllen, damit wir es auf dem Markt in der Stadt verkaufen können.«

»Ihr müßt viele Knechte haben, um einen so großen Hof bewirtschaften zu können«, stellte Kim fest, aber Brobing schüttelte abermals den Kopf.

»O nein«, antwortete er. »Nur die beiden Mägde, die Ihr gesehen habt, und einen Mann – und mich selbst natürlich.«

Kim blickte zweifelnd über die lange Reihe von nebeneinandergebauten Stallungen und Scheunen, dann über die Felder, die hinter dem Hof begannen und sich erstreckten, so weit das Auge reichte. »Aber wie schafft Ihr dann all diese Arbeit?« wunderte er sich.

Abermals lächelte Brobing. »Warum nicht?« Er lachte, als er Kims verwirrten Gesichtsausdruck bemerkte. »Ich erkläre es Euch – später«, versprach er. »Aber jetzt laßt uns zu Sternenstaub gehen. Er ist sicher schon ganz begierig darauf, seinen neuen Herrn kennenzulernen.«

Sie betraten den Stall, in dem sich in zwei langen Reihen beiderseits der Tür mindestens dreißig großzügige hölzerne Verschläge befanden. Die meisten davon standen zwar leer, aber Kim schätzte trotzdem, daß Brobing ein gutes Dutzend Pferde besaß. In einer Gegend wie dieser schon ein wenig mehr als nur ein kleines Vermögen. Das Leben des Bauern schien sich tatsächlich grundlegend geändert zu haben, seit er ihn das letzte Mal gesehen hatte.

Sie steuerten die letzte der Boxen an. Brobing blieb zwei Schritte davor stehen und deutete mit einer einladenden Geste auf das Tier, das darin stand.

Kim riß erstaunt die Augen auf. Jedes einzelne Pferd hier im Stall war ein Prachttier – es waren ausnahmslos Reitpferde, keine Ackergäule, wie Kim mit kundigem Blick bemerkt hatte –, aber Sternenstaub war das mit Abstand prachtvollste Tier. Der Hengst war riesig und von nachtschwarzer Farbe, in die winzige weiße Tupfen eingestreut waren, als wäre sein Fell mit Millionen von Sternen besprenkelt. Seine großen, klugen Augen blickten Kim an, als wüßte er ganz genau, wen er vor sich hatte, und als Kim nach einer Weile des Staunens behutsam näher trat, senkte das Pferd den Kopf und ließ es zu, daß ihm der Junge zärtlich die Nüstern streichelte.

»Er ist ... wunderbar«, sagte Kim.

»Ich weiß«, antwortete Brobing. »Es ist mein schnellstes Pferd. Torum sollte es haben, später einmal.«

»Aber das kann ich nicht annehmen«, sagte Kim, ohne daß es ihm indes möglich war, den Blick von dem prachtvollen Hengst loszureißen. »Ich ... ich kann Euch nicht versprechen, daß ich ihn zurückbringe. Der Weg nach Gorywynn ist weit –«

»– und voller Gefahren«, unterbrach ihn Brobing. »Eben

darum bestehe ich darauf, daß Ihr Sternenstaub nehmt. Ich möchte nicht, daß Euch unterwegs etwas zustößt, nur weil Ihr vielleicht auf einer klapperigen Mähre reitet.«

»Aber wenn er Eurem Sohn gehören sollte –«

Abermals unterbrach ihn Brobing, und diesmal in einem Ton, der Kim begreifen ließ, daß er ihn beinahe unabsichtlich verletzt hätte. »Glaubt Ihr nicht, daß ich dieses Pferd gerne hergebe, wenn ich dafür hoffen darf, meinen Sohn zurückzubekommen?«

»Ich kann Euch nicht versprechen, daß ich Torum finde«, meinte Kim leise.

»Ich weiß das«, sagte Brobing. »Doch wenn es einer kann, dann Ihr. Und dabei braucht Ihr alle Hilfe, die Ihr bekommen könnt. Was ist schon ein Pferd?«

»Ein Pferd wie dieses?« Kim drehte sich nun doch zu Brobing herum. »Es muß sehr wertvoll sein«, sagte er.

»Das ist es«, bestätigte Brobing. »Aber ich bin ein wohlhabender Mann. Und ohne Euch hätte ich nichts von alledem hier. Ohne Euch wäre ich nämlich tot – und meine Familie auch.«

Kim widersprach nicht mehr. Sie blieben noch eine Weile im Stall, und Brobing wartete geduldig, während sich Kim mit dem prachtvollen Hengst anfreundete und unentwegt auf ihn einredete, damit er sich an seine Stimme gewöhnte. Schließlich stieg er vorsichtig auf Sternenstaubs Rücken, und das Tier ließ es sich gefallen.

»Ich sehe schon, ihr werdet sicher gute Freunde werden«, sagte Brobing lachend, nachdem Kim endlich wieder vom Rücken des Hengstes herabgestiegen war. »Aber jetzt kommt. Ich zeige Euch den Hof – wenn Ihr wollt.«

Natürlich wollte Kim – wenn auch vielleicht aus anderen Gründen, als Brobing annehmen mochte. Ohne ein weiteres Wort folgte er dem Bauern.

Die nächsten Stunden vergingen wie im Fluge. Brobing zeigte Kim voller Stolz sein ganzes Anwesen – und es war wirklich gewaltig. Neben dem Dutzend Pferde besaß er an die hundert Schweine und Rinder und dazu eine Ziegenherde, von der er selbst lachend erklärte, daß er sie niemals gezählt hätte. Brobing hatte vorhin im Stall nicht übertrieben – er war tatsächlich ein sehr wohlhabender Mann geworden.

»Aber wie könnt Ihr diesen riesigen Hof bewirtschaften?« wunderte sich Kim wieder.

»Kommt – ich zeige es Euch.« Lächelnd deutete der Bauer mit einer einladenden Geste auf das Feld, das unmittelbar ans Haus grenzte, und Kim folgte ihm dorthin.

Es war ein großer, zur Hälfte frisch umgepflügter Acker. Eine Gestalt bewegte sich weit entfernt am Ende der letzten Furche auf das Haus zu, wobei sie einen gewaltigen Pflug vor sich herschob.

»Wer ist das?« fragte Kim überrascht. Es erschien ihm schon seltsam, daß kein Pferd den Pflug zog – oder einer der Ochsen, die gleich zu Dutzenden in Brobings Stall standen. Aber vor allem hatte Kim niemals davon gehört, daß man einen Pflug vor sich herschob.

Er beschattete die Augen mit der Linken, um die einsame Gestalt auf dem Feld besser sehen zu können. Sie war groß und von dunkler, rostroter Farbe, und ihre Bewegungen waren ebenso eckig und steif wie ihre Umrisse.

»Der ... Eisenmann?« entfuhr es ihm überrascht.

Brobing nickte. »Brokk verrichtet fast alle Arbeiten hier auf dem Hof«, sagte er. »Er pflügt die Felder und bringt die Ernten ein, schert die Schafe und schlachtet die Schweine und Ziegen. Und zwischendurch erledigt er noch alle Reparaturen, die anfallen. Den größten Teil der Ställe, die ich Euch gezeigt habe, hat er ganz allein gebaut. Ich wüßte wirklich nicht, was ich ohne ihn täte. Und Ihr hattet Angst vor ihm«, fügte er kopfschüttelnd hinzu.

Kim schwieg. Brobings Worte hatten nicht unbedingt dazu beigetragen, das Unbehagen zu vertreiben, mit dem ihn die Gegenwart des Eisenmannes erfüllte. Im Gegenteil.

»Warum tut er das?« fragte er. »Ich meine – was verlangt er als Gegenleistung?«

»Als Gegenleistung?« Eine Sekunde lang blickte ihn Brobing höchst verwirrt an, dann erst schien er zu begreifen, was Kim überhaupt mit seinen Worten meinte, und fing schallend zu lachen an.

»Nichts«, sagte er. »Ich sehe schon – Ihr versteht immer noch nicht. Brokk ist nicht mein Knecht. Er gehört mir. Ich habe ihn gekauft, vor drei Sommern.«

»Gekauft?« wiederholte Kim verständnislos – und erst dann begriff er. »Ihr meint, Brokk ist eine ... Maschine?«

»Ich weiß nicht, was eine Maschine ist«, antwortete Brobing, noch immer lächelnd. »Er ist kein Lebewesen, wenn Ihr das meint. Er besteht nur aus Eisen. Die Zwerge in den östlichen Bergen stellen die Eisenmänner her. Sie sind teuer, aber die Anschaffung lohnt sich – wie Ihr seht. Noch zwei Jahre, und ich habe diesen da abbezahlt und kann einen zweiten, vielleicht sogar einen dritten dazunehmen. Ihr werdet staunen, wenn Ihr seht, was ich dann aus diesem Hof mache.«

»Aber wozu?« fragte Kim.

Brobing schien verwirrt. »Wie meint Ihr das?«

»Ihr habt es selbst gesagt«, antwortete Kim. »Ihr seid bereits ein reicher Mann. Genügt Euch das nicht? Warum wollt Ihr noch mehr haben?«

»Warum nicht?« fragte Brobing entgeistert. »Ich nehme niemandem etwas weg, oder? Das Land ist groß genug. Jeder könnte einen Hof wie diesen haben, und es wäre noch immer genug Platz für alle da. Ich verstehe Eure Frage nicht.«

Kim antwortete nicht mehr darauf, denn da bemerkte er etwas, das ihn stark an das erinnerte, womit er sich vor gar nicht langer Zeit in der Schule beschäftigt hatte. Der Biologielehrer war sogar mit ihrer Klasse aufs Land gefahren, damit sie verstehen konnten, was er meinte. Kim machte ein paar Schritte, um sich auf dem frisch umgepflügten Feld in die Hocke sinken zu lassen. Nachdenklich hob er eine Handvoll der gerade umgeworfenen Erde auf und ließ sie durch die Finger rieseln. Der leichte Wind, der über dem Feld wehte, trug das meiste davon als grauen Staub mit sich fort.

»Der Boden ist völlig ausgelaugt«, stellte er fest. »Ihr grabt zu tief um. Es ist Lehm mit im Mutterboden, seht Ihr?«

Brobing nickte. »Wir bringen jetzt drei Ernten im Jahr

ein«, sagte er. »Das verlangt viel von der Erde. Noch ein Jahr oder zwei, und wir werden das Feld aufgeben müssen.«

»Und dann?« fragte Kim ernst.

Brobing zuckte mit den Achseln. »Wir pflügen ein neues Stück Boden um«, meinte er. »Es ist genug da.«

»Irgendwann wird alles aufgebraucht sein«, gab Kim zu bedenken.

»Kaum.« Brobing lachte. »Und wenn, so gehen wir fort und bauen woanders einen neuen Hof auf. Glaubt mir, das ist kein Problem. Brokk baut mir in einer Nacht ein neues Haus, wenn ich es ihm befehle.«

Kim schauderte. Langsam stand er auf und betrachtete den gewaltigen Eisenmann, der mit weit ausgreifenden Schritten näher kam, wobei er den zentnerschweren Pflug vor sich herschob wie ein Kind einen Puppenwagen. »Irgendwann wird es kein Land mehr geben, wohin Ihr ziehen könnt, Brobing«, sagte Kim.

»Unsinn«, widersprach der Bauer. »Märchenmond ist groß, junger Herr. Viel größer, als wir es uns vorstellen können. Und außerdem – es gibt nicht nur dieses Land.«

»Könnt Ihr denn neues bauen?« fragte Kim.

Die Worte sollten spöttisch klingen, aber sie taten es nicht, und Brobing nickte auch mit großem Ernst.

»Ihr habt die Stellwand gesehen, die die Sümpfe begrenzt.« Der Bauer deutete in die Richtung, aus der Kim gekommen war. »Alles Land von dort bis hierher bestand bis vor wenigen Jahren aus unfruchtbarem Fels und Gebirge. Die Eisenmänner haben sie abgetragen und neues, fruchtbares Land geschaffen. Ihr seht also, sie können Berge versetzen, wenn es nötig ist. Und sie können die Sümpfe trokkenlegen und neuen Lebensraum schaffen.«

»Die Sümpfe?« Kim dachte an Lizard. »Das meint Ihr nicht ernst, Brobing. Dieses Land dort gehört Euch nicht.«

»Es gehört keinem«, entgegnete der Bauer. »Was lebt schon dort, außer ein paar Schlangen und Eidechsen? Aber es wird nicht nötig sein, glaubt mir.« Er lächelte wieder. »Ihr seid nicht der einzige, der so denkt. Es gibt manche, die sagen, daß die Eisenmänner nicht gut für uns sind. Aber sie irren sich. Seht Euch um! Als wir uns das erste Mal sahen, da war ich ein armer Mann!«

»Das mag sein.«

»Und heute«, fuhr Brobing fort, »fehlt es mir und meiner Familie an nichts. Ich muß mir keine Sorgen um die nächste Ernte machen, oder einen Sturm. Alles nimmt Brokk mir ab. Glaubt mir – wir sind glücklich.«

Kim sparte es sich, darauf zu antworten. Aber er dachte plötzlich wieder an den Ausdruck von Schmerz in Jaras Augen, als sie über ihren verschwundenen Sohn geredet hatte, und da wußte er, daß Brobing unrecht hatte.

Als sie sich auf den Rückweg zum Haus machten, blieb Brobing plötzlich stehen und blickte nach Westen. Auch Kim blinzelte gegen das Licht der sinkenden Sonne und erkannte eine winzige Gestalt, die sich dem Hof näherte.

»Erwartet Ihr Besuch?« fragte er – seltsam beunruhigt, ohne zu wissen, warum.

Brobing schüttelte den Kopf. »Eigentlich nicht«, sagte er langsam. »Aber manchmal kommen ...« Er brach wieder ab und blickte angestrengt auf den näher kommenden Reiter, dann rief er überrascht aus: »Das ist Jarrn!«

Eine Sekunde lang zögerte er noch. Dann wandte er sich um, lief ins Haus zurück und ließ Kim einfach stehen, als hätte er ihn glatt vergessen.

Kim sah dem näherkommenden Reiter mißtrauisch entgegen. Brobings Verhalten zeigte sehr deutlich, daß ihm der unangemeldete Besuch wenig willkommen war – und auch Kim erfüllte ein merkwürdiges Unbehagen. Dabei sah der Reiter, als er näher kam, eigentlich kaum bedrohlich aus. Eher komisch, fand Kim.

Als der Fremde sein Pferd – das nicht größer als ein Pony war – auf den Hof lenkte und absaß, dachte Kim im ersten Augenblick, es wäre ein Kind. Der Bursche reichte ihm allerhöchstens bis unter das Kinn, und auch das nur, wenn er sich auf die Zehenspitzen gestellt hätte. Er war ganz in Schwarz gekleidet: schwarze Stiefel, schwarze Hosen und Hemd und einen schwarzen, bis auf die Knöchel fallenden Umhang, der nur so um seine rasseldürre Gestalt schlotterte. Sein Gesicht erinnerte an das eines halbverhungerten Geiers. Auch sein Haar, das sich zum Großteil unter der spitzen Kapuze seines Umhanges verbarg, war schwarz. Seine Fingernägel übrigens auch.

»Wer bist du?« fragte der Kleine unfreundlich, nachdem er auf Kim zugestapft war und sich herausfordernd vor ihm aufgebaut hatte.

»Eine gute Frage«, antwortete Kim. Der herrische Ton des Zwerges ärgerte ihn. »Vielleicht sollte ich sie dir stellen.«

In den Augen des Zwerges blitzte es zornig auf. »Ich bin Jarrn«, schnappte er. »Ich komme jedes Jahr zweimal hierher. Aber dich habe ich hier noch nie gesehen. Gehörst du zu dem Bauernpack?«

Kim beherrschte sich mühsam, um nicht das zu tun, wonach ihm plötzlich war: nämlich den Zwerg zu packen und so lange zu schütteln, bis er aus seinen albernen Dracula-Klamotten herausrutschte. »Das Bauernpack, wie du es nennst, Knirps«, sagte er – wobei er voller Schadenfreude bemerkte, wie der Zwerg bei dem Wort *Knirps* unter dem Staub auf seinem Gesicht erbleichte, »sind meine Freunde. Ich bin hier zu Gast.«

»Nun, ich auch«, giftete Jarrn. »Also gib den Weg frei, damit ich mir holen kann, was mir zusteht.« Er hob die Hand, um Kim beiseite zu schieben, aber der rührte sich nicht. »Geh aus dem Weg, Bursche«, sagte Jarrn drohend. »Oder –«

»Oder?« wiederholte Kim herausfordernd und ballte die Fäuste. Er kannte sich selbst nicht wieder. Es war sonst ganz und gar nicht seine Art, sich auf so plumpe Weise herausfordern zu lassen. Aber die bloße Anwesenheit des Zwerges reizte ihn schon, als verströme die schwarzgekleidete Gestalt etwas, das ihn in Wut brachte.

Der andere antwortete nicht, aber plötzlich hörte Kim ein Stampfen, und als er sich herumdrehte, da sah er, daß Brokk den Pflug fahrengelassen hatte und mit weit ausgreifenden Schritten quer über den frisch gepflügten Acker herbeikam. Sein grünes Auge schien drohend zu leuchten.

»Was ist denn los?« drang Brobings Stimme vom Haus her. Kim wandte den Kopf und sah, daß der Bauer und seine Frau eilig herbeikamen. »Kim – Jarrn! Was geht hier vor?«

»Nichts«, meinte Kim grollend.

Jarrn deutete anklagend mit einem dürren Zeigefinger auf ihn. »Dieser unverschämte Lümmel wollte mich nicht ins Haus lassen, Brobing. Ist er ein Verwandter von Euch?«

»Er ist ... der Sohn eines guten Freundes«, sagte der Bauer. »Bitte, verzeiht ihm sein Benehmen. Er weiß nicht, wer Ihr seid. Und er ist noch jung. Ihr wißt, wie Kinder sind.« Bei diesen Worten warf er Kim einen beschwörenden Blick zu.

»Ja«, schnarrte Jarrn herablassend. »Das weiß ich. Deshalb verabscheue ich sie ja auch. Fast so sehr wie Bauernpack.«

Zu Kims unbeschreiblicher Überraschung lachte Brobing zu diesen Worten, wenn es auch etwas gekünstelt klang. Dann deutete er mit einer einladenden Geste aufs Haus. »Aber kommt doch herein, Jarrn. Ihr müßt hungrig und erschöpft sein. Meine Frau wird Euch eine Mahlzeit bereiten.«

»Dazu ist keine Zeit«, antwortete Jarrn ruppig. »Ich muß gleich weiter. Ich will heute noch zwei weitere Höfe besuchen. Aber einen Becher Wein nehme ich, während Ihr das Geld holt.«

»Das Geld?« Brobing blinzelte. »Schon jetzt?«

»Habt Ihr es etwa nicht?« fragte der Zwerg und kniff mißtrauisch ein Auge zu.

»Doch, doch«, beschwichtigte ihn Brobing hastig. »Es liegt bereit. Ich habe Euch nur noch nicht erwartet. Im letzten Jahr –«

»Letztes Jahr war letztes Jahr«, unterbrach ihn Jarrn unwillig. »Wenn Ihr es nicht habt, komme ich auf dem Rückweg wieder vorbei, in einem Monat. Aber länger warte ich nicht. Habt Ihr die Summe nicht, nehme ich ihn wieder mit.« Er deutete auf Brokk, der mittlerweile dicht herangekommen war, jetzt aber langsamer ging.

Brobings Blick folgte der Geste des Zwerges. »Aber ich

habe es ja«, beeilte er sich. »Sogar mehr als das. Ich kann die Summe, die im Winter fällig ist, gleich jetzt bezahlen. Das spart Euch einen Weg, Herr.«

»Eure Geschäfte scheinen ja gut zu gehen«, sagte Jarrn, ohne auf die Worte des Bauern einzugehen.

»Ich kann nicht klagen.« Brobing schien erst jetzt zu bemerken, daß Brokk seine Arbeit liegengelassen hatte, denn sein Antlitz verdunkelte sich.

»Was fällt dir ein?« rief er. »Geh sofort wieder aufs Feld zurück, Brokk. Bis heute abend muß umgegraben sein!«

Brokk gehorchte – aber erst, wie Kim bemerkte, nachdem der Zwerg eine rasche, kaum wahrnehmbare Bewegung mit der Hand gemacht hatte, die Brobing nicht auffiel. Sie gingen ins Haus. Brobing und der Zwerg setzten sich an den Tisch, an dem Kim am Abend zuvor gegessen hatte. Kim überlegte einen Moment, ob er sich zu ihnen setzen sollte, fing aber dann einen ärgerlichen Blick des Besuchers auf und zog es vor, zu Jara in die Küche zu gehen. Sie hatte bereits begonnen, das Abendessen vorzubereiten.

Jara stand am Herd und rührte mit einem hölzernen Löffel in einem riesigen, gußeisernen Topf, aus dem es verlokkend duftete. Als Kim eintrat, lächelte sie und deutete mit einer Kopfbewegung zu einem Stapel säuberlich aufgereihter Porzellanteller auf einem Regal. Sie lächelte erneut, als Kim sich einen davon nahm und sie ihm eine gewaltige Kelle voller Suppe einschenkte.

»Wer ist das?« fragte Kim, nachdem er den ersten Löffel gekostet hatte, und deutete auf die Stube.

»Jarrn?« Jara machte ein Gesicht, das die Frage eigentlich schon beantwortete – zumindest wurde deutlich, was sie von dem überraschenden Gast hielt. »Ein Zwerg aus den östlichen Bergen«, sagte sie. »Wir haben Brokk von ihm gekauft. Und jetzt kommt er zweimal im Jahr, um sein Geld zu holen, bis Brokk uns ganz gehört.«

»Und wieso läßt Brobing sich seine Grobheiten gefallen?« fragte Kim.

Jara lächelte verzeihend. »Ich sehe schon, Ihr habt noch nie Zwerge aus den östlichen Bergen getroffen«, sagte sie.

»Sie sind das unhöflichste Volk, das Ihr Euch vorstellen könnt. Ich glaube, niemand hat je ein freundliches Wort von ihnen gehört. Aber sie sind nicht schlecht. Sie sind gute Handwerker. Ihre Schmiedearbeiten sind berühmt und begehrt im ganzen Land.«

»Wenn ich an Eurer Stelle wäre, würde ich ihm schon Manieren beibringen«, sagte Kim.

Jara seufzte. »Diese Leute sind nicht schlecht, Kim«, wiederholte sie. »Nur unhöflich. Aber wenn man weiß, wie man mit ihnen umzugehen hat, kommt man irgendwie klar. Brobing jedenfalls. Und ich verschwinde meistens in die Küche, wenn Jarrn erscheint. Er bleibt nie lange. Und außerdem«, fügte sie mit einem hörbaren Seufzen hinzu, »gehört ihm der Eisenmann, bis wir ihn ganz abbezahlt haben, was im nächsten Sommer der Fall sein wird. Bis dahin kann er ihn jederzeit wieder mitnehmen.«

»Und dann wärt Ihr ruiniert«, vermutete Kim.

Jara lächelte. »Nein. Wir müßten ein paar Knechte einstellen, das wäre teurer, aber ruiniert wären wir nicht.«

Kim aß seine Suppe zu Ende und ging in die Stube. Eben händigte Brobing dem Zwerg einen Beutel aus, der prall mit Goldstücken gefüllt war. Jarrn zählte sie pedantisch, kritzelte etwas auf einen Zettel, den er aus einer Tasche seines schwarzen Hemdes kramte, und steckte beides mit einem unzufriedenen Knurren wieder ein. »Also komme ich nur noch einmal, im nächsten Sommer«, sagte er. »Danach gehört Brokk endgültig Euch.«

»Ich könnte vielleicht einen zweiten Eisenmann gebrauchen«, meinte Brobing.

Jarrn zuckte mit den Schultern. »Wenn wir uns über den Preis einig werden … Die Nachfrage ist groß, und sie wird immer größer. Wir können gar nicht soviel herstellen, wie die Leute wollen. Laßt uns im nächsten Jahr darüber reden.« Er griff mit einer dürren Hand nach dem Weinbecher, den Brobing ihm hingestellt hatte, und blinzelte Kim über den Rand des Gefäßes hinweg mißtrauisch an.

»Der Sohn eines Freundes, sagt Ihr?«

»Ja«, Brobing warf Kim wieder diesen beschwörenden

Blick zu. »Er ist zum erstenmal hier. Ich glaube, er hat noch nie einen von Eurem Volk gesehen.«

»Zum erstenmal, so.« Jarrns Augen wurden schmal. »Wo kommst du denn her, Bursche?«

»Aus Neu –«, begann Kim, sah das verzweifelte Aufflakkern in Brobings Blick und verbesserte sich hastig: »Aus einem Land, das sehr weit im Westen liegt. Ich glaube nicht, daß Ihr es kennt, Herr«, schloß er höflich.

»Ich kenne viele Länder«, antwortete Jarrn. »Aber es interessiert mich gar nicht. Ich muß jetzt weiter.« Er stand auf. »Wir sehen uns dann das nächste Mal. Und seht zu, daß Ihr das Geld bis dahin zusammenhabt. Alles und pünktlich.«

Brobing atmete sichtbar auf, als Jarrn das Haus verließ. Er machte sich nicht einmal die Mühe, den Zwerg hinaus zu begleiten und zu warten, bis er davongeritten war, wie es die Höflichkeit eigentlich verlangt hätte. »Ein sonderbarer Kerl«, murmelte er kopfschüttelnd. »Die Zwerge sind für ihre ruppige Art bekannt – aber Jarrn ist schlimmer als alle, die ich je getroffen habe.«

Sonderbar? dachte Kim. Nein – sonderbar fand er Jarrn ganz und gar nicht. Eher unheimlich.

Und er wurde das Gefühl nicht los, daß er ihn wiedersehen würde; und das eher, als ihm recht war.

Das Abendessen verlief in gedrückter Stimmung. Sowohl Brobing als auch seine Frau gaben sich redliche Mühe, sich nichts anmerken zu lassen, aber Kim spürte sehr wohl, daß die beiden irgend etwas bedrückte. Er fragte nicht danach, aber er nahm an, daß es irgendwie mit dem Zwerg zu tun hatte.

Nachdem die Sonne untergegangen war, zog sich Kim zurück. Er sei müde, gab er vor, und müsse schließlich am nächsten Morgen in aller Frühe aus dem Bett. Das entsprach zwar der Wahrheit, war aber nicht wirklich der Grund, aus dem er kurz nach Dunkelwerden freiwillig zu Bett ging; derartiges wäre ihm sonst nicht im Traum eingefallen. Aber Kim schloß aus der Bedrückung der beiden Bauersleute, daß sie sich etwas zu sagen hatten, bei dem sie allein sein wollten; sie waren nur einfach zu höflich, dies ihrem Gast zu sagen. So lag Kim ungewohnterweise sehr zeitig im Bett.

Fast eine Stunde lang lag er so mit offenen Augen und hinter dem Kopf verschränkten Händen in Torums Kammer, starrte die weißgekalkte Decke über seinem Kopf an und versuchte, Klarheit in seine Gedanken zu bringen.

Vergeblich. Alles war so verwirrend und beunruhigend, daß er nur Kopfschmerzen bekam, je länger er versuchte, Ordnung in das Durcheinander hinter seiner Stirn zu bringen. Schließlich stand er wieder auf und lief unruhig in seinem Zimmer auf und ab. Es war noch nicht spät; sicherlich waren Brobing und seine Frau Jara noch auf. Kim würde tun, was er gleich hätte tun sollen – sie einfach fragen, was das alles hier zu bedeuten hatte: der Zwerg Jarrn und dieser Eisenmann und die sonderbare Veränderung, die mit Brobing und seiner Familie, ja mit ganz Märchenmond vor sich ging. Der Bauer wußte mehr, als er ihm bisher verraten hatte, da war Kim sicher.

Leise öffnete er die Tür. Jaras und Brobings Stimmen drangen gedämpft aus der Stube unten im Erdgeschoß zu ihm herauf, als er auf den Flur trat. Kim konnte die Worte nicht verstehen, aber der heftige Klang der Stimmen erschreckte ihn – stritten die beiden miteinander? Kim blieb stehen, lauschte einen Moment und ging dann auf Zehenspitzen weiter. Er fühlte sich nicht wohl bei dem Gedanken, die Bauersleute zu belauschen, nachdem sie so freundlich und hilfsbereit zu ihm gewesen waren – und doch hatte er das Gefühl, daß es so besser war.

»... ich verstehe dich ja!« hörte er Brobings Stimme. »Aber er wird es merken. Ich habe ihm gesagt, es ist ein scharfer Tagesritt bis zum Fluß – was soll ich ihm erzählen, wenn er herausfindet, daß es nicht einmal eine Stunde ist?«

Kim wurde hellhörig: Brobing hatte ihn belogen? Aber warum denn?

»Er muß es ja nicht herausfinden«, antwortete die Frau. »Jedenfalls nicht sofort. Laß ihn noch hierbleiben, Brobing. Nur einen Tag noch. Oder zwei.«

»Oder eine Woche, nicht wahr?« Brobing seufzte, und

Kim konnte sein Kopfschütteln direkt hören. »Jara – glaub mir, ich begreife dich. Ich verstehe dich nur zu gut. Auch mir bricht Torums Verlust das Herz. Aber Kim *ist* nicht unser Sohn. Und er wird es auch nie werden!«

»Vielleicht … gefällt es ihm ja hier«, beharrte Jara. »Wenn er eine Weile bleibt, wird er merken, wie schön es hier ist. Wir können ihm alles bieten, was er sich wünschen kann.«

»Er ist nicht hier, weil er sich etwas *wünscht*«, sagte Brobing, jetzt in fast sanftem Ton. »Du weißt das, Jara. Du …«

Kim hörte nicht weiter zu. So leise, wie er gekommen war, schlich er wieder in sein Zimmer zurück und schloß die Tür hinter sich. Er fühlte sich wie vor den Kopf geschlagen. Das wenige, das er gehört hatte, reichte ihm. Brobing hatte ihn tatsächlich belogen – weil Jara nicht wollte, daß Kim ging. Aber sie konnte sich doch nicht im Ernst einbilden, daß er einfach hierbleiben und ihr den verlorenen Sohn ersetzen konnte! Der Gedanke erfüllte Kim mit Zorn – aber nur für einen ganz kurzen Moment, denn fast im gleichen Augenblick begriff er, warum Jara das getan hatte. Brobing hatte selbst gesagt – der Verlust des Sohnes brach ihr das Herz. Und Menschen, die verzweifelt sind, tun auch manchmal verzweifelte Dinge. Kim spürte keinen Zorn mehr. Jara tat ihm leid.

Statt in die Stube hinunterzugehen, wie Kim es vorgehabt hatte, setzte er sich auf das Bett und wartete. Er mußte fort, nicht morgen früh, sondern noch heute nacht – Kelhim hin oder her. Wenn Jara aufstand, dann würde sie einen Zettel auf Kims Nachtschränkchen vorfinden, auf dem er ihr mitteilte, daß er in aller Frühe und ganz leise aufgebrochen war, um sie und ihren Mann nicht zu stören.

Er saß und wartete, bis es auf dem Hof und im Haus still geworden war. Es dauerte lange. Kims Geduld wurde auf eine harte Probe gestellt, denn Jara und ihr Mann redeten noch lange. Kim schätzte, daß es bereits auf Mitternacht zuging, ehe er es endlich wagte, aufzustehen und das Ohr gegen das Holz der Tür zu pressen, um zu lauschen.

Es herrschte vollkommene Stille. Alles, was Kim hörte,

war das Rauschen in seinen eigenen Ohren. Behutsam drückte er die Klinke herunter, schob die Tür einen Spaltbreit auf und lauschte noch einmal. Nichts rührte sich.

Aber gerade, als Kim das Zimmer verlassen wollte, um auf Zehenspitzen aus dem Haus zu schleichen, glaubte er ein Geräusch hinter sich zu vernehmen. Erschrocken drehte er sich herum.

Nichts. Er war allein. Das Zimmer war dunkel und leer und still. Und doch, da war etwas, er hörte es immer noch – ein sonderbares Knarren und Ächzen, das er sich nicht erklären konnte.

Vorsichtig – und ein wenig ängstlich – schloß Kim die Tür und trat in sein Zimmer zurück, um es gründlich – und völlig ergebnislos – zu durchsuchen. Erst, als er sich dem Fenster näherte, merkte er, daß die Geräusche gar nicht aus seinem Zimmer, sondern vom Hof kamen. Es war eine sehr warme Nacht, deshalb stand das Fenster offen. Da auf dem Hof vollkommenes Schweigen eingekehrt war, drang jeder Laut doppelt deutlich herein. Darauf bedacht, stets im Schatten zu bleiben, um von unten nicht gesehen zu werden, blickte Kim hinaus.

Seine Augen brauchten eine Weile, um sich an das silberne Mondlicht draußen zu gewöhnen. Dann erschrak er so heftig, daß er um ein Haar aufgeschrien hätte.

Neben der Scheune stand ein gewaltiger Schatten; größer, viel größer als ein Mensch und im verwirrenden Licht des Mondes nicht mehr als ein schwarzer, bedrohlicher Schemen. Im allerersten Moment war Kim fest davon überzeugt, daß es sich um niemand anderen handelte als Kelhim, der gekommen war, um zu vollenden, was er vor zwei Tagen begonnen hatte. Aber dann sah er, daß der Umriß zwar gewaltig wie der des Bären war, aber zu eckig und viel zu plump. Außerdem hatte Kelhim kein grünleuchtendes Auge!

Es war Brokk.

Was um alles in der Welt tat der Eisenmann dort draußen, mitten in der Nacht? Die Antwort ließ nicht lange auf sich warten, denn neben dem riesigen Schatten des Eisenmannes tauchte plötzlich ein zweiter, sehr viel kleinerer Schatten auf, mit dürren Armen und Beinen und einem Umhang, der in einer spitzen Kapuze endete: Jarrn.

Die beiden waren viel zu weit vom Haus entfernt, als daß Kim verstehen konnte, was der Zwerg zu Brokk sagte, aber er sah, wie der Kleine heftig mit beiden Armen in der Luft herumfuchtelte und dabei immer wieder auf das Haus – und das Fenster zu Kims Zimmer! – deutete.

Einen Augenblick später drehte sich Brokk mit schwerfälligen Bewegungen herum und stampfte auf das Haus zu.

Kims Herz machte einen entsetzten Hüpfer bis zum Hals hinauf, wo es doppelt schnell und hart weiterzuklopfen schien. Der allererste Impuls war, herumzufahren und aus dem Haus zu stürmen, so schnell wie nur möglich. Aber Kim sah sehr rasch ein, daß es dafür zu spät war. Brokk war nicht sehr gewandt, aber die Scheune war auch nicht besonders weit entfernt – der Eisenmann würde das Haus längst erreicht haben, ehe Kim aus dem Zimmer, den Flur entlang und die Treppe hinuntergerannt war. Außerdem bestand die Gefahr, daß Brobing und Jara dadurch aufwachten und Brokk ihnen etwas zuleide tat, wenn sie sich dem Eisenmann etwa in den Weg stellten.

So wartete Kim mit klopfendem Herzen, bis der Eisenmann das Haus umkreist hatte und sein Fenster nicht mehr sehen konnte, dann schwang er sich mit einer entschlossenen Bewegung auf den Sims, atmete tief ein – und sprang die drei Meter in die Tiefe.

Der Aufprall war weniger hart, als Kim erwartet hatte. Trotzdem verlor er das Gleichgewicht, überschlug sich drei- oder viermal und kam taumelnd auf Händen und Knien hoch und blickte direkt in ein schmutziges Zwergengesicht, das ihn unter der spitzen Kapuze heraus verblüfft anstarrte.

Aber Jarrn hatte das Pech, eine Sekunde später als Kim aus seiner Verblüffung zu erwachen. Er klappte eben den Mund auf, um loszuschreien, da hatte ihn Kim schon am Kragen gepackt und zerrte ihn so grob in die Höhe, daß aus dem Schrei nur ein Gurgeln wurde.

Kim sah sich gehetzt um. Brokk war hinter dem Haus

verschwunden und stapfte jetzt wahrscheinlich gerade die Treppe hinauf. Bis er Kims Zimmer erreicht und festgestellt hatte, daß es leer war, würde sicherlich noch eine Minute vergehen. Und wahrscheinlich eine zweite, bis er den ganzen Weg wieder zurückgeruckelt war. Das war erbärmlich wenig Zeit – aber vielleicht genug, den Stall zu erreichen. Außerdem – welche Wahl hatte Kim schon? Er rannte los, wobei er den heftig strampelnden Zwerg einfach hinter sich herzog. Der spuckte keuchend Gift und Galle, aber Kim hielt ihn unerbittlich fest – gerade so, daß Jarrn noch Luft zum Atmen bekam, doch nicht genug, um loszuschreien. Das Schienbein blaugetreten und den einen Arm völlig zerkratzt, stürmte Kim in die Scheune, ohne auf die wilden Angriffe Jarrns zu achten, und rannte auf die letzte Box in der langen Reihe zu. Sternenstaub hob den Kopf und blickte ihn an, als er näher kam. Kim jubelte innerlich, als er sah, daß der Hengst bereits Satteldecke und Zaumzeug trug. Der Sattel selbst hing über der Tür des Verschlages, aber Kim hatte Übung darin, Pferde aufzuzäumen. Er brauchte kaum eine Minute, den Sattel aufzulegen und wenigstens notdürftig zu befestigen. Jarrn hielt er dabei einfach unter dem linken Arm geklemmt, wo dieser geifernd weiterzappelte.

Aber als Kim die Tür der Box geöffnet hatte und sich in den Sattel schwingen wollte, blickte er unversehens in ein Paar dunkler Triefaugen, die ihm aus einem abgrundtief häßlichen Gesicht entgegenstarrten.

»Du schuldest mir noch einen Fisch«, erklang es da. Und Bröckchen schnüffelte in Jarrns Richtung, dann machte es ein unanständiges Geräusch. »Du willst mir doch nicht den da andrehen, oder? Den will ich nicht.«

Kim atmete hörbar auf. Der Schreck hatte ihn ordentlich gepackt, vorhin. Jetzt war er froh wie schon lange nicht.

»Bröckchen«, sagte er. »Ich muß weg.«

Er machte Anstalten, sich in den Sattel zu schwingen, aber dort saß Bröckchen und rührte sich nicht von der Stelle.

»Du bist mir noch etwas schuldig«, beharrte Bröckchen.

»Ich kann jetzt nicht«, stöhnte Kim. Aber er sah ein, daß

es wenig Sinn hatte, die kostbare Zeit mit einem Streit um einen Fisch zu verschwenden. »Gut«, sagte er. »Ich fange dir deinen Fisch. Komm mit.«

Bröckchen überlegte eine Weile mißtrauisch, dann kroch es jedoch gehorsam nach vorne und krallte sich in Sternenstaubs Mähne fest, so daß Kim endlich in den Sattel steigen konnte. Den Zwerg, der immer noch krächzend um sich schlug, packte er dabei unsanft vor sich auf das Pferd.

»Laß mich los! Willst du mir alle Knochen im Leib brechen?« keuchte Jarrn, als sich Kims Hand an seinem Kragen kurz lockerte.

»Keine schlechte Idee«, knurrte Kim grimmig, während er Sternenstaub auf das Tor zu lenkte. »Aber vorher werden wir uns noch ausführlich unterhalten, sobald wir ein paar Meilen weit weg sind – los, Sternenstaub!«

Tatsächlich machte das Pferd einen gewaltigen Satz – blieb aber so ruckartig wieder stehen, daß es Kim um ein Haar abgeworfen hätte, während Bröckchen in einem Salto über seinen Kopf hinwegsegelte.

Unter der Stalltür war ein gewaltiger Schatten erschienen. Groß, eckig und schwarz wie die Nacht verwehrte er ihnen den Weg. Sein grünes Auge funkelte boshaft.

»Ha!« schrie Jarrn. »Damit hast du wohl nicht gerechnet. Jetzt wollen wir sehen, wo deine große Klappe bleibt!«

Brokk machte einen einzelnen, schwerfälligen Schritt, unter dem der ganze Stall zu erbeben schien. Sternenstaub tänzelte auf der Stelle, und auch die anderen Pferde begannen in ihren Boxen unruhig zu werden.

»Pack ihn, Brokk!« kreischte Jarrn. »Reiß ihm die Rübe runter! Ich befehle es dir!«

Brokk machte einen weiteren Schritt. Seine fürchterliche Schaufelhand klappte auf, und die Stahlzähne daran blitzten wie das Gebiß eines Raubtieres im Dunkeln.

Kim ließ den Hengst vorspringen, daß es beinahe schien, als wollte er Brokk einfach über den Haufen reiten, riß im letzten Moment mit aller Macht an den Zügeln und warf sich zurück. Sternenstaub schrie vor Schmerz und Überraschung und bäumte sich auf. Seine wirbelnden Vorderhufe trafen Brokks eisernen Schädel mit einem Laut, als schlüge er eine gewaltige Glocke an. Kim konnte sehen, wie der Eisenmann unter den Hufschlägen erzitterte.

Er wankte – aber er fiel nicht.

Sternenstaub wieherte vor Angst und tänzelte ein Stück zurück. Und Kim entging nur noch durch eine verzweifelte Bewegung im Sattel der riesigen Schaufelhand, die ihn pakken wollte. Brokk begann, ihn in die Enge zu treiben. Sternenstaub mußte Schritt für Schritt zurückweichen, und so plump der Eisenmann war, der Platz im Stall reichte einfach nicht aus, um an ihm vorbeizupreschen!

»Nur zu, Brokk!« brüllte Jarrn. »Pack ihn!« Und Kim tat das einzige, was ihm noch einfiel – er packte den Zwerg mit beiden Händen, riß ihn hoch über den Kopf und warf ihn wie ein lebendes Geschoß auf den Eisenmann.

Jarrn kreischte markerschütternd, und Brokk hob blitzschnell die Arme, um seinen Meister aufzufangen. Es gelang ihm – allerdings mit der falschen Hand: jener mit der Schaufel dran.

Als Kim tief über Sternenstaubs Rücken gebeugt an ihm vorbeipreschte, hörte er einen Laut wie eine zuschnappende Bärenfalle, und aus Jarrns wütendem Brüllen wurde ein schmerzhaftes Röcheln. Aber da war Kim schon aus dem Stall heraus und raste tief über Sternenstaubs Hals gebeugt in die Nacht hinein.

VII

Eigentlich hatte er vorgehabt, sich nach Süden zu wenden, zum Fluß hin und zur Stadt, von der Brobing gesprochen hatte. Aber das Gelände wurde zunehmend schwieriger, und als sich die erste Erregung legte, da wurde Kim sehr rasch klar, daß Jarrn, falls er überlebt hatte, ihn dort sicherlich zuallererst suchen würde. Dazu kam, daß Sternenstaub nach einer Weile anfing, zu humpeln.

Zuerst merkte Kim es kaum; allenfalls, daß die Schritte des prachtvollen Hengstes ein wenig langsamer wurden und dabei etwas von ihrer Geschmeidigkeit verloren. Doch bald fiel Kim auf, daß Sternenstaub den rechten Vorderlauf nur noch zögernd aufsetzte und ganz rasch wieder hob, als hätte er Schmerzen.

Besorgt, daß sich der Hengst bei seinem Angriff auf Brokk womöglich verletzt haben könnte, hielt Kim an, kletterte aus dem Sattel und beugte sich vor. Trotz des Mondes, der sich jetzt gerundet hatte, war es sehr dunkel, und er konnte zumindest auf den ersten Blick keine Verletzung erkennen. Aber plötzlich zog Sternenstaub mit einem erschrockenen Wiehern das Bein zurück, und als Kim ein zweites Mal und sehr viel vorsichtiger zugriff, da spürte auch er ein plötzliches Brennen und sah einen Blutstropfen auf seinem Finger schimmern, als er die Hand erschrocken zurückzog.

Sehr vorsichtig griff er noch einmal nach dem Lauf des Pferdes, das nervös mit dem Schwanz peitschte und Kim aus großen, klugen Augen ansah, doch ohne sich zu regen, als spüre es genau, daß man ihm nicht weh tun wollte. Dicht unter dem Knie steckte ein fingerlanger, nadelspitzer Stachel im empfindlichen Fleisch des Tieres.

Kim zog ihn heraus, warf ihn angewidert davon und suchte das Bein des Pferdes sorgfältig nach weiteren Stacheln ab, fand aber keine. Dafür fand Kim etwas anderes.

Als er, halbwegs unter dem Bauch des Pferdes liegend, den Kopf hob, blickte er in ein kleines, abscheuliches Antlitz. Es war Bröckchen, das sich offenbar im letzten Moment an den Sattelgurt geklammert und daran bis jetzt festgehalten hatte. Kein Wunder, daß Sternenstaub kaum noch laufen konnte. Es war ungefähr so, als hätte ihm jemand ein großes Nadelkissen unter den Bauch geschnallt!

»Komm sofort da runter!« befahl Kim scharf.

Bröckchen folgte – aber so, daß es einfach seinen Halt losließ. Es wäre Kim geradewegs ins Gesicht gefallen, hätte dieser sich nicht im letzten Moment zur Seite geworfen.

»Was ist?« fragte Bröckchen, noch bevor sich Kim schimpfend und fluchend wieder in die Höhe gearbeitet hatte.

Kim funkelte es an und setzte zu einer geharnischten Entgegnung an, besann sich aber dann eines Besseren und beließ es bei einem ärgerlichen Blick. Wortlos streckte er die Hand nach dem Sattelknauf aus, nahm sie jedoch wieder zurück und zog erst einmal alle Riemen und Schnallen des Sattels fester.

»Komm schon«, sagte er nur.

Bröckchen sprang mit einem Satz in Sternenstaubs Nakken, wo es sich wie zuvor im Stall in seine Mähne krallte. Kim zögerte. Vielleicht hatte sich Jarrn aufgerappelt und war schon hinter ihnen her. – Aber Kim wollte sich jetzt keine weiteren Sorgen mehr machen. Er würde mit diesem Knirps fertig werden. Und Brokk konnte zum Glück nicht schnell genug laufen, um sie einzuholen, selbst wenn Sternenstaub nun langsamer ritt. Vielleicht sollten sie doch in die Stadt, um sich dort mit Proviant und allem Nötigen einzudecken – und vor allem den Weg nach Gorywynn zu erfragen?

Doch als Kim losreiten wollte, meinte Bröckchen: »Die Richtung würde ich dir nicht empfehlen.«

»Und wieso nicht?« fragte Kim mißtrauisch.

»Weil du dann geradewegs in die Höhle des Bären reiten würdest.«

Kim blickte Bröckchen erschrocken an. »Kelhims Höhle? Sie ist hier?«

»Nicht hier«, verbesserte ihn Bröckchen. »Aber in dieser Richtung. Siehst du den Wald da vorne? Reite nur hinein, und in einer Stunde lädt dich dein alter Freund zum Essen ein. Als Hauptmahlzeit.«

»Du warst da?« vergewisserte sich Kim. »Du weißt, wo Kelhims Höhle ist?«

»Der Gestank ist nun wirklich nicht zu überriechen.« Bröckchen schüttelte sich.

Kim überlegte einen Moment. Dann fragte er noch einmal: »Bist du ganz sicher, daß du die Höhle findest?«

»Bin ich«, antwortete Bröckchen. Mißtrauisch fügte es hinzu: »Aber du willst doch nicht etwa dorthin?«

»Kelhim und ich sind alte Freunde«, meinte Kim nachdenklich.

»Das habe ich gesehen! Er hätte dich um ein Haar aufgefressen.«

»Ich weiß«, seufzte Kim. »Trotzdem. Ich ... ich bin sicher, er ... er hat mich nur nicht erkannt. Er würde mir nie etwas tun.«

»Ha!« keifte Bröckchen. »Vielleicht würde er dich in einem Stück fressen, das stimmt.«

»Er hat mich nur nicht erkannt«, beharrte Kim. »Ich bin sicher, er ... er wird sich erinnern.«

»So – sicher bist du«, spöttelte Bröckchen. »Sicher genug, um dein Leben darauf zu verwetten?«

Kim blickte seinen kleinen Reisegefährten an. Er antwortete nicht. Aber nach einer Welle drehte er Sternenstaub herum und ritt los – haargenau in die Richtung, vor der ihn sein stacheliger Führer gewarnt hatte ...

Sie brauchten sehr viel länger, als Bröckchen vorausgesagt hatte, was sicherlich daran lag, daß Sternenstaub in dem dichten Unterholz nicht halb so rasch voran kam, wie es dem kleinen Stacheltier möglich gewesen war. Bröckchen lamentierte und keifte ununterbrochen und versuchte, Kim von seinem Vorhaben abzubringen. Aber schließlich schien es zu begreifen, daß Kims Entschluß unverrückbar feststand, und verfiel in beleidigtes Schmollen.

Als sie die Behausung des Bären schließlich fanden, da

war es im Wald ringsum fast so dunkel wie unter der Erde. Die Höhle befand sich auf einer Lichtung, die tief im Herzen des Waldes lag, und so versteckt, daß Kim geradewegs daran vorbeigeritten wäre, hätte Bröckchen ihm nicht widerwillig den Weg gewiesen. Die Kronen der uralten Bäume vereinigten sich über ihren Köpfen zu einem undurchdringlichen Blätterdach, durch das kaum ein Mondstrahl fiel. Kim sah nichts als schwarze Schatten um sich. Und viel mehr war auch die Höhle nicht. Es war keine Felsenhöhle wie jene, in der Kim den Bären Kelhim das erste Mal getroffen hatte, sondern einfach nur ein Loch, das schräg in die Erde hineinführte.

»Na?« knurrte Bröckchen. »Zufrieden?«

Kim lauschte. Er hörte nichts außer dem leisen Rauschen des Waldes und seinen eigenen, hämmernden Herzschlägen. Es war unheimlich still.

»Er scheint nicht da zu sein«, murmelte Kim.

»Oh, das wird sich bald ändern«, antwortete Bröckchen giftig. »Schneller, als dir lieb ist.«

Kim stieg aus dem Sattel, ohne auf Bröckchens Gezeter zu achten, und näherte sich vorsichtig der großen Grube. Als er näher kam, verspürte er einen leichten Aasgeruch, der stärker wurde, je weiter sich Kim der Höhle näherte. Es roch wie in einem Raubtierstall. Was, wenn Kelhim ihn auch diesmal nicht erkannte?

Kim verscheuchte den Gedanken, sah sich noch einmal sichernd nach allen Seiten um und begann dann, vorsichtig in die Tiefe zu klettern.

Auch der letzte Lichtschimmer blieb hinter ihm zurück, während er sich auf allen vieren meterweit in die Tiefe arbeitete. Solange, bis der abschüssige Boden wieder eben wurde. Die Dunkelheit war jetzt vollkommen, und der Gestank wahrhaft atemberaubend.

Blind und mit ausgestreckten Armen tastete Kim sich vorwärts – stolperte prompt und schlug der Länge nach hin. Als er sich fluchend und schimpfend wieder in die Höhe arbeitete, stieß seine Hand gegen ein Stück Holz. Im ersten Moment zog er sie erschrocken zurück, aber dann griff er noch einmal zu und spürte, daß es nichts anderes als eine Pechfackel war, die er da gefunden hatte. Erstaunt – und erleichtert bei der Vorstellung, nicht mehr hilflos herumtappen zu müssen, kramte er in den Taschen der Jacke, die ihm Brobing gegeben hatte, und fand, wonach er suchte: zwei Feuersteine, die man in diesem Land wie selbstverständlich stets bei sich trug.

Wenig später vertrieb der flackernde rote Schein von Flammen die übelriechende Schwärze in der Grube. Und bald fand Kim auch eine Erklärung für seinen Fund. Der Besitzer – oder vielmehr das, was noch von ihm übrig war – lag nicht weit entfernt: ein Skelett, und es war nicht das einzige. Kim schauderte, als er die Fackel hoch über den Kopf hob und sich langsam um seine Achse drehte. Eine Unzahl von Knochen, Schädeln und Skeletten lagen hier herum, und längst nicht alle gehörten Tieren. Der Anschein schien Brobing recht zu geben, als er behauptet hatte, daß Kelhim zu einem mörderischen Raubtier geworden war. Es war Irrsinn, hierher zu kommen.

Aber es war zu spät für solche Reue. Kim hatte seine Gedanken noch nicht einmal zu Ende gedacht, als er ein trippelndes Schleifen hörte und Bröckchen wie ein winziges Stachelschwein im Licht seiner Fackel auftauchte.

»Er kommt!« kreischte es. »Der Bär! Rette dich! Versteck dich irgendwo, du Narr!«

Verstecken? Kim überlegte verzweifelt. Wo denn? Die Höhle war zwar groß, aber bis auf die abgenagten Knochen vollkommen leer. Einen Moment lang erwog er ernsthaft, sich unter einem dieser Knochenhaufen zu verbergen, besann sich aber sofort wieder. Kelhim würde ihn augenblicklich wittern, das war sicher.

Und außerdem war er nicht hierher gekommen, um sich zu verstecken, sondern um mit Kelhim zu reden.

Tapfer wandte sich Kim um und hob die Fackel etwas höher, während er den Höhleneingang im Auge behielt.

Er mußte nicht lange waren. Trotz seiner enormen Körpergröße bewegte sich Kelhim lautlos wie eine Katze. Sein Schatten erfüllte das helle Rund des Eingangs, lange, bevor der Bär selbst darin erschien. Kim konnte ihn tatsächlich riechen.

Abermals schauderte er. Ihm war niemals aufgefallen, daß Kelhim unangenehm roch – aber das riesige, zottige Etwas, das plötzlich im Höhleneingang erschien, stank ganz eindeutig nach Wildnis – und Tod.

Für Sekunden, die Kim wie Ewigkeiten vorkamen, stand der Bär einfach da und starrte ihn aus seinem böse funkelnden Auge an, mißtrauisch, vielleicht auch verblüfft über den winzigen Menschen, der es gewagt hatte, in sein Reich einzudringen. Auch Kim stand da und blickte ihn an. Und das schreckliche Wissen, einen tödlichen Fehler begangen zu haben, wuchs in ihm. Er war jetzt verrückt vor Angst. Aber er rührte sich nicht.

Auch nicht, als Kelhim endlich aus seiner Starre erwachte und sich langsam auf Kim zuzubewegen begann. Sein Blick glitt mißtrauisch durch die Höhle, und er schnüffelte wie ein Hund, der Witterung aufnahm. Vielleicht fürchtete er einen Hinterhalt. Mit einem einzigen Sprung und einem einzigen Prankenhieb hätte der Bär Kim erreichen können, um ihn auf der Stelle zu töten, aber er kam nur mit ganz kleinen, vorsichtigen Bewegungen näher.

Kim hob das Licht ein wenig höher, so daß sein Schein fast die ganze Höhle erfüllte. Die Schatten schienen einen wirren Tanz ringsherum aufzuführen, so sehr zitterte Kims Hand, die die Fackel hielt. Trotzdem wich er keinen Schritt zurück, als Kelhim auf ihn zutrottete.

Schließlich war es der Bär, der stehenblieb. Und wider besseres Wissen schien es Kim, als sei ein verblüffter Ausdruck auf Kelhims einäugigem Gesicht zu erkennen, während er das bibbernde Menschenkind vor sich betrachtete. Für seine empfindliche Bärennase roch es wahrscheinlich nach Angst wie eine ganze Schafsherde, die einen Wolf erblickt hatte, aber keine Anstalten machte, zu fliehen.

»Hal-l-l-lo, Kelhim«, stotterte Kim. Seine Stimme klang ihm fremd in den Ohren, so sehr zitterte sie. »F-f-f-reust d-d-du d-dich, mich w-w-wiederzusehen?«

Kelhim starrte ihn weiter an, dann brüllte er auf, daß die

ganze Höhle erbebte. Erde und kleine Steinchen rieselten von den Wänden.

»Ich bin es, Kelhim!« rief Kim verzweifelt. »Erinnere dich! Du kennst mich! Wir sind doch Freunde!«

Kelhim richtete sich auf die Hinterläufe auf, bleckte die gräßlichen Zähne und klappte zehn Krallen aus seinen Vordertatzen heraus, die jede einzeln die Abmessung eines kleinen Dolches hatten. Mit einem einzigen, wiegenden Schritt kam er näher.

Alles in Kim schrie danach, zurückzuweichen, aber er beherrschte seine Angst und blickte Kelhim tapfer ins Auge – und tatsächlich: Der Bär zögerte noch einmal. Etwas wie Verwirrung erschien in seinem Blick und dann ein sonderbarer Ausdruck: Trauer, Schmerz und ein Funken Erinnerung, aber auch unbezähmbare Wut.

»Kelhim!« flehte Kim. »Besinne dich! Wir sind Freunde! Weißt du nicht mehr: die Schlacht um Gorywynn. Unsere Reise auf Rangarigs Rücken!«

Kelhims Knurren wurde tiefer, kehliger. Der Bär wankte. Es sah aus, als erleide er unsagbare Schmerzen.

Und wirklich. Kim sah, wie das Tier einen verbissenen Kampf mit etwas in sich ausfocht, das wohl die ganze Zeit über dagewesen, aber vergessen war, tief, tief vergraben unter den Instinkten des Raubtieres.

»Bitte, Kelhim!« flehte er. »Erinnere dich. Wir –«

Das Raubtier gewann. Kim hatte nicht einmal Zeit, Schrecken zu empfinden, da schlug Kelhims Pranke zu und schleuderte ihn quer durch die Höhle bis an die rückwärtige Wand, wo er keuchend liegenblieb. Die Fackel wurde Kims Hand entrissen und segelte in hohem Bogen davon, erlosch aber nicht.

»Kelhim!« stammelte Kim. »Bitte nicht! Wir sind doch Freunde!«

Kelhim knurrte, ließ sich wieder auf alle viere nieder und kam mit gebleckten Zähnen näher.

»Nein!« kreischte Kim und hob schützend die Hände über den Kopf. »Kelhim! *Bitte!*«

Plötzlich blieb das Untier stehen, denn vor dem Höhleneingang waren zwei weitere Schatten erschienen, ein winziger und ein gewaltiger, und eine meckernde Stimme höhnte: »B-b-b-bitte n-n-nicht, Kelhim. Wir sind doch F-f-f-freunde!«

Kelhim drehte mit einem zornigen Knurren den Kopf, während draußen jemand mit trippelnden Schritten näher kam und fortfuhr, Kims Stimme spöttisch nachzuäffen: »Er wird dich f-f-f-fressen, dein F-f-f-freund, du Narr. Da bin ich ja gerade noch zur rechten Zeit gekommen, um das Beste nicht zu verpassen, w-wie?« Der Zwerg kicherte wie irre und begann abwechselnd auf dem rechten und dem linken Bein zu hüpfen, wobei er vor lauter Vergnügen auf die Schenkel schlug: Jarrn!

Kelhims Blick wanderte unschlüssig zwischen Kim und dem geifernden Zwerg hin und her, und Kim konnte sehen, wie es hinter seiner zottigen Stirn arbeitete. Dann drehte der Bär sich schwerfällig zu Jarrn herum und richtete sich abermals auf die Hinterbeine auf.

Jarrn hörte auf, sich wie Rumpelstilzchen zu gebärden. Er machte eine knappe Handbewegung, und hinter ihm trat Brokk in die Höhle, die Eisenklaue drohend geöffnet.

»Bleib bloß stehen, du zu groß geratener Teddybär!« sagte der Zwerg böse. »Nimm den da.« Er deutete auf Kim. »Das dürfte reichen, deinen Hunger zu stillen. Oder überlaß ihn mir. Ich habe noch eine Rechnung mit ihm zu begleichen.«

»Kelhim!« wimmerte Kim. »Hilf mir!«

Und was seine Appelle an ihre alte Freundschaft nicht vollbracht hatten – sein geflüsterter Hilferuf tat es. Kelhim starrte ihn an, dann fuhr er herum und warf sich mit einem ungeheuerlichen Brüllen auf den Eisenmann.

Was nun folgte, das kam Kim selbst später, wenn er daran zurückdachte, wie ein Alptraum vor. Die beiden Giganten prallten mit unbeschreiblicher Wucht aufeinander, daß die ganze Höhle erzitterte. Kelhim brüllte und schrie, während seine gewaltigen Pranken auf Kopf und Schultern des stählernen Riesen herunterkrachten. So gewaltig waren seine Schläge, daß der eiserne Riese wankte. Dieser selbst kämpfte schweigend und lautlos, doch seine Hiebe waren nicht minder wuchtig. Immer wieder traf Brokks grauenhafte Baggerhand den Bären, und man konnte sehen, wie Kelhims Kräfte allmählich nachzulassen begannen. Denn im Gegensatz zu ihm kannte sein eiserner Gegner weder Erschöpfung noch Schmerz – und so gewaltig Kelhims Kräfte auch waren, sie reichten nicht aus, die zollstarken Eisenplatten zu zerbrechen, aus denen Brokks Körper gemacht war.

Endlos, wie es schien, schlugen die beiden schwarzen Giganten aufeinander ein. Die Höhle wankte. Nahe des Eingangs brach ein ganzes Stück der Decke herunter und überschüttete Brokk mit Erdreich und Felstrümmern, ohne ihm aber etwas anhaben zu können. Am Ende begann schließlich der Bär zurückzuweichen.

Kelhim taumelte. Mehrere seiner Krallen waren abgebrochen, seine Pfoten und die Schnauze bluteten, und er knurrte voller Schmerz. Er erzitterte immer heftiger unter den Hieben der stählernen Klaue, die Brokk auf ihn herunterprasseln ließ.

»Kelhim ...« flüsterte Kim. Plötzlich begriff er, daß der Bär besiegt war – und daß der Eisenmann nicht aufhören würde, auf ihn einzuschlagen, bis sein Gegner tot am Boden lag. Kims Augen füllten sich mit Tränen.

Jarrn begann schrill zu kichern. »Da siehst du, wieviel Angst ich vor dir habe, Teddybärchen!« kreischte er. »Keiner stellt sich mir in den Weg, ohne mit dem Leben dafür zu zahlen. Keiner!« Er hüpfte vor Vergnügen auf der Stelle und deutete mit dem dürren Zeigefinger wie mit einem Dolch auf Kim. »Und du kommst als nächster dran! Aber für dich denke ich mir was Besonderes aus, du widerwärtiger Kerl!«

»Das mag sein«, sagte Kim leise. »Falls du genug Zeit hast.«

Und damit sprang er warnungslos vor und packte den Zwerg.

Jarrn war nicht ganz so unvorbereitet wie bei Kims Angriff kürzlich auf dem Hof – aber immer noch überrascht genug. Er versuchte, einen Dolch unter dem Mantel hervorzuziehen, aber Kim schnitt ihm die Bewegung ab und verpaßte ihm einen Tritt, der ihn zurückschleuderte und ihm die Waffe aus der Hand prellte. Aus den Augenwinkeln sah Kim, wie Brokk von seinem Opfer abließ und jäh herumfuhr. Aber noch ehe der Eisenmann die Bewegung auch nur halb zu Ende gebracht hatte, hatte Kim den Zwerg schon wieder erreicht, ihn auf die Füße gezerrt und ihm seinen eigenen Dolch an die Kehle gesetzt.

»Ruf Brokk zurück!« zischte Kim.

Er sprach nicht sehr laut, aber vielleicht war es gerade das, was Jarrn klarmachte, wie ernst er seine Drohung meinte. Der Zwerg schluckte und bog den Kopf in den Nakken, so weit er konnte, aber Kims Messerspitze folgte der Bewegung unerbittlich. Jarrn begann zu schielen, als er versuchte, die Klinge im Auge zu behalten.

»Zurück!« schnarrte er. »Brokk! Laß ihn!«

Knapp hinter Kim stoppte der Eisenmann. Seine mörderische Klaue war bereits zum Zupacken geöffnet gewesen.

»Schick ihn raus!« forderte Kim. »Er soll rausgehen! Brokk soll weggehen – zurück zu Brobings Hof!«

»Du –«

Kim half seinem Befehl mit einem Druck des Dolches nach, der Jarrns dünnen Hals ritzte, und der Zwerg hatte es plötzlich sehr eilig, mit krächzender Stimme zu rufen: »Du hast gehört, was er gesagt hat, Brokk! Geh zurück zu dem Bauernpack! Warte da auf mich!«

Der Boden unter Kims Füßen begann zu zittern, als sich der eiserne Koloß gehorsam umwandte und die Höhle verließ. Nach einigen Sekunden hörte Kim, wie er sich berstend und splitternd seinen Weg durch das Unterholz bahnte.

Langsam zog er die Messerklinge von Jarrns Hals fort, ohne den Zwerg aber loszulassen.

Obwohl sich Jarrn lautstark zu wehren begann, packte ihn Kim, riß einen Streifen von seinem Umhang und wickelte ihn mit dem Rest des Kleidungsstückes ein, bis der Zwerg einem schwarzen Geschenkpaket glich. Den abgerissenen Streifen benutzte Kim, um einen sicheren Knoten darumzubinden. Dann ließ er das Paket achtlos neben dem Eingang zu Boden fallen und eilte zu Kelhim zurück.

Was er sah, brach ihm schier das Herz.

Kelhim war zu Boden gestürzt. Seine Brust hob und senkte sich in rasenden, schnellen Stößen, und sein ganzes Gesicht war voller Blut. Sein einzelnes Auge blickte trübe, und aus seinem Brustkorb drang ein tiefes, mühsames Grollen und Rasseln, das Kim deutlicher als alles andere sagte, wie schwer verletzt der riesige Bär war.

»Kelhim«, flüsterte er. »Kelhim, was ... was ist mit dir?«

Kelhim antwortete nicht, aber sein Blick suchte den Kims, und trotz des Schmerzes und der abgrundtiefen Verzweiflung darin sah Kim, daß er jetzt keinem wilden Tier mehr gegenüberstand. Kelhim war wieder zu dem geworden, was er einst gewesen war.

Aber um welchen Preis!

»Kelhim!« flüsterte Kim noch einmal, selbst der Verzweiflung nahe. »Was hast du?«

»Kim?« murmelte da der Bär. »Bist ... du ... das?«

»Ja.« Kim ließ sich langsam neben dem mächtigen Schädel des Bären auf die Knie fallen und streckte die Hand nach seiner Schnauze aus. Seine Augen füllten sich mit Tränen, gegen die er jetzt nicht mehr kämpfte. Er wußte, daß Kelhim sterben würde. Brokks Schläge hatten etwas in seinem Körper zerbrochen. »Ja«, sagte Kim noch einmal. »Ich bin es, Kelhim.«

»Kim«, murmelte der Bär. Er versuchte sich zu bewegen, aber seine Kräfte reichten nicht mehr. »Du bist gekommen. Gut.«

»Sprich nicht«, sagte Kim schluchzend. »Schone deine Kräfte, Kelhim. Es wird alles wieder gut.« Seine Stimme brach. Er konnte nicht weitersprechen.

»Gut«, wiederholte Kelhim. Sein Blick begann sich zu verschleiern, und plötzlich ging sein Atem nur noch ganz, ganz langsam und mühevoll. »Geh nach ... Gorywynn«, flüsterte der Bär. »Du mußt ... Themistokles befreien.«

»Befreien?« Kim fuhr auf. »Ist Themistokles denn gefangen?«

»Themistokles ...«, stöhnte Kelhim. »Geh und ... Themistokles ... Zwerge ... die ... die Kin ... der.«

Seine Stimme wurde immer schwächer. Kim verstand nur noch Wortfetzen.

»Warte!« rief er verzweifelt. »Bitte, Kelhim – du darfst nicht sterben!«

»Geh«, murmelte Kelhim mit letzter Kraft. »Die Zwerge ... geh nach ... noch ... ein ... Geh ... und ... Rette Märchenmond, kleiner Held ... Du kannst es.«

Und damit starb er, den mächtigen Schädel in Kims Armen, ohne noch ein einziges weiteres Wort zu sagen.

VIII

Als die Sonne am nächsten Morgen aufging, fand sie Kim auf Sternenstaubs Rücken sitzend – Ewigkeiten, wie es schien, von jener furchtbaren Lichtung im Wald entfernt, unter der er seinen Freund wiedergefunden und für immer verloren hatte. Es war schlimmer gewesen als alles, was Kim sich hätte vorstellen können.

Er war sehr müde – und so niedergeschlagen, wie kaum jemals zuvor in seinem Leben. Stunden hatte er weit vorgebeugt in Sternenstaubs Sattel gesessen und den Hengst einfach traben lassen; Kims Hände hatten die Zügel nur umklammert, um sich daran festzuhalten, nicht um das Tier in eine bestimmte Richtung zu lenken. Und dabei waren ihm die Tränen über das Gesicht gelaufen, bis seine Augen schließlich leer und trocken waren und nur noch brannten. Er erinnerte sich kaum, wie er hierhergekommen war – geschweige denn, wo er hier sein mochte. Vor Kim breitete sich ein sanft gewelltes Grasland im ersten Licht des Morgens aus, und nicht mehr sehr weit entfernt erkannte er den Schatten einer gewaltigen Felswand, die fast die Hälfte des Horizonts zur Rechten einnahm. Das Licht war von einer sonderbaren, grünlichen Farbe, die Kim sich nicht erklären konnte – und um die er sich auch nicht kümmerte. Er erinnerte sich nicht einmal, die Felswand von weitem gesehen zu haben, obwohl sie massiv und hoch genug war, so daß man sie selbst bei Nacht nicht übersehen konnte.

Er fühlte sich leer und niedergeschlagen, und alles, was Kim empfand, war Schmerz und Trauer über den Verlust seines Freundes. Erst jetzt spürte er, wie viel ihm Kelhim wirklich bedeutet hatte. Es war, als müsse man einen Freund erst verlieren, um zu begreifen, wie wertvoll er einem gewesen war.

»Dort vorne ist ein See«, piepste eine Stimme vor ihm.

Kim riß sich mühsam zusammen, fuhr sich mit dem

Handrücken über die brennenden Augen und blickte auf das orange-rote Federbüschel herunter, das jetzt schön wie der Tag vor ihm auf Sternenstaubs Mähne saß.

»Du bekommst deinen Fisch, keine Sorge«, sagte Kim matt. Bröckchen blickte ihn aus seinen großen Rehaugen nachdenklich an und machte eine Bewegung, als wolle er ein menschliches Kopfschütteln nachahmen. »Ich meine nicht den Fisch – ausnahmsweise«, sagte es. »Dein Pferd braucht eine Rast – von dir ganz abgesehen.«

Kim wollte widersprechen, aber dann erschien ihm das viel zu mühsam. Er seufzte nur, griff zum erstenmal seit dem vergangenen Abend nach Sternenstaubs Zügeln, um seine Richtung zu ändern, und bemerkte erst jetzt, daß der Hengst schon von selbst den bisherigen Pfad verlassen hatte und geradewegs auf das Blitzen von Silber im hohen Gras zustrebte. Offensichtlich war er durstig.

Der See war nicht besonders groß. Er lag in einer natürlichen, kreisrunden Senke, wie Wasser, das sich am Grunde eines erloschenen Vulkans angesammelt hatte. Aber es war kein Vulkankrater – im Gegenteil. Kim hatte niemals etwas Prachtvolleres gesehen. So weit er auch blickte, war das Seeufer von wunderbaren Blumen in allen nur vorstellbaren Farben und Formen gesäumt. Da gab es Rosen, Hyazinthen, Narzissen, Nelken, Tulpen und hundert andere Arten, deren Namen Kim nicht wußte und die er noch nie zuvor im Leben gesehen hatte, in Farben, als wäre ein Regenbogen vom Himmel gestürzt und hier erstarrt. Sie wuchsen in dichten Kreisen um den See herum, einige so nahe am Wasser, als beugten sie sich vor, um zu trinken. Kim brauchte eine ganze Weile, bis er eine Stelle fand, an der er Sternenstaub ans Wasser heranführen konnte, ohne die herrlichen Blüten dabei niederzutrampeln.

Während Sternenstaubs Kopf sich durstig zum Wasser senkte, kletterte Kim steifbeinig von seinem Rücken. Er konnte sich kaum bewegen. Erst jetzt spürte er allmählich, daß er viele Stunden ununterbrochen im Sattel gesessen haben mußte.

Verwirrt sah er sich um. Obwohl er noch immer traurig

war, konnte er sich der Schönheit dieses Sees nicht entziehen. Es war, als hätte jemand alle nur vorstellbare Blumenpracht einer ganzen Welt herbeigeschafft, nur um diesen See zu schmücken. Das einzig Sonderbare war, daß nicht eine dieser prachtvollen Blumen duftete. Alles, was Kim roch, war der Morgentau und das Gras, durch das sie geritten waren. Er wartete, bis das Pferd genug hatte und sich davonmachte, um nun einige Schritte abseits am frischen Gras seinen Hunger zu stillen. Auch der Hengst trat dabei sehr vorsichtig auf und knickte nicht einen Blumenstengel, während er sich seinen Weg durch das Blütenmeer bahnte.

Ein lautstarkes Schlürfen und Schmatzen ließ Kim den Blick senken. Direkt zwischen seinen Füßen hockte ein buntes Federbündel und gab sich redliche Mühe, den ganzen See leerzutrinken. Kim geduldete sich, bis auch Bröckchen endlich seinen Durst gelöscht hatte, dann ließ er sich auf die Knie nieder und trank endlich selbst. Das Wasser war eiskalt – und es schmeckte köstlicher als alles, was er zuvor getrunken hatte.

Seltsam.

Es dauerte einen Moment, bis Kim begriffen hatte, was er sah. Es war sein vertrautes Spiegelbild, das er mit den Lippen zu berühren schien, während er trank. Natürlich, es war sein Gesicht. Und doch wieder nicht. Etwas daran war ...

Nein – er konnte es nicht in Worte fassen. Es schien, daß an diesem sonderbar verwandelten Spiegelbild nichts Böses oder Gefährliches war; ganz im Gegenteil. Kim mußte sich beherrschen, um nicht unentwegt hinzusehen. So verrückt es ihm vorkam – sein Gesicht war so schön, daß er den Blick nicht abwenden konnte.

Mit Macht riß er sich davon los und ließ sich mit untergeschlagenen Beinen am Ufer nieder. Plötzlich spürte Kim wieder, wie müde er war. Sein Rücken schmerzte, und seine Glieder schienen Zentner zu wiegen. Wie gerne hätte er sich in dem Teppich aus Blumen ausgestreckt und die Augen geschlossen, um zu schlafen.

Aber das durfte er nicht. Eigentlich hätte er nicht einmal diese Rast einlegen dürfen, das wurde ihm plötzlich schmerzhaft bewußt. Ganz ohne Zweifel suchten Jarrn und sein eiserner Gefährte bereits wieder nach ihm – und wenn Kim daran dachte, wie rasch sie ihn in Kelhims Höhle aufgespürt hatten, dann war wohl Brokk gar nicht so langsam, wie er gedacht hatte.

Nicht zum erstenmal, seit sie den Wald verlassen hatten, fragte sich Kim, warum er Jarrn bei der Höhle zurückgelassen hatte, statt ihn, wie schon einmal, kurzerhand mitzunehmen. Kim war sicher, daß er recht bald alles aus dem Zwerg herausbekommen hätte, was er wissen wollte. Jarrn hatte zwar eine verdammt große Klappe, aber er war auch ein verdammt großer Feigling. Kelhim hatte versucht, Kim etwas zu sagen, etwas ungemein Wichtiges. Kim hatte nicht viel davon verstanden, aber so viel war klargeworden: Der Bär hatte etwas von Zwergen gesagt. Und trotzdem war Kim danach einfach aufgestanden und war an dem zu einem Bündel verschnürten Gnom vorbei aus der Höhle gegangen. Kelhims Tod hatte ihn Jarrn schlechterdings vergessen lassen …

»Bist du hungrig?« unterbrach Bröckchen plötzlich seine Gedanken.

Kim schüttelte den Kopf, ohne hinzusehen.

Bröckchen kam nähergetrippelt und stieß Kim mit seiner weichen Schnauze an. Fast gegen seinen Willen mußte Kim lächeln. Er hob die Hand und streichelte die samtweichen Flaumfedern des Tierchens.

»Soll ich dir etwas fangen?« fragte Bröckchen besorgt. »Einen Fisch? Oder ein paar Wildschweine?«

»Ich bin nicht hungrig«, sagte Kim. »Danke.«

»Schon gut, ich weiß, du bist ein schwacher Esser«, beharrte Bröckchen. »Aber trotzdem – vielleicht nur *ein* Wildschwein?«

Kim fuhr zusammen, und in Bröckchens Augen trat ein schuldbewußter Ausdruck. »Entschuldige«, piepste es. »Ich wollte dich nicht …« Es zögerte einen Moment, trippelte wieder zum Wasser und betrachtete nun seinerseits angelegentlich sein Spiegelbild. Kims Blick ging in dieselbe Richtung. Merkwürdig – das Gesicht, das ihm aus dem Wasser entgegenblickte, schien ganz sacht zu lächeln, obwohl Kim wußte, daß er ganz ernst dreinsah.

»Du trauerst sehr um deinen Freund, nicht wahr?« meinte Bröckchen leise.

Kim nickte. »Es war meine Schuld«, sagte er ernst.

»Deine Schuld? Quatsch! Der Eisenmann hat ihn erschlagen – nicht du.«

»Aber es war meine Schuld, daß Brokk dorthin gekommen ist. Ich habe ihn zur Höhle geführt. Und Kelhim hat ihn angegriffen, um mich zu schützen, verstehst du?«

»Nein«, gestand Bröckchen. »Er war doch ein wildes Tier.«

»Das war er nicht«, widersprach Kim heftig. »Etwas ... hat ihn erst dazu gemacht. Er war nicht immer so.«

»Du meinst, er war früher nicht so böse?«

Kim spürte, wie ihm schon wieder die Tränen in die Augen stiegen, aber diesmal kämpfte er sie nieder.

»Ich war schon einmal hier, in Märchenmond, weißt du«, erzählte er. »Damals war Kelhim ... er war ...« Kim suchte einen Moment nach Worten. »Ein Freund«, schloß er schließlich.

»Der Bär?« fragte Bröckchen zweifelnd.

»Damals war alles anders«, murmelte Kim. »Alles hier. Dieses ganze Land. Es war ...«

»Ja?« ermunterte ihn Bröckchen, als Kim nicht weitersprach.

Kim zuckte hilflos mit den Schultern. »Ich weiß es nicht«, gestand er. »Anders eben.«

»Es ist doch nicht schlimm, daß sich etwas verändert.«

»Ich weiß. Aber das meine ich nicht.« Kim mußte plötzlich wieder an Brobings Worte denken: Es ist, als würden wir etwas verlieren. Und wir wissen nicht einmal, was es ist.

»Dies war einmal ein glückliches Land«, sagte er. »Mit fröhlichen Menschen, vielen Tieren, die sprachen, und Wäldern voller Blumen und Fabelwesen.«

»Ich spreche doch auch«, erinnerte ihn Bröckchen.

»Stimmt.« Kim zuckte mit den Schultern. Sein Spiegelbild lächelte ihm immer noch zu, und es fiel ihm auf, wie sehr sich sein Gesicht in den letzten Tagen verändert hatte. Erschöpfung und Müdigkeit hatten ihre Spuren in seinem Antlitz hinterlassen. Und doch sah er nicht schlecht aus – im Gegenteil. Er sah erwachsener dadurch aus, fand Kim. Es fiel ihm jetzt immer schwerer, sich von seinem eigenen Anblick im Wasser loszureißen. Bröckchen schien es ebenso zu ergehen, denn während sie miteinander sprachen, blickten sie stets bloß das Spiegelbild des anderen an.

Plötzlich hörte Kim Schritte hinter sich, und noch bevor er sich herumdrehen konnte, sagte eine Stimme:

»Ich an eurer Stelle würde nicht so lange in den See blikken. Es könnte euch schlecht bekommen.«

Kim fuhr hastig herum. Der Klang der Stimme hatte ihm zwar gleich verraten, daß es nicht Jarrn war, der da aufgetaucht war. Trotzdem war Kim vorsichtig.

Hinter ihnen stand ein Fremder. Er war sehr groß, sehr kräftig – und irgendwie knorrig. Kim fand keine andere Bezeichnung dafür. Seine Haut war dunkel – viel dunkler als die von Kim – und glich eher einer Baumrinde, dazu passend trug er eine Kappe aus geflochtenen Blättern auf dem Kopf. Seine Kleidung war grün und bestand ebenfalls aus Blättern, die so kunstvoll verarbeitet waren, daß sie wie gewachsen aussahen. So groß und rissig sein Gesicht auch aussah, das Lächeln, das in seinen Augen stand, wirkte echt und warm.

»Ihr solltet auf mich hören«, sagte der Mann, nachdem er Kim eine Weile Gelegenheit gegeben hatte, ihn zu begutachten. »Seht nicht zu lange hinein. Es tut nicht gut.«

»Wieso«, platzte Kim heraus.

Der Fremde lachte; ein angenehmer, warmer Laut, der Kim sofort für ihn einnahm. Jemand, der so lachte, konnte nicht gefährlich sein. »Du bist nicht von hier, wie?« fragte er. Kim schüttelte den Kopf, und der sonderbare Mann fuhr mit einer erklärenden Geste auf das Wasser fort: »Das ist kein harmloser See.«

Kim erschrak.

»Wir haben daraus getrunken!« kreischte Bröckchen aufgeregt, aber der Unbekannte machte sofort eine besänftigende Geste.

»Das macht nichts«, sagte er. »Das ist völlig ungefährlich. Ihr könnt sogar darin baden, wenn ihr wollt. Hauptsache, ihr schaut nicht zu lange hinein.«

»Aber wieso denn?« fragte Kim noch einmal.

»Geht erst ein paar Schritte fort vom Wasser«, sagte der Mann. »Dann erkläre ich es euch – bevor ich euch pflücken und zu Hause in die Vase stellen kann.«

Nun verstand Kim überhaupt nichts mehr. Aber er spürte, daß die Worte des Fremden wohlwollend und sehr ernst gemeint waren. Sie folgten ihm rasch, bis sie den Kreis aus Blumen durchschritten hatten.

»Du mußt von weit her kommen, wenn du noch nie vom See der Eitelkeit gehört hast«, sagte der Fremde.

»Der See der Eitelkeit?«

Der Mann deutete auf das Wasser. »Er ist verzaubert«, sagte er. »Sein Wasser heilt Wunden und gibt verlorene Kräfte zurück. Doch es ist auch gefährlich, denn es zeigt den, der hineinblickt, nicht so, wie er wirklich aussieht, sondern so, wie er gerne aussehen möchte. Verstehst du, was ich meine?«

Kim dachte daran, wie sehr ihm sein eigenes Spiegelbild gefallen hatte. Zögernd nickte er.

»Aber das ist noch nicht alles«, fuhr der knorrige Fremde fort. »Blickt man zu lange hinein, dann kann man sich nicht mehr von seinem Spiegelbild lösen und wird schließlich in eine Blume verwandelt. Siehst du sie dort?«

Kim blickte schaudernd auf das bunte Blumenmeer, das den See umgab. »Sind das alles ...«, begann er.

Der Mann nickte. »Wer seid ihr beiden?« erkundigte er sich dann.

Kim hatte ein bißchen Mühe, dem plötzlichen Gedankensprung zu folgen. Zögernd sagte er: »Mein Name ist ... Kim. Ich komme wirklich von weit her. Das da ist Bröckchen. Ein ... Freund.«

»Bröckchen? Ein seltsamer Name.«

»Den hat er mir gegeben«, rief Bröckchen. »Willst du wissen, warum?«

»Ich glaube nicht, daß das wichtig ist«, sagte Kim hastig. Mit veränderter Stimme fügte er hinzu: »Ich danke Euch für die Warnung. Aber wir müssen jetzt weiter.«

»He, he, nicht so schnell«, sagte der Blättermann und streckte die Hand aus. Kim bemerkte mit einer Mischung aus Erschrecken und Staunen, daß seine Haut wahrhaftig aus Holz bestand. Die Fingernägel waren kleine Stückchen aus dunklerer Baumrinde. Und seine Kappe war gar keine Kappe. Die Blätter wuchsen tatsächlich aus seinem Kopf!

»Ich habe euch schon eine ganze Weile beobachtet. Ihr scheint ziemlich erschöpft. Vielleicht wollt ihr euch ein bißchen ausruhen. Ihr könnt mit mir kommen. Ich wohne ganz in der Nähe.«

»Das geht nicht«, antwortete Kim – eine Spur zu hastig, wie es schien, denn zwischen den Baumrinden-Augenbrauen des Fremden erschien verwundert eine steile Falte. »Wir haben noch einen weiten Weg vor uns«, fügte Kim mit einem verlegenen Lächeln hinzu. »Einen ziemlich weiten Weg sogar.«

»Wohin wollt ihr?«

»Nach Gorywynn«, antwortete Kim nach einigem Zögern.

»Gorywynn, die Gläserne?« entfuhr es dem Mann.

»Ihr kennt sie?«

»Nun – ich war niemals dort, wenn du das meinst, mein Junge. Niemand von uns war je dort. Aber natürlich haben wir davon gehört. Wenn ihr wirklich dorthin wollt, ist es um so besser, wenn ihr mit mir kommt.«

»Wie meint Ihr das?« erkundigte sich Kim, der mittlerweile doch ein bißchen Mißtrauen verspürte.

»Wie du sagst, habt ihr einen weiten Weg vor euch«, antwortete der Blättermann. Er deutete auf Sternenstaub. »Auch mit dem Pferd wirst du Wochen brauchen, ehe du die gläserne Burg erreichst; vielleicht sogar Monate. Besser, du sammelst ein wenig Kraft, ehe du weiterreitest.«

Kim blickte unschlüssig.

»Was ist?« drängte der andere. »Traust du mir nicht?«

»Doch, doch«, meinte Kim hastig.

»Ihr seid auf der Flucht, nicht wahr?«, sagte der Fremde plötzlich.

»Woher wißt Ihr das?« entfuhr es Kim – und sofort hätte er sich am liebsten auf die Zunge gebissen.

Aber der andere lachte nur. »O Kim, hältst du mich denn für blind?« fragte er. »Ich sagte, ich habe euch beobachtet, dich und deinen kleinen hübschen Freund da. Wer ist hinter euch her? Trolle?«

Kim hatte bisher nicht einmal gewußt, daß es hier so etwas wie Trolle gab. Er schüttelte den Kopf. »Ein Zwerg«, sagte er.

»Ein Zwerg aus den östlichen Bergen?« Das dunkle Gesicht verdüsterte sich. »Wenn es so ist, gibt es einen Grund mehr für euch, eine Weile bei uns zu bleiben. Kein Zwerg hat es jemals gewagt, zu uns auf den Baum zu kommen. Und kein Zwerg wird es jemals wagen.«

»Wie meint Ihr das?«

»Wir sind nicht unbedingt ... Freunde«, erklärte der Mann. »Die Zwerge sind Geschöpfe der Nacht. Sie leben unter der Erde und hassen die Sonne, und sie hassen alles, was wächst und gedeiht. Auch fürchten sie die Höhe wie die Pest. Und unser Baum ist sehr hoch.«

Unser Baum? Kim verstand nur ungefähr die Hälfte von dem, was der Blättermann da sagte. Aber irgendwie vertraute er ihm. Die Düsternis, die er in seinen Augen gesehen hatte, als Kim den Zwerg erwähnte, war echt.

»Wir feiern heute abend ein Fest. Ihr seid herzlich eingeladen«, sagte der Mann, als Kim immer noch zögerte.

»Mir ist nicht nach Feiern zumute«, erwiderte Kim traurig.

»Er hat gerade einen guten Freund verloren«, ergänzte Bröckchen leise.

Der andere nickte mitfühlend. »Das tut weh«, sagte er. »Aber vielleicht lenkt es dich ein wenig ab. Und wenn nicht, dann haben wir immer noch ein Bett für dich, in dem du dich richtig ausschlafen kannst. Nun komm schon.«

Und nach einem letzten, kurzen Zögern willigte Kim ein.

Oak, unter welchem Namen sich ihr neuer Freund vorstellte, erbot sich, Sternenstaub an einen sicheren Ort zu bringen, wo der Hengst bis zu ihrer Rückkehr warten konnte und auch gut versorgt war. Denn der See der Eitelkeit war auch für Pferde gefährlich. Leider, so fuhr Oak fort, war es für Sternenstaub nicht möglich, seinen Baum zu betreten. Kim stimmte zu, und Oak nahm den Hengst am Zügel und führte ihn fort. Sternenstaub folgte dem Mann gehorsam; ein weiteres Zeichen für Kim, daß sie dem Blättermann trauen konnten. Denn auf den Zwerg etwa hatte das Tier ebenso gereizt reagiert wie Kim oder Bröckchen.

Sie mußten nicht lange warten. Oak kehrte schon nach wenigen Augenblicken zurück und erklärte, daß er sie jetzt zu dem Baum bringen würde. Kims Neugier war mittlerweile wirklich geweckt – zumal er weit und breit keinen Baum sah. Büsche und Sträucher und prachtvolle Wildblumen, so weit das Auge blickte – aber nirgends etwas, das einem Baum auch nur ähnelte, obgleich Oak unentwegt davon redete.

Als Kim das sagte, lächelte Oak nur vielsagend und machte eine Handbewegung, ihm zu folgen. Bröckchen sprang mit einem Satz auf Kims Schulter, und so marschierten sie hinter Oak her durch das hüfthohe Gras. Auch in jener Richtung, in die Oak sie führte, konnte Kim beim besten Willen keinen Baum entdecken. Währenddessen gingen sie schnurstracks auf die Felswand zu, die Kim am frühen Morgen gesehen hatte.

Nach einer Weile erkannte Kim, daß die Wand längst nicht so eben war, wie es von weitem den Anschein gehabt hatte. Der Fels war überall geborsten und gerissen und von großen, anscheinend tief in den Berg hineinreichenden Höhlen durchzogen, deren Öffnungen wie schwarze Augen auf die Ankömmlinge zu starren schienen. Als sie noch näher kamen, sah Kim die Stufen einer gewaltigen Treppe, die in den Fels hineingeschlagen worden war und in schwindelerregenden Windungen und Kehren in die Höhe führte.

Und als sie schließlich dicht heran waren, da begriff er,

daß der Berg gar kein Berg war; sowenig, wie die Stufen der Treppe in ihn hineingemeißelt worden waren. Vielmehr hatte man sie geschnitzt. Denn der Berg bestand nicht aus Stein, sondern aus Holz. Und es war kein Berg – es war ein Baum. Die Erkenntnis traf Kim so plötzlich, daß er wie erstarrt stehenblieb und fassungslos den Kopf in den Nacken legte. Erneut fiel ihm das sonderbar grüngefärbte Licht auf, und erst jetzt sah er, warum das so war: Auch der Himmel über ihnen war nicht das, wofür Kim ihn gehalten hatte. So weit das Auge reichte, spannte sich ein gewaltiges Blätterdach über ihren Köpfen, als wäre das gesamte Firmament mit Blättern und gewaltigen Ästen zugewachsen. Und als stünden sie am Grunde eines gewaltigen Waldes, der die ganze Welt umspannte; hell genug zwar, aber ohne Ausblick auf den Himmel. Nur daß das lebende grüne Dach über ihren Köpfen nicht aus den Wipfeln eines Waldes bestand, sondern aus der Krone eines einzigen, unendlich großen Baumes!

»Was hast du?« erkundigte sich Oak in beiläufigem Ton, konnte aber ein belustigtes Blinzeln nicht ganz aus seinen Augen verbannen. Offenbar wußte er ganz genau um die Wirkung, die dieser Anblick beim erstenmal hervorrief, und hatte sich wahrscheinlich einen Spaß daraus gemacht, Kim bisher im unklaren zu lassen.

»Ist das … dein Baum?« krächzte Kim.

Oak nickte, und schüttelte in der gleichen Bewegung auch den Kopf. »Es ist nicht *mein* Baum«, sagte er mit Nachdruck. »Aber es ist *der* Baum, wenn du das meinst. Kennst du noch einen anderen?«

»Natürlich«, antwortete Kim verdattert. »Es gibt doch überall Bäume … wenn auch nicht solche.«

»Ach die.« Oak grinste plötzlich wie ein Schuljunge, dem ein Streich gelungen war. »Die sind keine Bäume. Sie wollen vielleicht mal welche werden, aber da brauchen sie noch eine Menge Zeit.« Er lachte laut auf. »Entschuldige, wenn ich dich auf den Arm genommen habe. Aber ja, du hast recht – das ist der Baum. Und es gibt wirklich nur diesen einen.«

»Das glaube ich gerne«, flüsterte Kim. Es war ihm unmöglich, den Blick von dem mächtigen Stamm loszureißen. Oaks Worte und sein Verstand sagten ihm, daß es sich tatsächlich um einen Baum handelte, aber seine Augen behaupteten noch immer, daß es ein Berg war – der Durchmesser des Stammes war ungeheuer, und an seine vermutliche Höhe wagte Kim gar nicht erst zu denken, aus Angst, daß ihm schwindelig wurde. Doch schon winkte Oak ungeduldig mit der Hand, ihm zu folgen. Und tatsächlich ließ das Schwindelgefühl nicht lange auf sich warten, als Kim hinter seinem Führer die gewaltige Holztreppe hinaufstieg, die sich am Stamm des Riesenbaumes in die Höhe wand, zwar bequem und breit, aber sehr, sehr steil; und ohne die Spur eines Geländers. Tapfer hielt Kim den Blick auf den Rücken Oaks geheftet und hoffte, daß niemand sonst seine Angst bemerkte.

Er hörte auf, die Stufen zu zählen, als er bei vierhundert angelangt und der unterste der unglaublich dicken Äste noch nicht sichtbar näher gekommen war. Gut eine halbe Stunde lang stiegen sie in scharfem Tempo die Windungen und Kehren hinauf, ehe sie die Stelle erreichten, an der sich der Stamm des Baumes zum ersten Ast verzweigte – oder das, was Oak vermutlich als Ast bezeichnete. Für Kim war es eher eine Straße aus gewachsenem Holz, so lang, daß er ihr Ende auch nicht hätte sehen können, wenn es nicht im grünen Blätterdschungel verschwunden wäre.

Dafür sah Kim etwas anderes – weit entfernt erhoben sich aus dem Ast die Schemen kleiner weißer und grüner Häuser. Kim starrte die kleinen Farbtupfer aus hervorquellenden Augen an. Kein Zweifel – auf diesem gewaltigen Baum war wahrhaftig eine Stadt erbaut worden!

»Du staunst?« fragte Oak, dem Kims reichlich belämmerter Gesichtsausdruck nicht entgangen war.

»Das … das … das sind Häuser!« ächzte Kim.

»Natürlich sind das Häuser«, meinte Oak. »Wohnt ihr da, wo du herkommst, nicht in Häusern?«

»Doch«, gab Kim verwirrt zurück. »Aber ich dachte … ich meine, ich habe geglaubt …«

Oak grinste. »Nun, ich zeige dir gern die Stadt, wenn du willst. Und die anderen Städte auch.«

»Andere?« Kim war fassungslos. »Das heißt, es ... es gibt noch mehr?«

»Sieben oder acht«, antwortete Oak beiläufig, »die Weiler nicht mitgerechnet, oben im Wipfel.«

»Ah ja«, sagte Kim tapfer. Er kam aus dem Staunen nicht heraus. Ein Baum, so groß wie ein ganzes Land, und Städte auf seinen Ästen!

Und doch war es so. Je näher sie kamen, desto mehr sah Kim von der Baumstadt – und es war wahrhaftig eine Stadt. Manche der Häuser hatten fünf oder sechs Stockwerke, und eines war so groß, wie unten auf der Erde eine Burg.

Die Leute hier schienen grüne und rote und gelbe Kleider zu tragen, aber es waren keine Kleider, sondern eine natürlich gewachsene Blätterhaut. Sie gingen auf richtigen Straßen, die, eingekerbt in die Rinde des Astes, von zahllosen Füßen in Jahrtausenden glattpoliert worden waren, so daß sie wie glänzender Asphalt aussahen. Hier und da lugten zwischen den Gebäuden Gewächse hervor, die Kim bei näherem Hinsehen als kleinere Seitentriebe des riesigen Astes erkannte, die aber so groß wie sonst ausgewachsene Bäume waren. Oak hätte das natürlich abgestritten – aber für Kim blieben es Bäume. Ziemlich stattliche sogar.

»Das ist unglaublich«, stöhnte Kim, während er Oak durch die breiten Straßen der Baumstadt folgte und unentwegt neue Wunder entdeckte. »Und ihr ... ihr lebt wirklich hier oben? Ihr geht niemals nach unten?«

»Oh, dann und wann schon«, antwortete Oak mit sanftem Spott. »Wäre es nicht so, hätte ich dich schwerlich am See treffen können, nicht wahr? Aber du hast natürlich recht – wir leben hier und verlassen den Baum nur selten. Er ist unsere Heimat.«

Er deutete auf ein kleines, aber sehr schmuckes Häuschen zur Rechten. »Wir sind da. Meine Frau ist nicht zu Hause – sie hilft bei den Vorbereitungen für das Fest heute abend. Aber sie wird sich freuen, euch zu sehen. Wir haben gerne Gäste.«

Er bückte sich unter dem Eingang hindurch, der ein wenig zu niedrig für ihn war, und machte eine einladende Geste. »Tretet nur ein.«

Kim zögerte – aber nicht aus Angst, sondern weil ihn dieses Gebäude ebensosehr verblüffte wie alles andere hier. Es stand nicht, wie es zuerst ausgesehen hatte, *auf* dem gewaltigen Ast, es war organischer *Teil* des Baumes. Seine Wände wuchsen direkt aus dem Boden heraus, und das Dach bestand aus lebendem, grünem Blattwerk. Türen und Fenster schienen nicht ins Holz hineingeschnitten worden zu sein, sondern waren von dicken Wülsten umrandete, halbrunde Öffnungen, wo das Holz einfach aufgehört hatte, zu wachsen.

Und so wie das Äußere war auch das Innere des Hauses. Es gab Möbel wie in jedem Haus, das Kim kannte – Tische, Stühle, Schränke und Betten. Aber sie waren nicht einfach hingestellt worden, sondern schienen aus Boden und Wänden herauszuwachsen. Als hätte sich der Baum angestrengt, seinen Bewohnern ein möglichst bequemes Heim zu bieten. Es gab sogar einen Herd: ein quadratischer Holzblock, dessen schwarze Oberfläche hart wie Stein war und dem das Feuer offensichtlich nichts auszumachen schien.

Oak gab seinen Besuchern Zeit, sich umzusehen, während er bereits eine Mahlzeit vorbereitete: einen grünen, süß riechenden Brei, über den er Kräuter und getrocknete Gewürzblätter streute, und dazu etwas, das wie Honig duftete, aber dünnflüssiger war. Für Bröckchen stellte er eine kleine Schale auf den Tisch, und als er die Speise auftrug, staunte er nicht schlecht, als der Federwusel im Nu seine eigene wie auch die für Kim gedachte Portion vertilgt hatte und Oak dann mit hungrigen Augen ansah. Erst nachdem Bröckchen einen geradezu gewaltigen Nachschlag bekommen hatte, füllte der freundliche Blättermann auch Kims Teller wieder auf.

»Ihr seid also auf der Flucht vor einem Zwerg«, begann Oak, nachdem Kim zu Ende gegessen hatte und Bröckchen mit seinem dritten Nachschlag beschäftigt war.

Kim zögerte mit der Antwort. Es war keineswegs so, daß er Oak gegenüber noch Mißtrauen empfand – aber er mußte plötzlich wieder an seinen Freund denken. Er konnte es drehen, wie er wollte: Er fühlte sich schuldig, weil er Kelhim gezwungen hatte, sich in seinen Streit mit Jarrn zu mischen und Kelhim daran gestorben war.

»Ja«, sagte er. »Er hat einen … Freund von mir getötet.«

»Getötet?« Oak sah auf, aber es war nicht gewiß, ob sein Stirnrunzeln dem Wort *getötet,* oder Kims unmerklichen Zögern vor dem Wort *Freund* galt.

»Nicht eigenhändig«, schränkte Kim ein. »Jemand, der … bei ihm war.«

Oak sah ihn eine ganze Weile durchdringend an. »Du willst nicht darüber sprechen«, stellte er fest.

»Nein.« Kim schüttelte den Kopf.

»Gut«, sagte Oak. »Wir kümmern uns hier nicht allzusehr um die Angelegenheiten der Leute da unten. Aber falls du doch noch darüber reden willst, bin ich immer für dich da. Wenn nicht, dann eben nicht.« Höflich wechselte er das Thema. »Übrigens gibt es ein Rennen heute abend. Willst du nicht mitmachen? Du siehst aus, als wärst du ein guter Läufer – wenn du ein paar Stunden geschlafen hast, heißt das.«

Als wären seine Worte ein Auslöser gewesen, konnte sich Kim plötzlich eines Gähnens nicht mehr erwehren. Oak lächelte, stand auf und ging ins Nebenzimmer, und auf ein Winken hin folgte ihm Kim.

»Schlaf ein paar Stunden«, sagte Oak. Er deutete auf ein niedriges, mit Blättern und lebendem Laub gedecktes Lager, das neben der Tür aus dem Boden wuchs. »Du wirst mit meinem Bett vorliebnehmen müssen«, sagte er in einem Tonfall, der fast nach einer Entschuldigung klang. »Ich baue gerade ein neues Haus, weißt du. Dort werde ich auch ein Gästezimmer haben. Aber es ist noch nicht fertig.«

Kim hörte gar nicht mehr richtig zu. Der bloße Anblick des Bettes ließ seine Augenlider plötzlich schwer wie Blei werden. Ohne ein weiteres Wort ließ er sich auf das Bett sinken und schlief mitten in dem Gedanken ein, wie sonderbar es doch war, in einem Bett zu liegen, dessen Decke von selbst über seinen Körper kroch, um ihn zu wärmen …

Er erwachte mit einem Schrei.

Kims Herz raste. Er war am ganzen Leib in Schweiß gebadet, und er hatte sich so abrupt aufgesetzt, daß ein paar der dünnen Zweige, die ihn zudeckten, glattweg abgerissen waren. Die zerrissenen Enden zogen sich hastig zurück, und die ganze Decke begann sich zu bewegen und glitt dann raschelnd von ihm herunter.

Mit klopfendem Herzen sah sich Kim um. Er war allein. Das Licht im Zimmer hatte sich irgendwie … geändert, ohne daß er sagen konnte, wie. Niemand war hier außer Bröckchen, das erschrocken hochgefahren war und Kim verdattert anblickte. Und doch war er sicher, für einen Moment eine riesige, kantige Gestalt gesehen zu haben, die ihn aus einem unheimlichen, grünleuchtenden Auge anstarrte.

Die Ereignisse der vergangenen Nacht verfolgten ihn wohl noch immer. Natürlich, das war die Erklärung. Er war eingeschlafen und hatte phantasiert. Doch jetzt hörte er wieder etwas – rasche, schwere Schritte, die sich der Tür näherten, bis kurz darauf Oaks knorrige Gestalt darin erschien.

»Ist etwas geschehen?« fragte er erschrocken. »Du hast geschrien!«

Kim schüttelte den Kopf und fuhr sich mit dem Handrücken über die Stirn, um den Schweiß abzuwischen. »Ich … hatte schlecht geschlafen«, sagte er. »Es ist schon gut.« Ein wenig verlegen fügte er hinzu: »Ich glaube, ich habe etwas kaputtgemacht. Ein paar Zweige –«

Oak winkte ab. »Das macht nichts. Ich sagte dir doch – wir ziehen bald um. Es kommt nicht mehr darauf an.« Er legte den Kopf schräg und musterte Kim besorgt. »Bist du ausgeschlafen?«

Ausgeschlafen? Nein, das war Kim keineswegs, aber er schauderte bei dem bloßen Gedanken, noch einmal die Augen schließen und womöglich die Fortsetzung jenes Alptraums zu erleben, aus dem er gerade erwacht war.

»Meine Frau ist zurück und hat das Abendessen gerichtet«, sagte Oak. »Danach beginnt das Fest.«

Kim sagte nichts darauf, aber er stand auf. Sein Magen knurrte schon wieder. Und auch Bröckchen schnüffelte begierig, während sie beide hinter Oak in die Stube traten.

Am Herd stand jetzt Oaks Frau. Ihr Blätterkleid war etwas heller als das ihres Mannes, aber sie hatte das gleiche knorrige Gesicht und bis auf die Schultern fallendes, geringeltes Blätterhaar. Oak schien ihr von den beiden Besuchern erzählt zu haben, denn sie lächelte ihnen wissend und freundlich zu. Dann deutete sie auf den Tisch, auf dem bereits drei Teller mit dem süßen, grünen Brei bereitstanden – und ein großer Trog, in den sich Bröckchen mit einem erfreuten Pfiff kurzerhand hineinstürzte, um ihn in atemberaubender Geschwindigkeit leerzufressen. Oak lächelte amüsiert, während die Augen seiner Frau vor Staunen groß wurden.

Nachdem sie fertiggegessen hatten, stopfte sich Oak eine Pfeife und plauderte mit Kim. Auch seine Frau setzte sich dazu. Es dauerte eine ganze Zeit, bis Kim auffiel, daß sie in dem Gespräch alles vermieden, was ihren Gast irgendwie in Verlegenheit bringen könnte. Es schien wirklich so zu sein, wie Oak gesagt hatte – die Baumleute interessierten sich nicht sonderlich für das, was außerhalb ihrer Blätterwelt geschah.

Endlich stand Oak auf, reckte sich, daß seine Arme knarrten wie Holz – und sie waren ja aus Holz – und deutete auf die Tür. »Es wird Zeit«, sagte er. »Wir müssen los, wenn wir den Beginn des Festes nicht verpassen wollen. Es wäre schön, wenn ihr mitkommen wolltet.«

Kim lehnte mit einem Kopfschütteln ab. Er war dankbar für das Angebot, aber ihm war wirklich nicht zum Feiern zumute. Es wäre ihm schäbig vorgekommen, sich in eine fröhliche Runde einzureihen, nach allem, was mit Kelhim passiert war.

»Nein«, sagte er. »Ich danke Euch, aber –«

Und dann brach er mitten im Satz ab und starrte aus entsetzt aufgerissenen Augen durch die offene Haustür nach draußen.

Auf der Straße vor dem Haus sah er eine Menge von Baumleuten in verschiedenen Farben – aber das war nicht alles. Zwischen ihnen stampfte eine hünenhafte, kantige Gestalt einher. Eine Gestalt aus rotbraunem Eisen, mit einem einzigen grünleuchtenden Auge!

»Was hast du?« fragte Oak alarmiert.

»Brokk«, flüsterte Kim. Er begann am ganzen Leib zu zittern. »Das ... das ist Brokk! Er ist hier!«

Oaks Blick folgte dem Kims, und in seinen Augen stand ein Ausdruck tiefer Verwirrung, als er sich wieder zu ihm umwandte. »Aber das ist doch nur ein Eisenmann!«

»Ich hätte nicht hierherkommen sollen«, stammelte Kim. »Er wird Euch auch –« Und erst dann begriff er eigentlich, was Oak gerade gesagt hatte. Fassungslos starrte er ihn an. »Soll das heißen, es gibt noch mehrere hier?«

»Eisenmänner?« Oak lachte unsicher. »Aber natürlich, Dutzende. Sie helfen uns, die neue Stadt zu bauen, in der wir bald wohnen werden. Ohne sie würden wir die Arbeit gar nicht schaffen!«

Kims Blick blieb wie hypnotisiert auf den Eisenmann gerichtet, der sich mit schweren, stampfenden Schritten zwischen den Baumleuten bewegte. Nur am Rande nahm er wahr, wie die gewaltigen Eisenfüße dabei kleine Splitter aus dem Holz des Astes rissen.

»Sie sind sogar hier?« ächzte er. »Aber ... wißt Ihr denn nicht, woher sie kommen?«

Oaks Verwirrung nahm sichtlich zu. »Selbstverständlich«, antwortete er. »Die Zwerge schmieden sie in ihren Höhlen.« »Aber Ihr habt mir doch gesagt, die ... die Zwerge und Ihr wärt ... Feinde.«

»Nicht Feinde«, verbesserte ihn Oak. »Sie sind nicht unsere Freunde – aber das heißt nicht, daß sie unsere Feinde sind. Wir haben keine Feinde, so wie wir niemandes Feind sind.«

Er stand auf, ging zur Tür und schloß sie, wie um Kim auf diese Weise vom Anblick des Eisenmannes zu befreien. »Was ist daran so schlimm?« fragte er, als er zurückkam.

Kim antwortete nicht, aber Bröckchen sagte leise: »Es war ein Eisenmann, der seinen Freund erschlagen hat.«

Kim schluckte. Die bloße Erinnerung trieb ihm schon wieder die Tränen in die Augen.

»Ich kann mir vorstellen, wie du dich fühlst«, sagte Oak sanft. »Es tut mir leid. Hätte ich davon gewußt, dann hätte ich dafür gesorgt, daß du ihn nicht zu Gesicht bekommst.«

»Ihr müßt sie wegschicken«, flüsterte Kim. »Sie sind gefährlich!«

»Nein«, entgegnete Oak lächelnd. »Das sind sie nicht.« Er setzte sich wieder an den Tisch, streckte die Finger aus und berührte Kims Hand. Obwohl seine Haut hart und knorrig wie alte Baumrinde aussah, fühlte sie sich weich und warm an.

»Ich glaube, das weiß ich besser«, murmelte Kim, der noch immer mit den Tränen kämpfte. »Ich war dabei, als er Kelhim erschlug.«

»Sie sind nur Werkzeuge«, antwortete Oak. Er zog ein Messer aus dem Gürtel und legte es vor Kim auf die Tischplatte. »Auch das hier kommt von den Zwergen. Das und alle anderen Werkzeuge, die wir benutzen. Wir können hier kein Eisen schmelzen, sowenig, wie sie in ihren Höhlen die Früchte heranzüchten können, die wir ihnen verkaufen. Wir sind keine Freunde, aber wir handeln miteinander, weil der eine hat, was dem anderen fehlt. Was ist falsch daran?« Er hob die knorrige Hand, als Kim widersprechen wollte, und fuhr mit ganz leicht erhobener Stimme fort: »Auch mit diesem Messer kannst du töten, Kim. Trotzdem fürchtest du es nicht, nur weil es da ist. Die Eisenmänner sind nicht anders als dieses Messer: Werkzeuge. Du brauchst sie nicht zu fürchten. Fürchten muß man nur die, die sie für falsche Ziele nutzen.«

»Das glaube ich nicht«, flüsterte Kim. »Sie … sie sind mehr. Ich weiß es. Ich spüre es. Sie machen mir angst.«

»Aber das brauchen sie nicht«, seufzte Oak. »Auch hier bei uns gibt es ein paar, die so denken wie du – aber sie irren sich. Die Eisenmänner sind sehr nützlich.«

Kim lachte bitter auf.

»Morgen«, fuhr Oak fort, »wenn das Fest vorüber ist, zeige ich dir unsere neue Stadt. Sie ist zehnmal größer und schöner als diese hier. Tja, wenn wir die Eisenmänner nicht hätten … Du wirst sehen, es gibt keinen Grund, sie zu fürchten. Und nun komm.«

»Wohin?« fragte Kim mißtrauisch.

»Nach oben«, antwortete Oak. »Ich möchte, daß du am Fest teilnimmst. Du brauchst etwas, um auf andere Gedanken zu kommen, Kim. Wenn du allein hier zurückbleibst, rennst du am Ende noch kopfüber in die Nacht hinein, nur weil du einen Eisenmann siehst.« Er ließ Kims Hand los, stand auf und lächelte aufmunternd.

Und Kim folgte ihm tatsächlich. Wenn auch aus einem ganz, ganz anderen Grund, als Oak auch nur ahnen mochte.

IX

Die zweite und noch sehr viel größere Überraschung des Tages sollte Kim später erleben, als das Fest weit fortgeschritten war und die Baumleute mit ihren Wettkämpfen begannen. Vorderhand jedoch mußte Kim sich in einer sportlichen Disziplin üben, die daheim ganz bestimmt niemals bei den Olympischen Spielen auftauchen würde, sich aber bei den Baumleuten großer Beliebtheit zu erfreuen schien: Treppensteigen.

Oak führte sie zurück zum Stamm des Baumes, wo sie auf die gewundene Treppe hinaustraten und sich scheinbar endlos weiter nach oben quälten. Bröckchen wurde es bald zuviel, so daß es sich wie üblich mit einem Satz auf Kims Schultern schwang. Kim selbst hingegen mußte sich leider auf die eigenen Beine verlassen. Nach einer Weile wurden seine Schritte schleppender, und er fiel merklich hinter Oak zurück, der sich mit geradezu verblüffender Leichtigkeit die Stufen hinaufbewegte. Die wenigen Stunden Schlaf, die Kim gehabt hatte, hatten ihn zwar erfrischt, aber er war noch nicht wieder ganz zu Kräften gekommen.

»Es ist nicht mehr weit.« Oak deutete nach oben, als sei das eine Beruhigung. »Noch vier Äste.«

Kim ächzte. Vier Äste – und sie hatten noch nicht einmal die halbe Strecke zum ersten zurückgelegt! Er würde niemals dort hinaufkommen!

Oak grinste breit. »Nur keine Sorge«, sagte er, als hätte er Kims Gedanken erraten – oder sie auf seinem Gesicht abgelesen, was wahrscheinlicher war. »Das letzte Stück des Weges brauchen wir nicht zu laufen.«

Kim rätselte, was das nun zu bedeuten hatte, fand aber keine Antwort, und so ergab er sich in sein Schicksal. Er schleppte sich hinter Oak die nicht enden wollende Treppe hinauf, bis er das Gefühl hatte, seine Beine müßten mittlerweile so kurz geworden sein, daß sie direkt unter seinen Schultergelenken herauswuchsen.

Sie erreichten den ersten Ast, und Kim erhaschte einen flüchtigen Blick auf eine weitere, und wie es schien noch viel größere Baumstadt. Es folgten weitere zahllose Stufen, und dann blieb Oak plötzlich stehen. Hin und wieder waren sie an gewaltigen Höhlungen vorbeigekommen, die ins Innere des titanischen Baumes führten. Auch jetzt hatten sie wieder einen dieser Eingänge erreicht. Oak machte eine einladende Geste, und Kim folgte ihm.

Die Höhle war kleiner, als er geglaubt hatte – ein Quadrat von gerade fünf mal fünf Schritten, dessen Boden sonderbarerweise von einem hüfthohen Geländer umgeben war. Oak beschied mit knappen Worten, die Wände nicht zu berühren, dann streckte er den Arm aus und zog kräftig an einem aus Pflanzenfasern geflochtenen Seil, das in der Mitte herabhing – genauer gesagt, irgendwo aus der schier endlosen Schwärze über ihnen kam, denn der Raum hatte zwar einen Fußboden, aber sichtlich keine Decke.

Einen Augenblick später schrie Kim überrascht auf, als ein spürbarer Ruck durch den Boden ging. Und plötzlich war der Eingang verschwunden, und die Wände rasten nur so an ihnen vorbei in die Tiefe. Die Höhle war ein Aufzugschacht!

»Gut, nicht?« grinste Oak, während er sich sichtlich an Kims Überraschung weidete. »Bald werden wir den Schacht durch den ganzen Baum getrieben haben, und dann kommen wir viel rascher voran. Wir planen sogar einen noch größeren Aufzug.«

»Das ist ... phantastisch«, meinte Kim zögernd. Aber er fand es nicht phantastisch. Ganz im Gegenteil. Warum beunruhigte ihn dieser Aufzug?

»Wie funktioniert er?«

»Ganz einfach«, erklärte Oak mit hörbarem Stolz. »Die Plattform hängt an Seilen. Soll sie in die Höhe gehoben werden, lassen wir von oben ein Gegengewicht fallen.«

»Aha.« Etwas an dieser Erklärung ängstigte Kim.

»Es ist wirklich bequem«, fuhr Oak fort, der nun einmal ins Reden gekommen war. »Und ganz nebenbei – es waren die Eisenmänner, die ihn gebaut haben.«

Kim sah ihn fragend an. Sein ungutes Gefühl verstärkte sich.

»Ohne sie wäre es unmöglich gewesen«, sagte Oak. »Kannst du dir vorstellen, wieviel Arbeit es ist, den Schacht aus dem Baum herauszuschneiden?«

Das konnte Kim nicht, und er wollte es auch nicht. Mißtrauisch fragte er: »Macht es dem Baum nichts aus?«

»Was?«

»Wenn ihr Löcher hineinschneidet.«

Oak lachte. »Wo denkst du hin! Er ist so groß, daß er es nicht einmal spüren würde, wenn wir hundert Schächte in seinen Stamm grüben. Das hier ist kein Bäumchen, wie du es kennst, Kim. Nein, nein – keine Sorge.«

Aber Kim machte sich Sorgen – obgleich er keinen Grund sah, an Oaks Ausführungen zu zweifeln. Trotzdem – irgend etwas stimmte hier nicht.

Den Rest der Fahrt verbrachten sie schweigend. Ab und zu huschte ein Eingang an ihnen vorüber, während der Aufzug noch lange und unbeirrt seinen Weg nach oben fortsetzte, bis er endlich langsamer wurde und schließlich zum Stehen kam. Kim blinzelte in das ungewohnt helle Licht, als er aus dem Lift heraustrat. Zum erstenmal sah er die Sonne. Auch hier spannte sich ein grünes Blätterdach vor dem Himmel, aber es war nicht mehr so undurchdringlich wie unten – hier und da war ein Flecken aus hellem Blau zu erkennen.

Auf dem Ast, auf den sie hinaustraten, herrschte ein reges Treiben. Gelächter und fröhliche Stimmen schallten ihnen entgegen, es schienen gleich Tausende von Baumleuten hier zu sein. Auf kleinen, eigens dafür vorbereiteten Flekken des Astes brannten Feuer, über denen Früchte gebraten wurden; Krüge machten die Runde, und ein wenig entfernt sah Kim ein buntes, mit allerlei Fahnen und Wimpeln geschmücktes Zelt, um das sich eine große Anzahl verschiedenfarbiger Baumleute drängelte.

»Kommt«, rief Oak in aufgeräumter Stimmung. »Ich stelle euch ein paar Freunde vor.«

Beinahe widerwillig folgten ihm Kim und Bröckchen. Ihr Gastgeber stürzte sich kopfüber ins Gewühl, und nach einer Weile sah sich Kim voller Unbehagen im Zentrum der allgemeinen Aufmerksamkeit. Oak schien unzählige Freunde zu haben, nicht ein paar, denn er sprach nahezu jeden an, und sie alle begrüßten Kim und seinen bunten Begleiter. Und ob Kim wollte oder nicht – nach einer Welle steckte ihn die fröhliche, ausgelassene Stimmung an, und es war noch keine halbe Stunde vergangen, da hörte er sich zu seiner eigenen Überraschung mit seinen neuen Bekannten lachen. Bröckchen, das rasch herausgefunden hatte, daß die gebratenen Früchte für jedermann da waren, wuselte von Feuer zu Feuer und gab sein Bestes, die Ernte des ganzen Baumes an einem Abend aufzufuttern. Wenn Kim sah, mit welcher Hingabe sein bunter Freund mampfte, dann standen seine Aussichten, es zu schaffen, nicht einmal schlecht.

Vielleicht hätte Kim die schrecklichen Ereignisse der vergangenen Nacht sogar völlig vergessen, wäre nicht nach einer Weile ein Wermutstropfen in seine ausgelassene Stimmung gefallen. Kim stand nichts Böses ahnend mit Oak und einigen seiner Freunde zusammen und knabberte an einer gegrillten Frucht, die ganz vorzüglich schmeckte, als ihm plötzlich im wahrsten Sinne des Wortes der Bissen im Halse stecken blieb.

»Was hast du?« fragte Oak besorgt.

Kim antwortete nicht, aber als Oaks Blick dem seinen folgte, begriff er schon: Nicht weit von ihnen entfernt, erhoben sich die kantigen Schultern von gleich acht oder zehn Eisenmännern über die Köpfe der Menge.

»Nun, mach dir keine Sorgen«, sagte Oak in ungeduldigem Tonfall. »Ich habe dir gesagt, sie sind unsere Helfer.«

»Was ... was tun sie hier?« fragte Kim stockend.

»Das frage ich mich auch«, fügte einer der Baumleute – ein noch sehr junger Mann, dessen Blätter eine blaßgelbe Färbung hatten – hinzu.

Oak schenkte ihm einen bösen Blick, sagte aber nichts

dazu, sondern wandte sich wieder an Kim. »Sie werden an dem Wettlauf heute Abend teilnehmen.«

»Eisenmänner?« fragte Kim überrascht.

»Das ist lächerlich«, meinte der gelbe Blättermann. »Und es ist eine Beleidigung für uns alle.«

»Ach, sei doch still«, fuhr ihn Oak an.

Und ein anderer, wie Oak im grünen Blätterkleid, bestätigte ihn: »Reg dich nicht auf. Er ist ein Gelber – was erwartest du?«

»Ich jedenfalls helfe nicht mit, unseren Baum zu zerstören«, gab der Gelbe zornig zurück.

Kim folgte dem entbrennenden Streit mit wachsender Verwirrung. Er hätte es gar nicht für möglich gehalten, daß die Baumleute in der Lage waren, sich zu zanken.

»Ich bitte euch!« fiel Oak jetzt beschwörend ein. »Wir wollen ein Fest feiern und nicht streiten. Also halte dich zurück, Tarrn. Und du, Limb –« Er wandte sich an den Gelben. »– Wenn du wirklich so wenig von den Eisenmännern hältst, warum läufst du dann nicht mit und besiegst sie?«

Limb schürzte zornig die Lippen. »Ich trete nicht gegen ein … Ding an, das nicht einmal eine Seele hat.«

Tarrn seufzte tief. »Das ist wieder mal typisch«, sagte er, wobei sich eine Spur von Häme in seine Stimme schlich. »Wenn es nach euch Gelben ginge, müßten wir sogar die Häuser abreißen und wieder nackt auf den Ästen leben, wie unsere Vorfahren, wie?«

»Was war so schlecht daran?« fragte Limb herausfordernd. Er funkelte sein Gegenüber an, dann wandte er sich an Kim. »Sag du es, Junge. Ist es etwa richtig, wenn wir unsere eigene Welt zerstören?«

»Aber das tun wir nicht«, protestierte Tarrn.

»Es ist genug!« Oak warf dem Gelben einen strengen Blick zu. »Ich dulde es nicht, daß meine Gäste in euren albernen Streit hineingezogen werden.«

Limbs Augen funkelten zornig, aber er hielt sich zurück und sagte nichts mehr. Nach einer weiteren Sekunde drehte er sich herum und verschwand mit raschen Schritten im Gedränge.

Tarrn blickte ihm kopfschüttelnd nach. »Gelbe!« sagte er abfällig. »Die reinsten Chaoten.«

»Genug jetzt«, mahnte Oak.

»Pah!« Tarrn blies die Backen auf. »Als ob ein paar Eisenmänner unsere Welt gefährdeten! Was ist schlecht daran, keine Treppen mehr steigen zu müssen und in größeren Häusern zu leben?«

»Ich sagte, es reicht«, wiederholte Oak streng. Dann zwang er sich zu einem Lächeln. »Gehen wir. Sehen wir uns die Vorbereitungen des Rennens an. Es beginnt ja bald.«

Kim interessierte sich im Grunde überhaupt nicht mehr für den Wettkampf. Viel lieber wollte er mit Limb sprechen, hatte er doch das Gefühl, hier einen Verbündeten gefunden zu haben. Trotzdem folgte er Oak höflich, als sie sich auf das große, wimpelgeschmückte Zelt in der Mitte des Astes zubewegten.

Während sie durch die Menge eilten, die drängelte und schubste, fiel Kim auf, daß auch Leute darunter waren, die Kleider trugen wie er selbst, und deren Haar kein Blattwerk war. Offensichtlich hatte das Fest Besucher von überallher angelockt, nicht nur aus der Baumwelt. Die Baumleute selbst schienen zudem nicht ganz so kunterbunt durcheinandergemischt zu sein, wie es auf den ersten Blick ausgesehen hatte. Es gab gelbe, grüne, rote, blaue, violette und weiße Baumleute, und wenn man ganz genau hinsah, dann konnte man erkennen, daß die einzelnen Farben sich zu Gruppen zusammengefunden hatten, und nur hier und da standen ein paar Baumleute zwischen solchen, deren Farbe sich von ihrer eigenen unterschied.

Auf Kims Frage gab Oak bereitwillig Auskunft. »Es sind verschiedene Stämme«, sagte er. »Aber die Farbe hat nichts zu sagen – nicht viel, jedenfalls. Außer vielleicht die Blauen – von denen solltest du dich fernhalten. Es ist ein eingebildetes Volk, das ganz oben in den Wipfeln lebt. Sie halten sich für etwas Besseres, weil sie dem Himmel näher sind.«

Und auch das hinterließ einen unguten Nachgeschmack bei Kim. Allmählich begann er zu begreifen, was hier vorging. Und wenn es so war, wie er glaubte, dann erschreckte es ihn zutiefst.

Vorerst jedoch kam er nicht dazu, Oak weitere Fragen zu stellen, denn sie hatten das Festzelt erreicht. Es war ein riesiges Zelt, dessen Taue mit großen stählernen Haken tief in das Holz des Astes getrieben worden waren, und das sicherlich Platz für zwei-, wenn nicht dreihundert Personen bot. Kim fiel auf, daß das hintere Drittel mit einem Tau abgesperrt worden war und sich dort nur eine Handvoll Leute aufhielt, obwohl der Rest des Zeltes vor Besuchern schier aus den Nähten platzte.

»Was ist dort los?« erkundigte sich Kim.

»Das sind die Teilnehmer des Wettlaufs«, antwortete Oak. »Er beginnt bald. Warte – ich hebe dich hoch, damit du besser sehen kannst.« Und ehe Kim dagegen protestieren konnte, hatte Oak ihn in die Höhe gestemmt und wie ein Kind auf seine mächtigen Schultern gesetzt.

Natürlich hatte Kim aus der Höhe heraus einen sehr viel besseren Überblick. Er sah jetzt, daß sich außer den acht Eisenmännern, die er schon zuvor erblickt hatte, noch jeweils fünf oder sechs Baumleute von jeweils der gleichen Farbe in dem abgesperrten Bereich des Zeltes eingefunden hatten, dazu noch eine Anzahl auswärtiger Läufer – warum auch nicht? Schließlich hatte Oak auch Kim eingeladen, mitzulaufen.

Und dann sah er ihn – den schwarzen Ritter!

Im allerersten Moment fiel er kaum auf – einfach eine dunkle Gestalt zwischen den farbenfrohen Blätterkleidern. Aber dann bewegte er sich, und Kim sah, daß der Mann – er war schlank und nicht viel größer als Kim – tatsächlich eine schwarze Rüstung trug. Nicht irgendeine Rüstung, sondern ein verbeulter, fleckiger Harnisch mit wulstigem Helm und gepanzerten Arm- und Beinteilen, in einer Farbe, die eigentlich kein Schwarz mehr war, sondern eher aussah, als sauge sie alles Licht und Farbe auf, die das Metall berührten.

Es war eine Rüstung der gleichen Art, wie Kim selbst sie einst getragen hatte – damals, als die schwarzen Ritter Morgons dem Lande Märchenmond und seinen Bewohnern um ein Haar den Untergang gebracht hätten! Aber sie waren doch vernichtet worden! Wie konnten sie jetzt wieder auftauchen, um …

»Laß mich runter!« Kim zappelte ungeduldig. »Schnell, Oak!«

Oak gehorchte verblüfft, und Kims Füße hatten kaum den Boden berührt, da riß er sich schon los und versuchte, sich seinen Weg durch die Menge nach vorne zu erkämpfen. Er mußte diesen Fremden genauer sehen. Er mußte sich selbst davon überzeugen, daß ihn seine Augen nicht über die Entfernung hinweg getäuscht hatten. Wenn die Schrekken Morgons wieder aus der Vergangenheit auferstanden waren, dann war Märchenmond in noch größerer Gefahr, als Kim geahnt hatte!

Er schaffte es nicht. Die Schaulustigen standen dicht an dicht, und Kim hatte das Seil noch nicht einmal ganz erreicht, als plötzlich ein lauter Knall erscholl und sich die gesamte Rückwand des Zeltes teilte. Unter dem gewaltigen Johlen und Schreien der Menge schossen die Wettläufer hinaus.

Kim stolperte weiter, duckte sich unter dem Seil hindurch – und fegte hinterher! Ein Mann mit weißen Blättern wollte ihn zurückhalten, wobei er unentwegt etwas wie ›Anmeldung‹ rief, aber Kim entwischte ihm mit einer flinken Bewegung und schritt schneller aus, um das Feld der Läufer einzuholen. Das matte Schwarz der Rüstung, dem sein besonderes Interesse galt, bewegte sich irgendwo zwischen den anderen Läufern. Trotz des Zentnergewichtes seiner Kleidung legte der Mann ein überraschend scharfes Tempo vor.

Kim sah bald ein, daß er sich kräftig verschätzt hatte. Er hatte alle Mühe, nicht zu weit hinter den Läufern zurückzufallen; gar nicht daran zu denken, sie etwa einzuholen. Selbst die Eisenmänner liefen fast so schnell wie Kim, wenngleich sie allmählich hinter den anderen zurückzufallen begannen. Aber das besagte nichts. Kim wußte nur zu gut, daß die rostroten Giganten keinerlei Erschöpfung kannten.

»Heda!« piepste plötzlich eine Stimme hinter Kim. »Wo willst du hin?«

Kim warf im Laufen einen Blick über die Schulter zurück und erkannte Bröckchen, das wieselflink hinter ihm herwuselte. »Du kannst mich doch nicht allein zurücklassen!«

»Keine Zeit!« schrie Kim atemlos. »Warte hier auf mich!«

Aber Bröckchen gefiel das eindeutig nicht – es beschleunigte, stieß sich ab und landete wieder auf seinem Stammplatz: Kims Schulter.

Allmählich näherten sich die ersten Läufer dem gewaltigen Baumstamm, wo sie leichtfüßig die Treppe hinaufzurennen begannen. Kim folgte ihnen in immer größer werdendem Abstand und nicht halb so leichtfüßig, sondern keuchend und japsend und in Schweiß gebadet. Noch ehe er die ersten Stufen hinter sich gebracht hatte, war er so erschöpft, daß er am liebsten auf der Stelle niedergesunken wäre. Aber das durfte er nicht. Ein schwarzer Ritter aus Morgon – unvorstellbar! Kim mußte ihn einholen.

Keuchend erreichte er die Abzweigung zum nächsthöheren Ast. Ein Teil der Läufer war bereits außer Sicht gekommen. Hier gab es keine Stadt mehr; der Ast wucherte mit seinen baumgroßen Nebentrieben und Zweigen ungestört, so daß eine Art Wald auf dem Riesenbaum entstanden war, und manche Läufer waren bereits darin verschwunden. Die Eisenmänner – aber auch der schwarze Ritter – waren nunmehr deutlich zurückgefallen und bildeten – von Kim einmal abgesehen – den Schluß des Feldes. Vielleicht begann er das Gewicht seiner Rüstung allmählich doch zu spüren.

Aber je länger Kim hinter ihm herlief, desto weniger glaubhaft erschien ihm diese Erklärung. Die Schritte des Schwarzen schienen nicht etwa weniger geschmeidig oder unsicher – er wurde nur einfach immer langsamer; fast als fiele er absichtlich ein Stück hinter die anderen zurück. Schließlich waren selbst die Eisenmänner eine gute Strecke vor ihm, und der Abstand zwischen ihm und Kim schmolz ebenfalls.

Dann blieb der Ritter plötzlich stehen. Und auch Kim hielt ein und huschte hinter einen niedrigen Strauch. Gerade noch im richtigen Moment, denn der Fremde sah sich rasch und verstohlen nach allen Seiten um und wich dann fast im rechten Winkel von seiner bisherigen Richtung ab.

»He!« pfiff Bröckchen überrascht. »Was tut er da?«

»Keine Ahnung«, gestand Kim. »Aber wir finden es heraus.« Rasch und so leise er konnte, folgte er dem anderen und drang an derselben Stelle ins Unterholz ein, wie dieser zuvor.

Der Wald wurde so dicht, daß Kim wahrscheinlich kaum noch von der Stelle gekommen wäre, hätte er nicht dem Pfad folgen können, den der schwarze Ritter in das Unterholz gebrochen hatte – und dann stand er plötzlich vor einem jäh aufklaffenden Abgrund. Kim hatte den Rand des Astes erreicht. Unter ihm war nichts mehr als leere Luft – und die Oberfläche des nächsten Astes, gute zwei oder drei Flugminuten entfernt, Luftlinie und senkrecht. Einen halben Schritt mehr, und Kim wäre in die Tiefe gestürzt. Hastig wich er ein Stück zurück und sah sich mit klopfendem Herzen um. Wo war der Fremde?

Erst nach erheblichem Suchen entdeckte ihn Kim – in einer Richtung, in der er ihn am allerwenigsten vermutet hätte: gerade unter sich. Die schwarzeiserne Gestalt kletterte langsam, aber mit großem Geschick eben an einem mit zahllosen Knoten versehenen Tau hinab, das am Ast befestigt war.

»Der Kerl bescheißt!« keifte Bröckchen aufgebracht. »Der nimmt eine Abkürzung!«

Dieser Gedanke erschien Kim eher abwegig. Ein derartiger Betrug wäre einfach zu plump gewesen – und völlig sinnlos dazu, denn von Oak hatte er erfahren, daß es in diesem Rennen um nichts anderes ging, als zu gewinnen. Es gab keinen anderen Preis für den Gewinner als den Sieg. Aber vielleicht hatte sich der Schwarze ja gar nicht von den anderen getrennt, um sich den Sieg zu erschwindeln ...

Vorsichtig ließ sich Kim auf die Knie herabsinken und beugte sich vor, so daß er den Ritter im Auge behalten konnte, ohne selbst gesehen zu werden. Er wartete, bis die winzige Gestalt darunter den nächsten Ast erreicht hatte, dann raffte Kim all seinen Mut zusammen, drehte sich herum – und begann Hand über Hand ebenfalls an dem Knotenstrick in die Tiefe zu klettern. Bröckchen begann zu kreischen und Kim immer unflätiger zu beschimpfen, aber der kletterte unbeirrt weiter.

Es war mühsam, am Seil hinabzuklettern, aber doch leichter, als Kim erwartet hatte. Seine Arme und Beine fühlten sich an wie überdehnte Gummibänder, als er endlich wieder festen Boden unter den Füßen hatte, und er blieb einen Moment stehen, um wieder zu Kräften zu kommen. Trotzdem fühlte er sich nicht halb so erschöpft, wie er es nach dieser Anstrengung eigentlich hätte sein müssen.

Er sah sich um. Von dem schwarzen Ritter war keine Spur mehr zu sehen. Kein Wunder, denn die Oberfläche dieses Astes war noch verwilderter als die oben. Die ›Bäume‹ standen hier so dicht, daß an vielen Stellen überhaupt kein Durchkommen mehr zu sein schien, und auf dem Boden lag eine dicke Schicht aus abgestorbenem Blattwerk und Humus. Es fiel Kim immer schwerer, sich daran zu erinnern, daß er sich auf dem Ast eines riesigen Baumes halb auf dem Weg zum Himmel befand, und nicht auf festem Boden.

Nach einer Weile fand er aber, wonach er Ausschau gehalten hatte: Schwere Metallstiefel hatten Spuren im weichen Boden hinterlassen. Er folgte ihnen.

Obwohl mit der Kletterpartie eine Menge Zeit verlorengegangen war, holte Kim den Fremden bald ein. Dieser hatte sich nicht sehr weit entfernt und hockte in nur wenigen hundert Schritten Entfernung hinter einem Busch, um gebannt auf den schmalen Weg hinauszustarren, der sich vor ihm durch das Dickicht wand. Kim blieb überrascht stehen, und es dauerte eine Welle, bis ihm einfiel, schleunigst zurückzuweichen und sich zu verstecken. Ein heißer Schrekken stieg in ihm auf. Wäre der schwarze Ritter nicht ganz und gar auf den Weg vor sich konzentriert gewesen, dann hätte er Kim gewiß bemerkt.

Vorsichtig lugte Kim über den Rand seiner Deckung und über die Schultern des Mannes vor ihm hinweg ebenfalls auf den Weg hinaus. Zuerst fiel ihm gar nichts Besonderes auf – allenfalls, daß sich auf der anderen Seite des Pfades ein besonders wuchtiger Auswuchs des Astes befand, der wie ein gewaltiger Felsbrocken aussah, so zerschrunden und verwittert war seine Oberfläche. Der Weg wand sich in einer engen Kehre darum und verschwand auf der anderen Seite wieder im Dickicht.

Dann hörte er Lärm, zuerst nur ganz leise, dann aber rasch näher kommend und immer lauter – das Trappeln zahlreicher, schneller Schritte und keuchende Atemzüge. Es waren die ersten Läufer, die ankamen.

Aber warum, überlegte Kim verblüfft, hatte sich der Mann solche Mühe gemacht, den Weg abzukürzen, wenn er die anderen jetzt an sich vorbeirennen ließ? Es war unverständlich. Und tatsächlich duckte sich der schwarze Ritter nur noch tiefer hinter seinen Busch, statt sich unauffällig an die Spitze des Feldes zu begeben – was er zweifellos gekonnt hätte, denn aus dem dichten Pulk von Menschen war mittlerweile eine weit auseinandergezogene Kette geworden, in der manchmal große Lücken klafften. Aber der Ritter wartete geduldig, bis auch die letzten an seinem Versteck vorübergelaufen waren.

Fast die letzten.

Denn ein gutes Stück hinter dem Feld der Wettläufer stampften die Eisenmänner heran, kein bißchen schneller als vorhin, aber auch nicht langsamer. Kim sah, wie sich der Ritter spannte. Steckte er etwa mit ihnen und damit mit den Zwergen unter einer Decke? Denkbar war es schon, bei einer Kreatur aus Morgon, dem Reich der Schatten und des Bösen.

Aber der Ritter ließ auch die eckigen Kolosse an seinem Versteck vorüberstampfen, ohne sich zu rühren. Nur seine Hand kroch zum Gürtel und schmiegte sich um den Griff des gewaltigen Schwertes, das darin steckte.

Und eben als der erste Eisenmann um die Ecke des Baumfelsens auf der anderen Seite des Weges laufen wollte, geschah etwas Erstaunliches: Hinter der Kante des großen Holzbrockens wuchs plötzlich ein zweiter Baum hervor –

aber auf sehr ungewöhnliche Weise, fand Kim. Er wuchs erstaunlich rasch, ja er schnellte vielmehr plötzlich heraus und stand waagrecht hinter dem Brocken hervor und noch dazu verkehrt herum, mit der abgestorbenen Wurzel zuoberst.

Der Eisenmann, von seinem eigenen Schwung vorwärts gerissen, krachte in vollem Lauf vor das so plötzlich aufgetauchte Hindernis. Ein ungeheures Dröhnen zerriß die Stille des Waldes, und plötzlich flog der eiserne Schädel in hohem Bogen davon, während der Torso noch ein Stück weitertorkelte, ehe er haltlos zu Boden krachte.

Kim blickte mit aufgesperrtem Mund und Augen auf das unglaubliche Bild. Der seltsame Baum beschrieb einen Halbkreis und krachte mit fürchterlicher Gewalt auf den Schädel eines zweiten Eisenmannes herab, um ihn wie eine leere Konservendose zu zerstampfen, und plötzlich hielten drei der verbliebenen vier Eisenmänner im Laufen inne, blieben scheinbar hilflos stehen – und warfen sich dann wie ein Mann vor, um hinter der Ecke des Baumfelsen zu verschwinden. Kim hörte ein zorniges Brüllen, und dann hob ein Getöse an, als hätte jemand einen ganzen Lastwagen voller Eisenschrott umgeworfen und trampelte darauf herum.

Auch der sechste und letzte Eisenmann wollte seinen Kameraden folgen, aber in diesem Moment erhob sich der Schwarze in einer fließenden Bewegung aus seiner Deckung und trat auf den Weg hinaus. Und obwohl er dabei ganz leise war, hatte ihn der Eisenmann wohl irgendwie gehört, denn er fuhr mitten in der Bewegung herum und hob die Arme in die Höhe.

Der Ritter zog sein Schwert, machte einen Ausfall und schlug zu. Kim beobachtete fassungslos, wie die Klinge auf die schmale rechte Hand des Eisenmannes traf und das Metall zerteilte, als schneide sie Papier.

Der Eisenmann prallte zurück, hob seinen Armstumpf und betrachtete ihn eine Sekunde lang aus seinem unheimlichen grünen Auge, als könne er nicht fassen, was er sah. Dann wandte er sich wieder seinem Gegner zu, der neben ihm wie eine halbe Portion wirkte, und drosch warnungslos mit der kräftigen, linken Hand auf ihn ein.

Der Schwarze wich mit einer blitzartigen Bewegung aus, tauchte unter der niedersausenden Klaue hindurch und brachte einen geraden Stich an, der das Schwert mehr als zur Hälfte in die Brust des Eisenmannes verschwinden ließ, diesen aber nicht weiter zu beeindrucken schien, denn seine Baggerschaufelhand schnappte im gleichen Moment zu. Sie traf den Ritter nicht, aber sie streifte seine Schulter, und schon diese flüchtige Bewegung reichte aus, ihm das Schwert aus der Hand zu prellen. Die Waffe sauste durch die Luft und bohrte sich so exakt vor Kims Füßen in den Boden, als wäre sie absichtlich dorthin geflogen.

Der Ritter taumelte. Es gelang ihm, einem weiteren Hieb der Baggerhand auszuweichen, aber er verlor dadurch vollends das Gleichgewicht und stürzte schwer nach hinten. Mit einem einzigen Schritt setzte ihm der Eisenmann nach und beugte sich über ihn.

Und Kim erwachte endlich aus seiner Erstarrung.

Fast ohne sein Zutun bewegte sich seine Hand, packte den Griff und zog das Schwert aus dem Boden. Und im gleichen Moment, in dem er es berührte, geschah etwas Seltsames: Es war, als fließe eine unsichtbare Kraft aus dem schwarzen Metall der Klinge in Kims Körper. Das Schwert war schwer, sicherlich einen halben Zentner, und normalerweise hätte Kim zwei Hände gebraucht, um es überhaupt zu heben. Jetzt spürte er das Gewicht kaum. Ja, mehr noch – das Schwert paßte sich so seiner Hand an, als wäre es keine Waffe, sondern eine natürliche Verlängerung seines Armes. Und es war auch eigentlich nicht Kim selbst, der das Schwert in die Höhe hob und sich mit einem Schrei auf den Eisenmann warf, sondern vielmehr die Waffe, die Kim mit sich zog.

Der Eisenmann bemerkte die neue Gefahr erst im letzten Moment, und seine Reaktion kam zu spät. Er hob den Kopf und starrte Kim aus seinem grünbösen Auge an, aber fast im gleichen Sekundenbruchteil traf die Klinge seinen kantigen Schädel und schlug ihn von den Schultern. Kim spürte keinerlei Widerstand, als der Stahl durch die dicken Eisenplatten schnitt.

Der eiserne Koloß erstarrte. Zuerst stand er reglos, in grotesk vorgebeugter Haltung da, dann begann er zu wanken und kippte schließlich krachend nach vorne. Der Ritter konnte sich gerade noch zur Seite werfen, um nicht von dem zusammenbrechenden Roboter erschlagen zu werden.

Kim ließ das Schwert sinken und bückte sich, um zu sehen, wie es um den Fremden stand. Der Ritter rappelte sich mit klirrender Rüstung auf – und entriß Kim das Schwert. Kim fand nicht einmal Zeit, einen Schrei auszustoßen, da war der andere schon hochgesprungen und hetzte mit weit ausgreifenden Schritten in die Richtung, aus der noch immer Kampflärm drang. Kim folgte ihm.

Als er um die Ecke bog, bot sich ihm ein erstaunlicher Anblick: In Stücke gehauen lagen die Überreste von drei Eisenmännern auf dem Boden herum, und eben als sich der schwarze Ritter in den Kampf stürzen wollte, wurde auch der dritte plötzlich von der gewaltigen Baumwurzel, die vorhin so rasch gewachsen war, getroffen und zermalmt.

Jetzt erst sah Kim, was es eigentlich war – das Ende eines ausgerissenen Baumes, den irgend jemand als Keule benutzte. Und dieser Jemand hatte, wie sich herausstellte, auch die entsprechende Größe dazu. Vor ihnen, in Schweiß gebadet und noch immer kampflustig mit seinem ungewöhnlichen Knüppel wedelnd, stand ein Riese, gut doppelt so groß wie der Ritter, mit schwarzem Haar und Muskeln, die sich wie knotige Taue unter seiner sonnengebräunten Haut wölbten. Und einem Gesicht, das –

»Gorg!« flüsterte Kim fassungslos.

Der Kopf des Riesen ruckte herum. Zwischen seinen Augenbrauen entstand eine ärgerliche Falte – und dann erschien auch auf seinem Gesicht ein fassungsloser Ausdruck.

»Kim?« murmelte er. »Du ... das ... das bist wirklich ... du? Aber ...« Plötzlich ließ er seine Keule fallen, war mit einem Satz bei Kim und riß ihn in die Höhe. Es war tatsächlich Gorg; Gorg, der gutmütige Riese, der so gerne den Feigling und Dummkopf spielte (und weder das eine noch das andere war!) und der Kim schon einmal auf einer gefahrvollen Reise durch das Land Märchenmond begleitet hatte. Kim jubelte und lachte laut vor Freude, und Gorg seinerseits hörte nicht auf, ihn wild im Kreis zu wirbeln und dabei immer wieder seinen Namen zu brüllen.

Endlich beruhigte sich Kim und versuchte mit wenig Erfolg, sich aus Gorgs gewaltigen Pranken zu befreien. »Laß mich los, Grobian«, lachte er. »Du zerdrückst mich ja!«

Gorg setzte ihn behutsam ab, beruhigte sich aber keineswegs. »Du bist es!« sagte er immer und immer wieder. Er konnte es einfach nicht fassen. »Wir haben alle so gehofft, daß du kommst, aber keiner hat gewagt, daran zu glauben! Nun bist du da. Jetzt wird alles gut.« Er wedelte aufgeregt zu dem schwarzen Ritter hin. »Sieh, wer da ist!« sagte er. »Sieh doch nur!«

Der schwarze Ritter kam mit langsamen Schritten näher. Er hatte sein Schwert wieder eingesteckt und die ganze Zeit über reglos zugesehen, während Gorg und Kim sich ihrer Wiedersehensfreude hingaben. Und obwohl das schwarze Visier des Helmes noch immer heruntergeklappt war, spürte Kim, daß sich dahinter ebenfalls Überraschung verbarg.

»Ich weiß«, murmelte der Ritter. »Ich ... ich habe ihn auch schon erkannt. Aber ...«

Diese Stimme! dachte Kim. Sie klang verzerrt aus dem eisernen Helm, aber Kim erkannte sie!

»Du?« flüsterte er.

»Ja«, antwortete Priwinn, der Steppenprinz von Caivallon, während er seinen Helm abnahm.

Und dann lagen auch sie einer in den Armen des anderen und schlugen einander auf die Schultern und lachten, bis sie beide nicht mehr konnten und keuchend nach Luft ringen mußten.

»Wo kommt ihr her?« fragte Kim atemlos. »Was tut ihr hier, und –«

»Eines nach dem anderen«, unterbrach ihn Priwinn. Seine Augen strahlten, während er Kim ansah. Der junge Prinz hatte sich kaum verändert in all der Zeit, die vergangen war: Er war noch immer schlank und dunkelhaarig und hatte ein edles Gesicht, das fast schon das eines Mannes war, aber seine jugendhafte Fröhlichkeit wahrscheinlich nie verlieren würde. Nur in seinen Augen, fand Kim, war etwas, das damals nicht dagewesen war. Eine Verbitterung, die nicht zu dem jugendlichen Aussehen des Prinzen passen wollte.

Aber sie kamen nicht dazu, zu erzählen, denn plötzlich hörten sie Schritte, und schon teilte sich das Unterholz hinter ihnen, und eine in blaßgelbe Blätter gehüllte Gestalt trat heraus.

»Seid ihr von Sinnen, einen solchen Lärm zu veranstalten?« fauchte Limb. »Man hört euch ja noch zwei Äste weiter. Ihr –«

Er verstummte mitten im Wort, als sein Blick Kim erfaßte. Seine Augen wurden schmal. »Was macht er hier?« fragte er mißtrauisch. »Ich hab ihn vorher mit Oak getroffen.«

Gorg hob beruhigend die Hand. »Keine Sorge«, sagte er. »Er ist unser Freund.«

»Du kannst ihm vertrauen«, fügte Priwinn hinzu. »Ebenso wie mir und Gorg.«

Limb zögerte. Das Mißtrauen in seinem Blick erlosch nicht völlig. Aber dann sah er die zertrümmerten Eisenmänner, und ein zufriedener Ausdruck breitete sich auf seinen Zügen aus. »Ihr habt sie erwischt«, meinte er. »Gut.«

»Hast du daran gezweifelt?« fragte Gorg leicht beleidigt.

»Es sind nur fünf«, zählte Limb, ohne auf seine Frage zu antworten.

»Der andere liegt dort auf dem Weg«, erklärte Priwinn. Er deutete auf Kim. »Unser Freund hat ihn erschlagen.«

»In Ordnung. Aber wir sollten jetzt machen, daß wir wegkommen. Wenn uns jemand sieht, ist alles aus. Oak ist ohnehin schon unruhig geworden, als dieser junge Narr da einfach hinter euch hergestürzt ist.« Er ging davon, hielt aber am Waldrand noch einmal an. »Wir treffen uns in der neuen Stadt! Beeilt euch.« Und damit war er verschwunden.

»Was bedeutet das?« wunderte sich Kim.

Priwinn winkte ab. »Limb hat recht – wir können nicht hierbleiben. Es ist zu gefährlich. Du kommst doch mit uns?«

Seine Frage – die eigentlich eine Feststellung war – galt Kim. Dieser nickte fast automatisch, sah sich aber dann suchend um. Wo war Bröckchen? Kim erinnerte sich, daß es von seiner Schulter gesprungen war, als er sich auf den Eisenmann stürzte, aber seither hatte er den Federwusch nicht mehr gesehen.

»Was suchst du?« fragte Gorg.

»Ich vermisse jemanden«, antwortete Kim. »Einen Freund.«

»Einen Freund? Wie sieht er aus?«

»Oh, du wirst ihn schon erkennen, wenn du ihn siehst«, antwortete Kim. »Wartet einen Moment. Es kann nicht lange dauern.« Ohne Gorgs Antwort abzuwarten, trat er wieder auf den Weg hinaus und rief ein paarmal nach Bröckchen. Tatsächlich trippelte der gelbrote Federwusel nach einigen Augenblicken hinter einem Busch hervor. »Ist alles vorbei?« druckste er kleinlaut.

Kim lächelte. »Ja. Komm schon, du Feigling.«

»Was hat das alles zu bedeuten?« fragte Bröckchen und sprang dabei gehorsam auf Kims Schulter hinauf. »Wer sind die beiden?«

»Das erkläre ich dir später«, antwortete Kim. »Wir müssen fort.«

Aber er hielt noch einmal inne und ließ sich neben einem zerstörten Eisenmann auf die Knie sinken. Nachdenklich streckte er die Hand nach seinem abgeschlagenen Kopf aus und drehte ihn herum.

Der Kopf war vollkommen leer.

Und so war auch der Rest des rostroten Titanen: nichts als eine leere, eiserne Hülle. Kim war verwirrt. Er wußte nicht, was er erwartet hatte, vielleicht ein kompliziertes System aus Zahnrädern und Hebeln, irgendeine Art von Mechanik, irgend etwas eben – aber *nichts?* Was hielt die Eisenmänner in Bewegung und ließ sie arbeiten?

»Unheimlich, nicht?« sagte eine Stimme über ihm.

Kim blickte erschrocken auf und sah in Priwinns Gesicht.

Der Prinz der Steppenreiter war lautlos näher gekommen und blickte wie Kim auf den Eisenmann herab. Aber auf seinem Gesicht zeigte sich weniger Verwirrung als Zorn – ja, Haß.

»Ich verstehe das nicht«, murmelte Kim. »Was hält sie am Leben?«

»Magie«, antwortete Priwinn, und nun klang seine Stimme wirklich haßerfüllt.

»Zauberei des Zwergenvolkes in den östlichen Bergen. Aber jetzt müssen wir weg hier. Ich erkläre dir alles, sobald wir in Sicherheit sind.«

Für die nächste Stunde jedenfalls kam Kim nicht dazu, seinen Freunden auch nur eine einzige der unzähligen Fragen zu stellen, die ihm auf der Zunge brannten. Die beiden legten ein erstaunliches Tempo vor, während sie quer durch den Astdschungel und später (was auch sonst?) wieder die Treppe hinaufeilten. Kims Beine fühlten sich bald so schwach wie Pudding an, und auch Priwinns Kräfte erlahmten sichtlich. Schließlich wurde es Gorg zuviel – er setzte sich die beiden kurzerhand auf die Schultern und rannte, jetzt immer sieben oder manchmal auch zehn Stufen auf einmal nehmend, weiter die Treppe hinauf.

Trotz der Eile begann es bereits zu dämmern, bis sie sich dem eigentlichen Wipfel des Baumes näherten. Hier oben schien noch die Sonne, aber die Schatten waren bereits länger geworden, und in das Licht hatte sich eine Spur von Grau gemischt. Unten auf dem Boden, der endlos entfernt zu sein schien, mußte die Nacht längst hereingebrochen sein. Kim staunte nicht schlecht über das, was sie auf den obersten und merklich dünneren der gewaltigen Äste erwartete: Vor ihnen erhob sich eine Stadt, die mit Abstand die größte und prachtvollste war, die Kim bisher auf dem Baum zu Gesicht bekommen hatte. Die Häuser waren höher und weitläufiger und in einem weitaus aufwendigeren, wenn auch nicht unbedingt hübscheren Stil erbaut. Als sie näher kamen, da sah Kim, daß sich die Stadt nicht nur auf diesem einen Ast erstreckte, sondern sich wie ein Spinnennetz auf einem gewaltigen Geflecht aus Balken und Streben weit ins Leere hinausgeschoben hatte und da und dort schon die benachbarten Äste erreicht hatte.

Und er bemerkte auch, daß sie ausgestorben war. Nirgends rührte sich etwas. Nirgends brannte ein Licht. Man hörte keinen Laut.

»Sie ist noch nicht fertig«, erklärte Priwinn. »Es wohnt noch niemand hier. Falls überhaupt einer jemals hier einziehen wird, heißt das.«

Kim sah ihn verwundert an, aber Priwinn gebot ihm mit einer Geste, zu schweigen, sah sich rasch und aufmerksam nach allen Seiten um und huschte dann mit schnellen Schritten auf eines der leerstehenden Gebäude zu. Kim und Bröckchen folgten ihm, während Gorg sich in einem Schatten aufstellte, um Wache zu halten, wie er sagte. Die Wahrheit war wohl eher, vermutete Kim, daß das Haus einfach zu klein für ihn war. Gorg hatte einige Übung darin, sich den Schädel an zu niedrigen Decken und Türen einzurennen.

»Treffen wir uns hier mit deinem Freund?« fragte Kim, als sie das Gebäude betreten hatten.

»Limb?« Priwinn schüttelte den Kopf. »Er ist nicht mein Freund«, sagte er, »nur unser Verbündeter. Setz dich – wir haben eine Menge zu besprechen.«

Kim gehorchte, aber erst nach einigem Zögern und mit einem unguten Gefühl. Dieses Haus gefiel ihm nicht. Und etwas an der Art, in der Priwinn gesprochen hatte, auch nicht. Als sie am Tisch Platz genommen hatten, erschien ein gewaltiger Schatten vor einem der Fenster, und Gorgs breitflächiges Gesicht lugte zu ihnen herein. Priwinn nickte ihm flüchtig zu, dann wandte er sich an Kim.

»Ich kann es immer noch nicht fassen, daß du wieder da bist«, sagte er. »Ich habe es so gehofft. Wir alle haben auf dich gewartet.«

»Auf mich?« wunderte sich Kim.

»Nicht nur Gorg und ich«, bestätigte Priwinn. »Ganz Märchenmond hat um deine Rückkehr gefleht – wenigstens die, die noch nicht verdorben sind«, schränkte er ein.

»Wie meinst du das?«

Bevor Priwinn antworten konnte, tauchte plötzlich ein schlanker Schatten aus einer Ecke des Raumes auf und näherte sich ihnen. Bröckchen pfiff erschrocken und kroch so dicht an Kims Hals heran, wie es nur konnte. Der Schatten kam näher und wurde zu einem pechschwarzen, riesengroßen Kater, der Kim und seinen papageienbunten kleinen Freund aus glühenden Augen betrachtete.

»Hallo«, sagte Kim erfreut. »Wer bist du denn?«

»Die Frage könnte ich zurückgeben«, knurrte der Kater. »Schließlich bist du in mein Haus gekommen, und nicht umgekehrt.«

Kim ächzte, während Priwinn hinter vorgehaltener Hand leise in sich hineinlachte.

»Er versteht mich«, entfuhr es Kim.

»Natürlich«, maulte der Kater. »Was hast du gedacht?«

Priwinn platzte nun doch vor Lachen heraus. »Sheera macht sich gerne einen Spaß daraus, die Leute zu verblüffen«, sagte er. »Aber er ist ein netter Kerl – wenn auch seine Manieren manchmal etwas zu wünschen übriglassen«, fügte er mit einem tadelnden Seitenblick auf den Kater hinzu.

»Manieren? Was heißt hier Manieren?« ereiferte sich Sheera. »Bin ich etwa hier reingekommen, ohne anzuklopfen und habe mich ungefragt in anderer Leute Haus breitgemacht, oder der da? Nicht mal vorgestellt hat er sich.«

»Mein Name ist Kim«, sagte Kim hastig. Er machte eine Kopfbewegung auf seine Schulter herab. »Und das ist ... Bröckchen.«

»Bröckchen, so«, knurrte Sheera. »Winzling würde besser passen. Wieso ist er so kunterbunt?«

»Wieso bist du so schwarz, du Flegel?« gab Bröckchen ärgerlich zurück. »Und was ist das überhaupt für ein Benehmen, Gäste so anzufahren?«

»Gäste? Ha!« Sheera hob eine Pfote und ließ fünf rasiermesserscharfe Krallen hervorschnellen. »Paß bloß auf, du Großmaul, daß ich dir nicht zeige, was ich mit uneingeladenen Landstreichern mache, die in mein Haus kommen.«

»Na, dann komm doch, komm doch!« keifte Bröckchen

und begann kampflustig auf Kims Schulter auf und ab zu trippeln.

Sheeras Augen wurden zu schmalen, gelben Schlitzen. »Du fühlst dich wohl sehr sicher da oben, wie?« knurrte er.

»Hört auf, ihr beiden«, sagte Priwinn streng.

Aber Bröckchen und der Kater waren nicht mehr zu bremsen.

»Wenn du glaubst, daß ich Angst vor dir habe, dann täuscht du dich, du schwarzes Ungeheuer!«

»So?« knurrte Sheera. »Dann komm runter da. Wir gehen vor die Tür und machen uns dort den Rest aus!«

»Nun ja …«, murmelte Bröckchen. »Theoretisch gerne.«

»Und praktisch?«

»Ich schlage mich nicht mit gemeinem Pack«, tönte es von oben.

Und: »Gemeines Pack?« kreischte es von unten.

»Aber bitte, wenn du darauf bestehst, dann …«, sagte Bröckchen mutig.

»Also los«, knurrte Sheera und klappte kampfbereit sämtliche Krallen aus seinen Pfoten.

»Nicht jetzt«, antwortete Bröckchen verschmitzt. »Ich erwarte dich unmittelbar nach Sonnenuntergang.«

»Wie du meinst«, sagte Sheera und machte einen Buckel.

»Also, das würde ich mir überlegen«, warf Kim ein. »Bröckchen ist –«

»Schluß jetzt«, unterbrach ihn Priwinn ungeduldig. »Verschwinde, Sheera. Und dein kleiner Freund da«, fügte er in Kims Richtung gewandt hinzu, »sollte lieber sein vorlautes Mundwerk im Zaum halten. Mit Sheera ist nicht zu spaßen.« Er machte eine ärgerliche Geste. »Ich denke, wir haben Wichtigeres zu besprechen.«

Da war Kim mit ihm einer Meinung. Trotzdem blickte er dem Kater verblüfft nach, als dieser mit stolz erhobenem Haupt aus dem Haus spazierte.

»Woher hast du ihn?« fragte er.

»Sheera?« Priwinn lächelte, aber er wirkte dabei ein bißchen traurig. »Er ist mir zugelaufen, vor einem Jahr. Oder ich ihm, ganz wie man will.«

Kim blickte dem Kater sinnend nach.

»Früher einmal gab es viele Tiere, die sprachen«, sagte Priwinn düster. »Aber das ist lange her. Ich habe seit Ewigkeiten keine mehr getroffen, außer Sheera. Manchmal glaube ich, daß er der letzte seiner Art ist.«

»Was ist geschehen?« fragte Kim leise.

Priwinn seufzte. »Wenn ich das wüßte«, sagte er. »Etwas ... geschieht in Märchenmond. Etwas Schreckliches.« Er sah Kim so erwartungsvoll an wie schon einmal der Bauer Brobing. »Ich ... ich hatte gehofft, daß du mir diese Frage beantworten kannst.«

Aber das konnte Kim noch immer nicht, so gerne er es auch getan hätte.

Und so begann er zu erzählen, wie er hierher gekommen war und was er bisher erlebt hatte. Priwinn hörte schweigend zu, ohne auch nur ein einziges Mal zu unterbrechen, und vieles von dem, was er hörte, schien in zu erschüttern. Sogar als Kim mit seinem Bericht zu Ende gekommen war, herrschte noch eine Weile bedrücktes Schweigen.

»Kelhim tot?« murmelte Priwinn schließlich. »Das ... das ist schlimm.«

Kim blickte flüchtig zum Fenster. Gorg hatte das Gesicht abgewandt, aber seine Schultern zuckten, als kämpfe der Riese mit den Tränen.

»Und doch gibt mir das Anlaß zur Hoffnung«, fuhr Priwinn plötzlich fort.

Kim sah erstaunt auf, doch schon sprach der Prinz weiter.

»Er kann nicht vollständig zum wilden Tier geworden sein, nach dem, was du erzählt hast, denn am Ende ist Kelhim wieder er selbst geworden. Das heißt, daß noch nicht alle Hoffnung verloren ist.«

»Hoffnung worauf?« wollte Kim wissen.

»Daß alles ... wieder so wird, wie es einmal war«, antwortete Priwinn stockend. »Märchenmond hat sich verändert, Kim. Und es verändert sich weiter, immer schneller und schlimmer.« Der Steppenprinz nickte ernst wie zur Bestätigung seiner Worte. »Nimm die Baumleute. Sie sind das friedlichste Volk, das es in unserer Welt gibt. Und doch haben selbst sie sich bereits verändert. Es war einmal ein Volk, das viel Freude am Leben hatte, das gern lachte und endlose Feste feierte. Heute ...« Er rang einen Moment mit sich. »Du hast Limb erlebt. Und die anderen auch, auf dem Fest. Dieser Baum war früher eine große Gemeinschaft, die niemanden danach fragte, wer er war oder wie er aussah. Noch vor einigen Jahren wußte man hier gar nicht, was das Wort Streit bedeutet. Heute leben die einzelnen Stämme in getrennten Städten. Die Blauen verachten die Grünen, die Grünen machen sich über die Gelben lustig, die Gelben hassen die Weißen und so fort. Und dabei merken sie nicht einmal, was mit ihnen geschieht.«

»Einige offensichtlich schon«, wandte Kim ein.

»Du meinst Limb und die anderen Gelben?« Priwinn schüttelte traurig den Kopf. »Oh nein, das täuscht. Sicher, sie haben recht, daß die Eisenmänner dem Baum schaden. Aber sie kennen kein Maß in ihren Zielen ...«

»Jemand kommt«, unterbrach ihn Gorg vom Fenster her.

»Limb?«

»Ja«, antwortete der Riese nach einigen Augenblicken. »Er scheint es ziemlich eilig zu haben.«

Priwinn und Kim blickten erwartungsvoll zur Tür, und tatsächlich kam Limb, der Gelbe, schon wenig später hereingestürmt, vollkommen außer Atem und in Schweiß gebadet. »Ihr müßt fort«, rief er sogleich. »Ihr seid verraten worden. Wir alle sind verraten worden. Sie haben die zerschlagenen Eisenmänner gefunden und wissen, was geschehen ist.«

»Himmel!« schrie Priwinn und stand mit einem Satz auf. »Wie ist das möglich?«

»Ich weiß es nicht«, antwortete Limb, der noch immer nach Luft rang. Er war wohl die ganze Strecke bis hier herauf gerannt. »Und es kommt noch schlimmer: Sie wissen, daß wir uns in der neuen Stadt verborgen halten und sind auf dem Weg hierher. Wir haben nicht mehr viel Zeit. Und ich muß fort, ich muß die anderen warnen.« Plötzlich ballte er die Fäuste. »Ich hätte gute Lust, diese ganze verdammte Stadt in Brand zu stecken.«

»Aber warum denn?« wunderte sich Kim.

Limb starrte ihn zornig an. »Das fragst du? Weil der Preis dafür viel zu hoch ist. Sieh dich doch bloß um!«

Das tat Kim denn auch. Aber ihm fiel nichts Besonderes auf – außer vielleicht, daß das Haus viel größer und sorgfältiger verarbeitet war als bei Oak unten auf dem ersten Ast.

»Du siehst nichts?« schrie Limb aufgebracht. »Dann schau her!«

Und damit riß er den Stuhl, auf dem Priwinn gerade noch gesessen hatte, heftig in die Höhe und schmetterte ihn mit aller Kraft auf den Tisch herab.

Tisch und Stuhl zerbrachen, und da wurde Kim klar, was der gelbe Blättermann meinte.

Diese Möbel waren nicht natürlich aus dem Baum gewachsen wie in Oaks Haus. Sie bestanden aus einzelnen gehobelten und kunstvoll verarbeiteten Brettern. Wie alles andere auch hier in diesem Zimmer, dem ganzen Haus, ja, der ganzen Stadt.

»Sie schneiden das Holz aus dem Herzen des Baumes heraus!« sagte Limb. »Was Jahrhunderte gebraucht hat, zu wachsen, wird binnen kurzem nun zerschnitten und zerstört. Und nur, weil das Alte nicht mehr genügt.«

»Aber es sind doch nur ein paar Bretter«, warf Kim vorsichtig ein.

»Nein!« widersprach Limb. »Es sind nicht ein paar Bretter, es ist der Anfang vom Ende. Wer soll hier noch leben, wenn einmal nichts mehr vom Herzen dieses Baumes übriggeblieben ist?«

»Aber wächst es denn nicht nach?«

»Nun, wenn überhaupt, dann so langsam, daß es für uns keine Bedeutung hat. Dieser Baum ist alt, Kim, unendlich alt. Und es gibt nur diesen einen, unser Volk kann nirgendwo anders leben, ist er einmal verbraucht.«

Er brach ab, und Kim sagte nichts mehr, obwohl ihm noch viel auf der Zunge lag.

»Wir sollten jetzt gehen«, mahnte Priwinn in das unbehagliche Schweigen hinein. »Wenn sie dich finden, wirst du eine Menge unangenehmer Fragen beantworten müssen.«

»Sie werden mich nicht finden«, sagte Limb trotzig. »Aber ihr drei solltet euch auf den Weg nach Gorywynn machen, dort sprecht mit Themistokles, dem Zauberer. Vielleicht hilft das, diese Narren hier zur Einsicht zu bringen. Also geht.«

Priwinn und Kim verließen das Haus, und Gorg schloß sich ihnen draußen an. Kim wollte sich nach links wenden zur Treppe hin, aber Prinz Priwinn schüttelte den Kopf.

»Das hätte wenig Sinn«, sagte er. »Wir würden ihnen genau in die Arme laufen. »Wir nehmen besser einen anderen Weg.«

Plötzlich lächelte Priwinn wieder. »Paß nur auf.«

Er legte den Kopf in den Nacken, formte mit den Händen einen Trichter vor dem Mund und stieß einen hohen, trällernden Laut aus.

Für ein paar Augenblicke war es still. Aber dann hörte Kim ein mächtiges Rauschen, und als er den Kopf hob, sah er, wie aus der sinkenden Sonne heraus ein gewaltiger goldener Schemen auf den Baum herabstieß.

Plötzlich ging alles sehr schnell. Ein riesiger goldener Drache landete dicht neben ihnen auf dem Ast. Priwinn und Gorg kletterten rasch in seinen Nacken. Aber noch bevor Kim auch nur seiner freudigen Überraschung Ausdruck verleihen konnte, hatte Gorg ihn samt seinem kleinen Freund kurzerhand in die Höhe gehoben und vor sich hingesetzt. Im nächsten Moment schwang sich der Drache Rangarig auch schon mit einem mächtigen Flügelschlagen in die Luft und schwenkte nach Süden.

X

Während Rangarigs goldschimmernde Schwingen sie über das Land trugen, geschah etwas, von dem Kim zwar schon gehört, es aber noch nie selbst erlebt hatte: Sie holten den Tag ein. Der Drache flog schneller, als sich die Sonne bewegte, und so genoß Kim zum erstenmal das seltene Schauspiel, den lodernden roten Feuerball wieder über den Horizont in die Höhe klettern zu sehen, noch ehe er vollends versunken war. Natürlich nicht sehr weit – Rangarig war zwar ein gewaltiges Wesen mit schier unerschöpflichen Kräften, aber er war so dahingerast, daß er jetzt an Höhe zu verlieren begann und nach einem Landeplatz Ausschau hielt.

Sie fanden einen Flecken, der ihnen sicher schien: ein kahles Felsplateau mit nur wenigen kümmerlichen Büschen und Moos. Es fiel an allen Seiten nahezu lotrecht Hunderte von Metern weit ab. Nichts, was keine Flügel hatte oder klettern konnte wie eine Spinne, würde sie hier oben erreichen.

Der Drache setzte sanft wie ein fallendes Blatt auf dieser natürlichen Burg auf, und sie kletterten nacheinander von seinem Rücken. Kims Beine zitterten. Gorg hatte ihn zwar festgehalten, aber der Flug des Drachen war so pfeilschnell gewesen, daß Kim sich trotzdem mit aller Macht an einen der hornigen Auswüchse geklammert hatte, die hinter Rangarigs Schädel hervorwuchsen. Kims Gesicht brannte vom Wind, und seine schmerzenden Augen tränten. Und doch eilte Kim, kaum hatten seine Füße festen Boden berührt, um den Drachen herum, sprang mit einem Satz über seinen langen geschuppten Schwanz und rannte nach vorne, um Rangarig ins Gesicht blicken zu können. Der Drache kam ihm viel größer vor als beim letztenmal, und im Licht der Sonne, die nun zum zweitenmal an diesem Abend sank, schimmerten Rangarigs handgroße Schuppen eher wie sprödes Kupfer denn wie Gold. Seine Augen – jedes einzelne davon war größer als Kims ganzer Kopf – blickten ausdruckslos auf Kim herab, und sein Atem ging rasselnd und schwer. Der rasende Flug hatte den Drachen doch sehr erschöpft.

Eine Weile stand Kim einfach da, mit weit in den Nacken gelegtem Kopf und blickte in das riesige Drachengesicht hinauf. Er suchte vergeblich nach Worten. Seine Freude, Rangarig wiederzusehen, war ebenso groß gewesen wie vorhin, als er Prinz Priwinn und den Riesen Gorg getroffen hatte. Aber seit Rangarig auf dem Baum gelandet war, war einige Zeit vergangen – und außerdem spürte Kim, daß mit dem Drachen etwas nicht stimmte.

»Rangarig«, sprach er ihn schließlich an. »Wie geht es dir?« Er kam sich ein wenig albern bei diesen Worten vor, aber sie waren das einzige, was er herausbrachte. Und zum erstenmal, seit er dieses machtvolle Wesen kannte, empfand er es als furchteinflößend.

»Gut«, knurrte Rangarig – und das war für den Drachen, dessen Geschwätzigkeit überall im Lande regelrecht berüchtigt war, nun wirklich eine ungewöhnliche Antwort.

Was war mit Rangarig los? Kim hatte nicht unbedingt erwartet, daß der Drache vor Freude dreimal in die Luft sprang. Aber daß er so gar kein Zeichen gab?

»Es ist … lange her, daß wir uns gesehen haben«, sagte Kim unsicher.

»Für dich vielleicht«, brummte Rangarig. »Wir Drachen rechnen in anderen Zeiträumen.« Und in einem Ton gelangweilter Höflichkeit fügte er hinzu: »Wie ist es dir ergangen – inzwischen?«

»Auch gut«, murmelte Kim verlegen. Er fing einen Blick von Priwinn auf und begriff, daß der junge Steppenprinz ihm etwas sagen wollte. »Wir reden später weiter, ja?«

Rangarig wandte gleichgültig den mächtigen Kopf und bettete die Schnauze auf die übereinandergelegten Vordertatzen. »Meinetwegen.«

Kim war erleichtert, als er sich von dem Drachen entfernen konnte. »Was ist denn los mit ihm?« wandte er sich verwundert an Priwinn.

Priwinn legte rasch den Zeigefinger über die Lippen und bedeutete ihm mit einer Kopfbewegung, ihm zu folgen. Sie gingen fast bis ans andere Ende des Felsplateaus, um sicher zu sein, daß Rangarig außer Hörweite war.

»Was ist los?« fragte Kim noch einmal. »Wieso ist er so abwesend? Habe ich ihm irgend etwas getan?«

»Nein«, antwortete Prinz Priwinn hastig und wieder mit diesem sonderbar schmerzlichen Lächeln. »Es liegt nicht an dir. Er hat sich ... verändert. Aber er ist nicht immer so, keine Angst. Wahrscheinlich wirst du morgen früh alle Hände voll zu tun haben, damit er dich vor lauter Freude nicht abküßt.«

Kim blieb ernst. »Was ist geschehen?«

»Dasselbe, was in ganz Märchenmond geschieht«, antwortete Priwinn bitter. »Hast du Kelhim vergessen? Rangarig ist launisch geworden. Manchmal ist er so mürrisch wie ein alter Mann. Manchmal beginne ich ihn fast zu fürchten. Das ist es, Kim, was ich meine: Unsere Welt stirbt.«

»Unsinn!« widersprach Kim, aber das Wort kam zu schnell und zu heftig, um auch nur ihn selbst zu überzeugen.

»Natürlich wird sie weiterbestehen«, meinte Priwinn. »Aber es wird nicht mehr die Welt sein, wie du sie einst gekannt hast. Ihre Bewohner werden böse und hart. Keiner gönnt dem anderen mehr etwas. Freunde werden zu Feinden und Nachbarn zu Fremden.«

»So wie Harkran, dein Vater, und der Tümpelkönig?« fragte Kim.

Priwinn fuhr zusammen wie unter einem Schlag. Seine Lippen wurden schmal, und Kim bedauerte seine ungeschickten Worte sofort wieder.

»Entschuldige.«

Priwinn winkte ab. »Du hast recht«, sagte er niedergeschlagen. »Man hat dir also davon erzählt.«

»Ja, aber ich konnte es nicht glauben«, antwortete Kim.

»Nun«, erwiderte der Steppenprinz, »es ist wahr. Wie vieles andere auch, das ebenso schlimm ist.«

»Was ist bloß geschehen?« fragte Kim verzweifelt. »Ist Morgon wieder auferstanden?«

»Nein. So einfach ist es nicht. Es ist kein Feind, der uns von außen bedroht, Kim. Es ist viel schlimmer.« Er seufzte tief und schwieg eine Weile. »Es ist, als ... als würden wir zu eigenen Feinden«, sagte er schließlich.

Ein unbehagliches Schweigen kehrte ein, und es hätte wohl noch eine Weile gedauert, wäre nicht plötzlich ein schwarzer buckliger Schatten aus der Dämmerung aufgetaucht, der aus gelbleuchtenden Augen zu Kim hinaufsah. Genauer gesagt, zu dem orange-roten Federbüschel, das noch immer auf seiner Schulter saß.

»He, Angeber!« knurrte Sheera. »Hast wohl gedacht, du könntest dich aus dem Staub machen, wie?«

Bröckchen blickte den schwarzen Kater verblüfft an – auch Kim schüttelte überrascht den Kopf. Er hatte gar nicht gemerkt, daß Sheera sich ebenfalls auf Rangarigs Rücken geschwungen hatte.

»Nun ja ...«, begann Bröckchen, wurde aber sofort wieder von Sheera unterbrochen: »So leicht ist das nicht. Wir haben eine Verabredung – schon wieder vergessen?«

»Ich dachte, du legst keinen Wert darauf!« Bröckchen hatte jetzt zu seiner gewohnten, patzigen Art zurückgefunden.

Sheera keuchte vor Verblüffung und machte einen Buckel. »Bursche!« grollte er. »Komm da runter! Jetzt reicht's!«

»Warte«, erwiderte Bröckchen gelassen. »Nach Sonnenuntergang war ausgemacht.« Er sprang mit einem Satz von Kims Schulter, sah sich rasch um und deutete dann mit der Pfote auf einen der wenigen Büsche, die auf dem kahlen Plateau wuchsen. »Ich erwarte dich dort, sobald es dunkel geworden ist. Wenn du Verstärkung mitbringen willst, dann frag doch den Drachen, ob er dir hilft.«

Sheera sperrte über diese neuerliche Unverschämtheit Maul und Augen auf und beherrschte sich sichtlich nur noch mit Mühe.

Bröckchen trippelte wortlos davon.

Während Sheera mit gesträubtem Buckel ungeduldig darauf wartete, daß die Sonne endgültig hinter dem Horizont versank, setzte sich Kim mit untergeschlagenen Beinen auf den harten Boden, und nach einigen Augenblicken tat es ihm Priwinn gleich. Kurz darauf gesellte sich auch Gorg zu ihnen, der bisher in der Nähe des Drachen gewartet hatte. Priwinn warf ihm einen fragenden Blick zu.

»Er schläft«, antwortete der Riese. »Ich glaube, heute ist es nicht so schlimm.«

Der letzte rote Streifen Sonnenlicht erlosch, und im gleichen Moment schoß Sheera los und krachte wie ein schwarzer Blitz in den Busch hinein, hinter dem Bröckchen verschwunden war. Man hörte nur das Krachen und Bersten zerbrechender Zweige, und dann erscholl ein schrilles, entsetztes Kreischen. Priwinn sah fragend auf, und Gorg runzelte die breite Stirn.

»Er hat Bröckchen gefunden«, sagte Kim beiläufig.

Auch Priwinn schien jetzt zu der Auffassung zu gelangen, daß die beiden Kampfhähne keinerlei Unterstützung brauchten, denn er nahm übergangslos das Gespräch wieder auf.

»Der Junge im Krankenhaus, von dem du mir erzählt hast«, begann er. »Kannst du ihn beschreiben? Wie sah er aus?«

Kim überlegte angestrengt. Er glaubte, das Gesicht des Jungen vor sich zu sehen – aber wie sollte er ihn beschreiben? »Wie ein Junge eben«, sagte er hilflos.

Hinter dem Busch hob ein wütendes Schreien und Keifen an, und die Äste begannen zu zittern.

»Er war etwas größer als du – aber jünger, glaube ich. Er war sehr blaß und hatte dunkles Haar.« Priwinn war sichtlich enttäuscht. Die Schreie hinter dem Busch wurden lauter, und er warf einen besorgten Blick dorthin, ehe er antwortete: »Das nützt nicht viel, Kim. Die meisten Steppenreiter haben dunkles Haar.«

»Meinst du jemanden Bestimmten?« fragte Kim. Priwinn nickte, und Kim fügte mitfühlend hinzu: »Ein Freund?«

»Ja«, antwortete der Prinz nach einer kurzen Pause. »Ein Freund.«

Kim dachte an Jara und Brobing, auch sie hatten einen schmerzlichen Verlust zu verkraften.

Plötzlich fiel ihm etwas auf, an das er noch gar nicht gedacht hatte. Verblüfft sah er Priwinn an. »Als ich das letzte Mal hier war, da war Jaras Kind noch so klein«, sagte er stirnrunzelnd.

»Und jetzt war Torum beinahe in meinem Alter. Wie kann das angehen?«

»Du weißt doch, daß die Zeit hier in Märchenmond anderen Gesetzen gehorcht als bei euch?« erinnerte ihn Priwinn.

»Aber du, Priwinn, bist keinen Tag älter geworden!«

Priwinn lächelte milde. »Natürlich nicht«, erklärte er. »Schon vergessen? Ich werde nicht älter, solange mein Vater Harkran lebt und über Caivallon herrscht. Erst wenn der alte König stirbt, wächst der Prinz zum Mann heran, um seinen Platz auf dem Thron einzunehmen.

»Und auch du weißt nicht mehr über die verschwundenen Kinder als Brobing und Jara?« Es fiel Kim schwer, das zu glauben.

»Nein«, sagte Gorg an Priwinns Stelle.

»Aber in drei Tagen sind wir in Gorywynn. Dann wird uns Themistokles Rede und Antwort stehen.«

Schon die ganze Zeit über hatte der Busch gezittert, als rissen unsichtbare Fäuste an seinen Wurzeln, und manchmal stoben schwarze Fellbüschel hinter ihm in die Höhe, es regnete abgebrochene Stacheln und etwas, das an schmierige rote Federn erinnerte.

Jetzt hörte der Lärm urplötzlich auf, und alle Blicke wandten sich besorgt dem dornigen Gestrüpp zu. Einige Sekunden vergingen, dann teilten sich die Äste, und zwei reichlich zerrupfte Gestalten traten hervor.

Bröckchen in seiner Nachtgestalt humpelte sichtbar. Zahlreiche seiner Stacheln waren geknickt, und der Rest war durcheinandergewirbelt, als wäre der Sturm hineingefahren. Eines seiner ohnehin quellenden Augen war dick angeschwollen und begann sich zu schließen.

Sheera sah nicht viel besser aus. Auch der Kater humpelte. Sein ehemals glänzendes glattes Fell war völlig zerzaust, und seine Schnauze sah aus, als hätte er versucht, einen Kaktus zu küssen.

»Was ist denn das?!« stöhnte Priwinn und deutete auf das häßliche Etwas, das neben dem Kater dahergetorkelt kam.

»Bröckchen«, sagte Kim ganz harmlos. »Ich gebe zu, sein Nachthemd gefällt mir auch nicht. Aber wie du siehst, war es ihm recht nützlich.«

»Ein ... ein Wertier?« staunte Gorg. »Es verwandelt sich. Warum hast du das nicht gesagt?«

Bröckchen schwieg eine Welle genüßlich. »Dann wäre mir eine prachtvolle Prügelei entgangen«, meinte es dann.

»Und mir auch«, fügte Sheera hinzu, der sichtlich Mühe hatte, sich noch auf den Beinen zu halten. »Aber warte nur bis zum nächstenmal ...«

Und plötzlich begannen die beiden herzhaft und schallend zu lachen, während die anderen nur noch verblüfft dreinschauten. Dann fielen sich die zwei gegenseitig in die Arme – was aber Sheera nicht sehr gut bekam, denn er zog sich mit einem erschrockenen Quietschen wieder zurück und schielte auf den weiteren Stachel, der in seiner Schnauze steckte. Nur, daß es auf einen mehr nicht ankam ...

Bröckchen kicherte und gähnte herzhaft. »Und jetzt eine Kleinigkeit zur Stärkung.« Es sah sich suchend um. Schließlich blieb sein Blick auf Rangarigs zusammengerollter Gestalt hängen.

»Nein«, sagte Kim streng, als Bröckchen sich mit der Zunge über die pickeligen Lippen fuhr und vor lauter Gier zu sabbern begann.

Bröckchen wirkte enttäuscht. Aber er sagte nichts, sondern trollte sich zusammen mit Sheera, bis die beiden, unentwegt kichernd, in der Dunkelheit verschwanden.

»Du bist wirklich gut«, sagte Gorg kopfschüttelnd. »Warum hast du uns nicht gesagt, daß du mit einem Wertier unterwegs bist?«

»Ich wußte bis jetzt nicht einmal, was das ist«, verteidigte sich Kim. »Es tut mir leid.«

»Du mußt dich nicht entschuldigen«, sagte Priwinn. Er blickte in die Richtung, in der Sheera und Bröckchen verschwunden waren. »Ich bin froh, daß es sie noch gibt.«

»Nun, das wird nicht mehr lange so sein«, schloß der Riese grollend.

Sie brachen am nächsten Morgen auf, noch bevor die Sonne auch nur halb über den Horizont gestiegen war; und Priwinns Prophezeiung, was Rangarigs Benehmen anging, stellte sich als nur zu wahr heraus: Es war, als erinnere sich der goldene Drache gar nicht mehr an seine groben Manieren vom vergangenen Tag, und seine Wiedersehensfreude war so überschäumend, daß Kim mehr als einmal allen Ernstes befürchtete, zwischen den gewaltigen Pranken des Drachen zerquetscht zu werden, so heftig drückte Rangarig ihn an sich. Und als sie endlich aufstiegen, da tollte Rangarig vor lauter Übermut so herum, daß seine Gäste schon fürchteten, abgeworfen zu werden – er schlug Kapriolen, ging ein paarmal spielerisch in einen so mörderischen Sturzflug herunter, daß selbst Gorg vor Angst aufschrie, und überschlug sich ein paarmal hintereinander in der Luft, bis Priwinn ihn mit scharfer Stimme zur Ordnung mahnte.

Was den Morgen anging, so war es genau umgekehrt wie am vergangenen Abend – statt in den Tag hinein, flogen sie mit der Nacht, so daß die Dämmerung der Frühe endlos schien. Kim fror erbärmlich, denn obgleich Gorg sich ganz nach vorne gesetzt hatte, um die anderen mit seinen riesigen Schultern vor dem eisigen Fahrtwind zu schützen, war die Kälte der Nacht noch groß. Als Rangarig schließlich wieder an Höhe verlor, um einen Landeplatz für die erste Rast zu suchen, war alles Gefühl aus Kims Gliedern gewichen. Er kam sich vor wie ein Eisblock. Seine Hände und Füße waren so taub, daß der Riese ihn von Rangarigs Rükken herunterheben mußte, denn allein hätte er es nicht mehr geschafft. Auch Bröckchen bibberte unter Kims Hemd. Als die lange Nacht dann endlich doch zu Ende ging, gewannen die Strahlen der Sonne jedoch rasch an Kraft, und sie spürten, wie die grausame Kälte allmählich verging und im gleichen Maße das Leben in ihre Körper zurückkehrte. Sie waren diesmal auf einem Berg gelandet, und es gab genug trockenes Holz, außerdem hatte Kim ja immer noch Brobings Feuersteine. Also schlug er vor, ein Feuer zu machen. Aber der Steppenprinz winkte ab und meinte kurz angebunden, es lohne sich nicht, dann drehte er sich um und wollte Kim einfach stehenlassen, aber der streckte rasch die Hand aus und hielt ihn fast mit Gewalt zurück.

»Das ist doch Unsinn«, sagte er. »Warum willst du nicht, daß wir ein Feuer machen?«

Priwinn maß ihn mit einem rätselhaften, unfreundlichen Blick und versuchte sich loszureißen, Kim jedoch hielt ihn eisern fest.

»Und wieso rasten wir immer an so einsamen Orten?« fuhr er fort und deutete auf das schroffe Gelände rundum.

»Frag doch Rangarig«, gab Priwinn unwillig zurück.

»Ich frage aber dich«, erwiderte Kim. »Priwinn – du verheimlichst mir etwas, nicht wahr? Dieser Berg ist ebenso unwegsam wie das Felsplateau gestern. Und du willst nicht einmal Feuer machen. Wovor versteckt ihr euch?«

Priwinn antwortete nicht, aber Kim, einmal in Fahrt gekommen, stellte nun endlich die Frage, die ihn bewegte, seit er den Prinzen wiedergetroffen hatte. »Was tust du überhaupt hier, Priwinn? Wieso bist du nicht in Caivallon, bei deinem Vater? Und wieso trägst du diese Rüstung?«

»Sie ist sehr nützlich«, antwortete Priwinn, wobei er die erste Frage geschickt überging. »Du solltest das besser wissen als ich. Du hast sie lange genug getragen.«

Kim sah noch einmal und genauer hin – endlich begriff er. Erstaunt riß er die Augen auf.

»Du siehst richtig«, sagte Priwinn. »Es ist die Rüstung, die du getragen hast, als du uns im Kampf gegen Boraas' Heer angeführt hast. Wir haben sie aufbewahrt, um uns immer an jene schrecklichen Tage zu erinnern. Und ich glaube auch, ein bißchen zu deiner Ehre.« Plötzlich lächelte er. »Wenn du willst, gebe ich sie dir zurück. Immerhin gehört sie dir.«

Für einen Moment spürte Kim die Verlockung, Priwinns Angebot anzunehmen und sich wieder in das schwarze Eisen aus Morgon zu hüllen. Die Rüstung war mehr als eine Rüstung, zumindest für ihn. Er hatte die magische Macht gespürt, die dem Schwert innewohnte und die ihn unbesiegbar machen konnte. Ja – für einen Moment stellte er sich vor, wie es wäre, die Rüstung anzulegen und zum zweitenmal an der Spitze eines Heeres in den Kampf zu reiten.

Aber in den Kampf gegen wen?

»Nein, danke«, sagte er nach einer Weile. »Behalte sie ruhig. Aber verrate mir, warum du sie überhaupt trägst. Und vor wem ihr auf der Flucht seid.«

»Vor niemandem«, antwortete Priwinn viel zu hastig, um überzeugend zu klingen. Und als er Kims zweifelnden Blick bemerkte, rettete er sich in ein verlegenes Lächeln und zuckte mit den Schultern. »Ich würde es nicht unbedingt Flucht nennen«, meinte er. »Aber du hast recht – es ist besser für uns, wenn wir unentdeckt bleiben.«

»Aber was ist der Grund?« wollte Kim wissen.

Wieder dauerte es eine geraume Zeit, bis Priwinn antwortete: »Du erinnerst dich an Limb, den Gelben?«

»Wie könnte ich nicht«, sagte Kim. »Es ist doch noch nicht so lange her!«

»Dann weißt du auch, wie die anderen auf dem Baum auf ihn reagiert haben. Sie verachten ihn und seinesgleichen. Sie sind unerwünscht. Und ich bin sicher, wenn die anderen könnten, würden sie ihnen schaden.«

»Aber was hat das mit dir und Gorg zu tun?«

»Uns ergeht es genauso«, antwortete Priwinn. »Wir teilen Limbs Ansichten, und ich fürchte, wir teilen auch sein Schicksal.«

»Ich verstehe kein Wort.« Kim wurde allmählich ungeduldig. Priwinn zuckte mit den Schultern und blickte zu Boden. »Sagen wir – es hat sich herumgesprochen, daß Gorg und ich etwas gegen die Eisenmänner haben. Da hat man uns zu verstehen gegeben, daß wir nicht allzu gern gesehen sind, wenn du verstehst, was ich meine.«

»Dich?« fragte er zweifelnd. »Den Prinzen von Caivallon?«

Priwinn seufzte: »Ich sagte bereits mehrmals – es hat sich einiges geändert.«

»Das kann man wohl sagen«, meinte Kim, drehte sich herum, um zu Rangarig und dem Riesen Gorg zurückzugehen. Die Reise erschien ihm plötzlich doppelt lang. Es wurde allmählich Zeit, daß er Themistokles wiedersah und von ihm Antworten auf die Fragen bekam, die ihm auf der Zunge brannten. Sehr viele Antworten auf sehr viele Fragen.

XI

Aber sie brauchten noch lange, annähernd sechs Tage, um Gorywynn zu erreichen – und sie verloren eine weitere Nacht. Denn als die gläserne Burg am Abend des sechsten Tages wie ein regenbogenfarbiges Funkeln am Horizont in Sicht kam, ließ Priwinn vorher Rangarig landen; diesmal zwar nicht auf einem abweisenden Berg, wohl aber inmitten eines fast undurchdringlichen Waldstückes, in das die gewaltigen Schwingen des Drachen erst einmal eine Bresche schlagen mußten, damit er überhaupt niedergehen konnte.

Kim hatte sich fest vorgenommen, dem Steppenprinzen keine Fragen mehr zu stellen, auf die er ohnehin nur unklare Antworten bekommen würde. – Sie hatten während der vergangenen sechs Tage zwar viel miteinander geredet, aber Kim hatte begriffen, daß Priwinn gewissen Fragen gegenüber einfach taub zu sein schien. Doch jetzt platzte ihm doch der Kragen.

»Was soll das?« fuhr er Priwinn an, kaum daß sie von Rangarigs Rücken heruntergeklettert waren. »Wir könnten in einer halben Stunde da sein!«

»Wir verbringen die Nacht hier«, antwortete Priwinn bestimmt. »Rangarig ist müde. Und ich auch.«

»Unsinn!« protestierte Kim. Auch er fühlte sich erschöpft nach der langen Reise, und er glaubte Priwinn gerne, daß der Golddrache noch viel erschöpfter war, hatte er doch ihr aller Gewicht tragen müssen. Trotzdem – die restliche Strekke bis Gorywynn bedeuteten für Rangarig nur noch ein paar Flügelschläge mehr, auf die es gewiß nicht ankam.

»Ich muß wissen, was hier vorgeht, ehe ich Gorywynn betrete«, erklärte Priwinn. »Es ist lange her, daß Gorg und ich dort waren. Mehrere Monate, um genau zu sein. Wer weiß, wie es dort jetzt aussieht.« Er schnitt Kim mit einer Handbewegung das Wort ab, als dieser ihn unterbrechen wollte. »Wir sind für heute abend mit einem Freund verabredet«, fuhr er fort. »Ein Mann aus Gorywynn. Er wird uns sagen, wie die Lage dort ist. Danach werden wir entscheiden, was weiter geschieht.«

»So lange will ich aber nicht mehr warten«, entgegnete Kim. »Ich muß mit Themistokles sprechen.«

Der Prinz zuckte mit den Schultern. »Dann geh doch«, sagte er. »Ich halte dich nicht zurück. Lauf ruhig los. Gorg und ich schlafen uns derweil gründlich aus. Sobald die Sonne aufgegangen ist, kommen wir nach und nehmen dich unterwegs auf.«

Plötzlich mußte Kim sich beherrschen, um nicht die Fäuste zu ballen und sich auf Priwinn zu stürzen. Und vielleicht hätte er es tatsächlich getan, wäre ihm nicht im gleichen Augenblick eingefallen, daß auch dies ein Teil der furchtbaren Veränderung war, die in Märchenmond vonstatten ging. Nicht nur seine Bewohner – auch er, Kim, begann sich zu verändern. Er war reizbar und ungeduldig geworden, und das lag nicht nur an der Anstrengung, die die Reise bedeutet hatte.

So starrte er Priwinn nur mit mühsam verhaltenem Zorn an, dann drehte er sich herum und überquerte die Lichtung, um zu Rangarig zu gehen, der am jenseitigen Waldrand eingerollt dalag. Anders als mit Priwinn und Gorg hatte Kim mit dem Drachen in den letzten Tagen sehr wenig gesprochen. Er war sehr schnell und ausdauernd geflogen, und die Reise hatte ihn am meisten von allen angestrengt. Sie hatten abends kaum festen Boden unter den Füßen, da ringelte er sich schon zusammen und schlief ein. Auch jetzt waren seine Augen geschlossen, so daß Kim schon befürchtete, er schliefe wieder. Aber als er näher kam, da hoben sich die großen Lider des Golddrachen, und in seinen Augen erschien ein mattes Lächeln.

»Hallo, kleiner Held«, sagte er. »Jetzt sind wir bald zu Hause.«

»Wir könnten es jetzt schon sein«, begann Kim zögernd.

Rangarig schielte mit einem Auge über die Lichtung, und Kim begriff, daß er jedes Wort verstanden hatte, obwohl sie sehr weit entfernt gewesen waren. »Sicher«, befand Rangarig seufzend. »Aber er hat recht, weißt du? Besser, wir bringen erst in Erfahrung, wie es in Gorywynn aussieht. Und noch besser, wir ruhen uns aus und sammeln unsere Kräfte. Es könnte sein, daß wir sie brauchen.«

»Wieso?«

»Zum Beispiel, um uns schnell wieder aus dem Staub zu machen.«

»Du meinst – fliehen?« vergewisserte sich Kim zweifelnd. »Aber Gorywynn ist deine Heimat.«

Rangarigs Blick wurde traurig. »Das ist wohl wahr«, murmelte er. »Ich war einmal dort zu Hause, aber jetzt ...« Er zögerte einen Moment. »Ich bin nicht mehr sicher, ob ich noch dorthin gehöre«, meinte er schließlich.

»Wie kannst du so etwas sagen!« fuhr Kim auf, aber Rangarig schüttelte den Kopf.

»Warum glaubst du Priwinn nicht?« fragte er. »Die Gläserne ist nicht mehr das, was sie einst war. Und auch *ich* bin es nicht mehr.« Er seufzte abermals, diesmal sehr tief. Es hörte sich fast ein bißchen wie ein Schluchzen an, fand Kim. »Manchmal sehne ich mich nach einem Ort, den ich gar nicht kenne, weißt du, kleiner Held.«

Kim schwieg, und Rangarig fuhr nach einer Weile mit gesenkter Stimme fort: »Manchmal spüre ich etwas in mir, das mich erschreckt. Dann sehne ich mich nach der Wildnis, nach der Einsamkeit. Nach den schroffen Bergen, in denen meine Verwandten leben. Vielleicht gehöre ich dorthin und nicht hierher.«

»Ich kenne deine Verwandten nicht«, antwortete Kim ernst. »Aber soviel ich weiß, sind Drachen sonst wilde Ungeheuer, die man fürchtet.«

»Eben«, murmelte Rangarig.

Kim wollte widersprechen, aber genau in diesem Moment glaubte er wieder Kelhims Gesicht vor sich zu sehen, das Antlitz der mordgierigen Bestie, in das sich der Bär verwandelt hatte.

Kim schauderte. Kelhim war ein sprechendes Wesen gewesen, so wie Bröckchen, wie Sheera – und wie Rangarig auch. Ist es das? dachte er entsetzt. Ist es das, was Priwinn meint und was wir alle spüren? Ist es der Zauber, der erlischt?

»Vielleicht«, erwiderte Rangarig, und Kim erkannte voller Schrecken, daß er den Gedanken laut ausgesprochen hatte. »Manchmal glaube ich, daß es so ist. Vielleicht erlischt der Zauber des Märchenlands. Doch wenn es so ist, kleiner Held, dann versprich mir eines.«

»Ja?«

»Sei nicht in meiner Nähe, wenn es geschieht«, sagte Rangarig. »Versuche nicht, mir zu helfen, denn du kannst es nicht.«

Plötzlich mußte Kim mit aller Kraft gegen die Tränen ankämpfen, die ihm in die Augen schießen wollten. »Ich verspreche es«, antwortete er. Aber er hatte Mühe, die Worte überhaupt herauszubringen. Und als er sich endlich wieder in der Gewalt hatte und der Drache nicht mehr vor seinen Augen zu verschwimmen schien, da war Rangarig bereits eingeschlafen. Kim wußte nicht einmal, ob Rangarig seine Worte überhaupt noch gehört hatte.

Niedergeschlagen kehrte Kim zu Priwinn und dem Riesen zurück. Sie aßen schweigend, und nicht einmal Bröckchens und Sheeras derbe Scherze vermochten Kim aufzuheitern. Für einige Augenblicke erwog er sogar ganz ernsthaft, Priwinns Angebot anzunehmen und sich allein auf den Weg nach Gorywynn zu machen – nicht etwa, weil er sich einbildete, zu Fuß schneller dort zu sein als am nächsten Morgen auf Rangarigs Rücken, sondern einfach, um allein zu sein. Natürlich tat er es doch nicht. Und Kim brachte sogar irgendwie das Kunststück fertig, sich kurz nach Einbruch der Dämmerung auf dem weichen Moos des Waldbodens auszustrecken und einzuschlafen.

Allerdings nicht für lange. Der Stand des Mondes verriet ihm, daß die Nacht noch nicht sehr weit fortgeschritten war, als er wieder hochfuhr; nicht von selbst, sondern geweckt durch Geräusche, die nicht zu ihnen gehörten. Und er hörte Gorgs und Priwinns Stimmen. Verschlafen setzte sich Kim auf, blinzelte ein paarmal – und wurde schlagartig hellwach, als er sah, daß die Freunde nicht allein waren.

Prinz Priwinn und Gorg, der Riese, hatten sich ein Dutzend Schritte von Kim entfernt und unterhielten sich mit gedämpften Stimmen mit zwei hochgewachsenen Männern. Einer von ihnen gestikulierte unentwegt, während er sprach. Der andere stand stumm da und betrachtete abwechselnd seine Stiefelspitzen und den schlafenden Drachen, der wie ein Berg aus schuppigem Gold auf der anderen Seite der Lichtung lag. Eines von beiden schien ihn sehr nervös zu machen.

Kim stand auf und näherte sich der kleinen Gruppe. Da unterbrachen Priwinn und der Fremde ihre Unterhaltung, und der Prinz stellte Kim als ›einen Freund‹ vor, ohne seinen Namen zu nennen. Der Mann musterte den Jungen kurz mit unverhohlenem Mißtrauen, aber dann schien er mit Priwinns Erklärung einverstanden, denn er wandte sich wieder dem Steppenprinzen zu und knüpfte an seine unterbrochene Rede an: »... auch nicht mehr. Aber etwas geschieht in der Burg, mein Prinz. Seit Wochen hat niemand mehr Themistokles gesehen. Dafür wimmelt es von Zwergen. Nicht mehr lange, und ihnen gehört die ganze Burg und auch noch die gläserne Stadt drumherum.«

»Zwerge?« Gorg zog eine Grimasse, und Kim fuhr zusammen. »Und der Zauberer unternimmt nichts dagegen?«

»Ich sagte doch – niemand hat ihn gesehen. Außerdem – was sollte er tun? Sie sind nicht mit Gewalt eingebrochen.«

»Wie sonst?« fragte Kim.

Der Mann blickte ihn abermals mißtrauisch an und antwortete erst, als Priwinn ihn mit einer Handbewegung dazu aufforderte: »Sie wurden gerufen.«

»Von wem?«

»Von diesen Narren in Gorywynn!« rief der Mann heftig. »Eisenmänner hier, Eisenmänner da, Zwerge hier, Zwerge da!« ereiferte er sich. »Sie bauen und graben und drehen alles um, wohin man auch blickt. Das ist nicht die Art, in der ich leben will!« Er wandte sich mit einem zornigen Blick an Priwinn. »Es ist an der Zeit, endlich loszuschlagen, mein Prinz!«

Priwinn warf ihm einen fast beschwörenden Blick zu, aber es war zu spät.

»Loszuschlagen?« fragte Kim. »Was meint er damit, Priwinn?«

»Ach, nichts«, wich Priwinn aus.

»Rede keinen Unsinn«, sagte Kim wütend. »Ich bin lange nicht hier gewesen, Priwinn – aber ich bin nicht dumm. Ihr zertrümmert Eisenmänner, wo ihr sie seht. Ihr meidet alle Lebewesen, und ihr habt Angst, euch in Gorywynn sehen zu lassen. Jetzt spricht dieser Mann von Losschlagen. Was hat das alles zu bedeuten?«

Priwinn antwortete nicht, aber der Fremde deutete mit einer Geste auf Kim und fragte: »Wer ist dieser Knabe, mein Prinz? Wieso laßt Ihr es zu, daß er so mit Euch redet?«

»Mein Name ist Kim.«

Die Augen des Mannes wurden rund. »Kim?« wiederholte er. »Du bist ...« Und plötzlich stieß er überrascht die Luft zwischen den Zähnen aus – und fiel zu Kims unsagbarer Verblüffung auf die Knie.

»Natürlich!« keuchte der Fremde. »Verzeiht mir, daß ich Euch nicht gleich erkannt habe! Ihr seid es! Ihr seid zurückgekehrt! Jetzt wird alles gut! Mit Euch an unserer Spitze werden wir siegen!« Er wandte sich an Prinz Priwinn. »Warum habt Ihr uns nicht gesagt, daß er zurück ist?«

»Dazu war noch keine Gelegenheit«, sagte der Prinz hastig. »Er ist erst seit kurzem hier.«

Kim sah Priwinn erstaunt an. Aber weder Priwinn noch Gorg noch einer der beiden Fremden sagte etwas. Bröckchen knurrte übellaunig: »Begreifst du immer noch nicht, du kleiner Narr? Wenn mich nicht alles täuscht, dann wetzen deine sauberen Freunde schon eine ganze Weile die Messerchen, um ein paar Köpfe einzuschlagen – stimmt's?«

Priwinn bedachte es mit einem wütenden Blick – aber zu Kims Überraschung antwortete er: »Keine Köpfe. Höchstens ein paar leere Eisenschädel.«

»Ihr wollt – einen Aufstand?« murmelte Kim fassungslos.

»Quatsch!« sagte Priwinn. »Wir wollen nur die Dinge ein

wenig geraderücken, das ist alles. Die Zwerge und ihre Eisenmänner sind gefährlich. Und wenn die Leute dies nicht begreifen, dann müssen wir sie eben –«

»Zu ihrem Glück zwingen, wie?« unterbrach ihn Kim bitter.

»Wenn du es so ausdrücken willst.« Priwinn ballte zornig die Faust. »Ich werde jedenfalls nicht tatenlos zusehen, wie Märchenmond zugrunde geht!«

»Und du glaubst, ich würde euch dabei helfen?«

»Tu, was du willst«, Priwinn wandte sich mit einem Ruck um und stapfte wütend davon.

Kim blickte ihm mit einem wachsenden Gefühl von Hilflosigkeit nach. Er wollte ihm folgen, aber irgend etwas hielt ihn zurück. Zum zweitenmal an diesem Abend kämpfte er mit Macht gegen die Tränen, die ihm in die Augen schießen wollten. Aber diesmal waren es Tränen des Zorns und der Ohnmacht. Alles war so anders als bei seinem ersten Besuch hier in Märchenmond. Auch damals hatte die Existenz dieses Landes auf dem Spiel gestanden – aber da hatten sie wenigstens gewußt, wer ihre Feinde waren. Diesmal schien es tatsächlich, als … als würden sie alle allmählich zu ihren eigenen Feinden.

»Ich … ich verstehe das nicht, Herr«, sagte der Unbekannte, mit dem Priwinn gesprochen hatte. Der andere stand noch immer wortlos da und blickte Kim aus großen Augen an. »Seid Ihr denn nicht zurückgekommen, um … um uns zu helfen?«

»Doch«, antwortete Kim. »Aber ich weiß noch zuwenig.«

Der Mann wollte antworten, aber Gorg machte eine befehlende Handbewegung und sagte: »Geht jetzt. Wir werden uns beraten. Morgen, eine Stunde nach Sonnenaufgang, treffen wir uns in Gorywynn. Geht!«

Das letzte Wort hatte er fast geschrien. Hastig wandten sich die beiden Männer um und verschwanden im Wald. Rangarig hob flüchtig ein Augenlid, blinzelte und schnarchte dann weiter.

Für eine Weile breitete sich grimmiges Schweigen aus, als die beiden Besucher verschwunden waren. Gorg seufzte tief und schaute Kim an. Und Kim kam sich mit einem Male klein und mies vor. Der Riese – und auch Prinz Priwinn –, sie waren seine Freunde. Wenn sie ihm irgend etwas nicht gesagt hatten, dann ganz bestimmt nicht, um ihn zu hintergehen. Gorg starrte ihn indessen weiter an – dann fuhr er herum, packte Kim einfach am Arm und schleifte ihn auf den schnarchenden Drachen zu.

»Rangarig!« brüllte Gorg so laut, daß der ganze Wald widerzuhallen schien. »Wach auf! Wir machen einen kleinen Spazierflug!«

Gorywynn lag wirklich nicht weit entfernt vom Wald, als Rangarigs mächtige Schwingen die Luft zerteilten. Aber der geflügelte Drache setzte noch vor der Flußbiegung zur Landung an. Dort lag ein befestigtes Städtchen, so daß sie noch ein gutes Stück zu Fuß gehen mußten – und dann wäre Kim um ein Haar gegen die Wehrmauer gerannt, die den Flekken an drei Seiten umgab. Sie war von einer so dunklen Farbe, daß sie sich kaum von der Nacht unterschied. Gorg hielt Kim im letzten Augenblick mit einer Handbewegung zurück und legte gleichzeitig den Zeigefinger der anderen Hand über die Lippen: »Pst!«

»Was ist das hier?« flüsterte Kim.

Gorg zuckte hoch über ihm mit den Schultern. »Etwas, dessen Anblick ich dir gerne erspart hätte. Doch ich denke, es muß sein. Du tust Priwinn bitter unrecht, weißt du das?«

»Dann soll er mir doch endlich sagen, was hier eigentlich vorgeht«, flüsterte Kim, der schon wieder ärgerlich wurde.

Aber Gorg lächelte nur. »Meinst du nicht, daß er das täte, wenn er es könnte?«

Er machte eine Handbewegung, als Kim antworten wollte, und fuhr fort: »Still jetzt. Komm – ich hebe dich auf die Schultern, damit du über die Mauer sehen kannst.«

Das tat er dann auch. Und noch bevor Kims Kopf über die Mauerkrone kam, erlebte er die erste Überraschung – seine Hände glitten haltsuchend über die Wand, und er spürte, wie kalt und glatt sie war. Viel zu kalt für Holz, und viel zu glatt für Stein.

»Das ist Eisen!« entfuhr es Kim.

»Sicher«, grollte Gorg. »Diese ganze Stadt hier ist aus Eisen erbaut. Aber sei leise – bitte. Wenn sie uns sehen, ist alles aus.«

Kim überlegte vergeblich, welche Gefahr das sein mochte, daß selbst der Riese sie fürchtete. Aber er schwieg gehorsam. Und was er sah, als Gorg ihn mit ausgestreckten Armen weiter in die Höhe hob, so daß er auf die andere Seite der eisernen Wand blicken konnte, das verschlug Kim ohnehin die Sprache.

Wie Gorg gesagt hatte, bestand nicht nur die Wehrmauer, sondern die ganze Stadt, die Kim mehr an eine große Festung erinnerte, aus Eisen. Rotes Licht fiel aus zahlreichen Fenstern ins Freie und ließ den unregelmäßig geformten Platz, der vor Kim lag, aussehen, als wäre er in geronnenes Blut getaucht. Zwischen den Gebäuden bewegten sich schattenhafte Gestalten, und einige darunter waren groß und kantig. Aber es gab auch kleine, wieselflinke Schatten, nicht größer als Kinder, deren Stimmen schrill und mißtönend zu Kim heraufwehten.

»Zwerge!« wisperte er.

Gorgs hochgestreckte Arme begannen zu zittern, als er mit seinem großen Kopf nickte. »Ja. Sie haben diese Stadt gebaut. Und sie befehligen sie auch.«

Kim sah sich aufmerksam um. Aus einigen der offenstehenden Türen drang nicht nur rotes Licht, sondern auch das helle Klingen und Schlagen von Hämmern. Manchmal stoben Funken auf, und der Wind brachte den Geruch von brennendem Eisen und glühender Kohle mit sich.

»Schmieden!« stellte Kim überrascht fest. »Aber was bauen sie hier?«

Der Riese hielt ihn noch einige Augenblicke in die Höhe, ehe er Kim behutsam wieder absetzte und dann antwortete: »Alles, was die Leute von ihnen wollen. Wagen. Werkzeuge. Waffen ...«

»Aber ich dachte, ihre Werkstätten liegen in den östlichen Bergen?«

»Die meisten, ja«, bestätigte Gorg. »Vielleicht entstehen

dort auch die Eisenmänner, aber das ist ihr Geheimnis. Jedenfalls arbeiten sie öfter schon in Märchenmond selbst. Seit die Bewohner von Märchenmond immer mehr und mehr Waren von ihnen kaufen, ist es zu mühsam geworden, alles den weiten Weg von den östlichen Bergen hierher zu transportieren. Niemand hatte etwas dagegen, als die Zwerge vorschlugen, hier Schmieden zu bauen.«

Kims Blick wanderte an der unheimlichen, schwarzen Wand empor. Er schauderte. Das Eisen sah in der Nacht gar nicht aus wie Eisen, sondern glich etwas, das Licht und Wärme schluckte wie ein Schwamm einen Wassertropfen.

»Du solltest sie erst einmal tagsüber sehen«, murmelte Gorg. »Aber komm – das ist noch nicht alles, was ich dir zeigen wollte. Und sei bloß leise.«

Bedrückt folgte Kim dem Riesen. Sie entfernten sich ein gutes Stück von der eisernen Stadt, ehe sie wieder die Richtung zum Fluß hin einschlugen. Aber schon auf halbem Wege dorthin hob der Riese abermals die Hand und ließ sich auf Hände und Knie herabsinken. Kim blieb stehen und spähte aufmerksam in die Dunkelheit hinein.

Nach einer Weile sah er, war Gorg meinte: Die Dunkelheit vor ihnen war nicht vollkommen. Ein düsteres, rotes Glühen schien direkt aus der Erde heraufzudringen, man hörte gedämpfte Stimmen und ein gleichmäßiges, schweres Hämmern und Schlagen, das ebenfalls aus dem Boden zu kommen schien.

Vorsichtig bewegten sie sich weiter. Und als Kim nach einer Weile erkannte, worauf sie zugingen, da mußte er mit aller Macht einen Schrei unterdrücken.

Vor ihnen lag eine gewaltige, pechschwarze Grube. Sie war so tief, daß Kim das Gefühl hatte, in den Schlund eines Vulkans zu blicken, und die Gestalten, die sich am Grund bewegten, hatten nur noch die Größe von Spielzeugen.

Gorg gebot ihm noch einmal, still zu sein. Kim ließ sich auf den Bauch sinken und schob leise den Kopf und die Schultern über den Rand der Grube. Es dauerte eine geraume Zeit, bis er überhaupt begriff, was da unten vorging. Männer schlugen mit schweren Hämmern und Hacken auf die Wände und den Boden der Grube ein. Andere luden das herausgebrochene Gestein auf eiserne Wagen, die mühsam in die Höhe gezogen wurden, wobei immer ein Dutzend Männer sich mit einer der vollbeladenen Loren abmühten. Zwischen diesen Gestalten bewegten sich Eisenmänner und Zwerge. Sie schienen die Arbeiter zu beaufsichtigen. Manchmal hörte Kim ein Knallen wie von einer Peitsche.

Was er sah, schien nichts anderes zu sein als ein Bergwerk. Aber falls die Männer dort unten freiwillig arbeiteten – wieso benahmen sich die Zwergenaufseher dann wie Sklaventreiber?

»Weil sie es sind«, zischte Gorg zornig, als Kim ihn im Flüsterton danach gefragt hatte.

»Sklaven?« wiederholte Kim ungläubig. »Das glaube ich nicht. Themistokles würde das niemals zulassen!«

»Nun«, antwortete Gorg leise, »es läuft darauf hinaus. Du hast von Brobing erzählt – erinnerst du dich? Er hat einen Eisenmann gekauft, und ein Zwerg kam, um das Geld zu holen. Weißt du noch, daß du sagtest, er schien fast enttäuscht, daß Brobing ohne Schwierigkeiten zahlen konnte?«

Kim nickte.

»Er schien nicht nur so, glaub mir«, grollte der Riese. »Das da unten waren einmal Männer wie Brobing, die Eisenmänner und anderen Unfug kauften. Die Zwerge machen es den Leuten leicht. Hat einer kein Geld, so kann er später zahlen und in mehreren Raten. Manchen gelingt es, wie unserem Freund. Den meisten sogar, um ehrlich zu sein. Aber nicht allen. Und die, die ihren Verpflichtungen nicht nachkommen ... nun, sie müssen eben für die Zwerge arbeiten, bis ihre Schulden abbezahlt sind. Um noch mehr Eisen zu schürfen, damit sich noch mehr Dummköpfe beim Zwergenvolk verschulden können.«

»Das ist unglaublich«, murmelte Kim. »Und Themistokles unternimmt nichts dagegen?«

»Nein«, brummte Gorg. »Und es ist nicht nur hier so. Bald wird ganz Märchenmond den Zwergen gehören.«

Er kroch vorsichtig ein Stück zurück und richtete sich auf. »Jetzt zeige ich dir noch etwas«, flüsterte er.

Kim war nicht sicher, ob er überhaupt noch mehr sehen wollte. Sein Bedarf an schlechten Nachrichten war im Augenblick mehr als gedeckt. Aber Gorg stapfte einfach weiter, so daß Kim ihm folgen mußte, ob er nun wollte oder nicht.

Sie umgingen die Grube in einem weiten Bogen und näherten sich wieder dem Fluß, bis sie auf eine breite, schnurgerade Straße stießen. Kim dachte, daß sie nun darauf weitergehen würden, aber der Riese blieb an ihrem Rand stehen und ging in die Hocke. Wortlos deutete er nach unten.

Kims Herz machte einen erschrockenen Sprung, als seine Finger den Boden berührten. Auch die Straße bestand aus Eisen.

»Siehst du, was sie uns antun?« sagte Gorg. Seine Stimme klang haßerfüllt. »Sie töten die Erde! Hier wird nie wieder etwas wachsen, Kim. Gleich, wieviel Zeit auch vergeht. Dieses Stück Erde ist tot, und sehr viel mehr wird sterben, wenn wir sie nicht aufhalten. Das ist es, was Limb gemeint hat. Sie bauen eiserne Straßen quer durch das Land. Sie bauen eiserne Städte, und sie beginnen die Flüsse zu stauen, um Wasserkraft für ihre Schmieden zu haben. Willst du den Fluß sehen? Sie haben eine Wand aus Eisen hindurchgebaut! Ihre Hämmer arbeiten jetzt zehnmal so schnell wie zuvor, aber das Land auf der anderen Seite der Wand verdorrt. Wo vor kurzem noch fruchtbarer Ackerboden war, da wird in einem Jahr Wüste sein. Willst du es sehen?«

Kim schüttelte stumm den Kopf. Er glaubte seinem Freund auch so. Er spürte einen hilflosen, fast körperlich schmerzenden Zorn.

»Laß uns zurückgehen«, bat er. »Ich glaube, ich verstehe Priwinn jetzt.«

Wortlos wandten sie sich um und gingen den Weg zurück, den sie gekommen waren.

Sie hatten die Grube gerade zur Hälfte umkreist, als Gorg stockte. Kim sah, wie sich seine mächtigen Schultern strafften.

Aber der Riese kam nicht einmal dazu, ihm eine Warnung zuzurufen, da tauchten plötzlich wie hingezaubert drei Gestalten aus der Nacht auf – ein Zwerg und zwei kantige Eisenmänner.

Im allerersten Moment schien der Zwerg nicht minder überrascht zu sein als Kim selbst. Aber er fing sich rasch wieder und begann auf der Stelle zu keifen.

»Was tut ihr hier?« rief er mit einer unangenehmen, gellenden Stimme. »Wieso seid ihr nicht bei der Arbeit, und ...« Er brach mitten im Satz ab, als sein Blick auf den Riesen fiel. Dann ächzte er.

»Ihr seid es! Ihr ... ihr seid die Aufständischen! Packt sie!« Die beiden letzten Worte, die er geschrien hatte, galten den Eisenmännern, die unverzüglich vorstürmten, um Gorg zu ergreifen. Der Kleine selbst zerrte ein nur dolchgroßes Schwert unter dem Gürtel hervor und stürzte sich auf Kim. Kim wich einem heftig, aber nicht sehr genau geführten Streich der Klinge aus, packte den Zwerg mit der Linken am Kragen und versetzte ihm mit der Rechten eine solche Backpfeife, daß der Knirps mit einem schon fast komischen Quietschen seine Waffe fallen ließ, sich auf den Hosenboden setzte und beide Hände vor das Gesicht schlug. Er begann mit schriller Stimme zu heulen.

Währenddessen hatte der Riese einen der beiden Eisenmänner gepackt und wirbelte ihn immer wieder im Kreis vor sich herum. Gorg hatte seine Keule nicht mitgenommen, so daß er nur mit bloßen Händen gegen die beiden eisernen Kolosse stand – selbst für einen Giganten wie ihn sicherlich kein leichter Kampf. Aber er wußte sich zu wehren, indem er den einen Eisenmann immer wieder gegen seinen Kameraden schleuderte, wenn dieser ihn packen wollte. Schließlich war die Belastung selbst für den Eisenmann zuviel – mit einem Knirschen brach einer seiner Arme ab –, und damit hatte Gorg jetzt eine Keule.

Und er wußte sie zu nutzen. Einige Male krachte es dumpf, und dann lagen zwei reglose Eisenmänner mit eingebeulten Schädeln vor dem wimmernden Zwerg im Staub.

Kim grinste fröhlich, als er sah, wie die Augen des Kleinen vor Erstaunen fast aus den Höhlen quollen. Offensichtlich hatte er seine beiden eisernen Leibwachen bisher für unbesiegbar gehalten. »Na?« fragte Kim. »Beantwortet das deine Frage, was wir hier tun?«

»Dreckiges Pack!« keuchte der Zwerg. »Diebsgesindel! Das habt ihr nicht umsonst getan!«

»Doch«, sagte Gorg ernst. »Ich verlange keinen Pfennig dafür. Keine Sorge.«

Kim beugte sich vor und deutete mit dem Zeigefinger auf den Zwerg. »So, und jetzt bist du es, der uns ein paar Fragen beantworten wird«, sagte er. »Und ich rate dir, nicht zu lügen, sonst wird mein Freund hier der Wahrheit nachhelfen.« Der Riese grunzte zustimmend und machte ein so grimmiges Gesicht, daß selbst Kim einen Moment lang vor ihm erschrak.

»Also«, begann Kim ohne Umschweife. »Was habt ihr mit den verschwundenen Kindern zu tun?«

»Kindern?« murmelte der Zwerg. Sein Blick wanderte unstet zwischen Kims Gesicht und dem des Riesen hin und her. Er schluckte so heftig, daß Kim den Adamsapfel in seinem dürren Hals auf und ab hüpfen sehen konnte. »Wir hassen Kinder«, sagte er. »Wir haben bestimmt nichts mit ihnen im – äks!!«

Der Riese hatte ihn mit zwei Fingern am rechten Fuß gepackt, hob ihn hoch und tat so, als wolle er ihn aus drei Metern Höhe fallen lassen.

»Das war nicht die Antwort, die ich hören wollte«, sagte Kim. Er bedeutete Gorg mit Blicken, dem Zwerg nicht wirklich weh zu tun, und Gorg nickte. Er ließ den Knirps auch nicht fallen – aber er begann ihn grinsend zu schütteln, daß dessen Zähne hörbar aufeinanderschlugen.

»Laß mich los!« keifte der Zwerg.

»Gern«, sagte Gorg – und ließ ihn los.

Der Zwerg brüllte, und dann brüllte er noch einmal und noch lauter, als Gorg ihn im allerletzten Moment wieder auffing.

»Also?« fragte Kim noch einmal.

»Die Höhlen!« wimmerte der Zwerg. »Sie sind in den Höhlen. Sie –«

Und plötzlich erwachte die Nacht überall rings um sie herum zu schwarzem, eisenhartem Leben!

Gorg keuchte vor Schmerz und Schrecken, als ihn die Baggerhand eines Eisenmannes plötzlich im Nacken traf. Er taumelte, ließ den Zwerg nun wirklich los und fiel auf die Knie herab. Ein zweiter Eisenmann erschien aus der Dunkelheit und versetzte dem Riesen einen Tritt, der ihn vollends zu Boden schleuderte.

Auch Kim sah sich plötzlich von gleich zwei der gewaltigen eisernen Gestalten angegriffen. Es gelang ihm, den zuschnappenden Klauen auszuweichen, aber er büßte dabei einen Hemdsärmel und ein Stück der darunterliegenden Haut ein. Mit einem Schmerzensschrei stürzte er, fühlte etwas Hartes und griff instinktiv zu. Es war ein Schwert, daß der Zwerg fallen gelassen hatte.

Als sich der Eisenmann bückte, um ihm endgültig den Garaus zu machen, stieß er die Klinge schräg nach oben.

Der Eisenmann prallte zurück, riß die Arme in die Höhe und stürzte nach hinten, wobei er einen zweiten Eisenmann mit sich riß. Keuchend kam Kim wieder auf die Füße.

Auch Gorg hatte sich seiner Gegner entledigt und war wieder in die Höhe gekommen. Aber der Kampf war keineswegs vorüber – ganz im Gegenteil. Immer mehr und mehr Eisenmänner tauchten aus der Nacht auf, und es fiel Gorg und Kim immer schwerer, ihren zupackenden Klauen auszuweichen. Gorg schlug vier oder fünf von ihnen nieder, aber für jeden, den er zerstörte, schien die Nacht drei neue auszuspeien. Schritt für Schritt wurden Kim und Gorg zurückgedrängt, bis hinter ihnen nur noch die Grube lag.

Der Zwerg feuerte seine eisernen Mannen mit schrillen Rufen an. »Packt sie!« brüllte er unentwegt. »Macht ihn nieder! Aber nur den Riesen – den Jungen will ich unversehrt!«

»Lebend kriegt ihr mich ohnedies nicht!« dröhnte Gorg, packte plötzlich einen der Eisenmänner mit beiden Händen und riß ihn mit einer gewaltigen Kraftanstrengung in die Höhe. Wie ein lebendes Geschoß warf er ihn unter die anderen drohenden Gestalten, von denen fünf oder sechs unter dem Anprall ihres zweckentfremdeten Genossen in Stücke zerbrachen.

Und trotzdem hätten Kim und Gorg den Kampf verloren, denn immer mehr und mehr Eiserne tauchten aus der Dunkelheit auf – dann kamen auch Zwerge, drei oder vier, die der Kampflärm angelockt hatte und die mit spitzen Schreien ihre kleinen Schwerter schwangen.

Plötzlich hob ein gewaltiges Rauschen an, und noch ehe Kim auch nur begriff, was geschah, erschien ein riesiger goldener Schatten in der Luft. Ein markerschütterndes Brüllen ließ die Zwerge herumfahren. Selbst die Eisenmänner schienen eine Sekunde zu zögern.

Rangarig schoß wie ein angreifender Falke aus der Nacht herab. Seine titanischen Schwingen peitschten die Luft und entfachten einen Orkan, der nicht nur Kim und die Zwerge, sondern selbst Gorg von den Füßen riß. Die Eisenmänner waren zu schwer dafür – und genau das wurde ihnen zum Verhängnis.

Dem Sturm folgten Rangarigs goldene Schwingen. Die mächtigen Drachenflügel trafen die Eisenmänner, schleuderten sie wie welkes Laub davon und zermalmten sie gleichzeitig. Und wer den ersten Angriff überlebte, der fiel Rangarigs zupackenden Klauen zum Opfer oder seinem wild peitschenden Schweif.

Der Drache wütete wie ein goldener Dämon unter den Eisengestalten. Seine starken Kiefer zermalmten Eisenplatten, seine Klauen fetzten und rissen, und sein Schweif fegte mit einer einzigen Bewegung gleich ein halbes Dutzend Eisenmänner über den Rand der Grube in die Tiefe. Nicht einmal eine halbe Minute, nachdem der Drache erschienen war, war der Kampf auch schon beendet. Kein einziger Eisenmann hatte ihn überstanden.

Kim rappelte sich mühsam hoch. Sofort wollte er herumfahren und sich den Zwerg greifen, der wie seine Kameraden ebenfalls zu Boden gestürzt war, aber Gorg hielt ihn zurück. »Laß das«, sagte der Riese hastig. »Sie werden Verstärkung schicken! Rangarig kann es nicht mit Hunderten von ihnen aufnehmen! Schnell!«

Kim war da nicht so sicher. Nachdem, was er gerade gesehen hatte, glaubte er nicht mehr, daß es überhaupt etwas gab, mit dem der Drache nicht fertig wurde. Aber er sah in Gorgs Augen, daß das nicht der einzige Grund für seine Eile war, und so beließ er es bei einem finsteren Blick auf den Zwerg und eilte hinter Gorg her auf den Drachen zu.

Rangarig tobte noch immer. Seine Krallen zerfetzten den Boden, und sein Schwanz und die riesigen Flügel peitschten durch die Luft.

»Mehr!« grollte er. »Wo sind sie?! Ich will sie zerreißen!«

Kim schauderte. Was er in Rangarigs Stimme hörte, das war ...

Er fand keine Worte dafür. Aber es erschreckte ihn zutiefst. Rangarig kam ihm plötzlich vor wie ein ungezähmtes Raubtier, das Blut geschmeckt hatte. Fast fürchtete er sich vor ihm, als er hinter dem Riesen hinaufkletterte und sich an Rangarigs Schuppen festkrallte, während der Drache abhob und schnell wie ein Pfeil in der Nacht verschwand.

XII

»Das war keine besonders gute Idee«, war Priwinns einziger Kommentar, als sie die Lichtung wieder erreicht hatten und Kim ihm erzählte, was geschehen war. »Aber jetzt weißt du wenigstens, was wirklich los ist.«

Um sehr viel mehr zu sagen, blieb ihm auch kaum Zeit – Rangarig wartete gerade lange genug auf dem Boden, daß der Steppenprinz, Bröckchen und Sheera auf seinen Rücken klettern konnten, dann hob er mit einem mächtigen Satz gleich wieder ab und flog nach Süden auf den See zu, an dessen Ufer die gläserne Burg lag. Jetzt, so meinte Priwinn, hätte es ohnehin wenig Sinn, weiter Verstecken zu spielen. Und in Gorywynn waren sie sicherer als hier im Wald, wohin ihnen die Zwerge und eine ganze Armee ihrer Eisenmänner mit Bestimmtheit folgen würden.

Obwohl es hart auf Mitternacht zuging, war die Stadt, in deren Mitte sich das Burgschloß erhob, fast taghell erleuchtet. Während sich Rangarig hoch in den Lüften näherte, wuchs sie langsam aus der Nacht heran. Zuerst sah man nur ein mattes, farbiges Glimmen, wie ein blasses Nordlicht, dann einen in allen Farben des Regenbogens schimmernden Edelstein, der schließlich zu einem sinnverwirrenden Gebilde aus nadelspitzen Türmen, gewaltigen Mauern und wehrhaften Zinnen wurde – ein funkelnder Riesendiamant aus tausendfarbigem Glas, der wie ein vom Himmel gefallener Zauberstern am Ufer des Sees lag. Als Rangarig allmählich niederging und – wie ein lebendes Segelflugzeug reglos und mit weit gespannten Schwingen – ein-, zweimal über der Stadt kreiste, sah Kim, daß trotz der vorgerückten Stunde noch ein reges Kommen und Gehen in den gläsernen Straßenschluchten herrschte.

Ein warmes Gefühl von Freude ergriff von Kim Besitz, während der Drache in immer enger werdenden Spiralkreisen niederging und nach einem Platz zum Landen Ausschau hielt. Obwohl Kim erst einmal zuvor in Märchenmond gewesen war, und obwohl er jetzt ahnte, daß ihn hinter den schimmernden Wällen nur weitere Schrecknisse erwarten würden, war es doch ein bißchen so, als käme er nach Hause.

Er würde Themistokles wiedersehen, und ganz gleich, unter welchen Vorzeichen es geschah – er freute sich darauf.

Um so enttäuschter war Kim, als Priwinn dem Drachen plötzlich zu verstehen gab, daß er nicht direkt vor den Toren, sondern außer Sichtweite der Stadt landen sollte.

»Was soll das nun wieder?« murrte Kim ein wenig verstimmt, kaum daß sie vom Rücken des Drachen heruntergeglitten waren. Das hieß – Priwinn und Kim stiegen ab, der Riese blieb im Nacken des Drachen sitzen. Und Rangarig wartete kaum, bis sie sich ein paar Schritte entfernt hatten, ehe er sich auch schon wieder in die Höhe schwang und in der Nacht verschwand.

»Kommt Gorg nicht mit?« fragte Kim verwirrt, obwohl er noch nicht einmal Antwort auf seine erste Frage bekommen hatte.

»Nein«, antwortete Priwinn. »Er würde zu sehr auffallen. Und es ist besser, wenn einer von uns draußen bleibt – falls wir Hilfe brauchen. Wer weiß, was uns in der Stadt erwartet.«

Während Kim ihn noch bestürzt ansah, griff der Prinz in seinen Beutel und zog ein braunes Stück Stoff hervor, das sich als zerschlissener Umhang entpuppte, als er es auseinanderfaltete und über die Schultern warf. Helm und Handschuhe seiner schwarzen Rüstung verbarg er in seinem Beutel, und am Schluß rückte er noch das Schwert zurecht, damit es unter dem schmuddeligen Mantel vor allzu neugierigen Blicken verborgen blieb. Dann hob er eine Handvoll Schmutz auf und rieb ihn sich auf das Gesicht. Er sah jetzt aus wie ein Betteljunge, nicht mehr wie der Prinz von Caivallon, fand Kim. Offensichtlich legte er großen Wert darauf, nicht sofort erkannt zu werden.

Nachdem Priwinn mit seiner Verkleidung fertig war,

musterte er auch Kim kritisch. Was er sah, schien ihn zufriedenzustellen – Kims Kleidung bestand ja mittlerweile ohnedies nur noch aus Fetzen –, aber er deutete mit einer Kopfbewegung auf den Dolch des Zwerges, den Kim unter den Gürtel geschoben hatte.

»Versteck das lieber«, sagte er. »Straßenjungen besitzen keine so wertvollen Waffen.«

Kim zog das Messer und betrachtete es verblüfft. Für ihn sah das Zwergenschwert eher schäbig aus und kein bißchen wertvoll.

»Gib gut darauf acht«, sagte Priwinn ernst. »Es ist eine Klinge, die in den Höhlen der Zwerge geschmiedet wurde.« Er klopfte auf die Stelle, an der sein Schwert unter dem Umhang verborgen war. »Mit Ausnahme meines Schwertes können nur die Waffen der Zwerge den Panzer eines Eisenmannes durchschlagen.«

Da erinnerte sich Kim, wie mühelos vorhin die schmale Klinge durch die zollstarken Eisenplatten geglitten war und wie verheerend ihre Wirkung auf den Eisenmann gewesen war. Hastig schob er das kleine Schwert unter das Hemd und überzeugte sich davon, daß er sich nicht durch eine unbedachte Bewegung selbst verletzen würde. Dann machten sie sich auf den Weg zum Tor.

Rangarig hatte sie ein gutes Stück davor abgesetzt, so daß eine Weile verging, bis sie es erreichten. Und in Kims Wiedersehensfreude mischte sich ein erster Wermutstropfen, als er sah, daß das Tor geschlossen war. Solange er sich erinnern konnte, waren Gorywynns Tore nur ein einziges Mal geschlossen gewesen: während der Belagerung durch Boraas' schwarze Ritter.

Und Kim erschrak noch viel heftiger, als er das Tor genauer ansah: Anders als die Mauern und Zinnen bestand es nicht aus farbigem Glas, sondern aus Eisen!

Es war ein häßliches Tor – groß und wuchtig und so massig, daß es den Eindruck machte, selbst einem Kanonenschuß standhalten zu können, es war mit faustgroßen Nieten übersät, von denen jede einzelne in einem dornigen Widerhaken endete. In der schimmernden Kristallwand des Burgwalls wirkte es wie eine häßlich vernarbte Wunde.

Jemand mußte sie gesehen haben, denn als sie näher kamen, sah Kim eine schemenhafte Bewegung hinter dem nicht ganz durchsichtigen Glas der Mauer. Aber das Tor rührte sich nicht. Erst als sie sich ihm bis auf zwei Schritte genähert hatten, wurde eine winzige Klappe in der gewaltigen schwarzen Fläche geöffnet, und ein Paar dunkler, sehr mißtrauischer Augen spähte zu ihnen heraus. »Wer da?«

Kim wollte antworten, aber Priwinn machte eine rasche, verstohlene Geste, still zu sein, und trat einen weiteren Schritt vor. »Zwei Reisende, die hungrig und müde sind und ein Nachtlager suchen«, sagte er schnell.

»Ein Nachtlager? Ihr seid zu spät. Kommt wieder, wenn die Sonne aufgegangen ist – oder besser auch dann nicht. Hier ist kein Platz für Bettler und Hausierer.«

»Wir sind keine Bettler«, sagte Priwinn. Er griff unter seinen Mantel und zog eine goldene Münze hervor. »Wir können für Kost und Lager zahlen. Hier – seht selbst.«

Der Blick der dunklen Augen saugte sich für einen Moment an der Münze fest, die in Priwinns Hand blinkte. Dann wurde die Klappe mit einem Knall zugeschlagen, und etwas später öffnete sich eine niedrige Tür in der Flanke des gewaltigen eisernen Tores. Eine Hand in einem Kettenhandschuh winkte ungeduldig zu ihnen heraus und entriß Priwinn die Münze, als dieser sich an ihr vorbei durch die Tür bückte.

Kim folgte ihm mit klopfendem Herzen. Mildes, hellrosa gefärbtes Licht, das direkt aus den transparenten Kristallwänden der Mauern drang, umgab ihn, als er sich hinter Priwinn aufrichtete und er wieder auf dem vertrauten, gläsernen Mosaik von Gorywynns Straßen stand.

Und doch schien dies nicht mehr der Ort zu sein, den Kim so gut kannte, wie er bestürzt feststellte. Eine eisige Kälte schien ihnen entgegenzuschlagen, und es dauerte einen Moment, bis Kim erschrocken begriff, daß sie nicht von außen kam.

Der Mann, der sie eingelassen hatte, war ein hochgewachsener, grauhaariger Soldat von unbestimmbarem Alter, mit grobem Knochenbau und einem harten Gesicht. An seinem Gürtel hing ein Schwert, dessen schartige Klinge verriet, daß es oft benutzt wurde und nicht nur der Zierde diente. Sein Blick hatte etwas Gieriges und Lauerndes. In seiner Begleitung befanden sich drei weitere Bewaffnete, die sich scheinbar lässig auf ihre Speere stützten, dabei aber Kim und Priwinn äußerst aufmerksam im Auge behielten. Seit wann gab es bewaffnete Wachen hier?

»Was ist mit deinem Freund da?« fragte der Grauhaarige, nachdem er Kim einen Moment lang abschätzend angeblickt hatte. »Kann er auch bezahlen?«

»Seit wann muß man bezahlen, um in Gorywynn eingelassen zu werden?« entfuhr es Kim, ehe Priwinn es verhindern konnte; er brodelte vor Zorn.

Der Prinz warf Kim einen fast verzweifelten Blick zu, griff rasch unter sein Gewand und zog ein weiteres Goldstück hervor, das er dem Wächter hinhielt. »Ich bezahle für ihn«, sagte Priwinn. »Und, bitte, verzeiht meinem Freund. Er ist ... lange nicht mehr hier gewesen. Er kennt die Sitten und Gebräuche hier nicht.«

»Das scheint mir auch so«, knurrte der Mann. Das Goldstück verschwand wie das erste unter seinem Gürtel, aber das Mißtrauen blieb in seinem Blick. »Wer ist der vorlaute Bursche?«

»Nur ein dummer Junge vom Lande, Herr«, beeilte sich Priwinn den Grauhaarigen zu beruhigen, während er Kim einen weiteren, beschwörenden Blick zuwarf. Ehe der Soldat eine weitere Frage stellen konnte, fügte Priwinn hinzu: »Könnt Ihr uns vielleicht eine Herberge nennen, Herr? Wir würden ungern auf der Straße übernachten.«

Nachdem ein drittes Goldstück seinen Weg in die Taschen des Wächters gefunden hatte, knurrte dieser: »Geht zu Grodler, meinem Schwager. Sagt ihm, daß ich Euch schicke, dann wird er Euch ein Zimmer geben – wenn Ihr bezahlen könnt. Nur die Straße hinunter. Es ist das Goldene Kalb – Ihr könnt es gar nicht verfehlen.«

»Ich danke Euch, Herr«, sagte Priwinn. Er packte Kim

am Arm und zerrte ihn fast gewaltsam hinter sich her. Kim widerstand der Versuchung, sich zu den Männern am Tor umzudrehen, aber er glaubte, ihre Blicke wie die Berührung unangenehmer, warmer Hände im Rücken zu spüren, während sie den großen Platz hinter dem Tor überquerten und in die Straße hineingingen, die der Mann ihnen bedeutet hatte.

»Bist du wahnsinnig?« flüsterte Priwinn, als sie außer Hörweite des Mannes waren, jedoch ohne stehenzubleiben. »Willst du, daß man uns verhaftet und in den Turm wirft?«

»Was?« Kim war aufgebracht. »Wir haben doch nichts getan!«

»Pst«, machte Priwinn. »Und merk dir eins – das Hineinkommen ist hier leichter und billiger, als wieder herauszukommen. Und jetzt halt den Mund, ehe wir noch mehr Aufsehen erregen.«

Tatsächlich hatten sich bereits einige Leute neugierig zu ihnen herumgedreht. Kim wich ihren Blicken aus, aber es war wie am Tor – er konnte sehen, daß man hinter ihnen herstarrte. Und es waren keine angenehmen Blicke, die er fühlte.

Mit Schrecken entdeckte er auch einige Zwerge unter den Passanten, aber Priwinn raunte ihm zu, sich bloß zu beherrschen, und Kim tat sein Bestes. Zumindest trafen sie auf keine Eisenmänner, während sie weitergingen. Aber das bedeutete nichts – von Priwinn wußte er, daß es sie hier gab, wenn auch vielleicht noch nicht in so großer Zahl wie anderenorts.

Sie passierten das Goldene Kalb, von dem der Mann am Tor gesprochen hatte, traten jedoch nicht ein – worüber Kim mehr als froh war. Aus der offenstehenden Tür drang Geschrei und johlendes Gelächter, allerdings von der Art, die wenig angenehm war. Er schauderte sichtbar.

»Lustig, nicht?« bemerkte Priwinn bitter. »Schade, daß wir nicht mehr Zeit haben. Sonst würde ich dir noch eine Menge anderer lustiger Dinge zeigen. Gorywynn hat sich wirklich verändert.«

»Das ist … furchtbar«, flüsterte Kim.

»Und das ist noch lange nicht alles«, sagte Priwinn. »Sieh dort hinauf.«

Kim gehorchte. Im ersten Moment entdeckte er nichts Besonderes, als sein Blick in die Richtung ging, in die Priwinns Hand deutete. Aber dann sah er es: zwischen den gläsernen Zitadellen der Stadt erhob sich ein wuchtiger, stumpfer Turm, dessen Wände das milde Licht der Kristallstadt aufzusaugen schienen. Kim mußte nicht fragen, um zu wissen, daß er aus Eisen bestand.

»Wohin gehen wir?« murmelte er, nachdem er eine geraume Weile stumm neben Priwinn hergegangen war.

»Zum Palast«, antwortete Priwinn. »Wir müssen herausfinden, wo sich Themistokles aufhält. Vielleicht halten sie ihn gefangen. Aber wir müssen uns beeilen. Es würde mich nicht wundern, wenn der Bursche vom Tor uns folgt, um sich zu überzeugen, ob wir tatsächlich im Goldenen Kalb absteigen. Sie sind mißtrauisch allen Fremden gegenüber.«

Sie sprachen nicht miteinander, während sie sich dem Burgschloß von Gorywynn näherten, aber Kim entdeckte auf jeden Schritt neue Schrecknisse – manche Straßen waren schon mit Eisen gepflastert, und die Türen nur zu vieler Häuser bestanden nicht mehr länger aus Glas, sondern ebenfalls aus schwarzem, lichtschluckendem Metall. Hier und da begegneten ihnen auch Zwerge, und es fiel Kim immer schwerer, sich bei ihrem Anblick zu beherrschen. Die furchtbare Veränderung, die mit Gorywynn vonstatten gegangen war, trieb ihm die Tränen in die Augen. Und sie machte ihn wütend.

Priwinn begann seine Schritte zu verlangsamen, als sie sich dem Palast näherten. Der gewaltige, vielfach unterteilte Turmbau erhob sich noch immer als höchstes Gebäude über die Zinnen der Stadt, und bis hierhin war das allgegenwärtige Eisen noch nicht vorgedrungen, wie Kim erleichtert feststellte. Und trotzdem schien es, als wäre der milde Glanz, den die gläsernen Wände ausstrahlten, blasser geworden. Ihr Licht schien einen Teil seiner Wärme eingebüßt zu haben. Es war nicht weniger hell. Aber es war … kalt.

»Wie kommen wir bloß hinein?« fragte Kim.

Priwinn zuckte mit den Schultern und zog nachdenklich die Unterlippe zwischen die Zähne. »Leicht wird es jedenfalls nicht«, meinte er. »Du hast vorhin die Wachen am Stadttor gesehen. Der Palast aber wird noch viel schärfer bewacht. Nicht einmal die Bewohner der Stadt dürfen ihn ohne Erlaubnis betreten.«

Kim war entsetzt. Als er damals hier gewesen war, da hatte es nirgendwo verschlossene Türen gegeben, die Burg und ihre Stadt waren eins gewesen. Und jedermann war willkommen. Diesmal jedoch mußte Kim sich vergeblich den Kopf über die Frage zerbrechen, wie man wohl ungesehen in dieses Gebäude eindringen konnte, das ganz aus Glas erbaut war.

Da kam ihnen der Zufall zu Hilfe. Priwinn ergriff Kim plötzlich am Arm und zog ihn hastig in eine Nische zwischen zwei Häusern, und gleich darauf rumpelte ein vollbeladener Wagen an ihnen vorüber, gezogen von zwei Mauleseln, die von einem Zwerg mit einer knallenden Peitsche angetrieben wurden. Kim wußte gar nicht recht, wie ihm geschah, da zerrte ihn sein Gefährte schon mit mehr als sanfter Gewalt mit sich und sprang mit ihm unter die Plane des Wagens.

»Woher weißt du, daß er ins Schloß fährt?« flüsterte Kim. Er konnte Priwinns Gesicht unter der Plane nicht sehen, aber er hörte ihn heftig in der Dunkelheit gestikulieren, daß Kim den Mund halten sollte. Trotzdem wisperte der Steppenprinz: »Ich weiß es gar nicht. Aber schließlich kann man ja auch mal Glück haben, oder?«

Nun ja ... dachte Kim, vielleicht hatten sie Glück. Und tatsächlich rollte der Wagen nur noch einige Augenblicke dahin, dann kam er zum Stehen, und die beiden konnten hören, wie ein mächtiges Tor geöffnet wurde. Wenig später rumpelte der Karren weiter, und nach einigem Geruckel und Geschaukel schien er am Ziel angekommen zu sein.

Hinterher wußte Kim natürlich, daß sie nur kurze Zeit auf dem Wagen gewesen waren – aber während sie in der

Dunkelheit lagen und mit angehaltenem Atem davor zitterten, daß die Plane fortgezogen und man sie beide entdecken würde, schien sie endlos zu sein. Doch schließlich wurden die Stimmen neben ihnen leiser. Und nach einigen weiteren Atemzügen wagte es Priwinn, behutsam einen Zipfel der Plane anzuheben und ins Freie zu blinzeln.

»Jetzt – schnell«, befahl er.

Rasch krochen sie unter der Plane heraus und huschten über den Innenhof des Palastes. Hier hatte sich nichts verändert, und es fiel Kim nicht schwer, Priwinn zu folgen. Sie betraten das Hauptgebäude durch eine schmale Nebentür, die – wie Kim sich erinnerte – in die Küche und zu den Vorratsräumen hinabführte, blieben einen Moment stehen, um zu lauschen, und huschten hinein.

Der große Raum mit den zahlreichen Kochstellen, mit Schränken und Regalen voller Töpfe und Tiegel war vollkommen leer. In der Luft hing ein unangenehmer Geruch wie nach verdorbenen Lebensmitteln und abgestandenem Wasser. Und während Kim eilig hinter Priwinn herlief, fiel ihm im Vorbeigehen auf, daß eine dünne Staubschicht auf dem Boden und den Möbeln lag. Alles war schon seit langer Zeit nicht mehr benutzt worden.

»Und jetzt?« fragte er, nachdem sie den Raum durchquert und einen schmalen Treppenschacht erreicht hatten.

Priwinn überlegte einen Moment. Dann deutete er nach oben. »Ich glaube, das ist die Treppe für das Gesinde«, sagte er. »Sie führt direkt nach oben, damit die Diener mit ihren Speisen nicht ständig durch die Haupthalle laufen müssen. Wenn wir Glück haben, finden wir die Tür zu Themistokles' Gemach.«

Aber das war leichter gesagt als getan. Wie sich herausstellte, war es beileibe nicht nur eine Treppe. Priwinn hatte zwar recht gehabt mit seiner Vermutung, jedoch zeigte sich bald, daß es abseits der breiten Treppen und Gänge des Palastes ein ganzes Labyrinth von geheimen Wegen zu geben schien, die für die Bediensteten vorgesehen waren. Sie öffneten ein Dutzend Türen, nur um verstaubte, verlassene Räume zu finden.

Davon allerdings mehr als genug. Der Anblick der Küche wiederholte sich – alles war verwaist, und die Luft roch schlecht und abgestanden. Kim kam sich mehr und mehr vor, als irrte er durch ein Haus, das schon vor Jahrzehnten von seinen Bewohnern verlassen worden war. Er sprach Priwinn darauf an, aber der Steppenprinz zuckte nur mit den Schultern.

Endlich fanden sie ein Zimmer, das nicht so ganz unbewohnt aussah wie die übrigen Räume. Priwinn zögerte einen Moment, hinter dem Vorhang herauszutreten, der die Dienertür verbarg, und auch Kim machte nur einen kleinen, fast unsicheren Schritt in das Zimmer hinein.

Das Gemach war sehr groß, sehr still und fast leer. Bis auf ein schmales gerades Stück an der gegenüberliegenden Seite, wo sich eine zweite, sehr viel breitere Tür befand, war es völlig rund und hatte Fenster an allen Seiten. Sie mußten sich unter der höchsten Spitze des Turmes befinden. Zwar sah man verschwenderische Teppiche, Bilder und Gobelins an den Wänden, aber es gab kaum Möbel – nur ein schmales Bett, einen einfachen Tisch und eine mächtige Truhe aus Eichenbohlen. Einzig ein gewaltiger, aus einem Stück geschnitzter Sessel war zum Fenster hin gerückt, so daß Kim und Priwinn nur die hohe Lehne erkennen konnten. Niemand war im Raum.

Kim sah sich enttäuscht um.

Priwinn zog eine Grimasse. »Ich verstehe das nicht«, meinte er. »Das hier muß Themistokles' Gemach sein. Ich habe gehört, daß es unter der Turmspitze liegt, und gehofft, daß der Magier hier ist …« Er seufzte tief.

»Das ist ganz richtig«, ließ sich da eine Stimme vernehmen. Kim und Prinz Priwinn fuhren erschrocken herum. Die Hand des Steppenprinzen schlug den Umhang zurück und legte sich auf den Schwertgriff, und auch Kims Finger suchten fast ohne sein Zutun das Zwergenschwert, das er unter dem Hemd trug.

Aus dem Stuhl erhob sich jetzt eine Gestalt. Alles an ihr war weiß – angefangen von dem dichten, bis auf die Schultern fallenden Haar, über die buschigen Brauen und den langen wallenden Bart bis hin zu der weiten Robe, die bis auf die Knöchel fiel. Ein alter Mann, sehr alt, seine Schultern von unzähligen Jahren gebeugt wie unter einer unsichtbaren Last, doch man sah ihm an, daß er früher einmal sehr groß gewesen sein mußte. Und seine sanften Augen strahlten warm und weise, daß Kim erschauerte.

»Themistokles?« rief er aus. »Du … du lebst!«

Der alte Magier lächelte sanft. »Warum sollte ich nicht? Ich bin zwar nicht unsterblich, aber mein letzter Tag ist noch lange nicht gekommen. Auch wenn der eine oder andere mich vielleicht schon für etwas tatterig halten mag.« Die letzten Worte, die ebenfalls von einem milden Lächeln begleitet wurden, galten Prinz Priwinn, der noch immer wie erstarrt dastand und den Zauberer ansah. Themistokles' Brauen zogen sich zusammen, und ein bekümmerter Ausdruck erschien auf seinem Gesicht, als er sah, daß die Hand des jungen Steppenreiters auf dem Schwertgriff lag. »Priwinn, Priwinn«, sagte er kopfschüttelnd. »Du hast anscheinend nichts gelernt. Du bist der gleiche Hitzkopf, wie es dein Vater in deinem Alter war. Und mir scheint, wie er es noch ist. Wieso kommst du in Waffen hierher und durch die Hintertür, wie ein Dieb in der Nacht, statt wie ein Freund an die Tür zu klopfen und um Einlaß zu bitten?«

Der Prinz ignorierte seine Frage. »Ihr seid … frei?« fragte er unsicher. Er sah sich rasch im ganzen Zimmer um, als erwarte er einen Hinterhalt.

»Ihr seid … nicht gefangen?«

»Gefangen?« Themistokles lachte ganz leise. »Hier, Prinz Priwinn? In meiner Burg? Wer sollte mich in Gorywynn gefangenhalten, wo ich doch unter Freunden bin?«

»Wißt Ihr, daß Eure *Freunde* Gold verlangen, damit man die Stadt überhaupt betreten kann?«

Themistokles seufzte. »Ja, das ist mir zu Ohren gekommen. Die Zeiten sind schwer. Manches hat sich geändert.« Er seufzte noch einmal, ließ sich wieder in seinen Stuhl sinken und deutete mit einer sonderbar matt wirkenden Geste zum Tisch hin. »Setzt euch doch, meine Freunde. Ich würde euch gerne etwas anbieten, aber es ist Nacht, und die Diener schlafen schon.«

Kim dachte an die verwaiste Küche und all die verstaubten Zimmer, und Themistokles' Benehmen kam ihm jetzt sonderbar vor. Er tauschte einen besorgten Blick mit Priwinn und setzte sich dann gehorsam.

»Du bist also zurückgekommen«, begann Themistokles von neuem, nun an Kim gewandt. »Das freut mich wirklich. Es ist lange her, daß du uns besucht hast, mein junger Freund. Hast du deine Schwester mitgebracht?«

Kims Verwirrung wuchs ins Unermeßliche. Aber er fing einen warnenden Blick von Priwinn auf und beherrschte sich. »Leider nicht«, sagte er.

»Das ist schade.« Themistokles schloß die Augen. Eine ganze Weile sagte er gar nichts, und Kim begann bereits darüber nachzudenken, ob der Zauberer vielleicht eingeschlafen war, wie es bei alten Menschen zuweilen in einem Gespräch vorkommt, als dieser die Lider endlich wieder hob und fragte: »Was führt dich her, Kim? Der Weg nach Märchenmond ist weit und beschwerlich, zumal für einen Menschen aus eurer Welt. Kamst du, um alte Freunde zu besuchen, oder gibt es einen anderen Grund? Ist gar bei dir zu Hause irgend etwas nicht in Ordnung?«

»Doch«, antwortete Kim verstört. »Im ... im Gegenteil. Ich dachte, Märchenmond ist es, das Hilfe braucht.«

»Wir?« Themistokles lächelte. »Wobei sollten wir wohl Hilfe brauchen? O nein – hier bei uns ist alles in Ordnung, nicht wahr, Freund Priwinn?«

Priwinns Gesicht verdüsterte sich. »Hier bei uns ist rein gar nichts in Ordnung«, grollte er. »Und Ihr wißt das verdammt gut, Themistokles! Was soll der Unsinn? Wollt Ihr uns verspotten?«

Themistokles wirkte ehrlich betroffen. »Ich fürchte, ich verstehe nicht, was du meinst, mein Freund«, sagte er ein bißchen verstimmt.

Priwinn fuhr auf. »Ihr –«

»Bitte, Priwinn!« Kim unterbrach den Prinzen mit einer Geste, warf ihm einen beinahe flehenden Blick zu und wandte sich dann wieder an Themistokles. »Aber ich sage die Wahrheit, Themistokles. Du hast mich gerufen. Es ist erst ein paar Tage her. Erinnerst du dich denn gar nicht?«

»Ich soll dich gerufen haben?«

»Es war ... vor dem Krankenhaus«, sagte Kim. Seine Stimme wurde beschwörend, und sie klang verzweifelt. Was war nur mit Themistokles los? »Versuch dich zu erinnern, bitte! Da war dieser Junge aus Caivallon, der plötzlich bei uns auftauchte. Und kurz darauf habe ich dein Gesicht als Spiegelbild erblickt, in dem Café. Weißt du nicht mehr? Du hast ausgesehen, als hättest du Angst.«

Zuerst blickte Themistokles ihn nur verstört an. Aber dann geschah etwas Erschreckendes: Plötzlich erschlafften seine Züge. Alles Leben schien aus seinen Augen zu weichen, und für einen Moment verlor er die Kontrolle über sein Gesicht: Sein Unterkiefer sackte herab, Wangen und Augenlider hingen schlaff, wie bei einem uralten Greis, der nicht mehr Herr seines Körpers war. Er begann im Stuhl zu wanken, und Kim spannte sich schon, um nötigenfalls rasch vorzuspringen und Themistokles aufzufangen, sollte er stürzen.

Doch es war nicht nötig. So rasch, wie die furchtbare Veränderung gekommen war, verschwand sie auch wieder. Und als Kim das nächste Mal in Themistokles Gesicht blickte, sah er erneut den mächtigen, weisen Beschützer und Hüter des Landes Märchenmond und keineswegs einen greisen, vergeßlichen Alten.

»Oh, ihr Götter der Unendlichkeit«, flüsterte Themistokles. »Was geschieht mit mir?« Zitternd hob er die Hände, fuhr sich durch Gesicht und Haar und betrachtete sekundenlang seine Fingerspitzen, als müsse er sich davon überzeugen, daß er noch er selbst war.

»Ist alles in Ordnung mit Euch?« fragte Priwinn bestürzt.

Themistokles nickte. »Ja«, sagte er. »Jetzt – ja. Was war los?«

Kim sah ihn ratlos an. »Du warst ... irgendwie seltsam.«

Der Zauberer nickte traurig. »Seltsam«, wiederholte er. »Ja, das ... das trifft es wohl. Ich fühle mich ... seltsam, manchmal.« Sein Blick wurde noch ernster. »Wie ein alter, müder Mann, nicht wahr?«

Seine Gäste schwiegen betreten, aber Themistokles forderte sie mit einer Geste auf, zu antworten. »So war es doch, oder?«

»Ja?« sagte Kim unbestimmt, wobei er seinem Blick auswich. Zuerst Kelhim, dachte er. Dann Rangarig – und jetzt auch Themistokles? Nein, das durfte nicht sein!

»Es ist so«, sagte Themistokles, und Kim begriff, daß der Zauberer seine Gedanken gelesen hatte. »Es ist ganz so, wie du denkst, Kim. Der Zauber erlischt.«

»Aber doch nicht bei dir!« rief Kim verzweifelt aus.

Themistokles lächelte schmerzlich. »Gerade die magischen Wesen spüren es als erste am eigenen Leib, wenn der Zauber aus einem Land weicht.«

»Was geschieht hier?« fragte – nein: wimmerte Kim.

»Wir wissen es nicht«, erwiderte Themistokles. Dann machte er eine entschiedene Geste und fuhr mit veränderter Stimme fort: »Aber genug. Unsere Zeit ist knapp, und wir haben Besseres zu tun, als sie mit Mitleidsbekundungen zu vertrödeln.«

Kim atmete innerlich auf. Ja – das war wieder der Themistokles, den er kannte! Und mit wenigen, knappen Worten erzählte Kim, was er auf dem Weg hierher erlebt und erfahren hatte. Der Zauberer Themistokles hörte schweigend zu, wie es seine Art war – aber er wirkte nicht besonders überzeugt, als Kim schließlich am Ende anlangte – und bei seinem Verdacht, daß das Zwergenvolk aus den östlichen Bergen etwas mit dem Verschwinden der Kinder zu tun habe.

»Ich weiß, daß manche das denken«, sagte Themistokles mit einem bezeichnenden Blick auf Priwinn. »Aber es ist falsch, glaube mir. Wäre es so einfach, hätten wir das Geheimnis schon ergründet.«

»Aber der Zwerg hat es selbst zugegeben!« ereiferte sich Priwinn.

Themistokles lächelte milde. »Eine Frage, Prinz von Caivallon«, sagte er. »Wenn dich ein Riese am Bein packt und schüttelte wie einen Sack Beeren, würdest du dann nicht auch alles zugeben, was man von dir hören will?«

»Ich glaube aber, daß Priwinn recht hat«, sprang Kim seinem Freund bei. »Dieses Land … geht zugrunde, Themistokles. Als ich das letzte Mal hier war, war alles anders. Menschen und Tiere und Pflanzen lebten gemeinsam und in Frieden – und es gab keine Eisenmänner.«

»Glaubst du wirklich, daß ich nicht schon längst auf den gleichen Gedanken gekommen bin?« fragte Themistokles traurig. »Nein, Kim – so gerne Priwinn und seine hitzköpfigen Freunde die Zwerge für alles verantwortlich machen würden; sie sind es nicht.«

»Sie sind ein widerwärtiges Volk!« rief Priwinn inbrünstig.

»Das mag sein – in deinen Augen«, befand Themistokles. »So wie sie dich wahrscheinlich nicht besonders mögen. Doch bedenke eines, Prinz: Das Unglück begann, noch bevor das Zwergenvolk erschien.«

»Aber die Gruben!« erinnerte Kim. »Sie zerstören das Land, Themistokles. Die Zwerge bauen Straßen aus Eisen und töten die Flüsse.«

»Es sind nicht die Zwerge, mein junger Freund«, wiederholte Themistokles sanft. Er seufzte tief, blickte einen Moment lang an Kim vorbei ins Leere und deutete dann auf eines der zahlreichen Fenster, die die Turmkammer hatte. »Ich stehe oft hier und blicke hinaus, Kim. Oh, ich sehe, was mit diesem Land geschieht, glaube mir. Ich sehe, was ihr beide gesehen habt, und vieles, vieles mehr. Der Zauber erlischt, Kim, das ist wahr. Aber es sind nicht die Zwerge, die ihn uns stehlen. Die Zwerge sind hier, weil die Bewohner dieses Landes sie gerufen haben. Sie sind nicht gewaltsam eingedrungen – die Männer und Frauen unserer Welt sind zu ihnen gegangen. Vielleicht töten sie unsere Welt. Doch sie tun es, weil man es hier so wollte.«

»Das ist nicht wahr, Themistokles!« protestierte Priwinn. »Nicht mehr lange, und dieses ganze Land wird aus Eisen bestehen.«

»Ja«, stimmte Themistokles traurig zu. »Doch nur, weil

die Herzen seiner Bewohner sich verwandelt haben, weil sie hart wie Eisen und kalt wie Stein geworden sind. Wer weiß – vielleicht sind all diese Kinder nicht verschwunden, sondern geflohen?«

»Das ist alles, was du dazu zu sagen hast?« fragte Kim leise.

»Was sollte ich denn sonst sagen, kleiner Held?« erwiderte Themistokles ernst.

Kim atmete hörbar aus. »Ich ... weiß es nicht«, gestand er. »Ich dachte, wir ... wir kämpfen zusammen gegen den Feind, der Märchenmond bedroht. Wie wir es schon einmal getan haben.«

»Kämpfen?« Themistokles' Blick glitt über die schwarze Rüstung, die Priwinn trug, und ganz kurz auch über Kims Hemd, fast als könnte er das Schwert sehen, das darunter verborgen war. »So wie dein Freund, der wieder einmal zum Schwert gegriffen hat? O nein, Kim. Der Feind, der uns diesmal bedroht, kommt nicht von außen. Er sitzt in uns selbst. Die Zeit der Magie ist einfach vorbei. Vielleicht wird Märchenmond allzubald nicht mehr das Land der Träume, der Märchen sein. Und wenn seine Bewohner es so wollen, habe ich weder das Recht noch die Macht, es zu verbieten. Ich bin alt geworden, Kim. So wie euer Freund Rangarig zu einem bösen, alten Drachen wird, so werde ich zu einem müden, alten Mann. Ich kann euch nicht helfen.«

»Ihr sagt nicht die Wahrheit!« begehrte Priwinn wütend auf. »Nicht alle hier wollen es so. Nicht alle sind damit einverstanden, daß der Zauber verschwindet.«

»Ich weiß«, sagte Themistokles. »Du und deine Freunde, ihr kämpft dagegen. Aber euer Weg ist falsch. Er wird euch nicht zum Ziel führen. Und ich kann euch nicht ewig schützen. Davon abgesehen – was wollt ihr tun? Die anderen mit Gewalt zwingen, wieder zu ihrem früheren Leben zurückzukehren?«

»Wenn es sein muß – ja«, meinte Priwinn entschlossen.

»Und wenn sie nicht wollen? Willst du einen Krieg entfachen? Willst du Bruder gegen Bruder kämpfen lassen, Vater gegen Sohn? Das Schwert ist da keine Lösung, Prinz Priwinn.«

»Dann sagt mir eine andere!« verlangte Priwinn.

»Das kann ich nicht«, entgegnete Themistokles.

»Und ... und wenn ich noch einmal zum Regenbogenkönig gehe?« schlug Kim vor. Prinz Priwinn blickte ihn überrascht an, während in Themistokles' Augen ein Ausdruck erschien, als hätte er genau auf diesen Vorschlag gewartet.

»Das wäre sinnlos«, sagte er dann. »Er hat uns einmal geholfen, das stimmt. Doch diesmal kann selbst er nichts für uns tun.«

»Aber warum hast du dann unseren Freund gerufen!« rief Priwinn aufgebracht und deutete auf Kim.

»Er kennt die Antwort«, sprach Themistokles. »Er weiß es selbst noch nicht, aber die Lösung aller Rätsel ist tief in ihm verborgen. Und es ist deine Aufgabe, Prinz von Caivallon, ihm zu helfen, die Antwort zu finden.«

Bevor Priwinn etwas erwidern konnte, wurde von draußen lautstark gegen die Tür gehämmert, und eine herrische Stimme verlangte Einlaß. Kim und der Steppenreiter tauschten einen alarmierten Blick und wollten aufstehen, aber Themistokles machte eine beruhigende Geste und rief mit lauter, sehr ruhiger Stimme: »Bitte?!«

Die Tür wurde mit einem Ruck aufgerissen, und zwei Männer in der Uniform, wie sie die Wächter am Tor getragen hatten, stürmten herein. Sie waren nicht allein. Hinter ihnen wieselte eine nur kindsgroße, dürre Gestalt mit einem schmutzigen, spitzen Gesicht herein. Als Kim und Priwinn nun dieses Gesicht erkannten, da sprangen sie von ihren Stühlen auf. Es war jener Zwerg, dem Kim und Gorg nur mit Mühe entkommen waren.

Priwinn schlug mit einem Fluch seinen Umhang zurück und zog sein Schwert, und auch Kim zog seine Waffe unter dem Hemd hervor. Der Zwerg sprang mit einem erschrokkenen Quietschen wieder zurück, während seine beiden Begleiter ebenfalls nach den Klingen griffen.

»Die Waffen weg!«

Themistokles' Stimme schnitt wie der Knall einer Peitsche durch den Raum, und plötzlich war es ganz und gar nicht mehr die Stimme eines müden, alten Mannes. Ihr Klang war so befehlend, daß Kim fast erschrocken den Dolch wieder einsteckte. Und auch Priwinn und die beiden Soldaten senkten ihre Schwerter.

»Was fällt Euch ein, in meinem Gemach Waffen zu ziehen?« herrschte Themistokles sie an. »Wer seid Ihr? Was wollt Ihr?«

»Die beiden da!« kreischte der Zwerg. Er hatte wohl gesehen, daß Themistokles' Zorn ihnen allen galt, seine beiden Besucher eingeschlossen, und bekam jetzt sichtlich wieder Oberwasser. »Das sind sie! Ergreift sie! Ich verlange, daß sie auf der Stelle eingesperrt werden!«

»Du hast hier nichts zu verlangen, Zwerg«, donnerte Themistokles. Seine Augen schienen Funken zu sprühen, und der Zwerg wich abermals einen halben Schritt zurück. »Diese beiden sind meine Gäste! Dich habe ich nicht eingeladen, wenn ich mich recht entsinne. Also beherrsche dich!« Etwas ruhiger, aber noch immer in scharfem Ton, wandte er sich an einen der beiden Soldaten. »Was hat das zu bedeuten, Hauptmann?«

Der Hauptmann steckte hastig sein Schwert weg und begann mit den Füßen zu scharren.

»Verzeiht, Herr«, begann er unsicher. »Aber ... aber dieser Zwerg da richtet schwere Vorwürfe gegen Eure beiden Gäste.«

»Welcher Art?« fragte Themistokles.

»Der da –« Der Zwerg deutete mit einem schmuddeligen Zeigefinger wie mit einem Dolch auf Kim. »– hat mich und meine Freunde überfallen. Zusammen mit einem Riesen ist er über uns hergefallen. Sie haben viele unserer Eisenmänner zerstört und hätten auch uns andere unweigerlich umgebracht, wären wir nicht geflohen. Wir gingen unserem Tagewerk nach, als sie auftauchten und einfach auf uns einzuschlagen begannen. Völlig grundlos!«

»Dieser Junge – gegen zwölf von Euren Eisenmännern?« Themistokles lachte leise. »Du scherzt, Zwerg.«

»Sein Begleiter war ein Riese, wie ich schon sagte!« protestierte der Zwerg. »Und ein geflügelter Drache war auch noch dabei.«

»Sicher«, sagte Themistokles ruhig. »Ich kenne sie.«

Der Zwerg funkelte ihn an. »Ich verlange mein Recht. Diese beiden sollen für den Schaden aufkommen, den sie angerichtet haben.«

»Wenn das alles ist ...«, Themistokles lächelte, machte einige Zeichen mit der linken Hand – und wie aus dem Nichts erschien ein faustgroßer Goldklumpen vor dem Zwerg in der Luft.

»Das dürfte Euren Schaden mehr als ausgleichen, Herr« meinte Themistokles.

Rasch bückte sich der Zwerg, hob den Goldklumpen auf und steckte ihn in die Tasche – aber der Stoff zerriß, und der Goldklumpen fiel krachend auf die Zehen des Zwerges herab, der kreischend auf einem Bein herumzuhüpfen begann. Kim unterdrückte ein Grinsen, und auch in den Gesichtern der beiden Soldaten zuckte es verdächtig.

Nur Themistokles blieb vollkommen ernst. »Ist dein Anliegen damit erledigt?« fragte er.

»Nein«, grollte der Zwerg, nachdem er sich wieder beruhigt und den Goldklumpen wieder aufgehoben hatte. Er deutete abermals anklagend auf Kim. »Ihr gebt also zu, daß dieser Bursche da schuldig ist. Ich verlange seine Auslieferung. Und die des anderen auch. Ich weiß, daß er zu den Rebellen gehört, die in den Wäldern leben und unsere Schmieden überfallen.«

»Stimmt das?« wandte sich Themistokles an Prinz Priwinn.

»Blödsinn«, antwortete Priwinn. »Wir leben nicht in den Wäldern.«

»Da hörst du es«, sagte Themistokles. »Blödsinn.« Er lachte, aber es hörte sich mehr wie ein Kichern an. Kim warf ihm einen erstaunten Blick zu. Das war gar nicht Themistokles' Art, so herumzualbern ...

Der Zwerg ächzte vor Wut. Dann wandte er sich mit einer herausfordernden Geste an die beiden Wachen. »Ich verlange mein Recht, Hauptmann!« keifte er. »Die beiden haben uns heimtückisch überfallen. Sind wir Zwerge weniger wert als ihr, daß man ungestraft so mit uns umspringen kann?«

Dem Hauptmann war anzusehen, daß er sich von Sekunde zu Sekunde weniger wohl in seiner Haut fühlte. Er sah Themistokles nicht an, als er sich an ihn wandte. »Verzeiht, Herr, aber ... aber wenn der Zwerg die Wahrheit sagt, dann ... dann müßt Ihr uns beide übergeben. Sie haben ein Verbrechen begangen.«

»Das haben wir nicht!« rief Kim. »Dieser Zwerg hat uns angegriffen. Wir haben uns nur gewehrt!«

»Da hört ihr es!« keifte der Zwerg. »Er gibt es selbst zu!«

Themistokles antwortete nicht gleich. Und als Kim sich nach ein paar Sekunden herumdrehte und in sein Gesicht sah, erschrak er zutiefst. In Themistokles' Augen flackerte es. Es schien ihm immer mehr Mühe zu bereiten, sich auf das Gespräch zu konzentrieren. Aber dann strengte er sich noch einmal an und fand zu seinem früheren Selbst zurück.

»Wenn es so ist, Hauptmann«, sagte er, »so werde ich selbst über sie richten. Oder zweifelt Ihr mein Urteilsvermögen an?«

»Natürlich nicht, Herr«, entgegnete der Hauptmann hastig. »Bitte verzeiht.«

»Schon gut«, sagte Themistokles. Er zitterte. »Geht jetzt. Ich werde diese beiden anhören und dann entscheiden, was mit ihnen zu geschehen hat. Geht – und nehmt diese häßliche Kreatur mit, ehe ich sie in eine Kröte verwandle!«

Die Augen des Hauptmannes wurden groß, und auch der Zwerg sperrte vor Unglauben Mund und Augen auf. Aber bevor er ging, wandte er sich noch einmal mit einem haßerfüllten Blick an Kim. »Wir werden uns wiedersehen«, versicherte er. »Glaub bloß nicht, daß ich lockerlasse.«

Der Zwerg und die beiden Soldaten gingen, und sowohl Kim als auch Priwinn fuhren zu Themistokles herum, kamen aber nicht dazu, irgend etwas zu sagen. Der alte Zauberer wankte immer heftiger und hatte plötzlich nicht mehr die Kraft, auf eigenen Beinen zu stehen. Mit einem erschöpften Seufzen, das fast wie ein Schrei klang, ließ er sich in seinen Sessel sinken.

»Themistokles!« rief Kim erschrocken. »Was hast du?«

»Schwach ...«, hauchte Themistokles, »ich ... fühle mich so schwach. Es ist als ... sauge mir etwas die Kraft aus.«

»Der Zwerg!« rief Priwinn haßerfüllt. »Ich werde diesen Burschen –«

»Du wirst gar nichts«, unterbrach ihn Themistokles matt. »Ihr müßt ... fliehen. Ich weiß nicht, wie lange ich euch noch beschützen kann. Er wird wiederkommen. Geht, solange ich noch ... Herr meiner Sinne bin. Geht auf demselben Weg, auf dem ihr gekommen seid. Und gebt acht. Sie werden versuchen, euch aufzulauern.«

»Wir können dich doch nicht allein lassen!« rief Kim, aber Themistokles schüttelte abermals den Kopf. Müde streckte er die zitternde Hand aus und berührte ganz flüchtig Kims Wange.

»Du bist tapfer«, murmelte er. »Aber dein Mut wäre verschwendet. Hab keine Sorge – noch bin ich Herr von Gorywynn, und sie werden es nicht wagen, die Hand gegen mich zu erheben.« Er lachte leise und ohne die mindeste Spur von Humor. »Es ist ja auch gar nicht nötig. Nicht mehr lange, und ich werde nichts weiter sein als ein vergeßlicher alter Mann, der in seiner Turmkammer sitzt und die wenigen Sterne zählt, die seine kurzsichtigen Augen noch sehen. Vielleicht ist es gut so. Ich bin so müde. So unendlich müde ...«

Und damit schlief er tatsächlich mitten im Wort ein.

Kim starrte ihn fassungslos an, dann schrie er auf und begann, an seiner Schulter zu rütteln, bis Priwinn ihn mit Gewalt von Themistokles fortzerrte. Kim schlug seine Hand beiseite.

»Laß mich!« schrie er.

»Wir können nichts für ihn tun«, meinte Priwinn ernst. »Themistokles hat recht – wir müssen unser Leben retten.«

»Ich lasse ihn nicht hier zurück!«

Der Steppenreiter schüttelte traurig den Kopf. »Sie werden ihm nichts tun«, sagte er. »Sieh ihn doch an. Er ist keine Gefahr mehr für sie. Ich glaube, diese Unterhaltung mit uns hat alles aufgezehrt, was noch an Kraft in ihm war. Komm.«

Es verging noch eine geraume Weile, in der Kim einfach dastand und den schlafenden alten Mann auf dem Stuhl vor sich anblickte. Wieder füllten sich seine Augen mit Tränen. Der Anblick brach ihm schier das Herz.

Aber schließlich sah er ein, daß Priwinn recht hatte – sie konnten rein gar nichts für Themistokles tun. Und sie selbst waren noch lange nicht außer Gefahr.

Er wischte die Tränen fort, straffte die Schultern und wollte zu der verborgenen Türe zurückgehen, durch die sie den Raum betreten hatten, als ihm auffiel, wie Priwinn an einem der Fenster stand und diesen trällernden Laut hören ließ. Und wie schon einmal, vergingen nur wenige Augenblicke, bis das Rauschen gewaltiger Schwingen die Stille der Nacht unterbrach und Rangarig kam, um sie abzuholen.

XIII

Sie flogen auch dieses Mal nur ein kurzes Stück auf Rangarigs Rücken, aber jeder Verfolger zu Pferde oder gar zu Fuß hätte lange gebraucht, um sie einzuholen; vorausgesetzt er hätte gewußt, wo er sie zu suchen hatte.

Kim zitterte vor Ungeduld. Schon während des Fluges versuchte er, mit Priwinn und Gorg zu reden, aber der pfeifende Wind auf Rangarigs rasendem Flug machte eine Verständigung unmöglich. Kaum aber glitten sie vom breiten Rücken des Drachen herunter, fiel er über Priwinn her.

Aber Priwinn antwortete nicht sofort auf die vielen Fragen, die Kim nahezu gleichzeitig hervorsprudelte. Hastig zog er Kim ein Stück von Rangarig fort. Der Drache war unruhig. Seine Krallen zerrissen den Boden, und sein zuckender Schweif entwurzelte Büsche und kleinere Bäume. Sein Kopf war erhoben und bewegte sich unablässig hin und her, als suche er den Himmel ab.

Als Priwinn endlich stehenblieb, fragte Kim: »Was hat Themistokles damit gemeint – er könne euch nicht länger schützen? Und was bedeuten die Worte des Zwerges: die Aufständischen, die in den Wäldern leben.«

»Alles Unsinn«, gab Priwinn zurück. »Ich habe doch schon gesagt – wir leben nicht in den Wäldern.«

Kim mußte sich mit aller Macht beherrschen, um nicht loszubrüllen. »Du weißt ganz genau, was ich meine«, sagte er gepreßt. »Also?«

Priwinn musterte ihn fast feindselig, und wieder war es der gutmütige Riese Gorg, der einlenkte.

»So ein großes Geheimnis ist es nicht«, sagte Gorg. »Es gibt schon viele, die wie wir nicht mit dem einverstanden sind, was hier vorgeht.«

»Ich verstehe«, murmelte Kim. »Und ihr wollt sogar mit Gewalt losschlagen, um die Eisenmänner und damit die Macht der Zwerge zu vernichten.«

»Wenn es sein muß.« Plötzlich wurde Priwinns Stimme fast flehend. »Du hast gesehen, was in Gorywynn vorgeht. Du hast Themistokles gesehen – reicht das denn immer noch nicht?«

»Doch«, antwortete Kim. »Aber ich habe auch gehört, was er erzählt hat. Die Zwerge –«

»Er weiß nicht mehr, was er sagt!« fiel ihm Priwinn ins Wort. »Kim, du hast es selbst erlebt! Er ist ein alter, schwacher Mann geworden. Jedes Kind könnte ihn täuschen. Hast du nicht selbst gesagt, daß die Zwerge etwas mit den Veränderungen in Märchenmond zu tun haben?«

Kim fühlte sich plötzlich hilflos. Er vertraute Priwinn und Gorg nach allem, was er gesehen hatte. Aber er vertraute auch Themistokles. War es denn möglich, daß es zwei Wahrheiten gab? Und daß beide Seiten recht hatten, jede auf ihre Art? Es war verwirrend. Man bekam Kopfschmerzen, wenn man zu lange über diese Frage nachdachte.

»Ihr plant also so eine Art Rebellion«, vermutete Kim.

Priwinn sah ihn unwirsch an.

»Nun, ja«, meinte Gorg.

Der Prinz schenkte ihm einen giftigen Blick. »Nun, ja«, wiederholte Gorg unbeirrt, »jetzt, wo du da bist …«

»Ich?« wunderte sich Kim.

»Natürlich du!« sagte jetzt Priwinn. Er schlug seinen Umhang zurück und legte die flache Hand auf den Brustharnisch der schwarzen Rüstung, die er darunter trug. »Die Leute hier haben nicht vergessen, was du für sie getan hast, Kim. Du hast unsere Welt schon einmal gerettet. Ich bin sicher, sie würden dir folgen, wenn du sie rufst. Zieh diese schwarze Rüstung an, stell dich an unsere Spitze, und wir jagen das Zwergenvolk dorthin, wo es hergekommen ist.«

»Ganz gleich, ob es schuldig ist oder nicht, wie?« gab Kim zurück.

Rangarig bewegte sich unruhig. »Wir sollten nicht zu lange hierbleiben«, knurrte er. »Ich glaube, jemand … etwas kommt.«

»Nur einen Moment noch, Rangarig« rief Priwinn, ohne den Drachen auch nur anzusehen. »Das hier ist wichtig.« Er schaute Kim durchdringend an. »Also – wie entscheidest du dich?«

Kim schwieg. Er fühlte sich ratloser denn je. Und er empfand Priwinns Frage als unfair. Er konnte einen solchen Entschluß nicht innerhalb von Sekunden treffen.

»Ich kann das nicht entscheiden«, sagte er daher. »Nicht sofort.«

»Wann denn?« fragte Priwinn aufgebracht. »Wenn es zu spät ist?«

»Ich verstehe euch ja«, murmelte Kim. »Ihr ... ihr seid zornig. Ihr habt Angst, daß eure Welt zugrunde geht, und ihr stürzt euch auf den erstbesten, den ihr findet, und gebt ihm die Schuld.«

»Du hörst dich schon an wie Themistokles!« meinte Priwinn giftig.

Was nicht unbedingt das schlechteste ist«, bemerkte Gorg. Der Steppenprinz fuhr herum, als wolle er seinen Zorn nun auf den Riesen entladen, aber genau in diesem Moment knurrte Rangarig abermals tief und fast wütend: »Jemand kommt. Macht schnell!«

Sie zögerten nicht mehr länger. Ganz gleich, wie wichtig ihr Gespräch war – wenn sich Rangarig so benahm, dann taten sie besser, was er sagte.

Schon wollten sie zu dem Drachen hinübergehen, als sich Rangarig plötzlich mit einem markerschütternden Brüllen aufrichtete, die Flügel ausbreitete und mit einem gewaltigen Satz in die Höhe sprang. Wie ein goldener Blitz schoß er in den Himmel hinauf, und die Sturmwoge seiner peitschenden Schwingen riß nicht nur Kim und Priwinn, sondern selbst den Riesen von den Füßen und ließ sie alle meterweit davonkollern.

Kim zog den Kopf ein, als dem Sturmwind ein Hagel aus Erde, Steinen und zerfetztem Blattwerk und Ästen folgte. Erst nach einigen Sekunden wagte er es, die Hände herunterzunehmen und in den Himmel hinaufzublicken.

Rangarig kreiste über dem Wald, so hoch, daß er nur noch als goldfarbenes Funkeln sichtbar war. Und er war nicht allein.

Ein zweiter Schatten, riesig und mißgestaltet und ebenfalls nur als Schemen zu erkennen, näherte sich ihm. Seine Bewegungen waren sonderbar eckig und muteten schwerfällig an, aber sie wirkten nur so: Rangarig und der zweite Schatten umkreisten einander wie zwei gigantische Raubvögel, und keiner schien dabei merklich schneller als der andere zu sein.

»Was ist das?« flüsterte Kim entsetzt.

»Ich weiß es nicht«, gab Priwinn in der gleichen Tonlage zurück. »Aber wenn es etwas ist, das selbst Rangarig angst macht, dann ...«

Der Rest seiner Worte ging in einem ungeheuerlichen Dröhnen und Krachen unter, als die beiden Schemen hoch über ihnen am Himmel zusammenstießen. Für Augenblikke schienen sie zu einem einzigen gigantischen Schatten aus peitschenden Schwingen und hackenden Krallen und wogender Schwärze zu verschmelzen. Sie konnten hören, wie Rangarigs Krallen auf Widerstand stießen und etwas den Drachen selbst traf. Funken stoben auf. Dann lösten sich die beiden formlosen Giganten wieder voneinander und fuhren fort, einander zu umkreisen.

»Ein Drache?« murmelte Kim fassungslos. »Ist das ... ein Drache?«

»Nein«, sagte Gorg überzeugt. »Es gibt nur Rangarig. Das muß etwas anderes sein.«

Aber was? Kim strengte seine Augen an, aber der fremde Schatten blieb riesig und fast körperlos, auch als Rangarig mit ihm ein zweites und drittes Mal zusammenprallte, daß das ganze Himmelsgewölbe zu erzittern schien. Rangarig brüllte vor Wut und Schmerz, und als sie sich das vierte Mal voneinander lösten, da sah Kim deutlich, daß die Bewegungen des Golddrachen viel an Eleganz und Kraft eingebüßt hatten.

Aber auch sein Gegner war angeschlagen. Er torkelte nur noch über den Himmel – und plötzlich schwang sich Rangarig herum, gelangte mit einem einzigen, kraftvollen Flügelschlag über ihn – und stürzte wie ein herabstoßender Falke direkt auf den anderen herab. Wieder stoben Funken auf, und plötzlich löste sich etwas von den beiden ineinandergekrallten Gestalten und stürzte wie ein funkensprühender Meteor vom Himmel. Es schlug nur wenige Dutzend Schritte neben Kim und den anderen auf; so wuchtig, daß die Erde bebte.

Kim sprang auf und lief hin, während sich hoch über ihren Köpfen die beiden Gegner wieder voneinander lösten. Der Schatten ergriff die Flucht, aber Rangarig verfolgte ihn, wobei er immer wieder mit Krallen und Zähnen auf ihn einschlug. Der goldene Drachen hatte den Kampf gewonnen. Aber aus irgendeinem Grund war Kim nicht sicher, ob er sich darüber freuen sollte.

Kim blieb stehen und riß ungläubig die Augen auf.

Direkt vor seinen Füßen befand sich ein gut fünf Meter durchmessender Krater, der vorher noch nicht dagewesen war.

Die Erde rauchte, und im Herzen der Grube, die in den Waldboden getrieben worden war, lag eine abgerissene Klaue. Sie war größer als die Rangarigs, gebogen und messerscharf, und ihr zerfetztes Ende glühte in einem dunklen, drohenden Rot.

Sie bestand aus *Eisen!*

Kims Kopf flog mit einem Ruck in den Nacken. Der Schatten, noch immer von Rangarig verfolgt, war schon fast außer Sichtweite gekommen.

»Verdammt«, murmelte Gorg, der zusammen mit Priwinn neben Kim aufgetaucht war. Auch er starrte voller Unglauben hinunter auf die Stahlklaue. Priwinn sagte nichts. Aber Kim konnte sogar in der Dunkelheit erkennen, daß er leichenblaß geworden war.

Der Riese machte einen Schritt in den Krater hinein, beugte sich vor und hob die Kralle behutsam auf. Sein Gesicht zuckte, so heiß war ihr rotglühendes Ende, obwohl er es so weit von sich forthielt, wie er nur konnte.

Kim schauderte. Die Kralle war so groß wie seine Sense und zehnmal so scharf. Sich das dazugehörige Wesen vorzustellen, überstieg einfach seine Phantasie. Und selbst, wenn es ihm möglich gewesen wäre, hätte er es ganz bestimmt nicht gewollt.

»Wirf ... das weg«, krächzte Priwinn.

Gorg gehorchte sofort. Beinahe angewidert ließ er die Kralle fallen und trat wieder aus dem Krater heraus.

»Was ist das?« flüsterte Kim fassungslos. Aber schon keimte ein dunkler Verdacht in ihm. Allein die bloße Vorstellung war so schrecklich, daß er sich einfach weigerte, den Gedanken zu Ende zu denken.

Priwinn starrte ihn an, als wäre all dies hier Kims Schuld.

»Die Zwerge«, sagte der Prinz. »Wir ... wir argwöhnen schon lange, daß sie an etwas in dieser Art arbeiten.«

»Du glaubst, sie ... sie haben einen eisernen Drachen gebaut?« keuchte Kim.

Plötzlich schrie Priwinn ihn an: »Wie viele Beweise brauchst du denn noch, du Narr? Frag doch Rangarig, wenn er zurückkommt!«

Kim schwieg. Er nahm dem Prinzen seine Entgleisung kein bißchen übel. Er wußte, daß der Steppenprinz innerlich vor Angst fast verrückt sein mußte. Kim selbst erging es ja nicht anders. Auch er hätte am liebsten irgend jemanden angeschrien oder sogar – geschlagen.

Dieser Gedanke ernüchterte Kim wieder.

Mit einem Male begriff er, was in Priwinn und den anderen vorging. Jetzt spürte er selbst diese schon fast körperlich schmerzende Hilflosigkeit, die einfach danach schrie, einen Schuldigen zu finden, einen, den man für alles büßen lassen konnte, ob er es nun verdiente oder nicht. Er billigte Priwinns Verhalten nicht – aber er verstand es plötzlich.

Und fast im gleichen Augenblick wußte Kim nun, was er zu tun hatte. Die Lösung war so einfach, daß er sich verblüfft fragte, warum er nicht gleich darauf gekommen war.

»Ich werde euch helfen«, sagte er.

Priwinn riß die Augen auf. »Du wirst –«

»Ich werde bestimmt nicht diese Rüstung anziehen und an eurer Spitze in die Schlacht gegen eure Brüder reiten«, unterbrach ihn Kim rasch. »Aber ich werde euch helfen. Wie ich schon Themistokles sagte: Wir müssen noch einmal zum Regenbogenkönig! Wir müssen die Reise noch einmal machen! Er wird uns beistehen, er muß uns helfen, da bin ich ganz sicher!«

»Das ist verrückt!« entgegnete Priwinn, wenn auch nicht mehr ganz so heftig wie zuvor. »Noch einmal durch die Klamm der Seelen, wo der Tatzelwurm haust, und den unterirdischen Fluß entlang? Von Burg Weltende ganz zu schweigen! Das dauert zu lange!«

»Vielleicht«, sagte Kim. »Aber wie lange würde es dauern, jeden einzelnen Eisenmann zu zerschlagen und alle Zwerge in den östlichen Bergen aufzustöbern? Viel länger, da wette ich.«

Priwinn wollte erneut widersprechen, aber der Riese kam Kim zu Hilfe. »Er hat recht, mein Prinz«, sagte er. »Wir haben es einmal geschafft, und wir werden es wieder schaffen. Was den Tatzelwurm angeht ...«

»Der Tatzelwurm lebt?«

»Aber ja doch. Weißt du denn nicht mehr? Nachdem der Zauberer Boraas besiegt war, kehrten alle, die wir totgeglaubt haben, wieder ins Leben zurück. Rangarig ist ihm damals entkommen, und er wird es auch noch diesmal schaffen. Der Rest findet sich.«

Priwinn war nicht überzeugt. Aber er widersprach nicht, sondern starrte einen Moment lang abwechselnd Gorg und Kim an, ehe er schließlich mit den Schultern zuckte. »Laßt uns hören, was Rangarig dazu meint«, sagte er.

Es dauerte noch eine geraume Weile, bis der Drache zurückkam. Er setzte nicht sofort zur Landung an, sondern kreiste ein paarmal über dem Wald, wobei seine Klauen wütend in die leere Luft oder nach den Wipfeln der Bäume schlugen und sie zerfetzten. Als er schließlich landete, da bewegte er sich so unruhig weiter, daß sie es nicht wagten, in Reichweite seiner Schwingen und des zuckenden Schweifes zu kommen. »Rangarig!« schrie Priwinn. »Was war das? Hast du es zerstört?«

»Zerstören!« brüllte der Drache. »Ja. Zerfetzen. Zerreißen. Zerstören. Reißen. Fetzen. Töten. Töten. *Töten!* Jaaaaa!«

Rangarig gebärdete sich wie wild. Seine Krallen packten einen Baum und zerknickten ihn, wie Kim einen dürren Ast zerbrochen hätte. Schaum troff aus seinem Maul. »*Zerreißen!*« Er war schaurig.

»Rangarig – bitte wach auf!« keuchte Kim. »Wir sind es. Deine Freunde!«

Rangarigs Kopf ruckte herum. Seine gewaltigen Augen fixierten Kim, und für eine Sekunde sah Kim darin nichts anderes als das, was er auch im Blick des Bären gesehen hatte: Es war der Blick eines wilden, mordlüsternen Ungeheuers. »Zerreißen«, knurrte Rangarig. »Töten. Jaa!«

Kim machte einen Schritt auf den Drachen zu. Priwinn stöhnte entsetzt und wollte ihn zurückreißen, aber Kim wich seiner Hand aus und ging weiter auf Rangarig zu. Sein Blick blieb unablässig auf die riesengroßen Drachenaugen gerichtet.

»Komm zurück!« rief Priwinn verzweifelt. »Er bringt dich um!«

Kim ging weiter. Er war ganz und gar nicht sicher, ob Priwinn nicht recht hatte. Er fürchtete sich. Sein Herz jagte, und seine Knie zitterten so heftig, daß er Mühe hatte, einen Fuß vor den anderen zu setzen. Aber er wußte, daß er nicht mehr zurück konnte. Wenn er jetzt versuchte, sich herumzudrehen und davonzulaufen, das war klar, dann würde Rangarig ihn unweigerlich töten.

»Bitte, Rangarig«, flüsterte Kim. »Komm zu dir! Ich bin es, Kim. Wir sind deine Freunde. Bitte, erinnere dich!«

Der Drache war immer noch im Taumel. Seine Krallen rissen Gräben in den Boden. »Zerfetzen. Töten. Ja, ja, jaaaaaaa!«

»Nein«, murmelte Kim. »Das ist falsch. Wir sind nicht deine Feinde. Du bist kein böser Drache, Rangarig. Erinnere dich! Wach auf! Komm zu dir, bitte!«

Und langsam, ganz, ganz langsam, erlosch das mörderische Feuer in Rangarigs Augen. Es dauerte lange, sehr lange, während Kim mit klopfendem Herzen und zitternden Händen und Knien dastand und dem Drachen zusah, wie dieser unendlich mühevoll wieder zu dem wurde, was er einst war: Rangarig, der Golddrache aus Gorywynn, Freund und Beschützer Märchenmonds.

Kim seufzte erleichtert auf, machte einen letzten Schritt und schlang die Arme um Rangarigs mächtigen Hals. Zitternd preßte er sich gegen das schuppige Gesicht des Drachen und stand einfach da mit geschlossenen Augen. »Oh, Rangarig«, schluchzte er. »Ich ... ich dachte schon, wir hätten dich verloren.«

Der Drache antwortete nicht, aber plötzlich benetzte etwas Warmes Kims Gesicht und seine Hände, und als er aufsah, da erkannte er, daß es eine dicke Träne war, die aus Rangarigs Augenwinkel rollte. Der Drache weinte.

»Bald, mein kleiner Freund«, flüsterte er. »Bald werde ich dein Feind sein. Geh, solange du es noch kannst.«

»Niemals«, antwortete Kim. »Ich bleibe bei dir, wir alle bleiben bei dir. Zusammen werden wir es schaffen. Wir ... wir werden dieses eiserne Ungeheuer besiegen. Wir alle zusammen. Du hast es doch schon vertrieben!«

»Es ist stärker als ich«, antwortete Rangarig. »Sie haben es nur zu früh losgeschickt, es ist noch nicht fertig. Aber bald werde ich es nicht mehr besiegen können. Und wenn, dann wäre ich nach dem Sieg nicht mehr ich selbst.« Er stieß Kim sanft mit der Schnauze an, so daß dieser ein paar Schritte zurücktorkelte.

»Ich muß euch verlassen«, sagte er. »Jetzt.«

»Nein!« rief Kim verzweifelt. »Du täuschst dich, Rangarig. Du hast diese fliegende Bestie besiegt, und du wirst sie wieder besiegen!«

»Begreifst du denn nicht, daß es nicht dieses Monstrum ist, gegen das ich kämpfe?« brummte Rangarig. Die Tränen waren versiegt, und für einen winzigen, schrecklichen Moment blitzte wieder diese Wut in seinen Augen auf, die Kim so sehr erschreckt hatte. »Es ist nicht allein der Stahldrache! Ich selbst bin es, den ihr fürchten müßt! Solange ich bei euch bin, wird er euch verfolgen. Und er wird mich besiegen, um danach euch zu töten. Oder ich werde ihn besiegen. Aber dann werde ich es sein, den ihr fürchten müßt. Es läßt sich nicht ändern. Ich muß gehen.«

»Noch einen Moment!« flehte Kim. »Bitte, nur noch einen Augenblick. Ich weiß, wie ich euch helfen kann!«

Der Drache hatte bereits halb die Flügel gespreizt, hielt aber jetzt noch einmal inne.

»Ich werde es noch einmal tun«, sprudelte Kim hervor. »Ich gehe zum König der Regenbogen. Er wird uns helfen. Er hat Märchenmond schon einmal gerettet! Aber ich schaffe es nicht dorthin ohne dich. Der Weg ist zu weit. Bitte!«

Der Drache überlegte. Sein Blick glitt über Kims Gesicht, dann sah er zu seinen beiden Freunden hinüber, und schließlich wieder zu Kim. »Du kennst die Gefahren, die auf dem Weg dorthin lauern«, sagte er schließlich.

»Sie sind nicht größer als die, die hier auf uns warten«, antwortete Kim. »Bitte, Rangarig! Bring uns hin.«

Noch einmal zögerte der Drache. Wieder blickte er Priwinn und Gorg an, und obwohl Kim nicht hinsah, spürte er, wie der Riese nickte.

»Also gut«, meinte Rangarig endlich. »Bis zur Klamm der Seelen und dem See des Tatzelwurms. Du kennst die Spielregeln.«

In Kims Hals saß plötzlich ein bitterer, stacheliger Kloß. O ja, und ob er die Spielregeln kannte. Es gab nur einen Weg, den schrecklichen Tatzelwurm zu überwinden, der den Eingang des unterirdischen Flusses bewachte: nämlich den, daß ihn ein gleichwertiger Gegner zum Kampf herausforderte. Es war nun einmal so.

Und auch das gehörte zu den Regeln: daß kaum einer den Kampf mit dem Tatzelwurm überlebte.

Mit einem Gefühl tiefen, unendlich tiefen Schmerzes wurde sich Kim der Tatsache bewußt, daß Rangarig soeben diese Todesgefahr auf sich genommen hatte.

Da der Weg weit und Rangarig erschöpft und verletzt war, brauchten sie mehr als eine Woche, um die Berge zu erreichen, in denen die Klamm der Seelen lag. Vieles gab es auf dieser Reise, das Kim zutiefst erschreckte.

Das Land, über das sie hoch am Himmel hinwegglitten, war nicht mehr zu erkennen. Zuerst war die Veränderung noch geringfügig und kaum sichtbar: eine neue Straße, eine Stadt, die Kim nicht kannte, ein künstlich begradigter Fluß, ein Feld, das etwas größer war als früher. Aber sie wurde größer, je weiter sie nach Norden kamen, bis selbst Kim die Augen vor der Wahrheit nicht mehr verschließen konnte. Die Städte waren groß und finster, und manche, die wie kleine Spielzeugdörfer unter ihnen hinwegglitten, sahen aus, als wären sie völlig aus Eisen erbaut. Es gab Straßen, die so breit waren, daß sie wie Flüsse aus schwarzem Metall unter ihnen lagen, und auf denen zehn Wagen nebeneinander fahren konnten. Die Flüsse zwängten sich jetzt in linealgeraden Betten aus Eisen, in denen rostbraunes Wasser sprudelnd dahinschoß, alles mit sich reißend, was versuchte, auf den metallenen Böschungen Fuß zu fassen.

Und dann gab es die Feuer.

Sie sahen sie in der ersten Nacht, in der sie ihr Lager aufschlugen: ein blasser, rötlicher Glanz weit hinter ihnen, gerade, daß er über den Horizont strahlte. Sie sahen sie auch in der Nacht darauf und in der nächsten – überhaupt in jeder, bis sie die Berge erreichten. Und manchmal, wenn der Wind günstig stand, wehte er das Echo von klingenden Hammerschlägen zu ihnen. Irgend jemand verbrachte die Nächte damit, etwas Bestimmtes zu schmieden und zu hämmern, während Rangarig seine Wunden leckte, die er im Kampf mit dem Stahldrachen davongetragen hatte.

Manchmal konnte Kim sehen, wie Rangarig den Kopf schräg legte und lauschte. Auch Priwinns Gesichtsausdruck war von tiefer Sorge gezeichnet, wenn er abends dastand und nach Süden blickte. Und – so schien es – die Feuer kamen immer näher. Jede Nacht nur ein bißchen. Ganz langsam, aber unerbittlich.

Die letzte Nacht, bevor sie die Klamm der Seelen erreichten, verbrachten sie noch einmal auf einem Hochplateau; einem kargen, völlig unzugänglichen Stück Fels, das schon zum Schattengebirge gehörte. Keiner von ihnen schlief sehr gut in dieser Nacht, und als Kim lange vor Sonnenaufgang erwachte, stellte er fest, daß alle anderen bereits aufgestanden waren.

Priwinn und Gorg hatten ein Feuer entzündet, um das sie herumsaßen und sich mit gedämpften Stimmen unterhielten, zwei völlig ungleiche Schatten, die sich zum Schutz vor der Nachtkälte eng nebeneinandergesetzt hatten und die Hände über den Flammen rieben. Auf der anderen Seite des Feuers saßen zwei kleinere, auch völlig unterschiedliche Schatten – Bröckchen und Sheera, unzertrennlicher denn je, die aber mit jeder Stunde, die sie sich der Klamm der Seelen näherten, auffallend ruhiger und ernster wurden.

Kim fühlte sich plötzlich sehr einsam.

Umständlich wickelte er sich aus der Decke, in die er sich am vergangenen Abend eingerollt hatte, stand auf und wollte zum Feuer hinübergehen, denn die Kälte biß wie mit gläsernen Zähnen in seine Haut. Aber dann streifte sein Blick das Gesicht des Drachen, und er sah, daß Rangarig ebenfalls schon wach war, und er zögerte. Priwinn hob den Kopf und sah zu Kim herüber, aber Gorg machte eine abwehrende Bewegung, als der Prinz etwas sagen wollte. Kim blieb eine Weile völlig reglos stehen, und als er sich dann endlich in Bewegung setzte, ging er auf Rangarig zu und nicht zum Feuer, obwohl die Kälte immer grausamer wurde.

»Guten Morgen, kleiner Held«, begrüßte ihn der Drache. Nach der knurrigen, unwirschen Art, in der er sich die letzten Tage benommen hatte, waren dies recht ungewöhnliche Worte.

»Hal ... lo«, sagte Kim verlegen. Plötzlich schien sein Kopf wie leergefegt. Er erinnerte sich an nichts mehr von alledem, was er hatte sagen wollen. Es erschien ihm alles so überflüssig.

»Ich ... ich wollte dir noch etwas sagen, Rangarig«, versuchte es Kim stockend; und obwohl er all seine Willenskraft aufbot, war es ihm plötzlich nicht mehr möglich, dem Blick der riesigen Drachenaugen standzuhalten.

»Ich höre.«

»Du mußt nicht mitkommen«, sagte Kim. »Ich meine, zum Verlorenen See. Du ... du hast uns bis hierher gebracht, und vielleicht ... vielleicht bringst du uns noch bis zur Klamm der Seelen, aber danach können wir allein weitergehen.«

»Du weißt genau, daß ihr das nicht könnt«, brummte Rangarig.

»Wieso? Nur weil –«

»Weil es nun einmal so ist«, unterbrach ihn der Drache, »daß die Fahrt über den See des Tatzelwurms mit Blut erkauft werden muß. Er verlangt ein Leben, um den Weg freizugeben. Versucht ihr, ihn um seinen Lohn zu betrügen, so wird er euch alle töten.«

»Aber wieso muß es ausgerechnet deines sein?« fragte Kim verzweifelt.

»Das muß es nicht«, antwortete der Drache. Kim blickte ihn überrascht an, und Rangarig machte eine Kopfbewegung zum Feuer hin. »Wen deiner Freunde willst du opfern? Priwinn? Gorg? Den komischen kleinen Kerl, der bei dir ist? Oder den Kater?«

»Das … das ist nicht fair«, stammelte Kim.

»Fair?« Rangarig gab ein Geräusch von sich, das ein Lachen sein mochte – oder auch das genaue Gegenteil. »Wer hat jemals behauptet, daß das Leben fair ist?« fragte er. »Also – wen willst du opfern? Dich vielleicht?«

»Hör auf!« schrie Kim. »Du … du weißt, daß ich das nicht gemeint habe.«

»Natürlich«, sagte Rangarig. »Und *du* weißt, daß es nur einen Weg vorbei am Tatzelwurm gibt.« Er lachte grollend. »Ich habe ihn schon einmal verdroschen, hast du das schon vergessen? Ich werde ihm einen Knoten in seinen schmutzigen Hals machen. Ich denke, das hält ihn lange genug auf, daß ihr vorbei kommt.«

»Aber du wirst sterben«, murmelte Kim.

Plötzlich wurde der Drache sehr ernst. »Das mag sein. Doch ich sterbe für euch. Für Märchenmond.«

Als ob das ein Trost wäre! Der Tod war schlimm, dachte Kim, und der Tod eines Freundes war doppelt schlimm. Aber ihn als Preis für etwas zu bezahlen – das war entsetzlich.

»Ich werde ohnehin sterben«, sagte Rangarig plötzlich. »Hast du vergessen, was mit mir geschieht? Den Rangarig, den du kennst, kleiner Held, den wird es bald nicht mehr geben, so oder so. Ich spüre es. Etwas Wildes erwacht in mir, Kim. Bald schon, vielleicht in wenigen Tagen, werde ich nicht mehr das sein, was ich bisher war.«

»Aber du wirst leben!«

»Werde ich das?« fragte Rangarig. »Dann sag mir eines, kleiner Held. Wo liegt der Unterschied, ob ich sterbe, weil mein Körper zerstört wird oder meine Erinnerung. Bin ich nicht so gut wie tot, wenn ich eines Morgens die Augen aufschlage und nicht mehr weiß, wer ich bin? Wenn ich dich vergessen habe und Priwinn und den Riesen und alle, die ich kannte? Mein Körper wird leben, und in ihm wird ... etwas sein. Ein neuer Rangarig. Aber sag mir – wer werde ich sein, wenn ich an jenem Morgen erwache?«

Kim hatte keine Antwort auf diese Frage, und wie sollte er auch? Sonst hätte er gewußt, was Leben bedeutet, und wer wußte das schon.

Rangarig lachte leise. »Oh, ihr Menschen! Ihr seid so klein und so tapfer. Ihr lebt nur kurz, verglichen mit einem Wesen wie mir, und doch vollbringt ihr in dieser kurzen Spanne wahre Wunderdinge; manchmal wenigstens. Wenn es euch in den Kram paßt, dann fordert ihr selbst die Götter heraus. Aber so etwas Natürliches wie der Tod bringt euch zur Verzweiflung. Es ist nichts Schlimmes daran, zu sterben. Ohne den Tod gibt es kein Leben.«

Kim schwieg sehr lange. Er hatte noch nie über diese Fragen nachgedacht.

»Weil du jung bist«, sagte Rangarig mitten in Kims Gedanken hinein. »Und nun geh. Geh zu deinen Freunden ans Feuer, wärme dich und iß etwas, wir haben einen langen und anstrengenden Weg vor uns.«

Sie flogen immer weiter nach Norden, und das Land unter ihnen wurde mit jedem Flügelschlag, den Rangarig tat, karger und unwirtlicher. Kim vermied es, so gut er konnte, nach unten zu blicken, denn jeder Fußbreit Boden hier war mit schmerzlichen Erinnerungen getränkt. Hier hatte er seinen größten Kampf gekämpft. Nie hatte er einen größeren Triumph und niemals größere Trauer verspürt.

»Irgend etwas stimmt hier nicht«, rief da Rangarig. Er

war der einzige, der mit seiner mächtigen Drachenstimme das Heulen des Windes übertönen konnte; allen anderen wurden die Worte von den Lippen gerissen, kaum daß sie sie ausgesprochen hatten. »Zu viele Leute.«

Kim blickte verwundert nach unten. Sie flogen so hoch, daß er Mühe hatte, auch nur irgend etwas auszunehmen – geschweige denn einzelne Gestalten. Aber Rangarig hatte ja schon oft genug bewiesen, daß er über weitaus schärfere Sinne verfügte als sie.

Aber jetzt ging der Drache tiefer und flog langsamer.

Tatsächlich entdeckten sie nun hier und da eine Hütte, einen kleinen Hof und einmal sogar ein ganzes Dorf mit einem Dutzend gedrungener, aus schwarzem Eisen erbauter Häuser. Dazwischen schlängelten sich Straßen dahin wie metallene Schlangen, und machmal blieb eine der winzigen Gestalten darauf stehen und blickte zu ihnen hoch.

Seltsam, bisher war Kim der Meinung gewesen, daß es so weit nördlich keine Ansiedlungen mehr gab. Die Nähe der Klamm der Seelen machte jedem angst. Niemand kam hierher, wenn es sich vermeiden ließ – und niemand *wohnte* hier. Wenigstens war das so gewesen, als sie das letzte Mal hierher kamen ...

Sehr viel langsamer als bisher und kaum in Höhe der Baumwipfel, glitt der Drache weiter. Sie schlugen einen großen Bogen um die Häuser, die sie aus der Höhe heraus betrachtet hatten, aber natürlich war es unvermeidlich, daß Rangarig trotzdem gesehen wurde. Kim war nicht wohl bei dem Gedanken, daß irgend jemand wußte, wohin sie reisten. Aber eigentlich, versuchte er sich zu beruhigen, spielte das jetzt keine Rolle mehr.

Wenn sie erst einmal am Verlorenen See und am Tatzelwurm vorbei waren, würden ihre Verfolger sich schon etwas verdammt Schlaues einfallen lassen müssen, um weiter auf ihrer Spur zu bleiben.

Endlich kam die Klamm der Seelen in Sicht. Kim erschauerte unwillkürlich, als er den klaffenden Riß im Boden erblickte, der das Land wie ein vielfach verästelter Blitz spaltete. So tief, daß sein Grund nicht mehr zu sehen war, und von einer Schwärze erfüllt, die wie ein eisiger Hauch seine Seele berührte. Deshalb auch der Name dieser Schlucht: Sie war die Heimat der Angst. Nichts und niemand, ganz gleich, ob groß oder klein, stark oder schwach, mutig oder feige, vermochte sich ihrem schwarzen Atem zu entziehen. Als sie das erste Mal hiergewesen waren, da hatte selbst Rangarig vor Angst geschlottert.

Diesmal tat er es nicht.

Es sollte noch eine Welle dauern, bis Kim begriff, daß sich auch dieser Teil Märchenmonds verändert hatte. Er spürte zwar ein gewisses Unbehagen, aber das kam wohl eher aus der Dunkelheit unter ihnen und aus Kims Erinnerung. Aber diese fürchterlich Angst, gegen die weder Mut noch Verstand ankamen, die fühlte er nicht. Die Schlucht unter ihnen war einfach nur bedrohlich wie jede tiefe Schlucht, nicht mehr und nicht weniger.

Da legte Rangarig die Schwingen an und stieß direkt in den schwarzen Schlund hinab. Als seine Krallen den Boden berührten, fröstelte Kim. Aber nur, weil es eiskalt hier unten war. Die Sonne stand noch nicht hoch genug, daß ihre wärmenden Strahlen den Grund der Schlucht hätten erreichen können.

»Was ist hier geschehen?« flüsterte Gorg. »Es ... es ist weg. Ich spüre überhaupt nichts.«

»Ich auch nicht«, murmelte Priwinn. »Es ... es ist fort. Was immer diesem Ort innegewohnt hat, ist nicht mehr da.«

»Und was ist schlecht daran?« fragte Kim, dem selbst jetzt noch die Erinnerung an ihre letzte Durchquerung der Klamm in den Knochen saß. »Seid doch froh!«

Priwinn und auch Gorg blickten ihn an, als hätte er etwas unsagbar Dummes gesagt, und Rangarig sagte leise: »Auch die Angst hat ihren Platz in der Welt, Kim.«

»Also, ich komme ganz gut ohne sie aus«, meinte Kim.

»Und wie willst du jemals mutig sein, wenn du keine Angst kennst?«

Darauf wußte Kim keine Antwort mehr.

Sie machten sich auf den Weg, und zumindest eines war

gleichgeblieben – Kim wußte hinterher nicht mehr zu sagen, wie lange sie durch die Schlucht marschiert waren – es mochte eine Stunde gewesen sein, vielleicht aber auch nur wenige Minuten oder ein halber Tag. Endlich liefen sie um die letzte Biegung, und vor ihnen lagen der Verlorene See, wo der Tatzelwurm hauste, und die Grotte, in die der Fluß verschwand.

Besser gesagt: der Ort, an dem beides einmal gewesen war. Der See war noch da, aber es war nicht mehr der wilde, von zerschrundenen Felsnadeln gesäumte See des Ungeheuers, sondern ein flacher, kreisrunder Spiegel, der von schwarzem Eisen eingefaßt wurde. Sein Wasser war so klar, daß man bis auf den Grund hinab sehen konnte, obwohl dieser sicherlich hundert Meter unter der Oberfläche lag. Nichts regte sich in dem kristallklaren Wasser, kein Fisch, keine Pflanze – und schon gar kein Tatzelwurm.

Und das allein war noch nicht das schlimmste. Dort, wo früher der Verschwundene Fluß begonnen hatte, war – nichts mehr.

In den einst unübersteigbaren Felsen am gegenüberliegenden Flußufer klaffte jetzt eine gewaltige, dreieckige Bresche. Ihre Flanken bestanden aus schwarzem Eisen, und an ihrem Grund glitzerte dasselbe, von allem Leben verlassene Wasser, das auch den See füllte. Diese gewaltige künstliche Schlucht erstreckte sich so weit, wie das Auge reichte, ehe sie in grauer Entfernung verschwamm.

»Wo ... wo ist er?« flüsterte Kim fassungslos.

»Vielleicht ist er tot?« murmelte Priwinn.

»Nein«, antwortete Rangarig. »Der Tatzelwurm lebt.«

Priwinn sah ihn groß an: »Woher willst du das wissen?«

»Weil *ich* lebe«, erklärte Rangarig. »Wäre er tot, wäre ich es auch. Er ... muß geflohen sein. Die Eisenmänner haben ihn wohl vertrieben.«

»Der Tatzelwurm soll vor diesen ... Kreaturen geflohen sein?« fragte Priwinn. »Das glaube ich nicht!«

Kim starrte ihn an. Es war zu absurd. Der Tatzelwurm war die schlimmste aller Bestien, die er wie kein anderes Geschöpf Märchenmonds gefürchtet hatte – aber plötzlich fühlte Kim fast so etwas wie Mitleid mit ihm. Mühsam, als koste ihn die Bewegung gewaltige Kraft, drehte er sich herum und deutete auf die Stelle, an der einst der Eingang zum Verschwundenen Fluß gelegen und sein unterirdischer Lauf begonnen hatte. Kim hatte plötzlich das Gefühl, von einer unsichtbaren eisigen Hand berührt zu werden. Der Anblick der schnurgeraden, wie mit einem Messer gezogenen Bresche erfüllte ihn mit Angst. Er glaubte, Brobings Worte noch einmal zu hören: Sie können Berge versetzen.

Er hatte es nicht geglaubt. Aber jetzt sah er es mit eigenen Augen.

»Warum haben sie das getan?« flüsterte Kim. Aber er wußte die Antwort. Brobing hatte sie ihm gegeben, lange bevor Kim die Frage überhaupt gekannt hatte: Es gibt neues Land. Und die Menschen brauchen neues Land.

Schließlich war es Prinz Priwinn, der als erster aus dem Bann erwachte, in den sie alle der fürchterliche Anblick geschlagen hatte. Mit einem erzwungenen Lächeln wandte er sich an Rangarig und sagte: »Ich fürchte, du kannst dich doch nicht so einfach davonschleichen, alter Freund. Wir brauchen deine Dienste dringend.«

XIV

Stunde um Stunde trugen Rangarigs Schwingen sie weiter nach Norden. Das Bild unter ihnen änderte sich nicht. Wo der unübersteigbare Fels des Schattengebirges gewesen war, an denen Märchenmond einst endete, da zog sich jetzt ein eiserner Fluß entlang, schnurgerade floß das Wasser, das klar wie Kristall, aber ohne jedes Leben war. Einmal glitten sie über ein buckliges schwarzes Schiff hinweg, das ohne Segel und gegen die Strömung auf dem Fluß fuhr und übelriechenden Qualm ausstieß.

»Was ist das?« schrie Kim über das Heulen des Windes und das Schlagen von Rangarigs gewaltigen Schwingen hinweg.

»Flußleute!« brüllte Priwinn zurück.

Seltsam, Kim hatte nie von ihnen gehört. Priwinn schien seine Ratlosigkeit zu spüren, denn er rief nach einer winzigen Pause – und in deutlich zornigem Ton: »Besser, man geht ihnen aus dem Weg. Es ist ein räuberisches Volk. Piraten! Niemand weiß genau, woher sie kommen, aber es heißt, daß es der Fluß ist, der sie verwandelt.«

»Du meinst, sie sind erst böse geworden, als sie –«

»– diesen Fluß betraten, richtig«, schrie Priwinn den Satz zu Ende. Sie hatten jetzt keine Kraft mehr, das Brausen und Rauschen rund um sie zu übertönen.

Dann und wann sahen sie jetzt sogar ein einsames Haus am Ufer des Eisenflusses, einen winzigen Hof, einmal sogar eine befestigte Stadt, deren graue Häuser sich hinter Wällen aus Eisen verbargen, obwohl es in dieser unwirtlichen Gegend rein gar nichts gab, wovor sich ihre Bewohner hätten fürchten müssen.

Kim schätzte, daß sie seit drei oder vier Stunden unterwegs waren, und sie mußten die Strecke, die Gorg, Priwinn und er damals unter der Erde in Tagen bewältigt hatten, schon fast hinter sich gebracht haben. Trotzdem war noch kein Ende des schnurgeraden Flußlaufes zu sehen. Rechts und links, so weit Kim auch blickte, war nichts als grauer Fels und scharfkantige, schwarze Lava. Der Gedanke, sich hier anzusiedeln, erschien ihm absurd – und falsch. Dieser Teil der Schöpfung war niemals dafür gedacht gewesen. Hier lag das schweigende Reich der Stille und der Einsamkeit, in der alles Leben nur zugrunde gehen konnte, auf die eine oder andere Art. Endlich begannen die Berge flacher zu werden. Der Fluß war noch immer da, und er strömte noch immer in einem Bett aus Eisen, aber aus den himmelstürmenden Lavanadeln zu beiden Seiten wurden allmählich flache Buckel, schließlich nur noch sanft gewellte Erhebungen und Hügel von brauner Farbe. Kims Herz begann vor Aufregung schneller zu schlagen. Sie näherten sich dem Land der Eisriesen, und bald mußte Burg Weltende in Sicht geraten. Dann würde sich alles entscheiden. Die Eisriesen würden wissen, was zu tun war; und wenn nicht sie, dann der Regenbogenkönig, der hinter dem großen Abgrund des Nichts lebte. Kim war schon einmal dort gewesen, und wenn es sein mußte, dann würde er den Weg noch einmal gehen, so schwer er auch war.

»Es ist zu warm«, rief Rangarig plötzlich.

Kim fuhr aus seinen Gedanken hoch und blinzelte verblüfft. Zu warm? Er fror erbärmlich, obwohl er sich in eine Decke gewickelt hatte, und Bröckchen, das wie immer unter sein Hemd gekrochen war, zitterte wie Espenlaub. Der Wind war so eisig, daß er Kim nicht nur die Tränen in die Augen trieb, sondern sie auch gleich auf seinem Gesicht gefrieren ließ.

»Also, mir ist es kalt genug!« brüllte er zurück. »Ich erstarre gleich zu einem Eiszapfen!«

»Du vielleicht«, knurrte Gorg hinter ihm. »Aber sieh hinab. Wo ist das Eis?«

Kim beugte sich leicht zur Seite, um an Rangarigs schuppigem Hals vorbei in die Tiefe blicken zu können. Unter ihnen zog sich eine schier endlose Einöde aus braunem Morast dahin, hier und da durchbrochen vom blinkenden Spiegel einer halbgefrorenen Pfütze. Kein Eis, so weit das Auge blickte.

»Es ist viel zu warm!« rief Rangarig noch einmal. »Ich gehe runter und sehe mir das an.«

Kim konnte sich auf Anhieb ungefähr zehntausend Dinge vorstellen, die er lieber täte, als in diesem endlosen Matsch herumzuwaten, aber Rangarig hatte bereits die Flügel angelegt und ging fast im Sturzflug nach unten. Als er landete, spritzte der Morast so hoch, daß er sie alle besudelte. Kim schimpfte, fuhr sich mit dem Handrücken über das Gesicht und spuckte Schlamm und schmutziges Wasser aus. Auch Bröckchen ließ eine Schimpfkanonade los.

Schaudernd sah sich Kim um. Nichts außer braunem Morast und Schlamm. Es war kalt. So kalt, daß sie alle mit den Zähnen klapperten – aber nicht halb so kalt, wie es hätte sein müssen. Wo war der Fluß? Wo waren die Eisriesen? Und vor allem – wo war Burg Weltende, der gewaltige Eispalast der Weltenwächter?

»Steigen wir wirklich ab?« fragte Kim.

Priwinn blickte stirnrunzelnd auf den schlammigen Boden herab. Rangarig war bis an den Bauch im braunen Morast versunken, was sicher an seinem gewaltigen Gewicht lag. Aber auch sie würden sich darin nur mühsam bewegen können.

Zu Kims Erleichterung sagte Gorg: »Wozu? Hier ist nichts mehr, was zu sehen lohnt. Findest du Burg Weltende, Rangarig?«

»Wenn ich hoch genug fliege – vielleicht«, überlegte Rangarig. »Aber das wird verdammt ungemütlich für euch.«

»Dann warten wir hier«, sagte Priwinn. »Kommt.«

Ohne eine Antwort abzuwarten, sprang er von Rangarigs Rücken und versank sofort bis an die Knie in weichem Schlamm. Kim verzog angeekelt das Gesicht, fügte sich aber in sein Schicksal und folgte Priwinn. Eine Sekunde später machten sie beide einen erschrockenen Hüpfer zur Seite, als auch Gorg in den Morast hinabsprang und sie mit einer neuen Fontäne aus braunem, klebrigem Matsch überschüttete. Rangarig wartete, bis sie sich ein paar Schritte entfernt hatten, dann stieß er sich ab und verschwand mit einem gewaltigen Satz im Himmel.

Kim blickte ihm nach, bis aus dem gewaltigen Drachen ein winziges goldenes Funkeln geworden war, das schließlich ganz verschwand. Er zitterte, aber es war nicht nur die Kälte, die ihn erschauern ließ. Etwas in dieser öden Mondlandschaft aus Schlamm und halbgefrorenen Pfützen machte ihm angst.

»Was mag hier geschehen sein?« flüsterte er schaudernd.

Priwinn blickte ihn nur betroffen an, und auch Gorg schwieg, aber plötzlich schob sich ein Teil eines rot-orangefarbenen Gesichtchens unter Kims Hemd hervor, und Bröckchen meldete sich angewidert: »Das waren sie.«

»Sie?«

»Zweibeiner.«

»Du meinst –«, begann Priwinn.

»Wer denn sonst?« Es war nicht Bröckchen, der ihn unterbrach, sondern Sheera. Der Kater, der unter Gorgs Hemd reiste, kletterte jetzt auf die Schulter des Riesen hinauf, wobei er rücksichtslos seine Krallen zu Hilfe nahm. Gorg schien es nicht einmal zu spüren. »Sie waren hier. Ist noch nicht lange her. Ich kann sie noch riechen.«

»Das ... glaube ich nicht«, widersprach Kim unsicher. »Wer wollte in einer Landschaft wie dieser leben?«

»Keiner«, sagte Bröckchen nun wieder. »Na und? Dann ändern sie sie eben. Das alles hier war einmal Eis. Jetzt ist es Schlamm. Bald wird es trocken und warm sein, und sie werden sich ausbreiten wie eine Krankheit, bis sie auch dieses Stück Welt zerstört haben.«

Der Zorn, den Kim in Bröckchens Stimme hörte, erstaunte ihn. Dergleichen hatte er von ihm noch nicht gehört.

»Vielleicht ... gibt es ja noch eine andere Erklärung«, meinte Kim stockend. Er hoffte es jedenfalls.

»Die Bauern brauchen Land, um zu leben«, sprang Gorg ihm bei. Aber es klang nicht sehr überzeugend.

»Sie haben kein Recht dazu!« ereiferte sich jetzt Sheera.

»Wieso regt ihr beide euch eigentlich so auf?« wollte Priwinn wissen. »Ich meine – wem wird geschadet, wenn ein paar Berge fruchtbar gemacht werden? Vielleicht werden hier bald Blumen und Bäume wachsen –«

»Weil es euch so gefällt?« unterbrach ihn der Kater. Seine Augen wurden zu schmalen, gelben Schlitzen. »Oh, und ich Narr dachte, du wärst anders als der Rest. Aber du bist genauso blind. Wieso muß die ganze Welt so aussehen, wie sie euch gefällt? Glaubt ihr, das alles hier hätte keinen Sinn? Denkt ihr, nur was *euch* nützlich scheint, dürfte existieren? Da irrst du, Prinz. Wüsten und Meere, unfruchtbare Berge und Eisböden, das alles wurde nicht ohne Zweck erschaffen. Was, wenn eines Tages ein Volk erscheint, das sich nur in trockener Wüste wohl fühlt. Was würdet ihr wohl sagen, wenn sie anfingen, eure Wälder zu roden?«

»Das ist ein Unterschied!« widersprach Priwinn. »Hier lebte schließlich niemand.«

»Und?« schnappte Sheera. »Glaubst du, daß *Leben* allein zählt? Was hältst du von dem Wort *Schöpfung*, Zweibeiner? Und vielleicht so etwas wie Respekt davor?«

»Hör auf«, knurrte Gorg. »Rangarig kommt zurück.« Er deutete schräg in den Himmel hinauf, wo ein winziges Funkeln aufgetaucht war.

Priwinn runzelte die Stirn. »Das ging aber schnell. Ich hätte nicht gedacht, daß er so bald wieder zurückkommt.«

»Ja«, fügte Kim hinzu, im gleichen, nachdenklichen Tonfall. »Und außerdem kommt er aus der falschen Richtung«, stellte er erstaunt fest.

»Das ist kein Wunder«, bemerkte Bröckchen trocken. »Weil es nämlich nicht Rangarig ist – RENNT!!!«

Das letzte Wort hatte es so laut gebrüllt, daß Kims Ohren klingelten. Mit einem gewaltigen Satz befreite sich Bröckchen aus seinem Hemd, sprang in den Morast hinab und versank sofort in der braunen Brühe. Sheera stieß ein erschrockenes Fauchen aus und sprang mit einem Satz hinter ihm her.

Aus dem Funkeln am Himmel wurde ein riesiger, grausilberner Umriß, der rasend schnell näher kam. Nein, das war nicht Rangarig.

Aber es war ein Drache!

Er war riesig, viel größer als Rangarig, und er sah auf schwer zu beschreibende Weise *böser* aus, ein Maschinenungeheuer mit stählernen Schwingen und Zähnen aus blitzendem Chrom. Seine Bewegungen wirkten eckig und ungelenk wie die einer Marionette, deren Spieler noch nicht völlig die Kontrolle über sie gefunden hatte. Und wo Rangarigs Flug vom mächtigen Rauschen seiner Schwingen begleitet wurde, da hörte man nun ein unablässiges Knarren und Ächzen und etwas wie das rhythmische Stampfen eines ungeheuerlichen, eisernen Herzens. Aus den Nüstern des Stahldrachens quoll grauer Dampf, und seine Augen, die aus Glas und zehnmal so starr wie die einer Schlange waren, leuchteten in einem unheimlichen, drohenden Grün. Vier oder fünf in schäbige schwarze Umhänge gekleidete Gestalten hockten im metallischen Nacken des Ungeheuers: Zwerge. Selbst über die noch große Entfernung hinweg konnte Kim ihre triumphierenden Schreie hören, als sie ihre wehrlosen Opfer unter sich erblickten.

Endlich erwachten Kim und die anderen aus ihrer Erstarrung. Gorg war der erste, der herumfuhr und mit Riesensätzen davonzustürmen begann. Und er war es auch, der aus Leibeskräften schrie: »Verteilt euch! Jeder in eine andere Richtung, damit er uns nicht alle auf einmal erwischen kann!«

Kim hatte dem Riesen automatisch folgen wollen, wirbelte aber jetzt auf der Stelle herum und rannte in die entgegengesetzte Richtung. Auch Priwinn stob davon, ebenso Bröckchen und der Kater, und kaum eine Sekunde später verdunkelte ein gewaltiger Schatten den Himmel. Kim spürte einen harten Schlag, als ihn der Sturmwind der peitschenden Stahlschwingen traf.

Ihr Manöver hatte den Angreifer aus dem Konzept gebracht. Statt dreier winziger, eng beieinanderstehender Opfer, die er wahrscheinlich mit einem einzigen Krallenhieb hätte vernichten können, sah er plötzlich drei in verschiedene Richtungen und noch dazu im Zickzack auseinanderrennende Gestalten. Sein Angriff ging ins Leere. Kim hörte einen mißtönenden, zornigen Schrei, als die stählernen

Klauen des Ungeheuers nichts als Morast ergriffen. Dann rauschte das fliegende Ungeheuer so dicht über ihn hinweg, daß ihn der Windzug glatt von den Füßen riß und meterweit durch den Schlamm kollern ließ.

Der weiche Morast dämpfte den Aufprall, aber Kim bekam mit einemmal keine Luft mehr, und für Sekunden war er blind. Als er sich hustend und würgend wieder aufrichtete und sich den Dreck aus den Augen rieb, da hatte der Drache bereits wieder an Höhe gewonnen und schwenkte zu einem neuen Angriff herum.

Kim war nicht besonders überrascht, als er den Kurs der Stahlbestie in Gedanken verlängerte und begriff, daß die nächste Attacke ihm galt. Hastig sprang er auf die Füße, rannte ein paar Schritte und schlug einen Haken nach rechts, wieder ein paar Schritte, dann nach links, und schließlich drehte er sich auf dem Absatz um und stürmte geradewegs in die Richtung, aus der er gekommen war.

Und er hatte noch einmal Glück. Die zupackenden Klauen des Drachen verfehlten ihn bei diesem Angriff nur um einen knappen Meter, aber dicht vorbei war schließlich auch daneben, und diesmal war Kim auf den Faustschlag des Windes vorbereitet und blieb auf den Füßen, als der Drache über ihn hinwegglitt.

Nicht vorbereitet war er aber auf den kaum einen Meter großen Körper, der plötzlich in seinen Nacken stürzte und ihn der Länge nach in den Schlamm fallen ließ.

Instinktiv rollte sich Kim herum, stampfte sein Anhängsel dabei durch sein Gewicht metertief in den Morast und rappelte sich wieder hoch. Hastig fuhr er sich mit den Händen über die Augen, um wenigstens etwas sehen zu können.

Eine dürre Hand griff nach seinem Fußgelenk und zerrte daran. Kim riß sich los, aber plötzlich waren zwei weitere Kletten da, die sich auf ihn stürzten, und noch während er versuchte, sich ihrer zu erwehren und dabei sein Gleichgewicht auf dem schlüpfrigen Boden zu halten, tauchten aus dem Schlamm rechts und links von ihm zwei, drei weitere winzige, dürre Gestalten auf: Zwerge, die alle vom Rücken des Drachen heruntergesprungen waren.

Und ein halbes Dutzend davon war selbst für Kim zuviel. Er packte zwei, drei von ihnen und schleuderte sie von sich, aber sie kamen mit phantastischer Schnelligkeit wieder auf die Füße, und sie kämpften wie die Besessenen.

Kim duckte sich unter einem wahren Hagel von Hieben und Tritten, und sein Gesicht war bald von Blut besudelt. Es fiel Kim immer schwerer, den wütenden Schlägen auszuweichen, und er spürte, wie seine Kräfte nachließen.

Sein Versuch, das Land der wahrgewordenen Träume und Märchen ein zweites Mal zu retten, hätte wahrscheinlich schon in diesem Moment ein unrühmliches Ende gefunden, wäre nicht plötzlich eine hünenhafte Gestalt über ihm aufgetaucht und hätte die Zwerge von ihm heruntergepflückt wie Fallobst.

Gorg schleuderte die Gnome meterweit davon. Einem besonders heimtückischen Zwerg, der plötzlich ein Messer zog und versuchte, damit auf Kim einzustechen, entrang er die Waffe und zerbrach sie vor seiner Nase in zwei Teile, woraufhin der Zwerg mit einem entsetzten Kreischen die Flucht ergriff. Dann riß der Riese Kim auf die Füße.

»Los!« brüllte er. »Nichts wie weg!«

Aber sie kamen nur wenige Schritte weit. Mit einem ungeheuerlichen Brüllen stürzte der Stahldrache vor ihnen vom Himmel, landete mit gespreizten Krallen im Morast und breitete die Schwingen aus, so daß er plötzlich wie eine unüberwindliche, eiserne Wand vor ihnen aufragte. Eine Wand mit Klauen und Zähnen, die drohend gebleckt waren.

Gorg schrie vor Schrecken auf, warf sich nach links und zerrte Kim einfach mit sich – und prallte mitten in der Bewegung zurück, als ein dünner, vielfach verästelter blauer Blitz aus dem Maul des Drachen brach und dicht vor seinen Füßen den Schlamm explodieren ließ. Eine Woge aus kochendem Morast und brühheißem Dampf überschüttete sie beide, so daß sie vor Schmerz aufbrüllten.

Trotzdem wechselte Gorg blitzschnell die Richtung und versuchte ein zweites Mal davonzustürmen. Diesmal verfehlte ihn der blaue Feueratem des Drachen nur um Haaresbreite, und Kim hörte, wie der Riese vor Schmerz stöhnte, als die Hitze seine Haut versengte.

»Das reicht jetzt, ihr Narren!« schrie eine unangenehme Stimme hinter ihnen. »Wollt ihr wirklich hier sterben?«

Kim erkannte die Stimme, noch bevor er sich herumdrehte und in Jarrns Gesicht sah. Der Zwerg war fast bis an die Hüften im Morast versunken, und sein Gesicht war über und über mit Schlamm besudelt. Trotzdem gab es keinen Zweifel: Es war Jarrn, der Zwerg, mit dem alles begonnen hatte.

»Ihr habt die Wahl«, sagte dieser böse. »Ihr müßt aufgeben, oder er wird euch auf der Stelle vernichten. Mir ist es gleich.«

Gorg funkelte ihn zornig von oben an: »Ich habe keine Angst vor dem Sterben!«

Jarrn bedachte ihn mit einem abfälligen Blick. »Dumm genug dazu bist du. Aber von dir will ich gar nichts.« Er deutete auf Kim und versuchte sich weiter aufzurichten, aber der klebrige Morast hielt ihn zurück. »Wir wollen nur ihn. Übergebt ihn uns, und euch wird nichts geschehen!«

»So einen Vorschlag kann auch nur ein Zwerg machen.« Das war Priwinn, der hinter Jarrn aufgetaucht war, eigentlich nahe genug, um den Zwerg mit einem Satz zu erreichen und zu packen. Aber zwischen ihm und Jarrn hatten sich drei weitere Zwerge aufgebaut, die drohend ihre Waffen gezückt hatten. »Du glaubst doch nicht, daß wir einen von uns opfern, damit die anderen davonkommen?«

Jarrn würdigte den Prinzen nicht einmal einer Antwort. Der Blick seiner kleinen verschlagenen Augen bohrte sich in den Kims.

Kims Gedanken rasten. Der Drache ragte wie ein Berg aus Stahl hinter ihnen auf, bereit, jeden von ihnen auf einen einzigen Wink Jarrns hin zu vernichten. Und er las in den Augen des Zwerges, daß dieser wild entschlossen war, diesen Wink zu tun, wenn es sein mußte.

»Es ist gut, Priwinn«, sagte Kim leise. »Ich werde tun, was er verlangt.«

Priwinn keuchte. »Du bist wahnsinnig! Sie werden dich umbringen!«

Das hätten sie längst gekonnt, wenn sie es wollten, dachte Kim. Aber aus irgendeinem Grund wollten sie ihn lebend. Er sprach jedoch nichts davon aus, sondern blickte den Zwerg nur durchdringend an und fragte dann: »Gibst du mir dein Wort, daß du die anderen in Frieden läßt, wenn ich mit euch komme?«

»Sicher«, bestätigte Jarrn. »An ihnen liegt mir nichts.«

»Tu das nicht!« Priwinn trat beschwörend auf Kim zu, aber sofort vertraten ihm die Zwerge den Weg und hoben drohend ihre Waffen.

»Ich komme mit«, sagte Kim noch einmal. »Ich ... werde keinen Widerstand leisten, das verspreche ich.«

Er streckte die leeren Hände aus und bewegte sich einen Schritt auf Jarrn zu – da stürzte er schon wieder der Länge nach in den klebrigen Schlamm, als der Stahldrache sich ohne Warnung in die Luft emporschwang und dabei einen Sturmwind entfesselte, der sie allesamt von den Füßen riß. Am Himmel über ihnen erglänzte jetzt ein goldener Schatten, der sich mit einem schrillen Schrei auf den stählernen Drachen stürzte. Das mechanische Ungeheuer versuchte an Höhe zu gewinnen und sich gleichzeitig herumzuwerfen, um sich seinem Gegner zu stellen. Aber der Golddrache war zwar kleiner als er, dafür aber ungleich schneller. Seine gewaltigen Schwingen trafen den metallenen Leib des anderen und wirbelten ihn herum wie ein welkes Blatt. Sekunden später gruben sich die goldenen Klauen in den Rücken des stählernen Ungeheuers, daß die Funken schlugen.

»Rangarig!« schrie Priwinn. Er fuhr herum und machte einen drohenden Schritt in Jarrns Richtung. »So, kleiner Mann – ich denke, jetzt sieht die Lage vielleicht etwas anders aus.«

Jarrn schluckte ein paarmal. Unter der Kruste aus halb erstarrtem Matsch verlor sein Gesicht jedes bißchen Farbe. »Nun«, begann er unsicher. »Vielleicht können wir ja noch einmal in aller Ruhe –«

Weiter kam er nicht. Priwinn stürzte sich mit ausgebreiteten Armen auf ihn, und im gleichen Moment packte auch Kim einen der völlig überraschten Zwerge am Kragen und entwand ihm mit der anderen Hand seine Waffe. Gorg streckte fast gemächlich die Arme aus und ergriff gleich zwei der häßlichen Gnome, und die beiden restlichen suchten ihr Heil in der Flucht.

Sie kamen nicht sehr weit. Aus dem Schlamm schossen plötzlich zwei wendige, matschverklebte Körper, und die beiden Zwerge gingen kreischend zu Boden, als Sheera und Bröckchen mit Zähnen und Klauen über sie herfielen. Der Kampf – soweit man das entstehende Gerangel und Geschubse überhaupt so nennen konnte – dauerte nur kurz, dann waren die Zwerge allesamt entwaffnet und in sicherem Gewahrsam. Kim packte den Gnom, den er sich gegriffen hatte, wickelte ihn kurzerhand in dessen eigenen Mantel und trug ihn dorthin, wo auch Priwinn und Gorg ihre Gefangenen abgeladen hatten. Bröckchen trieb einen sehr verschüchtert wirkenden Zwerg vor sich her, während der Kater noch immer auf der Brust des anderen hockte und fauchend Reißzähne bleckte, die nicht viel kürzer als die Finger seines Gefangenen waren. »Laß es gut sein, Sheera«, sagte Gorg. »Der Kampf ist vorbei.«

»Sie schmecken sowieso nicht«, meckerte Bröckchen.

Kims Blick glitt in den Himmel. Die beiden Giganten kreisten dort noch immer, wobei sie unentwegt mit Zähnen, Krallen, Schwänzen und Flügeln aufeinander einschlugen. Sie hatten sich ein gutes Stück entfernt, aber der Lärm ihres wütenden Ringens war noch immer so gewaltig, daß Kim und die anderen schreien mußten, um sich zu verständigen. »Er schafft es!« rief Priwinn. »Rangarig besiegt ihn! Seht doch!«

»Da wäre ich nicht so sicher«, keifte Jarrn und verstummte erschrocken, als Priwinn ihm einen drohenden Blick zuwarf.

Aber auch Kim war nicht so zuversichtlich wie der Steppenprinz, was den Ausgang des Kampfes anging. Die beiden tobenden Giganten umkreisten einander unentwegt wie kämpfende Raubvögel. Rangarigs Krallen trafen den Stahldrachen immer wieder und schlugen Funken aus dessen Leib; einmal glaubte Kim, etwas aus ihm herausbrechen und weit entfernt zu Boden stürzen zu sehen, und schließlich fetzten Rangarigs Krallen ein gewaltiges Stück aus einer metallischen Schwinge, was Priwinn zu einem begeisterten Aufschrei veranlaßte.

Doch auch der Golddrache wurde immer und immer wieder getroffen. Seine Bewegungen waren längst langsamer geworden und jetzt fast so holprig wie die seines Gegners. Und Kim sah, daß es ihn immer mehr Mühe kostete, sich in der Luft zu halten.

Plötzlich stieß der Stahldrache einen dünnen, blauweißen Blitz aus, der Rangarig wie eine Nadel aus Licht direkt in die Brust traf. Selbst über die große Entfernung hinweg konnte Kim sehen, wie die goldenen Schuppen rot aufglühten. Rangarig brüllte vor Schmerz, breitete die Schwingen aus und versuchte sich in die Höhe zu katapultieren. Aber seine Kräfte reichten nicht. Einen Moment lang schien er vollkommen reglos in der Luft zu hängen, wie ein großer Papierdrache, der an unsichtbaren Fäden hängt, dann kippte er nach hinten und torkelte hilflos dem Boden entgegen.

Gorg sog entsetzt die Luft zwischen den Zähnen ein, und auch Kim schrie auf, als er sah, daß der Drache wie ein Stein stürzte. »Nein!« schrie er. »Rangarig – n*ein!*«

Und das Wunder geschah.

Im letzten Moment, als schon alle glaubten, der Drache müsse auf dem Boden zerschmettern, breitete Rangarig die Flügel aus, warf sich herum und fing seinen Sturz mit einer gewaltigen Kraftanstrengung wieder auf. Kaum einen Meter über dem Boden glitt er dahin, stieß plötzlich wieder in die Höhe und schraubte sich mit einer schier unmöglich erscheinenden Bewegung an seinem Gegner vorbei und über ihn. Als die Drachenmaschine die Bewegung nachvollziehen wollte, schoß eine gewaltige Feuerlohe aus Rangarigs Maul und hüllte sie ein.

Kim schloß geblendet die Augen, als das mechanische Ungeheuer in einem grellorangefarbenen Blitz explodierte. In weitem Umkreis regnete es Asche und weißglühende Trümmerstücke zu Boden.

»Er hat es geschafft!« jubelte Priwinn. »Er hat ihn vernichtet! Kim! Gorg! Wir sind gerettet!« Jubelnd sprang er herum, umarmte Kim und machte sogar Anstalten, einen der Zwerge an sich zu drücken, ehe er im letzten Augenblick begriff, wen er da vor sich hatte, und den Gnom angewidert wieder in den Schlamm stieß.

Kim war nicht ganz so freudig gestimmt wie der Steppenprinz. Voller Sorge betrachtete er Rangarig.

Der Golddrache torkelte. Seine Bewegungen wurden immer unsicherer. Er verlor an Höhe, drohte abermals abzustürzen und kam mit einem schwerfälligen Flügelschlagen noch einmal hoch. Aber er konnte seinen Kurs nicht mehr halten und beschrieb einen irren Zickzack am Himmel. Kim konnte sehen, daß aus seinen Schwingen große Stücke herausgerissen waren. Und überall zwischen seinen goldenen Schuppen waren große, blutige Wunden.

Priwinn wurde plötzlich wieder ernst und sagte an Jarrn gewandt: »Und jetzt – wie sagtest du gerade so treffend? Vielleicht können wir ja noch einmal über alles reden?«

Jarrn starrte ihn haßerfüllt an. »Was willst du?« fauchte er. »Ich habe keinen Streit mit dir.«

»Aber ich mit dir«, antwortete Priwinn. »Und ich rate dir, mach keine Schwierigkeiten, sonst wirst du gleich erfahren, wie sich dein Blechfreund da oben gefühlt hat.«

»Ich fürchte, das erfahren wir gleich alle«, rief Bröckchen. Priwinn betrachtete ihn eine Sekunde lang stirnrunzelnd – und dann flog sein Kopf mit einem Ruck in den Nacken, als er begriff, was das Tierchen meinte.

Rangarig hatte aufgehört, wie betrunken in der Luft herumzutorkeln. Er schoß wie ein Pfeil heran, die Schwingen eng an den Körper angelegt, mit aufgerissenem Maul und weit geöffneten Krallen! »Zerreißen!« brüllte er. »Töten! Ja! *Jaaa!*«

Wahrscheinlich war es einzig der Umstand, daß der Drache zu Tode erschöpft und halb von Sinnen vor Schmerz und Zorn war, der ihnen allen das Leben rettete. Die Freunde stürzten in verschiedene Richtungen davon, und auch die Zwerge suchten kreischend das Weite, soweit ihre Fesseln dies zuließen, aber Rangarig war viel zu schnell, als daß dies noch irgend etwas genutzt hätte. Kim hatte noch nicht einmal richtig begriffen, was überhaupt geschah, da war der Drache auch schon über ihnen.

Entsetzt warf sich Kim in den Schlamm und schlug die Arme über den Kopf. Eine grellweiße Feuerlohe waberte über ihn hinweg und verwandelte ein fußballgroßes Stück des Morastes in Dampf. Eine brüllende Explosion aus Wasser und Schlamm schoß hoch und hüllte den Drachen ein. »*Jaaaaaa!*« brüllte Rangarig. »*Tööööööten!*«

Hustend stemmte Kim sich auf Hände und Knie hoch, sah aus tränenden Augen eine Bewegung neben sich und kroch hin.

Es war einer der Zwerge. Er war gestürzt und aufs Gesicht gefallen, und da er an Händen und Füßen gefesselt war, drohte er an dem Matsch zu ersticken, der seinen Mund und die Nase verklebte. Kim riß ihn in die Höhe, säuberte sein Gesicht hastig mit den Händen und schüttelte ihn solange, bis er keuchend wieder zu atmen begann. Erst dann erkannte Kim, daß es Jarrn war. Und Jarrn erkannte wohl auch ihn, denn er dankte ihm seine Lebensrettung damit, daß er versuchte, ihm in den Finger zu beißen. Kim schubste ihn in den Matsch zurück (wobei er aber darauf achtete, daß er nicht wieder mit dem Gesicht in den Schlamm fiel) und sah sich hastig nach Rangarig um.

Der Drache hatte sich torkelnd ein Stück weit entfernt. Er versuchte, seine Höhe zu halten und gleichzeitig kehrtzumachen, aber seine Kräfte schienen endgültig erschöpft: Er wankte, kippte plötzlich zur Seite und krachte schwer aus der Höhe zu Boden.

Fast ohne es zu wollen, sprang Kim auf die Füße und watete durch den knietiefen Morast auf Rangarig zu, so schnell er konnte. Hinter sich hörte er Priwinn aufschreien, und auch der Riese brüllte ihm nach, zurückzukommen. Aber Kim hörte gar nicht zu, sondern rannte weiter, so schnell ihn seine Beine nur trugen. Sein Herz hämmerte zum Zerspringen, als er den Drachen endlich erreichte, und seine Kehle brannte, als hätte er versucht, gemahlenes Glas zu atmen.

Rangarig lag auf der Seite. Eine seiner gewaltigen Schwingen schien gebrochen zu sein, denn er brachte es nicht fertig, sie zu entfalten. Aus seiner Brust drangen rasselnde, mühsame Atemzüge. Kim stöhnte auf, als er die fürchterlichen Wunden sah, die der stählerne Feind Rangarig zugefügt hatte.

Dann fiel sein Blick auf das schuppige Gesicht, und er erstarrte.

Das war nicht mehr Rangarig. Sein Gesicht war blutig und zerschlagen wie sein ganzer Körper, aber das war nicht das Schlimme; Rangarig war ein gewaltiges Wesen, das selbst diese Verletzungen überleben würde. Jedoch seine Augen waren nicht mehr die des goldenen Drachen, den sie kannten und mochten.

Es waren die Augen eines Ungeheuers.

Sein Blick fixierte Kim, und alles, was darin stand, war Mordgier und Haß. Ein zielloser, unbändiger Haß auf alles, was lebte und sich bewegte; die Raserei eines Monsters, das zu nichts anderem als zur Vernichtung erschaffen worden war. Die zerschlagenen Kiefer öffneten sich, Blut und Schaum troffen in den Morast, und tief, tief in Rangarigs Kehle sah Kim ein unheimliches Feuer aufglühen. Ein Hauch wie der Atem der Hölle kam daraus hervor.

»Bitte, Rangarig«, flüsterte Kim. »Bitte, komm doch wieder zu dir!«

Der Drache knurrte. Mühsam hob er eine Tatze und versuchte nach Kim zu schlagen, aber nicht einmal mehr dazu reichten seine Kräfte. Seine gewaltige Brust hob und senkte sich in schweren, unregelmäßigen Stößen, und der Schlamm färbte sich in weitem Umkreis um seinen Körper rosarot, weil er aus zahllosen Wunden blutete.

»Zerrissen«, grollte er. »Ich habe ihn … zerrissen. Jaaaaaa.«

»Das hast du«, sagte Kim. »Du hast ihn besiegt. Niemand ist dir gewachsen, Rangarig. Du hast uns allen das Leben gerettet.«

»Zerrissen«, wiederholte Rangarig. Sein Blick flackerte. Für einen Moment glaubte Kim so etwas wie Erkennen darin zu sehen, das aber sofort verging, und Rangarigs Augen waren wieder die eines Killers, der ihn nur aus dem einzigen Grund noch nicht umgebracht hatte, weil er im Moment einfach nicht die Kraft dazu hatte. Kim begriff plötzlich, daß ihm vielleicht nur noch Sekunden blieben, um davonzulaufen.

Aber statt dessen trat er einen weiteren Schritt auf den Drachen zu. »Komm zu dir, Rangarig – ich flehe dich an! Du mußt mich doch erkennen!«

»Geh«, flüsterte Rangarig heiser. »Rette dich!«

»Du erkennst mich?!« Kim jubelte innerlich. Er hatte Rangarig einmal zur Vernunft gebracht, und es würde ihm wieder gelingen. »Du erkennst mich!« sagte er noch einmal. »Jetzt wird alles wieder gut!«

»Erkennen, jaaaa«, stöhnte Rangarig. »Mensch. Hasse ... alle. Geh, ehe ich dich ... zerreiße. Zerreißen, jaaaaa. Töten. Alles töten. Jaaaaaa.«

Jemand trat hinter Kim, aber er drehte sich nicht einmal herum, bis Gorg ihm die große Hand auf die Schulter legte und leise sagte: »Komm jetzt. Du kannst nichts mehr für ihn tun.«

»Nein!« schrie Kim. Er versuchte, Gorgs Hand abzustreifen, aber der Riese hielt ihn fest gepackt.

»Wir müssen weg hier«, sagte Gorg. »Wir müssen verschwinden, ehe er wieder zu Kräften kommt. Er wird uns alle töten!«

»Töten, jaaaaa«, grollte es aus Rangarig.

»Rangarig ist mein Freund!« protestierte Kim. »Er würde mir nie etwas tun!«

Der Riese schüttelte traurig den Kopf. »Nein, Kim«, sagte er. »Das war er einmal. Jetzt ist er nicht mehr der alte Rangarig. Dieser Drache ist jetzt unser Feind.«

Und Kim wußte, daß Gorg die Wahrheit sprach.

Kim hatte sich geirrt, obwohl Rangarig es ihm vorausgesagt hatte.

Sie alle hatten sich geirrt, was den Ausgang des Kampfes anging. Rangarig hatte seinen Feind vernichtet. Aber am Ende schien doch der Drache aus Stahl und Feuer den aus Fleisch und Blut besiegt zu haben.

Mit ein paar aus ihren kleinen Mänteln herausgerissenen Stoffstreifen hatten sie die Zwerge aneinandergebunden, so daß sie zwar gehen, aber nicht ernsthaft an eine Flucht denken konnten. Dann waren sie allesamt in großer Eile losgelaufen; in keine bestimmte Richtung, sondern zuerst einmal nur fort, um so viel Entfernung wie nur möglich zwischen sich und den Drachen Rangarig zu legen. Es war schwer, in dieser monotonen Einöde aus Morast und Wasserlöchern eine Entfernung zu schätzen, und noch schwerer, ein Zeitgefühl zu behalten.

Der Schlamm war klebrig wie Sirup und manchmal so tief, daß Kim bis an die Hüften versank, ehe seine Füße auf Widerstand stießen. Jeder Schritt schien doppelt soviel Kraft wie der vorhergehende zu kosten.

Sie waren nicht länger als eine halbe Stunde gelaufen, aber als sie schließlich haltmachten, da war nicht nur Kim mit seinen Kräften am Ende. Die Zwerge schleppten sich nur noch mühsam vorwärts, und mehr als einmal hatten die Freunde die kleinen Gestalten an Haaren oder Armen aus dem Morast ziehen müssen, in dem sie zu ertrinken drohten. Auch Priwinn wankte mehr, als er ging, und selbst Gorgs Atem hatte sich beschleunigt. Schließlich erreichten sie eine Art Insel inmitten des Schlammozeans, der das verschlungen hatte, was einst die Eisigen Einöden gewesen waren. Es war ein kleiner, fast kreisrunder Fleck halbwegs trockenen Bodens, auf dem sie anhalten und sich ausruhen konnten. Nur für einen Moment, hatten sie gedacht, aber es wurde fast eine halbe Stunde, und sie alle, die Gefangenen eingeschlossen, lagen völlig erschöpft da, während Gorg Wache hielt.

Das erste, was Kim sah, als er nach einer Welle die müden Augen öffnete und sich sein Blick etwas klärte, war Jarrns Gesicht. Der Zwerg hockte mit angezogenen Knien dich neben ihm und blickte mit einer Mischung aus Zorn und Verachtung auf Kim herab. Kim seinerseits musterte den anderen sehr aufmerksam; vielleicht zum erstenmal überhaupt. Das kleine Gesicht starrte vor Schmutz und war nichts weniger als häßlich. Kim versuchte, darin irgend etwas Vertrautes, eine Spur von Freundlichkeit zu entdecken. Es gelang ihm nicht. Zwar wußte er, daß das eigentlich unmöglich war – aber er hatte das Gefühl, daß dieses Gesicht nur aus Bosheit zusammengesetzt war. In den dunklen Augen des winzigen Männleins war nicht die geringste Wärme, nur Gier und ein Haß, der gar nicht zielgerichtet wirkte, sondern allem und jedem zu gelten schien; einschließlich ihm selbst.

»Na«, schnarrte Jarrn, nachdem sie eine geraume Weile schweigend aufeinander gestarrt hatten. »Zufrieden?«

»Womit?« Kim war irritiert. Prinz Priwinn, der zusammengerollt neben ihm lag und den rechten Arm als Kissenersatz unter den Kopf geschoben hatte, öffnete matt ein Auge und blickte Kim fragend an, sagte aber nichts.

»Mit der Situation, in die du uns gebracht hast, du verdammter Narr!« keifte Jarrn. »Wir werden alle sterben, und das nur deiner bodenlosen Dummheit wegen.«

»Wie bitte?« murmelte Kim, und Priwinn hob jetzt den Kopf und starrte den Zwerg an.

»Wir wären alle nicht mehr hier, wenn du dich gleich ergeben hättest!« fuhr Jarrn fort.

Angesichts dieser bodenlosen Unverschämtheit blieb selbst Kim der Atem weg. Aber er spürte, daß Jarrn diese Worte ernst meinte. Der Zwerg gab ihm tatsächlich die Schuld an ihrer verzwickten Lage.

»Dieser blöde Rangarig wird uns alle umbringen«, schimpfte Jarrn weiter. »Ich weiß gar nicht, wozu wir davonlaufen. Wir können genausogut hierbleiben und warten, bis er uns holt.«

»So schlimm wird es wohl nicht kommen«, sagte da Gorg in erstaunlich ruhigem Ton.

Der Zwerg legte den Kopf in den Nacken und blinzelte zu ihm hoch. »Ach? Und wieso nicht?«

»Rangarig ist schwer verletzt. Er wird eine ganze Weile brauchen, bis er wieder zu Kräften kommt. Zeit genug, um uns etwas auszudenken.« Gorg deutete mit einer Kopfbewegung auf den Kater, der es sich auf seinem Schoß bequem gemacht hatte und abwechselnd das rechte und das linke Auge schloß. Mit dem jeweils offenen betrachtete er mißtrauisch das halbe Dutzend aneinandergebundener Zwerge. »Sheera hat Siedler gewittert, kurz bevor ihr über uns hergefallen seid. Mit ein bißchen Glück finden wir sie.«

»Mit ein bißchen Pech, meinst du«, verbesserte ihn der Zwerg. Er machte ein unanständiges Geräusch. »Ja, ja. Sie sind ganz in der Nähe, da hat das Katzenvieh recht. Aber ich würde euch nicht unbedingt raten, ihnen über den Weg zu laufen.«

»Wieso nicht?« fragte Priwinn.

»Es sind Flußleute«, antwortete Jarrn. »Ein räuberisches Pack. Niemand ist vor ihnen sicher. Auch ihr nicht, glaubt mir.«

»Flußleute?« Kim dachte an das unheimliche Buckelschiff, das sie gesehen hatten. »Wenn sie etwas gegen euch Zwerge haben, heißt das nicht, daß sie auch etwas gegen uns haben, Knirps.«

»Mein Wort darauf – das haben sie«, gab Jarrn zurück.

»Er hat recht«, sagte Priwinn. »Besser, wir machen einen Bogen um die Flußleute.«

»Ach ja?« Jarrn zog eine Grimasse. »Und wohin willst du gehen, Grasfresser?«

Priwinns Blick machte deutlich, daß sie sich über das Wort Grasfresser zu einem späteren Zeitpunkt noch einmal eingehender unterhalten würden. Aber er überging die Beleidigung und deutete nach Norden. »Dorthin, wo wir die ganze Zeit hinwollten«, sagte er. »Wir müssen Burg Weltende finden.«

Kim war nicht sicher – aber für einen Moment glaubte er einen bodenlosen Schrecken in den Augen des Zwerges zu sehen. »Burg ... Weltende?« krächzte Jarrn. »Die Festung der Weltenwächter?«

»So ist es«, sagte Priwinn.

Jarrn schüttelte verächtlich den Kopf. Er musterte Kim und Priwinn abwechselnd aus tückisch funkelnden Augen und zuckte schließlich mit den Schultern. Umständlich stand er auf und blinzelte einen Moment aus zusammengekniffenen Augen in die Runde. »Gehen wir«, sagte er. »Der Weg ist noch weit.«

Und das war er in der Tat. Den ganzen Tag über schleppten sie sich durch den klebrigen Schlamm, nur sehr selten auf eine trockene Insel stoßend, auf der sie etwas rasten konnten.

Kaum jemand sprach, denn sie alle brauchten jedes bißchen Kraft, um die immer schwerer werdende Aufgabe zu bewältigen, einen Fuß aus dem klebrigen Sumpf zu ziehen und vor den anderen zu setzen.

Als es Abend wurde, riß sich einer der Zwerge los und unternahm einen Fluchtversuch. Gorg machte sich nicht einmal die Mühe, ihn zu verfolgen, sondern gab nur Sheera einen Wink, und nachdem der Zwerg zurück war und sich mit weiteren Streifen aus seinem Cape die zahllosen Kratzer und Schrammen verbunden hatte, aus denen er blutete, versuchte keiner von ihnen mehr zu fliehen.

Mit dem letzten Licht des Tages entdeckten Bröckchens scharfe Augen eine Erhebung, die im Süden vor ihnen aus dem Morast wuchs. Sie gingen darauf zu und erreichten sie, als die Sonne gerade noch als schmaler roter Streifen am Horizont zu erkennen war. Aber was sie in dem letzten, rotgrauen Licht sahen, das war ... sehr sonderbar. Unheimlich. Vor ihnen lag eine Insel aus Lehm inmitten des Schlammmeeres. Sie war größer als die bisherigen, und in ihrer Mitte erhob sich ein gut drei Meter hoher Buckel aus rostigem Eisen, in dessen Oberfläche sich zahllose winzige Löcher befanden. Die Luft roch eigenartig, und wenn man lauschte, konnte man ein dunkles Summen und Brummen hören, das aus dem Inneren des Buckels zu dringen schien.

»Was ist das?« staunte Priwinn. Vorsichtig bewegte er sich auf das sonderbare Eisending zu, blieb wieder stehen und streckte die Hand aus. Er berührte es nur ganz flüchtig, ehe er die Finger rasch wieder zurückzog. Ein verblüffter Ausdruck glitt über sein Gesicht. »Es ist warm!«

Kim folgte ihm neugierig und legte ebenfalls die Hand auf die Flanke des Eisenbuckels. Das Metall war rostig und fühlte sich uralt an. Es war tatsächlich warm; ja, beinahe schon heiß – wie ein Herd, dessen Feuer vor noch nicht allzu langer Zeit erloschen war. Verwirrt sah er erst Priwinn, dann den Riesen an. Schließlich streifte sein Blick eher zufällig die Zwerge.

Jarrn und die anderen waren ein kleines Stück zurückgefallen. Keiner der Gnome blickte in ihre Richtung, mit Ausnahme Jarrns, und auch der sah alles andere als fröhlich aus – eher ängstlich. Aber warum?

Plötzlich holte der Prinz so scharf Luft, daß sich Kim erschrocken zu ihm umdrehte. Priwinn starrte noch immer aus ungläubig aufgerissenen Augen auf den eisernen Buckel, dann fuhr er herum, war mit einem Satz bei Jarrn und riß ihn am Kragen in die Höhe.

»Ihr verdammten Zwerge!« brüllte der Steppenprinz, wobei er Jarrn so wild schüttelte, daß der Zwerg zu kreischen und mit den Beinen zu strampeln begann. »Das ist euer Werk! Das habt ihr gebaut, nicht wahr? Das ist es, was hier geschehen ist!«

Kim begriff gar nichts. Verwirrt blickte er von einem zum anderen und dann auf den eisernen Buckel, von dem ein immer stärker spürbarer warmer Hauch ausging, und erneut kam ihm der Vergleich mit einem Herd in den Sinn. –

Und endlich verstand er. »Das Eis!« flüsterte er. »Diese … diese Dinger … schmelzen das Eis!«

Priwinn schüttelte den Zwerg noch heftiger. »Und ihr habt sie gebaut! Nicht wahr? Das ist doch so! Antworte, Zwerg!«

»Laß mich los, Grobian!« kreischte Jarrn. Priwinn ließ ihn tatsächlich los, und zwar so jäh, daß der Kleine in den Morast herabstürzte und tief darin versank.

»Wie viele von diesen Dingern gibt es?« fuhr ihn Priwinn aufgebracht an.

»Sehr viele«, antwortete Jarrn kleinlaut. »Kannst du dir doch vorstellen, oder? Ich weiß nicht, wie viele. Tausend vielleicht. Wir haben lange dafür gebraucht. Glaub mir, es war nicht leicht.«

»Aber warum?« murmelte Kim. »Warum … tut ihr das, Jarrn?«

»Warum, warum!« äffte Jarrn seine Stimme nach. »Sie wollten es.«

»Wer – sie?« fragte Priwinn scharf.

»Die Flußleute«, antwortete Jarrn. »Sie sind zu uns gekommen, und wir haben schließlich einen Vertrag mit ihnen geschlossen.«

»Einen Vertrag, dieses Land zu zerstören?«

Kim machte eine beruhigende Geste in Priwinns Richtung. In einem so sachlichen Ton, daß er selbst ein bißchen erstaunt war, wandte er sich an Jarrn. »Erzähle.«

»Da gibt es nicht viel zu erzählen«, versuchte Jarrn auszuweichen. Sein Blick huschte über Priwinns Hände, als fürchtete er, sie könnten zuschlagen. »Sie wollten, daß wir das Ungeheuer vertreiben, und das haben wir getan.«

»Den Tatzelwurm«, vermutete Gorg.

Jarrn nickte. »Ja. Dann wollten sie einen Kanal durch die Berge, und auch den haben sie bekommen. Und am Schluß wollten sie das hier: Wärme, um hier fruchtbares Land für Äcker zu schaffen. Wir haben getan, was sie wollten. Bis auf das letzte Komma haben wir unseren Vertrag erfüllt. Aber sie haben uns betrogen. Als wir unseren Lohn holen wollten, da haben sie uns verjagt, und die, die nicht schnell genug waren, haben sie gefangen und in Ketten gelegt. Die Unglücklichen müssen immer noch für sie arbeiten.«

»Sie haben euch übers Ohr gehauen«, sagte Priwinn, nicht ohne eine gewisse Schadenfreude. »Also seid ihr betrogene Betrüger.«

»Wir betrügen nicht!« protestierte Jarrn. »Wir haben niemals jemanden betrogen!«

»Das stimmt«, sagte Gorg.

Priwinn warf ihm einen giftigen Blick zu und wandte sich wieder an den Zwerg. »Und wo genau stehen all diese Öfen?« wollte er wissen. »Wie weit ins Land habt ihr sie getragen?«

»Das weiß ich nicht«, antwortete Jarrn. »Wir haben sie nur gebaut. Aufgestellt haben sie die Flußleute.«

»Dann … dann kann es sein, daß hier alles unwiderruflich zerstört ist?« stammelte Priwinn verzweifelt.

Jarrn schwieg. Und trotz der Wärme, die der eiserne Buckel ausstrahlte, kroch eine eisige Kälte über Kims Rücken.

XV

Je weiter sie nach Norden kamen, desto wärmer wurde es. Die Luft war jetzt nicht mehr so kalt, daß das Atemholen weh tat, und sie stießen immer öfter auf trockene Inseln inmitten der morastigen Einöde, in die sich die Welt der Eisriesen verwandelt hatte. Die Maschinen der Zwerge und das, was die Flußleute damit getan hatten, schienen diesen Landstrich nicht nur in Unordnung gebracht, sondern seine Naturgesetze regelrecht auf den Kopf gestellt zu haben.

Als die Sonne ihren höchsten Stand erreicht hatte, da schritten sie bereits über trockenen Boden, in dem sich nur hier und da noch eine Pfütze oder ein kleines Schlammloch befanden. Und als sich auch dieser zweite Tag ihrer Wanderung dem Ende zuneigte, da rückte ihr Ziel in greifbare Nähe: Weltende, die Burg am Rande der Zeit, Sitz der mächtigen Weltenwächter.

Schon am frühen Nachmittag erspähten Sheeras scharfe Kateraugen die eisigen Türme, und wenig später gewahrte auch Kim ein weißes Blitzen und Schimmern am Horizont. Dieser Anblick – und die große Erleichterung darüber, daß Burg Weltende die Zerstörung der Eisigen Einöde überstanden hatte – gab ihnen noch einmal neue Kraft. Obwohl sie ihre letzten Vorräte schon am vergangenen Abend aufgezehrt hatten und alle erschöpft und müde von dem zweitägigen Gewaltmarsch waren, schritten sie noch einmal schneller aus. Trotzdem vergingen Stunden, ehe sie sich der Burg aus Schnee und Eis auch nur sichtbar näherten. Aber je weiter sie schließlich doch an das gewaltige Bauwerk aus schimmernden Eistürmen herankamen, desto unbehaglicher begann sich Kim zu fühlen.

Er war nicht der einzige, dem es so erging. Auch auf Gorgs Gesicht wich die Hoffnung allmählich einem Ausdruck von Beunruhigung, ja Sorge. Selbst Priwinn wurde immer schweigsamer und sprach schließlich während des letzten Stück Weges kein Wort mehr.

Es war nicht nur der Umstand, daß ihnen niemand entgegenkam, um sie zu begrüßen. Die Eisriesen lebten zurückgezogen in ihrer Festung am Rande der Unendlichkeit und kümmerten sich nicht um den Rest der Welt. Aber mit jedem Schritt, der sie dem Eispalast der Weltenwächter näher brachte, spürten sie deutlicher, daß irgend etwas nicht stimmte. Bis sie schmerzlich erkennen mußten, was es war. Das gewaltige Eistor mit der eingravierten, liegenden Acht – dem Symbol der Unendlichkeit – war unverändert. Die spiegelnde Fläche aus glasglattem, milchigem Eis war schon für sich allein größer als so manche Burg, die Kim in Märchenmond zu Gesicht bekommen hatte. Aber die Silhouetten der Eiszinnen darüber waren zu klein und zu rund; die Türme der Festung sahen aus wie riesige Kerzen, die in der Wärme der Sonne in sich zusammengesunken waren; die Eismauern standen schräg und gegeneinander geneigt, als begännen sie, unter ihrem eigenen Gewicht zusammenzubrechen.

Burg Weltende begann zu schmelzen!

Ein Dutzend Schritte vor dem Tor blieb Kim stehen und starrte das mächtige Gebilde aus Eis und gläserner Kälte an, und er weigerte sich einfach, anzuerkennen, was seine Augen ihm zeigten. Er spürte den frostigen Hauch, den die gewaltigen Eisflanken ausstrahlten, und sie alle zitterten jetzt wieder vor Kälte.

Und doch hatte das Unheil, das diese Weltengegend befallen hatte, seine Hand auch schon nach dieser Burg ausgestreckt. Die ungeheure Masse von Eis schmolz zwar nicht so rasch wie die Schollen, die das Land und die Flüsse bedeckt hatten, und vielleicht würde Burg Weltende noch ein paar Jahre überstehen – als letzte Erinnerung an das, was dieser Teil Märchenmonds einmal gewesen war. Aber am Ende würde auch sie einfach fort sein. Kim fühlte eine Trauer, die so tief war, daß sie körperlich schmerzte. Sie hatten alles riskiert, um hierher zu kommen. Einer ihrer Freunde hatte sein Leben geopfert, um dieses Ziel zu erreichen, und vielleicht würden auch sie sterben, ehe sie den Regenbogenkönig fanden. Und das alles nur um dieser letzten, verzweifelten Hoffnung willen, der winzigen Möglichkeit, daß die Hüter der Unendlichkeit noch einmal in das Schicksal Märchenmonds eingreifen und alles zum Guten wenden würden.

Und nun war alles vergeblich gewesen.

»Wo ... sind die Eisriesen?« flüsterte Priwinn.

»Fort«, murmelte Gorg. Die Stimme des Riesen zitterte, und als Kim zu ihm aufschaute, da sah er ein so tiefes Entsetzen auf seinen Zügen, wie er es nie zuvor im Gesicht des Freundes erblickt hatte. »Sie sind ... alle fort. Sie können hier nicht mehr leben. Sie ... sie brauchen die Kälte und das Eis wie wir anderen die Wärme und die Sonne. Vielleicht ... vielleicht sind sie tot.«

Und plötzlich fuhr er herum, packte den erstbesten Zwerg, dessen er habhaft werden konnte, und riß ihn in die Höhe. »Vielleicht sind sie tot!« schrie er noch einmal. »Ihr habt sie umgebracht mit euren verdammten Maschinen!«

Der Zwerg stieß einen quietschenden Schrei aus, begann mit den Beinen zu strampeln und erstarrte, als Gorg eine Faust vor seinem Gesicht ballte, die größer als sein ganzer Kopf war.

»Ihr habt sie umgebracht!« brüllte Gorg, und seine Stimme zitterte heftig.

»Gorg!« Priwinns Ausruf klang energisch und doch gleichzeitig sanft und beruhigend. Mit einem raschen Schritt trat er auf den Riesen zu, hob die Arme und versuchte, dessen zur Faust geballte Rechte herunterzudrücken. Priwinns Kraft reichte dazu nicht aus, aber Gorg senkte von sich aus die Hand, und gleich darauf ließ er auch den Zwerg vorsichtig wieder zu Boden.

»Es ist nicht gesagt, daß sie tot sind«, beruhigte ihn Priwinn. »Vielleicht sind sie einfach nur fortgegangen. Du hast es selbst vorhin gesagt.« Er lächelte traurig und streckte die Hand aus, als wollte er den Riesen tröstend an der Wange berühren, aber er reichte nicht hin. Gorg starrte aus leeren, vor Schmerz verdunkelten Augen an ihm vorbei, dann wandte er sich mit einem Ruck ab und stampfte ein paar Meter davon. Kim wollte ihm nachgehen, aber der Prinz hielt ihn am Arm zurück und schüttelte wortlos den Kopf. Da verstand Kim, daß sein großer Freund in seinem Schmerz allein sein wollte.

Auch Kim kämpfte mit den Tränen. Es war einfach nicht gerecht, daß sie alle Gefahren und Anstrengungen überstanden hatten und daß sie trotz ihrer Verfolger und aller Hindernisse, die die Natur und ein feindliches Schicksal ihnen in den Weg gelegt hatten, so weit gekommen waren – nur um zu begreifen, daß alles vergeblich war. Da glaubte Kim plötzlich noch einmal Rangarigs Stimme zu hören, jene Worte, die er an ihrem letzten gemeinsamen Morgen gesprochen hatte: Wer hat jemals behauptet, daß das Leben fair ist?

»Kommt«, sagte Priwinn nach einer Weile. »Wir wollen uns ein bißchen umsehen. Vielleicht ist ja noch nicht alles verloren.«

Indes, seine Worte drückten nur aus, was er sich wünschte, nicht, was er dachte, das wußten Gorg und Kim so gut wie er. Aber trotzdem widersprachen seine Gefährten nicht, sondern lösten sich nach kurzem Zögern von ihren Plätzen und folgten dem Steppenprinz ins Innere der Eisfestung.

Der Weg durch den Wall aus strahlend weißer Kälte kam Kim wie ein Schritt in die Vergangenheit vor. Von außen betrachtet, mochte Burg Weltende eine sterbende Festung sein, aber innen schien sie völlig unversehrt. Eiseskälte schlug ihnen entgegen und ließ ihren Atem zu Dampf werden, als sie über den großen Innenhof schritten und sich dem Thronsaal näherten. Alles war unverändert. Hier drinnen schien selbst die Zeit gefroren zu sein, und für einen Moment kam es Kim völlig absurd vor, daß jemand diesem Bollwerk aus klirrend erstarrter Ewigkeit etwas anhaben könnte. Jeden Moment rechnete er damit, daß sich eine Tür öffnete und einer der gewaltigen weißen Weltenwächter hervortrat, um sie zu fragen, was sie hier suchten.

Aber nichts dergleichen geschah. Die Eisfestung war

vollkommen verlassen. Sie durchquerten Räume und Hallen und Gänge, gingen gewaltige Treppen aus schimmerndem Eis hinauf und liefen über Balustraden aus glitzerndem, weißem Schnee. Schließlich gelangten sie in den Thronsaal.

Auch er war verwaist. Die lange Tafel, an der die Eisriesen einst gesessen hatten, stand unversehrt da, und Kim erinnerte sich sogar genau des Platzes, an dem er damals gestanden hatte, direkt vor dem riesigen Thron und neben Baron Kart, dem Heerführer der schwarzen Ritter, der ihn bis hierher ans Ende der Welt verfolgt hatte.

Kims Blick fiel auf die schmale Tür hinter dem Thron, und sein Herz begann schneller zu klopfen, als er die lange Tafel aus blankem Eis umrundete und darauf zutrat. Wieder öffnete sie sich wie von Geisterhand bewegt, kurz bevor er sie erreichte. Aber als er dieses Mal hindurchtrat, da lag dahinter nicht die endlose eisglatte Ebene, auf der Kim und der schwarze Baron ihren letzten Kampf ausgetragen hatten. Hier war nichts als eine kleine, leere Kammer. Und obwohl Kim eigentlich hätte wissen müssen, was ihn erwarten würde, schloß er mit einem tiefen, unendlich enttäuschten Seufzer die Augen und ließ sich gegen die kalte Wand sinken.

Es hatte nicht mehr da sein können. Die Eisreisen waren die Wächter der Welten; sie allein entschieden, wer den Weg über das Nichts gehen durfte und wer nicht. Gab es sie nicht mehr, dann gab es auch den Weg in die Ewigkeit nicht mehr. Kim hatte das gewußt. Und doch – tief in seinem Herzen war noch ein winziger, gegen jede Vernunft gefeiter Hoffnungsschimmer gewesen. Als er jetzt erlosch, da hatte Kim das Gefühl, daß mit ihm auch ein Stück von ihm selbst starb. Er stand lange mit geschlossenen Augen so gegen die Wand gelehnt da, bis die eisige Kälte durch Kims Kleider kroch und sein Rücken zu schmerzen begann.

Als er die Augen öffnete, sah er sich Gorg gegenüber. Der Riese stand mit weit vorgebeugten Schultern da, denn der Raum war viel zu klein, als daß er sich hätte aufrichten können, und sein Atem zauberte einen Vorhang aus grauem Dampf vor sein breites Gesicht. Trotzdem konnte Kim die Spuren getrockneter Tränen auf Gorgs Wangen erkennen, und mit einem Male kam ihm sein eigener Schmerz klein und lächerlich vor, verglichen mit dem, was der Freund empfand.

»Du hast sie gekannt? Es ist sehr schwer für dich, nicht wahr?« fragte Kim.

Gorg nickte. Er weinte nicht mehr. Sein Gesicht war wie Stein, aber in seinen Augen war etwas Neues, etwas, das nicht mehr so gutmütig wie früher war, ein ganz kleines bißchen so wie in den Augen des Drachen, kurz bevor Rangarig zur Bestie geworden war. Und das machte ihm angst.

»Sie und ich gehörten ... zum selben Volk«, flüsterte Gorg stockend. Er lächelte schmerzlich. »Doch was wißt ihr schon davon.«

»Sie leben gewiß noch«, sagte Kim, wider besseres Wissen und nur, um überhaupt etwas zu sagen. »Sie sind wohl geflohen.«

Gorg schüttelte den mächtigen Kopf, aber die Bewegung war nur angedeutet, so daß Kim sie mehr ahnte als wirklich sah. »Sie sind tot«, sagte der Riese leise. »Ich spüre es.«

Kim hätte gern noch versucht, Gorg Trost zuzusprechen, aber er fand keine Worte mehr. So ging er schweigend an ihm vorbei und trat wieder in den Thronsaal hinaus.

Dort stand der Steppenprinz mit steinernem Gesicht neben der Tür und starrte ins Leere, während sich die Zwerge, respektlos wie sie nun einmal waren, auf den kunstvoll geschnitzten Eisstühlen herumlümmelten und lautstark miteinander debattierten, in einer Sprache, die Kim nicht verstand. Bröckchen und Sheera hockten nebeneinander mitten auf dem Tisch und beäugten das lärmende Zwergenvolk mißtrauisch.

»Es tut mir leid«, flüsterte Kim.

»Was?« fragte Priwinn. Seine Stimme klang so flach und ausdruckslos, als rede er im Schlaf.

»Es war alles umsonst«, sagte Kim. »Themistokles hatte recht. Wir hätten niemals hierher kommen sollen.«

»Aber hier sind wir nun einmal«, antwortete Priwinn. »Und es war richtig. Wir mußten es wenigstens versuchen.« Er lächelte traurig. »Ich habe mein Volk schon einmal fast in den Untergang geführt, weil ich nicht auf dich gehört habe, Kim.«

»Aber dieses Mal«, sagte Kim bekümmert, »habe ich mich getäuscht.« Trotzdem – schon während er diese Worte sprach, spürte er, daß es nicht so war. Der Weg, den Priwinn und Gorg eingeschlagen hatten, war falsch. Sie hatten Märchenmond einmal gerettet, indem sie zum Schwert griffen und sich einem Feind stellten, der mit dem Schwert in der Hand gekommen war. Aber dieses Mal gab es keinen solchen Feind. Womöglich gab es überhaupt keinen Feind. Vielleicht war das, was sie aufzuhalten versuchten, nichts anderes als der Wechsel der Zeit. Wo stand geschrieben, daß die Zukunft denen, die in der Vergangenheit lebten, gefallen mußte?

»Wenn ihr beiden damit fertig seid, euch gegenseitig leid zu tun«, rief Bröckchen vom Tisch aus, »dann wäre ich für eine Idee dankbar, wie es weitergeht. Es ist verdammt kalt hier.«

»Und die Gesellschaft gefällt mir nicht«, fügte Sheera mit einem schrägen Blick auf die Zwerge hinzu.

Kim mußte zugeben, daß die beiden recht hatten. Die Lage war – vorsichtig formuliert – alles andere als günstig. Sie hatten nichts mehr zu Essen, waren zu Tode erschöpft – und da gab es immer noch Rangarig, der vielleicht genau in diesem Moment draußen am Himmel kreiste und nach ihnen suchte. »Die beiden haben recht«, bestätigte Priwinn und rieb sich fröstelnd die Hände. »Wir können nicht hierbleiben. Es ist schrecklich kalt. Heute nacht würden wir erfrieren.«

»Noch einmal zurück?« fragte Kim. »Das schaffen wir nie!«

»Hast du eine bessere Idee?« entgegnete Priwinn achselzuckend.

Kim starrte ihn ratlos an. Keiner von ihnen hatte bisher auch nur einen Gedanken daran verschwendet, wie sie den Rückweg bewältigen wollten – und warum auch? Zum einen waren sie davon ausgegangen, die Strecke auf Rangarigs Rücken in kurzer Zeit zurücklegen zu können, und zum anderen hatten sie alle nicht weitergedacht als bis zu den Eisriesen, bis zum Regenbogenkönig, der ihnen helfen würde. Nun würden sie nie zu ihm gelangen.

»Ihr seid richtige Schlauköpfe, wie?« spottete Jarrn.

Kims Antwort bestand in einem warnenden Blick, und Sheera machte wie zufällig eine Bewegung, die seine messerscharfen Krallen nur knapp am Gesicht des Zwerges vorbei durch die Luft fahren ließ. Jarrn prallte einen Schritt zurück, fuhr aber in unverändertem, höhnischem Tonfall fort: »Ich wette, keiner von euch Meisterstrategen hat auch nur die Möglichkeit in Betracht gezogen, daß ihr ja auch irgendwie zurückkommen müßt, wie?«

»Wir werden es schon schaffen«, antwortete Kim grob.

Jarrn wackelte heftig mit dem Kopf. »Da bin ich sicher!« erwiderte er höhnisch. »Ihr werdet wohl irgendwo dort draußen im Matsch ersaufen oder vom Drachen getötet werden. Und wir mit euch. Selbst, wenn ihr es bis zum Fluß schaffen solltet – was ziemlich unwahrscheinlich ist –, schnappen euch die Flußleute.«

»Das werden wir sehen.«

Kim trat überrascht einen Schritt zur Seite, als der Riese geduckt durch die Tür trat und sich neben ihm zu seiner vollen Größe aufrichtete. Gorg hatte sich wieder völlig in der Gewalt. Seine Stimme klang dunkel und ruhig wie immer, und auf seinen Zügen lag sogar die Andeutung eines Lächelns. Zumindest äußerlich war er wieder der gutmütige, humorvolle Riese, als den jedermann ihn kannte. Nur, wenn man ganz genau hinsah, dann erblickte man in seinen Augen einen tiefen, unterdrückten Schmerz.

»Da habe ich wohl auch noch ein Wörtchen mitzureden«, dröhnte er. »Ich fürchte mich bestimmt nicht vor ein paar dahergelaufenen Schurken.«

Jarrn musterte den Riesen mit einem verächtlichen Blick. »Jetzt überschätzt du dich«, sagte er. »Größe und Kraft allein sind nicht alles. Sie werden uns alle schnappen und in Ketten legen.«

Gorg zuckte gleichmütig mit den Achseln. »Wenn es so kommen soll, dann kommt es so«, sagte er. »Es sei denn, du hättest einen anderen, besseren Rat, wie wir hier herauskommen, Zwerg.«

Jarrn zögerte einen ganz kleinen Moment. Dann sagte er: »Vielleicht habe ich den.«

Kim und der Steppenprinz tauschten einen überraschten Blick. »Was meinst du damit?« fragte Kim.

Jarrn trat einen weiteren Schritt zurück und deutete nacheinander auf seine fünf Begleiter. »Wir haben beraten«, sagte er. »Glaubt es oder nicht – auch wir waren erstaunt über das, was hier geschehen ist. Und so ganz nebenbei möchten wir genauso gern am Leben bleiben wie ihr.«

»Hör auf, Unsinn zu reden, und sag, was du sagen willst«, unterbrach ihn Priwinn grob.

Der Zwerg schenkte ihm einen giftigen Blick und nuschelte etwas vor sich hin, das sich in Kims Ohren wie ›blöder Grasfresser‹ anhörte. Laut aber sagte er: »Es gibt einen Weg hier heraus.«

»Wie?« riefen Kim und Priwinn wie aus einem Mund.

Der Zwerg grinste gehässig und schüttelte ganz langsam den Kopf. »O nein«, sagte er. »So einfach ist das nicht, ihr Schlauköpfe. Erst will ich euer Wort, daß ihr uns freigebt.«

Priwinn versuchte abfällig zu lachen, aber es gelang ihm nicht ganz.

»Es gibt einen Weg zurück«, wiederholte Jarrn, ohne darauf zu achten. »Wir kennen ihn. Aber wir brauchen euch dabei.«

»Was ist das für ein Weg?« Gorg betrachtete den Zwerg mißtrauisch.

Jarrn zögerte. Ganz offensichtlich scheute er davor zurück, zuviel zu verraten Aber er schien doch zu begreifen, daß sie nur gemeinsam eine Chance hatten, hier herauszukommen. »Ihr wißt, daß wir in Höhlen leben«, erklärte er schließlich. »Und wir kennen viele unterirdische Wege durch die Berge. Einer davon ist nicht sehr weit von hier. Ich kann euch zeigen, wo der Eingang ist. Und es gibt einen Tunnel, der geradewegs zum großen Baum führt.«

»Das sind fast zwei Wochen zu Fuß«, meinte Priwinn zweifelnd.

»Nicht durch eine Zwergenhöhle«, antwortete Jarrn, als wäre dies Erklärung genug. »Also – wie ist es? Gebt ihr uns frei?«

»Sobald wir den Baum erreicht haben«, sagte Priwinn, aber Jarrn schüttelte stur den Kopf.

»Nein«, beharrte er. »Jetzt. Auf der Stelle.«

»Damit wir euch zu dieser Höhle bringen und ihr uns in irgendeinem Labyrinth zurücklaßt, in dem wir uns verirren und vor Hunger oder Durst umkommen?« Priwinn schüttelte ebenso heftig den Kopf wie der Zwerg zuvor. »Für wie dumm hältst du mich, kleiner Mann?«

»Darauf willst du doch wohl keine Antwort, oder?« grinste Jarrn, wurde aber gleich wieder ernst, ehe Priwinn lospoltern konnte. »Ich sagte es bereits: Wir schaffen es nicht allein«, antwortete Jarrn verärgert. »Es ist gefährlich dort unten. Wir haben diese Tunnel gegraben, aber sie gehören nicht mehr länger uns. Die Flußleute herrschen jetzt dort. Gemeinsam können wir es vielleicht schaffen. Also?«

Priwinn sah nicht sehr überzeugt aus, während Gorgs Gesicht überhaupt keinen Ausdruck erkennen ließ. Schließlich war es Kim, der nickte und sagte: »Also gut. Ihr seid frei – unter einer Bedingung.«

Jarrn legte den Kopf schräg und blinzelte mißtrauisch zu ihm empor.

»Was ist das Ehrenwort eines Zwerges wert?« fuhr Kim nach einer kurzen Pause fort.

Jarrn blies die Backen auf und machte ein unanständiges Geräusch. »Soviel oder sowenig wie deines, Junge.«

»Dann verlange ich dein Ehrenwort«, sagte Kim ernst, »daß ihr uns sicher bis zum Baum geleitet. Wir möchten nicht gerne den Weg für euch durch das Gebiet der Flußleute freikämpfen, damit ihr uns dann zum Dank dafür irgendwo auf halber Strecke vergeßt.«

Zu seiner Überraschung lächelte Jarrn plötzlich. »Du fängst an, mir zu gefallen, Bursche«, sagte er kichernd. »Also gut – du hast mein Wort. Wir schließen Frieden, bis wir den großen Baum erreichen. Dann geht jeder seiner Wege.«

Die Höhle, von der Jarrn gesprochen hatte, lag tatsächlich nicht sehr weit von Burg Weltende entfernt. Sie gingen zuerst den Weg zurück, den sie gekommen waren, dann bogen sie nach Westen ab und bewegten sich eine Weile auf einem scheinbar vollkommen willkürlichen Kurs hin und her. Kim begann bereits zu argwöhnen, daß sich die Zwerge einen grausamen Scherz mit ihnen erlaubten oder sie absichtlich in die Irre führten, um ihnen in einem günstigen Moment zu entwischen. Aber plötzlich blieb Jarrn stehen und deutete auf ein kreisrundes Loch im Boden.

Kim trat näher und sah den gut zwei Meter durchmessenden Schacht verblüfft an. Er hätte seine rechte Hand darauf verwettet, daß er vor einer halben Minute noch nicht dagewesen war. Schaudernd beugte er sich vor, soweit er es wagte, und blickte in die Tiefe. Da die Sonne bereits niedrig stand, reichte ihr Licht nur noch ein kleines Stück in den Schacht hinab; alles, was tiefer als drei oder vier Meter lag, war hinter einer schrägen Wand aus undurchdringlicher Schwärze verborgen. Aber man spürte, daß dieser Schacht sehr tief war.

Hastig richtete sich Kim wieder auf, trat einen Schritt von seinem Rand zurück und sah zuerst Priwinn und dann den Riesen zweifelnd an. Er war mit einemmal gar nicht mehr so sicher, ob sie gut daran getan hatten, den Vorschlag der Zwerge anzunehmen.

»Worauf wartet ihr?« fragte Jarrn ungeduldig. »Das erste Stück ist nicht gefährlich.«

Priwinn gab sich einen sichtlichen Ruck und wollte den Anfang machen, aber Gorg hielt ihn am Arm zurück. »Laßt mich vorausgehen«, sagte er. »Wer weiß, was uns dort unten erwartet. Außerdem – wenn einer von euch stürzt, kann ich ihn wohl auffangen. Umgekehrt würde ich euch mit in die Tiefe reißen.«

Niemand widersprach, und so ließ sich Gorg vorsichtig am Rande des schwarzen Schachtes nieder, streckte beide

Arme weit aus und suchte sicheren Halt, ehe er langsam in die Tiefe stieg.

Kim sah ihm mit einem Gefühl wachsender Furcht dabei zu. Als der Riese den noch hellen Bereich hinter sich ließ, geschah etwas Unheimliches – Gorgs Beine und sein Körper verschwanden nicht langsam im Schatten, es sah vielmehr aus, als tauche er in die Oberfläche eines pechschwarzen, reglos daliegenden Sees hinab. Nach einigen Augenblicken waren nur noch Kopf und Schultern des Riesen zu sehen, dann nur noch eine Hand, und schließlich war er ganz verschwunden.

»Jetzt ich«, sagte Jarrn und drängelte sich vor, als Kim als zweiter in die Tiefe steigen wollte. »Dieser Dummkopf bringt es fertig und verläuft sich dort unten.«

Kim verbiß sich die wütende Antwort, die ihm auf der Zunge lag, und ein Blick auf Priwinn zeigte ihm, daß es dem Steppenprinzen ebenso erging. Sie hatten zwar einen Waffenstillstand mit den Zwergen geschlossen, aber das bedeutete nicht, daß sie sich alles erlauben durften. Ganz und gar nicht.

Nacheinander stiegen sie in die Tiefe, und was Kim vorhin beobachtet hatte, das erlebte er nun selbst: Als er langsam den Schacht hinabstieg und aus dem Sonnenlicht herauskam, da hatte er tatsächlich das Gefühl, in etwas Ungreifbares einzudringen; es war nicht nur so, daß hier unten einfach kein Licht war. An seiner Stelle schien es etwas anderes zu geben, etwas Unheimliches, Düsteres und Eisiges, das nicht nur seinen Körper, sondern auch seine Seele erschauern ließ.

Der Abstieg dauerte sehr lange. Kim war ein guter Kletterer, aber er schätzte, daß mehr als eine Viertelstunde verging, bis er unter sich wieder die Stimmen der anderen hörte und schemenhafte Bewegungen wahrnahm. Und mehr als einmal drohten ihn die Kräfte zu verlassen. Als er endlich wieder festen Boden unter den Füßen hatte, zitterten seine Hände und Knie so heftig, daß er sich für einen Moment an die Wand lehnen und ausruhen mußte.

Mit klopfendem Herzen sah er sich um. Der Kamin,

durch den sie herabgestiegen waren, endete in einem runden, mannshohen Stollen, dessen Wände so spiegelglatt waren, als wären sie aus dem Fels herausgeschmolzen statt gemeißelt worden. Es war nicht so vollständig dunkel, wie es von oben ausgesehen hatte. Ein trüber, grauer Schimmer hing wie leuchtender Nebel in der Luft und ließ die Umrisse der anderen als gespenstische Schatten vor ihm erscheinen.

Gorg hatte sich auf Hände und Knie heruntergelassen, da der Gang viel zu niedrig für ihn war, um auch nur gebückt stehen zu können. Priwinn stand neben ihm, während sich Jarrn und die anderen Zwerge auf der anderen Seite des Stollens zusammengedrängt hatten. In dem grauen Nebellicht hier unten wirkten sie noch unzugänglicher als sonst.

»Wohin jetzt?« fragte Kim, nachdem er wieder einigermaßen zu Atem gekommen war, und seine Stimme hallte mehrmals unheimlich und verzerrt von den spiegelglatten Wänden wider. Ein kleiner Schatten fuhr erschrocken zusammen und begann mit der Hand zu wedeln.

Es war Jarrn. »Nicht so laut!« zischte er. »Willst du, daß sie uns hören?«

»Sagtest du nicht, dieser Teil des Ganges wäre sicher?« erkundigte sich Priwinn.

Jarrn machte eine Bewegung, die in der Dunkelheit nicht genau zu erkennen war. »Das ist er auch – üblicherweise«, flüsterte er hastig. »Aber man weiß ja nie, nicht wahr?«

Er deutete mit der Hand hinter sich. »Wir müssen jedenfalls dort entlang. Besser, ich gehe vor.«

Niemand widersprach, und so übernahmen die Zwerge die Spitze ihrer kleinen Gruppe. Je weiter sie durch den unterirdischen Tunnel wanderten, desto mehr gewöhnten sich Kims Augen an das blasse Licht. Er konnte immer noch nicht weiter als fünf oder allerhöchstens sechs Schritte sehen, aber er erkannte jetzt wenigstens mehr von seiner unmittelbaren Umgebung. Der Stollen war nicht auf natürlichem Wege entstanden, das sah er jetzt deutlich. Sollten die Zwerge die Wahrheit gesagt haben, und dieser Gang führte tatsächlich bis zum großen Baum …? Nein, Kims Phantasie reichte einfach nicht aus, sich vorzustellen, das jemand in der Lage war, ein solches Höhlensystem künstlich zu erschaffen. Und so war es auch nicht; wenigstens nicht ganz.

Kims Zeitgefühl geriet völlig durcheinander, als sie den Zwergen durch die von unheimlichem Grau erfüllten unterirdischen Gänge folgten. Es mußten Stunden sein, während derer sie durch runde, wie in den Fels gebrannte Tunnel, durch gewaltige, natürlich entstandene Höhlen, über zyklopische Schutthalden und vorbei an jäh aufklaffenden, bodenlosen Abgründen gingen.

Manchmal mußten sie über Wände klettern, die selbst Kims Geschicklichkeit beinahe überforderten. Mehrmals hätten sie es ohne die Hilfe des Riesen gar nicht geschafft, der sich mit seinen gewaltigen Körperkräften an den manchmal lotrechten Wänden hinaufzog wie eine zu groß geratene Fliege und dabei immer zwei oder drei von ihnen auf den Schultern mitschleppte. Kim wurde schon bald klar, warum die Zwerge sich auf diesen Handel eingelassen hatten: Obwohl sie selbst einen großen Teil dieses tief in die Erde gegrabenen Labyrinths geschaffen hatten, war der Weg doch an vielen Stellen für sie unpassierbar. Hier und da klafften Löcher und Abgründe im Boden, die sie zu lebensgefährlichen Kletterpartien zwangen, und einmal überwanden sie eine dieser tückischen Schluchten nur, indem Gorg die Zwerge kurzerhand packte und in hohem Bogen auf die andere Seite warf.

Über ihnen mußte die Sonne längst untergegangen sein, aber sie wanderten immer noch dahin. Jeglichen Vorschlag, eine Rast einzulegen, lehnten die Zwerge ab und drängten nervös zum Weitergehen. Und alle anderen hatten das sichere Gefühl, daß es besser war, auf sie zu hören. Keiner hatte es ausgesprochen oder auch nur eine entsprechende Bemerkung gemacht, aber Kim ahnte, daß nicht Felsschluchten und labyrinthische Tunnel hier unten die eigentlichen Gefahren waren.

Und er sollte recht behalten.

XVI

Es mußte lange nach Sonnenuntergang sein, und Kim hatte das Gefühl, jeden Moment zusammenbrechen zu müssen. Sein Rücken schmerzte unerträglich, und von dem anstrengenden unwirklich-grauen Licht hier unten taten seine Augen, ja sein ganzer Körper erbärmlich weh. So merkte er nicht einmal, daß Jarrn, der noch immer die Führung innehatte, plötzlich stehenblieb und die Hand hob. Erst als Kim gegen den Zwerg prallte und ihn fast mit sich zu Boden riß, schreckte er hoch und unterdrückte im letzten Moment einen überraschten Ausruf, als der Zwerg den Zeigefinger über die Lippen legte und mit der anderen Hand wild herumgestikulierte.

»Was ist los?« flüsterte Priwinn hinter Kim.

Jarrns Gesten wurde hektischer. Ohne ein Wort zu sagen, deutete er auf die Gangbiegung, vor der er stehengeblieben war, und gab ihnen wortlos zu verstehen, sehr leise dorthin zu gehen.

Sie gehorchten. Und als sie vorsichtig die Köpfe um die Gangbiegung schoben, da begriffen sie auch, warum der Zwerg so erschrocken war.

Der Tunnel endete auf einer schmalen, steinernen Galerie, die sich hoch oben an der Wand einer gewaltigen Felsenhöhle entlangzog, um auf der anderen Seite in einem weiteren, runden Loch zu münden, das tiefer in die Erde hineinführte. Diese Galerie maß sicherlich an die fünfhundert Meter – und das war nur die Schmalseite des ungeheuerlichen Felsendomes, den sie erblickten. Darin herrschte das gleiche unheimliche, graue Licht, das auch die Tunnelwelt erfüllte, aber an seinem Boden brannten zudem zahllose gelbe und rote Feuer, und in einiger Entfernung spiegelte sich ihr flackernder Schein auf der Oberfläche eines unterirdischen Sees, nicht viel kleiner als der See des Tatzelwurms. Eine Anzahl kleiner Flöße bewegte sich auf dem stillen

Wasser, und weit entfernt, nur noch als verschwommene Schatten zu erkennen, glaubte Kim die Umrisse eines jener schwarzen Buckelschiffe zu sehen, wie sie es auf dem Verschwundenen Fluß erblickt hatten.

Doch nicht nur auf dem See war Bewegung. Überall zwischen den Feuerstellen unter ihnen war Leben. Männer standen oder saßen in kleinen Gruppen herum, gingen Tätigkeiten nach, die Kim aus der großen Entfernung nicht erkennen konnte, trugen Lasten oder lagen einfach auf dem nackten Boden und schliefen. An einigen der größeren Feuer wurde emsig gearbeitet: Funken stoben auf, und das gedämpfte Klingen und Schlagen schwerer Hämmer drang zu ihnen herauf.

»Was ist das?« flüsterte Kim erschreckt, nachdem er sich mit Priwinn wieder in die Sicherheit des Stollens zurückgezogen hatte.

»Flußleute!« gab Jarrn leise zurück. »Ich wußte, daß es irgendwo eine Stadt unter der Erde gibt. Aber wir wußten bisher nicht, wo.«

»Eine Stadt?« wiederholte Kim zweifelnd. Danach hatte der düstere Felsendom nun gar nicht ausgesehen.

»Sie leben sicher in Höhlen«, vermutete Jarrn, »irgendwo in der Nähe.«

»Und wie kommen wir nun weiter, ohne gesehen zu werden?« fragte Priwinn düster. Jarrn zuckte nur mit den Schultern. Sein Blick glitt über die Gestalt des Steppenprinzen, dann über die Kims und schließlich sehr nachdenklich über die breiten Schultern des Riesen. »Meine Leute und ich könnten uns wohl vorbeischleichen ohne aufzufallen«, sagte er. »Aber ihr, und erst recht dieser große Tölpel da ...« Er schüttelte heftig den Kopf. »Nein. Wir müssen einen anderen Weg finden.«

Er überlegte einen Moment, dann wandte er sich um und deutete den Stollen hinab, den sie gekommen waren. »Es gibt ein paar Abzweigungen dort hinten. Vielleicht finden wir einen anderen Gang.«

Sie gingen bis zu der Abzweigung zurück, die Jarrn entdeckt hatte, und drangen in den Seitengang ein. Der Weg führte ein gutes Stück weit geradeaus und verwandelte sich dann in eine gefährlich abschüssige Rampe, über die sie mehr hinunterkollerten, als daß sie gingen. Schließlich gelangten sie in eine weitere Höhle; winzig gegen die, die sie vorhin gesehen hatten, aber immer noch groß genug, ein kleines Dorf aufzunehmen.

Und genau das befand sich auch darin.

Kim und die anderen blickten verblüfft auf die Ansammlung niedriger Hütten herab, die aus grobem Felsgestein erbaut waren. Die meisten hatten kein Dach, sondern bestanden nur aus einem oben offenen Geviert ohne Fenster, aber hier und da gab es auch große, zwei- und sogar dreistöckige Gebäude. Aus einigen drang der rote Schein von Feuer, und dazwischen sahen sie Flußleute, allerdings sehr viel weniger als in der großen Höhle, die sie vorhin gesehen hatten. Der Weg führte hier auch nicht völlig deckungslos an der Wand entlang. Jarrn deutete nach kurzem Suchen auf einen halbrunden Tunnel an der gegenüberliegenden Wand der Höhle. Mit etwas Glück konnten sie es schaffen, denn der Boden war mit einem Gewirr aus riesigen Felstrümmern und scharfkantigen Graten übersät, so daß selbst Gorg sich mühelos verstecken konnte.

Kim hätte sich gern dem Höhlendorf genähert, um es ein wenig genauer zu besehen, aber natürlich war die Gefahr, dabei entdeckt zu werden, viel zu groß. Trotzdem war Kim der letzte, der losging, als sie gebückt und in großem Abstand in das Felslabyrinth huschten. Und er blieb es auch, denn immer wieder hielt er an, und blickte über den Rand der Felsen zu den Häusern hinüber. Dann und wann trat eine Gestalt aus einer der Türen, und Kim betrachtete sie sehr aufmerksam. Was er über die große Entfernung hinweg erkennen konnte, war eigentlich nichts Besonderes: Männer und Frauen, in einfache, grobe Kleidung aus Leder oder Fell gehüllt, denn es war kalt hier unten. Kim sah sogar ein paar Kinder, die lärmend im Zentrum des dreifachen Kreises aus Häusern spielten. Hätte dieses Dorf auf der Oberfläche der Erde statt unter ihr gelegen, wäre überhaupt nichts Auffälliges daran gewesen. Was mochte es mit den

Flußleuten nur auf sich haben, daß die Zwerge sie so sehr fürchteten?

Die anderen warteten bereits ungeduldig auf ihn, als Kim endlich den Eingang des Stollens erreichte. Vor allem Jarrn trat ungeduldig von einem Fuß auf den anderen, aber auch Priwinn gestikulierte unwillig und gab ihm mit stummen Grimassen zu verstehen, daß er sich beeilen sollte. Kim schritt tatsächlich schneller aus, drehte aber im Gehen noch einmal den Kopf, sah zum Dorf zurück – und erstarrte mitten in der Bewegung.

Der Stollen, in dem Priwinn und die Zwerge auf ihn warteten, war nicht der einzige. Es gab eine ganze Anzahl unterschiedlich großer Ein- und Ausgänge in den Wänden der Höhle. Und aus einem dieser finsteren Löcher waren in diesem Moment zwei Flußleute getreten, die eine dritte, kleinere, heftig zappelnde und schreiende Gestalt zwischen sich herschleiften!

Kim blieb eine Sekunde lang reglos stehen, dann fuhr er auf der Stelle herum, rannte ein paar Schritte weit in die Höhle zurück und duckte sich hinter einen Fels. Er hörte, wie Priwinn hinter ihm erschrocken die Luft einsog, drehte sich aber nicht einmal zu dem Steppenreiter um, sondern spähte gebannt über den Rand seiner Deckung hinweg zu den Flußleuten hinüber.

Die kleine Gruppe war zu weit entfernt, als daß er Einzelheiten erkennen konnte. Aber er sah zumindest, daß es sich bei dem Gefangenen um einen sehr schlanken, kleinwüchsigen Mann handeln mußte – oder um ein Kind!

Er zögerte nicht mehr länger. Hastig drehte er sich zu Priwinn herum, deutete tiefer in den Gang hinein, in dem er und die anderen hockten, und flüsterte: »Wartet hier auf mich!« Dann richtete er sich vorsichtig hinter seiner Dekkung auf und huschte, geduckt von Fels zu Fels springend, weiter auf das Dorf, die beiden Flußleute und ihren Gefangenen zu.

Es war leichter, sich ihnen zu nähern, als Kim zu hoffen gewagt hatte. Das Dorf war auf einem kreisrunden, eingeebneten Fleck genau in der Mitte der Höhle erbaut, aber niemand hatte sich die Mühe gemacht, das dahinterliegende Gelände von Felsen und Geröll zu befreien, so daß es ausreichende Verstecke gab, bis er das erste Haus erreichte. Keuchend richtete sich Kim auf, sah sichernd nach rechts und links und schlich dann, den Rücken eng gegen die Wand gepreßt, an der Rückseite des Gebäudes weiter.

Als er die Ecke erreichte, war er bereits den beiden Flußmännern bis auf wenige Schritte nahe gekommen. Sie hatten Kims Platz bereits passiert, so daß sie und die sich heftig windende Gestalt zwischen ihnen nur noch von hinten zu sehen waren. Und doch hatte Kim sich nicht getäuscht – es war ein Halbwüchsiger, den sie grob zwischen sich herzerrten.

Kims Herz machten einen erschrockenen Sprung, als er sah, daß die zappelnde Gestalt dunkelblaues Blattwerk statt Haar auf dem Kopf trug. Der Knabe gehörte zu den Baumleuten – und der Gedanke, daß dieses friedfertige Volk etwas mit diesen berüchtigten Flußleuten zu schaffen haben sollte, war so absurd, daß Kim ihn nicht einmal erwog.

Der Junge wehrte sich immer heftiger. Plötzlich gelang es ihm, eine Hand loszureißen, aber der zweite Flußmann hielt seine andere Hand mit eiserner Kraft fest. Blitzschnell griff der andere wieder zu, packte den Arm des Jungen und versetzte ihm eine so wuchtige Ohrfeige, daß dieser halb bewußtlos in seinem Griff zusammensackte. »Hör endlich auf zu zappeln!« sagte der Mann wütend. »Das nützt dir nichts.«

»Warum wehrst du dich?« meinte der andere. »Du wirst es gut haben, dort, wo du hinkommst. Wahrscheinlich besser als bei deinen eigenen Leuten.«

Der Junge mit dem blauen Blätterhaar reagierte nicht auf diese Worte, sondern wand sich nur noch stärker im Griff der beiden und begann nun auch mit den Beinen zu treten. Der Mann knurrte wütend und versetzte ihm einen weiteren, noch härteren Schlag, der dem Gefangenen nun endgültig das Bewußtsein raubte.

»Sei vorsichtig!« warnte sein Kamerad. »Er nützt uns nichts mehr, wenn er tot ist. Niemand gibt etwas für tote Kinder.«

Kim sah ihnen nach, bis sie in einem großen Gebäude verschwunden waren, dann zog er sich mit klopfendem Herzen wieder hinter die Hausecke zurück. Alles in Kim schrie danach, ihnen nachzustürzen und den Knaben zu befreien. Aber ein solcher Versuch hätte an Selbstmord gegrenzt. Die beiden waren viel zu stark für ihn, und er half dem Jungen nicht, wenn er sich selbst gefangennehmen ließ.

Plötzlich zitterten seine Hände vor Aufregung. Er hatte die Worte der Flußleute sehr deutlich gehört – und es gehörte wahrlich nicht viel Phantasie dazu, zu verstehen, was sie bedeuteten.

Hastig fuhr er herum – und blickte in das Gesicht des Steppenprinzen, das sich vor Zorn verdunkelt hatte.

»Bist du völlig von Sinnen?« flüsterte Priwinn wütend. »Willst du uns alle ans Messer liefern?«

Kim deutete heftig gestikulierend hinter sich. »Die Kinder!« sprudelte er hervor. »Sie sind hier, Priwinn! Die Flußleute haben sie –«

Priwinn sprang erschrocken vor und preßte ihm die Hand auf den Mund, denn Kim hatte vor lauter Aufregung so laut gesprochen, daß seine Worte weitum zu hören sein mußten. »Ruhig!« zischte er. »Wenn sie uns hören, ist alles vorbei!« Er sah den Freund einen Moment lang aufmerksam an, dann nahm er langsam die Hand von Kims Mund, hielt den Arm aber erhoben, um notfalls blitzschnell wieder zugreifen zu können.

Aber Kim hatte sich wieder halbwegs in der Gewalt. Noch immer hastig und die einzelnen Worte so schnell hervorsprudelnd, daß Priwinn Mühe hatte, sie zu verstehen, aber sehr leise, erzählte er ihm, was er eben beobachtet hatte.

Priwinn hörte aufmerksam zu, und sein Gesicht verdunkelte sich bei jedem Wort, das Kim sprach. »Die Flußleute?« fragte er zweifelnd. »Das ist unmöglich. Sie können nicht alle diese Kinder –«

»Aber ich habe es doch gehört!« unterbrach ihn Kim. »Er hat deutlich gesagt: Er nützt uns nichts mehr, wenn er tot ist.«

Priwinn schwieg einige Sekunden. Ein sehr nachdenklicher, aber auch entschlossener Ausdruck machte sich auf seinem Gesicht breit, und schließlich nickte er. »Gut. Versuchen wir herauszubekommen, was hier vorgeht.« Er sah sich wie suchend um und machte schließlich eine Kopfbewegung zurück zur Felswand. »Warte hier auf mich. Ich hole Gorg und die anderen.«

Ehe Kim ihn zurückhalten konnte, war er herumgefahren und zwischen den Felsen verschwunden.

Es verging überraschend wenig Zeit, bis er mit den anderen zurückkam. Und Kim war doppelt überrascht, als er nicht nur den Riesen, Sheera und Bröckchen in seiner Begleitung entdeckte, sondern auch die Zwerge. Jarrn polterte auch prompt los: »Bist du völlig übergeschnappt? Willst du, daß sie uns –«

Sheera fuhr herum und funkelte den Zwerg aus seinen gelben Katzenaugen an. Und Jarrn brach mitten im Wort ab.

Kim hatte plötzlich eine ungefähre Ahnung davon, wie es Priwinn gelungen war, die Zwerge zum Mitkommen zu bewegen.

»Wo sind sie hin?« fragte Priwinn.

Kim, der die beiden Flußleute und ihren Gefangenen keinen Moment aus den Augen gelassen hatte, deutete auf ein wuchtiges Gebäude an der linken Seite des Platzes. Als eines der wenigen Bauwerke hier unten war es ein richtiges Haus – mit einem Dach, Fenstern und einer Tür. Und das Glück schien wirklich auf ihrer Seite zu sein, denn diese Tür befand sich nicht auf der dem Dorf zugewandten Wand des Hauses, sondern an der Seite, so daß sie mit einigem Geschick hineinkommen konnten, ohne entdeckt zu werden. Vorsichtig näherten sie sich dem Gebäude und hielten hinter den letzten Felsen an. Zwischen ihnen und der Tür lagen allerhöchstens noch fünf oder sechs Schritte, aber Kim begriff, daß seine Einschätzung ihrer Lage etwas zu optimistisch gewesen war – der große freie Platz zwischen den Häusern wimmelte von Männern, Frauen und Kindern. Und wenn sich auch nur einer von ihnen zufällig in ihre Richtung drehte, während sie die freie Strecke überquerten, dann waren sie verloren.

»Das gefällt mir nicht«, knurrte Gorg. »Wer weiß, was da drinnen auf uns wartet.«

»Angst, du Riesenkerl?« stichelte Jarrn gehässig.

Gorg würdigte ihn nicht einmal einer Antwort, aber Priwinn blickte den Zwerg an und lächelte plötzlich. »Gorg hat völlig recht, weißt du?« sagte er in täuschend freundlichem Ton. Jarrn blickte irritiert zu ihm auf, und Priwinn fuhr im gleichen Tonfall fort: »Einer von uns sollte vorgehen und nachsehen, wie es dort drinnen aussieht. Am besten jemand, der klein ist und sich schnell bewegen kann.«

Jarrn wurde blaß. »Du glaubst doch nicht, daß ich –«

»Doch«, unterbrach ihn Priwinn ruhig. »Ganz genau das glaube ich.«

Der Zwerg setzte ein wütendes Gesicht auf, aber ehe er widersprechen konnte, löste sich ein winziger, schlanker Schatten aus dem Felsen und huschte schnurstracks auf die Tür zu. Sheera erreichte das Gebäude, ohne gesehen zu werden, verschwand im Schatten hinter der Tür und tauchte schon nach wenigen Augenblicken wieder auf. »Alles in Ordnung«, sagte der Kater, als er wieder zurück war. »Oben im Haus ist niemand, aber es gibt eine Treppe, die nach unten führt.«

»Ja«, knurrte Jarrn übellaunig. »Wahrscheinlich schnurstracks in den Kerker, ihr Narren.«

»Hoffentlich«, verbesserte ihn Kim. Nacheinander sah er Priwinn und den Riesen an. »Was meint ihr?«

»Wahrscheinlich wäre es klüger, von hier zu verschwinden und mit einer Armee wiederzukommen«, sagte Priwinn seufzend. »Aber bis dahin kann es zu spät sein.«

Gorg sagte gar nichts. Er spähte einen Moment lang gebannt zu den Flußleuten hinüber, dann erhob er sich lautlos hinter dem Felsen und überwand die Entfernung zum Haus mit zwei gewaltigen Sätzen. Kim und die anderen hielten den Atem an, aber das Wunder geschah – niemand bemerkte den Riesen.

»Also los«, sagte Priwinn, an die Zwerge gewandt. »Ihr als nächste.«

»Wieso sollen wir unbedingt vor euch gehen?« beschwerte sich Jarrn.

»Damit ihr nicht vergeßt nachzukommen«, antwortete Priwinn spöttisch. »Es könnte ja immerhin sein, nicht wahr?«

Jarrn bedachte ihn mit einem Blick, der einen Eisberg zum Schmelzen gebracht hätte, widersprach aber nicht, sondern gab seinen Begleitern einen Wink und folgte dem Riesen. Und obwohl Kim die Zwerge aufmerksam im Auge behielt, sah er sie doch kaum. Die winzigen Gestalten schienen selbst zu grauen Schatten zu werden, während sie den freien Platz vor dem Haus überquerten. Binnen weniger Augenblicke hatten sie die Tür erreicht und waren im Haus verschwunden.

Kim, Priwinn und die beiden Tiere bildeten den Abschluß. Kims Herz klopfte zum Zerspringen, als er sich durch die Tür warf und stehenblieb, und für eine halbe Minute rechnete er ernsthaft damit, hinter sich einen zornigen Aufschrei oder das Trappeln zahlreicher Füße zu hören. Doch nichts von alledem geschah. Sie hatten es geschafft.

Mit einer Mischung aus Erleichterung und Furcht sah er sich um. Das Innere des Gebäudes bestand aus einem einzigen, großen Raum, der völlig leer war, bis auf eine Anzahl in die Wände eingelassener, eiserner Ringe, an denen kurze Ketten hingen. Kim zog es vor, nicht über den Zweck dieser Ketten nachzudenken.

Gorg war mittlerweile vor einer schweren, hölzernen Klappe in der Mitte des Raumes niedergekniet und hatte sie mit einer Hand angehoben. Flackerndes rotes Licht drang von unten herauf, und als Kim hinter den Riesen trat, erblickte er die obersten Stufen einer in den Fels gehauenen Treppe, die sich in engen Windungen tiefer in die Erde hineindrehte. Gorg öffnete die Klappe vollends, ließ sie lautlos zu Boden gleiten und war der erste, der auf Zehenspitzen die Treppe hinunterzuschleichen begann, gefolgt von den Zwergen. Priwinn und Kim bildeten wieder den Abschluß.

Die Treppe führte weit, sehr weit in die Tiefe und endete in einem kreisrunden Raum, von dem ein halbes Dutzend Türen abzweigten. Gorg legte das Ohr an eine dieser Türen, lauschte einen Moment und versuchte sie dann zu öffnen. Sie war verschlossen. Die Riese warf Priwinn einen fragenden Blick zu, ob er sie aufbrechen sollte, aber der Steppenprinz schüttelte nur den Kopf und deutete auf eine andere Tür. Gorg ging hin und lauschte auch hier. Diesmal hatte er Glück: Als er die roh aus Eisen geschmiedete Klinke herunterdrückte, schwang die Tür quietschend nach innen und gab den Blick auf einen scheinbar endlos langen, von flakkerndem, düster-rotem Licht erfüllten Gang frei.

In die Wände dieses Ganges waren zahlreiche, vielleicht fünf mal fünf Schritte messende Kammern hineingemeißelt worden, die mit Gittern aus schweren, rostigen Eisenstäben verschlossen waren. Faulendes Stroh lag auf dem Boden, und in der Luft lag ein Gestank, der Kim im wahrsten Sinn des Wortes den Atem verschlug. Mit klopfendem Herzen bewegte er sich hinter Gorg in den Gang hinein. Sie gingen bis zu seinem Ende, und sie sahen in jede einzelne der gut vier oder fünf Dutzend Käfige, aber sie waren alle leer. Trotzdem war der Zweck eindeutig: Es war ein Kerker, der Zwerg hatte recht gehabt. Aber wo waren die Gefangenen?

»Bist du sicher, daß du dich nicht verhört hast?« fragte Priwinn, als sie auch den zweiten, gleichartigen Gang untersuchten und noch immer niemanden gefunden hatten.

»Ja«, antwortete Kim. »Und ich sah, daß sie ihn in dieses Haus gebracht haben. Er muß hier irgendwo sein.«

Sie untersuchten auch die drei übrigen Gänge, deren Türen nicht verschlossen waren, ohne auf mehr als leere Zellen zu stoßen. Als sie den letzten dieser Tunnel verlassen wollten, blieb Gorg plötzlich stehen, machte eine hastige Bewegung und schloß mit der anderen Hand die Tür bis auf einen schmalen Spalt.

Keine Sekunde zu früh! Draußen war das Klirren eines Schlüssels zu hören, dann wurde eine Tür geöffnet, und gleich darauf traten zwei hochgewachsene Gestalten in braunem Leder und Fell heraus. Als einer von ihnen an der nur angelehnten Tür vorüberging, erkannte Kim sein Gesicht. Es war einer der beiden Männer, die den Baumjungen hierhergebracht hatten.

Sie warteten, bis die Schritte der beiden auf der Treppe oben verklungen waren, ehe sie es wagten, ihr Versteck zu verlassen.

»Das war knapp«, meinte Priwinn. »Einen Moment später und ...«

»Ihr seid völlig verrückt«, maulte Jarrn. »Nichts wie weg hier, ehe sie uns entdecken. Ich habe keine Lust, diese Käfige von innen kennenzulernen.«

Kim schüttelte den Kopf und deutete auf die letzte verschlossene Tür. »Erst sehen wir nach, was dahinter ist«, sagte er. »Die beiden sind dort herausgekommen. Allein.«

Der Zwerg plusterte sich auf, um zu protestieren, aber Gorg war schon an die Tür herangetreten, und diesmal machte er nicht viel Federlesen. Mit einer einzigen kraftvollen Bewegung riß er die Tür kurzerhand aus Schloß und Angeln und stellte sie neben der Öffnung gegen die Wand.

Dahinter lag ein weiterer, von düsterem Fackellicht erhellter Gang. Auch hier waren Dutzende von Zellen in die Wände gemeißelt – aber diese waren nicht leer! Gleich in der ersten Zelle erkannte Kim den blauen Baumjungen, und in der Kammer auf der gegenüberliegenden Seite hockte ein blasses, etwa zwölfjähriges Mädchen auf dem nassen Stroh und blickte ihnen aus angstvoll geweiteten Augen entgegen.

Und diese beiden waren nicht die einzigen. Kim entdeckte noch acht oder neun Gefangene – und es waren allesamt Kinder! Der älteste von ihnen mochte in Kims Alter sein, aber die meisten waren jünger, höchstens zehn Jahre alt. Fassungslos lief er von Zelle zu Zelle und rüttelte an den verschlossenen Gittern. Schließlich kehrte er zu dem blassen Mädchen zurück. Auf einen Wink Priwinns hin packte Gorg mit seinen gewaltigen Händen die rostigen Eisenstäbe und bog sie einfach auseinander, so daß sich Kim und der Steppenprinz hindurchquetschen konnten.

Das Mädchen blickte ihnen aus Augen entgegen, die dunkel vor Furcht waren, und als Priwinn die Hand nach ihr ausstreckte, da wich sie erschrocken zurück und drängte sich in die hinterste Ecke der kleinen Kammer.

»Du brauchst keine Angst zu haben«, sagte Priwinn. »Wir sind hier, um dir zu helfen.«

Der Blick des Kindes wanderte unsicher zwischen ihnen hin und her, dann starrte es den Riesen an. Aber die Angst in seinen Augen blieb.

»Wir gehören nicht zu den Flußleuten«, sprach Kim eindringlich. »Wir werden euch befreien.«

Die Kleine antwortete immer noch nicht, sondern starrte ihn nur weiter an, und auf ihrem Gesicht war deutlich der Kampf abzulesen, der sich hinter ihrer Stirn abspielte. Sie hatte Kims Worte verstanden, aber sie glaubte ihm wohl nicht.

Priwinn wandte sich an Gorg. »Hol die anderen heraus«, sagte er. »Mach schnell.«

Dann drehte er sich wieder zu dem Mädchen herum und wiederholte: »Du mußt keine Angst haben. Wir sind Freunde.«

»Ihr gehört ... nicht zu den Piraten?« fragte ihn das Mädchen zweifelnd.

»Bestimmt nicht«, versicherte Kim an Priwinns Stelle. »Wir sind hier, um euch zu helfen. Wo sind die anderen?«

Das Mädchen blickte ihn verwirrt an. »Andere? Was für andere?«

Gorg hatte mittlerweile sämtliche Zellen aufgebrochen, und der Gang begann sich mit Kindern zu füllen; gut zwei Dutzend Jungen und Mädchen aus den verschiedensten Völkern Märchenmonds. Einige von ihnen befanden sich in einem erbärmlichen Zustand. Ihre Gesichter waren schmutzig und eingefallen, ihre Kleider hingen in Fetzen, und der Schrecken hatte tiefe Spuren in ihren Augen hinterlassen. Der Anblick gab Kim einen tiefen, schmerzhaften Stich.

»Warum tun sie das?« flüsterte er.

Priwinn lachte bitter. »Hast du vergessen, was du mir vorhin erzählt hast: Niemand gibt etwas für tote Kinder? Die Flußleute verkaufen sie! Wohl an Familien, die ihre Kinder verloren haben und damit nicht fertig werden. Leute wie Brobing und seine Frau. Du hast es doch selbst erlebt.«

Kim schauderte bei der Erinnerung an den Schmerz, den er in den Augen der Bauersfrau gesehen hatte. Dann schüttelte er heftig den Kopf. »Das ist unmöglich«, sagte er. »Sie würde nie –«

»Einer anderen Mutter ihr Kind stehlen, um ihr eigenes zu ersetzen?« Priwinn seufzte traurig. »Doch, das würde sie, Kim«, sagte er. »Menschen tun furchtbare Dinge, wenn sie ihren Schmerz nicht mehr ertragen. Und es sind diese verdammten Flußpiraten, die ihren Schmerz ausnutzen, um sich daran zu bereichern. Sie verkaufen sie überall im Lande.«

»Woher willst du das wissen?« fragte Kim.

»Der Zwerg Jarrn hat es mir gesagt. Und in diesem Fall glaube ich ihm.«

Er wandte sich mit einem Ruck um und verließ die Zelle.

Mit wenigen, knappen Worten versuchten sie, die Kinder zu beruhigen. Und zu Kims Erleichterung schienen die meisten auf Anhieb zu verstehen, worauf es jetzt ankam: sich so unauffällig wie möglich zu verhalten und genau zu tun, was ihre Retter von ihnen verlangten.

Nur wenige Augenblicke später befanden sie sich schon auf der Wendeltreppe und auf dem Weg nach oben. Kurz darauf versammelten sich alle in dem leeren Haus am Rande der Höhlenstadt. Kim ging zur Tür und blickte hinaus. Nichts hatte sich verändert. Der Platz zwischen den Gebäuden war noch immer belebt, nicht sehr, aber entschieden zuviel, als daß sie hoffen konnten, das Haus ungesehen zu verlassen. Sie waren jetzt immerhin zu einer großen Gruppe angewachsen.

»Jemand muß sie ablenken«, sagte Gorg.

»Und wie, Schlaukopf?« erkundigte sich Jarrn. Er warf ihnen böse Blicke zu. »Was für eine wahnsinnige Idee! Wir kommen hier nie wieder heraus!«

»Vielleicht doch«, meinte Gorg. »Ich ...« Er brach ab, biß sich nachdenklich auf die Unterlippe und blickte versonnen auf Jarrn und seine Begleiter herab. Dann streckte er mit einer blitzschnellen Bewegung den Arm aus, packte einen der Zwerge und stopfte ihn kurzerhand unter das Hemd. Der

Zwerg begann zu keuchen und zu strampeln, verstummte aber erschrocken, als der Riese drohend die große Faust schüttelte. »Ich tue dir nichts«, herrschte ihn Gorg grob an. »Aber ich brauche dich.«

Er deutete auf den Platz hinaus. »Ich werde hinausgehen und ein bißchen für Unordnung sorgen«, sagte er. »Das dürfte euch allen Gelegenheit geben, zu verschwinden. Aber ich finde den Weg hinaus nicht allein.«

Und ehe ihn noch einer daran hindern konnte, war er herumgefahren, trat aus der Tür und schlich, den Zwerg unter dem Hemd, gebückt bis zum nächsten Haus, dann richtete er sich zu seiner vollen Größe auf. Er brüllte, daß Kim glaubte, den Boden unter den Füßen wackeln zu hören, warf die Arme in die Höhe und stürmte auf den Platz hinaus. Wäre eine Bombe zwischen den Leuten dort eingeschlagen, hätte die Wirkung kaum größer sein können. Sie erstarrten vor Schrecken, als sie den brüllenden Giganten auf sich zurennen sahen – und dann brach in der unterirdischen Stadt eine unbeschreibliche Panik aus. Männer, Frauen und Kinder rannten schreiend und kopflos in verschiedenen Richtungen davon. Einige wenige versuchten, sich dem Riesen in den Weg zu stellen und ihn aufzuhalten, aber Gorg rannte sie einfach über den Haufen. Einem Mann, der plötzlich ein Schwert zog, entrang er die Waffe und warf sie in hohem Bogen davon, dann packte er seinen Besitzer und schleuderte ihn hinterher.

»Schnell jetzt!« rief Priwinn. »Raus hier!«

Hintereinander verließen sie das Haus. Die Zwerge bildeten die Spitze und führten die Kinder durch das Labyrinth von Felsen und Trümmern auf den Stollen zu, der aus der Höhle herausführte. Auch diesmal bildete Kim den Abschluß, und wieder blieb er kurz stehen und blickte zum Dorf zurück.

Im Zentrum des Platzes war ein unbeschreibliches Durcheinander entstanden. Mehr und mehr Flußmänner hatten sich nun dem Riesen entgegengestellt, und Gorg schien nach dem Anprall von so vielen Angreifern zu Boden gegangen zu sein; Kim konnte ihn jedenfalls zwischen den wirbelnden Körpern nicht mehr erkennen. Besorgt fragte er sich, ob der Riese seine Kräfte diesmal nicht vielleicht überschätzt hatte.

Da packte der Prinz ihn an der Schulter und zog Kim grob mit sich. »Komm schon!« rief er. »Gorg wird nichts geschehen! Er kann auf sich aufpassen.«

Kim war da nicht ganz so sicher, aber Priwinn zog ihn einfach mit sich, bis sie den Stollen erreicht hatten, in dem die anderen warteten. Die Kinder hatten sich angstvoll hinter dem Eingang zusammengedrängt, und die Zwerge standen ein Stück abseits und bangten um ihren Kameraden, der bei Gorg war. Nur Jarrn redete mit leiser, unangenehmer Stimme auf das blasse Mädchen ein.

»Laß sie in Ruhe, Zwerg!« sagte Priwinn.

Aber Jarrn ließ nicht locker. »Sie muß mir sagen, wo unsere Brüder sind! Auch sie sind Gefangene der Flußleute!«

»Was würde das nützen?« antwortete Priwinn. »Wir können ihnen nicht beistehen, selbst wenn wir wollten.«

In den Augen des Zwerges flammte es zornig auf. Anklagend deutete er auf die befreiten Kinder.

»Es ist unmöglich, Zwerg!« beharrte Priwinn und deutete hinter sich. »Gorg wird sie nicht allzulange ablenken können. Und wenn sie merken, daß ihre Gefangenen nicht mehr da sind, dann werden sie überall nach uns suchen.«

Da trat Kim mit einem raschen Schritt dazwischen und sagte: »Jarrn hat recht.«

Der Steppenprinz blickte ihn ungläubig an. »Wie? Du willst ihm helfen? Hast du denn vergessen, daß es noch keine zwei Tage her ist, als er uns allensamt an den Kragen wollte?«

»Nein«, entgegnete Kim. »Aber Jarrn hat trotzdem recht. Er hat uns den Rückweg gezeigt. Deshalb müssen wir ihm helfen.«

Priwinn schüttelte verständnislos den Kopf.

»Ich gehe mit ihnen«, beharrte Kim. »Allein – du brauchst nicht mitzukommen. Führe du die anderen hinaus und warte dann auf mich.«

Er wandte sich an Jarrn und sah in durchdringend an.

»Nur du und ich«, sagte er. »Die anderen können gehen. Einverstanden?«

Jarrn musterte ihn eine Weile nachdenklich, dann nickte er. »Einverstanden«, sagte er. »Meine Brüder werden die anderen sicher nach oben begleiten.«

Zumindest in einem Punkt hatte sich Kim getäuscht: Es gelang Gorg, die Flußleute länger abzulenken als erwartet. Nachdem Priwinn mit den Kindern und den übrigen fünf Zwergen in dem Stollen verschwunden war, schlichen Jarrn und Kim den Weg zurück, den sie gekommen waren. Bald erreichten sie wieder die steinerne Galerie hoch über der Höhle. Aber das Bild hatte sich nunmehr verändert: Von der gemächlichen Ruhe, die am Ufer des unterirdischen Sees geherrscht hatte, war nichts mehr geblieben. Dutzende von Männern hasteten wild hin und her, und viele liefen auf die Stollen zu, die überall in die Höhlenwand mündeten. Kim hörte aufgeregte Schreie und Rufe, und vom jenseitigen Rand der Höhle näherte sich eine ganze Abteilung bewaffneter Flußleute im Laufschritt.

»Das sind verdammt viele«, flüsterte er. »Hoffentlich hat Gorg Glück.«

Jarrn knurrte nur etwas vor sich hin. Behutsam ließ er sich auf Hände und Knie herabsinken, kroch ein Stück weit auf die steinerne Galerie hinaus und spähte nach unten. Kim zögerte kurz, dann folgte er ihm auf die gleiche Weise. Bei der Aufregung, die im Augenblick unter ihnen in der großen Höhle herrschte, bestand kaum die Gefahr, daß sie entdeckt wurden.

»Dort hinten!« Jarrns dürrer Zeigefinger deutete auf ein torgroßes Loch in der Höhlenwand, hinter dem düsterroter Feuerschein flackerte. »Die Kleine hat gesagt, meine Brüder sind dort.«

Kims Blick glitt nachdenklich durch den Felsendom. Er korrigierte seine Schätzung, was die Anzahl der Flußleute anging, noch einmal nach oben. Unter ihnen mußten sich weit über hundert Männer aufhalten. »Wie kommen wir dorthin?« flüsterte er.

Jarrn deutete auf eine Stelle an der Wand, gute hundert Meter von ihnen entfernt. »Es sieht aus, als könnte man hinunterklettern«, sagte er. »Aber das schaffe ich nicht. Du mußt mich tragen.«

Kim seufzte. Das hatte er befürchtet. Aber er sah ein, daß der andere recht hatte. Die Zwerge waren zwar Höhlenbewohner, und ihre Erfahrung war bisher allen zugute gekommen, aber die Wände hier waren einfach zu hoch für sie. Ein Wunder, daß sie sich nicht schon längst die Hälse oder zumindest einige Knochen gebrochen hatten.

Auf Händen und Knien kriechend, legten sie den Weg bis zu der Stelle zurück, die Jarrn entdeckt hatte. Tatsächlich war die Felswand hier nicht ganz so steil, zahllose Sprünge und Risse durchzogen sie, so daß es wahrscheinlich nicht besonders schwierig sein würde, hinunterzuklettern. Fürs erste, dachte Kim besorgt. Denn es gab an die hundert Gründe, die dagegen sprachen; hochgewachsene, breitschultrige Gründe mit Schwertern in Händen und grimmigen Ausdrücken auf den Gesichtern.

Kim ließ seinen Blick ein letztes Mal durch die Höhle schweifen, raffte all seinen Mut zusammen und gab Jarrn mit einem Zeichen zu verstehen, daß er sich an ihm festhalten sollte. Die dürren Hände des Zwerges krallten sich in sein Hemd und seine Schultern, und Kim begann mit zusammengebissenen Zähnen den Abstieg. Niemand schien Notiz von ihm zu nehmen, obwohl einige der Flußleute auf ihrem Weg nur wenige Meter unter ihnen vorbeiliefen. Nach wenigen Augenblicken hatten sie wieder festen Boden erreicht und duckten sich keuchend hinter einen Felsbrocken.

»Das war nicht schlecht«, lobte Jarrn. »Zumindest für einen Bengel wie dich.«

Kim blickte ihn böse an. »Wenn wir hier heraus sind«, versprach er, »dann bring ich dir Manieren bei, kleiner Mann.«

Jarrn streckte ihm die Zunge heraus, grinste und wurde übergangslos wieder ernst. »Und wie kommen wir dort hinüber, ohne entdeckt zu werden?« Er deutete auf den von rotem Licht erhellten Höhleneingang in der Seitenwand des Felsendomes.

Kims Blick blieb einen Moment daran haften und tastete dann wieder durch die Höhle. Obwohl die meisten Flußleute den Felsendom verlassen hatten, hielten sich noch genug von ihnen am Seeufer auf; entschieden zu viele für Kims Geschmack. »Die Frage ist vielmehr: Wie kommen wir nachher wieder heraus?« sagte er, »zusammen mit deinen Freunden. – Wie viele Zwerge sind denn gefangen?«

»Wie soll ich das wissen?« gab Jarrn unfreundlich zurück. »Vielleicht nur eine Handvoll, vielleicht gar Hunderte.«

Kim erschrak. »Hunderte? Wir können unmöglich Hunderte von Gefangenen befreien!«

»Ach nein?« Jarrn blitzte ihn böse an. »Aber Hunderte von *deinen* Leuten hätten wir schon befreien können, wie?« Plötzlich fuhr er erschrocken zusammen, und eine halbe Sekunde später gewahrte auch Kim hinter sich eine Bewegung und fuhr herum.

Doch es war kein Flußmann. Kim atmete auf. Vor dem grauen Fels zeichnete sich ein winziger, stacheliger Umriß ab, und kurz darauf ließ sich eine piepsende Stimme vernehmen: »Wenn ihr beide noch ein bißchen lauter streitet, dann könnt ihr genausogut auch aufstehen und den Flußleuten Hallo sagen. Man hört euch noch auf der anderen Seite des Gebirges.«

»Bröckchen!« rief Kim erleichtert. Dann runzelte er die Stirn. »Was tust du hier? Du solltest bei den anderen bleiben.«

»Keine Lust«, piepste Bröckchen und mit einem Blick in Jarrns Richtung fügte es hinzu: »Außerdem gefallen mir diese Zwerge nicht. Der da ist wenigstens allein, aber die anderen sind zu fünft.«

»Was ist mit Gorg?« fragte Kim hastig, ehe Jarrn auffahren konnte.

»Mach dir keine Sorgen um ihn. Er hat ein Dutzend Männer verdroschen und jetzt spielt er Fangen mit dem Rest.«

»Ich hoffe, er unterschätzt sie nicht«, meinte Kim ernst, aber Bröckchen machte eine Bewegung, die wohl Kopfschütteln sein sollte, und kicherte: »Kaum. Du solltest sehen, wie er sie durch die Gegend hetzt. Aber das heißt nicht, daß wir alle Zeit der Welt gepachtet haben. Habt ihr schon einen Plan?« Sein Blick wanderte von einem zum anderen, und dann seufzte es, ohne eine Antwort abzuwarten. »Ach ja, ich sehe schon, ihr habt keinen. Warum frage ich überhaupt?«

»Wenn du so schlau bist«, schnappte Jarrn, »dann sag du uns doch, was wir tun sollen.«

»Pffff«, machte Bröckchen, richtete sich auf die Hinterpfoten auf und blinzelte aus seinen quellenden Augen zu der Höhle hinüber, in der die Zwerge gefangengehalten wurden. »Wartet hier«, sagte es. »Ich werde nachschauen, wie es dort aussieht.«

Lautlos und fast unsichtbar mit den Schatten verschmelzend, trippelte es aus dem Versteck hervor und huschte durch die Höhle, ohne daß es jemand sah. Und schon nach wenigen Augenblicken erreichte es das steinerne Rund und verschwand darin. Kim sah dem kleinen Freund besorgt nach. Erst nach einer geraumen Weile erschien Bröckchen wieder und huschte ebenso ungesehen wieder zu ihnen zurück.

»Nun?« fragte Jarrn ungeduldig.

»Deine Brüder sind da«, antwortete Bröckchen. »Zwei oder drei Dutzend, so genau konnte ich das nicht sehen.«

»Und wie viele Wächter?« erkundigte sich Kim.

»Keine. Nein, wirklich keine. Nur die Zwerge. Sie arbeiten wie die Besessenen.«

»Und niemand bewacht sie?« Kim konnte es nicht glauben. »Sie sind angekettet«, erklärte Bröckchen. »Selbst wenn sie wollten, könnten sie nicht fliehen.«

Kim sah sich unschlüssig um. Die Aufregung in der großen Höhle hatte sich ein wenig gelegt. Mehr als die Hälfte der Flußleute war verschwunden, und die zurückgebliebenen standen in kleinen Gruppen herum und diskutierten aufgeregt. Mit etwas Glück würden sie den Höhleneingang erreichen können, ohne gesehen zu werden.

»Also los«, murmelte Jarrn. »Früher oder später werden

sie aufhören, diesen großen Tölpel zu jagen. Eine bessere Chance bekommen wir nicht mehr.«

Mit klopfendem Herzen trat Kim hinter seiner Deckung hervor und ging schnell, aber ohne zu rennen auf den Höhleneingang zu. Seine Kleidung unterschied sich nicht sehr von jener der Flußleute, und er war hochgewachsen für sein Alter. Auf einen flüchtigen Blick mochte er als einer der ihren durchgehen. Nur wenn er anfing zu laufen, dann würde er unweigerlich Aufmerksamkeit erregen.

Er starb fast vor Angst, ehe sie den Höhleneingang erreichten. Es kostete ihn große Kraft, nicht über die Schulter zu den Flußleuten zurückzublicken, die am Seeufer standen. Ein paarmal hörte er ein verdächtiges Geräusch oder sah eine Bewegung aus den Augenwinkeln, die ihn davon zu überzeugen schien, daß ihr gewagtes Spiel nunmehr endgültig zu Ende war.

Doch sie hatten auch diesmal Glück. Völlig unbemerkt erreichten sie den angestrebten Höhleneingang und traten hindurch. Und wieder blieb Kim überrascht stehen und sah sich um.

Diese Höhle war sehr viel größer, als er vermutet hatte – regelrecht eine Halle mit niedriger Decke, die von zahllosen schwarzen Säulen aus Granit und erstarrter Lava getragen wurde. Dazwischen brannten unzählige flackernde Feuer, und wie Bröckchen gesagt hatte, standen an die drei Dutzend Zwerge an den Essen und Feuerstellen. Sie schmiedeten und hämmerten, was das Zeug hielt. Der Raum hallte wider vom Dröhnen der schweren Hämmer, Funken stoben auf, und die Hitze war fast unerträglich. Weißglühendes Eisen lief zischend in Formen aus Sand oder ließ Wasser verdampfen, wenn es zum Abkühlen hineingestoßen wurde.

»Diese verdammten Hunde!« murmelte Jarrn. Seine Stimme zitterte. Und Kim konnte ihn verstehen, als er sich die Gefangenen etwas genauer besah.

Kein Zwerg, den er bisher zu Gesicht bekommen hatte, war besonders ansehnlich oder adrett gewesen oder hatte sonst einen anziehenden Eindruck gemacht. Aber das hier war eine Versammlung von Jammergestalten, es schien verwunderlich, daß sie überhaupt noch auf den Beinen standen und die schweren Schmiedehämmer schwingen konnten. Die meisten waren nackt bis auf einen schmuddeligen Lendenschurz und so ausgemergelt, daß sie wie Skelette wirkten, über die jemand zerschundene, schmutzstarrende Haut gezogen hatte. Ihre ausgezehrten kleinen Körper glänzten vor Schweiß. Um das rechte Fußgelenk jedes einzelnen schlang sich ein Ring aus schwarzem Eisen; eine lange Kette verband diese Ringe miteinander und verschwand irgendwo im Hintergrund der Halle in der Wand.

Kim riß sich mühsam zusammen und gab Jarrn einen Wink. »Schnell jetzt, ehe jemand kommt.«

Sie gingen rasch weiter. Bisher hatten sie unter dem Höhleneingang gestanden und waren von innen wohl höchstens als Schatten zu erkennen gewesen. Aber nun traten sie ins flackernde rote Licht der zahllosen Feuer hinein. Und als die Unglücklichen sie sahen, da ließen sie einer nach dem anderen ihre Werkzeuge sinken und starrten sie entgeistert an. Keiner von ihnen sprach ein Wort, und auf den Gesichtern, die Kim im Flackerlicht erkennen konnte, breitete sich eine Mischung aus Überraschung und Schrecken aus.

Schließlich legte einer der Zwerge seinen Hammer aus der Hand und trat auf sie zu, soweit es die Kette an seinem Bein erlaubte. »Jarrn?« fragte er zweifelnd. »Bist du das?«

Jarrn machte eine unwillige Handbewegung. »Keinen Laut jetzt«, sagte er. »Wo sind die Wachen?«

»Es gibt keine Wachen«, antwortete der Zwerg. »Die Flußleute kommen ab und zu, um neues Material zu bringen oder die Arbeit zu kontrollieren. Da ist nur der Aufseher, aber der schläft die meiste Zeit.«

»Gut«, sagte Jarrn. »Das macht die Sache leichter.« Er sah sich um, als suche er etwas Bestimmtes. »Wer hat den Schlüssel?«

»Der Aufseher«, antwortete der andere, während er mit einer Geste zur Rückwand der Schmiede wies. »Seine Kammer ist dort hinten.«

»Dann werden wir ihm mal einen kleinen Besuch abstatten«, beschied Jarrn entschlossen. »Ihr anderen arbeitet weiter, als wäre nichts geschehen. Die Piraten dürfen nicht merken, was vorgeht, sonst leiste ich euch gleich Gesellschaft.«

Er wollte schon losgehen, aber Kim hielt ihn an der Schulter zurück. »Was soll das?«

»Wir brauchen den Schlüssel für die Kette«, sagte Jarrn, während er seine Hand abstreifte.

»Aber wieso denn?« wunderte sich Kim. Er deutete auf die schweren Hämmer und Werkzeuge in den Händen der Zwerge. »Hier sind doch Werkzeuge genug, um sie aufzubrechen.«

Jarrn zog eine Grimasse und lachte verächtlich. »Was bist du nur für ein Narr«, sagte er. »Diese Kette stammt aus unseren Schmieden in den östlichen Bergen. Kein Werkzeug dieser Welt vermag sie zu zerbrechen.«

Sie durchquerten die Halle, während die Zwerge rings um sie herum wieder eifrig zu hämmern und schlagen anfingen. Ein kleines Stück neben dem Loch in der Wand, in dem die Kette verschwand, fanden sie eine Tür aus schweren, eisenbeschlagenen Bohlen. Kim öffnete sie behutsam einen Spaltbreit und lugte hindurch. Dahinter lag, von einem Becken voller glühender Kohlen nur schwach erhellt, eine kleine Kammer mit einem groben Schreibtisch samt dem dazu gehörigen Stuhl und einem niedrigen, strohgedeckten Bett. Auf dem Stroh lag eine zusammengerollte Gestalt und schnarchte laut: der Aufseher, von dem der Gefangene gesprochen hatte.

Unendlich vorsichtig öffnete Kim die Tür weiter, bedeutete Jarrn mit Gesten, leise zu sein, und schlich auf Zehenspitzen in den Raum hinein.

Gebannt sah er sich um. Die Kette endete direkt über dem Bett des Schlafenden, wo sie mit einem gewaltigen Vorhängeschloß an einem eisernen Ring befestigt war. Den dazu passenden, ebenso übergroßen Schlüssel trug der Wächter am Gürtel.

Kim näherte sich dem Lager, blieb mit klopfendem Herzen stehen und betrachtete eingehend das Gesicht des schlafenden Mannes.

Es war bärtig und breit und sehr grob, der Mund stand halb offen und zeigte, daß der Mann in tiefem Schlaf lag.

Trotzdem zitterten Kims Hände, als er sie nach dem Gürtel des Mannes ausstreckte, um den Schlüssel davon zu lösen. Jarrn hielt ihn mit einer blitzschnellen Bewegung zurück. »Laß das!« flüsterte er. »Das kann ich besser.«

Und das konnte er tatsächlich. Blitzschnell und behende wie ein Taschendieb löste er den Schlüssel vom Gürtel des Mannes, trat grinsend zurück und streckte die Arme nach dem Schloß aus. Er war zu klein, um es zu erreichen, und so schlang Kim die Arme um seine Hüften und hob ihn hoch. Ebenso lautlos wie der Zwerg den Schlüssel an sich genommen hatte, drehte er ihn nun im Schloß herum und öffnete es.

Aber damit hörte ihr Glück auf.

Das Schloß sprang mit einem Klirren auf, und die schwere Kette fiel so wuchtig auf den Leib des Aufsehers herab, daß diesem sogar die Luft für einen überraschten Schrei wegblieb. Kim und der Zwerg standen wie gelähmt da und starrten in die plötzlich aufgerissenen Augen des Aufsehers. Dann schleuderte der Mann die Kette beiseite und sprang in der gleichen Bewegung vom Bett hoch.

Kim machte einen entsetzten Hüpfer zurück, als der Aufseher nach ihm griff. Es gelang ihm, den zupressenden Händen auszuweichen, aber er verlor das Gleichgewicht, stolperte ein paar ungeschickte Schritte zurück und fiel schließlich rücklings über den Stuhl. Noch während er stürzte, sah Kim, wie Jarrn auf der Stelle herumfuhr und mit einem gewaltigen Satz aus der Tür verschwand.

Aber es blieb keine Zeit, über den Verrat des Zwerges auch nur eine Sekunde nachzudenken. Der Aufseher packte Kim an Kragen und Hosenbund und riß ihn grob in die Höhe. »Wer bist du?« schrie er Kim an. »Was tust du hier?«

Es schienen keine Fragen der Art zu sein, auf die er eine Antwort erwartete, denn er schüttelte Kim bei diesen Worten so sehr, daß dieser gar nichts hätte sagen können, selbst wenn er gewollt hätte. Aber plötzlich hörte der Mann auf, Kim hin- und herzuwirbeln, und seine Augen weiteten sich.

Einen Herzschlag lang starrte er ihm ins Gesicht, dann fuhr er wie elektrisiert herum und blickte den Ring und das offenstehende Vorhängeschloß an, als begriffe er erst jetzt wirklich, was geschehen war.

»Verrat!« brüllte er. »Die Gefangenen!«

Schon bewegte sich das Ende der Kette wie der Schwanz einer eisernen Schlange. Rasselnd glitt es vom Bett herunter und bewegte sich auf das Loch in der Wand zu. Der Aufseher schrie abermals zornig auf und stürzte darauf zu, ließ Kim dabei jedoch nicht los. Er verfehlte sein Ziel. Den Bruchteil einer Sekunde ehe er es erreichte, verschwand die Kette in der Wand, und aus der Schmiede draußen erscholl ein triumphierender Jubel.

»Verrat!« schrie der Wächter noch einmal. Wütend richtete er sich auf, starrte Kim an und hob die Hand, als wolle er ihn schlagen. Doch er führte die Bewegung nicht zu Ende, sondern bog Kim nur grob den Arm auf den Rücken, so daß dieser vor Schmerz aufstöhnte und sich krümmte, und zog mit der anderen Hand ein Schwert aus dem Gürtel. Wenigstens versuchte er es. Denn plötzlich landete eine schwarze, zappelnde Gestalt in seinem Nacken, krallte sich mit einer Hand in seinem Gesicht fest und begann mit der anderen, darauf einzuschlagen, wobei sie mit schriller Stimme Flüche und Verwünschungen ausstieß.

Der Mann taumelte, prallte ungeschickt gegen den Tisch und versuchte, den Angreifer abzuschütteln, aber mit einemmal waren überall kleine, dürre Gestalten: gleich mehrere stürzten sich gleichzeitig auf den Aufseher und rangen ihn durch ihre bloße Überzahl zu Boden, obwohl sich dieser mit aller Kraft wehrte. Schon war er mit Fetzen aus seiner eigenen Kleidung gefesselt und geknebelt. Alles ging so schnell, daß ihm nicht einmal Zeit für einen letzten Schrei blieb.

Kim richtete sich taumelnd auf und rieb sich den schmerzenden Arm. »Danke«, murmelte er, als er jetzt Jarrn unter den Zwergen erkannte. »Das war knapp.«

»Du hättest dich eben nicht erwischen lassen sollen, Dummkopf«, antwortete Jarrn vorlaut wie immer.

Diesmal aber lächelte Kim. »Und ich habe schon gedacht, du würdest mich einfach zurücklassen.«

Jarrn schürzte die Lippen. »Damit er dich niederschlägt und anschließend den ganzen Berg zusammenbrüllt?« Er schüttelte heftig den Kopf. »Und außerdem sind wir jetzt quitt«, brummte er eher zu sich selbst als an Kim gewandt.

Kim zog es vor, nicht weiter über die Bedeutung dieser Worte nachzudenken, und wandte sich statt dessen zur Tür, um zum Ausgang der Schmiede zurückzukehren.

»Wo willst du hin?« rief ihm Jarrn nach.

Kim deutete zur anderen Seite der Halle. »Ich hatte nicht vor, hierzubleiben«, sagte er.

»Wir auch nicht, stell dir vor«, höhnte Jarrn. »Aber dort kommen wir nicht hinaus. Draußen wimmelt es von Flußleuten.«

»Ach ja?«, erwiderte Kim ärgerlich. »Sollen wir hier solange warten, bis es ihnen zu langweilig wird und sie heimgehen?«

Da streckte ihm Jarrn die Zunge heraus, ließ ihn dann einfach stehen und wandte sich heftig gestikulierend an seine Brüder. »Die Hälfte von euch arbeitet weiter!« befahl er. »Macht ordentlich Lärm, damit sie denken, in der Schmiede wäre alles beim alten. Einer hält Wache. Die anderen kommen zu mir.«

Die Zwerge gehorchten, und zwar so widerspruchslos und rasch, daß Kim sich doch sehr wunderte. Er hatte es noch nicht erlebt, daß ein Zwerg etwas tat, ohne zu maulen oder eine gehässige Bemerkung anzubringen. Aber gut die Hälfte der zerlumpten Gestalten trat nun sogleich an die Feuer und begann, einen Lärm zu vollführen, daß der ganze Berg widerzuhallen schien. Die anderen drängten sich zu Kims Verblüffung in die kleine Kammer des Aufsehers hinein – und begannen mit Hämmern und Spitzhacken auf die Rückwand des Raumes einzuschlagen.

Kim staunte nicht schlecht, als er sah, mit welcher Geschwindigkeit sie sich in den Fels hineingruben. Obwohl keine der ausgemergelten Gestalten so aussah, als könne sie noch ohne Mühe einen Laib Brot heben, geschweige denn eines der schweren Werkzeuge schwingen, zerbröckelte der Granit unter ihren Hieben wie mürbes Holz. Binnen weniger Augenblicke entstand ein knapp meterhoher, kreisrunder Tunnel, in den die Zwerge mit Windeseile hineinhackten.

Jarrn amüsierte sich königlich, als er Kims fassungslosen Gesichtsausdruck sah. Aber er enthielt sich jeden Kommentars und brüllte statt dessen abwechselnd die Zwerge in der Schmiede und die im Tunnel an, um sie mit schriller Stimme anzutreiben.

Kim beobachtete fassungslos, wie der Tunnel in immer größerer Geschwindigkeit in den Berg hineinwuchs. Schon waren die Zwerge, die ihn vorantrieben, nicht mehr zu sehen, und ihr Hämmern und Schlagen klang immer gedämpfter, bis es schließlich zu einem kaum noch wahrnehmbaren Klopfen wurde. Da erscholl in der Schmiede ein erschrockener Aufschrei, und kaum eine Sekunde später stürzte ein Zwerg in die Kammer und stieß atemlos hervor: »Sie kommen! Die Flußleute haben etwas gemerkt!«

Auch die anderen Zwerge stürmten nacheinander herein, mit Hämmern, Hacken und sogar Waffen ausgerüstet, die sie eben erst selbst geschmiedet hatten. Und ob Kim wollte oder nicht – er wurde einfach von der Flut kleiner, zerlumpter Gestalten mit in den Tunnel hineingerissen.

Der Gang war so niedrig, daß er nicht einmal gebückt laufen, sondern nur auf Händen und Knien kriechen konnte. Und die Zwerge, die hinter ihm hereindrängten, schubsten und stießen ihn so sehr, so daß er mehr als einmal das Gleichgewicht verlor und der Länge nach hinstürzte, während die Nachkommenden einfach über ihn hinwegrannten. Schon hörte er ein wütendes Gebrüll am Ende des Stollens hinter sich. Und als Kim den Blick wandte, sah er einen breiten, schwarzen Schatten, der vergeblich versuchte, sich in den winzigen Gang hineinzuquetschen.

Da stießen seine tastenden Hände auf Widerstand. Vor Kim stand eine massive Felswand. Kims Herz begann mit einem erschrockenen Schlag noch schneller zu hämmern, ehe er begriff, daß er nicht das Ende des Tunnels, sondern nur eine rechtwinklige Abzweigung erreicht hatte, die die Zwerge, aus welchem Grund auch immer, geschaffen hatten. Keuchend quetschte er sich durch den schmalen Spalt, richtete sich wieder auf, soweit er konnte, und kroch ein Stück weiter.

Nicht einmal eine Sekunde später prallte etwas mit einem metallischen Klappern hinter ihm gegen den Fels und zerbrach. Und als Kim den Kopf wandte, erblickte er in dem bißchen Licht, das noch vom Tunnelende hereinfiel, die abgebrochene Spitze eines Pfeiles. Ein zorniger Ruf erscholl, dann erkannte Kim einen breitschultrigen Schatten, der sich hastig in den engen Tunnel hineinzuquetschen versuchte – allerdings mit dem Ergebnis, daß er nach einem knappen Meter hoffnungslos steckenblieb und jetzt weder vor noch zurück konnte. Jetzt war Kim sehr froh, daß die Tunnel der Zwerge so niedrig waren …

XVII

Zwei Tage später sahen sie das erste Mal das Licht der Sonne wieder. Kim war nicht der einzige, der das Gefühl hatte, aus einem langen, bösen Traum zu erwachen, als das unheimliche, graue Licht der Felsenwelt dem bleichen Schimmer des Mondes wich, der durch den Eingang der Höhle hereinfiel. Ein Hauch eisiger Luft schlug ihm entgegen und ließ ihn frösteln, und alle beschleunigten sie ihre Schritte. Nicht einmal mehr die steile Geröll- und Schutthalde, die sich vor dem Höhleneingang aufgetürmt hatte, vermochte sie zu bremsen. So kollerten und schlitterten einer hinter dem anderen den Hang hinunter, und fast keiner kam ohne Prellungen und Hautabschürfungen davon.

Aber das schien niemand zu stören. Ein allgemeines Aufatmen ging durch die Gruppe, als sie zum erstenmal endlich wieder einen richtigen Himmel über sich sahen und keinen, der aus Stein oder erstarrter Lava bestand. Jarrn, Kim und die befreiten Zwerge waren stundenlang durch das Labyrinth aus Felsen und Höhlen geirrt, ehe sie auf Priwinn und die anderen trafen. Weitere Stunden hatten sie voller Angst darauf gewartet, daß die Flußleute ihre Spur aufnahmen und sie verfolgten, aber sie hatten keinen davon mehr zu Gesicht bekommen. Die Zwerge hatten sich als ausgezeichnete Führer erwiesen. Obwohl die Flußleute eindeutig die Macht über diese unterirdische Welt innehatten, kannten sich die Zwerge doch ungleich besser aus. Sie waren keinem Mitglied dieser unangenehmen Piratengesellschaft mehr begegnet.

Aber der Weg war auch so schwer genug. Die ewige Dämmerung zerrte an ihren Nerven, sie hatten nichts zu essen und fanden nur selten Wasser, so daß sie jetzt alle am Ende ihrer Kräfte angelangt waren. Selbst Gorgs Bewegungen hatten viel von ihrem Schwung verloren, und der Riese war immer schweigsamer geworden.

Kim ließ sich erschöpft auf einen Stein sinken, als er als letzter den Fuß der Geröllhalde erreichte. Plötzlich hatte er Mühe, die Augen noch offenzuhalten. Seine Lider wurden schwer. Arme und Beine schienen plötzlich mit Blei gefüllt zu sein und ihn zu Boden ziehen zu wollen. Müde sah er sich um, erkannte aber nichts außer verworrenen Schatten und dem silbernen Schimmer des Mondlichts, der sich auf feuchtem Gras brach.

Die Zwerge hatten versprochen, sie in die Nähe des Baumes zu bringen, aber davon war im Augenblick weit und breit nichts zu sehen.

Doch Kim war viel zu schläfrig, diesen Gedanken weiterzuverfolgen. Alles, was im Moment zählte, war, daß sie endlich aus jenem finsteren Labyrinth unter der Erde entkommen waren.

Allen anderen schien es ebenso zu ergehen. Obwohl gerade die kleineren Kinder im Laufe des letzten Tages vor Hunger und Erschöpfung manchmal zu weinen begonnen hatten, hörte er jetzt keinen Laut der Klage. Bedachte man, daß sich auf dem kleinen Stück Erde vor der Schutthalde alles in allem – die Kinder, die Zwerge sowie Kim und seine Gefährten mitgerechnet – weit über sechzig Personen aufhielten, dann war es sogar unheimlich still.

Irgend jemand entzündete ein Feuer, und das Knistern der Flammen und die Wärme vertrieben die unheimliche Atmosphäre ein wenig. Aber nicht ganz. Kim schrieb diesen Eindruck seiner eigenen Erschöpfung und Mutlosigkeit zu, aber ihm war doch, als wäre etwas von der schaurigen Düsternis der Höhlen mit ihnen herausgekommen.

Plötzlich entstand auf der anderen Seite des Feuers nahe des Waldrandes eine Aufregung. Kim sah mit schweren Augen auf und erblickte Gorg, der wohl unbemerkt gleich nach ihrer Ankunft weitergegangen sein mußte, denn jetzt trat er aus dem Wald heraus und trug einen erlegten Hirsch über der Schulter. Kim war viel zu müde dazu, aber Priwinn und einige der größeren Jungen und Mädchen liefen rasch zu dem Riesen hinüber und begannen, den Hirsch auszuweiden und zu zerlegen. Bald drehten sich zwei gewaltige Spieße voller saftigem Fleisch über den Flammen, und der verlockende Geruch von Gebratenem ließ alle Mägen noch lauter knurren.

Das Essen und das Gefühl der Erleichterung, das ihnen der freie Himmel und die weite Landschaft rings um sie herum vermittelten, vertrieb auch Kims Niedergeschlagenheit ein wenig. Während er dasaß und fast seine ganze Willenskraft darauf verwenden mußte, das Stück Fleisch, das ihm zugeteilt worden war, mit kleinen Bissen zu nehmen und jeden einzelnen sorgfältig durchzukauen statt alles auf einmal herunterzuschlingen, glitt sein Blick über die vielen Kindergestalten, die im Kreis um das Feuer herumsaßen. Noch immer war kein Wort zu hören, nur das hungrige Reißen und Schmatzen und Kauen rundum.

»Was ist los mit dir?«

Kim drehte mühevoll den Kopf und sah in Priwinns Gesicht. Er hatte nicht gemerkt, daß sich der Steppenprinz neben ihn gesetzt hatte. »Du siehst aus, als hättest du gerade die größte Niederlage deines Lebens erlebt.«

»Ich bin einfach nur müde«, murmelte Kim.

»Das sind wir alle«, antwortete Priwinn. »Aber irgendwas stimmt doch nicht mit dir – also heraus mit der Sprache.«

Kim zögerte einen Moment, biß ein weiteres Stück von seinem Fleisch ab, um Zeit zu gewinnen, und antwortete schließlich mit vollem Mund: »Die Kinder, Priwinn.«

»Was soll mit ihnen sein?« wunderte sich Priwinn. »Wir haben sie befreit. Du tust ja gerade so, als wäre dir das nicht recht.«

»Unsinn!« Kim schluckte heftig. »Aber es sind nur so wenige. Und es sind nicht die, nach denen wir gesucht haben.«

»Jedes einzelne Leben ist wichtig«, meinte Gorg von der anderen Seite her.

«Natürlich«, murmelte Kim. »Entschuldigt bitte. Es ist nur ...« Er suchte einen Moment vergeblich nach Worten und schüttelte schließlich hilflos den Kopf. »Es war alles letztlich doch vergebens«, murmelte er. »Nichts hat sich geändert.«

»Und was hast du erwartet, Blödmann?«

Kim mußte nicht den Blick heben, um zu wissen, daß Jarrn sich zu ihnen gesellt hatte. Trotzdem tat er es und starrte den Zwerg böse an. »Ich wette, du weißt, was es mit den verschwundenen Kindern auf sich hat«, sagte Kim.

Der Zwerg blickte ihn auf eine Weise an, die Kim unmöglich deuten konnte. Dann antwortete er: »Und ich wette, ich würde es dir nicht sagen, selbst wenn ich es wüßte.«

Priwinn fuhr wütend auf, aber Jarrn machte eine rasche Handbewegung und fuhr in verändertem Tonfall fort: »Wir haben unser Wort gehalten. Ihr seid zurück. Meine Brüder und ich gehen jetzt.«

Kim legte demonstrativ den Kopf in den Nacken und suchte den Nachthimmel ab. »Vereinbart war, daß ihr uns zum großen Baum bringt«, erinnerte er.

»Das haben wir«, antwortete Jarrn. Er deutete mit der Hand in die Dunkelheit hinter sich. »Wenn es Tag wird, werdet ihr einen Hügel sehen. Dahinter liegt er.«

»Warte einen Augenblick«, sagte Priwinn. Er stand auf, bedeutete Gorg mit einer Kopfbewegung, auf Jarrn aufzupassen, und verschwand mit schnellen Schritten. Schon wenige Augenblicke später kam er zurück, aber er war nicht mehr allein. Neben ihm ging Eib, der Baumjunge mit den blauen Blättern.

»Dieser Zwerg behauptet, daß wir in der Nähe deines Baumes sind«, sagte Priwinn und deutete auf Jarrn. »Stimmt das?«

Eib sah sich unschlüssig um. Es dauerte lange, bis er antwortete, und als er es tat, da klang seine Stimme sehr unsicher. »Ich weiß es nicht«, gestand er. »Es kommt mir ... bekannt vor. Vielleicht.«

Priwinn seufzte und verdrehte die Augen. Jarrn zog wieder eine Grimasse. »Jetzt seid ihr so schlau wie zuvor«, sagte der Zwerg gehässig. »Aber ihr werdet uns schon glauben müssen, ob euch das paßt oder nicht. Außerdem – wenn wir gehen wollen, dann tun wir das auch.«

»Bist du sicher?« grollte Gorg.

Jarrn kicherte böse. »Völlig, Tölpel. Wir hätten euch jederzeit einfach zurücklassen können. Wenn du mir nicht glaubst, dann frag den da.« Er deutete auf Kim, der widerstrebend nickte.

»Und warum habt ihr das nicht getan?« fragte Priwinn.

»Ihr hattet mein Wort«, erwiderte Jarrn beleidigt. »Aber der Burgfrieden ist vorüber. Wir werden jetzt gehen – und wenn wir uns das nächste Mal sehen, dann wird dieses Treffen anders verlaufen als das letzte, das verspreche ich.«

»Und ich auch«, schloß Priwinn haßerfüllt.

Kim wandte sich niedergeschlagen ab und entfernte sich ein wenig vom Feuer. Der Streit, der jäh wieder zwischen Priwinn und dem Zwerg aufgeflammt war, machte ihm klar, daß sich nichts geändert hatte. Für einige kurze Augenblicke hatte er sich der Hoffnung hingegeben, daß die gemeinsam überstandenen Gefahren aus Feinden vielleicht Freunde oder zumindest Verbündete gemacht hätten. Aber so war es nicht. Und als sich Kim nach einer Weile umdrehte und wieder zum Feuer zurückging, da waren die Zwerge schon lautlos wie Gespenster in die Nacht entschwunden.

Sie brachen am nächsten Tag erst um die Mittagsstunde auf, denn das Essen und die Wärme des Feuers taten nach und nach ihre Wirkung, so daß sie alle in einen tiefen, erschöpften Schlaf fielen. Erst spät am Vormittag erwachten sie. Sie sahen tatsächlich den Hügel, von dem Jarrn gesprochen hatte, aber er war viel weiter entfernt als erwartet, und die wenigen Stunden Schlaf und die eine Mahlzeit hatten längst nicht ausgereicht, ihre Kräfte völlig zu erneuern, so daß sie nur langsam von der Stelle kamen. Als sie endlich den Kamm des Hügels erreichten, da war der Tag schon weit fortgeschritten, und die Sonne begann das letzte Drittel ihrer Wanderung.

Auch auf der anderen Seite des Hügels spannte sich der blaue Himmel. Da war kein gewaltiges Himmelsgewölbe aus Ästen und Blättern, kein grüngefärbtes Sonnenlicht. – Der Baum war nicht da.

Kim blieb enttäuscht stehen. »Er hat gelogen«, flüsterte er. »Die Zwerge haben uns belogen, Priwinn.«

Der Steppenprinz nickte grimmig. »Was hast du erwartet?« fragte er. »Wahrscheinlich haben sie uns in die Irre geführt. Wir werden Monate, wenn nicht Jahre brauchen, um wieder nach Hause zu kommen.«

»Nein«, sagte eine Stimme hinter ihnen. »Das werden wir nicht. – Wir sind da.«

Etwas am Klang dieser Stimme erschreckte Kim zutiefst, und als er sich umdrehte, blickte er in Eibs Gesicht, das unter dem Braun seiner verwitterten Rindenhaut leichenblaß geworden war. Die Augen des Baumjungen waren weit und fast schwarz vor Entsetzen, und seine ausgestreckte, zitternde Hand deutete nach Osten.

Kim drehte sich in dieselbe Richtung. Er blickte nun nach unten, statt in den Himmel hinauf.

Und dann sah er den Baum.

Er war gefallen.

Wo sich vorher ein ungeheuerliches Gebilde aus Holz und Blattwerk und erstarrter Zeit erhoben hatte, da ragte jetzt ein zersplitterter Stumpf in den Himmel. Er war zwar noch immer zehnmal höher als der höchste Festungsturm, den Kim je gesehen hatte, aber doch nichts als ein jämmerlicher Überrest dessen, was der Baum einmal gewesen war. Der Stamm, in mehrere Teile zerbrochen, hatte sich nach Osten geneigt und dabei Wälder, Wiesen, Bäche und ganze Hügelketten unter sich begraben. Und weit, weit entfernt, fast schon am Horizont, ragte die zerdrückte Krone des Baumes wie ein Gebirge aus grünen Schatten empor.

Sie brauchten fast den Rest des Tages, um die Baumruine zu erreichen. Kim hatte geglaubt, daß sich das Entsetzen, mit dem ihn der erste Anblick des gewaltigen, zerstörten Gebildes erfüllt hatte, während des Marsches etwas legen würde, aber das genaue Gegenteil trat ein – je näher sie kamen, desto erschütterter war er. Auch unter den anderen breitete sich eine immer größer werdende Unruhe aus. Der einzige, der äußerlich völlig ruhig zu bleiben schien, war Eib. Aber Kim behielt ihn aufmerksam im Auge, und er begriff sehr bald, daß es keine wirkliche Ruhe war. Auf Eibs Gesicht war nicht die mindeste Regung abzulesen, doch es war so etwas wie die Starre des Todes, die von seinen Zügen Besitz ergriffen hatte. Er marschierte klaglos zwischen ihnen, aber seine Bewegungen hatten etwas von einer Maschine, die einfach weiterlief, ohne zu wissen, warum. Als sie spät am Abend beim Baumstumpf ankamen und am Fuße der riesigen hölzernen Treppe hielten, war Eib der einzige, der nicht sichtbar auf die ungeheuerliche Zerstörung reagierte, die sich ihren Blicken darbot.

Es war sehr still. Während der letzten Stunde hatte sich ihr Marsch in willkürlichen Schlangenlinien vollzogen, mit denen sie den gewaltigen Trümmerstücken und Holzresten auswichen, die den Boden auf Kilometer im Umkreis bedeckten. Zerbrochene Äste, jeder einzelne gewaltig wie ein ganzer Wald, riesige Splitter des Stammes, groß wie Häuser und Türme, ganze Gebirge aus zerquetschten Blättern hatten sie immer wieder zu Umwegen gezwungen und den Stumpf des Baumes mehr als einmal ihren Blicken entzogen. Aber sie hatten nicht den mindesten Laut gehört. Nicht eine einzige Vogelstimme, nicht das leiseste Rauschen des Windes unterbrach die Stille des Todes, die sich über dem Land ausgebreitet hatte.

»Was ist bloß geschehen?« flüsterte Priwinn erschüttert.

Natürlich antwortete niemand. Und es war auch nicht nötig. Im Grunde, dachte Kim niedergeschlagen, war es gleich, was geschehen war. Alles, was jetzt noch zählte, war, daß es geschehen war.

Langsam trat er neben den Baumjungen und legte ihm die Hand auf die Schulter. Eib fuhr zusammen, als erwachte er zum erstenmal seit Stunden aus der Erstarrung, in die er gefallen war. Mit einer unendlich mühsamen Bewegung drehte er den Kopf und sah Kim an, und endlich erblickte Kim in seinen Augen das, worauf er die ganze Zeit gewartet hatte: das Glitzern von Tränen.

Aber alle Worte des Trostes, die Kim sich zurechtgelegt hatte, waren plötzlich fort. Er war nicht in der Lage, dem Jungen Trost zuzusprechen. Er selbst fühlte sich leer und zerschlagen, und etwas in ihm schien zerbrochen zu sein wie dieser gigantische Baum. Kim konnte Eib jetzt nicht helfen, er brauchte selbst Hilfe.

»Laßt uns hinaufgehen.« Priwinn deutete auf die Treppe, die den Stumpf hinaufführte. »Vielleicht ist jemand oben.«

Aber Eib schüttelte nur den Kopf. »Nein.«

Priwinn ging eine einzige Stufe hinauf, blieb wieder stehen und machte dann niedergeschlagen kehrt.

Sie wollten eben zu den anderen zurückgehen, da raschelte es neben ihnen in den Resten eines zerbrochenen Astes, und plötzlich trat eine knorrige Gestalt mit Haaren und Kleidern aus grünem Blattwerk hervor.

»Oak!« rief Kim aus und rannte auf den Mann zu.

Aber er blieb mitten in der Bewegung stehen, als er dessen Blick gewahrte. Die Augen waren so leer und dunkel wie die von Eib, und sein Gesicht sah mit einemmal nicht mehr nur verwittert aus, sondern alt. Uralt. Und unendlich müde.

Auch Priwinn, Gorg und einige der größeren Kinder kamen auf Oak zu, blieben aber wie Kim in einiger Entfernung stehen.

Oak hob müde den Kopf und sah mit leichter Verwunderung auf, und Kim begriff, daß er bisher gar nicht mitbekommen hatte, was um ihn herum geschah. »Er ist gefallen«, flüsterte der grüne Baummann. »Er ist gefallen.«

Kim überwand sich als erster und trat weiter auf den knorrigen Mann zu. »Oak«, sagte er leise. »Was ist hier geschehen? Erzähle uns.«

»Er ist gefallen«, murmelte der Baummann wieder. »Er ist … einfach umgefallen.« Er schien Kims Worte gar nicht gehört zu haben.

»Wie kam das?« fragte nun auch Priwinn, lauter als Kim und in viel schärferem Ton.

»Gefallen«, sagte Oak noch einmal, dann schüttelte er den Kopf, blickte auf und flüsterte: »Und wir selbst sind schuld daran.«

Priwinn und Kim sahen einander an. »Ihr?« wiederholte der Steppenprinz.

»Oak, bitte! Erklär uns, was hier passiert ist! Der … dieser Baum kann doch nicht einfach umgestürzt sein!«

»Ein Sturm«, murmelte Oak nur. Er sah Prinz Priwinn

an, aber der Blick seiner dunklen Augen schien geradewegs ins Leere zu gehen. Seine Stimme wurde immer leiser und zitterte, als ihn die Erinnerung an das furchtbare Geschehen zu übermannen drohte. »Es gab einen Sturm«, sagte er dann. »Einen … schlimmen Sturm.«

»Aber das ist unmöglich«, meinte Priwinn. »Dieser Baum hat Tausende von Stürmen überstanden.«

»Ein Sturm«, sagte Oak noch einmal. »Er ist … er ist einfach umgefallen.«

Priwinn wollte noch etwas sagen, aber Kim legte ihm rasch die Hand auf die Schulter und schüttelte den Kopf. Er begriff, daß sie im Moment von Oak nichts mehr erfahren würden. Der Baummann befand sich in einem Zustand, in dem man nicht mit ihm reden konnte.

Statt weiter in ihn zu dringen, trat Kim ganz dicht neben ihn und streckte die Hand aus. Da geschah etwas Unerwartetes. Oak hörte mit seinem unaufhörlichen Geplapper auf, nahm Kim in die Arme und begann plötzlich zu schluchzen; lautlos und ohne eine Träne, aber sehr heftig.

Unter allen anderen Umständen wäre Kim das peinlich gewesen. Er war nur ein Junge, und Oak war ein Mann, der vielleicht unvorstellbar alt sein mochte. Und trotzdem war es nun Kim, der ihm Trost spendete, ganz einfach, indem er da war und sich von ihm berühren ließ.

Und was Priwinns Worte nicht bewirkt hatten, das geschah jetzt von selbst: Oak stand eine ganze Weile so da, aber schließlich beruhigte er sich, und als er sich mit einer fast verlegenen Bewegung wieder von Kim zurückzog und ihn ansah, da war sein Blick wieder klar; noch immer verschleiert von Entsetzen und Furcht, aber zumindest erkannte er sein Gegenüber jetzt.

»Verzeih«, murmelte er. »Ich habe … die Beherrschung verloren.«

»Das macht nichts«, sagte Kim. »Könnt Ihr uns erzählen, was geschehen ist, Oak?«

Oak zögerte kurz, aber dann nickte er. »Er ist gefallen«, sagte er. »Limb und die anderen hatten recht. Wir haben ihn zerstört. Es gab einen Sturm, wie es schon Tausende von

Stürmen gegeben hat. Aber diesmal hat er ihn nicht überstanden. Er war geschwächt. Wir haben ihm zu viele Wunden zugefügt. Wir haben zuviel aus seinem Herz herausgeschnitten, als daß er noch die Kraft gehabt hätte, standzuhalten.«

»Wo sind die anderen?« flüsterte Priwinn. »Sind sie … tot?«

Wieder antwortete Oak nicht gleich, und während der Mann den Steppenprinzen schweigend anstarrte, fürchtete Kim sich schon vor der Antwort. Aber da schüttelte der Baummann ganz sacht den Kopf. »Viele sind tot«, sagte er. »Hunderte, wenn nicht Tausende. Die noch leben, haben sich auf die Äste zurückgezogen.« Er deutete dorthin, wo die gewaltige Krone des Riesenbaumes mit dem Horizont verschmolz. »Aber sie werden sterben«, fuhr er im Flüsterton fort. »Der Baum ist gefallen. Seine Äste werden verdorren, und es gibt keinen anderen Ort, wo wir leben könnten.«

»Aber du lebst doch auch!« widersprach Kim beinahe verzweifelt. »Und … und Eib hat überlebt in der Gefangenschaft der Flußleute. Ihr werdet wieder eine neue Heimat finden.«

Oak blickte ihn an, und plötzlich lächelte er, aber es war ein sehr trauriges Lächeln. »Ich wollte, es wäre so«, sagte er. »Aber wir können nirgendwo anders leben als auf unserem Baum. Für eine Weile können wir woanders sein. Aber ohne Baum wird es unser Volk bald nicht mehr geben.«

»Das darf nicht sein!« rief Kim aus und fühlte einen Zorn, der so heftig war, daß er ihn selbst erschreckte. Es war ein Zorn, der niemand bestimmtem galt, sondern einzig der Tatsache, daß alles so gekommen war. »Ihr werdet einen anderen Baum finden«, versuchte er es. »Eine andere Heimat.«

»Laß es gut sein, kleiner Held«, brummte Gorg. »Er sagt die Wahrheit. Es gibt keinen anderen Ort, an dem sie leben könnten. Und es hat nur diesen einen Baum gegeben.«

»Diese verdammten Zwerge!« sagte Priwinn mit zitternder Stimme. »Ich schwöre, daß ich sie und ihre verdammten Eisenmänner dorthin zurückjagen werde, wo sie hergekommen sind. Und wenn es das letzte ist, was ich tue!« Da schüttelte Oak plötzlich den Kopf. »Es waren nicht die Zwerge, Prinz Priwinn.«

»Natürlich nicht!« sprach Priwinn heftig. »Nur ihre Eisenmänner, nicht wahr?«

»Es war nicht ihre Schuld«, wiederholte Oak mit Nachdruck. »Nicht sie haben den Baum zerstört. Wir selbst waren es. Ihr habt uns gewarnt, du und dein riesiger Freund dort und Limb und viele andere. Wir haben nicht auf euch gehört, und nun müssen wir dafür bezahlen.«

»Jemand anderer wird noch einen viel höheren Preis bezahlen«, beharrte Priwinn, aber wieder schüttelte der Baummann sacht den Kopf, und diesmal lächelte er sogar.

»Gibt es einen höheren Preis als den Untergang eines ganzen Volkes?«

Und diesmal antwortete Priwinn nicht mehr.

Sie übernachteten im Schatten des gewaltigen Baumstumpfes. Es gab genug trockenes Holz, so daß sie ein gewaltiges Feuer entzünden konnten, das sie vor der Nachtkälte und dem Wind schützte. Oak brachte ihnen zu essen: Früchte, Beeren und Obst in solchen Mengen, daß sie alle ihre knurrenden Mägen füllen konnten. Er fand seine Beherrschung im Laufe des Abends mehr und mehr zurück. Weder Kim noch einer der anderen sprachen ihn auf das schreckliche Geschehen an, doch er brachte von selbst die Rede darauf, nachdem sie gegessen hatten und noch eine Weile am Feuer zusammensaßen.

»Ich bin froh, daß ihr noch am Leben und unverletzt seid«, sagte er, nachdem Priwinn ihm von ihren Abenteuern in der Eisigen Einöde und anschließend dem Labyrinth der Flußleute erzählt hatte. »Wir waren alle in großer Sorge, nachdem ihr verschwunden ward.«

»Ihr habt doch Limb und seinen Freunden nichts zuleide getan«, vergewisserte sich Priwinn besorgt.

Oak schüttelte mit einem verzeihenden Lächeln den Kopf. »Wofür haltet ihr uns?« fragte er. »Viele waren zornig über das, was ihr getan habt, zumal die Zwerge kaum zwei

Wochen danach auftauchten und Schadenersatz für die zerstörten Eisenmänner verlangten. Aber –«

Priwinn unterbrach ihn überrascht. »Zwei Wochen?« wiederholte er. »Aber das kann nicht sein.«

Oak blickte fragend, und Priwinn fügte verwundert hinzu: »Wir sind doch erst vor wenig mehr als einer Woche aufgebrochen!«

»Ihr wart fast ein halbes Jahr fort«, widersprach Oak in verwundertem Tonfall.

Nun war die Reihe an Priwinn und Kim, den Baummann verstört anzublicken.

»Ein halbes Jahr?« vergewisserte sich Kim. »Seid Ihr sicher?«

Oak nickte und zuckte fast gleichzeitig mit den Schultern. »Vielleicht auch einen Monat mehr oder weniger – uns interessiert die Zeit nicht so sehr wie euch.«

»Die Höhlen!« erinnerte Gorg.

Aller Blicke wandten sich verwundert dem Riesen zu. »Die Zwergenhöhlen«, wiederholte Gorg. »Es muß ein Geheimnis darin geben. Wir haben nur zwei Tage gebraucht, um von Burg Weltende hierher zu kommen. Aber die Strekke ist weit, sehr weit. Ginge man sie zu Fuß, würde man schon ein halbes Jahr unterwegs sein. Wenn nicht länger.«

Oak nickte zustimmend. »Das Zwergenvolk verfügt über magische Kräfte«, sagte er.

»Die werden sie noch bitter nötig haben, wenn ich mich mit ihnen befasse«, knurrte Priwinn. Oak blickte ihn tadelnd an, enthielt sich aber jeder Antwort und fuhr nach einer weiteren Pause in seiner Erzählung fort.

»Wir haben Limb und den anderen nichts zuleide getan«, sagte er noch einmal. »Aber wir haben auch nicht auf sie gehört. Hätten wir es nur! Vielleicht war es noch nicht zu spät damals. Aber wir waren verblendet. Es schien alles so leicht: Größere Häuser. Schönere Kleider. Bessere Möbel. Ein leichteres Leben. Sie haben uns gewarnt, daß wir dafür bezahlen müssen, und ich glaube, tief in unseren Herzen haben wir gewußt, daß sie recht haben.« Er sah auf, und für einen Moment breitete sich wieder dieses tiefe, hilflose Entsetzen in seinem Blick aus. »Aber wir wußten nicht, daß es so schnell geschehen würde. Wir dachten, wir hätten noch so viel Zeit. Wir dachten, wir würden schon eine Lösung finden oder rechtzeitig aufhören, ehe der Schaden zu groß war. Wir waren Narren.«

»Es war nicht eure Schuld«, beharrte Priwinn. »Die Zwerge haben eure Sinne verwirrt. Es ist ihre Zauberkraft, deren Verlockung ihr erlegen seid.«

Oak schien widersprechen zu wollen, aber dann sah er wohl ein, daß es sinnlos war, sich mit dem Steppenprinzen darüber zu streiten. Er beließ es bei einem wortlosen Kopfschütteln und starrte in die Flammen des Feuers.

Ein unangenehmes Schweigen breitete sich aus, nur unterbrochen vom Knistern der Flammen und dem Rauschen des Windes, der sich im Blattwerk der abgebrochenen Äste brach.

Schließlich stand Kim auf und entfernte sich von den anderen. Er fühlte sich niedergeschlagen und müde. Alles schien sinnlos. Was immer sie taten, welche Anstrengungen auch immer sie unternahmen – es schien hinterher stets schlimmer zu sein als vorher, als kämpften sie in Wirklichkeit auf der Seite ihrer Feinde.

Aber vielleicht stimmte auch das nicht. Möglicherweise war die Antwort wirklich die, daß es die Feinde, nach denen sie suchten, nicht gab.

Während er so in Gedanken versunken dahinschritt, wurde der Boden unter seinen Füßen sumpfiger, und Kim begriff im letzten Moment, daß er um ein Haar in einen kleinen See gestürzt wäre. Abrupt blieb er stehen, blickte auf das Wasser, das im Mondlicht wie geschmolzenes Pech glänzte, und begegnete dem Spiegelbild seines Gesichts.

Gerade noch im letzten Moment fiel ihm ein, was Oak einst über diesen See gesagt hatte, und er wandte sich sofort ab, um fortzugehen. Aber er machte nur einen einzigen Schritt, da tauchte plötzlich aus der Dunkelheit eine Gestalt auf und näherte sich ihm: Priwinn.

Eine Zeitlang standen sie beide schweigend da. Die unbehagliche Stille, die sich am Feuer ausgebreitet hatte, schien Priwinn gefolgt zu sein. Dazu kam, daß Kim im Moment einfach nicht mit ihm reden wollte. Eigentlich wollte er mit niemandem reden. Und doch wollte er nicht allein sein. Ein Gefühl der Hilflosigkeit und Verwirrung hatte von ihm Besitz ergriffen, das fast stärker war als das Entsetzen über das furchtbare Geschehen.

Endlich brach der Steppenprinz das lastende Schweigen. »Hast du dich entschieden?« fragte er.

Kim drehte sich widerwillig zu ihm herum und sah ihn erstaunt an. »Entschieden?«

»Ja«, sagte Priwinn. »Auf welcher Seite du stehst. Willst du weiter tatenlos zusehen, wie unsere Welt stirbt?«

Was wollte der Prinz bloß, dachte Kim. Priwinn mußte doch genau wissen, wie schwer die Entscheidung war, zu der er ihn zwingen wollte. »Ich ... ich kann nicht«, flüsterte Kim. Das Gesicht des Prinzen verdüsterte sich. In seinen Augen blitzte es auf, und in seiner Stimme war plötzlich eine Härte, die Kim erschauern ließ. Er erkannte seinen Freund kaum mehr wieder. »Gut!« sagte er hart. »Dann bleib hier oder geh zurück zu Themistokles. Tu, was du willst. Ich werde jedenfalls handeln, damit dieses Land nicht endgültig zugrunde gerichtet wird.«

»Aber was willst du denn tun?« fragte Kim leise und glaubte doch, die Antwort ganz genau zu kennen.

»Was wir schon begonnen haben!« antwortete Priwinn heftig. »Wir werden alle diese verdammten Eisenmänner zerschlagen. Sie und alles andere, was von den Zwergen stammt.«

»Aber du kannst diesen Krieg so nicht gewinnen«, widersprach Kim. »Wer weiß, ob es die Zwerge sind, die Märchenmond den Untergang bringen, Priwinn.«

»Vielleicht hast du recht«, gab der Steppenprinz zu. »Aber ich sehe keinen anderen Weg. Ich habe auf Themistokles und auf dich gehört. Wir sind nach Norden gezogen, obwohl wir genau wußten, daß es sinnlos sein würde. Wir haben Rangarig verloren. Und wir wären um ein Haar in die Gewalt der Zwerge geraten. Was verlangst du noch von mir?«

»Ich weiß es nicht«, gestand Kim gequält. »Es ist so ... so entsetzlich. Vielleicht sind es die Bewohner dieses Landes selbst, gegen die du kämpfst.«

»Dann werde ich sie besiegen müssen«, sagte Priwinn entschlossen. »Ich bin nicht allein, Kim. Es gibt viele, die so denken wie ich. Und nach dem, was hier geschehen ist, werden sich uns noch mehr anschließen.« Seine Stimme wurde eindringlich. »Und mit dir an unserer Spitze würden wir siegen, das weiß ich.«

»Du verlangst Unmögliches von mir«, rief Kim verzweifelt. »Ich kann nicht das Schwert gegen Märchenmond selbst erheben!«

»Aber wenn es sein muß«, beschwor ihn Priwinn. »Und wir werden tun, was getan werden muß. Wir werden die Eisenmänner zerstören, und dann werden wir uns um die Zwerge kümmern.«

»Obwohl ihr nicht einmal genau wißt, ob sie wirklich die Schuldigen sind?« Kim schauderte innerlich.

»Nun, wir haben keine andere Wahl. Sollen wir warten, bis dieses ganze Land unter einer Decke aus Eisen liegt? Zusehen, bis jede Blume, jeder Baum, jede Pflanze erstickt ist, weil keine Luft mehr zum Atmen da ist? Bis jeder Mann und jede Frau in den Gruben der Zwerge arbeiten muß? Vielleicht sind nicht die Eisenmänner und die Zwerge unsere wahren Feinde, aber es sind die einzigen, gegen die wir kämpfen können.«

Kim antwortete nicht. Das Schlimme war, daß er Priwinn insgeheim verstand. Aber die Logik, mit der er argumentierte, war falsch. Vielleicht erreichte er wirklich etwas, indem er jede Maschine der Zwerge erschlug, und vielleicht konnte er das Unglück, das sich über Märchenmond ausbreitete, tatsächlich noch einmal wenden, indem er das Zwergenvolk vertrieb. Aber wenn das ein Sieg war, dachte Kim, dann war er zu teuer erkauft.

»Gib mir noch eine Nacht«, flüsterte er. »Morgen früh sage ich dir meine Antwort.«

Priwinn schien nicht nur enttäuscht, er blickte ihn mit unverhohlenem Zorn an. Aber er sagte nichts, sondern trat nur mit einem wütenden Schritt an Kim vorbei, ballte die Hände zu Fäusten und starrte in den See. Plötzlich fuhr er zusammen, machte einen weiteren Schritt und beugte sich vor, um sein Spiegelbild zu betrachten.

»Tu das lieber nicht«, sagte Kim. »Dieser See ist –«

»Ich kenne sein Geheimnis«, unterbrach ihn Priwinn grob. »Wahrscheinlich besser als du. Aber sieh doch!«

Widerwillig drehte sich Kim herum und blickte ebenfalls auf das Wasser herab, wobei er es sorgsam vermied, sein eigenes Spiegelbild anzusehen. Priwinns Antlitz spiegelte sich dunkel, aber sehr klar auf dem unbewegten Wasser, und da es nicht sein eigenes war, sah Kim es genau so, wie es wirklich aussah: schmal, mit dunklen Schatten der Erschöpfung und Mutlosigkeit unter den Augen, und sehr verbittert. »Sieh nicht hin«, bat Kim noch einmal.

Aber Priwinn schüttelte heftig den Kopf und hielt ihn zurück, als Kim sich abermals entfernen wollte. »Sieh doch!« sagte er noch einmal und deutete mit der ausgestreckten Hand auf sein Konterfei im Wasser. Dann zog er die Hand zurück, berührte mit den Fingerspitzen seine Wangen und fuhr wie elektrisiert zusammen.

»Was hast du?« fragte Kim besorgt.

Statt zu antworten, prallte Priwinn jäh vom Ufer des verzauberten Sees zurück, blieb stehen und hob nun beide Hände, um sich über die Wangen zu fahren. Und als Kim neugierig näher trat und ihn im blassen Licht des Mondes betrachtete, da glaubte er, einen dunklen Schatten auf den Wangen des Steppenprinzen zu erkennen, der bisher nicht dagewesen war.

»Ist das ein Bart?« fragte er zweifelnd.

Priwinn keuchte. Seine Augen weiteten sich vor Entsetzen. »Ich … ich werde älter«, flüsterte er.

Kim zuckte zuerst nur mit den Achseln, das passiert schließlich jedem einmal …

Doch dann erschrak auch er, als er plötzlich begriff, was Priwinns Worte bedeuteten.

»Dein Vater …«

Priwinns Hände begannen zu zittern. Voller unverhohlenem Entsetzen starrte er Kim an, fuhr sich noch einmal mit den Fingerspitzen durch das Gesicht und hob dann die Hände vor die Augen, als erwarte er, nicht mehr die Hände eines Jungen, sondern die faltigen Finger eines uralten Greises zu sehen. »Ich beginne zu altern«, flüsterte er noch einmal. »Du weißt, was das bedeutet!«

Kim nickte stumm. Und Priwinn flüsterte: »Meine Zeit als Prinz ist vorbei, Kim. – Mein Vater ist tot.«

Sie verließen Oak, noch bevor die Sonne am nächsten Morgen aufging. Die Baumleute, von denen sich im Laufe der Nacht – angelockt durch das Licht des Feuers – noch eine ganze Anzahl zu ihnen gesellt hatte, hatten angeboten, sich um die Kinder zu kümmern und dafür zu sorgen, daß sie zu ihren Eltern zurückgebracht wurden; ein Vorschlag, den Kim und die beiden anderen nur zu bereitwillig annahmen. Und Kim hatte noch eine weitere, angenehme Überraschung erlebt, als er die Augen aufschlug: Sternenstaub! Oak und seine Freunde hatten sich während der ganzen Zeit um den Hengst gekümmert, und das prachtvolle Tier zeigte sich aufs höchste erfreut, Kim wiederzusehen, so wie auch Kim sich über ihn freute. Für den Steppenreiter hatte sich ebenfalls ein Pferd gefunden, während Gorg auf Oaks leicht verlegene Entschuldigung, daß es für ihn kein passendes Reittier gäbe, nur gegrinst und behauptet hatte, daß er ohnehin schneller sei als jedes Pferd.

Nachdem sie auch Bröckchen und den Kater Sheera auf die Sättel der beiden Pferde hochgehoben hatten, verabschiedeten sie sich von allen und ritten in südöstlicher Richtung los. Priwinn hatte seit gestern abend kaum ein Wort gesprochen, und Kim verstand das nur zu gut. Er akzeptierte auch, daß sein Freund jetzt nichts anderes wollte, als so schnell wie möglich nach Caivallon zurückzukehren. Um so überraschter war er gewesen, als Priwinn an diesem Morgen sich anbot, Kim ein Stück des Weges zu begleiten. Caivallon und Gorywynn lagen ganz und gar nicht in der gleichen Richtung. Es war für Priwinn ein Umweg von mehreren Tagen, mit Kim bis zu jenem Punkt zu reiten, an dem sich ihre Wege unweigerlich trennen mußten, wollte Priwinn die Festung der Steppenreiter überhaupt erreichen. Auch die versprochene Entscheidung hatte er nicht von Kim eingefordert.

Zwei Tage lang ritten sie fast ununterbrochen in südöstliche Richtung, und wie schon einmal mieden Priwinn und Gorg alle Ansiedlungen und suchten möglichst einsame Orte, um ihr Nachtlager aufzuschlagen. Sie sprachen nicht viel miteinander in dieser Zeit. Priwinn hockte die meiste Zeit wie erstarrt im Sattel, und sein Blick ging ins Leere. Wenn Kim ihn ansprach, dann geschah es mehrmals, daß der Steppenreiter plötzlich wie aus dem Schlaf hochschrak und ihn verwirrt ansah, so daß Kim seine Worte wiederholen mußte. Er versuchte, sich in die Lage Priwinns zu versetzen, aber Kim mußte sich eingestehen, daß es ihm nicht gelang. Er selbst hatte noch niemals einen nahen Verwandten verloren. Es war eine Sache, über den Schmerz zu reden und zu behaupten, daß man ihn verstand – aber in den Tagen, in denen er neben Priwinn herritt und sein starres, fast ausdrucksloses Gesicht anblickte, da begann Kim zu begreifen, daß es etwas ganz anderes war, diesen Schmerz zu empfinden.

Am späten Nachmittag des dritten Tages überquerten sie eine Hügelkette, und als sie auf dem Kamm des letzten Hügels angelangt waren und sich das Land nun wieder flach und eben unter ihnen ausbreitete, da verhielt Priwinn sein Pferd und blickte mit gerunzelter Stirn nach Süden. Auch Kim spürte, daß etwas an dem Anblick nicht so war, wie es sein sollte. Aber anders als Priwinn brauchte er eine Weile, um zu begreifen, was es war.

Wo sie bisher auf ihrem Ritt ein scheinbar willkürliches Durcheinander aus Wiesen, Wäldern, Felsgruppen, Bächen, Feldern und Wegen, kleinen Dörfern oder Bauernhöfen gesehen hatten, da wandelte sich nun das Land allmählich zu einem gewaltigen, geometrischen Muster. Das staubige Band einer Straße zog sich wie ein braungrauer, mit einem gewaltigen Lineal gezogener Strich schräg durch die Ebene, und rechts und links davon begann man, die Erde in ein

Schachbrettmuster aus Braun und Schwarz und den unterschiedlichsten Grüntönen aufzuteilen: Felder, so regelmäßig angelegt, daß ihr Anblick fast in den Augen weh tat.

Priwinn sagte kein Wort, aber sein Gesicht verdüsterte sich. Dann löste er die linke Hand vom Zügel und deutete damit auf einen Acker, der unmittelbar in ihrer Nähe lag. Gut die Hälfte davon war bereits umgepflügt – ein Muster aus schnurgeraden, parallellaufenden Linien zerschnitten die Erde in zahllose, handtuchbreite Streifen, und an dem allmählich vorrückenden Ende der letzten dieser Linien bewegte sich ein winziges, mattgraues Etwas, das von einem sonderbaren, metallfarbenen Ding gezogen wurde.

Als sie langsam die Flanke des Hügels hinunterritten und näher kamen, erkannte Kim, daß dieses Etwas ein Pferd war und ein Pflug, auf dem ein Bauer saß. Auch er mußte sie bemerkt haben, denn das seltsame Gespann hörte plötzlich auf, sich zu bewegen. Als sie die Hälfte der Strecke zurückgelegt hatten, stieg der Bauer herunter und kam ihnen wild gestikulierend entgegen. Kim begriff erst jetzt richtig, daß Priwinn keineswegs dem Feldrand oder einem der schmalen Trampelpfade folgte, die die Felder voneinander trennten, sondern sie quer über die frisch gepflügten Furchen führte. Sie waren noch zu weit von dem Bauern entfernt, um seine Worte zu verstehen, aber das wütende Gestikulieren seiner Arme machte deutlich genug, wie zornig er war.

»He da!« schrie der Mann, als er näher kam. »Seid ihr von Sinnen? Was soll das? Könnt ihr nicht wie jeder andere –« Und plötzlich erstarrte er mitten in der Bewegung und im Wort, ließ die Arme sinken und blickte ihnen mit aufgerissenem Mund und Augen entgegen. Kim war nicht ganz sicher, welchem Umstand der Schrecken des Bauern galt – der mattschwarzen Rüstung, die Priwinn nun ganz offen trug, oder der Gestalt des Riesen, der einige Schritte hinter ihren Pferden hertrottete und den der Bauer wohl erst jetzt erblickt hatte. Von weitem mochte Gorg so ausgesehen haben wie ein dritter, nur etwas zu groß geratener Reiter.

Sie zügelten ihre Pferde, als sie sich dem Bauern bis auf wenige Schritte genähert hatten. Der Mann starrte weiter den Riesen an und schien von Kim und dem Steppenprinzen gar keine Notiz mehr zu nehmen. »Oh!« flüsterte er schließlich. »Ihr seid ...«

»Ja?« fragte Gorg lauernd und kniff ein Auge zu.

»Ziemlich groß«, stotterte der Bauer. Er schluckte ein paarmal und versuchte zu lächeln, aber es mißlang kläglich. Seine Angst war nicht zu übersehen.

»Finde ich nicht«, versetzte Gorg. »Du bist vielmehr ziemlich klein.«

Der Mann tat Kim leid. Gorg war für seine derben Scherze bekannt, aber jeder wußte, daß er im Grunde keiner Fliege etwas zuleide tat. Trotzdem sah man dem Bauern deutlich an, daß er vor Angst beinahe den Verstand verlor.

»Du brauchst nicht zu erschrecken«, beruhigte ihn Kim deshalb hastig und warf Gorg einen bezeichnenden Blick zu. »Wir kamen nur zufällig vorbei. Es tut uns leid, daß wir durch Euer Feld geritten sind, nicht wahr, Priwinn?«

Der Steppenreiter überging diese Worte, drehte sich statt dessen im Sattel herum und deutete auf das Gefährt des Bauern. »So etwas habe ich noch nie gesehen«, sagte er zu dem Mann. »Zeigst du es mir?«

Der Bauer zögerte einen ganz kurzen Moment. Sein Blick glitt unsicher über Priwinns nachtschwarze Rüstung und vor allem das Schwert an seiner Seite, aber dann nickte er gehorsam und ging voraus. Priwinn und Kim stiegen aus den Sätteln und folgten ihm. Kim staunte nicht schlecht, als sie näher gekommen waren. Der Pflug selbst war ein ganz normales Gerät, zwar sehr groß und mit übermäßig weit ausladenden Schaufeln, wie es ihm vorkam, aber eben doch nichts anderes als ein Pflug. Nur das Pferd, hinter das er gespannt war, war befremdlich.

Es war kein Pferd, wie Kim es kannte. Es ähnelte einem Pferd auf die gleiche Weise, wie die Eisenkolosse einem Mann ähnelten. Es hatte ungefähr die Form eines Pferdes, aber es war zu groß und zu massig und hatte zu viele und zu scharfe Kanten. Ein einziges, grünglühendes Auge zog sich als schmaler Schlitz quer über die obere Hälfte seines metallfarbenen Gesichtes.

»Ein eisernes Pferd!« entfuhr es Gorg.

Kim warf ihm einen alarmierten Blick zu und sah, wie sich die Hände des Riesen fester um den ausgerissenen Baum schlossen, den er als Keule über der Schulter trug.

»Ja, Herr«, sagte der Bauer beunruhigt. Trotzdem lag unüberhörbar ein Unterton von Stolz in seiner Stimme, als er fortfuhr: »Es ist beeindruckend, nicht wahr?«

»Beeindruckend?« Gorg zog eine Grimasse, und der Bauer erblaßte. Kim trat hastig dazwischen. »Woher stammt es?« fragte er den Bauern.

Ganz wie er erwartet hatte, lautete die Antwort: »Von den Zwergen. Ich habe es erst vor wenigen Wochen bekommen, zusammen mit dem neuen Pflug. Und jetzt seht, wieviel ich bereits umgegraben habe.« Stolz deutete er auf das gewaltige Feld, das sich vor ihnen ausbreitete. »Ganz allein. Soviel schaffe ich sonst in drei Monaten.«

»Ohne Hilfe?« fragte Priwinn zweifelnd.

Der Bauer nickte stolz. Kim sah, wie er mehr und mehr Zutrauen gewann. »Ich hatte drei Knechte bis zum letzten Winter«, antwortete er. »Oft mußten wir alle die Gürtel enger schnallen, damit wir genug zu essen hatten. Aber diese Zeiten sind vorbei. Jetzt konnte ich die Knechte entlassen, und ich werde trotzdem mehr ernten als in den fünf Jahren vorher zusammen.«

»Ach«, meinte Gorg. »Und deine Knechte? Wovon leben die jetzt?«

Der Bauer blickte ihn betroffen an und schwieg, während Kim mit ein paar Schritten hinter den gewaltigen Pflug trat und die Ackerfurche betrachtete.

Es war ganz genau der gleiche Anblick wie damals auf Brobings Feld. Die Furche war zu tief; die gewaltigen Schaufeln hatten nicht nur den Mutterboden, sondern auch den Lehm darunter aufgerissen. Dieses Feld würde vielleicht ein oder zwei Jahre lang doppelten Ertrag bringen und dann tot sein, vielleicht für alle Zeiten. Der Anblick erfüllte Kim mit einem solchen Zorn, daß er um ein Haar selbst aufgestanden wäre, um die Egge zu zerschlagen.

»Habt Ihr noch mehr solcher ... Dinge auf Eurem Hof?«

fragte Priwinn lauernd und plötzlich sehr höflich. Der Bauer nickte stolz. »Zwei Eisenmänner«, sagte er. Plötzlich fuhr er sichtlich zusammen und blickte erst Priwinn und dann Kim mit neuem Ausdruck an. »Aber verzeiht, daß ich so unaufmerksam war«, sagte er. »Ihr müßt von weit herkommen, und Ihr seid sicher hungrig und erschöpft. Wenn Euch ein einfaches Bauernhaus nicht zu schäbig ist, dann kommt doch mit mir und verbringt die Nacht bei uns.«

Kim war überrascht, als sein Freund mit einem Nicken auf dieses Angebot einging. Bisher hatten sie solche Nähe beinahe angstvoll gemieden. Aber jetzt sagte Priwinn: »Gern. Meine Begleiter und ich kommen tatsächlich von weit her. Und wir haben noch einen mindestens ebenso weiten Weg vor uns.«

Kim warf ihm einen fragenden Blick zu, aber der Steppenreiter übersah ihn geflissentlich und ging zu seinem Pferd zurück. Gorg blieb noch einen Moment stehen und betrachtete den Pflug und das eiserne Pferd davor mit einem unheilvollen Ausdruck im Gesicht. Aber schließlich wandte auch er sich um und folgte dem Bauern, der bereits vorausgelaufen war.

»Wieso nimmst du seine Einladung an?« erkundigte sich Kim im Flüsterton, als auch er wieder auf Sternenstaubs Rücken gestiegen war und neben Priwinn herritt. »Bisher haben wir einen großen Bogen um alle Dörfer geschlagen.«

Priwinn nickte düster. »Das war vielleicht ein Fehler«, sagte er. »Man erfährt nichts, wenn man mit niemandem redet.« Er runzelte die Stirn und fuhr leiser und mehr zu sich selbst als an Kim gewandt fort: »Ein eisernes Pferd. Das ist neu. Ich bin neugierig, was sie sich als nächstes einfallen lassen werden.«

Sie folgten dem Bauern über die Felder, die so gleichförmig angelegt waren, daß sie allesamt wie tot wirkten, obwohl nicht wenige von ihnen schon fast erntereif waren. Und wie mit seinen Feldern, so verhielt es sich auch mit dem Hof des Bauern: Es war ein kleines Anwesen und so adrett, wie Kim sich nicht erinnern konnte, es jemals zuvor gesehen zu haben. Der Hof aus festgestampfter Erde war so rein gefegt, daß man hätte davon essen können, und die beiden im Winkel zueinander angeordneten Gebäude waren frisch gekalkt und leuchteten weiß im letzten Licht der Sonne. Alles war so ordentlich und sauber wie auf einem zu groß geratenen Spielzeugbauernhof – nicht wie einer, auf dem Menschen lebten.

Priwinn nahm all dies ebenso deutlich zur Kenntnis wie Kim, und der Ausdruck auf seinem Gesicht verdüsterte sich immer mehr. Mit einer heftigen Bewegung stieg er aus dem Sattel und sah sich suchend nach etwas um, woran er den Zügel des Pferdes binden konnte. Der Bauer, dem die Bewegung nicht entgangen war, schüttelte rasch den Kopf und schnalzte gleichzeitig mit der Zunge, und beinahe im selben Moment trat eine riesige, kantige Gestalt mit einem grünleuchtenden Auge aus dem Scheunentor.

Priwinn erstarrte, und auch Gorg fuhr sichtlich zusammen. Aber zu Kims Erstaunen blieben beide völlig reglos stehen, während der Eisenmann zuerst den Zügel von Priwinns Pferd, dann den von Sternenstaub in die Klaue nahm und die Tiere mit stampfenden, gleichmäßigen Schritten in die Scheune führte. Kim erwachte im letzten Moment aus seiner Starre, lief hinter Sternenstaub her und pflückte Bröckchen von seiner Mähne. Das Tierchen ließ es sich widerspruchslos gefallen, und es gab auch keinen Laut von sich, als Kim es auf seine Schulter setzte und wieder zu den anderen zurückging. Flüchtig dachte er daran, daß Bröckchen überhaupt sehr schweigsam geworden war in den letzten beiden Tagen, bedachte man die Schwatzhaftigkeit, mit der er ihnen zuvor allen auf die Nerven gefallen war.

Auch Sheera hatte es sich mittlerweile auf der Schulter des Riesen bequem gemacht, sprang aber herunter, als Gorg sich weit nach vorn bückte, um das Bauernhaus zu betreten. Knurrend strich der Kater um die Beine des Riesen, dann verschwand er im Haus. Kaum eine Sekunde später kam er wieder herausgeflitzt. Von drinnen erscholl ein wütendes Bellen, und ein struppiger, sehr großer Hund schoß hinter dem Kater her und begann, ihn quer über den Hof zu jagen. Der Bauer drehte sich mitten in der Bewegung herum und wollte den Hund zurückrufen, aber Gorg schüttelte nur den Kopf, wobei er sich prompt den Schädel an der niedrigen Decke des Flurs stieß, so daß das ganze Haus dröhnte. »Laßt ihn nur«, sagte er. »Sheera kann schon ganz gut auf sich selbst aufpassen.«

Kim ging durch den kurzen Flur bis in die Stube, und der Bauer, Priwinn und unter einiger Mühe auch der gebeugte Riese folgten ihnen. Wie sich herausstellte, hatte ihr Gastgeber kräftig untertrieben, was die Güte seiner Gastfreundschaft anging. Seine Frau, die sich, nachdem sie ihren ersten Schrecken bei Gorgs Anblick überwunden hatte, als sehr freundlich erwies, trug ein Mahl auf, das sogar den Appetit des Riesen stillte. Zumindest war Gorg höflich genug, dies zu behaupten, nachdem er fünf Laibe Brot, ein Faß Wein und ein ganzes Käserad vertilgt hatte. Einzig Bröckchen beschwerte sich vorlaut über zu kleine Portionen, nachdem er zum drittenmal hintereinander Kims Teller leergefressen hatte, ehe dieser auch nur Gelegenheit fand, eine der duftenden Speisen zu kosten. Die Bauersfrau gab Kim lachend einen vierten Nachschlag und war leichtsinnig genug, im Scherz den Vorschlag zu machen, daß sich Bröckchen gern in die Vorratskammer des Hauses zurückziehen und dort sattfressen könnte. Bröckchen murmelte eine Zustimmung, und schon einen Augenblick später war er in der Küche und in der dort angrenzenden Vorratskammer verschwunden. Kim argwöhnte zu Recht, daß der Bäuerin ihre Großzügigkeit spätestens am nächsten Morgen bitter leid tun würde. Nun, sie würden die guten Leute für ihre Gastfreundschaft entschädigen.

Nachdem sie zu Ende gegessen hatten, zog der Bauer einen Tabaksbeutel hervor, stopfte sich eine Pfeife und hielt den Beutel anschließend auch seinen Gästen hin. Kim und der Steppenreiter lehnten dankend ab, während Gorg einen kräftigen Schnupfer nahm und dem verblüfften Bauern einen völlig geleerten Sack zurückgab. Dann nieste er, daß das Glas auf dem Tisch hörbar klirrte, lächelte entschuldigend und verließ mit der Bemerkung den Raum, daß er sich noch ein wenig die Füße vertreten wollte. Der Bauer schien darüber eher erleichtert, aber Kim entging nicht der vielsagende Blick, den Priwinn und der Riese tauschten, ehe Gorg – nach dem üblichen Rums gegen den Türsturz – gebückt aus dem Haus schlurfte. Kim fühlte, daß zwischen den beiden irgend etwas vorging. Während der letzten Tage hatte Priwinn mit Gorg so wenig wie mit ihm gesprochen. Doch die beiden ungleichen, aber vertrauten Freunde waren nicht unbedingt auf Worte angewiesen, um sich miteinander zu verständigen. Nein, dachte Kim, irgend etwas ging hier vor. Etwas verheimlichten ihm die beiden. Er nahm sich vor, den Steppenreiter darauf anzusprechen, sobald sie allein waren. »Dieses eiserne Pferd«, begann Priwinn, »ist wirklich erstaunlich. Ich habe gar nicht gewußt, daß es so etwas gibt.«

»Ich auch nicht – bis vor kurzem«, antwortete der Bauer und nahm lächelnd einen Zug aus seiner Pfeife.

»Aber Ihr werdet sie bald überall sehen, darauf wette ich.«

»Ja«, murmelte Priwinn. »Das glaube ich auch.«

Offensichtlich verstand der Bauer diese Worte völlig anders, als sie gemeint waren, denn er blies eine blaue Rauchwolke vor sich in die Luft und fuhr selbstzufrieden fort: »Sie sind viel stärker als richtige Pferde. Sie brauchen nichts zu fressen, brauchen keinen Schlaf, und sie werden niemals krank oder bockig.«

»Und außerdem«, hörte sich Kim plötzlich zu seiner Überraschung in bitterem Tonfall sagen, »werden sie niemals Hilfe holen, wenn du verletzt irgendwo liegst. Sie werden auch nicht stehenbleiben, wenn du aus dem Sattel stürzt, oder dich gegen einen Wolf oder einen Bären verteidigen.«

Der Bauer schien für einen Moment verwirrt, aber dann lächelte er, als hätte Kim etwas sehr Dummes gesagt. »Natürlich nicht«, sagte er ruhig. »Ich habe dein Pferd gesehen. Es ist ein wirklich prachtvolles Tier. Das schönste, das ich je gesehen habe.«

»Das stimmt«, antwortete Kim. »Sternenstaub ist mein Freund.«

»Auch ich habe ein solches Pferd«, sagte der Bauer, noch

immer auf diese sonderbar verzeihende Art lächelnd. »Oh, es ist nicht ganz so schön wie dein Sternenstaub und weit nicht so edel. Wir hatten auch ein Fohlen, bis vor wenigen Wochen.«

»Ihr hattet?«

Der Bauer nickte traurig. »Es wurde gestohlen«, sagte er. »Eines Morgens kam ich in den Stall, und sein Verschlag war leer.« Er seufzte, schüttelte noch einmal traurig den Kopf und lächelte dann wieder: »Aber das andere ist mir ja geblieben. Ich habe es schon lange, und ich reite gern mit ihm aus. Jetzt kann ich es öfter tun als früher, weil ich das Eisenpferd habe. Früher mußte mein Hengst oft den Pflug ziehen oder den schweren Wagen, obwohl er doch eigentlich viel lieber draußen auf der Weide herumgelaufen oder mit mir über die Felder galoppiert wäre.«

Kim blickte den Bauern an, und mit einem Male kam er sich wirklich ein wenig naiv vor. Vielleicht war er das auch. Vielleicht waren sie es beide. Möglicherweise sagten sie beide die Wahrheit, und möglicherweise täuschten sie sich beide, in gewissem Maße. Und plötzlich, einen winzigen Augenblick nur, glaubte Kim die Antwort zu wissen, jene Antwort auf all seine Fragen, und auch den Weg, wie die fruchtbare Gefahr von Märchenmond abgewendet werden konnte. Aber ehe er den Gedanken greifen und in Worte fassen konnte, sagte Priwinn scharf: »Und eure beiden Knechte sind jetzt auch frei nicht wahr? Sie können tun und lassen, was sie wollen. Sie können hungern, im Winter unter freiem Himmel schlafen, und sie können –«

»Ihr irrt«, unterbrach ihn der Bauer. Er lächelte noch immer, aber in seiner Stimme war plötzlich ein scharfer Ton, der Kim alarmiert aufsehen ließ.

»Ich habe selbst dafür gesorgt, daß sie Arbeit und ein neues Zuhause in der Stadt gefunden haben«, erklärte der Mann. »Es geht ihnen jetzt besser als in den Jahren zuvor. Glaubt mir, Prinz Priwinn, sie hätten längst eine bessere Arbeit finden können. Eine, bei der sie nicht in jedem Winter hungern und frieren hätten müssen. Sie sind aus Treue bei mir geblieben, nicht aus Not.«

Priwinn blickte den Bauern mit einer Mischung aus Überraschung und Mißtrauen an. »Prinz Priwinn?« wiederholter er lauernd. »Wieso –«

»Gebt Euch keine Mühe«, unterbrach ihn der Bauer und nahm die Pfeife aus dem Mund. »Ich weiß, wer Ihr seid.« Er blickte den Steppenreiter schweigend an, dann deutete er mit dem zerkauten Mundstück seiner Pfeife auf Priwinns metallene Kleidung. »Und ich weiß auch, warum Ihr diese Rüstung tragt.«

»Und trotzdem hast du uns in dein Haus eingeladen?« wunderte sich Kim.

»Warum auch nicht?« entgegnete der Bauer. Einen Moment lang behielt er noch Priwinn im Auge, dann drehte er sich zu Kim herum. »Ich weiß nicht, wer du bist, Junge. Aber ich weiß, wer dieser junge Hitzkopf hier ist.« Priwinn fuhr bei diesen Worten zusammen, sagte aber nichts, und auch Kim spürte, daß die Worte des Bauern nicht so gemeint waren, wie sie klangen. »Ich weiß, daß Ihr nicht schlecht seid, Prinz Priwinn«, fuhr der Bauer, wieder an den Steppenreiter gewandt, fort. »Ihr seid ungestüm, aber das Ungestüme ist das Vorrecht der Jugend. Jedoch Ihr seid nicht ungerecht oder gar grausam. Ich weiß, daß ich Euch nicht zu fürchten habe.«

Priwinn ballte so heftig die Faust auf dem Tisch, daß seine Knöchel hörbar knackten. Der Blick, mit dem er den Bauern durchbohrte, war wie Eis. »Vielleicht täuscht du dich, Bauer«, sagte er.

Der Bauer schüttelte lächelnd den Kopf. »Ganz bestimmt nicht. Aber vielleicht seid Ihr es, der sich täuscht, Prinz Priwinn. Ich habe von Euch gehört. Und von dem, was Ihr tut. Glaubt mir, es ist falsch. Ihr helft niemandem, wenn Ihr mit Euren Freunden durch das Land zieht und Eisenmänner zerstört. Sinnlose Zerstörung hat noch niemals etwas genützt.«

»Wir zerstören nur, was Märchenmond zerstört«, antwortete Priwinn.

Der Bauer wollte antworten, doch in diesem Moment drang das dünne Schreien eines Kindes durch die Tür herein, und seine Frau stand rasch auf und verließ den Raum.

Die Gäste blickten ihr nach. »Ihr habt ein Kind?« fragte Priwinn.

Und mit einem Male erlosch das Lächeln in den Augen des Bauern. Sehr traurig nickte er. »Einen Sohn«, antwortete er. »Er kam im letzten Winter zur Welt, und er ist der letzte, der uns geblieben ist.«

Kim blickte ihn forschend an, und nach einer langen, von düsterem Schweigen erfüllten Pause fuhr der Mann fort: »Wir hatten noch zwei Kinder. Einen Sohn von zwölf und ein Mädchen von elf Jahren. Aber beide verschwanden im vergangenen Frühjahr.«

»Und Ihr habt nie wieder von ihnen gehört?«

Über Priwinns Gesicht huschte ein Ausdruck, der Kim beinahe entsetzte. Was er auf den Zügen seines Gefährten las, das war kein Mitleid, nicht einmal Bedauern, sondern ein Ausdruck, als hätte er genau das gehört, was er hören wollte. Und plötzlich hatte Kim nicht mehr die Kraft, dem Blick des Bauern standzuhalten.

Eine Weile saßen sie in unbehaglichem Schweigen beieinander. Dann hörten sie, wie die Haustür aufgestoßen wurde, und das Tappen schwerer Pfoten näherte sich der Stube. Alle Blicke wandten sich neugierig der Tür zu, und nicht nur zu Kims Überraschung sahen sie den Hund, der Sheera aus dem Haus gejagt hatte, nun Seite an Seite mit dem Kater hereinmarschieren. Die beiden Tiere sahen reichlich zerrupft aus, aber sie machten nicht mehr den Eindruck, als seien sie noch Feinde. Vielleicht waren sie das auch nie gewesen, überlegte Kim.

Als wäre die Rückkehr der beiden Tiere ein Zeichen gewesen, auf das er nur gewartet hatte, trippelte in diesem Moment Bröckchen aus der Küche herbei, sprang mit einem Satz auf den Tisch hinauf und untersuchte schnüffelnd die Teller nach irgendwelchen Resten. Was es fand, das verputzte es in Windeseile, dann sprang es wieder auf Kims Schulter hinauf, kuschelte sich zu einem flauschigen Federball zusammen – und rülpste so laut, daß dem Bauern fast die Pfeife aus dem Mund fiel.

»Das war gut«, sagte Bröckchen anerkennend. »Sprecht

Eurer Frau ein Lob für die hervorragende Speisekammer aus, guter Mann.«

»Das werde ich tun«, antwortete der Bauer. »Es freut mich, wenn es dir geschmeckt hat. Du kannst gern soviel essen, wie du willst.«

»Das mache ich«, antwortete Bröckchen und rülpste erneut, daß Kim das Ohr klingelte. »Sobald wieder etwas drin ist, was man essen kann.«

Der Bauer, der natürlich keine Ahnung hatte, daß Bröckchen bei diesem Thema niemals übertrieb, lachte herzhaft. »Einen drolligen Kerl hast du da«, sagte er, an Kim gewandt. »Wo hast du ihn her?«

Kim wollte antworten, doch da fiel die Haustür ins Schloß, und die schweren Schritte des Riesen ließen das Haus erzittern. Einen Augenblick später betrat Gorg tief gebückt die Stube.

Der Bauer sprang mit einem Schrei und so heftig in die Höhe, daß sein Stuhl umstürzte. Die Pfeife fiel aus seinem Mundwinkel und polterte zu Boden. Auch Kim und wenig später Priwinn fuhren von ihren Stühlen hoch.

Über Gorgs linker Schulter hingen Kopf und Hals des eisernen Pferdes!

Mit einem einzigen Schritt durchquerte der Riese die Stube und warf den abgerissenen Pferdekopf auf den Tisch. Das Möbelstück zerbrach unter dem Aufprall der Last in Stücke, und der Bauer prallte mit einem Keuchen einen Schritt zurück. Seine Augen quollen vor Unglaube fast aus den Höhlen, während er den zertrümmerten Pferdekopf anstarrte, und auch Kims Blick irrte fassungslos zwischen diesem und dem Gesicht des Riesen hin und her, immer und immer wieder.

Niemals zuvor hatte er Gorg so haßerfüllt erlebt. Niemals zuvor hatte er einen solchen Ausdruck in seinen Augen gesehen, ein wildes, fast tierisches Flackern, das den Giganten furchterregend aussehen ließ. Gorgs Hände bluteten. Sein Körper war schweißbedeckt und zitterte, und sein Atem ging schwer und stoßweise.

»Was ... was hast du getan?« keuchte der Bauer. Aus

hervorquellenden Augen starrte er den Riesen an. Er wurde noch bleicher, als er den Haß im Antlitz des Riesen sah. Schritt für Schritt wich er zurück, bis er mit dem Rücken gegen die Wand stieß, und flüsterte noch einmal: »Was hast du getan?«

Und plötzlich fuhr er herum, stieß einen krächzenden, halberstickten Schrei aus und stürzte zum Fenster. Gorg packte ihn, riß ihn mit einer zornigen Bewegung zurück und stieß ihn so wuchtig gegen die Wand, daß er stürzte.

»Wenn du deine beiden eisernen Helfer rufen willst, dann spar dir die Mühe«, zischte er wütend. »Was von ihnen übrig ist, das liegt in deiner Scheune.«

Selbst Priwinn blickte den Riesen überrascht an. Kim zweifelte jetzt nicht mehr daran, daß die beiden etwas in genau dieser Art vorgehabt hatten – aber der brodelnde Haß in Gorgs Augen schien selbst Priwinn zu verwirren.

Unter der Tür erschien die Bauersfrau, die wohl durch den Lärm angelockt worden war. Sie trug ein kleines Kind auf dem Arm, und als sie ihren Mann am Boden erblickte, da stieß sie einen leisen Schrei aus und rannte an dem Riesen vorbei zu ihm. Erst als sie sich zu ihm herabbeugte, um ihm aufzuhelfen, erblickte sie den zertrümmerten Tisch und das, was darauf lag.

Sie erstarrte mitten in der Bewegung. Kim sah, wie alle Farbe aus ihrem Gesicht wich, und mit einemmal begannen ihre Hände so heftig zu zittern, daß er fast fürchtete, sie würde das Kind fallen lassen. Aber als er zu ihr trat, um ihr zu helfen, da fuhr sie mit einer fast entsetzten Bewegung zurück, richtete sich blitzschnell auf und machte ein paar schnelle Schritte, um aus seiner Reichweite zu gelangen.

»Warum tut ihr das?« stammelte sie. »Wir … wir haben euch nichts getan. Warum tut ihr uns das an?«

»Sei unbesorgt«, sagte Priwinn. Er warf einen raschen, fast furchtsamen Blick ins Gesicht des Riesen und gab sich einen sichtbaren Ruck: »Wir werden euch nichts zuleide tun.«

Weder der Bauer noch seine Frau schienen seine Worte überhaupt zu hören. Während der Mann wie erstarrt dasaß und aus leeren Augen auf den zertrümmerten Pferdeschädel starrte, begann die Frau immer heftiger zu zittern. Tränen liefen über ihr Gesicht, aber als Kim sich ihr nähern wollte, da machte sie wieder eine erschrockene Bewegung zurück und preßte gleichzeitig das Baby schützend an ihre Brust. Das Kind begann jetzt zu schreien, und die linke Hand der Frau fuhr in einer beruhigenden Bewegung, die sie wahrscheinlich gar nicht selbst bemerkte, über sein Gesicht.

»Das ist das Ende«, flüsterte der Bauer, der sich mühsam erhoben hatte. Seine Lippen bewegten sich kaum, während er sprach, und sein Blick hing noch immer an dem abgerissenen Pferdehals. Gleichzeitig schien es Kim, als sähe er ihn gar nicht. Auf seinem Gesicht lag ein Ausdruck so tiefen Entsetzens, daß Kim schauderte. »Ihr ... Ihr habt mir alles genommen«, murmelte er. »Ihr habt alles zerstört. Jetzt werden sie mir den Hof wegnehmen und das Land, alles. Ich werde in den Gruben arbeiten müssen, bis ich sterbe.«

»Keine Sorge«, sagte Priwinn hart. »Ich werde dich für den Verlust entschädigen.«

Aber es war wie zuvor: Weder der Bauer noch seine Frau hörten seine Worte. »Ihr habt alles zerstört«, stöhnte der Bauer noch einmal. »Wir ... wir waren doch nur freundlich zu Euch. Wir haben Euch nichts getan. Wir ... wir wollten doch nur –«

»Später einmal«, unterbrach ihn Priwinn, »wirst du uns verstehen. Wir mußten es tun, und wir werden es weiter tun. Überall. Bis dieser Fluch ein Ende hat!«

Kim fühlte nichts als eine tiefe, schmerzliche Leere. Der zertrümmerte Pferdekopf auf dem Tisch war nur ein Stück Metall, und trotzdem entsetzte ihn sein Anblick so sehr, als wäre es der eines wirklichen Tieres gewesen.

»Sie werden mir alles fortnehmen«, flüsterte der Bauer noch einmal.

»Unsinn!« antwortete Priwinn. »Wieviel mußtest du für dieses Pferd und die beiden Eisenmänner bezahlen?«

Zum erstenmal löste der Bauer seinen Blick vom Tisch und sah wieder ihn an. Mit einemmal begann er am ganzen

Leib zu zittern. »Ihr versteht nicht«, murmelte er. »Es ist nicht das Geld. Es ist –«

»Wieviel?« Priwinn schrie ihn beinahe an. »Sag es mir!«

Der Bauer nannte mit zitternder Stimme eine Summe, und Priwinn griff in seinen Beutel, zählte eine Handvoll Goldmünzen ab und warf sie dem Bauern hin. »Hier!« sagte er verächtlich. »Das ist mehr als genug, deine Schulden zu bezahlen!«

»Aber es ... es ist nicht das Geld!« wimmerte der Bauer. »Die Zwerge... sie ... sie bestrafen es hart, wenn ihre Eisenmänner zerstört werden. Sie werden mich in die Gruben schicken! Und sie werden meiner Frau den Hof wegnehmen und sie davonjagen. Jetzt ... jetzt haben wir alles verloren. Zuerst die Kinder und jetzt auch noch den Hof.«

Priwinn blickte den Bauern betroffen an. Ihm war das, was er soeben gehört hatte, neu. Aber er fing sich rasch wieder. »Kommt mit uns«, sagte er. »Wenn Ihr Angst vor den Zwergen habt, dann begleitet uns nach Caivallon. Dort seid Ihr sicher. Bald wird dieser Alptraum vorüber sein, dann könnt Ihr auf euren Hof zurückkehren. Ich werde Märchenmond von diesen Kreaturen befreien!«

Aber wieder schien es, als hätte der Bauer ihn gar nicht verstanden. Sein Blick war auf Priwinns Gesicht gerichtet, aber er schien etwas ganz anderes zu sehen als dessen Antlitz. »Wir wollten doch nur ein bißchen ... ein bißchen Wohlstand. Das ist doch nicht zuviel verlangt: nicht mehr hungern müssen, nicht mehr frieren, weniger Sorgen haben, genug zu essen für unsere Kinder.«

Und ganz plötzlich, so schnell wie er gekommen war, erlosch der Zorn auf Priwinns Gesicht. Er ging zu dem Bauern und legte ihm die Hand auf die Schulter. »Das weiß ich«, sagte er mit ruhiger, fast sanfter Stimme. Er lächelte aufmunternd, beugte sich vor und hob mit der linken Hand die Münzen auf, die er dem Bauern hingeworfen hatte. »Nimm das«, sagte er. »Nimm dieses Geld und geh damit fort. Es ist genug, um irgendwo anders neu anzufangen. Glaub mir, ich weiß, daß ihr nur Gutes wolltet.«

Der Bauer starrte die Goldmünzen an, die auf Priwinns

ausgestreckter Hand glitzerten, machte eine Bewegung, wie um danach zu greifen, führte sie aber nicht zu Ende. »War es denn zuviel, was wir wollten?« fragte er.

»Nein«, antwortete Priwinn traurig. »Aber der Preis dafür ist zu hoch.«

Kim konnte nicht länger zuhören. Er kam sich vor wie der Zuschauer eines Theaterstückes, in dem alle handelnden Personen dazu verdammt waren, stets das Falsche zu sagen, ganz egal, wie sehr sie sich auch bemühten. Mit einem Ruck drehte er sich herum und stürmte aus dem Zimmer.

Die Dämmerung war hereingebrochen, während sie die Gastfreundschaft des Bauern genossen hatten. Bröckchen hüpfte mit einem leisen Schrei von seiner Schulter und verschwand raschelnd hinter der Hausecke, wohl um in Ruhe seine Nachtgestalt annehmen zu können. Kim blickte dem kleinen Wesen traurig nach, bis es seinen Blicken entschwunden war. Und plötzlich kam ihm diese ganze Welt ganz genauso vor wie Bröckchen – als verwandle sie sich, würde mit dem Untergang der Sonne von etwas unbeschreiblich Schönem, Märchenhaftem zu etwas ebenso Häßlichem und Abstoßendem. Nur, daß es vielleicht nie wieder Tag werden würde.

Eine geraume Weile verging, in der Kim versonnen dastand, als er Schritte hörte. Er wußte, daß es Priwinn war, ohne sich zu ihm umdrehen zu müssen.

Der Steppenreiter trat neben ihn, versuchte, seinen Blick aufzufangen und zuckte schließlich mit den Schultern, als es ihm nicht gelang; Kim sah es aus den Augenwinkeln. »Ich glaube, er hat sich wieder beruhigt«, meinte Priwinn dann.

Kim wandte sich nun doch zu ihm um. »Warum hat er das getan?« flüsterte er.

»Gorg?« Abermals zuckte Priwinn mit den Achseln. »Wenn nicht er, dann hätte ich es getan, spätestens morgen früh«, sagte er hart. »Sie müssen vernichtet werden. Es gibt keinen anderen Ausweg.«

Kim schauderte. Zuerst Kelhim, dachte er, dann Rangarig, die Eisriesen und schließlich Gorg ... War es wirklich so, daß nur Zorn und Bosheit zurückblieben, wenn der Zauber erlosch? Und was war mit Priwinn? Aufmerksam betrachtete er sein gar nicht mehr so jungenhaftes Gesicht. War es möglich, daß sich auch Priwinn verändert haben sollte? Kim glaubte für einen Moment einen harten, bitteren Zug in seinem Gesicht zu erkennen, der vorher nicht dagewesen war. Priwinn war noch immer der, den er kannte, und trotzdem ... Wieder mußte Kim an die Worte denken, die Brobing vor so langer Zeit gesagt hatte: Es ist, als würden wir etwas verlieren, und wir wissen nicht einmal, was. – Und genau das war es. Vielleicht war es das Geheimnis der Jugend, das der Steppenprinz endgültig verloren hatte.

»Du schuldest mir noch eine Antwort«, sagte Priwinn plötzlich.

Kim sah ihn irritiert an, und der Steppenreiter fuhr mit einer erklärenden Geste fort: »Spätestens morgen früh trennen sich unsere Wege, Kim. Bis dahin muß ich wissen, ob du auf meiner Seite stehst oder nicht.«

»Was für ein Unsinn«, sagte Kim matt. »Selbst wenn ich mich nicht für deinen Kampf entscheide, Priwinn, so bleiben wir doch Freunde. Ich stehe nicht auf der anderen Seite, nur weil ich –«

»Schließt du dich uns an oder nicht?« fiel ihm Priwinn ins Wort. In seiner Stimme war eine solche Kälte, daß Kim gar nichts antwortete, sondern seinen Freund nur fassungslos anblickte.

»Nein«, sagte er schließlich leise.

Priwinn nickte, als hätte er keine andere Antwort erwartet. »Und was willst du tun?«

»Ich weiß es nicht«, gestand Kim. »Ich werde zurück nach Gorywynn gehen und mit Themistokles sprechen.«

Priwinn lachte hart. »Da paßt ihr ja zusammen«, sagte er. »Ein alter Zauberer, der alles vergessen hat, und ein junger Held, der das Kämpfen verlernt hat.«

Kim schwieg. Die Worte taten ihm weh, und er spürte, daß Priwinn sie aus keinem anderen Grund gesprochen hatte als eben dem, weil er ihm weh tun wollte. Aber Kim wußte auch, warum es so war, und er nahm es dem Steppenprinzen nicht übel. Priwinn hatte seinen Vater verloren, und er sah seine Welt Stück für Stück auseinanderbrechen, ohne daß er in der Lage war, etwas dagegen zu tun.

Fast nur um auf ein anderes Thema zu lenken, fragte er: »Wirst du die Bauern mitnehmen?«

»Ich denke, ja«, antwortete Priwinn. »Der Mann hat sich noch nicht entschieden, aber wenn er die Wahrheit sagt, was die Zwerge angeht, dann kann er nicht hierbleiben. In Caivallon ist er sicher. Und später, wenn alles vorbei ist, dann kann er zurückkommen und seinen Hof wieder bewirtschaften.«

Zumindest der letzte Satz klang nicht sehr überzeugt. Und auch Kim war ganz und gar nicht sicher, ob es später noch etwas geben würde, wohin der Bauer zurückkehren konnte.

XVIII

Noch vor Sonnenaufgang des nächsten Tages verabschiedeten sich Bröckchen und Kim von den anderen und machten sich auf Sternenstaubs Rücken auf den Weg nach Gorywynn. Ihr Abschied verlief sehr kalt und in einer Art, die Kim froh sein ließ, als er den Hengst endlich vom Hof herunter und nach Süden lenken konnte. Die Bauersleute, die die ganze Nacht über damit beschäftigt gewesen waren, ihre Habseligkeiten zusammenzupacken und auf einen hölzernen Karren zu verladen, wichen seinem Blick aus und gaben ihm das Gefühl, ganz allein schuld an dem Unglück zu sein, das ihnen zugestoßen war. Selbst Gorg sagte kein Wort, und Priwinn beschränkte sich darauf, Kim viel Glück zu wünschen und vorzuschlagen, daß Gorg ihn noch zur Sicherheit ein Stück des Weges begleitete. Der Riese stand ganz in ihrer Nähe und mußte die Worte gehört haben, aber er reagierte nicht darauf, und Kim war beinahe erleichtert, daß es so war. Der Gedanke erfüllte ihn mit Schrecken: Er hatte tatsächlich angefangen, sich vor Gorg zu fürchten. So wie Kelhim von einem freundlichen Zaubertier zu einem gefährlichen Ungeheuer geworden war, so wie Rangarig sich von einem gutmütigen Drachen in eine tödliche Gefahr verwandelt hatte, so war auch etwas mit dem Riesen. Es hatte begonnen im gleichen Moment, in dem sie Burg Weltende erreicht und begriffen hatten, daß es die Eisriesen nicht mehr gab. Vielleicht war das Gorgs Art zu sterben, dachte Kim, und er würde, wenn sie sich das nächste Mal sahen, kein warmherziger Riese mehr sein, sondern ebenso verschlagen und gefährlich wie Kelhim, der Bär.

Bis zur Mittagsstunde ritt Kim geradewegs nach Süden, wie es ihm Priwinn geraten hatte, ehe er endlich auf eine Straße stieß. Er bog, weiterhin Priwinns Rat folgend, nach rechts ab und ritt eine weitere Stunde, bevor er die erste Rast einlegte. Die Bauern hatten ihm keine Vorräte mehr mitgeben können, weil Bröckchen sie ratzekahl aufgefressen hatte, aber Kim fand genug Früchte und Beeren, um satt zu werden, und auch Bröckchen verschwand für eine Weile im Wald und rülpste so lautstark und unanständig nach seiner Rückkehr, daß Kim nicht fragen mußte, ob es etwas zu fressen gefunden hatte.

Sie waren eine weitere Stunde unterwegs, als Kim weit vor sich am Horizont eine Staubwolke gewahrte, die rasch heranwuchs und zu einer Gruppe von mindestens zwanzig, wenn nicht dreißig bewaffneten Reitern wurde, die in raschem Tempo herangaloppiert kamen. Ihr Anblick beunruhigte Kim, aber es war zu spät, um umzukehren und darauf zu hoffen, daß die Reiter ihn nicht gesehen hatten. Zudem hatte er eigentlich nichts zu befürchten. So zügelte er Sternenstaub und wartete, bis die Reiter heran waren und ebenfalls anhielten.

Die Gruppe war weitaus größer, als er geglaubt hatte – mehr als vierzig Mann, und alle bis an die Zähne bewaffnet. Es waren einige Ritter darunter, die auf gepanzerten Pferden saßen, und der Mann an ihrer Spitze trug eine silbern schimmernde, kantige Rüstung, die nur sein Gesicht freiließ und ihm eine fast unheimliche Ähnlichkeit mit einem Eisenmann verlieh.

»Wer bist du?« fragte er Kim unfreundlich, nachdem er sein Pferd dicht an Sternenstaub herangedrängt hatte. Der Hengst begann nervös zu tänzeln und wollte ausbrechen, und Kim mußte all seine Kraft aufwenden, um ihn im Zaum zu halten.

Kim nannte seinen Namen, aber im Gesicht des Mannes in der silbernen Rüstung war kein Erkennen zu sehen. Kim war beinahe froh darüber. Auch das war etwas, was sich verändert hatte: Er war nicht mehr sicher, ob er in diesem Lande willkommen war.

»Was tust du hier so allein?« fragte der Ritter.

»Ich bin auf dem Weg nach Gorywynn«, antwortete Kim wahrheitsgemäß.

»Wozu?«

»Ich suche jemanden.«

»So allein?« hakte der Mann mißtrauisch nach. Und als Kim nichts erwiderte, fügte er hinzu: »Ein Junge in deinem Alter sollte nicht allein reiten und schon gar nicht eine so weite Reise unternehmen. Aber wenn du jemanden suchst, so sind wir gleich bei der Sache. Auch wir suchen jemanden. Vielleicht kannst du uns helfen.«

Kim blickte ihn fragend an, und der Ritter maß ihn mit einem nachdenklichen, mißtrauischen Blick, ehe er fortfuhr. »Wir suchen die Aufständischen, die die Bauern überfallen und die Eisenmänner zerstören. Hast du sie zufällig gesehen?«

»Aufständische?« Kim wunderte sich selbst ein bißchen, wie gut er den erstaunten Ton in seiner Stimme zu schauspielern verstand. Er schüttelte den Kopf.

»Es heißt, sie wären in der Gegend gesehen worden«, sagte der Ritter. »Der Riese Gorg, Priwinn, der Sohn des Steppenkönigs, und ein Junge in deinem Alter, der ein furchtbar häßliches Tier bei sich haben soll.

Das Mißtrauen in seiner Stimme war schärfer geworden, und Kim entging auch keineswegs, daß sich die rechte Hand des Mannes wie zufällig auf den Gürtel senkte, nur einen Fingerbreit neben den Griff des gewaltigen Schwertes, das er darin trug.

»Was versteckst du da unter dem Hemd?«

Kim schickte ein lautloses Dankesgebet zum Himmel, daß es heller Tag war, knöpfte sein Hemd auf und zog mit der linken Hand Bröckchen hervor. Das Wertier, das eingeschlafen war, erwachte mit einem unruhigen Knurren und begann leise vor sich hinzuschimpfen.

Die Augen des Ritters weiteten sich erstaunt. »Was ist das?« fragte er verblüfft.

Kim zuckte mit den Schultern. »Ich habe keine Ahnung«, behauptete er. »Ich habe es vor ein paar Tagen hier in der Gegend gefunden. Ich glaube, daß es strohdumm ist, aber es ist sehr zutraulich. Und sehr hübsch, nicht wahr?«

»Ja, in der Tat«, meinte der Ritter zögernd. Er musterte Bröckchen lange, dann schüttelte er den Kopf, als hätte er sich in Gedanken eine Frage gestellt und sie gleich selbst beantwortet, und sagte: »Die Beschreibung des Jungen paßt zwar auf dich, aber man hat mir gesagt, daß der Anblick seines Begleiters dazu angetan wäre, einem den Magen herumzudrehen. Nein, ihr seid es nicht.«

Kim mußte sich beherrschen, um nicht erleichtert aufzuatmen. Rasch stopfte er den orange-roten Federball wieder unter sein Hemd, ließ Sternenstaub zwei Schritte zurückgehen und machte Anstalten, weiterzureiten. In diesem Moment wieherte Sternenstaub auf und versuchte auszubrechen, und Kim entdeckte, was den prachtvollen Hengst so in Panik versetzte.

Es war kein Pferd, worauf der Ritter saß. Es ähnelte einem Schlachtroß so wie der Ackergaul des Bauern einem solchen geähnelt hatte, aber was Kim zuerst für einen Panzer aus groben Eisenplatten gehalten hatte, das war in Wirklichkeit die Haut des Geschöpfes. Der Ritter saß auf einem eisernen Pferd.

»Was ist los mit dir, Bursche?« sagte der Mann, als er Kims fassungslosen Gesichtsausdruck sah. »Du kannst weiterreiten.«

»Euer ... Euer Tier«, stammelte Kim, wobei er sein Erstaunen nun nicht mehr zu heucheln brauchte.

»Was ist damit?« fragte der Ritter mürrisch. »Verschwinde, wir sind in Eile.«

Er wollte weiterreiten, aber Kim hielt ihn zurück. »Eine Frage noch, Herr.«

Der Reiter wandte sich mit sichtbarem Unwillen im Sattel um. »Ja?«

»Diese Rebellen, von denen Ihr gesprochen habt«, sagte Kim. »Sind sie gefährlich? Ich meine – muß ich Angst vor ihnen haben?«

»Es ist immer besser, wenn man sich vor Fremden hütet. Merk dir das für die Zukunft«, antwortete der andere kurz angebunden.

»Was werdet Ihr mit ihnen tun, wenn Ihr sie faßt?« bohrte Kim weiter.

Der Ritter zuckte mit den Schultern, daß seine Rüstung klirrte. »Ich weiß zwar nicht, was dich das angeht, Bursche«, sagte er. »Aber wir werden sie vor Gericht stellen. Und eines kann ich dir sagen, ich glaube, ihre Leben werden nicht lang genug sein, daß sie den Schaden in den Erzgruben abarbeiten können.«

Er lachte und wurde übergangslos wieder ernst. »Du bist sehr neugierig, Bursche!«

Noch einmal blickte ihn der silberne Reiter forschend und auf sehr unangenehme Art an, dann schien er endgültig genug zu haben. Mit einem harten Ruck am Zügel ließ er sein eisernes Pferd einen Schritt zur Seite machen und wollte fort, als Unruhe unter seine Begleiter kam.

Kim sah erst jetzt, daß sich zwischen den drei oder vier Dutzend berittenen Männern auch noch eine Anzahl weiterer kantiger Gestalten bewegten. Inmitten all dieser Rüstungen und Waffen und Schilde waren ihm die Eisenmänner bisher gar nicht aufgefallen.

Aber umgekehrt schien der Fall anders zu sein. Kim beobachtete mit klopfendem Herzen, wie einer der Eisenmänner auf den Ritter zutrat und die rechte, geschickte Hand hob. Der Ritter beugte sich im Sattel vor, als wolle er mit der eisernen Gestalt reden. Und obwohl Kim niemals einen der Eisenmänner hatte reden hören und sicher war, daß sie es gar nicht konnten, hatte er plötzlich das unangenehme Gefühl, daß sich die beiden ungleichen Gestalten miteinander verständigten.

»Ich habe Euch jetzt lange genug aufgehalten, Herr«, sagte er eilig. »Ich muß weiter.« Kim drehte Sternenstaub vollends herum und gab ihm die Zügel, aber der silberne Ritter hob rasch die Hand und machte eine befehlende Geste. Einer der anderen Reiter versperrte daraufhin Kim den Weg. Fast gleichzeitig schob sich eine zweite, gepanzerte Gestalt hinter Sternenstaub, so daß der Hengst weder vor noch zurück konnte.

»Warte noch«, gebot der Mann in der silbernen Rüstung. Sein Blick glitt über das ausdruckslose Metallgesicht des Eisenmannes, und auf seinen eigenen Zügen machte sich ein sehr verwirrter Ausdruck breit. Dann drehte er sich sehr langsam im Sattel zu Kim herum und maß ihn noch einmal von Kopf bis Fuß. »Du hast mir noch nicht gesagt, woher du kommst«, sagte er. »Und wen du in Gorywynn suchst.«

»Warum ... wollt Ihr das wissen, Herr?« fragte Kim stokkend.

»Antworte«, herrschte ihn der Mann an.

Kim sah, wie sich seine Hand wieder dem Schwertgriff am Gürtel näherte.

So gut es Kim auf dem engen Platz, den ihm die beiden Reiter vor und hinter ihm ließen, möglich war, drehte er Sternenstaub noch einmal herum und legte die kurze Entfernung bis zum Ritter zurück. Seine Hand fiel wie zufällig auf den Sattel herab und näherte sich dem Griff des Zwergenschwertes, das er in der Satteltasche verborgen hatte. »Ich bin auf dem Weg zu einem alten Freund meiner Eltern, der in Gorywynn wohnt«, heuchelte er, während er Sternenstaub gleichzeitig noch dichter neben das eiserne Pferd lenkte. Der Hengst gehorchte ihm nur unwillig. Die Furcht, die er vor seinem eisernen Bruder verspürte, war nicht mehr zu übersehen.

»Wie ist der Name dieses Freundes?« erkundigte sich der Ritter.

»Themistokles«, antwortete Kim lächelnd. Dann zog er rasch, aber doch ohne Hast das Zwergenschwert aus der Satteltasche, beugte sich blitzschnell vor und stieß es dem eisernen Pferd bis ans Heft in den Hals. Das Eisenpferd brach wie vom Blitz getroffen zusammen und begrub dabei nicht nur seinen Reiter, sondern gleich auch noch den Eisenmann unter sich, der neben ihm gestanden hatte. Zwei, drei Bewaffnete stießen überraschte Schreie aus, und ein Reiter versuchte, Kim von hinten zu packen und aus dem Sattel zu zerren. Kim duckte sich blitzschnell über Sternenstaubs Hals, schwang den Dolch in einem Halbkreis herum, der den Angreifer entsetzt zurückprallen ließ, und riß gleichzeitig mit aller Macht an Sternenstaubs Zügeln.

Der Hengst bäumte sich mit einem erschrockenen Wiehern auf die Hinterläufe auf. Kim klammerte sich mit aller Kraft am Sattel und seiner Mähne fest, und irgendwie gelang ihm das Kunststück, nicht nur nicht abgeworfen zu werden, sondern Sternenstaub auch gleichzeitig herumzuzwingen, so daß seine wirbelnden Vorderhufe nun einen weiteren Reiter zurücktrieben, der den Weg hinter ihm blockierte.

Für einen winzigen Augenblick brach unter den Bewaffneten ein heilloses Durcheinander aus. Jedermann schrie und gestikulierte durcheinander, und einige Pferde gerieten in Panik und versuchten auszubrechen. Drei oder vier Männer suchten sich auf Kim zu stürzen, aber ihre eigenen Kameraden und die durchgehenden Pferde behinderten sie so sehr, daß sie kaum von der Stelle kamen. Und Kim nutzte die winzige Chance, die sich ihm bot! Sternenstaubs Vorderhufe hatten kaum wieder den Boden berührt, als er dem Hengst mit aller Kraft die Absätze in die Flanken stieß und das brave Tier einen gewaltigen Satz machte, der ihn vollends aus der unmittelbaren Reichweite der Berittenen brachte. Krachend und splitternd brach sein Pferd durch das dürre Unterholz, das den Weg säumte, und Kim sah, wie die dornigen Zweige seine Haut aufrissen und blutige Kratzer darin hinterließen. Aber Sternenstaub gab nicht einmal einen Schmerzenslaut von sich, sondern griff beinahe ohne Kims Zutun mit gewaltigen Sätzen aus und galoppierte im rechten Winkel von der Straße fort. Kim beugte sich tief über seinen Hals und klammerte sich mit beiden Händen in der Mähne des Tieres fest, um nicht von den peitschenden Zweigen der Büsche, durch die es preschte, getroffen und aus dem Sattel geschleudert zu werden. Gleichzeitig drehte er den Kopf und sah zur Straße zurück.

Der Ritter in der silbernen Rüstung war immer noch damit beschäftigt, sich unter seinem zusammengebrochenen Eisenpferd hervorzuarbeiten, aber sechs oder sieben seiner Begleiter hatten ihre Überraschung nun überwunden und setzten zur Verfolgung an. Ihre Pferde mochten nicht ganz so schnell wie Sternenstaub sein, aber sie waren auch nicht sehr viel langsamer. Und anders als Kim trieben sie ihre Tiere rücksichtslos an.

Kim duckte sich noch weiter, als ein Speer in seine Richtung flog. Das Wurfgeschoß verfehlte ihn, aber es bewies, daß seine Verfolger in der Wahl ihrer Mittel nicht zimperlich waren. Anscheinend war es ihnen völlig gleich, ob sie ihn heil, verletzt oder gar tot zurückbrachten.

Sternenstaub jagte im gestreckten Galopp die Flanke eines Hügels hinauf und auf der anderen Seite wieder herab, übersprang einen schmalen Bach und schlug einen Haken nach rechts, um Kurs auf eine weite, völlig ebene Grasfläche zu nehmen, die sich vor ihnen auftat. Wenn sie sie erreichten, dachte Kim, dann gab es eine Möglichkeit, davonzukommen. Sternenstaub war ein prachtvolles Tier, das jedem anderen Pferd davongaloppieren würde, wenn es nur Gelegenheit fand, seine überlegenen Kräfte völlig auszuspielen.

Ein rascher Blick über die Schulter zurück zeigte Kim allerdings, daß sein Vorsprung im Augenblick eher dahinschmolz. Zwei seiner Verfolger hatten sich vom Rest der Gruppe getrennt und kamen unaufhaltsam näher. Einer der beiden jagte tief über den Hals seines Pferdes gebeugt dahin, der andere hatte sich im Sattel aufgerichtet und schleuderte im Kreis ein Netz über dem Kopf, an dessen Enden kleine Kugeln aus Holz oder Metall befestigt waren. Kim wunderte sich noch über den Sinn dieser sonderbaren Konstruktion, da ließ der andere sie schon los, und das Netz verwandelte sich in einen schwirrenden Schatten, der mit atemberaubender Geschwindigkeit auf ihn zuschoß.

Kim riß seinen Hengst mit einer verzweifelten Bewegung nach links. Das Netz verfehlte ihn um Haaresbreite und landete im Gras, aber der plötzliche Ruck war zuviel für Sternenstaub. Er kam aus dem Tritt, stolperte und fing sich im allerletzten Augenblick wieder, aber als er weiterrannte, da hinkte er spürbar, und der Abstand zwischen Kim und seinen Verfolgern schmolz noch schneller dahin.

Trotzdem wäre Kim vielleicht noch entkommen, hätte sich nicht genau in diesem Moment der Boden vor dem Hengst aufgetan, um ein halbes Dutzend kleiner, in zerfetzte schwarze Capes verhüllter Gestalten auszuspeien!

Sternenstaub prallte mit einem entsetzten Wiehern zurück und stieg auf die Hinterläufe. Kim wurde in hohem Bogen aus dem Sattel geschleudert, überschlug sich zwei-

oder dreimal in der Luft und dann noch einmal auf dem Boden, ehe er mit furchtbarer Wucht gegen eine Baumwurzel prallte und halb benommen liegenblieb.

Die beiden Reiter, die ihn verfolgten, rasten von ihrem eigenen Schwung vorwärts getragen an ihm vorbei. Kim versuchte, sich noch einmal aufzurichten. Seine Kräfte reichten jedoch nicht. Er fiel ein zweites Mal, rollte schwer auf die Seite und spürte, wie seine Sinne zu schwinden begannen. Wie durch einen grauen Nebel hindurch sah er die kleinen Gestalten auf sich zutrippeln, flache, schwarze Gespenster in schwarzen Mänteln ohne Gesichter, die ihn umringten und mit dürren, schmutzigen Fingern nach ihm griffen. Dann trat eine der Gestalten ganz an ihn heran, und die Schwärze unter ihrer Kapuze gerann zu einem schmalen Raubvogelgesicht, dessen Augen hart wie Stein glänzten.

»Ich habe dir doch versprochen, daß wir uns wiedersehen, Blödmann«, sagte Jarrn. Und das war das letzte, was Kim für lange, lange Zeit hören sollte.

XIX

Der Sturz mußte schwerer gewesen sein als es Kim vorgekommen war, denn er erinnerte sich hinterher kaum an das, was danach geschah. Ganz verschwommen und nicht einmal sicher, ob es wirklich eine Erinnerung oder nur üble Bilder waren, die ihn quälten, glaubte er, sich eines Streits zwischen Jarrn und dem silbernen Reiter zu entsinnen; einen Streit, in dem es um Kim und sein Schicksal ging. Aber wenn es diesen Streit überhaupt gegeben hatte, so hatte der Zwerg ihn eindeutig gewonnen. Für die folgenden endlosen Stunden, wenn nicht Tage, bestand die Welt, in der Kim nur manchmal fiebernd erwachte, aus nichts anderem als finsteren Stollen und endlosen Höhlen und dem stahlharten Griff des Eisenmannes, der ihn auf den Armen trug. Mehrmals wurde er geweckt, und die Zwerge flößten ihm beinahe gewaltsam Wasser und ein wenig Nahrung ein. Aber es dauerte lange, bis Kim das erste Mal von selbst erwachte, und als er es tat, da spürte er, daß er weit, unendlich weit von jenem Ort entfernt war, an dem er das Bewußtsein verloren hatte.

Dabei stellte seine Umgebung durchaus eine Überraschung für ihn dar. Da Kim wußte, daß er sich in der Gewalt der Zwerge befand, nahm er an, in eine finstere Höhle oder gar ein Verlies geraten zu sein. Aber statt dessen lag er auf einem breiten, überraschend weichen Bett, das sich in einem Zimmer mit durchaus üblichen Möbeln zu befinden schien. Allerdings waren – abgesehen von dem Bett – sämtliche Möbel viel zu klein. Auch hatte das Zimmer zwar eine Tür, aber kein Fenster. Das Licht kam von einer schon fast heruntergebrannten Fackel, die in einem kunstvoll geschmiedeten Halter direkt neben der Tür hing. Die Wand darüber war rußgeschwärzt.

Kim richtete sich behutsam auf seinem Lager auf, hob die Hand und betastete seinen Kopf. Er fühlte einen frischen, straff angelegten Verband und einen leichten Schmerz, woraufhin er die Finger hastig wieder zurückzog.

Vorsichtig schwang er die Beine vom Bett, setzte sich auf und sah sich blinzelnd um. Das flackernde Licht der Fackel, so blaß es war, tat seinen an die lange Dunkelheit gewöhnten Augen weh, und wenn er sich zu hastig bewegte, dann erwachte in seinem Kopf ein hämmernder Schmerz, als säße auch dort ein winziger Zwerg und schlüge mit Begeisterung auf einer gewaltigen Kesselpauke herum. Kim fragte sich, wo er war. Gleichzeitig wurde er das unheimliche Gefühl nicht los, diesen Ort zu kennen. Es war – Nein.

Er wußte es nicht. Und doch sagte ihm etwas mit unerschütterlicher Sicherheit, daß dies nicht die Zwergenhöhlen in den östlichen Bergen waren, vielmehr ein Ort, an dem er sich nicht das erste Mal aufhielt.

Dieser Gedanke zog einen anderen und, wie Kim meinte, im Moment sehr viel wichtigeren nach sich. Nämlich den, wie er hier je wieder herauskommen sollte. Mit einer entschlossenen Bewegung stand er auf, wankte einen Moment stöhnend hin und her, als das dumpfe Dröhnen zwischen seinen Schläfen zu neuer Wut erwachte, und wartete, bis das heftige Schwindelgefühl, das die Paukenschläge in seinem Kopf begleitete, wieder verklungen war. Dann ging er zur Tür, streckte die Hand nach dem schweren, geschmiedeten Griff aus und rüttelte daran.

»Daran kannst du zerren, bis du schwarz bist«, sagte eine mürrische Stimme hinter ihm. »Der Riegel ist aus Zwergenstahl. Den zerbricht nichts.«

Kim drehte sich überrascht herum und erblickte einen kleinen, häßlichen, stacheligen Ball, der unter dem Bett hervorgekrochen kam und ihn aus zwei hervorquellenden Triefaugen anstarrte.

»Ich habe schon gedacht, du wachst überhaupt nicht mehr auf«, maulte Bröckchen.

Kim empfand eine tiefe Erleichterung, den kleinen Gefährten zu erblicken. »Wo sind wir hier eigentlich gelandet?« fragte er.

Bröckchen trippelte vollends unter dem Bett hervor und

sprang mit einem Satz auf den Tisch hinauf, der wenig höher als Kims Knie war. »Bei richtig netten Leuten«, antwortete Bröckchen spöttisch.

»Wie?« machte Kim verwirrt.

Bröckchen nickte so heftig, daß sich seine Stacheln bewegten wie die eines Seeigels im stürmischen Meer. »Glaub mir«, behauptete er. »Sie sind so gastfreundlich, daß sie uns gar nicht wieder weglassen wollen.«

Kim runzelte die Stirn, verzichtete aber vorsichtshalber auf eine Antwort und sah sich erneut und mit größerer Aufmerksamkeit in der kleinen Kammer um. »Ich kenne diesen Ort«, murmelte er. »Das sind nicht die Zwergenhöhlen.«

»Das hat ja auch keiner behauptet, oder?« schnappte Bröckchen. »Aber keine Sorge – Zwerge sind genug hier. Sogar ein paar mehr, als dir recht sein dürfte.«

Kim ging zum Bett zurück und setzte sich. Hinter seiner Stirn wirbelten die Gedanken wild durcheinander. Nicht zum erstenmal hatte er das Gefühl, der Antwort auf alle Fragen ganz nahe zu sein, sie beinahe greifen zu können. Und nicht zum erstenmal entschlüpfte sie ihm wie ein Fisch im Wasser, als er sie wirklich packen wollte.

»Wie lange sind wir schon hier?« fragte er.

»Och«, meinte Bröckchen. »Das läßt sich hier unten schwer sagen. Hunger habe ich jedenfalls, als wären wir eine Woche hier.«

Trotz des Ernstes ihrer Lage mußte Kim lächeln. Er konnte sich lebhaft vorstellen, was Bröckchen zu den Portionen sagte, die Zwerge zu sich nahmen. »Haben sie dich gut behandelt?« erkundigte er sich.

»Ja«, knurrte Bröckchen. »Abgesehen von der Tatsache, daß sie mich offenbar verhungern lassen wollen.«

Auf der anderen Seite der Tür wurde rasselnd ein Riegel zurückgeschoben, und einen Moment später betraten drei Zwerge und die kantige Riesengestalt eines Eisenmannes die Kammer. Kim suchte nach einem bekannten Gesicht unter den schwarzen Kapuzen, entdeckte aber keines. Die Zwerge schienen kein bißchen überrascht, daß er wach auf der Bettkante saß und nicht mehr wie bisher bewußtlos im

Bett lag. Offensichtlich hatten sie ihn die ganze Zeit über beobachtet. »Komm mit!« befahl einer der Gnome mit schriller Stimme. Er unterstrich seinen Befehl mit einer herrischen Geste, und als Kim nicht gleich Anstalten machte, vom Bett aufzustehen, da machte der Eisenmann auch schon einen drohenden Schritt auf ihn zu, daß Kim hastig aufsprang.

»Wohin bringt ihr mich?« fragte er, als er mit Bröckchen die Kammer verließ.

»Zu unserem König«, antwortete der Zwerg, der schon einmal mit ihm gesprochen hatte. Er lachte meckernd. »Er freut sich schon darauf, dich zu sehen. Ich hoffe, du hast dich gut ausgeschlafen. Du wirst dein bißchen Grips nämlich bitter nötig haben, um deinen Hals aus der Schlinge zu ziehen.«

Kim blieb überrascht stehen, ging aber dann schnell weiter, als der Eisenmann drohend seine linke schaufelbewehrte Hand hob. »Was meinst du damit?« erkundigte er sich.

»Man wird über dich zu Gericht sitzen.«

»Zu Gericht?« Kim war völlig verwirrt. »Aber was habe ich denn getan?«

»Das wird man dir schon früh genug sagen«, meckerte der Zwerg. »Geh schneller. Wir haben lange genug darauf gewartet, daß du endlich ausgeschlafen hast.«

Zutiefst verwirrt, beschleunigte Kim tatsächlich seine Schritte, zumal der Eisenmann mit einem derben Stoß den Worten des Zwerges noch Nachdruck verlieh. Zu Gericht sitzen? staunte er. Über ihn?

Indessen gingen sie einen langen, fensterlosen Gang entlang, dessen Wände nicht aus Felsgestein, sondern aus sorgsam aufeinandergesetzten, schwarzen Quadern bestanden. Hier und da zweigte eine halbrunde Tür aus gewaltigen Eichenbohlen nach rechts oder links ab, und in regelmäßigen Abständen brannten Fackeln an den Wänden, die den Gang mit unheimlichem, rotem Licht erfüllten. Sie gingen eine Treppe hinab und gelangten in einen gleichartigen, aber in die entgegengesetzte Richtung führenden Korridor, und Kim fiel auf, daß sowohl die Türen als auch die Höhe der Treppenstufen durchaus nicht dem Zwergenmaßstab entsprachen, sondern von üblicher Größe waren. Nirgendwo entdeckte er ein Fenster, obwohl etliche Türen offenstanden und er im Vorübergehen einen Blick in die dahinterliegenden Räume werfen konnte. Dieses Bauwerk, das die Ausdehnung einer Burg zu haben schien, mußte sich entweder unter der Erde befinden – oder es war völlig ohne Fenster erbaut worden, und das erschien Kim absolut widersinnig. Bis er sich mit einem Schlag daran erinnerte, daß er schon einmal in einer Burg aus schwarzem Stein gewesen war, deren Wände keine Fenster hatten!

Diese Erkenntnis traf ihn mit solcher Wucht, daß er mitten im Schritt stehenblieb und erschrocken keuchte.

»Was ist los?« erkundigte sich der Zwerg mißtrauisch. »Versuch keine Tricks, Bursche!«

»Morgon!« flüsterte Kim. »Das ... das ist die Festung Morgon!«

»Ach ja?«

Noch bevor Kim seiner Verblüffung weiteren Ausdruck verleihen konnte, versetzte ihm der Eisenmann einen so harten Stoß zwischen die Schultern, daß er ein paar Schritte weitertorkelte und gestürzt wäre, hätte er sich nicht im letzten Moment an der Wand festgehalten. Und als seine Finger den schwarzen Stein berührten, da schwanden auch seine letzten Zweifel. Diese unheimliche, körperlose Kälte und die bis in die Seele dringende Finsternis, die hatte er schon einmal gespürt. Es gab keinen Zweifel – das hier war Morgon, die Burg, über die der schwarze Zauberer Boraas geherrscht und von der aus er seinen Angriff auf Märchenmond geführt hatte.

Jetzt, da er wußte, wo er war, erkannte Kim auf Schritt und Tritt alles wieder: Sie benützten die gewendelte, scheinbar endlose Treppe aus schwarzem Fels, auf der seine Flucht damals begonnen hatte, durchquerten mehrere Säle, die sich in all der Zeit nicht verändert zu haben schienen, und traten schließlich auf einen der überdachten Wehrgänge hinaus.

Es war Nacht. Ein eisiger Wind heulte um die Zinnen und ließ Kim frösteln. Der Burghof lag wie ein schwarzer, bodenloser Abgrund unter ihm, und doch glaubte er, Bewegung darauf zu erkennen. Große, kantige Gestalten stapften hin und her, und roter Feuerschein fiel flackernd aus offenen Türen und von den Schießscharten.

Als sie den Wehrgang verließen und die Festung wieder betraten, da wurde Kim zu seiner Überraschung nicht nach unten geführt, wo er Boraas' alten Thronsaal wußte, sondern im Gegenteil eine steile Treppe aus schwarzem Fels weiter hinauf in die Höhe. Und als sie die Tür an ihrem Ende erreichten, da schien Kims Herz vor Schreck einen Schlag zu überspringen und dann doppelt heftig und so hart weiterzuhämmern, daß es weh tat. Er wußte, was hinter dieser Tür lag. Und hätte er auch nur den Bruchteil einer Sekunde Zeit gehabt, auf dieses Wissen zu reagieren, dann wäre er herumgefahren und hätte zu fliehen versucht, ungeachtet der Zwerge und des Eisenmannes hinter ihm, dessen Klaue zum Zupacken bereit war. Aber soviel Zeit blieb ihm nicht, denn die Tür schwang wie von Geisterhand bewegt vor Kim auf, und im gleichen Augenblick versetzte ihm der Eisenmann einen Stoß, der ihn hilflos hindurchtaumeln und dahinter auf die Knie fallen ließ. Kim senkte entsetzt den Blick und schloß die Augen. Er wußte, wo er war. Dies war der Turm, in dem der schwarze Spiegel hing, der Quell allen Übels und alles Bösen in Märchenmond, jenes furchtbare Ding, das schon einmal fast zum Untergang des Zauberreiches geführt hatte. Ein einziger Blick in ihn, und er war verloren.

Reglos hockte Kim da und lauschte auf das rasende Hämmern seines Herzens. Dann sagte eine meckernde, wohlbekannte Stimme:

»Du hast jetzt lange genug vor mir gekniet, Bengel. Steh auf!«

Kim rührte sich nicht. Er war verloren, wenn er auch nur die Augen öffnete. Ein einziger Blick in den riesigen Spiegel, der an der Wand gegenüber der Tür hing, und er würde sich selbst in den schlimmsten Feind dieser Welt und ihrer Bewohner verwandeln! »Ich glaube, unser Gast ist noch ein bißchen müde!«, fuhr die meckernde Stimme fort. »Vielleicht hilft ihm jemand, aufzustehen.« Fast im selben Moment fühlte sich Kim von einer mächtigen, eisenharten Hand am Arm gepackt und so kräftig in die Höhe gerissen, daß er einen Schmerzensschrei ausstieß und unwillkürlich die Augen öffnete.

Und ohne daß er irgend etwas dagegen tun konnte, fiel sein Blick auf die gegenüberliegende Wand.

Sein Herzschlag stockte diesmal wirklich. Für einen unendlich kurzen, furchtbaren Augenblick wartete Kim darauf, daß er sich verwandelte, daß sein Spiegelbild zu düsterem Leben erwachte und Tod und Vernichtung über die Bewohner Märchenmonds brachte. Aber es geschah nichts. Der schwarze Spiegel verwandelte ihn nicht, und er konnte es auch gar nicht, denn er war nicht mehr da. Wo er gehangen hatte, da zeigte sich Kims Blicken jetzt eine gewaltige, sanft gekrümmte Glasscheibe von lindgrüner Farbe, die an ihren vier Ecken abgerundet war. Flimmernde Streifen aus verschiedenfarbigem Licht huschten über das grüne Glas, und manchmal glaubte er, verwirrende Buchstaben in einer verschnörkelten, ihm unbekannten Schrift zu erkennen, die aber so schnell erloschen, daß er sie nicht genau sehen konnte. Der Spiegel war verschwunden, und an seiner Stelle erhob sich jetzt etwas wie die ins Riesenhafte vergrößerte Abbildung eines –

»Hierher, geehrter Gast«, meckerte die spöttische Stimme in seine Gedanken. »Wenn du vielleicht die Güte hättest, uns deine geschätzte Aufmerksamkeit zuteil werden zu lassen, wären wir überglücklich.«

Kim riß seinen Blick mühsam von der grünen Glasscheibe los und gewahrte Jarrn, der zusammen mit einem Dutzend anderer Zwerge an einem gewaltigen Tisch aus schwarzem Holz hockte. Der Tisch und die dazugehörigen Stühle stammten offensichtlich noch von den früheren Bewohnern dieser Festung, denn beides hatte nicht die für Zwerge passende Größe. Jarrns Füße baumelten einen guten halben Meter über dem Boden, und die Tischplatte hätte ihm und seinen Brüdern gut als Tanzfläche dienen können.

Doch hatte der Anblick absolut nichts Lächerliches an

sich. Ganz im Gegenteil – Kim spürte plötzlich die Bedrohung, die von den schwarzgekleideten Zwergen ausging.

Mißmutig blickte er Jarrn an. »Was soll das?«

»Oh«, sagte Jarrn mit gespielter Überraschung. »Hat man es dir nicht gesagt, mein Freund? Wir sitzen über dich zu Gericht.«

»Ich wüßte keinen Grund«, antwortete Kim.

»Den wirst du schon noch erfahren.«

Allmählich schwoll Kim die Zornesader, nun, da er seinen Schrecken überwunden hatte. Herausfordernd trat er auf Jarrn zu und blieb erst stehen, als der Eisenmann drohend die Hand hob. »Ich verlange eine Erklärung!« sagte er. »Wieso hat man mich überfallen und hierher gebracht? Und was soll dieser Unsinn, daß ihr Gericht über mich halten wollt? Du wirst mir sagen, was das alles zu bedeuten hat. Oder – besser noch«, er deutete auf den Zwerg, der ihn hier heraufgebracht hatte, »dieser Zwerg sagte, euer König wäre hier. Ich verlange, zu ihm gebracht zu werden.«

Jarrn kicherte. »Dein Wunsch ist mir Befehl«, sagte er und stand auf. Er versuchte es jedenfalls, doch er schien vergessen zu haben, daß er auf einem für ihn zu großen Stuhl saß. So plumpste er schlagartig einen halben Meter in die Tiefe, wobei sein Kinn unsanft auf die Tischkante schlug. Fluchend klammerte er sich an den Lehnen des geschnitzten Sessels fest, krabbelte umständlich wieder auf die Sitzfläche hinauf und starrte Kim an, als mache er ihn persönlich für sein Ungeschick verantwortlich. Kim seinerseits hatte Mühe, ein Grinsen zu unterdrücken. Aber es gelang ihm, zumal er sehr sicher war, daß Jarrn im Augenblick noch weniger Sinn für Humor hatte als ohnehin.

»Also«, knurrte Jarrn feindselig. »Ich bin da. Was willst du wissen?«

Eine geraume Weile verging, bis Kim sich der Bedeutung dieser Worte bewußt wurde. »Du?« staunte er. »Du bist der König?«

»Wenn du gestattest, ja«, schnarrte Jarrn, verzog das Gesicht und spuckte ein blutiges Stück eines abgebrochenen Zahnes aus.

Kim überwand seine Überraschung schnell. »Um so besser«, sagte er. »Dann wirst du mir erklären können, was das alles zu bedeuten hat. Wieso entführt ihr mich? Wieso verfolgt ihr mich, seit ich in Märchenmond bin?«

Jarrns Augen wurden schmal. »Vielleicht *weil* du in Märchenmond bist«, antwortete er.

»Aber –«

Der Zwerg schnitt ihm mit einer zornigen Bewegung das Wort ab. »Genug!« sagte er streng. »Ich habe wichtigere Dinge zu tun, als meine Zeit mit dir zu vertrödeln, Dummkopf. Die Verhandlung ist eröffnet!«

Einer der Zwerge zog einen Hammer unter dem Umhang hervor, der gut dreimal so viel wiegen mußte wie er selbst, und schlug damit so wuchtig auf den Tisch, daß die Platte aus zollstarkem Eichenholz einen Riß bekam. Jarrn schenkte ihm einen ärgerlichen Blick und wandte sich wieder an Kim. »Du wirst verschiedener Verbrechen beschuldigt. Sehr schwerer Verbrechen.«

»Ach ja?« sagte Kim säuerlich. »Dürfte ich auch erfahren, welcher?«

»Alles zu seiner Zeit«, antwortete Jarrn mürrisch. »Also – bekennst du dich schuldig?«

Kim riß Mund und Augen auf. »Schuldig? Aber ich weiß ja noch nicht einmal, was man mir vorwirft!«

Jarrn seufzte. »Schreiber!« sagte er. »Notiere für das Protokoll: Der Angeklagte ist uneinsichtig und beleidigt das Gericht, was im Falle einer Verurteilung zu einer Strafverschärfung führen wird.«

»He!« protestierte Kim. »Ich –«

Wieder schnitt ihm Jarrn das Wort ab. »Niemand soll uns Zwergen vorwerfen, daß wir ungerecht wären«, sagte er. »Du hast es zwar nicht verdient, aber du sollst die Gelegenheit haben, dich in einer fairen Verhandlung vor diesem Gericht zu rechtfertigen. Ich nehme an, du hast keinen Verteidiger?«

»Keinen was?!« stöhnte Kim.

»Schreiber!« krächzte Jarrn. »Notiere für das Protokoll: Dem Angeklagten wird ein Verteidiger vom Gericht zugewiesen.« Sein Blick glitt über die Gesichter der anwesenden Zwerge. »Meldet sich einer von euch freiwillig?«

Betretenes Schweigen breitete sich im Raum aus. Jarrn seufzte. »Na, dann werde ich einen aussuchen«, sagte er. Er deutete auf einen Gnom, der besonders häßlich und klein geraten war. »Du da! Du wirst den Angeklagten verteidigen, so gut du kannst!«

»Ja, aber ...« begann der Zwerg, kam aber nicht weiter, denn Jarrn brüllte ihn an: »Du hast das Gericht zu respektieren, Verteidiger, oder du kannst das Schicksal des Angeklagten teilen!«

Der Zwerg schien unter seinem Umhang angstvoll zusammenzuschrumpfen und sagte während der ganzen übrigen Verhandlung kein Wort mehr.

»So.« Jarrn rückte sich eindeutig zufrieden auf seinem Stuhl zurecht. »Nachdem dem Protokoll Genüge getan worden ist, können wir ja beginnen. Du streitest also alles ab, Angeklagter?«

»Das würde ich vielleicht tun, wenn ich wüßte, was man mir vorwirft«, sagte Kim verstört.

Die Zwerge begannen zu murren, und Jarrn verdrehte die Augen. »Also gut«, seufzte er. »Wenn du unbedingt die Zeit vertrödeln willst ... Da wären zum einen die Zerstörung mehrerer unserer eisernen Männer –«

»Aber ich habe mich doch nur gewehrt!« protestierte Kim. Doch Jarrn fuhr unbeeindruckt fort.

»Des weiteren wäre da der Angriff auf den König des Zwergenvolkes –«

»Woher sollte ich wissen, wer du bist?« verteidigte sich Kim.

»– und letztendlich die Zerstörung unseres Eisendrachen«, schloß Jarrn ungerührt.

Die Worte des Zwerges verschlugen Kim für einen Moment buchstäblich die Sprache. »Aber das war doch nicht meine Schuld!« rief er fassungslos. »Du warst doch dabei! Er hat Rangarig angegriffen und wurde dabei zerstört.«

Unter den Zwergen brach so etwas wie ein Tumult los. Einige begannen, ihn wüst zu beschimpfen, andere überschütteten ihn mit Buh-Rufen und Pfiffen oder schrien: »Werft ihn in Ketten!« oder »Schmeißt den Kerl in den Kerker!«, bis Jarrn dem Zwerg mit dem Hammer einen Wink gab, und dieser mit einem lautstarken Schlag, der die Tischplatte vollends spaltete, wieder für Ruhe sorgte.

»Willst du etwa abstreiten, daß der Drache zerstört wurde, während wir dich verfolgten?« fragte Jarrn, wobei er sich vorbeugte und ein Auge zukniff.

»Das ist richtig«, sagte Kim. »Aber ich –«

»Eben!« unterbrach ihn Jarrn triumphierend. »Wärst du also nicht geflohen, hätten wir dich nicht verfolgen müssen, und folglich hätte der Golddrache unseren Eisendrachen nicht angegriffen und zerstört.« Er wandte sich mit einem triumphierenden Gesichtsausdruck zum anderen Ende der Tafel. »Schreiber! Notiere für das Protokoll: Der Gefangene ist geständig.«

»Aber das ist doch –« begann Kim, nur um im gleichen Moment von der gesamten Versammlung niedergebrüllt und ausgebuht zu werden. Diesmal dauerte es weitaus länger, bis Jarrn für Ruhe sorgen konnte; und es kostete den langen Tisch zwei seiner zahlreichen Beine. »Es ist vernünftig von dir, nicht weiter zu leugnen«, sagte Jarrn. »Nicht, daß das irgend etwas an dem Urteil ändern würde.«

»Das ohnehin schon feststeht, vermute ich«, murmelte Kim.

Jarrn sah ihn mit ehrlicher Verblüffung an. »Selbstverständlich«, sagte er. »Was hast du denn erwartet?«

Kim wußte nicht, sollte er lachen oder weinen. Die ganze Situation kam ihm vor wie ein bizarrer Traum, aus dem er nur nicht erwachen konnte.

»Nachdem du anscheinend endlich einsichtig wirst«, fuhr Jarrn fort, beugte sich vor und versuchte, die Hände über der Tischplatte zu falten, rutschte dabei abermals vom Stuhl und konnte sich gerade noch im letzten Augenblick an der Tischkante festklammern, »können wir jetzt zu den wirklich schweren Vergehen kommen, die man dir vorwirft. Gibst du sie zu?«

Kim würdigte ihn nicht einmal einer Antwort. Er war

mittlerweile felsenfest davon überzeugt, daß er in einen Alptraum geraten war.

Jarrn verdrehte die Augen. »Er gibt es nicht zu«, sagte er. »Verteidiger – dein Mandant ist sehr uneinsichtig. Du solltest auf ihn einreden, damit er seine Lage nicht noch verschlimmert.«

Der Verteidiger verkroch sich unter seiner Kapuze und schwieg.

»Was werft ihr mir also vor?« fragte Kim ruhig.

»Jetzt will er uns auch noch auf den Arm nehmen!«, keifte Jarrn. »Das ist eine unerhörte Beleidigung des Gerichts!«

Wieder brach unter den Zwergen Tumult aus. Einige sprangen auf die Sitzfläche ihrer Stühle hoch und schüttelten drohend die Fäuste in Kims Richtung; andere überschütteten ihn mit Flüchen und Verwünschungen – einer griff sogar nach dem vor ihm stehenden Trinkgefäß und schleuderte es in Kims Richtung, verfehlte ihn aber. Jarrn versuchte mit kreischender Stimme, für Ruhe zu sorgen, aber seine Worte gingen in dem allgemeinen Gebrüll einfach unter, so daß er dem Zwerg mit dem Hammer einen Wink gab. Der Zwerg schwang sein Werkzeug im hohen Bogen. Der Hammer krachte auf den Tisch herunter, zwei weitere seiner Beine knickten ein und dann brach der ganze Tisch polternd in sich zusammen. Jarrn, der sich mit den Ellbogen auf der Platte abgestützt hatte, stürzte nach vorn und schlug sich die Nase blutig.

Fluchend kletterte er wieder auf seinen Stuhl empor und starrte Kim haßerfüllt an. »So, du streitest also ab, hierhergekommen zu sein und dich in unsere Angelegenheiten gemischt zu haben? Du streitest ab, dich auf die Seite der Aufständischen geschlagen zu haben, deren einziges Ziel es ist, unsere Geschäfte zu stören und uns zu ruinieren?«

Kim begriff überhaupt nichts mehr. »Ich verstehe nicht, was du meinst«, sagte er hilflos. »Ich habe doch nur –«

»Ha!« brüllte Jarrn mit vollem Stimmaufwand. »Schreiber! Notiere, daß der Angeklagte geständig ist!«

»Ich sage jetzt überhaupt nichts mehr«, meinte Kim trotzig.

»Er ist auch noch verstockt!« Jarrn fuchtelte wild mit den Händen in der Luft herum. Ein paar der Zwerge neben ihm begannen wieder zu toben und Buhrufe auszustoßen, und der Zwerg am Ende der Stuhlreihe hob seinen Hammer, hatte aber scheinbar vergessen, daß der Tisch nicht mehr dastand. Das schwere Werkzeug sauste in einem Halbkreis nach unten und kappte das Bein des Stuhles, auf dem er saß. Der Gnom vollführte am Ende des Hammerstiels einen perfekten Salto und landete genau unter seinem eigenen, zusammenbrechenden Stuhl.

»Deine Verstocktheit nutzt dir gar nichts«, rief Jarrn böse. »Die Beweise sind erdrückend.«

»Was für Beweise?« murmelte Kim.

»Du bist hierhergekommen und hast den Lauf der Dinge gestört«, antwortete Jarrn. »Dinge, die dich nichts angehen. Durch deine Schuld sind uns zahlreiche Geschäfte entgangen, und durch deine Schuld wurden zahllose kostbare Werkzeuge zerstört. Aber es wird dir nichts nützen, du Dussel. So wenig wie deinen bekloppten Freunden ihr kleiner Krieg, den sie vom Zaun gebrochen haben.«

»Krieg?« Kim erschrak. »Was für ein Krieg?«

»Jetzt tut er auch noch so, als wüßte er von nichts!« brüllte Jarrn und beugte sich wütend so weit vor, daß er nochmals vom Stuhl fiel. Der Verteidiger sprang hastig von seinem Sitz herunter und rannte zu ihm, um seinem König wieder auf die Füße zu helfen, und erntete als Dank eine Ohrfeige, die ihn quer durch den Raum fliegen ließ. Jarrn stand auf, strich sich glättend die Falten seines völlig zerknitterten Umhanges und deutete mit der Hand auf die grüne Scheibe an der Wand hinter sich.

Und er hatte es kaum getan, da erlosch der sinnverwirrende Wechsel von Farben und fremdartigen Buchstaben, und Kim hatte plötzlich den Eindruck, aus großer Höhe auf eine Karte des Landes Märchenmond herabzublicken.

»Sieh hin, wenn du unbedingt Beweise verlangst!« sagte Jarrn giftig. »Und dann leugne noch, wenn du es wagst!«

Aber was Kim in dem magischen Fenster sah, das schlug ihn so in seinen Bann, daß er die Worte des Zwergenkönigs gar nicht mehr hörte. Das Bild zeigte jetzt das gewaltige Caivallon, die Festung der Steppenreiter. Wie im Zeitraffer beobachtete Kim, wie Priwinn, Gorg und die Bauersleute die Festung erreichten. Wenig später – draußen wohl Tage oder Wochen – zog eine gewaltige Anzahl von Steppenreitern aus Caivallon nach Süden. Die kleine Armee wuchs und wuchs. Immer mehr Männer schlossen sich ihr an.

Sie hinterließen eine Spur der Zerstörung. Kim hörte bald auf, die Gehöfte und Dörfer zu zählen, durch die Priwinns Reiterheer zog, um all die Männer und Pferde aus Eisen zu zerschlagen. Er hörte auch bald auf, die Zahl der Zwerge zu zählen, die vor der näherrückenden Armee floh.

Und während Kim die schlanke Gestalt in der nachtschwarzen Rüstung betrachtete, die an der Spitze des Heerzugs ritt, da begriff er, daß es nicht länger ein Prinz war, der all diese Männer führte. Nach dem Tod seines Vaters war Priwinn der König der Steppenreiter, und er hatte wahrgemacht, was er dem Bauern in jener Nacht verkündet hatte: Nicht nur ein kleines Grüppchen, eine ganze Armee hatte er um sich geschart, und er zog mit dem Schwert in der Hand durch das Land und versuchte, mit Gewalt zu erreichen, was er sich vorgenommen hatte.

Aber noch etwas anderes war wahr geworden wie Themistokles es prophezeit und wovor Kim sich am meisten gefürchtet hatte: Längst nicht alle Bewohner Märchenmonds waren mit dem einverstanden, was Priwinn tat, und nicht alle flohen kampflos vor der aufständischen Armee. Je weiter der Heereszug nach Süden kam, desto mehr Widerstand stellte sich ihm in den Weg. Erst kam es zu kleinen Handgemengen, dann zu Scharmützeln und bald auch zur Belagerung, wenn die Bewohner einer Stadt ihre Tore verschlossen und die Mauern besetzten, um sich zu verteidigen. Schließlich stellte sich den Rebellen eine zweite, beinahe gleichgroße Armee entgegen. Kim sah mit einer Mischung aus Entsetzen und lähmendem Unglauben zu, wie sich die beiden riesigen Heere gleich gewaltigen, aus hunderttausenden winziger Teile bestehenden Tiere aufeinander zuschoben, aber das Bild erlosch, noch ehe sie zusammenprallten.

»Oh, nein!« flüsterte er entsetzt. »Was hat er getan?«

»Willst du immer noch abstreiten, schuld an alledem zu sein?« fragte Jarrn.

»Aber das ... das wollte ich nicht!« Kim blickte den Zwerg beinahe entsetzt an.

»Jarrn, du mußt mir glauben! Ich habe versucht, es Priwinn auszureden! Du warst doch ...«

»Papperlapapp!« schnappte Jarrn. »Nichts von alledem wäre geschehen, wenn du nicht gekommen und deine vorlaute Nase in unsere Angelegenheiten gesteckt hättest!«

Kims Stimme wurde beinahe flehend. »Bitte, Jarrn! Du kannst das doch nicht alles vergessen haben. Wir haben zusammen gegen die Flußleute gekämpft. Wir haben überlebt, weil wir uns gegenseitig geholfen haben! Ich habe dir das Leben gerettet, und du meins.«

»Na und?« Jarrn spie verächtlich aus, zielte aber zu kurz und traf seine eigenen Fußspitzen. »Romantischer Firlefanz! Wozu mischt du dich in unsere Angelegenheiten.«

»Eure Angelegenheiten?« Kim wurde wieder zornig. »Vielleicht hast du sogar recht, verdammter Zwerg! Aber weißt du was? Wenn es eure Angelegenheiten sind, Märchenmond den Untergang zu bringen, dann misch' ich mich gern ein.«

»Ha!« brüllte Jarrn. »Endlich gibt er es zu! Schreiber – notiere für das Protokoll, daß der Angeklagte in vollem Umfang geständig ist!«

Kim starrte den Zwergenkönig entrüstet an, und für einen Moment mußte er mit aller Macht an sich halten, damit er sich nicht einfach auf ihn stürzte und ihm den dürren Hals umdrehte, ganz egal, was danach geschah.

»Schreiber!« keifte Jarrn. »Lies das Urteil vor!«

»Was für ein Urteil?« erkundigte sich der Schreiber.

Sein König spießte ihn mit Blicken regelrecht auf. »Es muß irgendwo bei deinen Unterlagen sein«, fauchte er.

Während der Schreiber emsig in dem Stapel zerknitterten Papieres zu blättern begann, der auf seinen Knien lag, trippelte Jarrn auf Kim zu und starrte ihn dabei herablassend an. Daß er dazu den Kopf in den Nacken legen mußte, tat der Wirkung seines Blickes nur wenig Abbruch. »Du hättest uns allen eine Menge Ärger erspart, Dummkopf, wenn du damals mit mir gekommen wärst«, sagte er.

»Warum tut ihr das?« fragte Kim leise. »Bereitet es euch solche Freude, anderen zu schaden?«

Und plötzlich wurde Jarrn sehr ernst. Aller Hohn und Spott wich aus seinem Blick, und er sah Kim auf eine Art an, die diesen schaudern ließ. »Wir tun nur das, was man von uns verlangt«, sagte er. »Es ist nur eure Art, bei jedem Unglück, das euch trifft, nach einem Schuldigen zu suchen. Aber wir sind es nicht. Wir tun nur, wozu man uns gerufen hat.«

Und dann machte der Zwergenkönig einen Schritt zurück, und sein Gesicht nahm wieder jene boshaften Züge an, die Kim schon kannte. »Schreiber!« rief Jarrn. »Hast du das Urteil endlich gefunden?«

Der Zwerg wühlte immer noch heftig in seinen Papieren, zog aber plötzlich mit einem triumphierenden Ruf ein zerfleddertes Pergament hervor. »Hier ist es!« rief er. »Es lautet ...« Er runzelte die Stirn, sagte noch einmal »Es lautet ...«, runzelte abermals die Stirn und sah seinen König leicht verlegen an. »Also, das kann ich nicht lesen. Wem immer diese Sauklaue gehört, er sollte sich schämen.«

Jarrn warf einen auffordernden Blick in die Runde. »Kann sich jemand an das Urteil erinnern, das wir abgesprochen haben?« Die Zwerge senkten betreten die Blicke und taten plötzlich alle so, als wären sie mit etwas anderem, furchtbar Wichtigem beschäftigt. Jarrn zog abermals eine Grimasse und schüttelte den Kopf. »Ach, vergeßt es«, meinte er. Dann deutete er mit einer Kopfbewegung auf Kim und fügte hinzu: »Bringt ihn weg.«

XX

Es sollte für lange, lange Zeit das letzte Mal sein, daß Kim den Himmel erblickte, als man ihn wieder auf den Wehrgang hinausführte. Kim schien es, als erwache er aus einem Traum. Daß diese Bande halb verrückter Zwerge über ihn Gericht gesessen haben sollte, war an sich schon abwegig genug; aber daß ihr Urteil irgendeinen Einfluß auf sein Leben hatte, das kam ihm geradezu lächerlich vor. Indes, die Faust des eisernen Mannes, die sein linkes Handgelenk mit erbarmungsloser Kraft festhielt, sprach eine andere Sprache. In schnellem Tempo wurde Kim über den Wehrgang gezerrt, aber sie betraten nicht wieder das Hauptgebäude, sondern stapften die steile, hölzerne Treppe in den Burghof hinunter. Dort blieb der Eisenmann stehen und erstarrte zur Reglosigkeit, während seine stählerne Klaue Kims Arm weiter festhielt.

Eine geraume Weile verging. Der Hof lag in gespenstischer Schwärze vor ihnen, und nur dann und wann bewegte sich die riesige, kantige Gestalt eines Eisenmannes vorbei oder der kleine, huschende Schatten eines Zwerges. Kim hörte nichts. Die Dunkelheit schien nicht nur fast alles Licht, sondern auch jedes Geräusch aufzusaugen. Je länger Kim dastand und darauf wartete, daß irgend etwas geschah, desto mehr fühlte er sich wie in einer riesigen, unterirdischen Höhle ohne Aus- oder Eingang gefangen. Für einen Moment mußte er sich gegen den Gedanken wehren, daß vielleicht ganz genau dies das Urteil war, das die Zwerge über ihn gesprochen hatten: daß er hier stehen und an den erstarrten Eisenmann gefesselt sein würde, bis er vor Hunger oder Durst oder Erschöpfung starb.

Aber natürlich entsprang dieser Gedanke nur seiner eigenen Furcht. So grausam war Jarrn nicht. Trotzdem, Kim wußte, daß er weder von ihm noch von einem der anderen Zwerge Gnade zu erwarten hatte. Je besser er die

Zwerge kennenlernte, desto mehr verwirrte ihn dieses kleine Volk. An Jarrns freche Art hatte er sich mittlerweile ja gewöhnt, doch das, was er gerade in der Turmkammer erlebt hatte, war zu absurd. Die Zwerge kamen ihm vor wie eine Meute außer Rand und Band geratener Kinder; vorlauter, gehässiger, bösartiger Kinder, nicht mehr und nicht weniger. Der Gedanke, daß dieses Volk zu einer Gefahr für das ganze Land geworden sein, ja, Märchenmond den Untergang bringen sollte, erschien ihm beinahe lächerlich.

Wieder verging eine geraume Weile, und als Kim gerade ernsthaft darüber nachzudenken begann, ob man ihn vielleicht schlichtweg hier vergessen hatte, da öffnete sich knarrend das gewaltige Burgtor, und ein von zwei eisernen Pferden gezogener gewaltiger Kastenwagen rollte auf den Hof. Kim riß die Augen auf, als der Wagen näherkam und er ihn besser erkennen konnte. Was im blassen Mondlicht zuerst wie ein riesiger quaderförmiger Aufbau gewirkt hatte, das entpuppte sich bei näherem Hinsehen als ein Gitterkäfig aus daumendicken, rostigen Stangen. Eingesperrt in diesen Käfig waren ein Dutzend Jungen und Mädchen verschiedenen Alters. Nur einer der größeren Jungen zerrte und rüttelte mit aller Kraft an den Gitterstäben, die anderen Kinder saßen teilnahmslos auf dem Stroh, das auf den Boden des Käfigs gestreut worden war.

»Also doch«, murmelte Kim, als der Wagen knarrend an ihm vorüberrollte.

»Was – doch?« fragte Bröckchen. Kim hatte schon fast vergessen, daß er überhaupt da war, aber das kleine Wesen war ihm treu gefolgt und hatte es sich zwischen den riesigen Füßen des Eisenmannes bequem gemacht, wo es Schutz vor dem kalten Nachtwind fand. Jetzt blickte es abwechselnd Kim und den vorüberrasselnden Gitterwagen aus seinen hervorquellenden Triefaugen an.

»Es stimmt also doch«, sagte Kim niedergeschlagen. »Sie sind es, die die Kinder entführt haben«. Er seufzte. Aus einem Grund, den er sich im ersten Moment selbst nicht erklären konnte, war er bitter enttäuscht.

»Priwinn und Gorg hatten recht«, fuhr er bitter fort.

Bröckchen trippelte zwischen den Füßen des Eisenmannes hervor, lief ein paar Schritte hinter dem Wagen her und machte dann wieder kehrt, um zu Kim zurückzulaufen.

»Scheint so«, bestätigte er. »Es sind Kinder. Sie sehen nicht gut aus.«

»Priwinn muß das erfahren«, sagte Kim. Mit aller Macht zog und zerrte er an der eisernen Klaue, die seinen linken Arm gefesselt hielt, aber der Griff des Eisenmannes lockerte sich nicht einmal ein bißchen. »Hilf mir!« bat Kim. Mit der freien Hand griff er zu und versuchte, die stählernen Finger des Riesen zurückzubiegen, und Bröckchen hüpfte mit einem Satz auf den Arm des Eisenkolosses hinauf und begann, mit Zähnen und Krallen an seiner Hand herumzureißen. Doch das einzige Ergebnis ihrer vereinten Bemühungen waren mehrere abgebrochene Fingernägel und Krallen. Schließlich gab Kim enttäuscht auf und ließ sich neben dem stählernen Koloß zu Boden sinken. Bröckchen hüpfte von dem eisernen Arm herunter.

Kim schwieg eine ganze Weile, während er seinen kleinen, nacht-häßlichen Gefährten nachdenklich anblickte. Bröckchen war kaum größer als eine junge Katze und in der Dunkelheit beinahe unsichtbar, obwohl er nicht einmal einen Meter vor ihm saß.

»Glaubst du, daß du den Weg zurück nach Gorywynn findest?« fragte Kim unvermittelt.

»Wie meinst du das?« erkundigte sich Bröckchen vorsichtig. »Weil einer von uns dorthin muß«, antwortete Kim und rüttelte demonstrativ am Arm des stählernen Giganten. »Und so wie es aussieht, bin ich im Moment nicht derjenige, der es kann. Also – was ist? Findest du den Weg?«

»Ich denke schon«, antwortete Bröckchen. »Aber ich lasse dich nicht allein.«

»Quatsch!« erwiderte Kim streng. »Was glaubst du, wem es hilft, wenn du hier bleibst? Priwinn nicht, Themistokles nicht, und mir ganz bestimmt auch nicht.« Er deutete mit einer Kopfbewegung auf den Wagen hinter sich. »Auch nicht diesen Kindern dort und allen anderen, die sie entführt haben. Du mußt versuchen, hier herauszukommen und das Schattengebirge zu überqueren.«

»Aber das dauert ja viel zu lange!« gab Bröckchen zu bedenken. »Bis dahin kannst du längst tot sein!«

»Das glaube ich nicht«, antwortete Kim, und er sagte es nicht nur, um Bröckchen zu beruhigen. »Sei vernünftig, Freund«, fuhr er fort. »Ich weiß, wie tapfer du bist. Tu also, was ich dir sage. Verbirg dich irgendwo. Warte auf eine gute Gelegenheit und versuche, hier herauszukommen. Du mußt dich zu Priwinn und den anderen durchschlagen und ihnen erzählen, was hier geschehen ist. Und danach suche Themistokles ...«

»Eine interessante Idee«, sagte eine quäkende Stimme hinter Kim.

Kim fuhr erschrocken herum und blickte mitten in Jarrns Gesicht. Der Zwergenkönig hatte sich im Schutze der Dunkelheit herangeschlichen, ohne daß sie auch nur seine Schritte gehört hatten, und jetzt blickte er mit einer Mischung aus Hohn und Zorn auf Kim und das Tierchen herab. »Aber ich fürchte, ich kann das nicht zulassen«, fügte er spöttisch hinzu. Gleichzeitig hob er die Hand und machte ein Zeichen. Da stürzte aus der Dunkelheit eine Schar Zwerge herbei, die versuchte, Bröckchen zu packen.

Es blieb bei dem Versuch. Aus dem scheinbar schwerfälligen, sich nur träge bewegenden Stacheltier wurde plötzlich ein rasender Irrwisch, der mit phantastischer Geschwindigkeit zwischen den zupackenden Händen der Zwerge entlangflitzte, dabei wilde Haken nach rechts und links schlug und in jeden Finger biß, der ihm zu nahe kam. Die triumphierenden Schreie der Zwerge verwandelten sich rasch in einen Chor aus Schmerz und Schreckenslauten, und mehr als eine der kleinen Gestalten begann plötzlich wie wild auf der Stelle zu hüpfen und die langen, nadelspitzen Stacheln aus ihren Fingern oder dem Gesicht zu ziehen. Auch Jarrn schrie wütend auf und warf sich mit weit ausgebreiteten Armen auf Bröckchen, doch diesmal versuchte es nicht, ihm auszuweichen. Ganz im Gegenteil, es blieb plötzlich stehen, fuhr herum und sprang mit einem schrillen Pfiff nahezu senkrecht in die Höhe. Jarrns Wutgebrüll verwandelte sich in ein schrilles Kreischen, als der stachelige Ball unter seiner spitzen Kapuze verschwand. Sein Umhang beulte sich Sekunden lang aus und zitterte und bebte, als tobe ein Orkan darunter. Dann sprang Bröckchen wieder ins Freie und raste im Zickzack über den Hof davon, bis er in der Dunkelheit verschwand. Drei oder vier Zwerge stürzten hinter ihm her, und zumindest einer mußte Bröckchen wohl eingeholt haben, denn es erscholl ein schriller Schmerzensschrei.

Der Zwerg kam nicht zurück, und auch von Bröckchen war nun nichts mehr zu hören oder zu sehen, aber Kim machte sich wenig Sorgen darum. Bröckchen hatte schon oft genug bewiesen, daß er durchaus in der Lage war, auf sich selbst zu achten. Und Kim blieb auch keine Zeit, weiter darüber nachzudenken, denn in diesem Moment richtete sich Jarrn stöhnend auf und taumelte auf ihn zu. Er wankte, und das wenige, was Kim unter der dunklen Kapuze erkennen konnte, sah aus, als wäre das Gesicht des Zwergenkönigs einem tollwütigen Rasenmäher begegnet. Wo seine Haut nicht zerschnitten, zerkratzt und zerschunden war, da steckten die abgebrochenen Spitzen von Bröckchens Stacheln darin.

»Witzig!« knurrte Jarrn. »Sehr, sehr witzig.« Er starrte Kim haßerfüllt an, dann schlug er die Kapuze zurück und begann mit spitzen Fingern, die Stacheln aus seinem Gesicht zu pflücken. »Aber das wird euch nichts nützen«, fuhr er mit zusammengebissenen Zähnen und kleinen, unterdrückten Schmerzlauten fort. »Wir kriegen dieses größenwahnsinnige Stachelschwein schon, keine Sorge. Der Weg nach Westen ist weit, und es lauern eine Menge Gefahren dort.«

Kim zog es vor, nicht darauf zu antworten. Er hatte das sehr sichere Gefühl, daß er Jarrn im Moment nur wütend machen würde, ganz egal, was er sagte.

Jarrn zog mit zusammengebissenen Zähnen auch noch die letzten Stacheln aus seinem Gesicht, fuhr sich mit den Händen über die Wangen und betrachtete anschließend ärgerlich stirnrunzelnd das Blut, das an seinen Fingerspitzen klebte. Der Blick, mit dem er Kim danach musterte, versprach nichts Gutes.

»Lach ruhig, wenn dir danach ist«, grollte Jarrn beleidigt. »Es wird sowieso für lange Zeit das letzte Mal sein, daß du etwas zu lachen hast, Blödmann.«

Er machte einen zornigen Schritt rückwärts, stolperte über den Saum seines eigenen Mantels und landete unsanft auf dem Hosenboden. Aber das Lachen, das Kim bei diesem Anblick in der Kehle emporstieg, blieb ihm im Halse stekken, als er den Ausdruck auf dem Gesicht des Zwergenkönigs gewahrte.

Jarrn rappelte sich schimpfend wieder hoch und machte eine zornige Geste, woraufhin der Eisenmann jäh wieder aus seiner Erstarrung erwachte und Kim unsanft in die Höhe riß. »Bring ihn weg!« befahl Jarrn. »Schaff ihn zu diesen anderen Bälgern, wo er hingehört!«

Der Eisenmann wandte sich gehorsam um und zerrte Kim dabei mit sich, aber da machte Jarrn eine Bewegung und hielt ihn noch einmal zurück. »Noch eines, Bengel!«, sagte er haßerfüllt. »Freu dich nur nicht zu früh. Selbst wenn deine Freunde hierher kommen sollten, was sie bestimmt nicht tun, nur um einen Blödmann wie dich zu retten, dann wird dir das nichts nützen.« Er lachte böse. »Du wolltest doch das Geheimnis unserer Schmieden kennenlernen? Nun, das wirst du. Du wirst darin arbeiten, genau wie diese anderen Bälger. Du wirst für den Schaden aufkommen, den du angerichtet hast. Du wirst alles bezahlen, und zwar auf Heller und Pfennig, das schwöre ich dir.«

Bevor die Nacht zu Ende ging, verließen Kim und die anderen Kinder die Festung Morgon. Zuvor aber brachte man sie in eine kleine, stickige Schmiede, in der die Funken tanzten, rund um die flackernden Feuerstellen. Dort wurden sie aneinandergekettet: Ein wuchtiger Ring aus Eisen wurde an Kims rechtem Fußgelenk befestigt, und durch die Öse, die sich daran befand, wurde eine lange Kette gezogen. Sie erschien Kim im ersten Moment geradezu lächerlich dünn, aber er entsann sich, was Jarrn ihm in der Höhle der Flußleute darüber erzählt hatte, und so versuchte er erst gar nicht, die Kette aus Zwergenstahl zu zerreißen, obwohl ihre einzelnen Glieder kaum dicker als ein Bindfaden waren.

Währenddessen versuchte Kim, mit den anderen Kindern ins Gespräch zu kommen, aber es gelang ihm nicht. Fast alle wirkten teilnahmslos und beinahe so, als befänden sie sich in einer Art Trance. Einzig der Junge, der schon vorhin an den Stäben des Gitterwagens gerüttelt hatte, schien wach und in der Lage, etwas von seiner Umgebung wahrzunehmen. Aber entweder verstand er Kims Sprache nicht oder er wollte nicht antworten, denn seine einzige Reaktion auf Kims Fragen bestand aus zornigen Blicken und einer drohenden Bewegung mit der Faust, als Kim ihm zu nahe kam.

So aneinandergekettet verließen sie Burg Morgon in dem Käfigwagen, der mit ihnen aus dem Schloßhof rumpelte. Zwei Zwergenkutscher lenkten das schreckliche Gefährt den schmalen Serpentinenpfad bis in die Ebene hinab. Ein Eisenmann, der mit schweren Schritten hinter dem Wagen einherstampfte, ließ jeden Gedanken an Flucht oder Widerstand gleich im Keim ersticken.

So fuhren sie durch die finsteren Wälder, die Morgon wie ein verfilzter, natürlich gewachsener Festungswall umgaben, dann hielten sie an. Auf einen Wink des Zwerges hin öffnete der Eisenmann den Käfig und befahl den Insassen mit einer groben Geste, auszusteigen.

Aus dem Dickicht heraus trat ein weiterer Eisenmann. Die stählernen Kolosse ergriffen die beiden Enden der Kette, mit denen die Fußringe der Kinder miteinander verbunden waren, und zerrten ihre Gefangenen grob durch das stachelige Unterholz, bis sie zu der Ruine eines verfallenen Festungsturmes gelangten, die sich mitten im Wald erhob.

Eine sonderbare Art von Angst beschlich Kim, als er sah, wie der erste Eisenmann mit den Gefangenen vor ihm langsam in der Schwärze des Tores verschwand. Es war die gleiche, entsetzliche Schwärze, wie Kim sie erlebt hatte, als sie in der Eisigen Einöde in die Höhle hinabgestiegen waren, zu der Jarrn sie geführt hatte – wieder war das, was vor ihm lag, nicht einfach Dunkelheit, sondern es schien, als tauchten sie in einen schwarzen, lichtfressenden See, der ihre Körper wie auch ihre Seelen verschlang. Als Kim an der Reihe war, den Turm zu betreten, da spürte er wieder jenes unheimliche Schaudern, das ihn schon beim Höhleneinstieg nahe Burg Weltende erfaßt hatte. Doch Kim wußte, was er dort erlebt hatte, das war nicht das ungeteilte Reich der Zwerge gewesen, ebensowenig wie Burg Morgon. Jarrn und sein halbverrückter Anhang mochten die verlassene Festung zu ihrem Sitz erkoren haben, weil sie an einem unzugänglichen Ort lag und leicht zu verteidigen war, und weil es darüber hinaus niemanden mehr gab, der Anspruch auf sie erhoben hätte. Hier – erst das hier war ihr ureigenstes Reich.

Der Turm hatte keinen Boden. Unmittelbar hinter der Tür begann eine steile, zuerst aus festgestampftem Lehm, und nach wenigen Stufen aus dem natürlich gewachsenen Fels des Bodens herausgemeißelte Treppe, die in endlosen Windungen tiefer und tiefer und immer tiefer in die Erde hinabführte. Es gab kein Licht, nur den unheimlichen grauen Schimmer, je weiter sie nach unten stiegen, an den sich Kims Augen erst gewöhnen mußten. Da erkannte er die unheimliche Verwandlung, die hier vorging: Mit dem Eintritt in die düstere Welt der Zwerge schienen die aneinandergeketteten Kinder vor ihm zu verblassen, gleichsam zu flachen, fast körperlosen Gespenstern zu werden, die sich mit unwirklicher Lautlosigkeit bewegten.

Die Treppe schien kein Ende zu nehmen. Kim hatte versucht, die Stufen zu zählen, es aber bald wieder aufgegeben. Irgendwann hörte er überhaupt auf, an irgend etwas zu denken. Er brauchte jedes bißchen Kraft allein dafür, einen Fuß vor den anderen zu setzen und all die Stufen zu bewältigen, die hinabführten.

Die Treppe endete in einer kreisrunden Höhle, von deren Decke Wasser tropfte und in deren Wänden sich zahllose Löcher und Öffnungen befanden. Aus vielen davon drang flackernder, roter Feuerschein, und er hörte das Hämmern und Klingen von Werkzeugen und schreckliche, knarrende, dröhnende Geräusche. Kims Knie zitterten, und er fühlte sich so schwach, daß er mit aller Macht darum kämpfen mußte, nicht auf der Stelle zusammenzubrechen. Auch die anderen Gefangenen wankten vor Erschöpfung, aber die beiden eisernen Wächter trieben sie unbarmherzig vorwärts. Grob zerrten sie die Kinder durch die Höhle und auf eines der Felslöcher oder Durchgänge zu, die vom glühenden Licht erfüllt waren. Dahinter öffnete sich ein gewaltiger unterirdischer Saal. An buchstäblich Tausenden von Feuern wurde hier geschmiedet und gehämmert, daß die Funken stoben, Stahl und weißflüssiges Eisen zischten, zahllose Gestalten bewegten sich hin und her, schleppten große Erzbrocken oder Körbe voller Holzkohle und taten hundert andere Dinge an hundert verschiedenen Orten, die Kim gar nicht alle zugleich erfassen konnte.

Aber eines fiel ihm auf den ersten Blick auf, so niedergeschlagen und erschöpft er auch war – nur die allerwenigsten, die hier arbeiteten, waren Kinder. Der allergrößte Teil der geschäftigen Gestalten lief auf winzigen, spindeldürren Beinen und trug zerfetzte, schwarze Umhänge. Nur hie und da sah Kim jemanden, der ihm und seinen Leidensgenossen glich, diese wenigen aber schienen ausnahmslos mit den schwersten körperlichen Arbeiten betraut zu sein.

Wenn all die verschwundenen Kinder aus Märchenmond im Zwergenreich waren, dann nicht in diesem Teil der Höhlen. Sie wurden weitergezerrt, und es dauerte nicht lange, da fand sich Kim selbst an einem der lodernden Schmiedefeuer. Er hatte einen gewaltigen Blasebalg zu bedienen, der die Flammen zu immer hellerer Glut entfachte. Niemand hatte sich die Mühe gemacht, ihm irgend etwas zu erklären. Und niemand machte sich die Mühe, ihn zu bewachen oder seine Arbeit zu beaufsichtigen. Die Kette an seinem Fuß wurde an einen gewaltigen Felsbrocken angeschlossen, so daß er gerade zwei Schritte in jede Richtung tun konnte, und wenn er den Blasebalg nicht kräftig genug bediente, so fuhr ihn sein Arbeitsgenosse – ein Zwerg – auf der anderen Seite des Schmiedefeuers an und beschimpfte ihn. Kims Mitgefangene wurden an mehreren Stellen des riesigen Saales aufgeteilt, wo ihnen verschiedene Arbeiten zugewiesen wurden.

Und so verging der erste von vielen Tagen, die Kim in den unterirdischen Schmieden der Zwerge zubrachte. Er bediente an jenem Tag den Blasebalg, bis er glaubte, auch beim besten Willen seine Arme nicht mehr heben zu können. Die Zwerge aber arbeiteten unermüdlich weiter, und wenn Kim zu langsam wurde, so erschien einer der Eisenmänner und half den keifenden Befehlen des Zwergenschmiedes mit groben Stößen nach. Als Kim endlich losgekettet und fortgebracht wurde – seinen Platz am Blasebalg nahm sofort ein anderer Gefangener ein und die Arbeit wurde ohne Unterbrechung fortgesetzt – da war Kim so müde, daß er kaum noch mitbekam, wohin man ihn brachte. Zurück in den kreisrunden Raum mit den zahllosen Öffnungen ging es und von dort in eine andere, wesentlich kleinere Höhle, wo er neben einem dürftigen Lager aus nassem Stroh an den Boden gekettet wurde. Er war so müde, daß er auf der Stelle einschlief und nicht einmal bemerkte, wie die Zwerge erschienen und den Gefangenen ein kärgliches Mahl brachten.

Kim schlief wie ein Stein in dieser Nacht und ohne zu träumen, aber als er am nächsten Morgen wachgerüttelt wurde, da hatte er das Gefühl, die Augen gerade erst zugemacht zu haben. Jeder einzelne Muskel in seinem Körper schmerzte, und der Zwerg, der ihn weckte, mußte mit mehreren derben Kniffen und Stößen nachhelfen, damit Kim sich überhaupt von seinem Lager aufraffte. Sein Magen knurrte, und er hatte entsetzlichen Durst. Aber als er das dem Zwerg sagte, lachte dieser nur und erklärte, Essen hätte es am vergangenen Abend gegeben, und wenn er hungrig sei, so müsse er sich schon gedulden, bis er gearbeitet und sich sein Essen für diesen Tag verdient hätte.

Er wurde nicht wieder an den Blasebalg geführt, sondern bekam die Aufgabe zugeteilt, Holzkohle in großen, geflochtenen Körben zu den einzelnen Feuern zu tragen. Schon nach kurzer Zeit war Kim mit seinen Kräften am Ende, aber es gab kein Erbarmen: Je lauter er sich beschwerte, desto größer wurden die Körbe, die er zu tragen hatte, und je langsamer er wurde, desto mehr trieb man ihn an.

Kim erinnerte sich hinterher nicht, wie er das Kunststück fertiggebracht hatte, diesen Tag zu überleben. Irgendwann hatte er wohl einen Zustand der Erschöpfung erreicht, in dem er einfach weiterarbeitete, ohne selbst noch zu spüren, was er tat. Und irgendwann, nach hundert Ewigkeiten, war es vorbei, und er wurde wieder zurück in die Felsenkammer gebracht und neben seiner Schlafstatt angebunden. Obwohl er noch müder und erschöpfter war als am Tag zuvor, hielt er sich an diesem zweiten Abend mit Gewalt wach, denn sein Magen schmerzte mittlerweile vor Hunger, und er spürte, daß er jedes bißchen Essen brauchen würde, das er bekommen konnte.

Es war wenig genug, was die Zwerge brachten. Und es schmeckte abscheulich. Aber Kim zwang sich, den unappetitlichen, grauen Brei aufzuessen und bat sogar um einen Nachschlag, worauf die Zwerge allerdings nur gehässig lachten.

Als er sich auf sein Lager zurücksinken ließ, sah Kim sich zum erstenmal aufmerksam um. Der Raum war weit nicht so riesig wie die daneben liegende Schmiede, aber immer noch groß genug, um Dutzende von Strohlagern zu beherbergen. Die Gefangenen hier waren zumeist Jungen und Mädchen in Kims Alter, aber auch einige kleinere Kinder. Die meisten schienen ebenso erschöpft und am Ende ihrer Kräfte wie Kim, denn sie waren eingeschlafen, kaum daß sie ihren Brei hinuntergewürgt hatten. Einige aber saßen noch auf ihren Lagern und unterhielten sich mit leiser Stimme. Kim fing einige Wortfetzen auf, ohne wirklich zu verstehen, was geredet wurde.

Dann entdeckte er den Jungen, der zusammen mit ihm im Gitterwagen hierhergebracht worden war. Er saß nicht weit entfernt, hatte die Beine an den Körper gezogen und die Arme um die Knie geschlungen, und obwohl er Kim unvermittelt ansah, schien sein Blick ins Leere zu gehen. Kim lächelte ihm zu, aber auf dem Gesicht des anderen zeigte sich nicht die mindeste Reaktion. Es war, als hätte er es gar nicht bemerkt.

»Wo kommst du her?« fragte ihn Kim.

Der Junge hob den Kopf und sah ihn erstaunt an. Kim mußte seine Worte noch zweimal wiederholen, ehe er eine Antwort gab.

»Aus dem Westen«, sagte der Junge schließlich. »Meine Eltern hatten einen Hof, drei Tagesritte westlich von Gorywynn.«

»Sie hatten?« fragte Kim. »Wie meinst du das?«

Der Junge blickte ihn schweigend an. Im ersten Moment hielt Kim den Ausdruck in seinen dunklen Augen für Zorn; dann begriff er, daß es eine tiefe, bohrende Verzweiflung war.

»Die Rebellen«, murmelte er nur.

Kim wurde hellhörig.

»Königs Priwinns Steppenreiter«, stieß jetzt der Junge hervor. Seine Stimme klang haßerfüllt. »Hast du noch nie von ihnen gehört?«

Kim nickte. Offensichtlich wußte der Junge nicht, wer er war. Und es war wohl im Moment besser, wenn es dabei blieb. »Ich habe von ihnen gehört«, meine Kim vorsichtig. »Sie ... sie kämpfen gegen die Eisenmänner und gegen die Zwerge, nicht wahr?«

»Gegen die Zwerge?« Der Junge lachte bitter. »Das weiß ich nicht. Ich weiß nur, daß sie gegen meinen Vater gekämpft haben, und dessen Bruder und unsere Knechte.«

»Priwinns Reiter?« fragte Kim zweifelnd. »Es fällt mir schwer, das zu glauben.«

»Dann laß es«, sagte der Junge unfreundlich und senkte wieder den Blick.

»Bitte entschuldige«, begann Kim wieder. »Ich wollte dich nicht beleidigen. Aber ich habe gehört, daß sie niemandem etwas zuleide tun, sie zerstören doch nur die Eisenmänner.«

Der Junge sah mit einem Ruck auf. »Dann hast du etwas Falsches gehört!« meinte er böse.

Kim schwieg eine Weile. Der Schmerz des Jungen tat ihm

weh. Er fühlte sich dafür verantwortlich, und sei es nur, weil es ihm nicht gelungen war, Priwinn von seinem Vorhaben abzubringen.

»Was ist denn geschehen?« fragte er nach einer Weile leise. Der Junge starrte weiter ins Leere, und Kim fand sich schon damit ab, daß er keine Antwort erhalten würde, aber dann begann der andere doch mit leiser, zitternder Stimme zu erzählen.

»Wir haben gehört, daß sie in der Nähe waren«, begann er. »Sie haben ein Heer aufgestellt, mußt du wissen. Sie ziehen plündernd und raubend durch das Land, und sie zerstören rücksichtslos alles, was aus Eisen ist. Ohne zu fragen, wem es gehört. Und es heißt, sie werden immer mehr.«

Kim dachte an das, was er wie im Zeitraffer in der grünen Glasscheibe erblickt hatte. Wieviel Zeit mußte draußen in Märchenmond schon vergangen sein ...

»Und dein Vater hatte einen Eisenmann?« nahm Kim das Gespräch wieder auf.

»Drei«, antwortete der Junge. »Und ein eisernes Pferd. Im Herbst sollte ein Pflug dazukommen, vor den man kein Pferd mehr spannen muß.«

»Und ihr wolltet sie nicht hergeben«, vermutete Kim.

»Hergeben?« Der Junge lachte beinahe hysterisch. »Mein Vater hat den Hof und alles Land verpfändet, um die Eisenmänner und das Pferd kaufen zu können«, er schrie fast. »Unser Hof war schon immer groß, aber das Land dort ist karg, und es kostet viel Mühe und Schweiß, ihm etwas abzuringen. Mein Vater hoffte, mit Hilfe der Eisenmänner mehr aus dem Boden herauszuholen. Aber dann kamen die Steppenreiter. Sie verlangten, daß er die eisernen Männer zerschlüge, und als er sich weigerte, da fielen sie über ihn her, legten ihn in Ketten, und dann zwangen sie ihn zuzusehen, wie sie die Eisenmänner zerstörten.«

Kim war erschüttert. Trotz allem, was er selbst erlebt hatte, fiel es ihm schwer, die Worte des Jungen zu glauben. Aber gleichzeitig spürte er, daß der andere die Wahrheit sprach.

»Sie sagten, es müßte sein«, fuhr der Junge bitter fort.

»Sie sagten, die Eisenmänner und alles andere, was von den Zwergen käme, brächte Märchenmond den Untergang. Aber uns haben *sie* den Untergang gebracht.«

»Sie haben euch doch nichts getan?« erkundigte sich Kim erschrocken.

Der Junge schüttelte traurig den Kopf. Seine Augen füllten sich mit Tränen, aber auf seinem Gesicht regte sich kein Muskel. »Genügt das nicht?«, meinte er. Dann fuhr er fort: »Nachdem alles vorbei war, banden sie ihn wieder los und forderten uns alle auf, sich ihnen anzuschließen. Aber mein Vater wollte nicht. Er jagte sie vom Hof, und noch am gleichen Abend begannen wir, unsere Sachen zusammenzupacken, um unseren Hof zu verlassen. Aber es war zu spät. Die Rebellen waren kaum verschwunden, da tauchten die anderen auf.«

»Was für andere?«

Der Junge zuckte mit den Achseln. »Ich weiß es nicht. Bewaffnete Männer in silberfarbenen Rüstungen. Einige von ihnen ritten eiserne Pferde, es waren auch Eisenmänner und Zwerge bei ihnen. Sie umstellten den Hof und warfen meinem Vater und seinem Bruder vor, verantwortlich für den Verlust der Eisenmänner und des Pferdes zu sein. Vater versuchte, ihnen zu erklären, was geschehen war, aber sie hörten gar nicht zu. Sie verlangten das Geld, das er den Zwergen schuldete, und als er es nicht hatte, da legten sie ihn und seinen Bruder und alle Knechte in Ketten und schleppten sie davon.«

»Und du?«

»Auch ich sollte in die Gruben, aber einer der Zwerge meinte, ich wäre zu jung dafür und würde die Arbeit nicht schaffen. Also brachten sie mich hierher.«

Kim spürte ein tiefes, ehrliches Mitleid mit dem Jungen. Zugleich war er verwirrt. Die Geschichte, die er erzählt hatte, war nicht die, die er von Brobing und anderen kannte. Dieser Junge war nicht auf magischem Wege aus seinem Elternhaus verschwunden, sondern schlicht und einfach verschleppt worden. Und so furchtbar das war – es war nicht das Rätsel, das es zu lösen galt.

»Wie heißt du?« fragte Kim.

»Peer«, antwortete der Junge, ohne ihn anzusehen.

»Die anderen Kinder, Peer«, fuhr Kim vorsichtig fort. »Die, mit denen du hierhergekommen bist – sind sie auch von den Zwergen deshalb entführt worden?«

Peer zuckte mit den Schultern. »Die meisten ... ein paar hatten einfach das Pech, unseren Weg zu kreuzen, und einer der Eisenmänner hat sie gepackt und in den Käfig gestoßen. Warum fragst du?«

»Nur so«, antwortete Kim rasch. »Ich bin nur überrascht, daß es ... so viele sind.«

Dabei war es eigentlich genau umgekehrt. Die Höhlen waren zwar gewaltig, und jedes Kind hier war eines zuviel. Und doch: Es waren nicht genug. Wenn es stimmte, daß fast alle Kinder Märchenmonds bereits verschwunden waren, dann hätten hier unzählige sein müssen.

Kim hatte das Gefühl, von der Lösung dieses schrecklichen Geheimnisses weiter entfernt zu sein denn je. Langsam ließ er sich auf sein Lager zurücksinken und schloß die Augen, doch obwohl er so müde wie am Vortag war und seine Glieder sich wie Blei anfühlten, dauerte es lange, sehr lange, bis er in dieser Nacht Schlaf fand.

Allmählich lernte er sämtliche in der Zwergenschmiede anfallenden Arbeiten kennen. Fast jeden Tag wurde ihm eine neue Tätigkeit zugeteilt, und jede schien ein bißchen schwerer als die vorhergehende zu sein. Er schleppte Kohle, dann Erz und schließlich Körbe voll schwerer, fertiggeschmiedeter Eisenteile. Er schürte das Feuer, trug Werkzeuge und glühend heiße Schmiedestücke hin und her, er brachte den Zwergen Wasser oder reichte ihnen neue Hämmer, wenn die alten von den unermüdlichen, rasenden Schlägen der Schmiede selbst rotglühend geworden waren. Und nach und nach lernte er auch die anderen Teile des unterirdischen Zwergenreiches kennen. In dem verzweigten Höhlensystem gab es Säle, wo aus den Teilen, die die fleißigen Zwergenschmiede schufen, riesige, geheimnisvolle Apparaturen zusammengesetzt wurden, deren Sinn und Zweck

Kim noch nicht einmal zu erraten vermochte, die ihn aber durch ihre bloße Größe und ihr Aussehen zutiefst erschreckten. In wieder anderen Werkstätten wurde das Erz, das irgendwo draußen in den Gruben gebrochen worden war, in gewaltigen Brocken angeliefert, die Kim und seine Leidensgenossen mit schweren Vorschlaghämmern zerkleinern mußten, bis sie die passende Form und Größe hatten, um eingeschmolzen zu werden.

Anfangs hatte er das Gefühl, sterben zu müssen. Jede Faser seines Körpers schmerzte, und seine Müdigkeit schien einen Grad erreicht zu haben, der jenseits des Erträglichen lag. Aber so schlimm es auch war, Kim gewöhnte sich daran. Seine Hände bekamen Schwielen und sein Körper wurde allmählich kräftiger. Trotz der schmalen Kost begannen seine Muskeln unter der schweren Arbeit zu wachsen. Zwar war er noch immer stets zum Umfallen müde, aber manchmal saßen Peer und Kim jetzt nach dem Abendessen noch eine Weile beisammen und redeten. Kim lernte auch einige der anderen Gefangenen kennen. Allerdings nicht sehr viele, und keinen so gut wie den Jungen aus dem Westen. Während der Arbeit fand sich keine Gelegenheit, mit jemandem zu sprechen, und danach wurden sie immer an der gleichen Stelle angekettet, so daß Kim nur dann und wann ein Wort mit einem der Kinder wechseln konnte, wenn sie zurück in den Schlafraum gebracht wurden. Und doch zeigten diese wenigen Gespräche, daß Peer recht gehabt hatte: Das Schicksal der Gefangenen hier glich meist dem seinen. Ihre Väter hatten die Eisenmänner nicht bezahlen können, oder Priwinns Steppenreiter hatten die Höfe verwüstet und sie der Rache der Zwerge ausgeliefert, oder sie hatten einfach das Pech gehabt, im falschen Moment am falschen Ort zu sein und aufgegriffen zu werden. Keiner von ihnen erzählte, daß er eines Morgens einfach aufgewacht und hiergewesen wäre, alle hatten sie handfeste Gründe, und nicht einer war auf magische Weise verschwunden. Es schien, als wäre es doch wahr: Die Zwerge mochten dafür verantwortlich sein, daß ganz Märchenmond allmählich unter einer Decke aus schwarzem Eisen erstickte, aber mit dem Geheimnis der verschwundenen Kinder hatten sie nichts zu tun.

Kim hatte längst aufgehört, die Tage zu zählen, er wußte nicht, wie lange er schon hier unten war, als Jarrn, der Zwergenkönig, ihn aufsuchte. Es war an einem Abend, nachdem er und Peer in der Steinbruchhöhle gearbeitet hatten und besonders müde waren. Kim hatte sich sofort nach dem Essen auf dem feuchten Stroh ausgestreckt und die Augen geschlossen. Aber er war noch nicht richtig eingeschlafen, als ihn ein derber Fußtritt in die Seite weckte und hochfahren ließ. Als er die Augen öffnete, stand Jarrn vor ihm.

Der Zwergenkönig machte vorsichtshalber einen Schritt zurück, um außer Kims Reichweite zu kommen, grinste aber unverschämt. »Na, Blödmann?« fragte er fröhlich. »Wie gefällt es dir bei uns?«

»Danke«, brummte Kim böse. »Das Essen läßt zwar zu wünschen übrig, aber euer Freizeitangebot ist wirklich gut. Woher hast du gewußt, daß ich so gern Sport treibe?«

Jarrn lachte meckernd. »Es freut mich, daß du die Sache mit Humor nimmst«, sagte er. »Ich bin extra heruntergekommen, um mich davon zu überzeugen, daß unser Ehrengast auch ja zufrieden mit seinem Quartier ist.«

»Ehrengast?« Peer richtete sich auf und sah Kim verwundert an.

Jarrn nickte heftig. »Oh ja«, antwortete er. »Hat er es dir nicht erzählt? Er wird nämlich ganz besonders lange hierbleiben.«

Kim sah den Zwergenkönig flehend an, was dieser zu neuerlichem, meckerndem Lachen veranlaßte. »Ich bin gekommen, um dir mitzuteilen, daß wir den Schaden mittlerweile errechnet haben, für den du verantwortlich bist«, sagte er. »Natürlich nur ungefähr – die genaue Summe können wir erst ermitteln, wenn wir deinem Freund, diesem außer Rand und Band geratenen kleinen Grasfresser, das Handwerk gelegt haben.«

»Und? Worauf seid ihr gekommen?«

Jarrn tat so, als müsse er einen Moment angestrengt

überlegen. »Grob geschätzt würde ich sagen, daß du den Schaden vielleicht in fünf- oder sechshundert Jahren abgearbeitet hast«, sagte er. »Die Zinsen natürlich nicht eingerechnet. Aber ich will ja nicht kleinlich sein – sagen wir, daß ich in vierhundert Jahren wiederkomme, und dann sehen wir weiter.«

»Soll das ein Scherz sein? Ich fürchte, ganz so alt werde ich nicht.«

Jarrn lachte nicht mehr. Er sah Kim auf eine Art und Weise an, die ihm einen eiskalten Schauer über den Rücken laufen ließ. »Da wäre ich nicht so sicher«, sagte er, sehr leise und ernst. »Hier bei uns vergeht die Zeit nämlich nicht, mußt du wissen. Du wirst fünfhundert Jahre hier arbeiten, und auch fünftausend, wenn ich es will. Solange du diese Höhlen nicht verläßt, wirst du nicht altern.«

Kim erstarrte vor Entsetzen. Er zweifelte keine Sekunde daran, daß der Zwerg die Wahrheit sprach. Er wußte ja schon, daß die Zeit stillstand im Reich der Zwerge. Waren nicht allein Monate draußen in Märchenmond vergangen, während er bewußtlos auf Burg Morgon gelegen war?

»Nun?« fragte Jarrn gehässig. »Ist dir der Humor vergangen?«

Jarrn erhielt keine Antwort, und nachdem er sich eine Weile an Kims unübersehbarem Entsetzen geweidet hatte, trat er einen Schritt zurück, hob die Hand, und ein zweiter Zwerg erschien hinter ihm. Er trug einen Sack aus grobem Leinen, in dem etwas heftig zappelte und sich bewegte.

»Und damit du dir nicht umsonst Hoffnungen machst und dann enttäuscht bist«, fuhr der Zwergenkönig hämisch fort, »habe ich hier noch eine besondere Überraschung für dich.« Er öffnete den Knoten, mit dem der Sack verschlossen war, und drehte ihn herum. Ein stacheliges, häßliches Etwas fiel heraus und kollerte mit einem wütenden Pfeifen über den Boden.

»Bröckchen!« rief Kim erschrocken aus.

Das Werwesen fuhr herum und zischte zornig. Als es Kim erkannte, trat ein Ausdruck unendlicher Trauer in seine Augen.

»Ganz recht!« sagte Jarrn. »Es war wirklich nicht leicht, diesen vierbeinigen Widerling einzufangen. Wenn ich bedenke, wie er meine Leute zugerichtet hat, dann müßte ich dir eigentlich noch ein halbes Jahrhundert als Zugabe verpassen. Aber ich will es für diesmal gutsein lassen. Nimm den da als Geschenk, und als Gesellschaft für die Zeit, die du noch hier verbringen mußt.« Und damit drehte er sich um und ging lauthals lachend davon.

Er entfernte sich ein paar Schritte, dann blieb er stehen und wandte sich noch einmal zu Kim um. »Ach, übrigens«, sagte er in einem Tonfall, als wäre es ihm gerade erst eingefallen. »Du und dein gräßliches Stachelschwein da –« er deutete auf Bröckchen. »Ihr könnt euch die Mühe sparen, fliehen zu wollen. Diese Höhlen haben keinen Ausgang. Zumindest keinen, den ihr benutzen könntet.« Und damit verließ er sie. Lange Zeit war es still, nachdem der Zwergenkönig wieder gegangen war. Sein Erscheinen hatte auch einige der anderen Gefangenen geweckt und sie neugierig aufsetzen lassen, aber niemand sprach ein Wort. Kim spürte nur voll Unbehagen, wie sie ihn aufmerksam betrachteten.

»Ist das wahr?« fragte Peer schließlich leise.

»Was?«

»Was der Zwerg gemeint hat«, wiederholte Peer. In seiner Stimme war ein Ton, der Kim nicht gefiel. Er sah auf und erblickte etwas im Gesicht des Jungen, das ihm Angst einflößte.

»Daß die Steppenreiter deine Freunde sind?«

»Ja«, gestand Kim.

»Dann hast du mich belogen«, sagte Peer. »Du hast gesagt, du bist mein Freund. Aber du hast mich von Anfang an belogen. Du stehst auf ihrer Seite.«

»Nein!« Kim schüttelte hilflos den Kopf und fügte mit leiserer Stimme hinzu: »Oder doch, ja. Aber nicht so, wie du glaubst.«

»Nicht so, wie ich glaube!« echote Peer. »Wie denn sonst? Der König der Steppenreiter ist dein Freund! Wahrscheinlich hast du dich insgeheim halb totgelacht, als ich dir erzählt habe, was auf unserem Hof geschah!«

»Das ist nicht wahr!« beteuerte Kim. »Priwinn ist mein Freund, das stimmt. Aber ich wollte nie, daß er das tut. Ich habe versucht, ihn davon abzubringen. Was glaubst du, warum ich hier bin?«

»Woher soll ich das wissen?« erwiderte Peer haßerfüllt, aber Kim fuhr im gleichen Tonfall fort: »Weil ich mich von ihnen getrennt habe, Peer. Weil ich versuchen wollte, das Geheimnis der Zwerge zu ergründen, bevor genau das geschieht, was nun geschehen ist.«

Der Junge blickte ihn unsicher an. »Das Geheimnis der Zwerge?«

Kim machte eine hilflose Geste in die Runde. »Ich … ich dachte, ich könnte herausfinden, was mit all den Kindern geschehen ist. Aber ich habe versagt.«

»Welchen Kindern?«

»Den Kindern, die aus Märchenmond verschwinden«, antwortete Kim. »Niemand weiß, was …«

Peer unterbrach ihn mit einer ungeduldigen Geste. »Das mußt du mir nicht erzählen. Ich hatte drei Brüder, die nicht mehr da sind.«

Nun war Kim an der Reihe, den anderen verblüfft anzusehen. Sie hatten viel miteinander geredet in den vergangenen Wochen, und er hatte den Jungen gut kennengelernt und viel über sein Leben auf dem Bauernhof erfahren. Doch von seinen Geschwistern hatte Peer ihm nie erzählt. Noch etwas war an den Worten des Jungen, das Kim alarmierte. Drei Brüder … Etwas daran erschien Kim bedeutsam. Aber er konnte einfach nicht sagen, was.

»Und was hat das alles mit den Zwergen zu tun?« fragte Peer.

»Ich fürchte, eben nichts«, sagte Kim niedergeschlagen. Er seufzte. »Ich bin ein Narr, Peer. Ich habe geglaubt, ich könnte kommen und ganz allein vollbringen, was allen anderen mißlungen ist.«

»Nun ja –«, sagte Peer, »du wirst lange genug Gelegenheit haben, über deinen Irrtum nachzudenken. Fünfhundert Jahre werden wohl reichen.«

»Du glaubst doch nicht, daß ich hierbleibe«, widersprach

Kim entschlossen. »Ich weiß noch nicht wie, aber ich werde hier herauskommen. Und ihr auch.«

Peer lachte leise und nicht im mindesten belustigt. »Aha«, meinte er. »Wir müssen nur warten, bis unsere Ketten durchrosten und diese Felsen hier von selbst zusammenbrechen.«

»Es ist nicht das erste Mal, daß ich einem Kerker entkomme, von dem es heißt, daß eine Flucht unmöglich ist«, erklärte Kim. »Und es wird mir noch einmal gelingen.«

»Ich fürchte«, piepste Bröckchen kleinlaut, »diesmal wird es nicht ganz so einfach.« Er trippelte näher, bedachte Peer mit einem prüfenden Blick und rollte sich schließlich neben Kims Seite zusammen, wobei seine langen, scharfen Stacheln durch Kims zerschlissenes Hemd stachen. »Der Zwerg hat die Wahrheit gesagt. Es führt kein Weg aus diesen Höhlen.«

»Das ist doch Unsinn!« sagte Kim unwillig. »Wir sind ja schließlich auch hier hereingekommen.«

»In diese Höhlen führen nur Wege hinein, keiner hinaus«, beharrte Bröckchen. »Glaube mir. Nur die Zwerge kennen den Ausgang.« Er schniefte hörbar. »Die mit ihrer Zauberei. Was denkst du, wie sie mich eingefangen haben? Bestimmt nicht mit bloßen Händen! Es waren ihre miesen Kunststücke, auf die ich hereingefallen bin.«

»Trotzdem!« Kim schüttelte heftig den Kopf. »Ich schwöre, daß ich einen Ausweg finden werde. Und wenn ich mich mit bloßen Händen durch den Stein graben muß!«

Bröckchen antwortete gar nicht mehr darauf, und insgeheim spürte Kim selbst, daß das, was sich wie Entschlossenheit anhören mochte, in Wirklichkeit nichts anderes als bloß Trotz und Verzweiflung war.

XXI

Die Gelegenheit zur Flucht kam wirklich, und sie kam schneller und aus einem ganz anderen Grund, als Kim gedacht hätte. Während der ersten Tage nach Jarrns Besuch versuchte er alles mögliche, um sich von seiner Kette zu befreien. Aber es war so, wie der Zwergenkönig damals in den Höhlen der Flußleute behauptet hatte: Die dünnen Glieder aus schwarzem Eisen waren unzerreißbar. Keine Kraft, kein Werkzeug, das er bei seiner Arbeit benützte und das er eines nach dem anderen ausprobierte, vermochte den Zwergenstahl auch nur anzukratzen. Selbst Bröckchens Zähne, denen sonst rein gar nichts widerstand, versagten vor diesem Zaubermetall.

Bröckchen machte sich aber auf eine andere Art nützlich. Es konnte sich frei in den Höhlen bewegen. Die Zwerge hatten nur ein einziges Mal versucht, es auch in Ketten zu legen, aber das kleine Wesen hatte so wütend um sich gebissen und gekratzt, daß niemand imstande war, es festzuhalten. Kim fragte sich bei dieser Gelegenheit, wie es Jarrns Häschern gelungen sein mochte, Bröckchen einzufangen, aber in diesem Punkt verweigerte sein stacheliger Gefährte stur jede Auskunft. Hingegen erwies er sich sonst als sehr hilfsbereit. Kim schickte ihn nach und nach in jeden Teil der riesigen unterirdischen Schmiede, in jede Höhle, jeden Gang, jede Kammer. Er ließ Bröckchen jede Felsspalte und jede Ritze untersuchen, immer auf der Suche nach einem möglichen Fluchtweg, doch alles schien aussichtslos. Inzwischen zeigte sich, daß allmählich auch die anderen Gefangenen Freundschaft mit dem Stacheltier schlossen, das hier, eingesperrt im ewigen Zwielicht der unterirdischen Zwergenwelt, immerfort in seiner häßlichen Nachtgestalt zu sehen war. Und so erfuhr Kim – wenn auch nur aus Bröckchens Berichten –, daß es einen Teil der Höhlen gab, den selbst die Zwerge mieden. Dort, wo das Erzgestein angeliefert und zerkleinert wurde, gab es am äußersten Ende einige Gänge, die die Zwerge niemals betraten; ja, um die sie einen großen Bogen machten, wie es schien. Kim fand nicht heraus, was es damit auf sich hatte, denn Bröckchen weigerte sich beharrlich, dies zu erforschen. Es schauderte nur, und Kim sah die Angst in seinen Blicken, wenn sie über diesen Teil des Labyrinthes sprachen. Da ließ Kim davon ab, weiter den Freund zu bedrängen. Es mußte dort etwas sein, das selbst Bröckchen fürchtete – und das wollte schon etwas heißen!

Und doch war es genau dort, wo sie die Gelegenheit zur Flucht finden sollten.

Kim, Peer und ein halbes Dutzend anderer Jungen und Mädchen arbeiteten eines Tages mit großen Vorschlaghämmern und zerkleinerten die gewaltigen Erzbrocken zu handlichen Stücken. Diese wurden von einer riesigen Maschine – einem dreifach mannsgroßen Zahnrad mit messerscharfen stählernen Kanten – weiter zermahlen, bis sie die passende Größe zum Einschmelzen hatten. Die Kinder hatten diese Arbeit schon öfter getan – es war nahezu die schwerste, die für sie hier unten anfiel. Trotzdem war es jene Tätigkeit, die Kim noch am ehesten ertrug, denn er war dabei nicht an seinen Arbeitsplatz gefesselt, sondern durch eine lange, dünne Kette mit den anderen verbunden. Die Kette ließ ihnen allen hinreichend Bewegungsfreiheit, so daß sie einige Schritte gehen konnten. An diesem Tag verspürte er plötzlich einen so harten Ruck am Fuß, daß er um ein Haar aus dem Gleichgewicht geraten und hingestürzt wäre. Aber noch ehe er herumfahren konnte, hörte er einen spitzen, entsetzten Aufschrei hinter sich.

Als Kim sah, was geschehen war, da schrie auch er vor Schreck auf!

Einer der anderen Jungen war dem Zahnrad zu nahe gekommen, und seine Kette war unter die großen eisernen Zähne geraten. Das riesige Rad drehte sich mit der Unerbittlichkeit einer Maschine weiter, und die Kette samt dem daranhängenden Jungen – und hinter ihm auch dem nächsten! – verschwand langsam unter den mahlenden Zähnen des gewaltigen Apparates!

Kim ließ seinen Hammer fallen, griff mit beiden Händen nach der dünnen Kette und zerrte mit aller Kraft daran. Vor und hinter ihm taten Peer und die anderen Jungen dasselbe. Mit verzweifelter Anstrengung stemmten sie sich gegen den Boden, einige versuchten, an großen Erzbrocken Halt zu finden. Aber nichts nützte! Die Kette spannte sich und begann wie ein dünnes Messer in Kims Finger zu schneiden, aber er ließ nicht los, sondern zerrte im Gegenteil noch kräftiger daran. Trotzdem wurde die Kette mit den darangebundenen Gefangenen langsam weiter auf das riesige Rad zugezogen!

Kim beobachtete entsetzt, wie sich der zappelnde, schreiende Gefangene unaufhaltsam dem tödlichen Zahnrad näherte. Der Junge geriet in Panik, als er sah, was ihm drohte, und begann wie von Sinnen um sich zu schlagen, als könnte er sein Schicksal damit abwenden. Zwischen ihm und den mahlenden Zähnen waren jetzt noch zwei Meter, dann noch eineinhalb, dann noch einer und schließlich noch ein halber. Noch ein einziger Ruck der Maschine, und der Fuß des Jungen mußte unweigerlich unter seine Kanten geraten und abgerissen werden!

Gerade im allerletzten Moment kam das Rad plötzlich mit einem knirschenden Laut zum Stehen, die messerscharfe Eisenkante befand sich bloß eine halbe Handbreit vom Fuß des unglückseligen Jungen entfernt. Ein schimpfender Zwergenkopf erschien auf der anderen Seite der Maschine, erfaßte mit einem Blick, was geschehen war, und begann noch lauter zu fluchen, während er mit kleinen, trippelnden Schritten herbeieilte. Der Junge selbst schien gar nicht begriffen zu haben, daß er gerettet war, denn er schrie und tobte blindlings weiter, und als der Zwerg versuchte, sich ihm zu nähern, da schlug er auch nach ihm, so daß sich dieser mit einem hastigen Sprung wieder in Sicherheit bringen mußte.

»Helft mir!« schrie der Zwerg. »Haltet diesen Verrückten fest!«

Kim, Peer und zwei andere Jungen taten, was der Zwerg verlangte. Während sie mit aller Kraft Arme und Beine des

Rasenden festhielten, dem die Angst wenigstens für den Moment den Verstand geraubt zu haben schien, kramte der Zwerg einen gewaltigen Schlüssel unter seinem Umhang hervor und löste den Fußring, an dem die Kette befestigt war. Hastig schleiften Kim und die anderen den Jungen ein Stück von dem gewaltigen Zahnrad weg und warteten, bis sich seine Panik ein wenig gelegt hatte, ehe sie es wagten, ihn wieder loszulassen.

Indessen keifte der Zwerg wutentbrannt weiter. »Ihr seid doch noch zu dämlich, um einen Hammer zu schwingen!« brüllte er. »Nun schaut euch an, was dieser Idiot angerichtet hat! Das wirft uns weit zurück! Dafür werdet ihr bezahlen, das verspreche ich. Heute abend gibt es nichts zu essen, und morgen auch nicht!«

Kim tauschte einen raschen Blick mit Peer, während der Zwerg mit beiden Händen, aber völlig ergebnislos, am Ende der Kette herumzerrte, die tief in die mahlende Mechanik des Zahnrades hineingeraten worden war. »Kaputt!« kreischte der Zwerg, der seine Umgebung völlig vergessen zu haben schien und nur von Wut über seine defekte Maschine erfüllt war.

Kim und Peer sahen sich nochmals vielsagend an. Es war, als hätten sie sich längst darüber verständigt, was in einem Augenblick wie diesem zu tun war. Unter den überraschten Blicken der anderen näherten sie sich vorsichtig dem schimpfenden Zwerg und nahmen hinter ihm Aufstellung. »Auch übermorgen gibt es nichts zu essen!« keifte der Zwerg weiter, während er mit aller Kraft an der dünnen Kette zerrte, die sich hoffnungslos im Räderwerk der riesigen Maschine verfangen hatte. »Und ihr werdet doppelte Schichten arbeiten müssen, um –«

Er verstummte mitten im Satz. Was auch kein Wunder war, denn Kim hatte ihn im Nacken und am Hosenboden ergriffen und in die Höhe gehoben, so daß ihm im wahrsten Sinne des Wortes die Luft wegblieb, während Peer fast gemächlich um ihn herumging und den Schlüssel von seinem Gürtel löste.

Die Augen des Zwerges wurden groß vor Erstaunen.

»Was tust du da?!« keuchte er. »Bist du von Sinnen? Das darfst du nicht!«

»Ich weiß«, sagte Peer lächelnd, ging in die Hocke und schloß den Ring an seinem rechten Fuß auf. Klirrend fiel die Kette zu Boden, und mit einem hörbar erleichterten Seufzen richtete sich der Junge wieder auf.

Der Zwerg holte tief Luft, um loszubrüllen, aber Kim legte ihm rasch die Hand über den Mund und erstickte seinen Schrei.

Peer öffnete auch Kims Kette und wandte sich dann um, um nacheinander auch die anderen loszuschließen. Bald konnten sich alle das erste Mal seit langem wieder ganz frei bewegen. Aber es schien, als sollte diese neugewonnene Freiheit nur Augenblicke dauern, denn so schnell und leise sie auch gewesen waren, ihr Angriff auf den Zwerg war nicht unbemerkt geblieben. Vom anderen Ende der Höhle erscholl ein schriller, wütender Aufschrei, und als Kim herumfuhr, sah er ein Dutzend Zwerge auf sich und die anderen zustürmen. In ihrer Begleitung befand sich ein riesiger Eisenmann, der zwar gemächlich einherging, mit seinen gewaltigen Beinen aber trotzdem rascher vorankam als die dahintrippelnden Zwerge.

»Lauft!« schrie Kim. »Weg – in verschiedene Richtungen, dann können sie uns nicht so leicht fangen.«

Nur einer der Jungen beherzigte seinen Rat und stürmte davon, die anderen blieben hinter Peer und ihm stehen. Zwei oder drei griffen sich die gewaltigen Hämmer, mit denen sie zuvor das Gestein zerkleinert hatten, und blickten den Zwergen und dem eisernen Koloß entschlossen entgegen.

»Wir kommen hier ohnehin nie mehr heraus«, sagte Peer. Ein grimmiger Ausdruck erschien auf seinem Gesicht, während sich seine Hände um den Stiel des Vorschlaghammers schlossen, mit dem er sich bewaffnet hatte. »Aber sie sollen wenigstens noch eine Weile an uns denken.«

Auch Kim wollte sich nach einer Waffe bücken, ließ es dann aber. Er wußte, daß es völlig sinnlos war zu kämpfen. Selbst wenn sie diesen einen eisernen Mann überwanden, so gab es noch genug andere hier unten, mit denen sie unmöglich fertigwerden konnten. Es mußte einen anderen Weg geben. Aber es gab keine Zeit, darüber nachzudenken, denn schon waren die Zwerge und ihr eiserner Begleiter heran, und auf dem Platz vor dem verhängnisvollen Zahnrad entstand ein wildes Getümmel. Die Zwerge stürzten sich auf ihre Gefangenen und versuchten, sie niederzuringen – wozu ihre Kräfte allerdings nicht reichten –, und die Jungen und Mädchen, deren Muskeln von der schweren Arbeit gestählt waren, wehrten sich mit verbissener Wut. Sie verteilten Ohrfeigen und Knüffe und Faustschläge und Tritte. Hätte der Eisenmann nicht eingegriffen, dann wäre es fast eine wunderschöne Prügelei geworden; eine von der Art, in der sich jeder nach Kräften wehrt, ohne den anderen indes wirklich zu verletzen.

Aber der eiserne Gigant war von tödlichem Ernst.

Seine gewaltige Baggerhand packte einen der Gefangenen und schleuderte ihn weit durch die Luft gegen einen Felsen, wo der Bub reglos und blutend liegenblieb. Einer der anderen Jungen schwang seinen Vorschlaghammer und brachte einen furchtbaren Schlag gegen die eiserne Brust an, aber der Koloß wankte nicht einmal, sondern fuhr mit erstaunlicher Geschwindigkeit herum, zerschmetterte mit einem einzigen Hieb den Hammer des Jungen und brach ihm den Arm. Mit einem schmerzhaften Wimmern sank sein Opfer auf die Knie herab und preßte seine rechte Hand gegen die Brust. Kims Gedanken überschlugen sich. Er wußte, daß die Zwerge ihnen nicht wirklich etwas zuleide tun würden – und sei es nur, weil sie wertvolle Gefangene waren, deren Arbeitskraft noch gebraucht wurde. Der eiserne Koloß jedoch kannte solche Hemmungen nicht. Seine Arme fuhren wie Dreschflegel unter die Kinder und streckten sie nieder. Seine stählerne Klaue schnappte wie eine große Bärenfalle auf und zu. Immer wieder wurde er von Hammerschlägen getroffen, was er freilich nicht einmal zu bemerken schien, denn er wütete mit verbissener, stummer Kraft weiter, und der eben erst begonnene Aufstand drohte so schnell zusammenzubrechen wie er angefangen hatte.

Kim tauchte unter dem wirbelnden Arm des eisernen

Riesen durch, bückte sich nach der Kette, die er gerade noch selbst um den Fuß getragen hatte, und hielt ihr Ende fest. Mit wilden Sprüngen nach rechts und links, um den tödlichen Hieben des Riesen zu entgehen, lief er im Kreis um den Eisenmann herum, dabei wickelte sich die Kette um die Beine des Riesen.

Der Gigant versuchte, Kim nachzusetzen, doch nicht einmal seine Kräfte reichten, die dünne Kette aus Zwergenstahl zu sprengen. Zum erstenmal wankte er und drohte zu stürzen, fing sich aber wieder. Einen Moment lang wirkte er unentschlossen. Der Blick seines grünleuchtenden Auges verharrte eine Weile auf Kim, wanderte dann an der dünnen Kette in seinen Händen entlang und senkte sich auf seine eigenen Beine. Schwerfällig beugte er sich vor, streckte die rechte, geschickte Hand aus und versuchte, den Knoten zu lösen, zu dem sich die Kette verworren hatte. Und zu Kims maßloser Überraschung schien es ihm tatsächlich zu gelingen!

Da zerrte Kim mit aller Kraft an dem stählernen Gliederband. Die Schlinge zog sich wieder um die säulendikken Beine zusammen, doch im gleichen Moment zuckte die linke Schaufelhand des Eisenmannes vor, packte die Kette und hielt sie mit unerbittlicher Kraft fest, so daß seine Rechte erneut damit beginnen konnte, seine Unterschenkel zu befreien.

Plötzlich hatte Kim einen Einfall. Hastig drehte er sich herum, winkte Peer zu sich heran und drückte ihm das Ende der Kette in die Hand. »Halte sie fest«, befahl er. »Zieh sie so straff, wie du kannst.«

Peer gehorchte, wenn sein Gesichtsausdruck auch verriet, daß er keine Ahnung hatte, wozu das gut sein sollte. Kim aber begann, mit weiten Sprüngen um das riesige Zahnrad herumzuhetzen, dorthin, wo der Zwerg zuerst aufgetaucht war.

Ein paar Gnome versuchten, ihm den Weg zu verstellen, doch Kim rannte sie einfach über den Haufen, umrundete das Zahnrad – und dann erblickte er, wonach er gesucht hatte!

Auf der anderen Seite der gewaltigen Maschine befand sich ein übergroßer Hebel in leuchtendem Rot!

Mit einem Satz war Kim dort, packte ihn mit beiden Händen und drückte ihn herunter. Ein dumpfes Grollen ging durch den Boden, und schon setzte sich das Rad langsam wieder in Bewegung!

Die Zwerge begannen wütend zu schreien und versuchten, Kim von dem Hebel wegzudrücken, um die Maschine wieder abzuschalten, aber die Entschlossenheit verlieh Kim für einen Moment fast übermenschliche Kräfte. Allein wehrte er den Angriff der aufgebrachten Knirpse ab, bis einige der anderen Jungen herbeigestürmt kamen und ihm halfen.

Die Zwerge stoben auseinander, denn die Kinder hatten zwar ihre Waffen fortgeworfen, nachdem sie deren Nutzlosigkeit im Kampf gegen den Eisenmann eingesehen hatten, aber der tiefsitzende Groll gegen die Zwerge gab ihnen auch so Kraft genug.

Als Kim hinter dem Zahnrad hervorgestürmt kam, hatte sich die Lage völlig verändert. Peer hatte die Kette losgelassen, und das mußte er auch, denn sie wurde jetzt nach und nach ins Innere der riesigen Maschine hineingezogen. Ein unangenehmes, mahlendes Knirschen erklang, als brächen große Stücke aus den eisernen Zähnen heraus. Und mit der Kette wurde auch der Eisenmann weitergezerrt!

Er wehrte sich mit aller Kraft. Seine Füße rissen Funken aus dem Boden, als er versuchte, sich gegen den Zug der Kette zu stemmen, und für einen Moment begann das ganze Rad zu zittern, als wolle es einfach auseinanderbrechen. Doch so gewaltig die Kräfte des Eisenmannes waren, sie reichten nicht aus. Langsam, aber unerbittlich wurde die Kette weitergezogen, immer näher rückte der Koloß, bis er schließlich in das Räderwerk der Maschine geriet. Ein fürchterliches Splittern und Krachen erklang, als zuerst die Füße, dann die Beine und schließlich der Leib der rostroten Gestalt unter den mahlenden Zähnen verschwanden. Noch einmal bäumte sich der Eisenmann auf, aber dann erschlafften seine Bewegungen.

Kim trat mit einem erleichterten Seufzer an den Reglosen heran.

Und in diesem Moment glomm das schmale grüne Auge noch einmal in kaltem Feuer auf. Die gewaltige Hand zuckte vor und schloß sich wie eine zuschnappende Falle um Kims Fuß.

Kim schrie vor Schreck und vor Schmerz. Er warf sich mit aller Kraft zurück, aber der Griff des Eisenmannes war unbarmherzig. Noch immer drehte sich das Rad, und noch immer zogen seine messerscharfen Zähne den Koloß langsam tiefer ins Innere der Maschine und zermalmten ihn gleichzeitig – aber nun wurde Kim mitgezerrt, so verzweifelt er sich auch wehrte!

Nur noch Kopf, Schultern und ein kleiner Teil der Brust des eisernen Riesen lugten aus der Maschine hervor, aber sein mörderischer Griff lockerte sich nicht. Kim krallte verzweifelt die Finger in den Boden und versuchte sich festzuhalten. Peer stürzte herbei und zerrte mit aller Gewalt an seinen Schultern, aber auch ihre vereinten Kräfte reichten nicht aus. Die rechte Schulter des Eisenmannes verschwand, dann sein Schädel. Bis nur noch sein linker Arm und daran die Hand, die Kims Fuß gepackt hielt, hervorsahen. Ihr Griff lockerte sich noch immer nicht. »Kim!« brüllte Peer mit überschnappender Stimme. »Tu etwas!«

Aber Kim konnte nichts tun. Unaufhaltsam wurde er weiter auf den mahlenden Schlund der Maschine zugezerrt. Nicht mehr lange, und er würde das Schicksal des Eisenmannes teilen und einfach zersägt werden!

Plötzlich tauchte eine winzige, in ein schmuddeliges schwarzes Cape gehüllte Gestalt neben ihm auf, stieß Peer grob zur Seite und bückte sich nach Kims Fuß. Kim konnte nicht erkennen, was sie tat – aber mit einem Mal war sein Bein frei, kaum eine Sekunde, ehe auch die Hand und die Finger des Eisenmannes in der Maschine verschwanden …

Mit einem tiefen Seufzen richtete er sich auf und wich hastig ein paar Schritte von der riesigen Maschine zurück, die um ein Haar sein Grab geworden wäre. Sein kleiner Retter blickte ihn grinsend an – und trat ihm dann so heftig gegen das Schienbein, daß Kim mit einem Schmerzensschrei zurückprallte und auf einem Bein herumhüpfte.

Während Peer und einige der anderen Jungen mit Verblüffung zusahen, wie der Kleine hakenschlagend wieder verschwand, griff sich Kim den Schlüssel, den Peer immer noch in der Hand hielt, und rannte, um auch die anderen Gefangenen zu befreien. Niemand versuchte, ihn aufzuhalten. Die wenigen Zwerge, die dem Zorn ihrer Sklaven bisher entgangen waren, hatten sich fluchtartig in Sicherheit gebracht.

Es dauerte nur kurz, bis sämtliche Kinder befreit waren und Kim den Schlüssel unter seinen Gürtel schob. Es waren mehr, als er erwartet hatte: zwanzig oder dreißig, die sich jetzt verwirrt um Peer und ihn scharten und sie erwartungsvoll anblickten.

»Und was jetzt?« fragte Peer schweratmend. Er deutete mit einer Kopfbewegung zum Ausgang. »Wie sollen wir es schaffen? Sie werden über uns herfallen.«

Kim nickte niedergeschlagen. Auch er war sich darüber im klaren, daß ihr Sieg nur vorübergehend war. Selbst wenn es ihnen gelänge, auch alle anderen Gefangenen zu befreien – was ganz und gar nicht sicher war – kämen sie niemals hier heraus. Er hatte nicht vergessen, was Jarrn und auch Bröckchen über den Ausgang aus diesem Labyrinth gesagt hatten. Suchend sah er sich nach Bröckchen um. In dem Durcheinander hatte er es völlig aus den Augen verloren, und für einen Moment bekam er es mit der Angst zu tun, daß ihm etwas passiert war. Aber dann entdeckte er den kleinen Stachelball zwischen drei heulend auf dem Boden sitzenden Zwergen, die es nicht wagten, sich zu rühren, denn Bröckchen fauchte und zischte sie an, wenn sie auch nur mit der Wimper zuckten.

»Bröckchen!« sagte Kim scharf. »Laß den Unsinn. Komm her.«

Das Tierchen schien enttäuscht, denn es zögerte einen Moment, aber dann wandte es sich doch um und kam zu Kim zurück, wenn auch nicht, ohne einem der Zwerge noch eine gehörige Schramme quer über die Nase zu verpassen, als dieser die Gelegenheit nutzen und davonlaufen wollte.

»Der Gang, von dem du erzählt hast«, sagte Kim. »Der, den selbst die Zwerge fürchten – wo ist er?«

Bröckchen piepste nur angstvoll.

»Wir müssen hier irgendwie heraus«, drängelte Kim ungeduldig. »Bring uns hin. Schnell!«

»Aber … aber ich weiß nicht, wohin er führt«, stammelte Bröckchen. »Vielleicht geht der Weg nur tiefer in die Erde hinein.«

»Dieses Risiko müssen wir eingehen«, meinte Kim. Er warf einen fragenden Blick in die Runde, und so groß die Angst auf den Gesichtern der anderen Kinder auch war, so war doch keiner dabei, in dessen Augen er nicht zugleich Entschlossenheit las. Sie konnten jetzt nicht mehr zurück. Und Kim spürte, daß jeder einzelne hier das ebenso wußte – lieber würden sie einem ungewissen Schicksal oder gar dem Tod tief im Schoß der Erde entgegengehen als sich wieder in Ketten legen zu lassen.

»Nun gut«, murmelte Bröckchen schließlich vor sich hin. »Kommt mit.«

Er fuhr herum und flitzte so schnell zwischen den Gesteinsbrocken dahin, daß Kim und die anderen Mühe hatten, ihm zu folgen. Aber gleich darauf waren sie alle sehr froh, daß ihr Führer ein solches Tempo vorlegte, denn der Eingang der Höhle füllte sich jetzt unübersehbar mit schwarzen Capes, deren Ärmchen gewaltige Messer und Beile und Keulen schwangen und mit wütendem Geschrei hinter ihnen herhetzten. Eine ganze Armee von Zwergen, dachte Kim erschrocken – und dahinter stürmten nicht wenige Eisenmänner heran!

Es wurde dunkler, je weiter sie in den Hintergrund der Höhle vordrangen. Das ewige graue Licht der Zwergenwelt blieb, aber der flackernde Schein der Feuer, der die Werkstätten in einen niemals endenden Sonnenuntergang verwandelte, blieb hinter ihnen zurück. Kim warf ab und zu einen Blick über die Schulter und sah, daß der Abstand zwischen ihnen und ihren Verfolgern allmählich kleiner wurde. Vor allem die Eisenmänner rückten mit erschreckender Geschwindigkeit näher. Es waren tatsächlich sehr viele. Auf jeden der Flüchtenden mußte einer der eisernen Riesen kommen, wenn nicht gleich zwei.

Aber sie schafften es. Zwischen Kim, der zusammen mit Peer den Abschluß bildete, und den Eisenmännern lagen noch vierzig oder fünfzig Schritte, als er in der lichtlosen Dämmerung weit vorne einen gewaltigen, halbrunden Tunnel erblickte. Bröckchen tauchte mit einem schrillen Pfiff darin ein, und ohne zu zögern folgten ihm die anderen mit Peer und Kim als letzte.

Kim hatte den Tunnel kaum betreten, als er begriff, was Bröckchen gemeint hatte. Es war spürbar kälter hier drinnen als in den anderen Höhlen, und das graue Licht verlor an Intensität, so daß er selbst die unmittelbar vor ihm laufenden Kinder nur noch als Schatten wahrnehmen konnte. Ihre Schritte erzeugten unheimliche, lang widerhallende Echos an den steinernen Wänden, und irgendwo hier drinnen schien dieser Widerhall aufgefangen und in etwas anderes, Böses verwandelt zu werden, etwas, das in Kims Ohren wie ein meckerndes Hohngelächter klang.

Er versuchte, den Gedanken zu verscheuchen und warf abermals einen Blick zurück. Auch die Eisenmänner hatten den Tunnel mittlerweile erreicht. Aber sie betraten ihn nicht, sondern waren vor dem Eingang stehengeblieben; eine Reihe kantiger, schwarzer Schatten mit unheimlichen grünglühenden Augen, die die halbrunde Öffnung fast zur Gänze ausfüllten. Zwischen ihren gewaltigen Säulenbeinen drängten sich die Zwerge, ohne daß auch sie indes den Gang betraten. Es war, als gäbe es wenige Schritte hinter seinem Eingang eine unsichtbare Grenze, die weder die Zwerge noch ihre fürchterlichen Helfer überschreiten konnten.

Plötzlich rief eine Stimme, die so krächzend-schrill und unangenehm war, daß Kim sie wohl nie wieder im Leben vergessen würde: »Bleibt stehen, ihr Narren! Ihr rennt in den Tod!«

Und tatsächlich lief Kim langsamer und blieb schließlich stehen, auch Peer und die anderen hielten an.

»Kommt zurück!« schrie die Stimme erneut mit voller

Kraft. Und das Echo der Worte hallte verzerrt und böse zu ihnen zurück: Es war, als flüsterte eine gebrochene Stimme in einer Sprache, deren Bedeutung sie zwar nicht kannten, deren Sinn aber wohl verständlich war.

Kim verscheuchte diesen Gedanken und deutete mit einer Kopfbewegung in die graue Dunkelheit hinter ihnen. »Wir müssen weiter«, sagte er. »Das ist Jarrn. Wahrscheinlich heckt er irgendeine Gemeinheit aus.«

Tatsächlich setzten sich die Jungen und Mädchen wieder in Bewegung, aber sie liefen jetzt nicht mehr so schnell wie zuvor, und Kim bemerkte eine wachsende Unruhe, die sich in der Gruppe ausbreitete. Offensichtlich hatten die Worte Jarrns ihre Wirkung nicht verfehlt: Sie alle hatten Angst vor diesem gewaltigen, schnurgerade in den Berg hineinführenden Tunnel.

»Kommt zurück!« kreischte Jarrn nochmals, als er begriff, daß sie nicht auf ihn hörten und sich immer weiter entfernten. »Ich werde euch nicht bestrafen! Kommt ... zurück ... ihr ...«

Seine Stimme wurde leiser und verklang schließlich völlig, aber Kim hatte noch lange das Gefühl, ihr gebrochenes Echo zu hören.

Zeit und Raum waren auch in diesem unbekannten, düsteren Teil der Zwergenwelt nicht faßbar. Niemand vermochte zu sagen, wie lange sie unterwegs waren und welche Entfernung sie zurückgelegt hatten. So zählte Kim in Gedanken langsam bis tausend, bis er ein Zeichen gab, auf das hin die anderen anhielten.

Kim sah sich unbehaglich um. Die anderen Kinder drängten sich zusammen wie eine Herde verängstigter Tiere, die beieinander Schutz vor der Nacht suchen, und aller Blicke richteten sich erwartungsvoll auf ihn. Erst jetzt wurde er sich der Tatsache bewußt, daß er nicht nur den Anstoß zu diesem Ausbruch gegeben hatte, sondern daß die anderen wie selbstverständlich dachten, daß er stets wüßte, was als nächstes zu tun sei.

Schließlich rettete sich Kim in ein Achselzucken und setzte eine Miene auf, die um etliches zuversichtlicher war, als er sich in Wirklichkeit fühlte. »Ich glaube, wir sind sie erst einmal los«, sagte er. »Also gehen wir weiter. Es gibt ja nur eine Richtung.«

Peer sah ihn skeptisch an. Kim überlegte einen Moment angestrengt, dann fügte er etwas leiser hinzu: »Vielleicht hat Jarrn recht. Wer weiß, welche Gefahr hier auf uns lauert. Möglicherweise führt dieser Tunnel immer tiefer in die Erde hinein und hat keinen Ausgang. Wer also zurück möchte, der kann es tun. Ich werde ihn nicht aufhalten, und ich werde ihm auch nicht böse sein.«

Niemand rührte sich. Kim wartete noch etwas, dann sagte er noch einmal, und diesmal mit sehr lauter, kräftiger Stimme, so daß jeder seine Worte verstehen konnte: »Wer zurück will, der soll es jetzt tun. Ich bin sicher, daß Jarrn sein Wort hält und euch nicht bestraft.«

Nach einer Weile traten tatsächlich zwei Jungen und ein Mädchen vor. Kim sah die Furcht in ihren Augen und lächelte ihnen aufmunternd zu. »Geht nur«, meinte er. »Vielleicht seid ihr drei die einzigen von uns, die Verstand haben.« Er wartete, bis sie an ihm vorbeigegangen waren und in der grauen Dämmerung hinter ihnen verschwanden, dann wandte er sich noch einmal an die anderen: »Hört mir zu. Ich kann euch nichts versprechen. Ich weiß nicht einmal, wohin dieser Gang führt. Es ist gut möglich, daß wir uns hoffnungslos verirren, daß wir verhungern oder verdursten oder sonstwie umkommen. Wenn ihr also trotzdem mitkommen wollt, so wißt, daß es um Leben und Tod geht. Also?«

Wieder verging einige Zeit, dann traten zwei weitere Jungen hervor und folgten den drei anderen mit raschen Schritten. Kim blickte noch einmal auffordernd in die Runde. Sie waren noch immer über vierzig, und der Gedanke, daß die Verantwortung für sie alle nun auf seinen Schultern lastete, ob Kim es wollte oder nicht, war alles andere als angenehm. Aber keiner von ihnen machte mehr Anstalten, zu den Zwergen zurückzukehren, und so ging Kim schließlich schweren Herzens weiter und marschierte an der Spitze des kleinen Häufchens Verlorener in die ewige Dämmerung unter der Erde hinein.

Endlos, wie es schien, wanderten sie im steten Zwielicht dahin. Da der graue Schein und die Gleichförmigkeit der Umgebung ihre Sinne narrte, ließ Kim seine Begleiter einen nach dem anderen langsam bis fünfhundert zählen, um wenigstens ein ungefähres Maß für das Verstreichen der Zeit zu haben. Als sie auf diese Weise bei zehntausend angelangt und mithin gute drei Stunden marschiert waren, da kamen sie das erste Mal an eine Abzweigung. Der Tunnel gabelte sich in einen nach rechts und einen nach links führenden Weg, wobei beide gleich groß und ganz rund geformt waren, so daß sie wie zwei riesige Rohre vor ihnen in den Berg hineinführten. Die Wahl, welche Abzweigung sie nehmen sollten, fiel ihnen leicht: Der rechte Tunnel führte fast in der gleichen Richtung wie bisher weiter in den Berg hinein, während der linke so steil nach oben abzweigte, daß auf dem spiegelglatten Boden ein Vorankommen zwar möglich gewesen wäre, aber übermäßig viel Kraft gekostet hätte. Kim entschied sich für den rechten Gang, und keiner der anderen protestierte. Aber sie wurden noch stiller und nachdenklicher, und Kim fühlte, wie die Furcht in ihrer aller Herzen noch mehr zunahm. Denn etwas an diesem Gang war anders als an jenem, den sie bisher gegangen waren. Das graue Licht war noch immer da, und es machte es noch immer unmöglich, weiter als zehn oder fünfzehn Schritte weit zu sehen; es schien, als wanderten sie durch ein endloses, nebliges Nichts, das gleich hinter ihnen alles löschte und mit der gleichen Geschwindigkeit, mit der sie sich vorwärtsbewegten, vor ihnen wuchs. Dieser Tunnel war größer. Seine Wände waren so glatt, als wären sie sorgsam poliert worden, und obwohl er sehr breit war, bewegten sie sich nach einer Weile nur noch im Gänsemarsch dahin, denn auf dem ansteigenden Boden des gerundeten Stollens fanden ihre Füße kaum Halt.

Sie legten eine Rast ein, die aber nicht sonderlich lang ausfiel, denn sie hatten weder zu essen noch zu trinken und auch kein Feuer, um sich zu wärmen. Da sie sich nicht bewegten, spürten sie die klamme Kälte des Tunnels doppelt bitter. Kaum jemand sprach, und selbst die wenigen, geflüsterten Unterhaltungen nahmen immer mehr ab, je tiefer sie in den Leib der Erde vordrangen. Nach einer Weile gelangten sie an eine weitere Abzweigung. Dann an noch eine. Und noch eine. Sie nahmen immer den rechten Weg, weil Peer ganz richtig meinte, auf diese Weise könnten sie sich nicht verirren, sollten sie aus irgendeinem Grunde umkehren müssen.

Gerade als Kim überlegte, daß es nun bald an der Zeit wäre, eine längere Rast einzulegen, damit sie ein wenig schlafen und neue Kräfte schöpfen konnten, blieb Peer, der neben ihm ging, abrupt stehen.

Auch Kim hielt an. »Was hast du?«

»Pst«, machte Peer, schloß die Augen und legte den Kopf schräg, um zu lauschen. Kim hielt den Atem an und lauschte ebenfalls, konnte aber nichts hören. Erst nach einer Weile öffnete Peer wieder die Augen und zuckte mit den Schultern. »Nichts«, sagte er mit einiger Verspätung auf Kims Frage. »Ich muß mich wohl getäuscht haben.«

Aber seine Stimme widerlegte seine Worte. Jetzt spürte auch Kim eine immer stärker werdende Unruhe. Der unheimliche Odem dieses Ortes war keinen Deut schwächer geworden, seit sie in ihn eingedrungen waren. Während sie sich mühsam durch die wie poliert wirkenden Stollen schleppten, gewöhnten sie sich ein wenig an das angstmachende Innere dieses Labyrinths – aber das war alles.

Sie waren noch keine hundert Schritte weit gegangen, als Peer abermals stehenblieb, diesmal, um mit gerunzelter Stirn vor Kims Füße zu deuten.

Kim sah genauer hin. Vor ihm war ein dunkler Fleck auf dem Boden, nicht größer als ein Handteller, und eigentlich nur von seiner Umgebung zu unterscheiden, weil er glitzerte, als wäre er feucht. Und genau das war er auch, wie Kim feststellte, als er sich davor in die Hocke sinken ließ und vorsichtig die Hand ausstreckte. Bröckchen schnüffelte neugierig an dem Fleck und fuhr mit einem angeekelten Laut zurück. Kim verzog das Gesicht, als er die Fingerspitzen an die Nase führte.

Das war kein Wasser, sondern eine Art durchsichtiger, klebriger und übelriechender Schleim.

Die Flecken häuften sich, je weiter sie gingen. Waren es zuerst nur vereinzelte, kleine Tropfen, so stießen sie bald auf ganze Lachen der stinkenden, klebrigen Flüssigkeit. Bald konnten sie nicht mehr ausweichen, denn jetzt war der Boden – aber auch die Wände und selbst die Decke – über und über mit diesem sonderbaren Schleim beschmiert. Als wäre hier etwas entlanggekrochen, dachte Kim schaudernd. Der Schleim erinnerte ihn an die Kriechspur einer gewaltigen Schnecke – aber was für eine Schnecke mußte das sein, die einen Tunnel zur Gänze ausfüllte, der so hoch wie acht aufeinanderstehende Männer war?

Sie hatten ein weiteres Mal bis zehntausend gezählt, und nicht nur Kims Kräfte neigten sich nun endgültig dem Ende entgegen. Der Gedanke, sich auf diesen klebrigen, beschmierten Boden zu legen, um zu schlafen, drehte ihm schier den Magen um. Doch in nicht allzu langer Zeit würde ihnen gar keine andere Wahl mehr bleiben, wollten sie nicht weitermarschieren, bis der Schwächste von ihnen einfach zusammenbrach. Und Kim war nicht einmal sicher, daß nicht er der erste sein würde. Jeder Schritt fiel ihm schon schwerer als der vorhergehende, und es kam ihm vor, als koste es ihn jede Kraft, die Füße aus der klebrigen Pampe zu ziehen, die den Boden bedeckte. Selbst Bröckchen war auf seine Schultern gekrabbelt, um nicht durch diesen Schleim hindurchkriechen zu müssen.

Plötzlich begann das Wertier aufgeregt zu schnüffeln. Kim verdrehte den Kopf, um Bröckchen ansehen zu können, und obwohl es nichts sagte, sondern nur erregt die Nase hin- und herdrehte und Witterung aufnahm, spürte Kim doch seine Angst.

»Was hast du?« fragte er

»Da … ist etwas«, sagte Bröckchen.

Bröckchen vollführte sein schüttelndes Achselzucken, wobei seine spitzen Stacheln Kim in Wange und Schläfe piekten. »Es … kommt näher.«

»Aus welcher Richtung?« rief Kim.

Bröckchen hob eine Pfote und deutete nach vorn. »Dorther.« Kim strengte seine Augen an, um in die Dunkelheit hineinzustarren, aber er sah nichts. Doch nach einer Weile beschlich ihn ein gräßliches Gefühl: Irgendwo in dieser grauen, wattigen Unendlichkeit vor ihnen ... war jetzt etwas. Groß und böse.

»Besser, wir machen kehrt«, sagte Kim. Sein Herz klopfte, und er hatte Mühe, sich seine Furcht nicht zu deutlich anmerken zu lassen. Sie waren erst vor kurzem an einer der Abzweigungen vorbeigekommen, und Kim dachte, es war besser, einen Ort zu haben, an dem sie ausweichen konnten. Keiner der anderen widersprach, und so wandten sie sich um und gingen – sehr viel schneller als sie gekommen waren – den Weg zurück. So lange, bis Bröckchen abermals auf Kims Schulter zusammenfuhr und mit piepsender, aber sehr klarer Stimme sagte: »Besser, ihr beeilt euch!«

Mehr war nicht nötig. Mit einemmal schien alle Müdigkeit und Erschöpfung vergessen zu sein. Sie rannten los, so schnell sie konnten.

Schon spürte Kim, daß etwas hinter ihnen aus der Dunkelheit herankroch, immer näher. Er widerstand der Versuchung, den Kopf zu drehen, sondern konzentrierte sich darauf, so rasch wie möglich zu laufen.

Dann hörten sie es: Der Boden unter ihren Füßen begann sacht zu zittern, und aus dem Stein rings um sie herum drang ein tiefes, vibrierendes Grollen und Knirschen, als wälze sich eine ungeheuerliche Masse hinter ihnen heran, vielmehr als bewege sich der ganze Berg.

»Schneller!« schrie Kim.

Aus ihrem Lauf wurde panische Flucht. Kim und Peer fielen einige Schritte zurück, um einen der langsameren Jungen an den Armen zu packen und mit sich zu zerren, dabei warf Kim fast unabsichtlich einen Blick hinter sich. Und was er sah, das ließ sein Herz fast aussetzen, dann aber um so schneller jagen, schmerzhaft und mit der Wucht eines außer Kontrolle geratenen Hammerwerkes. Die Dunkelheit hinter ihnen schien zu brodelndem Leben erwacht zu sein. Eine ungeheure, scheinbar formlose Masse wälzte sich da heran, und für den Bruchteil einer Sekunde hatte er das Gefühl, in zwei gewaltige, rotglühende, böse Augen zu blikken.

Er sah kein zweites Mal hin, sondern griff so schnell aus, daß selbst Peer Mühe hatte, mitzukommen. Den Jungen schleiften sie einfach zwischen sich. Trotzdem schafften sie es nur im allerletzten Moment. Die Abzweigung, die Kim gesehen hatte, tauchte jäh aus der grauen Dämmerung vor ihnen auf, und Kim fand gerade noch Zeit, sich mit einem gewaltigen Satz hineinzuwerfen und dabei Peer und den Jungen einfach mitzureißen, da schien eine ganze Lawine hinter ihnen vorbeizudonnern. Die gewaltige Masse füllte den Tunnel zur Gänze aus und ließ den ganzen Berg erbeben.

Kim stürzte, ließ endlich die Hand des Jungen los und rollte herum. Mit klopfendem Herzen sah er auf.

Wo die Tunnelöffnung gewesen war, da befand sich jetzt eine zuckende, brodelnde, weiche, schwarze Wand, die mit rasender Geschwindigkeit vorbeidonnerte. Was immer es war, was da vorbeijagte, es mußte von großer Ausdehnung sein. Kim spürte eine Woge erstickenden, süßlichen Gestanks, wie ihn auch die schleimigen Pfützen verströmt hatten, nur tausendmal stärker jetzt und bedrohlicher. Hastig kroch er weiter von der Tunnelöffnung weg, als eine ganze Welle der widerwärtigen, durchsichtigen Flüssigkeit hereinschwappte und seine Füße und die Hosenbeine tränkte.

Der Berg zitterte. Das Grollen war zu einem Brüllen angeschwollen, und Kim wußte nicht mehr, ob es wirklich das Dröhnen des Gesteins war, was sie hörten, oder das Donnern dieses fürchterlichen Unwesens dort draußen.

»Was ist das?« flüsterte Peer entsetzt, als es endlich vorbei war. Das Grollen und Stöhnen war jetzt leiser geworden. Der Boden zitterte immer noch sanft unter ihnen.

Kim zuckte hilflos mit den Schultern. »Wie soll ich das wissen«, flüsterte er. »Vielleicht ... nein, das ist unmöglich, oder doch – ein Wurm? Oder eine Schlange?«

»Ein Wurm?« Peer riß ungläubig die Augen auf. »Das Vieh war mindestens hundert Meter lang!«

»Optimist!« piepste Bröckchen.

Kim blickte unglücklich. Er seufzte. »Wenigstens wissen wir jetzt, wovor die Zwerge solche Angst haben!«

»Sehr beruhigend«, maulte Peer und rappelte sich auf. Er hatte sich beim Sturz Hände und Knie blutig geschürft und blickte jetzt auf seine zerschundene Haut herab. Aber er sagte nichts mehr, sondern sah sich aufmerksam in der Runde um. »Ist jemand verletzt?« fragte er.

Niemand antwortete. Auch als er sich wenige Augenblicke darauf erkundigte, ob sie weitergehen wollten, schwiegen alle.

»He«, sagte er in dem vergeblichen Versuch, aufmunternd zu klingen. »Ich weiß, daß ihr euch fürchtet. Mir geht es genauso. Aber wir können nicht hierbleiben.«

»Laß es gut sein, Peer«, sagte Kim. »Wir sind müde. Vielleicht sollten wir ein bißchen schlafen.«

»Hier?« Peer schüttelte sich angeekelt. »Falls du es noch nicht bemerkt hast – dieser Tunnel ist genauso glitschig wie der andere. Hier kann jederzeit noch so eine Lawine auftauchen.«

»Aber irgendwo müssen wir doch schlafen«, meinte Kim müde. »Warum also nicht hier? Außerdem«, fügte er nicht sehr überzeugt hinzu, »wer sagt, daß es mehr als diese eine gibt.«

»Nun ja«, Peer seufzte und runzelte die Stirn. »und falls doch, dann werden wir es schon merken, nicht wahr?«

Kim spürte, daß es besser war, jetzt nichts mehr zu sagen. Sie alle hatten einen Grad der Erschöpfung erreicht, der sie reizbar machte, und das, was sie soeben erlebt hatten, trug nicht unbedingt dazu bei, sie zu beruhigen. Ohne ein weiteres Wort drehte er sich um, suchte vergeblich eine Weile nach einem trockenen Fleckchen, auf dem er sich ausstrekken konnte, und legte sich schließlich seufzend auf den besudelten Boden, um zu schlafen.

Es wurde ein ebenso unruhiger wie kurzer Schlaf. Kim erwachte, als ihn jemand kräftig und ausdauernd an der Nase zog. Noch halb benommen hob Kim die Hand, um den Störenfried zu verscheuchen, und prompt spürte er einen schmerzhaften Biß in den Zeigefinger. Mit einem Ruck öffnete er die Augen und starrte das stachelige Etwas an, das vor seinem Gesicht auf dem Boden hockte und ihn aus hervorquellenden Triefaugen musterte.

»Was ist denn los?« murmelte Kim noch ganz verschlafen. »Nicht so laut«, wisperte Bröckchen, und das in einem Ton, der Kim schlagartig erwachen ließ.

Hastig richtete er sich auf, warf einen raschen Blick in die Runde und stellte fest, daß alle anderen noch schliefen. Selbst Peer, der sich angeboten hatte, Wache zu halten, war im Sitzen eingenickt und schnarchte leise.

»Also?« fragte Kim noch einmal und jetzt im Flüsterton.

»Ich habe mich ein wenig umgesehen«, antwortete Bröckchen.

»Und?« fragte Kim ungeduldig. »Laß dir doch nicht jedes Wort aus deiner häßlichen Nase ziehen.«

Bröckchen schielte, um seine Schnauze zu betrachten, murmelte etwas Unfreundliches, sagte aber dann: »Ich glaube, ich habe einen Weg nach draußen gefunden.«

»Was?!« Kim richtete sich kerzengerade auf. Peer fuhr erschrocken aus dem Schlaf hoch und blinzelte verwirrt.

»Ich bin nicht sicher«, flüsterte Bröckchen. »Deshalb wollte ich, daß es vorerst auch nur du erfährst. Ich bin ein Stück weit den Gang hinaufgelaufen, bis ich neuerlich an eine Abzweigung kam.«

»Und sie führt nach draußen?« fragte Kim aufgeregt.

»Nicht so hastig. Ich sagte, ich *glaube,* daß sie nach draußen führt.«

»Du hast dich nicht überzeugt?« mischte sich jetzt Peer stirnrunzelnd ein, der bisher schweigend zugehört hatte.

Bröckchen schüttelte sich. »Nein. Aber da war ein frischer Wind, und ich glaube, ich habe Licht gesehen.«

»Du glaubst es also, so«, murrte Peer.

»Laß«, sagte Kim. »Wie müssen es immerhin versuchen.«

Rasch stand er auf, weckte die anderen und berichtete ihnen, was Bröckchen entdeckt zu haben meinte. Und obwohl die Ungewißheit groß war, wollten sie alle gleich in diesen Gang vordringen.

Da sie nichts zu essen hatten und es auch kein Wasser gab, brachen sie sofort auf. Der Weg war nicht weit; kaum dreihundert Schritte jenseits der Stelle, an der sie gestern abend kehrtgemacht hatten, zweigte tatsächlich ein weiterer, kreisrunder Gang nach rechts ab, den sie nun einschlugen. Sie hatten erst wenige Schritte getan, als Kim tatsächlich einen kühlen Hauch auf der Haut zu verspüren glaubte.

Der Gedanke, einen Ausweg aus diesem unterirdischen Labyrinth gefunden zu haben, spornte sie alle noch einmal an. Sie schritten kräftiger aus, und selbst die Furcht vor den entsetzlichen Bewohnern dieses Tunnelsystems vermochte sie nicht mehr aufzuhalten.

Es dauerte nicht lange, da gewahrte Kim weit vorne einen helleren Schein in dem unwirklichen Grau, das sie umgab. Sie liefen immer schneller, ohne sich noch um weitere Abzweigungen zu kümmern. Und wirklich wuchs der diffuse helle Schein zu einem Punkt aus Licht, schließlich zu einem wahrhaft von Sonnenstrahlen erfüllten Kreis heran.

Dieser Anblick gab ihnen neue Kraft. Mit einemmal war alle Furcht und Erschöpfung vergessen, und sie legten die letzte Strecke im Laufschritt zurück, Peer und Kim an der Spitze.

Um ein Haar aber wäre alles umsonst gewesen, denn der strahlend blaue Himmel, der sich vor dem Tunnelausgang wölbte, ließ Kim alle Vorsicht vergessen. So wäre er beinahe abgestürzt, ehe er es auch nur bemerkte, hätte ihn Peer nicht im letzten Moment am Arm gepackt und zurückgerissen.

Kim verlor durch den plötzlichen Ruck das Gleichgewicht und schlug der Länge nach hin. Schimpfend arbeitete er sich wieder hoch und wollte Peer ärgerlich anfahren, aber dieser machte nur eine Handbewegung und deutete mit der Linken nach vorne. Der Stollen endete in einer lotrechten Felswand, die unter ihnen weit in die Tiefe stürzte, ehe sie in ein mit Geröll und spitzen Felsnadeln übersätes Seeufer überging. Es war ein großer, kreisrunder See, der den Boden eines Felskraters bedeckte. Die Wände rundum wirkten glatt und wie poliert und waren von zahlreichen runden Löchern durchsetzt wie ihr Stollenausgang eines war. Kim stöhnte enttäuscht auf. Sie hatten zwar den Ausgang aus diesem unterirdischen Irrgarten gefunden – aber es schien, als würde ihnen das wenig nützen. Der Krater war so glatt wie poliertes Eisen, und nirgendwo war eine Stelle zu sehen, an der sie in die Tiefe hätten steigen können. Und es hätte ihnen auch gar nichts geholfen, denn die Felswand, die nach unten gut dreißig Meter tief war, erhob sich über ihren Köpfen noch zehnmal so weit in die Höhe. Das war kein Krater, sondern ein riesiger, senkrechter Schacht, der in den Fels getrieben worden war.

»Endstation«, murmelte Peer niedergeschlagen, während er hinaufblickte.

Statt zu antworten, ließ sich Kim vorsichtig auf die Knie herabsinken und beugte sich vor, so weit er es wagen konnte. Es wurde ihm schwindelig, als er in den Abgrund blickte, aber er kämpfte das Gefühl nieder und zwang sich, die Wand Meter für Meter abzusuchen.

Alles umsonst. Nicht einmal eine Fliege hätte an diesem Felsen Halt gefunden.

»Und nun?« fragte Peer matt.

Kim zuckte mit den Schultern. »Wir *müssen* irgendwie dort hinunter.«

Er betrachtete den See. Das Wasser war von dunkelblauer, fast schwarzer Farbe, was darauf hinwies, daß er sehr tief war, selbst nahe am Ufer. Zwischen diesem Ufer und dem Fuß der Wand lagen gute fünf Meter, vielleicht auch etwas mehr, so genau ließ sich das aus der Höhe heraus nicht schätzen. Kim war nicht sicher, daß sie diese Distanz überspringen konnten. Ganz davon abgesehen, daß ihm vor einem Sprung ins Wasser aus dieser Höhe nun doch etwas bange war.

Kim stand auf und wandte sich an die anderen. »Zieht eure Hemden aus«, sagte er.

Als Peer ihn fragend anblickte, erklärte er: »Wenn wir sie

zusammenknoten, langt es vielleicht für ein Seil, an dem wir in die Tiefe klettern können.«

»Das ist unmöglich!« behauptete Peer. »Das geht nicht!«

»Hast du eine bessere Idee?« erkundigte sich Kim.

»Dann tu, was ich dir sage«, fuhr Kim fort, als Peer schwieg. »Wir beide halten das Seil, und die anderen klettern daran in die Tiefe.«

»Selbst wenn wir uns dabei nicht die Hälse brechen«, widersprach Peer abermals, »was ist damit gewonnen? Wir kommen nie aus diesem Loch heraus!«

»Aber wenigstens aus diesem schrecklichen Tunnel«, erwiderte Kim. Er deutete mit der Hand über den See. »Siehst du all diese Löcher in der Wand? Was glaubst du, wer sie gemacht hat?«

Peer erbleichte, dann widersprach er nicht mehr, sondern zog statt dessen sein Hemd über den Kopf und begann, es zusammenzudrehen. Auch Kim zog sich bis auf die Hose aus und knotete alles an die Kleider der anderen. Es dauerte eine ganze Weile, bis sie alle Einzelteile zusammengefügt hatten, und das Ergebnis sah nicht unbedingt vertrauenerweckend aus. Aber als Kim und Peer das eine Ende und zwei kräftige Jungen das andere nahmen und mit aller Kraft daran zerrten, da zogen sich zwar die Knoten fester zusammen, doch das Seil hielt. Es würde gewiß das Gewicht eines einzelnen Kindes tragen, das sah man.

»Also los!« befahl Kim. »Immer zwei halten abwechselnd das Seil, und ein dritter steigt hinunter.«

Es dauerte lange, bis sich der erste bereitfand, die lebensgefährliche Kletterpartie zu wagen, aber nachdem er sie unbeschadet überstanden hatte, stiegen nach und nach auch die anderen Jungen und Mädchen in die Tiefe. Endlich war auch der letzte unten auf dem Felsstrand angekommen, nur Peer und Kim standen noch im Höhlenausgang.

Peer sah Kim ratlos an.

Kim packte das Seil fester, suchte mit gespreizten Beinen sicheren Halt auf dem Boden und machte eine auffordernde Kopfbewegung. »Ich denke, ich kann dich halten, wenn du nicht zu sehr zappelst.«

Peer schüttelte den Kopf. »Und wie kommst du hinunter?«

Kim machte ein möglichst überzeugendes Gesicht. »Mach dir keine Sorgen«, sagte er. »Ich werde springen.«

Peers Augenbrauen rutschten erstaunt nach oben. »Springen?« wiederholte er ungläubig. »Dort hinunter?«

»Sicher«, antwortete Kim. »Es sei denn, du hast zufällig einen Hammer und kräftige Haken dabei, um das Seil hier irgendwo festzuknoten.«

»Das schaffst du nie und nimmer!«

Kim grinste. »Soll ich es dir gleich jetzt beweisen? Nur, wie kommst du dann hinunter?«

Peer beugte sich vor, blickte in die Tiefe und schauderte sichtbar. »Nein, danke«, sagte er. Er griff nach dem Seil, zögerte dann noch einmal und sah Kim fragend an. »Und du sagst das nicht nur, damit ich hinuntersteige?« vergewisserte er sich.

»Nein!« versicherte Kim, aber es war ihm nicht ganz wohl dabei. »Nun mach schon – ich habe keine Lust, den Rest des Tages hier zu verbringen.«

Peer war noch nicht völlig überzeugt, aber er griff dann doch nach dem Seil, kletterte vorsichtig über die Kante und stieg Hand über Hand herab.

Hinterher wußte Kim selbst nicht mehr zu sagen, wie er es geschafft hatte, ganz allein das Gewicht des Jungen zu halten. Es schien ihm die Arme aus den Schultern reißen zu wollen, und er hatte schon nach einer Minute das Gefühl, daß seine Kräfte versagen würden. Immer wieder wurde er auf dem rutschigen Boden auf die Kante zu gezogen und mußte sich unter Aufbietung aller Kräfte ein Stück zurückquälen. Einmal begann das Seil so heftig in seinen Händen zu rucken, daß es schon einem Wunder glich, daß er nicht nach vorn gerissen wurde und kopfüber in die Tiefe stürzte. Aber irgendwie schaffte er es. Plötzlich hörte der entsetzliche Zug auf, und Kim sank mit einem erschöpften Keuchen auf die Knie herab, schloß die Augen und tat eine geraume Weile nichts anderes, als einfach dazusitzen, nach Atem zu ringen und darauf zu warten, daß die Schmerzen in seinen Schultern und Handgelenken aufhörten.

Seine Knie zitterten noch immer, als er sich aufrichtete und zu Peer und den anderen hinabblickte.

Die Gruppe hatte sich im Halbkreis unter dem Höhlenausgang aufgestellt und blickte zu ihm herauf. Kim hörte, wie Peer etwas rief, konnte aber die Worte nicht verstehen. Schaudernd ließ er den Blick über den See gleiten. Er hatte furchtbare Angst.

Und doch blieb ihm keine Wahl, wollte er nicht zurück in die Höhlen der Zwerge, um dort für ewig Schwerarbeit zu verrichten. Falls ihn nicht schon vorher das schleimige Ungeheuer niederwälzte. Mit einem letzten, entschlossenen Seufzer trat er zurück, rannte los und stieß sich mit aller Kraft ab.

Für endlose Schrecksekunden fürchtete er, wie ein Stein in die Tiefe zu stürzen und auf dem Strand zerschellen zu müssen. Da hörte er einen vielstimmigen Aufschrei unter sich und öffnete die Augen. Sein Sprung hatte ihn in einem perfekten Bogen weit über den felsigen Strand hinausgetragen und unter Kim lag nichts als das dunkelblaue Wasser des Sees, auf den er zuflog.

Es dauerte vielleicht eine Sekunde, allerhöchstens zwei, aber Kim starb in dieser Zeit tausend Tode. Einen halben Herzschlag bevor er auf der Wasseroberfläche aufprallte, begann er vor Angst zu schreien, dann klatschte er ins Wasser und hatte das Gefühl, von der Faust eines unsichtbaren Riesen durch eine dicke Glasscheibe geprügelt zu werden. Wie ein Stein wurde er unter Wasser gezogen, riß instinktiv den Mund auf, um zu schreien und sah, wie seine kostbare Atemluft in silbernen Blasen an seinem Gesicht vorbei in die Höhe stieg.

Er paddelte nach Leibeskräften, während er immer noch tiefer sank. Die Oberfläche des Sees war bereits unendlich weit über ihm wie ein silbern spiegelnder Himmel, aber die Wucht des Sturzes war immer noch nicht aufgezehrt. Meterweit wurde er hinabgesogen, bis der Druck auf seine Brust und seine Ohren unerträglich wurde, als es ihm endlich gelang, mit verzweifelten Ruder- und Schwimmbewegungen dem Sturz unter Wasser ein Ende zu bereiten und wieder nach oben zu steigen.

Die Atemnot wurde unerträglich. Es schien, als zerquetschte ihn ein Ring aus Eisen, der sich um seine Brust zusammenzog. Zwar schoß jetzt die Wasseroberfläche auf Kim zu, aber schon versiegten seine Kräfte. Noch eine Sekunde, und er würde den Mund öffnen und zu atmen versuchen, auch wenn das seinen sicheren Tod bedeutete.

Dann sah er den Schatten.

Es war nur ein Schemen, ein Gleiten und Wogen im dunklen Blau des Wassers, ein großes Etwas, das eine Woge vor sich herschob, die ihn hilflos wie einen Kreisel herumwirbeln ließ. Es war diese Druckwelle, die ihn plötzlich wie rasend nach oben schleuderte, und ihm damit das Leben rettete. Keuchend durchbrach Kim die Wasseroberfläche, sog die Lungen voller Luft und hustete qualvoll, als er zurückklatschte und Wasser schluckte. Hastig arbeitete er sich wieder an die Oberfläche, rang prustend nach Atem und versuchte gleichzeitig, seiner Panik Herr zu werden und seine wild hin- und herschlagenden Gliedmaßen unter Kontrolle zu bekommen. Dann schwamm er zum Ufer. Der Schatten! Er wußte, daß er dagewesen war. Ungeheuer massig!

»Achtung!« rief er mit letzter Kraft, während er mit verzweifelten Schwimmbewegungen dem Ufer zustrebte. »Rettet euch! Im Wasser ... ist etwas!«

Er wußte nicht einmal, ob Peer und die anderen seine Worte überhaupt verstanden. Und selbst wenn sie ihn verstanden – wohin hätten sie laufen sollen. Es gab nur diesen See und den fünf Meter breiten, kreisrunden Streifen aus Geröll, der ihn umgab.

Da kräuselte sich plötzlich die Wasseroberfläche. Kim spürte sich angehoben und wieder zurückgeworfen, geriet abermals unter Wasser und kam hustend wieder hoch. Und mit einemmal begannen Peer und die anderen am Ufer entsetzt zu schreien und durcheinanderzulaufen. Für den Bruchteil einer Sekunde hatte Kim das Gefühl, einen gewaltigen Schatten unter sich aus der Tiefe des Sees emporsteigen zu sehen – und dann schien der ganze See in einer ungeheuren Woge aus Gischt zu explodieren!

Kim wurde wie ein welkes Blatt in die Höhe geschleudert und wieder aufs Wasser zurückgeworfen. Kochender Schaum schlug über ihm zusammen, und ein ungeheures Brüllen marterte seine Ohren und ließ den steinernen Kessel erbeben. Keuchend und spuckend kam er wieder an die Oberfläche, versuchte, eine Schwimmbewegung zu machen, und wurde gleich wieder unter Wasser gedrückt, als eine zweite, nicht minder große Woge über ihm zusammenschlug. Ein riesiges, schwarzglänzendes Ungeheuer tobte hinter ihm im Wasser, und wie gestern im Tunnel glaubte er, für den Bruchteil einer Sekunde den Blick zweier stechender rotglühender Augen auf sich zu fühlen.

Mit dem letzten bißchen Kraft, das Kim noch blieb, arbeitete er sich wieder hoch und schwamm auf das Ufer zu. Die Woge hatte sich am Fuße der Felswand gebrochen und alle von den Füßen gerissen. Die, welche sich bereits wieder erhoben hatten, standen wie gelähmt da und starrten auf einen Punkt irgendwo hinter Kim auf dem See.

Er drehte sich nicht um. Seine Kräfte waren endgültig erschöpft. Es waren nur noch ein paar Schwimmzüge bis zum Ufer, aber es war gar nicht sicher, ob er sie schaffen würde. Kim ahnte, was hinter ihm war. Er war ein Narr gewesen, dachte er bitter. Wieso hatte er angenommen, daß sich das Unwesen nur im Inneren des Berges aufhielt? Die zahllosen Löcher in der Felswand hätten ihm eigentlich das Gegenteil sagen müssen. Dort drinnen im Berg hatten sie sich wenigstens noch vor ihm verstecken können. Aber hier draußen gab es nichts mehr, das sie schützte. Erschöpft erreichte er das Ufer, kroch auf Händen und Knien ein Stück den steinigen Strand hinauf und drehte sich um.

Sein Herz schien zu stocken, als er sah, was aus dem See aufgetaucht war, riesig und schwarz und glänzend wie nasses Leder. Eine Bestie von unvorstellbarer Kraft und Bosheit. Das war nicht jene Lawine, die sich durch das Labyrinth gewälzt hatte.

Es war der Tatzelwurm!

Kim starrte wie gelähmt auf den droschkengroßen Schädel, der hoch wie eine Kirchturmspitze über ihm emporragte. Der Tatzelwurm! Die größte und gefährlichste Bestie Märchenmonds. Ihre rotglühenden Augen starrten Kim voller unbezähmbaren Haß an, und von ihren mannslangen Zähnen tropfte Geifer und schäumendes Wasser. Und plötzlich begriff Kim, warum das Ungeheuer nicht mehr an seinem angestammten Platz gewesen war. Die Zwerge hatten es hierher gebracht, an diesen unheimlichen Ort im Herzen ihres Reiches. Und nicht nur das. Um den schwarzglänzenden Riesenhals der Kreatur schmiegte sich ein gut meterbreiter Ring aus schwarzem Eisen, an dem eine armdicke Kette aus Zwergenstahl befestigt war. Der Tatzelwurm war ein Gefangener wie sie.

Noch immer auf dem Rücken liegend, kroch Kim weiter den Strand hinauf, ohne den Blick von den glühenden Augen des Ungeheuers zu nehmen. Die Bestie fixierte ihn, und es war, als würden ihre Blicke irgend etwas in Kims Seele berühren und auf der Stelle verbrennen.

Es war nicht das erste Mal, daß Kim diesem Ungeheuer gegenüberstand. Und er hatte den Gedanken kaum gedacht, da blitzte in den riesigen Augen des Tatzelwurms ebenfalls Erkennen auf, gefolgt von einer Woge lodernden, unstillbaren Hasses. Mit einem ungeheuren Brüllen richtete sich der Tatzelwurm auf, entfaltete ein Paar gigantischer, ledriger Fledermausschwingen und stieß sich auf der Wasseroberfläche ab. Sein weit aufgerissenes Maul fuhr in Kims Richtung.

Kim dachte eben, daß dies nun sein Ende wäre, da straffte sich die Kette mit einem peitschenden Knall, und der Tatzelwurm wurde wuchtig zurückgerissen und klatschte ins Wasser. Die entstehende Woge schleuderte Kim ein Stück weiter den Strand hinauf und somit außer Reichweite. Auch die anderen wurden abermals von den Füßen gerissen. Schnaufend kam Kim wieder hoch, rappelte sich auf Hände und Knie empor und wischte sich das Wasser aus den Augen.

Der Tatzelwurm tobte! Seine Schwingen peitschten das Wasser, und sein langer, schuppiger Schwanz schlug mit dröhnenden Geräuschen gegen die gegenüberliegende

Felswand. Aber so ungeheuerlich seine Kräfte auch waren, der Kette aus Zwergenstahl vermochten sie nichts anzuhaben!

Eine ganze Welle wütete das Drachenwesen so, bis er die Sinnlosigkeit seiner Bemühungen einsah, vielleicht war er auch nur erschöpft oder entmutigt. Sein Blick loderte noch immer vor Haß, als sein Kopf mit raschen, schlangenartigen Bewegungen hin- und herpendelte und den Strand absuchte.

»DU!« brüllte er, daß der Boden erbebte. »Du hier! Dir habe ich dies alles zu verdanken!«

Peer und einige der anderen Jungen blickten auf Kim, aber dieser zuckte nur mit den Achseln. Er wußte nicht, was der Tatzelwurm meinte. Trotzdem stand er auf und ging ein paar Schritte weit auf den See zu, blieb dann in respektvollem Abstand vor dem Wasser stehen und achtete darauf, daß er nicht etwa in Reichweite der Kette gelangte.

Der Tatzelwurm bäumte sich abermals auf, als er Kim auf sich zukommen sah, und zerrte mit aller Gewalt an seiner Fessel. Der Boden zitterte, und aus der Krone der Felswand lösten sich Gesteinsbrocken und fielen polternd zu Boden. Aber die Kette hielt dem Ungeheuer auch diesmal stand, und wieder gab es nach einigen Augenblicken auf.

Kim musterte den Giganten schaudernd. Das Ungeheuer war mindestens dreimal so groß wie Rangarig; und von einer Bösartigkeit, die alles, was lebte, sich bewegte und frei war, vernichten mußte. Und doch – da war noch mehr. Etwas, das bei ihrer ersten Begegnung nicht im Blick dieses Scheusals gewesen war.

Kim runzelte nachdenklich die Stirn. War es möglich? dachte er. Konnte es sein, daß die unheimliche Verwandlung, die mit allen in Märchenmond vor sich ging, auch vor dem Tatzelwurm nicht halt gemacht hatte?

Gut und Böse waren hier in Märchenmond viel klarer geschieden als dort, wo Kim herkam. Das Gute war hier einfach gut, und weiter nichts. Das Böse war einfach nur böse, ohne Wenn und Aber und ohne Abstufungen. Doch Kelhim, Rangarig und am Schluß selbst Gorg hatten begonnen, Haß und Mordlust zu empfinden, überlegte Kim – war es dann möglich, daß dieses gewaltige Wesen dort umgekehrt plötzlich auch zu anderen Gefühlen fähig war als nur schlechten?

Lange Zeit stand Kim hoch aufgerichtet am Ufer und blickte den Tatzelwurm stumm an, hin- und hergerissen zwischen panischer Angst und einer verzweifelten Hoffnung. Schließlich machte er einen weiteren, entschlossenen Schritt, von dem er genau wußte, daß er ihn in die Reichweite der furchtbaren Fänge der Bestie bringen mußte. Auch der Tatzelwurm schien dies zu wissen, denn er legte den Kopf schräg und blickte Kim lauernd an, ohne sich jedoch zu rühren. Vielleicht witterte er eine Falle; oder er wollte nur warten, bis sein Opfer so nahe war, daß es nicht mehr fliehen konnte.

»Du kennst mich also«, sprach ihn Kim an.

Der Tatzelwurm stieß ein tiefes, vibrierendes Grollen aus und peitschte das Wasser mit seinen Schwingen. »Ich hasse dich!« zischte er und wirkte dabei wie eine ins Riesenhafte vergrößerte Schlange.

»Aber warum?« fragte Kim.

In den Augen des gigantischen Ungetüms blitzte es auf. »Alles war gut, bevor du gekommen bist!« grollte es. »Du und dein verdammter, goldener Drache! Und nach euch die schwarzen Ritter. Ihr habt mich besiegt!« brüllte der Tatzelwurm und bäumte sich wieder auf. »Danach sind alle anderen gekommen. Es hat nicht mehr aufgehört. Und ich mußte kämpfen. Immer wieder und wieder und wieder. Und am Ende bin ich alt und müde geworden.«

»Das ... tut mir leid«, sagte Kim stockend, und es war die Wahrheit. So böse dieses Wesen war, so hatte es doch seinen Platz in der Schöpfung wie alle anderen. Und ein kleines bißchen fühlte sich Kim tatsächlich schuldig an seinem Schicksal, wenn er auch gleichzeitig wußte, daß sie gar keine andere Wahl gehabt hatten, damals.

»Es tut dir leid?!« brüllte der Tatzelwurm und riß abermals an seiner Kette. »Sieh mich an! Sie haben mich in Ketten gelegt – mich, für den es früher keinen Feind gegeben hat, der ihm gewachsen wäre!«

»Wir sind auch Gefangene«, sagte Kim schlicht.

Der Tatzelwurm hörte für einen Moment zu rasen auf und beäugte ihn mißtrauisch und leicht verwirrt aus der Höhe herab. »Ich sehe keine Ketten«, rief er schließlich. »Du lügst!«

Kim streifte das rechte Hosenbein hoch, so daß der Drache den eisernen Ring an seinem Fuß erkennen konnte. »Wir haben unsere Ketten gesprengt«, sagte er. »Und du kannst es auch, wenn du nur wirklich willst.«

Da wurde es still über dem See. Der Tatzelwurm starrte Kim an, und er kam langsam, mit schlängelnden, gleitenden Bewegungen näher, bis sein gigantischer Schädel so nah war, daß Kim nur den Arm hätte auszustrecken brauchen, um ihn zu berühren. Kim starb fast vor Angst, und alles in ihm schrie danach, davonzulaufen, so schnell er nur konnte. Aber er rührte sich nicht, und er hielt auch dem musternden Blick der glühenden roten Augen stand, obwohl er dabei das Gefühl hatte, von innen nach außen gekehrt zu werden. Es schien vor diesen durchdringen Blicken keine Geheimnisse zu geben, keine Lüge und keinen Betrug.

»Wenn es euch gelungen ist, diese Ketten zu sprengen, dann müßt ihr stärker sein als ich«, meinte er schließlich. »Meine Kräfte reichen dazu nicht.«

Kim wollte antworten, aber in diesem Moment trippelte etwas Kleines, Rot- und Gelbgestreiftes neben ihn, und Bröckchen piepste, vorlaut wie immer: »He, du da! Vielleicht solltest du weniger deine Muskeln spielen lassen und statt dessen einmal dein bißchen Grips benutzen, dann wärst du schon frei«.«

Der Tatzelwurm blinzelte. Kim war nicht sicher, ob er Bröckchen überhaupt sehen konnte, denn es war, zumal in seiner Taggestalt, nicht größer als der Schmutz, der in den Augenwinkeln des Drachen klebte. Aber schon dröhnte der Tatzelwurm: »Wer ist dieser Winzling?« Und Bröckchen antwortete mit einem beleidigenden, unanständigen Geräusch, daß der Blick des gigantischen Drachenwesens sich unheilvoll verdüsterte.

»Nimm Bröckchen nicht ernst«, sagte Kim hastig. »Mein Freund meint es nicht so.«

»Und ob ich es so meine!« protestierte Bröckchen. Aber Kim überging es einfach und fuhr an den Tatzelwurm gewandt fort: »Wir haben diese Ketten nicht mit Gewalt gesprengt, keine Macht der Welt kann sie zerreißen, denn sie wurden von Zwergen geschmiedet. Aber wir –«

Da verstummte er mitten im Wort. Er starrte den Tatzelwurm mit aufgerissenem Mund und Augen an, dann senkte sich Kims Hand ganz langsam zum Gürtel und schloß sich um den eisernen Schlüssel, den er darunter trug. Er hatte ihn in der Erzhöhle eingesteckt und danach glatt vergessen.

»Ja?« donnerte der Tatzelwurm.

Kim wollte antworten, aber er kam nicht mehr dazu, denn plötzlich erscholl weit über ihnen ein warnender Ruf, und als Kim den Kopf in den Nacken legte, da sah er Dutzende von winzigen, in flatternde schwarze Mäntel gehüllte Gestalten am Rande des Felskraters aufgereiht.

»Verschwinde von dort, Blödmann!« brüllte Jarrn zu ihm herunter. »Oder willst du zu Drachenfutter werden?«

Auch der Kopf des Tatzelwurms ruckte in die Höhe. Als er den Zwerg erkannte, glühten seine Augen vor Zorn, und er stieß ein ungeheuerliches Brüllen aus, als er versuchte, in die Höhe zu springen, um seine Peiniger zu erreichen. Die Kette riß ihn auf halbem Wege zurück, und abermals schien der See in einer Explosion aus Schaum und kochendem Wasser auseinanderzubersten, die Kim und die anderen fluchtartig vom Ufer zurückweichen ließ. Trotzdem durchnäßte sie die Woge abermals bis auf die Knochen und riß die meisten von ihnen zu Boden.

»Du!« brüllte der Tatzelwurm auf. »Komm herunter, damit ich dich zerreißen kann!«

Jarrn zog eine Grimasse und steckte sich die Zeigefinger in die Ohren, bis das Gebrüll halbwegs verklungen war. Dann nahm er die Hände wieder herunter, schüttelte den Kopf und sagte gelassen: »Fällt mir nicht ein, Würmchen. Wenn du jemanden fressen willst, dann nimm doch die da unten.« An Kim und die anderen gewandt fuhr er fort: »Verdient habt ihr es ja nicht, aber wir holen euch raus. Gebt acht, da unten.«

Zwei seiner Begleiter warfen eine Strickleiter in die Tiefe, die sich klappernd an der Wand entlang abrollte und knapp über dem Boden endete. »Steigt hoch!« rief Jarrn. »Bevor er euch auffrißt.«

Tatsächlich bewegten sich einige der Jungen sofort auf die Leiter zu, aber Kim und auch Peer und der größte Teil der Kinder rührten sich nicht.

Nachdenklich glitt Kims Blick über das riesige Gesicht des Tatzelwurms. Der Drache musterte ihn kalt, und es war Kim nicht möglich, den Ausdruck in seinen feuerroten Augen zu deuten. Kims Hand schloß sich um den Schlüssel unter seinem Gürtel, verharrte einen Moment reglos dort und zog ihn schließlich hervor.

Jarrn kreischte, als er sah, was Kim in den Fingern hielt. »Bist du von Sinnen?!« brüllte er mit vollem Stimmaufwand. »Er wird euch alle töten, und uns dazu!«

Kim machte einen weiteren Schritt zum Wasser hin. Der Tatzelwurm legte den Kopf schräg und blickte ihn sehr nachdenklich, ja beinahe flehend an. Aber das lodernde Feuer in seinen Augen blieb, und Kim vergaß keine Sekunde, welch fürchterlichem Ungeheuer er da gegenüberstand.

»Nicht!« heulte Jarrn. »Er bringt euch alle um! Es ist schon ein Wunder, daß ihr seinem Vetter, dem Steinwurm, entkommen sei – wollt ihr euer Glück auf die Probe stellen?«

»Wenn ich dich befreie«, sprach Kim zum Tatzelwurm, »gibst du mir dann dein Wort, uns nichts zu tun?«

Der Tatzelwurm schwieg.

Kim zögerte einen Moment, machte einen weiteren Schritt, hob die rechte Hand mit dem Schlüssel und deutete mit der anderen zu den Zwergen auf dem Kraterrand hinauf. »Und auch ihnen nicht. Ich öffne deine Ketten, aber du darfst kein Blut vergießen.«

»Ich soll ihnen das Leben schenken?« grollte der Tatzelwurm. »Sie haben mich in Ketten gelegt und hier eingesperrt, an diesem öden Ort.«

»Und ich befreie dich«, sagte Kim ernst. »Um den Preis ihres Lebens.«

Atemlose Stille breitete sich aus. Selbst der Tatzelwurm schien so verblüfft, daß er nicht mehr antwortete. Dann rückte er aber ganz nahe und senkte den schweren Schädel. »Sie sind deine Feinde, so wie sie meine sind«, knurrte er. »Warum bittest du um ihr Leben?«

»Weil das Leben heilig ist«, antwortete Kim. »Und niemand hat das Recht, es zu zerstören, ganz gleich aus welchen Gründen.« Er schwieg einen Moment, und als er weitersprach, da überlegte er jedes Wort sehr sorgfältig, denn er spürte, daß von dem, was er jetzt sagte, nicht nur sein, sondern womöglich das Schicksal von ganz Märchenmond abhängen mochte. »Du bist groß, Tatzelwurm«, sagte er. »Du bist das größte und stärkste Wesen, das ich je gesehen habe. Du hast deine Kräfte, um dem Bösen zu dienen. Mach bitte einmal eine Ausnahme: hilf uns.«

»Euch?« Der Tatzelwurm riß ungläubig die roten Augen auf und machte ein Geräusch, das sich wie ein Lachen anhörte. »Du bist von Sinnen, Winzling! Ihr seid meine Feinde!«

»Nein«, antwortete Kim. »Das sind wir nicht. Bring uns hier heraus, Tatzelwurm, und hilf uns, die wirklichen Feinde deiner Welt zu bekämpfen. Vielleicht wird dann alles wieder so werden, wie es war, und auch du wirst wieder so leben können wie einst: stolz und frei und ohne Ketten.«

Der Tatzelwurm regte sich nicht nach diesen Worten, aber nach einer Welle deutete Kim sein Schweigen als Zustimmung und machte einen weiteren Schritt auf ihn zu.

Oben auf dem Felsen begann Jarrn zu kreischen, als würde er bei lebendigem Leibe aufgespießt. »Du Irrer!« brüllte er. »Was tust du!«

Aber Kim hörte nicht auf ihn, sondern ging Schritt für Schritt weiter ins Wasser hinein, bis er hüfttief im See stand und der schwarze Hals des Tatzelwurms neben ihm lag. Langsam hob Kim die Hand und steckte den Schlüssel in das winzige Vorhängeschloß, das den Halsring mit der Kette verband. Noch einmal zögerte er. Und noch einmal schossen ihm blitzschnell tausend Gründe dafür durch den Kopf, warum er ihn besser nicht herumdrehte, aber dann gab er sich einen entschlossenen Ruck und ließ das Schloß aufschnappen.

Der Tatzelwurm bäumte sich mit einem ungeheuren Brüllen auf, breitete die Schwingen aus, daß das Wasser des Sees abermals schäumend emporschoß – und verschwand mit einem einzigen, kraftvollen Satz in den Himmel.

Kim und die anderen wurden von der Flutwelle von den Füßen gerissen und zu Boden geschleudert, aber das waren sie ja mittlerweise schon fast gewohnt. Als Kim wieder aufgestanden war, sah er, wie die Zwerge in heller Panik durcheinanderrannten und flohen. Nur Jarrn war stehengeblieben und blickte entsetzt in den Himmel, wo der Tatzelwurm mittlerweile zu einem winzigen Punkt zusammengeschrumpft war.

Doch er flog nicht davon. Für einen Moment entschwand er völlig ihren Blicken, aber dann machte er kehrt, kam zurück und kreiste wie ein Riesenadler über dem See, ehe er sich mit einem schrillen Kreischen in die Tiefe stürzte. Erst im letzten Moment breitete er seine riesigen Lederschwingen aus und fing den Sturz ab.

Kim blickte mit klopfendem Herzen auf den See hinaus. Zum allererstenmal sah er den Tatzelwurm in seiner ganzen, ungeheuerlichen Größe. Anders als bei Rangarig ähnelte der Leib des Drachen dem einer Schlange oder eben eines riesigen Wurms. Und ganz wie eine Schlange glitt der Tatzelwurm jetzt durch das Wasser aufs Ufer zu. Er war so groß, daß Kim sich ernsthaft fragte, wie er überhaupt in dem Kratersee Platz gefunden hatte.

Das geifernde Maul des Ungeheuers stand weit offen, und in seinen Augen loderte noch immer jener rote, unstillbare Haß. Kim und die anderen wichen vom Ufer zurück, bis sie mit den Rücken gegen die glatte Felswand gepreßt dastanden, und für einige Augenblicke war Kim vollkommen davon überzeugt, daß Jarrn recht gehabt hatte und der Tatzelwurm seine neu gewonnene Freiheit als allererstes dazu nutzen würde, sie zu töten.

Hals und Schädel glitten knirschend auf den Kiesstrand hinauf. Sein Blick fixierte Kim, und es war, als schaute Kim direkt in die Hölle. In den glühenden Augen brannte eine unstillbare Wut, die kein bestimmtes Ziel hatte, sondern einfach allem galt, was existierte. Denn dieses Geschöpf war erschaffen worden, um den Worten Haß und Zerstörung einen Körper zu verleihen. Und doch war – Kim spürte es wieder – noch etwas anderes da, und als der Tatzelwurm nach einer Ewigkeit, wie es schien, wieder das Maul öffnete, da tat er es nicht, um sie zu verschlingen.

»Alles wird wieder wie es war?« dröhnte er.

»Das kann ich dir nicht versprechen«, antwortete Kim. »Aber wir können es versuchen. Zusammen gelingt es uns vielleicht.«

Lange, sehr lange blickte ihn der Tatzelwurm an, und Kim fühlte den lautlosen Kampf, der hinter der gewaltigen Stirn stattfand. Aber Kim wußte schon, wie er sich entscheiden würde, noch ehe der Tatzelwurm knurrte: »Also gut, kleiner Held. Versuchen wir es.«

Kim atmete erleichtert auf.

Aber eine Sekunde später war er felsenfest davon überzeugt, sich getäuscht zu haben, denn der Tatzelwurm fuhr mit einer überraschend schnellen Bewegung herum, spreizte die Schwingen und stieß sich mit einem einzigen, kraftvollen Satz bis zum oberen Rand des Felskraters hinauf. Seine weit ausgestreckten, geöffneten Klauen zielten auf den Zwergenkönig, der wie gelähmt dastand, dann aber herumfuhr und mit einem schrillen Schrei die Flucht ergriff.

»Nein!« schrie Kim verzweifelt. »Das darfst du nicht!«

Jarrn warf sich kreischend zur Seite und versuchte, den zuschnappenden Klauen des Drachenwesens zu entwischen, aber er war nicht schnell genug. Die riesigen Pranken schlossen sich um ihn und hüllten seinen Körper zur Gänze ein. Jarrns gellendes Entsetzensgeschrei brach ab, während sich der Tatzelwurm mit einem zweiten, kraftvollen Schlag seiner riesigen Fledermausschwingen herumwarf, einen Viertelkreis über dem Krater drehte und dann in langsamen, immer enger werdenden Spiralen wieder auf den See herabstieß.

Als er noch zehn Meter über dem Wasser war, öffneten

sich seine Vordertatzen, und ein brüllendes, schwarzes Bündel stürzte herab und verschwand klatschend im Wasser.

Jarrn schien nicht verletzt zu sein; zumindest schimpfte er wie gewohnt aus Leibeskräften, kaum daß er wieder an die Wasseroberfläche gekommen war. Der Tatzelwurm flog einen niedrigen Kreis über ihn, und allein der Sturmwind seiner Flügel drückte den Zwerg abermals unter Wasser, schob ihn aber auch gleichzeitig ein Stück weiter auf das Ufer zu. Kim wollte dem Zwergenkönig entgegenlaufen, aber der hatte mittlerweile aus eigener Kraft das Ufer erreicht und schenkte ihm einen so bösen Blick, daß Kim die Bewegung nicht zu Ende führte. Gleich darauf trat panische Angst in seine Augen, denn der Tatzelwurm ließ sich kaum eine Körperlänge hinter ihm aufs Wasser herabsinken und riß das Maul auf, als wolle er Jarrn nun endgültig verschlingen.

»Nein!« schrie Kim noch einmal verzweifelt. »Tu es nicht!« Und das Wunder geschah. Die riesigen Kiefer des Tatzelwurms klafften über dem Zwerg auf wie ein zahnbesetztes Scheunentor, aber die tödliche, zuschnappende Bewegung blieb aus.

Sekunden vergingen, in denen es niemand am Ufer auch nur wagte, zu atmen. Und dann, ganz, ganz langsam hob sich der gewaltige Schädel des Tatzelwurms wieder, und Jarrn stolperte entsetzt zurück und fiel auf sein Hinterteil.

Nicht einmal zehn Minuten später kletterten sie alle, einer nach dem anderen, auf den schwarzglänzenden Schlangenleib des Tatzelwurms hinauf, um sich von ihm in die Freiheit zurücktragen zu lassen.

XXII

Selbst die gewaltigen Kräfte des Tatzelwurms reichten nicht aus, das Gewicht von so vielen Gästen länger als zwei oder drei Stunden hintereinander zu tragen, so daß ihr Flug nach Westen in zahllose, kleine Etappen zerfiel. Die Pausen wurden immer länger. Dabei fieberten sie alle innerlich vor Ungeduld. Keiner von ihnen wußte, wieviel Zeit in der Welt draußen vergangen war, während sie in den Höhlen der Zwerge gearbeitet hatten, und erst recht wußte keiner, was inzwischen jenseits der Schattenberge geschehen war. Die Kinder fragten sich, wie es ihren Familien erging, ob sie in Freiheit oder überhaupt noch am Leben waren. Kim jedoch wagte es nicht, den Tatzelwurm zu größerer Eile anzutreiben. Selbst nachdem sie schon drei Tage unterwegs waren, begriff er immer noch nicht wirklich, wie es ihm gelungen war, dieses riesige, zornige Wesen dazu zu bringen, ihnen zu helfen. Auch hätte es wahrscheinlich wenig Sinn gehabt, mit dem Tatzelwurm zu reden. Daß er ihnen jetzt half, bedeutete noch lange nicht, daß er plötzlich zu ihrem Freund geworden wäre; er blieb ein böser Drache, der launisch und unberechenbar war, so daß sich alle während sie rasteten in respektvoller Entfernung von ihm hielten. Kim sprach ihn nur an, wenn es unbedingt nötig war. Und selbst die Gespräche zwischen Kim und Peer wurden immer knapper, bis sie schließlich ganz versiegten, je weiter sie sich den Bergen näherten. Die Angst, ein vom Krieg verwüstetes Land vorzufinden, sobald sie die himmelhohen Gipfel des Schattengebirges hinter sich gebracht hätten, wurde übermächtig und verdüsterte ihre Stimmung wie eine Gewitterwolke. Möglicherweise waren Monate vergangen, wenn nicht Jahre, und vielleicht war es schon viel zu spät, noch irgend etwas zu retten. Der einzige, dessen Laune sich nicht trübte, war Jarrn, den sie einfach mitgenommen hatten. Während des ersten Tages hatte er kaum ein Wort gesprochen und sie alle nur mit haßerfüllten Blicken aufgespießt, aber nachdem er sein erstes Entsetzen überwunden hatte, wurde er wieder ganz der alte, vorlaut und aufsässig, wie Kim ihn kannte. Wenn Kim mit ihm zu reden versuchte, erhielt er entweder gar keine Antwort oder hatte die Wahl zwischen einer frechen Bemerkung, einer Beleidigung oder einer Unflätigkeit.

Dabei war es keineswegs so, daß sich Kim über dieses Benehmen des Zwergenkönigs ärgerte. Jarrns Frechheiten hatten trotz allem etwas, das es schwer machte, sie wirklich übelzunehmen. Aber sie bereiteten Kim Sorge. Mehr, als er vor den anderen zuzugeben bereit war. Jarrn mochte ein Großmaul – oder um eines seiner Lieblingswörter zu benutzen: ein Blödmann – sein, aber er war kein Narr. Wenn er trotz des Umstandes, sich in Gefangenschaft und auf dem Weg zu seinem größten Widersacher zu befinden, derart fröhlich war, so mußte das einen Grund haben. Und Kim hatte das Gefühl, daß ihm dieser Grund ganz und gar nicht gefallen würde.

Am vierten Tag ihrer Reise erreichten sie das Schattengebirge. Sie hatten noch Tageslicht für drei oder vier Stunden, aber der Tatzelwurm begann trotzdem tieferzugehen. Er suchte nach einem Rastplatz für die Nacht, und Kim versuchte nicht, ihn davon abzubringen. Die Schattenberge galten als unüberfliegbar. Niemand wußte, wie hoch sie wirklich waren, und es gab nicht wenige, die behaupteten, daß ihre eisverkrusteten Spitzen direkt an den Himmel stießen. Wenn es dem Tatzelwurm tatsächlich gelingen sollte, über sie hinwegzufliegen, dann würde er jedes bißchen Kraft dafür brauchen, das er zur Verfügung hatte.

Sie schliefen alle nicht sehr gut in dieser Nacht. Auch Kim wälzte sich unruhig hin und her, als er plötzlich mit dem Gefühl erwachte, angestarrt zu werden.

Er hatte sich nicht getäuscht. Eine kleine, in ein schmutziges, schwarzes Cape gehüllte Gestalt saß mit überkreuzten Beinen neben ihm und blickte auf ihn herab. Sie hatten Jarrn mit einer Zwergenkette gefesselt und deren Ende an den Halsring des Tatzelwurms gebunden, so daß der Zwerg zwar genug Bewegungsfreiheit hatte, aber jeglicher Fluchtversuch unmöglich war. Und Kim hatte bisher sorgsam darauf geachtet, stets außer Reichweite des Zwergenkönigs zu sein, wenn er sich zum Schlafen niederlegte.

An diesem Abend jedoch hatte er nicht darauf geachtet. Voller Schrecken begriff er, wie leicht es Jarrn hätte fallen können, den Schlüssel an sich zu bringen, und senkte sogleich die Hand zum Gürtel. Der Schlüssel war noch da.

»Keine Sorge, Dummkopf«, sagte Jarrn. »Wenn ich hätte fliehen wollen, wäre ich nicht mehr da. Und du wärst bestimmt nicht wach geworden.«

»Das glaub ich dir gerne«, knurrte Kim, während er sich verschlafen in eine halb sitzende, halb liegende Position hochstemmte. »Bei Diebstahl und Betrug seid ihr Zwerge ja unschlagbar.«

Jarrns Gesicht nahm einen Ausdruck ehrlicher Betroffenheit an. »Wer sagt so etwas?« fragte er. »Wir betrügen niemanden, und wir stehlen auch nicht. Wir treiben Handel, das ist alles.«

»Ja«, erwiderte Kim. »Aber euer Handel gefällt mir ganz und gar nicht.«

Seine Worte fielen unfreundlicher aus, als er eigentlich wollte, und er begriff, daß der grobe Ton nur Ausdruck seiner Verlegenheit war – er hatte Jarrn wirklich unrecht getan. Es war seltsam: Je besser er Jarrn kennenlernte, desto schwerer fiel es ihm, dem Zwerg böse zu sein. Sie standen auf verschiedenen Seiten, das schon, aber ein Betrüger war der Zwerg wirklich nicht. Und doch schien es, als wüßte er mehr, als er sagte. Und das wiederum machte Kim wütend, denn er hatte das unbestimmte Gefühl, daß Jarrn sich insgeheim über ihn lustig machte.

»Laß mich schlafen«, brummte Kim. »Wir haben morgen einen schweren Tag vor uns.« Damit drehte er sich herum und schlief, um ein bißchen weniger unruhig, weiter.

Anders als an den Tagen zuvor drängte niemand am nächsten Morgen zum Aufbruch. Sie alle waren sehr still, und auf ihren Gesichtern war die Angst vor dem, was sie erwarten mochte, deutlich abzulesen. Als Kim wieder einmal die Frage stellte, wer von ihnen weiter mitkommen wollte, da antwortete keiner, und schließlich kletterten sie alle wieder auf den Leib des Tatzelwurms hinauf, und der Drache begann mit seinem endlosen Aufstieg.

Das Grau der Dämmerung blieb hinter ihnen zurück, und sie tauchten in den Sonnenschein ein, der das Land unter ihnen noch gar nicht erreicht hatte. Trotzdem wurde es nicht wärmer, sondern zuerst kalt, dann bitterkalt, schließlich eisig. Kims Haut prickelte vor Kälte, und sein Atem gefror zu grauem Dampf vor seinem Gesicht.

Der Tatzelwurm glitt fast ohne Flügelschlagen und wie ein Segelflieger die warmen Aufwinde an den Bergen nutzend dahin, um Kraft zu sparen. Langsam schraubte er sich an den Flanken des Schattengebirges entlang in die Höhe, während die Reisenden schaudernd enger zusammenrückten, um sich gegenseitig zu wärmen. Es nützte wenig. Ein eisiger Wind kam auf, der wie mit Messern durch ihre Kleidung schnitt, die Luft war wie Glas und so frostig, daß man meinte, sie anfassen zu können. Unter ihnen war längst kein Fels mehr, sondern glitzerndes Eis, das die ganze Gebirgskette wie ein erstickender Panzer bedeckte. Höher und immer höher schraubte sich der Tatzelwurm. Die ersten Berggipfel blieben unter ihnen zurück, aber dahinter lagen die Flanken weiterer, noch höherer Berge, und der Himmel über ihren Köpfen war jetzt von einem dunklen, beinahe schwarzen Blau. Die eisige Luft verbrannte Kims Kehle wie mit Flammen, und er konnte die Hände kaum noch bewegen.

Noch weiter und weiter ging ihr Aufstieg. Der Tatzelwurm überwand auch die nächsten Berggipfel, und hinter diesen erhob sich erneut die Flanke eines Gletschers, dessen Spitze irgendwo im dunklen Blau des Himmels verschwamm. Der Wind war jetzt schneidend, er trieb Kim Tränen in die Augen und ließ sie auf seinen Wangen zu Eis erstarren. Auch auf der rauhen Haut des Tatzelwurms bildete sich eine dünne, knisternde Schicht.

Und es wurde immer noch kälter. Die Bewegungen des fliegenden Drachenwesens begannen allmählich an Eleganz und Kraft zu verlieren. Es stieg noch immer, aber jetzt längst nicht mehr so schnell und mühelos wie zuvor. Dabei wurden die Berge vor ihnen nicht weniger. Hinter jedem Gipfel, den sie überstiegen, ragte ein weiterer Gletscher auf, und Kim begann sich zu fragen, ob das womöglich überhaupt kein Ende hatte und sie verloren waren. Die Luft wurde nun auch dünner, so daß es zunehmend schwerer fiel zu atmen.

Und schließlich kam es, wie es kommen mußte. Zuerst fast unmerklich, aber dann schneller und schneller begann der Tatzelwurm an Höhe zu verlieren. Er schlug jetzt kräftig mit den Flügeln und strengte seine gewaltigen Muskeln an, so sehr er nur konnte, aber es half nichts. Die eisige Luft trug seinen Körper einfach nicht mehr, und das Gewicht seiner Passagiere und das des Eises, das sich immer rascher auf seiner Haut bildete, war einfach zuviel für ihn.

Kim erschrak heftig, als er sich vorbeugte und an den Flügeln des Drachen vorbei in die Tiefe sah. Unter ihnen war nichts als ein Gewirr aus scharfkantigen Felsen und eisverkrusteten Graten. Nirgendwo war eine Stelle zu erblikken, auf der sie sicher landen konnten, um dem Tatzelwurm eine Rast zu gönnen. Plötzlich beugte sich Jarrn vor und schrie: »Nach links! Siehst du den Berg mit der gespaltenen Spitze? Flieg links daran vorbei!«

Obwohl das Heulen des Windes und das Rauschen der gewaltigen Drachenflügel seine Stimme übertönten, schien der Tatzelwurm sie zu verstehen, denn er änderte gehorsam den Kurs und bewegte sich ruckend und unsicher in die Richtung, die der Zwerg ihm angegeben hatte. Kim spürte genau, wie schwer es ihm fiel, die Höhe zu halten. Immer wieder sackte er ab, und immer mühsamer arbeitete er sich mit schweren Flügelschlägen wieder empor. Manchmal streiften sie schon so dicht über die Berggipfel hinweg, daß Kim jeden Moment damit rechnete, einer der messerscharfen Grate würde den Leib des Drachen treffen und ihn aufreißen, so daß sie alle in den Tod stürzen müßten.

Aber irgendwie schafften sie es. Der Tatzelwurm stöhnte bei jedem Flügelschlag, als koste er ihn unendliche

Überwindung, und alle mußten sie sich beherrschen, um nicht vor Schmerz und Kälte zu wimmern. Ihre Finger- und Zehenspitzen schienen abgestorben, und es schien, daß die eisige Kälte allmählich in die Körper hineinkroch, um alles Leben darin zum Erstarren zu bringen. So dicht, daß die weit gespannten Schwingen des Riesendrachen beinahe den Felsen zu streifen schienen, glitten sie an der Flanke des von Jarrn bezeichneten Berges entlang. Dahinter lag nichts als ein weiterer Berg. Jarrn deutete wieder nach links und schrie aus vollem Halse, und abermals folgte ihm der Tatzelwurm. Er wandte sich nach links, flog um Haaresbreite an einem rasiermesserscharfen Grat aus Eis vorbei und tauchte in eine plötzlich aufklaffende Schlucht ein.

Und dann, ganz plötzlich, war es vorbei. Die Berge wichen rechts und links von ihnen zur Seite, und mit einemmal lag kein Eis- und Felsengewirr mehr unter ihnen, sondern das Panorama eines weiten, sonnenbeschienenen Landes.

Kim schauderte, als er sah, wie hoch sie flogen. Man konnte keine Unterschiede zwischen Wäldern und Wiesen erkennen. Die Flüsse waren wie dünne silberne Haare, die nur manchmal in der Sonne aufblitzten. Da spürte er, wie den Tatzelwurm nun endgültig die Kräfte verließen. Das riesige Geschöpf stöhnte und legte sich auf die Seite, so daß sie alle mit einem Aufschrei ins Rutschen gerieten und sich entsetzt aneinanderklammerten. Erst im allerletzten Moment fand es sein Gleichgewicht wieder und setzte zum Sturzflug an. Der Sturmwind heulte, und fast hätte er sie alle vom Rücken des Tatzelwurms gefegt, während das Land ihnen regelrecht entgegensprang.

Schon konnten sie Einzelheiten unter sich wahrnehmen, Städte, Dörfer und Gehöfte, Straßen und Wege. Jetzt raste der Tatzelwurm so dicht über dem Boden dahin, daß seine Schwingen durch die obersten Wipfel der Bäume brachen. Dann prallte er mit furchtbarer Wucht auf, wurde wie ein flach über das Wasser geworfener Stein wieder in die Höhe geschleudert und krachte ein zweites Mal zu Boden. Sein gewaltiger Leib riß einen Graben in die Erde, und seine noch immer weit ausgestreckten Flügel zerfetzten Büsche und knickten Bäume, ehe er mit einem furchtbaren Ruck zum Liegen kam. Kim und Peer und alle anderen wurden einfach vom Rücken heruntergeschleudert und landeten im hohen Bogen im Gras.

Stunden später froren sie noch immer erbärmlich. Kim begann erst allmählich all die Kratzer und Prellungen und Beulen zu spüren, die er bei dem Sturz davongetragen hatte, so wie alle anderen auch. Wie durch ein Wunder war niemand ernsthaft verletzt, nicht einmal Jarrn, der doch an den Drachen gekettet war. Dabei hatte die Kette seinen Sturz reichlich unsanft abgebremst. Der einzige, um den sich Kim ernsthafte Sorgen machte, war der Tatzelwurm selbst. Er lebte zwar, und seine Brust bewegte sich in mühsamen, schweren Atemzügen. Manchmal öffnete er die Augen und blickte ins Leere. Aber er reagierte nicht, als Kim ihn ansprach.

Obwohl die Sonne vom Himmel schien, trugen sie Holz und trockenes Laub zusammen und entfachten ein Feuer, um sich daran zu wärmen. Kim machte sich vor allem um die Jüngeren Sorgen; die Kälte hoch oben am Himmel war so grausam gewesen, daß es fast ein Wunder war, daß alle überlebt hatten. Und daß niemand ernsthafte Erfrierungen davongetragen hatte.

Freilich hatte Kim das Gefühl, dicht unterhalb der Haut zu einem Eisblock erstarrt zu sein. Er hielt die Hände so knapp über die heißen Flammen, daß sie fast seine Finger berührten. Auch Bröckchen kuschelte sich zitternd neben den glühenden Holzscheiten hin. Und Jarrn schlang die Arme um den Oberkörper und klapperte hörbar mit den Zähnen.

Nach einer Weile zog er eine Hand unter seinem Umhang hervor und griff nach der Kette an seinem Fuß. Sie hatten sie vom Hals des Tatzelwurms gelöst und um den Stamm eines Baumes geschlungen, so daß der Zwerg zwar ans Feuer kommen, aber nicht davonlaufen konnte. »Wann macht ihr das Ding endlich los?« fragte er. »Ich habe euch geholfen. Ihr seid auf der anderen Seite der Berge, oder?«

»Und?« fragte Kim.

»Und! Und!« äffte der Zwerg ihn nach. »Warum läßt du mich dann nicht frei? Hab' ich euch etwa nicht den Weg gezeigt?«

»Schon«, antwortete Kim. »Aber doch nur, um dein eigenes Leben zu retten – nicht wahr?«

Jarrn starrte ihn wütend an.

Aber Kim wollte den Zwerg nicht gehen lassen. Jarrn war ein wenig zu fröhlich gewesen, gestern abend. Nein – der Zwerg wußte etwas. Und Kim würde ihn nicht freilassen, bevor er herausgefunden hatte, was es war.

»Du willst mich zu diesen Grasfressern bringen.«

»Ja«, antwortete Kim, ohne den Zwerg anzusehen.

»Sie werden mich umbringen«, meinte Jarrn düster.

»Das werden sie nicht«, widersprach Kim. »Ich gebe dir mein Wort, daß dir kein Steppenreiter ein Haar krümmen wird ...«

»Da kommt jemand«, unterbrach sie Peer. Er deutete auf den Kamm eines Hügels. Und als Kim über die prasselnden Flammen des Feuers hinwegsah, da sah auch er zwei winzige Punkte dort: Reiter.

Die beiden fernen Gestalten blieben eine ganze Weile reglos dort oben stehen, was auch nicht weiter verwunderlich war – ein loderndes Lagerfeuer an einem warmen Sommertag war schon erstaunlich genug, aber der Anblick des Tatzelwurms, der mit weit ausgebreiteten Schwingen reglos im Gras lag, mußte sie geradezu lähmen. Und doch setzten sich die beiden nach einer Weile in Bewegung und näherten sich dem Feuer.

Kim, Peer und ein paar andere Jungen standen auf und traten ihnen fröstelnd entgegen.

Es waren ein Mann und eine Frau, beide schon älter, in grobe, schwere Kleidung aus Leder und Metall gehüllt und beide mit langen Schwertern und Bögen bewaffnet, zu denen sie gefüllte Köcher mit Pfeilen auf dem Rücken trugen. Es waren eindeutig Krieger.

Der Mann ritt ein Stück zur Seite, während sie näher kamen, so daß er die kleine Gruppe am Feuer und vor allem den Tatzelwurm zusammen im Auge behalten konnte, die Frau aber lenkte ihr Pferd dicht an Kim und Peer heran und starrte eine Weile schweigend aus dem Sattel herab. »Wer seid Ihr?« Ihre Stimme klang nicht sehr freundlich.

Kim stellte sich und Peer vor, dann deutete er auf seine Gefährten, die zähneklappernd am Feuer standen. »Das sind unsere Freunde«, sagte er. »Wir ...« Er zögerte. Er wußte doch nichts von diesen Fremden. Sie waren zwar nur zu zweit, aber sie waren beide bewaffnet, und sie machten beide durchaus nicht den Eindruck, als hätten sie die mindesten Hemmungen, ihre Waffen auch zu benutzen. Auch hatten sie nicht gesagt, wer sie waren. »Wir haben noch einen Zwerg bei uns«, schloß er vorsichtig.

Das Gesicht der Frau verdüsterte sich, und ihre Hand bewegte sich rasch zum Gürtel und erfaßte den Schwertgriff. »Einen Zwerg?« fragte sie scharf. »Was habt ihr mit diesem Pack zu schaffen?«

»Nichts«, versicherte Kim rasch. »Wir und die anderen sind aus ihren Bergwerken geflohen. Diesen einen mußten wir mitnehmen.«

Die Hand der Kriegerin löste sich wieder vom Schwertgriff, blieb aber in seiner Nähe liegen. »Geflohen?« fragte sie zweifelnd. »Du willst mich wohl auf den Arm nehmen, Bursche. Das ist doch noch keinem gelungen.«

»Fragt den Zwerg selbst, wenn Ihr uns nicht glaubt«, meinte Peer mürrisch.

»Wir hätten es auch nicht geschafft«, fügte Kim hastig hinzu, »wenn der Tatzelwurm uns nicht geholfen hätte.« Er deutete auf den reglosen Drachen, behielt die Frau dabei aber aufmerksam im Auge. Ihr Blick glitt über den riesigen Leib, während Kim fieberhaft überlegte, wer sie sein mochte und ob sie zum Feind gehörte oder nicht. Es machte ihn krank, so denken zu müssen. Was war nur mit diesem Land geschehen, daß man darauf achten mußte, was man sagte, wenn man auf Fremde traf?

»Der Tatzelwurm?« murmelte die Frau. »Ist er das?«

Die Kriegerin schwang sich mit einer kraftvollen Bewegung aus dem Sattel und sagte: »Ich habe von ihm gehört. Aber man sagt, er wäre tot. Die Eisenmänner sollen ihn umgebracht haben.«

»Sie haben ihn bloß fortgebracht«, erklärte Kim. Er war eingesperrt. Aber wir konnten ihn befreien.«

Die Zweifel auf dem Gesicht der Frau waren keineswegs beseitigt. »Ihr?« Sie blickte verächtlich auf die halbverhungerten Kinder. »Ihr wollt geschafft haben, was selbst uns nicht gelingt?«

»Wir hatten Glück.« Jetzt stieg der Mann von seinem Pferd und trat näher, schweigend und mit finsterem Blick, der deutlich sein Mißtrauen spiegelte. Kim fürchtete schon, daß ihr Landeplatz ihnen vielleicht zum Verhängnis werden könnte. Sie kehrten jetzt zum Feuer zurück. Auch die Frau war abgestiegen und betrachtete die Gesichter der Jungen und Mädchen eines nach dem anderen sehr aufmerksam, während der Mann haßerfüllt auf den Zwerg starrte, ehe er sich mit einem Ruck umwandte und auf den Tatzelwurm zuging. Er blieb in respektvoller Entfernung stehen, aber er zeigte keine Angst, sondern nur Vorsicht, immerhin war dieses Wesen groß genug, um ihn mit einer versehentlichen Bewegung zu töten.

»So, Junge«, begann die Frau, als der Krieger sich wieder zu ihr gesellt hatte. »Erzähle.«

Und Kim erzählte, wobei er sorgfältig beobachtete, wie sie das Gehörte aufnahmen. Er berichtete von seiner Gefangennahme, von der Zeit in der Zwergenschmiede und ihrer gemeinsamen Flucht. Die Fremden hörten schweigend zu, ohne ihn ein einziges Mal zu unterbrechen, nur als er von ihrem Flug über die Schattenberge erzählte, da runzelte die Frau zweifelnd die Stirn. Auch als Kim zu Ende gekommen war, da schwieg sie noch eine Weile, ehe sie sagte: »Und jetzt seid ihr auf dem Weg nach Westen, um euch Priwinns Heer anzuschließen?«

»Ich weiß nichts von einem Heer«, meinte Kim vorsichtig. »Wir haben nur gehört, daß er unterwegs nach Gorywynn ist.«

»So kann man es auch nennen«, sagte die Frau, die ihren Namen nicht genannt hatte. »König Priwinn und seine Steppenreiter haben fast überall gesiegt. Die Zwerge haben sich in Gorywynn verschanzt, und es wird ein hartes Stück Arbeit werden, sie dort herauszuholen. Zumal auch die Flußleute und eine Menge anderes Gesindel ein Heer aufgestellt haben, das auf Gorywynn zieht.«

Kim sah sie erschrocken an, und die Frau nickte düster. »Ein gewaltiges Heer. Mein Begleiter und ich sind übrigens auf dem Weg nach Westen, um uns Priwinns Armee anzuschließen.«

Sie tauschte einen Blick mit ihrem Begleiter. »Ihr könnt mit uns kommen«, sagte sie. Ich würde euch nicht raten, mit diesem ... Ding dort weiterzureisen. Wenn die Geschichte, die du erzählst, wahr ist, dann hat es euch bisher vielleicht geholfen. Aber ihr solltet euer Glück nicht auf die Probe stellen. Verschwindet lieber, solange es noch erschöpft ist und schläft. Wenn es aber erwacht, wird es euch töten.«

»Das ist das erste vernünftige Wort, das ich heute höre«, ließ sich jetzt Jarrn vernehmen, verstummte aber sofort wieder, als ihn ein eisiger Blick der Kriegerin traf.

»Ihr irrt Euch«, sagte Kim fest.

»Höre!« beschwor ihn die Frau. »Das da ist ein Ungeheuer, Junge. Es denkt und handelt anders, als du glaubst. Sei vernünftig und höre auf mich.«

Kim dachte eine Weile über die Worte der Kriegerin nach. Nicht, weil er etwa meinte, daß sie recht hatte – er wußte, daß er sich in dem Tatzelwurm nicht täuschte. So böse und zornig er war, so würde er doch niemals lügen. Er wußte gar nicht, was das Wort bedeutete, Gewalt ja, aber Lüge und Betrug waren nicht seine Sache. Ganz davon abgesehen, daß ein Wesen wie der Tatzelwurm es wirklich nicht nötig hatte, irgend jemanden zu belügen. »Wir müssen auf dem schnellsten Weg nach Gorywynn«, sagte Kim schließlich. »Und wir müssen uns beeilen. Vielleicht können wir das Schlimmste noch verhindern.«

»Was?« fragte die Frau spöttisch.

»Die große Schlacht, von der Ihr gesprochen habt«, erklärte Kim. »Es darf nicht dazu kommen.«

Die Kriegerin lachte leise. »Wie will denn ein Junge wie du so etwas verhindern?«

»Das weiß ich nicht«, antwortete Kim ehrlich. »Ich weiß auch nicht, ob es mir gelingen kann. Aber ich muß es zumindest versuchen.« Er blickte die Frau und ihren Begleiter nachdenklich an. »Aber vielleicht könnt Ihr die anderen Kinder mitnehmen.« Er machte eine weit ausholende Geste über die am Feuer versammelten Jungen und Mädchen. »Wir sind schneller, wenn wir nur zu dritt mit dem Tatzelwurm fliegen.«

»Du willst wirklich mit diesem Ungeheuer nach Gorywynn?« staunte die Frau. Dann zuckte sie mit den Schultern. »Wie du meinst. Wir waren ohnehin unterwegs zur nächsten Stadt, um unsere Vorräte aufzufüllen. Die anderen nehmen wir gern mit. Dort werden wir jemanden finden, der dafür sorgt, daß sie alle wieder zu ihren Eltern kommen«, versprach sie. Und so verabschiedeten sich Kim und Peer von ihren Gefährten. Nur Bröckchen blieb bei ihnen – und natürlich der Zwergenkönig Jarrn.

Der Tatzelwurm brauchte den Rest des Tages und die ganze folgende Nacht, um sich von der Anstrengung zu erholen. Erst als die Sonne das nächste Mal aufging, stiegen sie wieder auf seinen Rücken, um weiter nach Westen zu fliegen. Jarrn hatten sie wieder am Halsring des Drachen angekettet, ohne auf sein wütendes Geschrei Rücksicht zu nehmen. Kim hatte nun einen Grund mehr dafür, den Zwerg mitzunehmen. Weder die Kriegerin noch ihr schweigsamer Begleiter hatten etwas über ihn gesagt, aber Kim hatte die feindseligen Blicke, mit denen sie den Zwerg musterten, sehr wohl bemerkt. Und er war nicht sicher, daß sie Jarrn am Leben lassen würden, bliebe er frei oder gar in ihrer Obhut zurück. Sie flogen jetzt nicht mehr so hoch und nicht mehr so schnell wie bei ihrem Flug über die Schattenberge, aber doch mit großer Geschwindigkeit. Der Tatzelwurm schien sich völlig erholt zu haben, denn er legte nun kaum noch Unterbrechungen ein. Nur des Nachts ruhten sie aus. Niemand näherte sich mehr dem Ungeheuer, vielmehr floh jedes Lebewesen in weitem Umkreis, wo immer es erschien. Nach zwei Tagen hatten sie die Hälfte der Strecke zurückgelegt, und Kim begann allmählich zu hoffen, daß sie rechtzeitig dort eintreffen würden, um –

Ja, was eigentlich?

Er gestand es sich ungern ein, aber er hatte keine Ahnung. Sicher, sie würden zu Priwinn und den anderen zurückkehren. Aber wie sollte er verhindern, daß das Furchtbare geschah: daß Märchenmond in einem Meer von Blut und Tränen ertrank. Er war gekommen, um zu helfen, aber alles war nur schlimmer geworden. Er hatte Märchenmond von einem Ende zum anderen bereist, und er war an Orten gewesen, die wohl noch keines anderen Menschen Fuß vor ihm betreten hatte. Es hatte nichts genützt; er war dem Geheimnis der verschwundenen Kinder um keinen Schritt nähergekommen. Am dritten Tag ihrer Reise begann der Tatzelwurm unruhig zu werden. Seine Bewegungen wirkten fahrig, und sein mächtiger Schädel bewegte sich unentwegt hin und her, als suche er etwas. Kim fragte ihn mehrmals danach, bekam aber keine Antwort.

Gegen Mittag überflogen sie ein brennendes Gehöft. Der Tatzelwurm glitt so hoch am Himmel dahin, daß Kim nur ein winziges rotes Glühen am Boden wahrnahm, aber sie gewahrten den Rauch, und nachdem Kim es ihm dreimal befohlen hatte, machte der Tatzelwurm endlich kehrt und sank widerwillig in großen Spiralen dem Boden entgegen.

Kim spähte aufmerksam nach unten. Der Schatten des Drachens glitt mehrmals über den Hof, der in Flammen stand, und Kim sah zahlreiche Gestalten, die sich angstvoll davor duckten und in heller Panik davonliefen, als sie erkannten, wo der Drache landen würde.

Nur ein Mann mit grauem Haar und ein schlanker Junge in Kims Alter blieben zurück. Hoch aufgerichtet und gelähmt vor Angst standen sie da, als Kim den Tatzelwurm kaum hundert Meter vor der brennenden Scheune warten ließ und den Rest der Strecke zu Fuß zurücklegte.

Der Mann und der Junge blickten ihm starr entgegen. Der Junge war verletzt; seine linke Hand war übel verbrannt, und auch ein Teil seines Haares war angesengt, aber er schien den Schmerz gar nicht zu spüren. Sein Gesicht war grau vor Entsetzen, und seine Lippen zitterten. Der ältere Mann war, wie Kim vermutete, wohl sein Vater.

Kim hielt sich gar nicht erst mit langen Erklärungen auf, sondern fragte ohne Umschweife: »Was ist passiert?«

»Wer bist du?« fragte der Mann prompt zurück.

Kim machte eine ungeduldige Handbewegung. »Das tut im Moment nichts zur Sache. Ihr braucht keine Angst vor mir zu haben. Was geht hier vor? Haben das die Eisenmänner getan?«

Er sah, wie der Junge beim Klang dieses Wortes unmerklich zusammenfuhr. Der Mann antwortete: »Nein. Es war ...« Er zögerte, warf einen angstvollen Blick auf den Tatzelwurm, der in einiger Entfernung dahockte und den lichterloh brennenden Hof mißtrauisch beäugte, und fuhr nach einer Pause fort: »... ein Drache.«

»Ein Drache?« wiederholte Kim erschrocken.

Der Mann nickte ein paarmal. »Ein Drache«, bestätigte er. »Er war nicht so groß wie der, den du reitest. Und nicht schwarz, sondern –«

»– von goldener Farbe?« fiel ihm Kim aufgeregt ins Wort.

»Ja.« Die Furcht auf dem Gesicht des Mannes machte allmählich einer dumpfen, tiefen Verzweiflung Platz. »Woher weißt du das?«

»Ich wußte es nicht«, flüsterte Kim entsetzt. Rangarig! Der Gedanke traf Kim wie eine Ohrfeige. Es war Rangarig gewesen, der diese entsetzliche Verwüstung angerichtet hatte, da gab es gar keinen Zweifel. Es gab nur einen goldenen Drachen in Märchenmond.

»Wie kam es dazu?« fragte er leise. »Was habt Ihr getan, um ihn so zu reizen?«

»Getan?« Plötzlich lachte der Bauer schrill und hysterisch auf, als befände er sich am Rande des Wahnsinns. »Getan? Wie kommst du darauf? Nichts. Er ... er kam und griff uns an. Fast mein ganzes Vieh ist verbrannt, und daß keiner von uns getötet wurde, gleicht einem Wunder. Er verwüstet das Land seit langem, aber bisher blieben wir verschont.«

Kim schwieg. Er sagte auch nichts, um den beiden Trost oder Mut zuzusprechen, sondern drehte sich, obwohl das nicht seine Art war, wortlos um und ging mit hängenden Schultern zu Peer und dem Tatzelwurm zurück.

»Was ist los?« erkundigte sich Peer ungeduldig, als Kim stumm auf den Rücken des Tatzelwurms zurückkletterte. Seine Stimme klang besorgt, denn er hatte den bestürzten Ausdruck auf Kims Gesicht gesehen.

»Rangarig«, murmelte Kim nur.

Peer runzelte die Stirn. Natürlich hatte ihm Kim während ihrer gemeinsamen Gefangenschaft von dem Golddrachen Rangarig erzählt, von all den Abenteuern, die sie gemeinsam überstanden hatten, und auch davon, daß Rangarig ihm mehr als einmal das Leben gerettet hatte.

»Der ... der Golddrache?« fragte er deshalb ungläubig.

Kim nickte.

Peer wollte etwas sagen, doch in diesem Moment lief ein Beben durch den Leib des Tatzelwurms, er bog seinen Schlangenhals weit herum, um seine Passagiere ansehen zu können. Die roten Augen loderten. »Rangarig?« donnerte er. »Er ist hier?«

Kim erschrak. Plötzlich erschien ihm die Unruhe des Tatzelwurms in einem völlig anderen Licht. Und er begriff, in welch entsetzlicher Gefahr sie schwebten. Was für eine fürchterliche Aussicht: Rangarig, der Golddrache, der das Land unsicher machte, und sein uralter Erzfeind, der Tatzelwurm, trafen durch einen Zufall aufeinander. Vielleicht war es auch gar kein Zufall; es konnte doch sein, daß sich die beiden ungleichen und doch ähnlichen Wesen finden mußten wie zwei Naturgewalten, die sich unwiderstehlich anzogen, zu dem einzigen Zweck, einander gegenseitig zu vernichten.

»Er ist nicht mehr, was er einmal war«, sagte Kim hastig. »Sowenig wie du.«

»Er ist mein Feind, das genügt.« Der Tatzelwurm sprach

nicht sehr laut, und in seiner Stimme war kein Zorn, nicht einmal so etwas wie eine Drohung. Aber gerade das, diese kalte Sachlichkeit, ließ Kim bis ins Innerste erschauern.

»Unsinn!« piepste Bröckchen. Mit raschen Bewegungen krabbelte er unter Kims Hemd hervor und auf dessen Schulter hinauf. »Du redest Unsinn, alter Freund«, fuhr er fort. »Gut, er ist dein Feind. Na und? Ihr könnt euch gegenseitig umbringen. Aber das ist auch alles, war ihr könnt.«

»Wenn es so bestimmt ist, dann wird es geschehen«, anwortete der Tatzelwurm mit großem Ernst.

»Ach ja. Das ist typisch für einen Klotzkopf wie dich. Muskeln wie ein Berg, aber ein Gehirn, das man aufblasen muß, damit es so groß wird wie eine Walnuß! Ihr beiden schlagt euch die Schädel ein, und was sonst noch geschieht, das kümmert euch ja nicht. Sollen die anderen doch vor die Hunde gehen.«

Kim hielt vor Schreck den Atem an, als er hörte, wie Bröckchen mit dem Tatzelwurm verfuhr. Aber erstaunlich genug, der Drache wurde nicht zornig, sondern blickte das kleine Wesen nur sehr lange und sehr nachdenklich an. Dann drehte er mit einem Ruck den Kopf wieder weg, spreizte jäh die Flügel und schoß warnungslos wieder in den Himmel hinauf.

XXIII

Endlich näherten sie sich Gorywynn, dem gläsernen Herzen Märchenmonds. Mehr als einmal auf ihrem Flug vermeinte Kim weit entfernt über dem Horizont ein goldenes Blitzen zu sehen, aber es kam niemals näher, und Kim war auch nicht sicher, ob es wirklich dagewesen war, oder ob er es nur befürchtet hatte. Der Tatzelwurm blieb nervös und reizbar, aber sonst geschah nichts. Falls es Rangarig war, den Kim in der Ferne erblickte, so machte der Tatzelwurm jedenfalls keine Anstalten, seinen Kurs zu ändern und sich auf den verhaßten Feind zu stürzen; ob das aber auf Bröckchens vorlaute Predigt zurückzuführen war oder nicht, das wußte keiner.

Am späten Nachmittag des vierten Tages, seit sie vom Fuße des Schattengebirges aufgebrochen waren, sah Kim einen dunstigen Fleck am Horizont, und wenig später ein rotes Flimmern und Glühen wie von zahllosen Feuern. Auch Peer hatte es bemerkt und reckte den Hals. Selbst Jarrn fuhr aus dem Brüten auf, in das er seit einiger Zeit verfallen war, und beschattete die Augen mit der Hand, um besser sehen zu könne.

Kims Herz begann schneller zu schlagen. Schon seit einer Weile war ihm die Landschaft, über die sie hinweggglitten, immer vertrauter, und das konnte bedeuten – sie näherten sich der gläsernen Stadt. Aber was bedeutete der Feuerschein? Waren sie nun zu spät gekommen?

»Ist das Gorywynn?« fragte Peer, als hätte er Kims Gedanken gelesen.

Kim zuckte unglücklich mit den Schultern. »Ich weiß es nicht«, sagte er wider besseres Wissen.

Peer kniff die Augen zusammen, um mehr erkennen zu können. »Das muß Gorywynn sein«, meinte er. »Ich erkenne den Fluß, und diese Hügelkette da hinten. Aber wo kommt all der Rauch her?«

Die Antwort auf diese Frage kam schneller, als es Kim recht war. Es war die gläserne Stadt, der sich der Tatzelwurm näherte, aber die regenbogenfarbigen Wände und Türme waren kaum zu erkennen, denn sie waren hinter einem dichten Schleier aus Staub und Rauch verborgen, der alles verdunkelte. Das rote Funkeln entpuppte sich als der Schein zahlloser Feuer, die in weitem Umkreis brannten, und schon lange, bevor sie Gorywynn wirklich nahe kamen, hörte Kim ein dumpfes Dröhnen und Rauschen, wie das Grollen einer weit entfernten Meeresbrandung, die sich am Riff brach.

»Sie … sie kämpfen!« flüsterte Peer entsetzt. »Das sind Priwinns Steppenreiter!« Er fuhr herum und starrte Kim aus angstgeweiteten Augen an. »Wir sind zu spät gekommen.«

Kim antwortete nicht. Wie gebannt blickte er vom Tatzelwurm herab auf ein gewaltiges Heerlager. Es mußten Zehntausende, wenn nicht Hunderttausende von Kriegern sein, die sich in zwei gewaltigen Armeen dort unten versammelt hatten. Aus der großen Höhe herab war es unmöglich festzustellen, wer Freund und wer Feind war, aber Kim sah, daß die beiden Armeen annähernd gleich groß waren. Die Entscheidungsschlacht hatte bereits begonnen!

Auf Kims Befehl ging der Tatzelwurm tiefer, so daß sie mehr Einzelheiten erkennen konnten. Kim sah jetzt, daß es genau umgekehrt war, wie er vermutet hatte – es waren Priwinns Steppenreiter und ihre Verbündeten, die Gorywynn belagerten, und die Flußleute und deren Vasallen, die die Stadt besetzt hatten und sich auf dem Feld davor zur Verteidigung formierten. Kim und Peer waren im rechten Moment gekommen, um den Beginn des entscheidenden Sturms auf die Stadt mitzuerleben.

»Nein«, flüsterte Kim verzweifelt. »Wir müssen sie aufhalten.«

Vergeblich versuchte er, in der ungeheuren Menge unter sich den König der Steppe auszumachen. Aber selbst wenn er ihn entdeckt hätte – was hätte er schon tun können? Priwinn würde sicherlich nicht das Schwert aus der Hand legen und seinen Truppen den Rückzug befehlen, nur weil ihn Kim darum bat, überlegte er verzweifelt.

Der Tatzelwurm war über das Schlachtfeld hinweggebraust und kehrte nun in einer weit ausholenden Schleife wieder zurück. Beim erstenmal waren sie so schnell darüber hinweggeflogen, daß man dort unten wohl nur den gewaltigen Schatten und das mächtige Rauschen der Drachenschwingen gewahrt hatte. Aber nun wandten sich mehr und mehr Blicke zum Himmel, und trotz des Lärms unter sich konnte Kim einen vielstimmigen, entsetzten Aufschrei hören, als die Soldaten beider Heere den Tatzelwurm erkannten. Bei seinem Anblick vergaßen sie für einen Moment sogar den Kampf, den sie ausfochten. Eine Woge aus Panik schien dem Schatten des Drachen zu folgen, sobald er nur auftauchte. Überall kam der Kampf zum Erliegen, und für Sekunden hörten sie nichts anderes als die gellenden Schreckenschreie der Krieger. Schon brausten sie schnell wie der Wind ein zweites Mal über die Heere hinweg, und Kim befahl dem Tatzelwurm, langsamer zu fliegen und gleichzeitig tiefer zu gehen.

Und als sie sich das dritte Mal dem Feld vor den gläsernen Mauern näherten, da sah Kim endlich, wonach er suchte – in der vordersten Front, dort, wo Reiter und Fußtruppen beider Heere mit unerbittlicher Wucht aufeinandergeprallt waren, entdeckte er die mattschwarze Rüstung des Freundes und unmittelbar daneben eine alles überragende, mit einer gewaltigen Keule bewaffnete Gestalt: Gorg.

Als wäre die abermalige Rückkehr des Drachens ein Signal gewesen, hob der Kampf plötzlich überall mit unverminderter Wucht wieder an. Die Heere prallten mit vernichtender Kraft aufeinander, und erneut hallte der weite Platz wider vom Klirren der Waffen, von Wutgeheul und Schmerzenschreien. Priwinns Armee schien die Oberhand zu haben. Langsam, aber beständig wurden die Flußleute und ihre Verbündeten weiter auf die gläsernen Wälle zurückgetrieben, so verbissen sie sich auch wehrten. Es waren nicht nur Steppenreiter, denen sie gegenüberstanden – zwischen den in braunes Leder gehüllten Männern aus Caivallon erkannte Kim auch die Mitglieder zahlreicher anderer Völker – zu seinem großen Erstaunen waren selbst Baumleute darunter. Wer hätte gedacht, daß dieses friedliebende Volk in der Lage war, zu kämpfen. Und doch entdeckte er mehr und mehr von ihnen, als wären sie alle gekommen, um den Tod ihres Baumes zu rächen. Und gerade dieser Anblick war es, der Kim besonders schmerzhaft klarmachte, wie hoch der Preis war, den die Völker Märchenmonds dafür zahlten, Priwinns Weg zu gehen.

Der Tatzelwurm kreiste dicht über dem Schlachtfeld. Manchmal traf ihn ein vereinzelter Speer oder ein Pfeil, prallte aber wirkungslos ab. Kim spürte, wie der Drache immer unruhiger wurde. Seine gewaltigen Krallen öffneten sich und schnappten in die leere Luft, seine Kiefer mahlten, als giere er danach, irgend etwas zu packen und zu zerreißen. Er wußte nicht, wie lange sich der Tatzelwurm noch beherrschen konnte. Er war schließlich ein Ungeheuer, das schlimmste und gefährlichste, das es in Märchenmond gab. Und daß sie bis jetzt Verbündete waren, hieß nicht, daß er ob all dieses Kämpfens und Tötens, all dieses Blutes und des Geruches des Schlachtfeldes nicht wieder zu seiner wahren Natur zurückkehren würde.

Plötzlich erblickte Kim etwas, was ihn seine Sorge um den Tatzelwurm schlagartig vergessen ließ: Das Heer der Steppenreiter hatte einen Keil gebildet, der sich verbissen auf Gorywynns Tore zuschob, wobei er die feindliche Armee spaltete. Aber was für die Reiter dort unten wie ein Zurückweichen der Flußleute aussehen mochte, das wirkte aus der Höhe betrachtet ganz anders. Kim sah deutlich, daß es nicht nur die ungestüme Wut des Angriffs war, der die Reihen der Flußleute wanken ließ. Vielmehr wichen sie Schritt für Schritt vor dem Feind zurück, nur um sich dicht hinter ihm wieder zu versammeln. Es war eine Falle, begriff Kim entsetzt. Offensichtlich hatten die Flußleute den Steppenkönig erkannt und versuchten nun, ihn in ihre Gewalt zu bringen. Und es sah ganz so aus, als würde es ihnen gelingen. »Priwinn!« schrie Kim so laut er konnte. »Gib acht! Das ist eine Falle!«

Aber Priwinn hörte seine Worte nicht. Auch wären sie schon zu spät erschollen, denn die Piraten hatten ihre Zangenbewegung fast beendet – und die durchbrochene Schlachtreihe schloß sich endgültig hinter Priwinn und den Reitern, die in seiner Nähe waren.

Schon griffen die Flußleute rücksichtslos an, entschlossen, die Schlacht auf diesem Wege doch noch zu ihren Gunsten zu wenden. Priwinn und seine Begleiter wehrten sich mit dem Mut der Verzweiflung gegen die Übermacht. Immer drei oder vier Gegner warfen sich auf einen der Steppenreiter, aber oft war es dieser, der den ungleichen Kampf gewann. Gorg wütete wie toll unter den Angreifern und mähte gleich Dutzende von ihnen mit seiner gewaltigen Keule nieder. Aber selbst der größte Mut und die größte Kraft mußten versagen, wenn die Übermacht zu gewaltig war – und das war sie. Für jeden besiegten Flußmann schienen drei neue aufzutauchen, und die Zahl der Männer, denen sich Priwinn und seine wenigen Kampfgefährten gegenübersahen, wuchs unaufhörlich. Aus allen Richtungen strömten sie herbei, um den Ring rund um den Steppenkönig zu verstärken. So verzweifelt sein Heer auch versuchte, die Reihen der Flußleute zu durchbrechen, um ihrem Anführer zu Hilfe zu kommen, es gelang nicht. Und einer nach dem anderen sanken Priwinns Begleiter aus den Sätteln. Schließlich waren es nur noch der Steppenkönig selbst und der Riese Gorg, die sich Rücken an Rücken verteidigten; Gorg durch seine übermenschlichen Kräfte und Priwinn durch seine schwarze Zauberrüstung geschützt.

Als Kim begriff, was geschehen würde, da schrie er gellend auf, warf sich nach vorn und trat dem Tatzelwurm in die Flanken wie einem Schlachtroß, das er zu größerem Tempo anspornen wollte. Und genauso reagierte dieser auch. Vielleicht war Kims Schrei nur noch der Befehl gewesen, auf den er gewartet hatte – denn er stieß ein ungeheures Brüllen aus, entfaltete die Schwingen zu ihrer vollen Größe und stieß mit geöffneten Klauen und gierigem Rachen auf die Armee der Flußleute herab!

Hinter Kim schrie Peer irgend etwas, das er nicht verstand, Bröckchen pfiff schrill vor Entsetzen und verkroch sich wieder unter Kims Hemd, und Jarrn kreischte vor Angst und zog sich seine Kapuze über das Gesicht. Aber Kim nahm von alledem nichts wahr. Der Tatzelwurm stieß wie ein angreifender Falke vom Himmel herab und fuhr unter die Flußleute. Seine Krallen schleuderten Männer und Pferde beiseite, und seine wirbelnden Schwingen fegten gleich Dutzende Reiter aus den Sätteln. Wie ein Sturmwind durch ein Kornfeld pflügte er durch die Armee der Piraten und auf Gorg und Priwinn zu. Die Flußleute flohen in heller Panik, aber der Tatzelwurm war schneller als sie und hinterließ eine Bresche aus Tod und Vernichtung in der auseinanderspritzenden Front der Krieger. Wie ein schwarzer Dämon fegte er kaum einen Meter über dem Boden dahin, schlug und biß und schnappte dabei um sich und riß allein mit dem Sturmwind seiner peitschenden Schwingen die aus den Sätteln, die seinen Klauen im letzten Moment entkommen waren.

Auch Gorg und Priwinn bemerkten jetzt den heranrasenden Drachen, und Kim sah, wie der Riese ungläubig die Augen aufriß, als er erkannte, wer auf dem Rücken der gewaltigen Bestie saß. Aber Kim sah auch, daß der Tatzelwurm nicht haltmachen würde. Sie waren schon ganz nahe, aber der Drache flog immer schneller. Er machte keinen Unterschied mehr zwischen Freund und Feind, sondern tötete und zerfetzte alles, was sich ihm in den Weg stellte.

»Zurück!« schrie Kim seinen Freunden zu. »Bringt euch in Sicherheit!«

Priwinn stand da wie gelähmt. Er hatte das Schwert sinken lassen und blickte dem rasenden Ungeheuer fassungslos entgegen. Erst im allerletzten Moment, als Kim schon glaubte, daß er einfach überrannt werden würde, brachte sich Priwinn mit einem verzweifelten Satz in Sicherheit und entkam den schnappenden Krallen um Haaresbreite.

Der Riese Gorg hatte weniger Glück. Auch er erwachte endlich aus seiner Erstarrung und versuchte auszuweichen, aber seine Bewegung war um eine Winzigkeit zu langsam. Eine der gewaltigen Drachenschwingen traf ihn, schleuderte ihn hoch in die Luft und warf ihn wuchtig gegen den Stadtwall. Der Drache beruhigte sich noch immer nicht. Im Gegenteil, er brüllte laut und wild, seine Schwingen schlugen stärker – und dann krachte er mit entsetzlicher Wucht gegen das geschlossene Stadttor. Der Anprall ließ die mannsdicken Bohlen zerbersten wie Streichhölzer, und krachend brach das Tor in sich zusammen, während Kim und Peer im hohen Bogen vom Rücken des Untiers geschleudert wurden. Und noch während Kim stürzte, sah er, wie der Drache sich aufbäumte und schüttelte, dann auf dem Boden aufschlug, hilflos dahinrollte und schließlich mit einem unsanften Ruck an der gläsernen Mauer zum Liegen kam. Benommen richtete sich Kim auf die Knie und hob die Hände. Sein Kopf schmerzte entsetzlich. Wie durch einen grauen Nebel sah er eine Gestalt auf sich zulaufen. Er hatte einen flüchtigen Eindruck von schwarzem Metall und Leder und Fell und sah das Blitzen eines Schwertes, und er spürte mehr, als daß er es wußte – es war einer der Flußleute.

Bröckchen wuselte mit einem angsterfüllten Pfeifen unter seinem Hemd hervor und brachte sich in Sicherheit, und sein bloßer Anblick schien den heranstürmenden Piraten für eine Sekunde so zu verblüffen, daß er für die gleiche Zeitspanne stockte.

Aber wirklich nur kurz. Noch ehe Kim auch nur richtig Zeit fand, einen klaren Gedanken zu fassen, packte der andere sein Schwert fester und stürzte sich schon auf ihn.

Sofort warf sich Kim mit einer kraftvollen Bewegung zur Seite, daß das Schwert des Flußmannes gegen die gläserne Wand in seinem Rücken prallte und Funken daraus schlug. Er kam mit einer Rolle wieder auf die Füße und warf sich blindlings nach vorn.

Der Flußmann war größer und stärker als er, aber Kims Angriff schien ihn völlig zu überraschen. Aneinandergeklammert stürzten sie auf den Boden, rollten einige Meter dahin und trennten sich wieder.

Kim versuchte sich herumzuwerfen, aber der Flußpirat war viel schneller als er. Mit einem triumphierenden Schrei riß er sein Schwert in die Höhe, und Kim sah das Blitzen der tödlichen Klinge, in einer Bewegung, die viel zu schnell war, als daß er darauf hätte reagieren können.

Aber der tödliche Schlag kam nicht. Statt dessen schoß ein roter Federball auf den Mann zu, prallte mit einem sonderbar weichen Geräusch gegen seinen Nacken und biß sich darin fest.

Der Flußpirat taumelte, mehr vor Überraschung, als daß Bröckchens Angriff ihn etwa wirklich aus dem Gleichgewicht gebracht hätte, griff nach hinten und zerrte das Wertier mit einem Schrei von sich herunter, um es in hohem Bogen von sich zu schleudern.

Aber diese Ablenkung hatte gereicht. Kim sprang in die Höhe und versetzte dem Mann einen Stoß, der ihn vollends aus dem Gleichgewicht brachte. Der Krieger schrie auf, stürzte und ließ sein Schwert fallen. Noch bevor er sich wieder in die Höhe stemmen konnte, zischte ein gelb- und grüngefiederter Pfeil dicht über Kims Rücken hinweg und durchbohrte den Flußpiraten.

Kim wandte sich hastig um und hielt nach Bröckchen Ausschau. Das kleine Wertier trippelte taumelnd heran. Es war unverletzt, wirkte aber ein bißchen benommen.

»Alles in Ordnung?« erkundigte sich Kim.

»Klar«, antwortete Bröckchen. »Da muß schon mehr kommen als so ein Kerl von einem Fischfresser, um mir Angst einzujagen.«

Der Kampf war bereits wieder in vollem Gange. Der Angriff des Tatzelwurms hatte jedoch das Blatt gewendet. Wohin Kim auch blickte, drehten sich die Flußleute um und suchten ihr Heil in der Flucht. Priwinns Reiter verfolgten sie und machten sie erbarmungslos nieder, wo immer sie ihrer habhaft werden konnten. Was als ein verbissenes Ringen um den Zugang zur Stadt begonnen hatte, das wurde jetzt zu einem panischen Gerenne. Die gewaltige Armee der Flußpiraten begann sich in alle Richtungen aufzulösen.

Und plötzlich, beinahe gegen seinen Willen und ohne daß er es recht begriff, hielt auch Kim ein Schwert in der Hand und fand sich inmitten des Kampfgetümmels. Der Tatzelwurm tobte wieder wie ein schwarzer Dämon unter den Flußleuten. Rechts und links, davor und dahinter und sogar unter ihm wogte die Schlacht mit unverminderter Wut. Kim wehrte den Schwerthieb eines Flußmannes ab, der unvermittelt aus dem Rauch vor ihm aufgetaucht war, versetzte dem Angreifer einen schmerzhaften Schnitt in den Oberschenkel und schleuderte ihn mit einem Fußtritt zu Boden, als der andere seine Waffe fallen ließ und sich krümmte. Wild sah sich Kim nach Priwinn und dem Riesen um, konnte sie aber in dem allgemeinen Durcheinander nirgendwo entdecken, und so arbeitete er sich abwechselnd kämpfend und hakenschlagend in Richtung des zertrümmerten Tores vor, wo der Kampf mit der größten Verbissenheit entbrannt war.

Die Flußleute, die nicht hatten fliehen können, versuchten sich hinter die Mauern zurückzuziehen, aber ihre Verfolger setzten ihnen nach. Das gläserne Torgewölbe hallte wider vom Schreien und Waffenklirren. Kim mußte sich heftig seiner Haut wehren, doch viel mehr erfüllte ihn der Gedanke mit kaltem Grauen, daß nun sie es waren, die mit der Waffe in der Hand zum Sturm auf Gorywynn ansetzten. Alles schien auf den Kopf gestellt zu sein. Die Guten waren böse geworden, die Bösen gut – und wer wußte noch, was Recht war und Unrecht.

Dann entdeckte er Priwinn. Dieser hatte sein Schwert wieder aufgehoben und befand sich abermals an der Spitze seiner Leute, die die zurückweichenden Feinde Schritt für Schritt verfolgten.

Kim schrie mehrmals Priwinns Namen, aber seine Stimme ging im Lärm des Kampfes unter, und obwohl er bald jede Rücksicht fahren ließ und ebenso wild darauf losdrosch wie die anderen, gelang es ihm nicht, sich Priwinn zu nähern, denn die Flußleute hatten sich jenseits der Mauern zu einem letzten, verzweifelten Widerstand formiert, so daß davor ein heilloses Gedränge entstand.

Endlich wurde die Abwehr der Flußmänner schwächer, und die Angreifer stürmten unter dem triumphierenden Geschrei aus Hunderten von Kehlen nach Gorywynn hinein, wobei Kim einfach mitgerissen wurde.

Eine innere Stimme warnte ihn, daß das, was sie taten, falsch war, daß sie die Schwerter fortwerfen und versuchen sollten, diesen Kampf zu beenden. Doch ein anderer Teil in ihm verspürte plötzlich einen rasenden Zorn auf die Flußleute und ihre Verbündeten, und dieser Teil war im Augenblick ungleich stärker als die Stimme der Vernunft. Schon fand sich Kim wie Priwinn in vorderster Linie kämpfend wieder, und er schwang das Schwert so gekonnt und sicher und schnell wie einst in der Schlacht gegen die schwarzen Reiter des Zauberers Boraas.

Natürlich war es ein Zufall – aber der Widerstand zerbrach endgültig in genau dem Moment, als Kim neben dem Steppenreiterkönig anlangte und sich an seine Seite stellte. Alle seine Hemmungen waren wie weggefegt. Er spürte keinerlei Bedenken mehr, ja es kam ihm nicht einmal in den Sinn, daß er in diesem Kampf verletzt oder gar getötet werden könnte. Das Schwert in seiner Hand gab ihm ein Gefühl von Macht und Unverwundbarkeit, das gleiche, ebenso berauschende wie trügerische Gefühl von Sicherheit, das all die Männer rings um ihn herum verspürt haben mochten, als die Schlacht begann; auf beiden Seiten.

Priwinn wehrte einen feindlichen Schwerthieb ab, verschaffte sich mit einem gewaltigen, beidhändig geführten Schlag seiner Zauberwaffe Luft und klappte das Visier seines Helmes hoch. Sein Gesicht wirkte erschöpft und glänzte vor Schweiß, aber in seinen Augen stand ein strahlendes Lächeln, als er Kim ansah. »Ich wußte, daß du kommen wirst«, sagte er.

»Wo ist Gorg?« schrie Kim anstelle einer Antwort zurück. »Lebt er noch?«

Priwinn machte eine Bewegung, die eine Mischung zwischen Nicken und Achselzucken war. »Ich denke schon«, antwortete er. »Dem kann so bald nichts anhaben.«

»Ich sehe mal nach!« schrie Bröckchen, hüpfte von Kims Schulter herunter und verschwand im Kampfgetümmel, ehe dieser ihn zurückhalten konnte. Fast im gleichen Moment löste sich da ein schwarzer Schatten mit gelben Augen von Priwinns Gestalt: Es war Sheera, der sich dem Freund anschloß.

Wieder wurden sie angegriffen, und sie mußten sich Schulter an Schulter mit erbitterter Kraft ihrer Haut wehren. Die Gegner hatten wohl eingesehen, daß die Schlacht für sie verloren war, aber sie schienen entschlossen, so viele ihrer Feinde mit in den Untergang zu reißen, wie sie nur konnten. Sie griffen nun ohne Rücksicht auf ihr eigenes Leben an und verlangten den langsam vorrückenden Steppenreitern einen furchtbaren Blutzoll ab. Es gab jetzt keine Schlachtordnung mehr wie anfangs, als die beiden Heere aufeinanderprallten, sondern unzählige Grüppchen, die in verbissene Handgemenge verstrickt waren. Kim versuchte mehrmals, Priwinn zum Stehenbleiben zu bewegen, damit er mit ihm reden konnte, aber der hörte ihm gar nicht zu. Er kämpfte wie in einem Rausch. Sein Schwert schnitt durch Rüstungen und Stoff, zerschmetterte Waffen und Schilde und Panzer, und Kim verspürte jetzt wieder einen wachsenden Schrekken bei diesem Anblick. Es war das zweite Mal, daß sie Seite an Seite in einer Schlacht kämpften, in der es um nichts weniger als die Rettung Märchenmonds ging, und doch war es diesmal anders, auf furchtbare Weise anders. Der Kampf gegen Boraas' schwarze Reiter war nicht minder ernst und tödlich gewesen als dieser, und trotzdem hatte es einen grundlegenden Unterschied gegeben: In der Schlacht um Gorywynn waren sie damals die Verteidiger gewesen gegen das Böse, jetzt aber …

Da erlahmte langsam auch dieses letzte Aufflackern des Kampfes. Durch das zerschmetterte Tor drangen mehr und mehr Steppenreiter mit ihren Verbündeten herein und überrannten den Feind. Und endlich konnte Kim keuchend sein Schwert senken und stehenbleiben. Sein Herz raste. Er war in Schweiß gebadet, und er blutete aus einem Dutzend zwar harmloser, aber doch schmerzhafter Schnitte und Stiche, die er sich eingehandelt hatte, ohne sie bisher überhaupt zu bemerken. Schwäche stieg in seinem Körper empor und schien seine Glieder in Blei zu verwandeln.

Aber es war noch nicht vorbei. Er wollte sich erschöpft an Priwinn wenden, aber der schnitt ihm einfach das Wort ab. »Themistokles!« rief der Steppenreiter erregt. »Wir müssen zu ihm. Wenn sie ihn gefangennehmen, dann war alles umsonst!«

So sehr der Gedanke, daß der Kampf noch nicht vorbei sein sollte, Kim auch entsetzte – er sah ein, daß Priwinn recht hatte. Zweifellos würden die Flußleute versuchen, Themistokles in ihre Gewalt zu bringen. Denn obwohl alt und schwach geworden in letzter Zeit, galt er noch immer als mächtiger Zauberer, der zu einer Gefahr für sie werden konnte. Und zweifellos wußten sie auch, daß er ihr letztes Unterpfand sein mochte, ein Druckmittel, mit dem sie sich zwar nicht den Sieg, aber günstige Bedingungen für den Rückzug erzwingen konnten. Ja, Themistokles schwebte in großer Gefahr. Deshalb schloß sich Kim den Steppenreitern an, um in die stolze Burg Gorywynn zu stürmen.

Hinter dem Tor und wohl auch auf dem Feld davor war der Kampf beendet, aber je tiefer sie in die verwinkelten Gassen eindrangen, desto öfter stellten sich ihnen noch vereinzelte Kämpfer in den Weg und versuchten, sie aufzuhalten. Es war vor allem Priwinn, der, durch seine Rüstung geschützt und beinahe unverwundbar, den Weg für sie ebnete, aber sie waren nicht mehr vollzählig, als sie den Palast erreichten. Hier kam es noch einmal zu einem letzten, erbitterten Ringen, als sich ihnen gut zwei Dutzend Flußpiraten entgegenwarfen. Dann hatten sie auch dieses letztes Hindernis überwunden. Kim stürmte mit Priwinn die gläserne Treppe zum Turm des Zauberers hinauf. Kim hatte damit gerechnet, noch einmal auf erbitterten Widerstand zu stoßen, aber das gewaltige Burgschloß schien wie ausgestorben. Hier und da sahen sie Spuren der Flußleute – ein achtlos weggeworfenes Schwert, ein vergessenes Kleidungsstück, einmal einen Schuh, der mitten auf der Treppe lag, aber nichts rührte sich und niemand behinderte sie auf ihrem Weg hinauf in den Turm.

Das sollte sich aber ändern, als sie die Turmkammer erreichten, in der sie Themistokles vor so langer Zeit zurückgelassen hatten.

Vor der Tür standen zwei Flußmänner mit gezückten Waffen, und zwischen ihnen, wie ein kantiger Alptraum aus poliertem Stahl, stand die gigantische Gestalt eines Eisenmannes. »Keinen Schritt weiter!« sagte der eine. Sein Blick wanderte einen Moment unentschlossen zwischen Kim und dem Steppenkönig hin und her, dann wandte er sich an letzteren. »Keinen Schritt weiter, König Priwinn, sonst werden wir den Zauberer töten.« Und der andere fügte kalt hinzu: »Falls Ihr uns nicht glaubt: Seht her!«

Er stieß die Tür auf, so daß sie in den dahinterliegenden Raum blicken konnten. Und was sie sahen, das entrang ihnen einen entsetzten Aufschrei.

Themistokles saß aufrecht auf seinem Stuhl neben dem Fenster, aber sie erkannten ihn kaum wieder. Ein uralter, zitternder Greis mit faltigem Gesicht und trübe gewordenen Augen, dessen Haar in langen Strähnen über seine Schultern und vor dem Gesicht herabfiel, und der kaum noch die Kraft zu haben schien, sich auf dem Sitz zu halten. Er war mit einer dünnen, schwarzen Kette aus Zwergenstahl angebunden. Hinter dem Stuhl stand ein Eisenmann, und seine gewaltige Linke war in einer drohenden Geste nach Themistokles ausgestreckt. Das unheimliche grüne Auge schien spöttisch zur Tür zu funkeln.

»Was soll das?« fragte Priwinn scharf, senkte aber gehorsam das Schwert. »Ihr wißt, daß ihr verloren habt.«

»Das mag sein«, antwortete einer der Männer ruhig. »Oder auch nicht, wie Ihr seht.«

Er zuckte mit den Schultern und fuhr im gleichen, fast gelassenen Tonfall fort: »Es hängt davon ab, was Euch das Leben des Zauberers wert ist.«

Kim trat einen halben Schritt zurück und zur Seite, so daß er unmittelbar hinter Priwinn stand. Der Krieger sah ihn einen Moment lang mißtrauisch an, konzentrierte sich aber dann wieder ganz auf Priwinns Gesicht, und Kim brachte das Kunststück fertig, Priwinn ins Ohr zu flüstern, ohne dabei auch nur im mindesten die Lippen zu bewegen: »Halt sie irgendwie hin. Ich bin gleich zurück.«

Dann wich er, Schritt für Schritt rückwärts gehend, zurück, bis er unter den Füßen die erste Stufe der Treppe spürte, fuhr herum und rannte, immer zwei, drei, ja sogar vier

Stufen auf einmal nehmend, wieder den Turm hinunter und aus dem Palast hinaus.

So schnell er nur konnte, hetzte er den Weg zurück, den sie gekommen waren, und erreichte schließlich das Tor. Er war so erschöpft, daß er mehrmals stolperte und stürzte, und es fiel ihm schwer, wieder aufzustehen und weiterzurennen. Sein Herz hämmerte so hart, daß es weh tat, und er fürchtete schon, in wenigen Augenblicken einfach zusammenzubrechen. Trotzdem – jede Sekunde war kostbar und konnte über Leben und Tod des alten Magiers entscheiden.

Dabei waren es weniger seine Bewacher, die Kim fürchtete. Es war Priwinn! Er hatte den Ausdruck in seinen Augen gesehen, als er den gefesselten Magier anblickte. Kim wußte, der Steppenkönig würde eine Menge tun, um Themistokles' Leben zu retten. Aber er würde nicht den Sieg dafür hergeben!

Mehr torkelnd als rennend schoß Kim aus dem Stadttor und sah sich um. Zu seiner unendlichen Erleichterung entdeckte er den Tatzelwurm fast genau dort, wo er ihn zuletzt gesehen hatte.

Der Drache hatte aufgehört zu toben und saß starr und wie gelähmt da. Seine feuerroten Augen blickten haßerfüllt auf die Menschen herab, die ihn in einem weiten, respektvollen Kreis umgaben und mit einer Mischung aus Furcht und Neugier auf ihn starrten. Nur manchmal stieß er ein tiefes, grollendes Knurren aus und bleckte die Zähne.

Kim stolperte abermals, fiel auf die Knie und blieb keuchend und mit geschlossenen Augen hocken, bis er überhaupt die Kraft fand, aufzustehen. Wie ein Betrunkener hin- und herschwankend, kämpfte er sich durch die Gaffer. Eine Hand griff nach ihm und wollte ihn zurückreißen, als er sich ganz vorne zwischen ihnen hindurchzwängte, um auf den Tatzelwurm zuzulaufen, aber Kim entschlüpfte ihr, lief weiter und ließ den Chor aus entsetzten Stimmen hinter sich.

Der Kopf des Drachen ruckte herum. Für einen Moment flammte in seinen Augen pure Mordlust auf, aber dann erkannte er Kim, und aus dem bodenlosen Haß in seinem Blick wurden Zorn und Verwirrung – und so etwas wie ein Vorwurf, den Kim nicht verstand, der ihm aber sehr weh tat.

Als er näher kam, sah er, daß der Drache verletzt war. Selbst seine dicke Haut hatte dem Bombardement aus Steinen und Speeren und Pfeilen auf Dauer nicht standhalten können. Er blutete aus zahllosen Wunden, von denen einige sehr schwer zu sein schienen. Eine seiner riesigen Schwingen hing herab, als hätte er nicht mehr die Kraft, sie an den Körper zu falten. Aber Kim achtete im Moment darauf nicht weiter, sondern lief direkt zwischen den Vorderpfoten des Tatzelwurms hindurch, sprang mit einem Satz auf seinen Rücken hinauf und beugte sich über das wimmernde Bündel, das sich im Nacken des Riesendrachen zusammengekrümmt hatte.

Kim spürte einen schmerzhaften Stich in der Brust, als er sah, in welch erbärmlichem Zustand sich der Zwergenkönig befand. Anders als Peer und Kim war er nicht heruntergeschleudert worden, denn er war ja noch immer mit der Kette an seinen Hals gebunden. So hatte er die ganze, fürchterliche Wucht des Anpralls mitbekommen, mit dem der Tatzelwurm das Stadttor zerschmettert hatte. Zuerst fürchtete Kim schon, der Zwerg wäre tot, denn er regte sich gar nicht, als er ihn auf den Rücken drehte und seine Kapuze zurückschlug. Dann aber öffnete Jarrn mühsam die Augen, blinzelte Kim an, ohne ihn wirklich zu erkennen, und gab ein leises, gequältes Stöhnen von sich.

»Es tut mir leid«, murmelte Kim, und er meinte diese Worte wirklich ernst. Denn obwohl Jarrn einen guten Teil zu dem Unglück hier beigetragen haben mochte, so hatte Kim doch gleichzeitig das Gefühl, daß der Zwergenkönig von allen vielleicht noch der Unschuldigste war. Er verscheuchte diesen sonderbaren Gedanken, griff unter den Gürtel und suchte den Schlüssel heraus. Seine Hände zitterten leicht, als er die Kette an Jarrns Fußgelenk löste, und der Zwerg stöhnte vor Schmerz, als er ihn auf die Arme hob und behutsam aufrichtete.

»Es wird schon wieder gut, Jarrn«, sagte er, während er vorsichtig den Rücken des Tatzelwurms entlangbalancierte und nach einer Stelle suchte, an der er hinuntersteigen konnte, ohne mit dem Gewicht des Zwerges auf den Armen das Gleichgewicht zu verlieren. »Wir werden dich verarzten. Aber zuerst mußt du uns helfen.«

»Helfen?« stöhnte Jarrn. »Du bist … tatsächlich … so bescheuert … wie ich immer gedacht habe. Wobei sollte ich dir noch helfen?«

Kim ersparte sich eine Antwort, kletterte vorsichtig vom Rücken des Tatzelwurms herab und lief den Weg zurück. Die Reihen der Umstehenden teilten sich vor ihm, als er mit dem Zwerg auf den Armen auf sie zustürmte, und verwunderte Blicke und Ausrufe folgten ihm. Diesmal versuchte niemand, Kim aufzuhalten. Unbehelligt erreichte er das Tor, überquerte den großen Platz dahinter und machte sich zum zweitenmal auf den Weg zum Burgschloß.

Er war nun am Rande der Erschöpfung und trug noch dazu den Zwergenkönig auf seinen Armen. Einige Male übermannte ihn die Schwäche mit solcher Macht, daß er sich gegen eine Wand lehnen mußte, um neue Kräfte zu schöpfen. Einmal ließ er Jarrn sogar fallen. Der Zwerg prallte mit einem dumpfen Laut auf dem gläsernen Straßenpflaster auf und begann sofort, in altgewohnter Manier zu schimpfen. Keuchend hob ihn Kim wieder hoch und taumelte weiter. Als er den Eingang des Palastes erreichte, trat ihm ein Steppenreiter entgegen und wollte ihm grimmig den Zwerg abnehmen, aber Kim schüttelte nur den Kopf und ging an ihm vorbei. Stufe für Stufe quälte er sich die gewaltige Wendeltreppe zur Turmkammer hinauf und blieb erst stehen, als er dicht unterhalb der letzten Windung angelangt war; noch zwei oder drei Stufen, und er war da. Schon konnte Kim die Stimmen hören. Er verstand die Worte nicht, aber es klang nach einem scharfen Wortwechsel.

Behutsam lud er Jarrn ab, ließ sich neben ihn auf die gläserne Stufe sinken und verbarg erschöpft für einen Moment das Gesicht zwischen den Händen.

»Und jetzt?« fragte Jarrn.

Etwas am Klang seiner Stimme ließ Kim aufblicken.

Der Zwerg stand aufrecht und grinsend vor ihm, und er

wirkte mit einem Male recht quicklebendig und gar nicht schwach. Sein Mantel hing in Fetzen, aber damit hatte er sich wenig verändert zu früher, und seine Haut war zerschunden und zerkratzt. Aber das hämische Grinsen auf seinem Gesicht war beinahe fröhlich, und seine dunklen Augen musterten Kim mit boshafter Schadenfreude.

»Du … kannst laufen?« flüsterte Kim matt.

»Natürlich kann ich laufen«, antwortete Jarrn. Er hüpfte auf der Stelle und hob beide Arme über den Kopf, um es zu beweisen. »Mir fehlt nichts. Ich fühl' mich prima. Um mich umzubringen, muß schon mehr kommen als so eine größenwahnsinnige Nacktschnecke.«

»Und dann läßt du dich das ganze Stück tragen?« murmelte Kim. Er hatte nicht einmal mehr die Kraft, zornig zu sein. »Warum hast du nicht gesagt, daß du laufen kannst?«

»Du hast mich nicht danach gefragt, oder?« gab Jarrn schnippisch zurück. »Ich dachte, es macht dir Spaß.«

Kim schluckte die ärgerliche Antwort herunter, die ihm auf der Zunge lag. Es war auch egal, Jarrns kurze Beine wären ohnehin zu langsam gewesen.

»Ich brauche deine Hilfe, Jarrn.«

»Meine Hilfe?« Jarrn kicherte. »Ich habe es dir ja schon gesagt – du spinnst.«

»Ich meine es ernst, Jarrn«, fuhr Kim fort. »Themistokles' Leben steht auf dem Spiel.«

Der Zwerg blinzelte. »Sein Leben?«

»Die Flußleute haben ihn in ihrer Gewalt.« Kim deutete mit einer Kopfbewegung nach oben. »Sie wissen, daß sie nicht mehr entkommen können. Sie sind verzweifelt. Und ich glaube, sie werden etwas Verzweifeltes tun, wenn Priwinn nicht nachgibt.«

»Das wird er nicht«, sagte Jarrn plötzlich sehr ernst.

»Das fürchte ich auch«, antwortete Kim müde. »Er hat sich so verändert, Jarrn. Er ist hart geworden. Oft erkenne ich ihn kaum wieder.«

»Und was kann ich dabei tun?« erkundigte sich Jarrn. »Die Flußleute gehorchen mir sowenig wie dir. Sie sind nicht unsere Freunde – hast du das schon vergessen?«

»Nein«, erwiderte Kim. »Aber sie haben zwei Eisenmänner bei sich. Wie kommt das?«

»Eisenmänner?« Jarrns linke Augenbraue rutschte überrascht fast bis auf die Mitte seiner Stirnglatze hinauf. »Sie haben Eisenmänner?«

Der Zwerg wirkte erschrocken und ziemlich verwirrt, auch ein bißchen besorgt, fand Kim. Und erst jetzt, als er das Erstaunen auf Jarrns Gesicht sah, wurde ihm klar, daß er im ganzen Heer der Flußleute nicht einen einzigen Eisenmann gesehen hatte. Dabei hätte einer dieser stählernen Kolosse hundert von Priwinns Reitern aufgewogen.

»Bitte hilf uns, Jarrn«, bat Kim. »Ich verspreche dir die Freiheit. Ich lasse dich gehen, sobald Themistokles in Sicherheit ist. Darauf hast du mein Wort.«

»Ich schätze, dein Wort ist im Moment nicht viel wert«, meinte Jarrn schnippisch. »Warum sollte ich dir helfen? Weißt du, was du angerichtet hast? Weißt du, wieviel Schaden du uns zugefügt hast? Mehr als dieser verrückte Grasfresser und all seine Freunde zusammen.«

Kims Augen füllten sich beinahe mit Tränen vor Verzweiflung. »Bitte, Jarrn«, flehte er. »Du ... du kannst verlangen, was du willst. Meinetwegen begleite ich dich wieder als dein Gefangener, und ich gebe dir mein Ehrenwort, daß ich nicht wieder zu fliehen versuche. Aber hilf uns! Rette Themistokles. Von allen hier ist er am wenigsten euer Feind.«

Lange, lange blickte Jarrn ihn auf eine Art an, die Kim schaudern ließ. Er durchschaute diesen Zwerg einfach nicht. Meist benahm er sich samt seinen Untertanen gehässig und kindisch, oder er schien der Inbegriff der Bosheit zu sein – und dann wieder entdeckte Kim auf Jarrns Zügen etwas völlig anderes: Weisheit, wenn auch von einer Art, die er vielleicht niemals begreifen würde.

»Also gut«, stimmte Jarrn schließlich zu. »Aber ich tu' es nicht für dich und schon gar nicht für diesen rasenden Grasfresser dort oben. Ich tu' es nur für Themistokles, und danach bin ich frei und gehe meiner Wege.«

»Darauf hast du mein Wort«, bestätigte Kim. Er stand

auf und wollte weitergehen, aber Jarrn schüttelte den Kopf und rief ihn mit einer Handbewegung zurück.

»Warte einen Moment hier«, sagte er. »Ich muß … auf einem anderen Weg gehen. Wenn sie mich sehen, werden sie sofort begreifen, was los ist, und den Zauberer töten. Ich kenne diese Flußleute. Sie sind ein gemeines, niederträchtiges Volk. Es ist ihre Art, das zu zerstören, was sie nicht haben können.«

Kim nickte müde. »Ich warte hier«, sagte er. »Ich werde langsam bis dreißig zählen – reicht das?«

»Besser bis fünfzig«, sagte Jarrn nach kurzem Überlegen. »Falls du so weit zählen kannst.«

»Ich kann es ja mal versuchen.« Kim rang sich ein müdes Lächeln ab – und riß erstaunt die Augen auf, als Jarrn plötzlich verschwunden war. Es war, als hätte er sich einfach in Luft aufgelöst. Erst nach einigen Augenblicken begriff Kim, daß sich der Zwerg so schnell bewegt hatte, daß sein Auge ihm einfach nicht mehr hatte folgen können. Er bot wirklich ständig neue Überraschungen.

Kim schüttelte verblüfft den Kopf, starrte die Stelle an, an der Jarrn eben noch gestanden hatte. Dann begann er zitternd vor Ungeduld, aber mit erzwungener Ruhe bis fünfzig zu zählen. Als er fertig war, gab er noch zwei, drei Atemzüge hinzu, straffte die Schultern und ging so ruhig er konnte die Treppe hinauf.

Seit er zurückgelaufen war, um den Zwerg zu holen, hatte sich das Bild nicht im mindesten geändert. Die beiden Flußleute und der Eisenmann standen noch immer vor der Tür, und Priwinn – der inzwischen von acht oder zehn seiner Steppenreiter umgeben war – stand auf der anderen Seite des Ganges und funkelte sie haßerfüllt an. Als er Kims Schritte hörte, wandte er den Blick und brach mitten im Wort ab. Er runzelte fragend die Stirn, und auf seinem Gesicht erschien ein verärgerter Ausdruck, als Kim nicht darauf reagierte. Dann wandte er sich mit einem Ruck wieder an die beiden Flußmänner und hob fordernd die Hand. »Also – entscheidet euch. Freies Geleit für euch und für die, die sich noch innerhalb der Mauern befinden: wenn ihr all eure Waffen abgebt und uns die Eisenmänner ausliefert. Wir verlangen die Zerstörung sämtlicher Maschinen, die die Zwerge für euch gebaut haben.«

»Niemals«, antwortete der Flußmann. »Mit Verlaub, König Priwinn – Ihr habt nur die Schlacht gewonnen, nicht den Krieg.«

»Du verlangst, daß wir euch gehen lassen und eurem Wort vertrauen, daß ihr nicht zurückkommt und versucht, die Niederlage wettzumachen?« Priwinn lachte hart. »Du bist verrückt! Gebt eure Waffen ab und liefert uns diese Kreaturen aus, und ihr dürft gehen. Sonst nicht.«

»Dann stirbt der Zauberer«, antwortete der Flußmann ernst.

»Vielleicht«, antwortete Priwinn sehr ernst. »Aber ich werde nicht das Schicksal meines ganzen Volkes aufs Spiel setzen, um ein Leben zu retten. Und wäre es mein eigenes, würde ich nicht anders entscheiden.«

Kim hörte diesen Worten mit kaltem Schrecken zu. Das war nicht mehr der fröhliche, stets zu Scherzen aufgelegte Junge, den er kennengelernt hatte. Priwinn war zum Mann geworden. Aber er war ein harter, ein allzu harter Mann.

»Eure Frist läuft ab«, fuhr Priwinn fort, als die Flußmänner nicht antworteten. »Entscheidet euch, oder –«

»Oder?« fragte der Flußmann lauernd.

Priwinn zog langsam das Schwert aus dem Gürtel, und alle seine Begleiter taten es ihm gleich, so daß sich die beiden Flußmänner plötzlich einem Dutzend gezückter Klingen gegenübersahen. Im gleichen Moment glaubte Kim eine schattenhafte Bewegung in dem Raum hinter der Tür wahrzunehmen. Er beherrschte sich mit aller Macht, um nicht erschrocken zusammenzufahren oder zu auffällig dorthin zu blicken, aber er war sicher, sie gesehen zu haben. Einen Augenblick später sah er sie noch einmal. Und dann erblickte er Jarrn, der lautlos wie ein Schatten hinter Themistokles' Stuhl hervorgetreten war und den Eisenmann anstarrte, der den Alten bewachte.

Da schien sich etwas in dem grünen Auge zu ändern. Für einen Moment flackerte es, dann beugte sich die eiserne Gestalt vor, packte mit der linken, kräftigen Hand die Kette, mit der Themistokles angebunden war, und riß mit aller Gewalt daran.

Nicht einmal seine Kräfte reichten aus, die Kette aus Zwergenstahl zu zerbrechen; wohl aber den Stuhl, auf dem der Zauberer saß. Krachend brach das Möbel zusammen, und Themistokles stürzte schwer zu Boden.

Die beiden Flußmänner vor der Tür fuhren erschrocken herum, auch ihr eiserner Begleiter hob sein Schwert. Und mit einemmal ging alles so schnell, daß Kim nicht einmal alles mitbekam.

Priwinn stürzte mit einem gellenden Schrei vor und durchbohrte den Eisenmann mit seinem magischen Schwert. Seine Begleiter fielen so rasch über die beiden Flußleute her, daß diese sich gar nicht wehren konnten. Binnen kurzem lagen sie hilflos und von starken Armen niedergehalten am Boden, während Priwinn und dicht hinter ihm auch Kim über den gestürzten Eisenmann hinwegsetzten und auf Themistokles zurannten.

Das hieß – Kim rannte auf ihn zu. Priwinn riß mit einem abermaligen gellenden Schrei sein Schwert in die Höhe und stürzte sich auf den zweiten Eisenmann. Der Zwergenkönig riß erschrocken die Arme in die Höhe und wollte ihm den Weg vertreten, aber Priwinn rannte ihn einfach über den Haufen, schwang seine Klinge und enthauptete den stählernen Koloß mit einem einzigen, gewaltigen Hieb. Polternd stürzte die Gestalt zu Boden und blieb reglos liegen.

Indessen kniete Kim hastig neben Themistokles nieder. Der alte Mann stöhnte leise, aber er schien sich bei dem Sturz vom Stuhl nicht ernsthaft verletzt zu haben. Er war nur schwach und unendlich müde. Seine Augen blickten Kim voll Erschöpfung und Trauer an, als wüßte er, daß seine Lebenszeit endgültig abgelaufen war. Der Anblick brach Kim fast das Herz. Es war nicht das, was die Flußleute Themistokles angetan hatten: Es war so, wie Rangarig vor so langer Zeit gesagt hatte: Der Zauber dieser Welt erlosch, und mit ihm lief auch die Zeit ihres ältesten und mächtigsten Magiers ab.

»Was ist mit ihm?« fragte Priwinn gehetzt. »Ist er verwundet? Haben sie ihm etwas getan?«

»Nein«, flüsterte Kim. Er schüttelte langsam den Kopf, erhob sich wieder und beugte sich dann noch einmal herab, um Themistokles aufzuhelfen. Priwinn wollte ihm beistehen, aber Kim wehrte seine Hand ab und hob den zerbrechlichen Körper des alten Mannes ganz allein in die Höhe.

Themistokles schien fast nichts mehr zu wiegen. Obwohl er einst hochgewachsen war, spürte Kim sein Gewicht jetzt nicht halb so schwer wie das des Zwerges auf den Armen. Kims Augen füllten sich mit Tränen, als er sich umdrehte und Themistokles behutsam zu dem einfachen Bett neben der Tür trug, um ihn daraufzulegen.

»Was ist mit ihm?« fragte Priwinn noch einmal. Seine Stimme klang scharf, und als Kim auch diesmal nicht antwortete, da riß er ihn grob an der Schulter herum.

Kim schlug seine Hand beiseite und funkelte ihn an. »Er stirbt, du Narr!« sagte er wütend. »Siehst du das nicht?«

Priwinn wurde kreidebleich und beugte sich vor, um dem Zauberer ins Gesicht zu sehen. Und auch Kim trat an sein Lager heran.

Themistokles öffnete die Augen und lächelte ganz schwach. Seine Stimme war so leise, daß sie einem Flüstern glich, und doch war sie klar und deutlich zu verstehen. »Noch nicht, kleiner Held«, sagte er lächelnd. »Meine Zeit läuft ab, aber noch ist es nicht soweit. Unsere Welt stirbt, und ich mit ihr, doch es gibt eine Rettung. Du hast uns einmal geholfen, Kim. Tu es noch einmal.«

»Aber wie?« fragte Kim verzweifelt. »Ich … ich habe alles versucht! Ich würde mein Leben geben, wenn es etwas nützte.«

»Manchmal ist ein Leben zuwenig«, flüsterte Themistokles traurig. »Hilf ihnen, Kim. Du bist vielleicht der einzige, der es jetzt noch kann. Ich bin zu schwach dazu.«

Und damit schloß er die Augen. Seine Atemzüge wurden flacher und ruhiger; er war in einen tiefen, tiefen Schlaf gesunken, aus dem er vielleicht nie wieder erwachen würde.

Obwohl die Schlacht entschieden war, tobten noch Scharmützel die ganze Nacht hindurch. Überall in den Gassen hatten sich noch Gruppen der Flußleute verschanzt, die sich mit erbitterter Kraft verteidigten, obwohl sie längst eingesehen haben mußten, daß sie nichts mehr gewinnen konnten. Aber nach und nach wurde das Klirren der Waffen und das Schreien und Rufen leiser, und die Stadt füllte sich mit anderen, nicht minder falschen Geräuschen: dem Klappern von Pferdehufen auf dem gläsernen Pflaster, dem Lachen und Singen der Männer, die ihren Sieg feierten, dem Prasseln großer Feuer, die überall im Freien entzündet worden waren, denn das Heer war viel zu gewaltig, als daß die Männer allesamt in den Häusern Unterkunft hätten finden können. Auch die Burg hallte bald wider von Schritten und Stimmen, denn Priwinn und seine Heerführer hatten sie zu ihrem Hauptquartier erkoren.

Kim bemerkte von all dem nicht viel. Er saß an Themistokles Bett, hielt die schmale faltige Hand des Alten in der seinen und wartete gebannt darauf, daß der Zauberer erwachte. Manchmal war er allein, manchmal waren Steppenreiter oder auch Baumleute bei ihm, und ein- oder zweimal kam Priwinn herein und sprach ihn an, bekam aber niemals eine Antwort.

Erst lange nach Mitternacht fuhr Kim aus seinem Brüten hoch, als er Lärm von der Tür her hörte und einen Moment später der Steppenkönig hereinkam, gefolgt von einer mehr als doppelt mannshohen, breitschultrigen Gestalt, die einen zappelnden Zwerg in der linken und einen lautstark schimpfenden Jungen in der rechten Hand trug, als wären sie Puppen.

Ein roter Federball saß auf seiner rechten Schulter, und zwischen seinen Beinen glitt die schwarze schlanke Gestalt Sheeras ins Zimmer.

»Gorg!« rief Kim erleichtert. »Du lebst!«

»Na ja«, meinte Bröckchen, vorlaut wie immer. »War knapp. Wäre ich nicht rechtzeitig gekommen, hätten sie ihn erwischt.«

Der Riese grinste. Er setzte den Jungen – bei dem es sich um niemand anderen als Peer handelte – vor Kim auf den Boden. »Natürlich lebe ich«, sagte er. »Was hast du denn gedacht?«

»Der Bursche da behauptet, er gehört zu dir«, sagte Priwinn und deutete auf Peer. »Ist das wahr?«

»Er ist mein Freund«, bestätigte Kim.

Peer starrte den Steppenkönig haßerfüllt an, und plötzlich fiel Kim wieder ein, was er ihm erzählt hatte an ihrem ersten Abend in den Höhlen der Zwerge. Er warf Peer einen fast beschwörenden Blick zu und stand auf. »Er hat mir bei der Flucht geholfen«, fuhr er fort. »Ohne ihn hätte ich es kaum geschafft.«

Der Blick, mit dem Priwinn den Jungen musterte, war gleichfalls alles andere als freundlich. Offensichtlich beruhte die Abneigung auf Gegenseitigkeit, dachte Kim. Und dann fiel ihm etwas anderes ein. Er drehte sich herum und blickte zu Gorg hinauf, der noch immer den zappelnden Zwerg in der linken Hand trug, als hätte er ihn dort glattweg vergessen. »Laß ihn herunter, Gorg«, bat er.

Der Riese sah ihn erstaunt an und tauschte einen fragenden Blick mit Priwinn, ehe er tat, was Kim verlangte. Er setzte Jarrn auf den Boden, hielt aber weiter dessen Schulter fest. Der Zwerg spuckte Gift und Galle und versuchte, die Finger des Riesen aufzubiegen, natürlich ohne den mindesten Erfolg.

»Laß ihn gehen«, sagte Kim.

»Wie bitte?« wiederholte Priwinn ungläubig.

Kim nickte und deutete mit einer Kopfbewegung auf Jarrn. »Ich habe ihm die Freiheit versprochen«, sagte er. »Wenn er nicht gewesen wäre, dann wäre Themistokles jetzt vielleicht tot.«

»Unsinn!« behauptete Priwinn. »Wir hätten diese Lumpen schon irgendwie überwältigt. Bist du verrückt, ihn freilassen zu wollen? Weißt du, wer das ist?«

»Ja«, nickte Kim. »Der König der Zwerge.«

»Eben!« rief Priwinn in fast triumphierendem Tonfall. »Einen wertvolleren Gefangenen können wir uns kaum wünschen. Es war sehr klug von dir, ihn mitzubringen. Er wird uns noch von großem Nutzen sein.«

»Ich habe ihm mein Wort gegeben«, sagte Kim traurig.

»Das war vielleicht etwas voreilig«, meinte Priwinn kalt. »Es tut mir leid – aber er bleibt hier. Es ist noch nicht vorbei, Kim. Der Flußmann hatte recht, wir haben eine Schlacht gewonnen, aber nicht den Krieg.«

»Wie meinst du das?«

»Wir haben Gorywynn zurückerobert und das Heer der Piraten vertrieben«, antwortete Priwinn, »aber das heißt nicht, daß wir gesiegt haben. Im Gegenteil.« Sein Gesicht verdüsterte sich. »Ich fürchte, das Schlimmste steht uns noch bevor.«

Kim warf einen erschrockenen Blick in das Gesicht des Zwerges. Jarrn musterte den Steppenkönig kalt, aber Kim gewahrte auch ein dünnes, böses Lächeln in seinen Augen. Priwinn hatte recht – es war noch nicht vorbei. Und plötzlich erinnerte er sich auch wieder an die scheinbar unerklärliche Fröhlichkeit und Gelassenheit, mit der Jarrn sowohl ihre Flucht als auch seine Gefangennahme hingenommen hatte. »Du meinst, sie werden wiederkommen?« fragte er.

»Die Flußleute?« Priwinn schüttelte den Kopf. »Kaum. Sie haben sich blutige Nasen geholt und werden eine ganze Weile brauchen, um sich davon zu erholen. Aber unsere Späher berichten seit Tagen von einem Heer, das sich auf dem Weg hierher befindet. Wenn kein Wunder geschieht, so wird es spätestens bei Sonnenaufgang eintreffen.«

»Was für ein Heer?« fragte Peer.

Priwinn sah ihn an, als überlege er allen Ernstes, ob es der Junge überhaupt wert sei, eine Antwort zu erhalten. Dann zuckte er mit den Schultern und sagte – allerdings nicht zu Peer, sondern in Kims Richtung gewandt: »Eisenmänner.«

»Eisenmänner?!« Kim fuhr zusammen wie unter einem Hieb und blickte Jarrn aus weit aufgerissenen Augen an. »Ist das wahr?« flüsterte er.

Jarrn grinste hämisch. »Hast du gedacht, wir sehen zu,

wie ihr alles zerschlagt, was wir aufgebaut haben, Blödmann?«

»Wie viele sind es?« Kim erschauerte.

»Tausende«, fiel Gorg ein. Und Priwinn fügte hinzu: »Alle, die uns entkommen sind. Und vermutlich alle, die sie noch in ihren Schmieden gefertigt haben. Du bist dagewesen, Kim. Du solltest besser wissen als wir, wie viele es sind.« Aber Kim schüttelte nur den Kopf. »Ich habe keinen einzigen von ihnen gesehen«, sagte er. »Sie müssen sie weggeschafft haben. Oder sie stellen sie an einem anderen Ort her.«

In den Augen des Zwerges erschien ein Ausdruck, als hätte Kim etwas ungemein Lustiges gesagt. Er grinste noch breiter als sonst, sagte aber kein Wort. »Dann war alles umsonst«, flüsterte Kim niedergeschlagen.

Priwinn schüttelte heftig den Kopf. »Keineswegs«, sagte er. »Wir haben die erste Schlacht gewonnen, und jetzt, wo du da bist, werden wir auch die zweite gewinnen. Und wenn es dir gelingt, den Tatzelwurm weiter im Zaum zu halten, dann steht unsere Sache gut.«

Kim hatte ihm erzählt, was zwischen ihm und dem Tatzelwurm vorgefallen war. Aber offensichtlich hatte Priwinn gar nicht verstanden, was er gesagt hatte. Kim zweifelte, daß sie siegen konnten. Zwar war der Tatzelwurm mit seinen ungeheuerlichen Körperkräften ein wertvoller Verbündeter, aber selbst dieser Gigant war nicht unverwundbar, wie die Schlacht heute bewiesen hatte. Schließlich hatten die Eisenmänner ihn schon einmal besiegt.

Traurig sah er auf das Bett mit dem schlafenden Zauberer herab. Wäre Themistokles doch nur wach. Würde er doch nur noch einmal die Augen öffnen, um ihm zu sagen, was zu tun war. Alles war so verwirrend.

Niedergeschlagen blickte Kim den Zwerg an. »Bist du deshalb so guter Dinge?« fragte er.

Gorg verstärkte seinen Griff um Jarrns Schulter, und der Zwerg verzog schmerzhaft das Gesicht. »Was ist? Antworte.« Jarrn kicherte böse, obwohl er sich gleichzeitig unter Gorgs kräftigem Händedruck wand. Aber er schwieg wohlweislich.

Priwinn ballte zornig die Faust und machte einen Schritt auf den Zwerg zu. »Freu dich nur nicht zu früh, Zwerg«, sagte er und machte eine befehlende Geste in Gorgs Richtung. »Sperr ihn irgendwo ein, Gorg. Und stell zwanzig der besten und tapfersten Krieger zu seiner Bewachung bereit.«

Der Riese ging, um zu tun, was Priwinn ihm befohlen hatte. Für eine Weile wurde es danach sehr still in der Turmkammer, und es war ein Schweigen von unbehaglicher Art, das sich ausbreitete. Priwinn sah Kim an, und Kim spürte, daß der Freund auf etwas wartete, darauf, daß er etwas ganz Bestimmtes sagte oder tat. Er wußte auch, was es war. Aber er konnte sich nicht dazu durchringen. Es war ein Moment der Entscheidung. Und wenn Kim sich jetzt falsch entschied ... Priwinn band den Schwertgurt ab und legte ihn vor Kim auf den Tisch, zögerte noch einmal und stellte schließlich seinen Helm daneben. »Das gehört dir«, sagte er.

Kim schüttelte den Kopf.

»Aber du hast dich doch längst entschieden«, sagte Priwinn mit einem dünnen, beinahe traurigen Lächeln. Er kam näher, legte Kim die Hand auf die Schulter und sah ihm ernst in die Augen. »Glaube nicht, daß ich dich nicht verstehe. Auch mir bricht es das Herz, die Waffe gegen mein eigenes Volk erheben zu müssen. Aber es bleibt keine andere Wahl.«

»Ich kann das nicht«, murmelte Kim. Aber ganz überzeugt war nicht einmal mehr er selbst von seinen Worten.

»Du hast es bereits getan«, anwortete Priwinn. »Heute abend in der Schlacht um Gorywynn – hast du da nicht mitgekämpft? Und als du und dein Freund hier aus den Höhlen der Zwerge geflohen seid, habt ihr euch euren Weg in die Freiheit nicht erkämpft?«

»Das war etwas anderes«, murmelte Kim.

»War es das?« fragte Priwinn leise. »War es das wirklich?« Kim wußte keine Antwort darauf. Und nach einer Weile drehte sich der Steppenkönig wortlos weg, legte auch den Rest seiner schwarzen Rüstung ab und legte ihn auf den Tisch neben das Schwert und den Helm. »Es gehört dir«, sagte er noch einmal. »Morgen früh, wenn die Sonne aufgeht, wirst du es tragen und uns in die letzte Schlacht führen.«

XXIV

Er hatte einen Alptraum in dieser Nacht. Da die Stadt völlig überfüllt war und er Themistokles ohnehin um keinen Preis der Welt alleingelassen hätte, hatte Kim darum gebeten, daß man für Peer und ihn zwei weitere Betten in die Turmkammer brachte. Sie hatten noch lange geredet, und es hatte noch länger gedauert, bis Kim sich schließlich widerwillig auf seinem Lager ausstreckte und die Augen schloß. Und kaum war er in einen ersten, unruhigen Schlaf versunken, als er auch schon zu träumen begann.

Er sah sich auf diesem Bett liegen und in die Dunkelheit hinaufstarren. Bröckchen lag neben ihm zu einem kleinen Stachelball zusammengerollt und schnarchte, daß die Wände wackelten. Aber plötzlich war Kim nicht mehr allein. Nachdem er erschrocken hochgefahren war und sich umgesehen hatte, da erkannte er eine kleine, in ein zerfetztes schwarzes Cape gehüllte Gestalt, die am Kopfende seines Bettes stand und ihn mit sonderbarem Ausdruck anblickte. Unnütz zu fragen, wie es Jarrn gelungen sein mochte, Priwinns Wachen zu entschlüpfen und hierherzukommen. Kim verspürte keinen Schrecken, denn er wußte, daß dies ein Traum war, und auch daß Jarrn nicht gekommen war, um ihm etwas anzutun. Neben Kim hob Bröckchen den Kopf und blinzelte verschlafen. Er spürte, wie das winzige Wesen zu zittern begann.

Lange saß Kim einfach da und blickte den Zwerg an, und dieser erwiderte seinen Blick auf eine Art, die sein Gegenüber plötzlich unsicher und verstört werden ließ.

Endlich stand Kim auf, ging an dem Zwerg vorbei und sah sich im Zimmer um. Die leisen, gleichmäßigen Atemzüge Peers und des alten Zauberers waren die einzigen Geräusche, die er hörte. Von draußen drang noch immer der rote Schein lodernder Feuer herein, aber die lachenden Stimmen der Krieger waren verklungen. Tiefe Nacht hatte sich über

Gorywynn gesenkt, und wer von den Männern nicht Wache stand, der nutzte die wenigen Stunden, die noch bis zum nächsten Morgen verbleiben mochten, um Kräfte für die letzte, entscheidende Schlacht zu sammeln.

Plötzlich war es Kim, als riefe ihn etwas.

Im ersten Moment dachte er, es wäre Jarrn, und er drehte sich zu ihm um, aber der Zwergenkönig stand reglos und mit dem gleichen sonderbar wissenden Ausdruck im Gesicht da wie bisher, und da begriff Kim, daß er den Ruf nicht wirklich gehört hatte. Vielmehr war es, als hätte etwas seine Seele berührt, etwas Kaltes und Fremdes, und gleichzeitig doch Vertrautes und Beschützendes.

Sein Blick löste sich von Jarrns Gestalt und glitt über die des schlafenden Zauberers, aber Themistokles' Augen waren geschlossen und blieben es auch weiter; es war nicht die Magie des Zauberers, die er gespürt hatte.

Langsam drehte er sich weiter. Sein Blick blieb an dem kleinen Tischchen hängen, auf dem Priwinn Schwert, Helm und Rüstung zurückgelassen hatte, und im selben Moment, in dem er die Waffen sah, da wußte er es. Es war die Stimme dieser Rüstung, die er gehört hatte. Eine Stimme aus der Vergangenheit, seiner eigenen Vergangenheit, die von großen Heldentaten und mutigen Kämpfen erzählte; die ihm zuflüsterte, daß ihr Zauber noch immer da war, so stark und unüberwindlich wie damals, ja, in seiner Hand sogar hundertmal stärker als in der Priwinns – denn diese Rüstung hatte einst Kim gehört, und nicht dem Steppenreiter.

Kim schauderte. Mit einem kleinen Teil seines Verstandes begriff er noch, daß es die Verlockung der Macht war, die er spürte. Das Wissen um die Unüberwindlichkeit dieser Rüstung und um die tödliche Schärfe der schwarzen Klinge, die schon einmal mitgeholfen hatte, dieses Land vor einer entsetzlichen Gefahr zu erretten. Es gab nichts, was dieser Waffe widerstand, und nichts, was diesen Panzer durchdringen konnte. Legte er ihn an, so war er unbezwingbar.

Er wollte es nicht, er versuchte, sich mit aller Kraft dagegen zu wehren, aber es war, als gehörten seine Hände gar nicht mehr ihm. Langsam und zitternd, und doch zielstrebig, ergriff Kim den Brustharnisch, die Bein- und Armkleider aus schwarzem Eisen und schließlich die wuchtigen Kettenhandschuhe und streifte eines nach dem anderen über. Die Rüstung mußte gut einen Zentner wiegen, wenn nicht mehr. Aber statt ihr Gewicht zu spüren, geschah das genaue Gegenteil – mit jedem Stück, das Kim anlegte, schienen seine Kräfte zu wachsen, mit jeder Platte aus schwarzem Eisen, die er an seinem Körper befestigte, wuchs sein Wissen, unverwundbar und unüberwindlich zu sein, und als er schließlich den Helm überstülpte und als letztes nach dem schartigen schwarzen Schwert griff, da durchströmte ihn eine Woge von prickelnder, unwiderstehlicher Energie.

Ein Teil von Kim wußte immer noch, daß das, was er jetzt tat, falsch war: Es war nicht die Kraft des Guten. Nicht wirklich. Es war die Verlockung der Macht, jene böse Anziehung, die die Gewalt ausübt, die Lust am Zerstören und Vernichten. Doch dieser Teil seines Verstandes, der all dies begriff, war längst nicht mehr stark genug.

Kim hatte alles versucht. Er war von Niederlage zu Niederlage geeilt, hatte Rätsel um Rätsel gelöst, hatte sich vielen Gefahren gestellt, um das furchtbare Geheimnis, das mit dem Schicksal Märchenmonds und seiner Bewohner verknüpft war, zu lösen. Und er war weiter davon entfernt denn je. Vielleicht war es so, daß er dabei war, aufzugeben, so bitter es Kim auch erschien. Ob es das war, was Themistokles mit seinen letzten, geflüsterten Worten gemeint hatte? Daß ein Leben als Preis manchmal nicht reichte, um etwas zu erringen …

Es war nicht die Angst – Kim hätte sein Leben gern gegeben, um Märchenmond zu retten. Doch das galt auch für jeden einzelnen all dieser Männer, die Priwinn um sich geschart hatte. Und nur zu viele waren bereits dafür gestorben. Es war wohl nicht der Tod, den dieses grausame Schicksal von ihm verlangte, sondern vielleicht ging es vielmehr darum, etwas Falsches zu tun. Etwas, von dem Kim wußte, daß es nur weiteres Unheil und Böses hervorbringen konnte. Und doch hatte er keine Wahl mehr. Nach allem, was er und Priwinn versucht hatten, war die Gewalt die einzige Lösung, die ihnen noch blieb.

»Glaubst du das wirklich?«

Kim drehte sich zu Jarrn herum, noch immer im Traum, und er antwortete darauf: »Ich weiß es nicht. Ich ... ich weiß einfach nicht mehr weiter, Jarrn.« Er wunderte sich kein bißchen, daß der Zwergenkönig seine Gedanken gelesen hatte.

»Du bist ein Narr«, sagte Jarrn ernst. In seiner Stimme war nichts von der gewohnten Gehässigkeit, vielmehr dieser Ausdruck von uraltem Wissen, den Kim schon früher an ihm entdeckt hatte. Und seine Worte machten ihn schaudern.

Kim wartete darauf, daß der Zwergenkönig fortfuhr, aber Jarrn blickte ihn nur voller Trauer an, dann drehte er sich herum und ging mit langsamen Schritten auf das Bett zu, auf dem Peer lag.

Kim sah erstaunt und voll Neugier zu, wie Jarrns Fingerspitzen rasch über Peers Stirn und Schläfen strichen und sich der Junge unruhig im Schlaf bewegte. Dann trat der Zwerg zurück, sah noch einmal traurig zu Kim auf und wandte sich schließlich zur Tür. Er schritt einfach durch sie hindurch, ohne sie zu öffnen, und auch das war in Ordnung – in einem Traum.

Seltsam, daß Kim so dachte. Er war sich vollkommen bewußt, daß er träumte. Normalerweise wußte man das nicht. Und plötzlich überkam ihn der Gedanke, daß er sich vielleicht nur einredete zu träumen, ganz einfach, weil sonst all dies nicht zu ertragen gewesen wäre.

Doch dann geschah etwas, das ihn endgültig davon überzeugte, in einem Traum zu sein: Ein trompetender Schrei durchschnitt die Nacht, und als Kim zum Fenster trat und neugierig hinausblickte, da sah er den gewaltigen Schatten des Tatzelwurms, der mit weit ausgebreiteten Flügeln langsame Kreise über den See zog. Aber er war nicht allein. Ein zweiter, kleinerer Schatten – wenn auch noch immer riesig genug – schwebte neben ihm: ein Drache von hellgolden schimmernder Farbe. Wut und Zorn lagen im Schrei der beiden, doch war nichts Aggressives an ihrem

Dahingleiten. Es konnte nicht wahr sein, daß diese Erzfeinde sich nicht ohne zu zögern aufeinander stürzten, um sich gegenseitig zu vernichten; Rangarig und der Tatzelwurm waren Feinde seit Anbeginn der Schöpfung.

Da vermeinte Kim zu verstehen, was ihm der Traum mit diesem Bild sagen wolle: Wenn selbst Rangarig und der Tatzelwurm ihre uralte Feindschaft überwunden hatten, um gemeinsam gegen die Feinde Märchenmonds zu kämpfen, wie konnte er dann noch zögern?

Eine Weile sah Kim dem kreisenden Flug der beiden zu, bis sie allmählich an Höhe verloren und nebeneinander auf dem Feld vor dem Stadttor niedersanken und so Kims Blikken entschwanden. Dann ließ ihn ein Geräusch vom Bett her aufhorchen.

Es war nicht Themistokles, von dem Kim insgeheim gehofft hatte, daß er es sei, der ihm diesen Traum sandte. Der Alte lag wie zuvor reglos schlafend auf dem Bett. Peer aber hatte sich aufgesetzt und blickte mit verwirrtem Gesicht um sich. Für einen Moment traf der Blick seiner Augen genau auf Kim, aber er blieb leer, es war kein Erkennen darin, ja es schien, daß der Junge ihn überhaupt nicht wahrnahm. Und so leer wie seine Augen war sein ganzes Gesicht. Ganz langsam, aber mit zielstrebigen Bewegungen, stand Peer vom Bett auf, immer noch mit dem Antlitz eines Schlafenden.

Wie zuvor Jarrn blieb auch er einen Moment an Kims Lager stehen, dann drehte er sich herum und ging mit gemessenen Schritten auf die Tür zu. Und wie der Zwerg schritt er einfach hindurch, als wäre die Tür aus massivem Holz nichts als eine Illusion. Nach einem fast unmerklichen Zögern schob Kim das Schwert, das er noch immer in der rechten Hand hielt, in die lederne Scheide an seinem Gürtel und folgte dem Freund. Wie Peer und der Zwerg vor ihm, machte sich Kim nicht einmal die Mühe, die Hand nach dem Türgriff auszustrecken …

Traum oder nicht – Kim prallte so unsanft gegen die Tür, daß er taumelte und um ein Haar zu Boden gestürzt wäre. Verblüfft hob er die Hand an seine geprellte Stirn und betastete die mächtige Beule, die sich fast augenblicklich darauf zu bilden begann. Dann starrte er die geschlossene Tür an und schüttelte verwundert den Kopf. Was für ein verrückter Traum! Offensichtlich konnten sich hier alle so benehmen, wie es ihnen gerade einfiel – nur er nicht.

Das begann ihn neugierig zu machen. Eine sonderbare Art von Erregung erfaßte ihn. Hastig drückte Kim die Klinke herunter, riß die Tür auf und stürmte auf den Gang hinaus. Peer hatte sich bereits etliche Stufen weit die gläserne Wendeltreppe hinunter bewegt und war seinen Blicken fast entschwunden. Kim griff rasch aus, um aufzuholen, verfiel dann aber in das gleiche Tempo wie der schlafwandlerische Junge und ging in zwei Schritten Abstand hinter ihm her. Er bezweifelte, daß Peer es bemerkt hätte, wäre Kim neben ihn getreten oder nicht einmal, hätte er versucht, ihn zu berühren und festzuhalten. Aber Kim wollte auf keinen Fall ein Risiko eingehen.

Langsam gingen sie die gewaltige Wendeltreppe bis in die Eingangshalle des Schlosses hinab, wo Peer sich nach links wandte, nicht der Tür nach draußen zu, sondern auf eine der schmalen Nebenpforten hin, die in jene Bereiche führten, die der Dienerschaft vorbehalten waren und durch die er mit Priwinn schon einmal eingedrungen war, um zu Themistokles zu gelangen. Die Halle war reichlich bevölkert. Zahlreiche Männer hatten ihr Lager hier aufgeschlagen. Die meisten lagen auf dem nackten Boden oder benutzten Decken und Sättel als Kopfkissenersatz. Einige waren noch wach und redeten leise miteinander. Und als Kim an ihnen vorbeikam, blickte einer dieser Männer auf und sprang erschrocken in die Höhe.

»Herr!« rief er. »Was –?«

Auf seinen Zügen breitete sich ein Ausdruck von Verblüffung aus, als er das Gesicht unter dem schwarzen Helm der Zauberrüstung erkannte, der fast augenblicklich in Mißtrauen und Zorn umschlug. »Wer bist du?« fragte er scharf. »Was fällt dir ein, diese Rüstung anzulegen, Bursche?«

Kim war viel zu überrascht, um zu antworten. Er rührte sich nicht einmal, als der Mann die Hand ausstreckte und ihn grob an der Schulter zu rütteln begann. »Rede!«

Kim blickte hastig zu Peer hin. Der Junge hatte die Pforte fast erreicht. Es blieb keine Zeit, sich mit diesem Mann zu streiten. So hob er den Arm und wollte die Hand des Kriegers abstreifen, aber der Griff des Mannes verstärkte sich nur noch, und er schüttelte Kim immer heftiger.

»Du sollst antworten, Kerl!« schrie er. Jetzt waren auch andere aufgestanden und traten neugierig hinzu. Kim hatte endgültig genug, zumal Peer in diesem Augenblick durch die geschlossene Tür hindurchschritt und verschwunden war. Mit einer groben Bewegung fegte er den Arm, der ihn gepackt hielt, beiseite – und schrie auf, als der Mann blitzschnell mit der anderen Hand zuschlug und ihm eine Ohrfeige versetzte. Zwar nahm ihr der schwarze Helm den größten Teil ihrer Wucht, aber Kim stolperte doch zurück und stürzte der Länge nach zu Boden.

Ein dumpfer Schmerz schoß durch seinen Hinterkopf und wurde für einen Moment so heftig, daß er rote Schleier vor den Augen sah. Zu allem Unglück biß er sich auch noch auf die Zunge und spürte salziges Blut im Mund. Benommen richtete er sich etwas auf und stöhnte, als sich der Mann, der ihn zu Boden geschlagen hatte, über ihn beugte und ihn grob in die Höhe zerrte.

Aber bevor Kim ein weiterer Schlag treffen konnte, erscholl eine scharfe Stimme.

»Was ist da los?«

Kim blinzelte, als er die Gestalt in braunem Leder erkannte, die im Zickzack zwischen den schlafenden Kriegern hindurch auf sie zueilte. Er hatte Priwinn so lange nicht mehr in seiner angestammten Kleidung gesehen, daß ihm der Anblick zuerst falsch vorkam. Und noch etwas war daran – nein, nicht daran, sondern an dieser ganzen Situation! – das ihn zutiefst erschreckte.

»Was geht hier vor?« fragte Priwinn noch einmal mit Schärfe und stockte dann mitten im Schritt, als er Kim erkannte. Erst war er einfach fassungslos, aber dann breitete sich ein Ausdruck freudiger Überraschung auf seinem Gesicht aus.

»Kim!« rief er. »Du hast dich also entschieden!«

War das noch ein Traum?

Priwinn fuhr herum und schrie den Mann an, der Kim gepackt hatte: »Laß ihn sofort los, du Narr! Weißt du nicht, wer das ist?! Es ist Kim!«

Offensichtlich war dieser Name dem Mann keineswegs fremd, denn er ließ Kim hastig los und wurde kreidebleich. Priwinn trat mit einem schnellen Schritt an ihm vorbei und legte dem Freund die Hand auf die Schulter. »Ich bin froh, daß du dich entschieden hast. Stell dir vor, Rangarig ist zurück, und er ist wieder völlig in Ordnung! Er und der Tatzelwurm wollen mit uns gemeinsam gegen die Eisenmänner kämpfen! Jetzt wird alles gut!«

Das war kein Traum, dachte Kim fast hysterisch. Hastig streifte er Priwinns Hand ab und deutete auf die Tür, durch die Peer hindurchgegangen war. »Peer ...«, flüsterte er.

Priwinn blickte fragend. »Was ist mit ihm?«

»Er ... er ist doch ... hier vorbeigegangen«, murmelte Kim. »Verzeiht, aber Ihr müßt Euch täuschen«, sagte der Mann jetzt demütig, der Kim noch vor Augenblicken angebrüllt und geschlagen hatte. »Hier ist niemand vorbeigegangen.« Kims Kopf flog mit einem Ruck herum. »Bist du sicher?!« keuchte er.

»Völlig, Herr«, antwortete der andere kleinlaut. »Nur Ihr wart hier. Deshalb meine Verwirrung – Ihr schient ... wie in Trance ...«

»Was soll das heißen?« mischte sich Priwinn ein. »Was –«

Kim hörte gar nicht mehr zu. *Sie hatten ihn nicht gesehen!* Keiner dieser Männer hier hatte Peer *gesehen,* nur er. Und Kim hatte plötzlich die entsetzliche Gewißheit, was das bedeutete. *Es war kein Traum! Er erlebte all dies WIRKLICH!*

Ohne auch nur zu hören, was Priwinn oder sonst jemand sagte, riß er sich los und stürmte hinter dem Freund her. Mit ein paar gewaltigen Sätzen erreichte er die Pforte und rüttelte vergeblich daran, bis er begriff, daß sie verschlossen war. Priwinn rief ihm etwas zu, aber Kim verstand nicht, was er sagte, statt dessen riß er das Schwert aus dem Gürtel und ließ die Klinge mit aller Macht auf den Riegel heruntersausen. Mit einem berstenden Knall zersprang das farbige

Glas des Riegels, und gleich die ganze Tür in tausend Stükke, und Kim stürmte hindurch, ohne auf Priwinns überraschte Rufe oder die trappelnden Schritte der anderen hinter sich zu achten.

Hinter der zerborsten Tür lag ein langer, staubiger Gang, der sichtlich schon lange nicht mehr benutzt worden war. Etliche Türen zweigten von ihm ab. Sie standen alle offen, so daß Kim im Vorbeilaufen einen Blick in die dahinterliegenden Räume werfen und feststellen konnte, daß Peer nicht dort war. Nur am Rande bekam er mit, wie Priwinn hinter ihm in den Korridor stürmte und ihn immer wieder bat, stehenzubleiben oder ihm wenigstens zu sagen, was los sei. Aber Kim rannte nur schneller, bis er das Ende des Ganges erreichte und dort vor einer weiteren, verschlossenen Tür stand. Diesmal mußte er zwei- oder dreimal mit dem Schwert zuschlagen, bis der Riegel nachgab und er die Tür mit der Schulter aufsprengen konnte. Priwinns Schritte hinter ihm kamen näher, aber Kim achtete nicht darauf.

Er registrierte auch kaum, wie etwas an seinen Beinen vorbeischoß und in der grauen Dämmerung vor ihm verschwand. Erst im Nachhinein, als Bröckchen von seiner Schulter hüpfte und dem Schatten mit überraschender Behendigkeit folgte, begriff er, daß es der Kater Sheera gewesen war. Offensichtlich hatte das Tier, anders als sein Herr Priwinn, den Jungen sehr wohl gesehen.

Vor Kim lagen die ersten Stufen einer schmalen, sich in engen Drehungen die Erde hinabwindenden Treppe. Eine zentimeterdicke Staubschicht bewies, daß hier lange niemand mehr hinuntergegangen war. Keinerlei frische Spur zeigte sich darin, und doch wußte Kim mit Sicherheit, daß Peer diesen Weg genommen hatte. So schnell er nur konnte, hetzte er die Treppe hinab, wobei er oft auf den glatten Stufen ausglitt und sich an den Wänden festhalten mußte. Einmal stürzte er und kollerte ein ganzes Stück weit scheppernd in die Tiefe, ohne sich aber ernsthaft dabei zu verletzen.

Als Kim sich danach aufrichtete, herrschte rings um ihn vollkommene Stille. Priwinns aufgeregte Rufe waren verstummt, und auch das Geräusch der Schritte war weit hinter Kim zurückgeblieben. Er mußte schneller und vor allem weiter gelaufen sein, als er gemerkt hatte. Erst jetzt fühlte er, wie rasch und hart sein Herz schlug, wie rasend seine Lungen arbeiteten und wie sehr seine Knie zitterten. Und mit einem Male fiel ihm auch auf, auf welch unheimliche Weise sich seine Umgebung verändert hatte. Die Wände, die Dekke und die Treppenstufen unter seinen Füßen waren noch immer aus Glas, aber nicht mehr in den eingefangenen Farben des Regenbogens. Kim umgab jetzt ein milchiger, trüber Schleier, als bewege er sich durch eine Welt aus erstarrtem Nebel. Ein muffiger Geruch hing in der Luft, und die Staubschicht vor ihm, beginnend mit der ersten Stufe, auf die er den Fuß noch nicht gesetzt hatte, war nahezu knöcheltief und gänzlich unberührt. Kim ahnte, daß er sich tief, tief in der Erde befinden mußte, fast war es, als könne er das ungeheure Gewicht des Felsens, auf dem sich die Burg erhob, über seinem Kopf spüren.

Allmählich schlich die Angst in ihm hoch. Bisher war er viel zu aufgeregt gewesen, um auch nur darüber nachzudenken, was er tat. Aber mit einem Male fiel ihm ein, wie gewaltig die Kellergewölbe von Gorywynn waren, so gewaltig, daß sich eine ganze Armee darin verbergen konnte – und ganz sicher groß genug, um sich darin hoffnungslos zu verirren und nie wieder den Weg hinaus zu finden.

Wo war Peer?

Kim verlor mit einem Male die Gewißheit, auf dem richtigen Weg zu sein. Vielleicht war der Junge abgebogen, oder Kim hatte eine Tür, eine Abzweigung übersehen und war längst auf dem besten Wege, immer tiefer und tiefer in dieses Labyrinth aus gläsernen Treppen und Stollen vorzudringen.

Trotzdem setzte sich Kim wieder in Bewegung, wenn auch jetzt sehr viel langsamer als bisher.

Die Treppe schien kein Ende zu nehmen. Stufe um Stufe um Stufe stieg Kim in die gläsernen Eingeweide der magischen Stadt hinab, und mit jedem Schritt, den er tat, veränderte sich seine Umgebung ein winziges bißchen mehr, wurde der Traum aus Glas und farbigem Licht mehr und mehr zum Alptraum aus erstarrtem Nebel und grauem Schimmer. Sein Herz klopfte heftig, nicht vor Anstrengung, sondern vor Furcht. Als er endlich das Ende der Treppe erreichte, da hatte er es längst aufgegeben zu überlegen, wie tief unter der Stadt er sich befinden mochte.

Vor ihm lag ein weiter, gläserner Saal, der von dem gleichen, unheimlichen Grau erfüllt war wie die Höhlenwelt der Zwerge.

Bröckchen und Sheera waren dicht hinter dem Eingang stehengeblieben und zur Reglosigkeit erstarrt, Kim konnte die Furcht direkt fühlen, mit der sie in die riesige, vollkommen leere Glashöhle hineinblickten.

Doch nein – sie war nicht *vollkommen* leer. In der Mitte des Saales, so weit entfernt, daß Kim ihn kaum sah, sondern in der bleiernen Dämmerung mehr ahnte, erhob sich etwas wie ein riesiger steinerner Würfel von nachtschwarzer Farbe. Sein Anblick hätte Kim an einen Altar erinnert, wäre er nicht viel zu groß dafür gewesen, größer als ein Haus, und so schwer, daß er den gläsernen Boden unter sich zermalmt hatte und ein Stück weit hineingesunken war. Davor stand, winzig klein im Verhältnis zu dem Quader, eine schlanke Gestalt mit schwarzem Haar.

»Peer!« schrie Kim. Die Wände der kahlen Halle warfen seine Worte als verzerrtes, meckerndes Echo zurück.

Peer reagierte nicht. Er drehte sich langsam zur Seite und begann, zur linken Seite des Quaders zu gehen, wo eine schmale Treppe zu seiner Oberseite hinaufführte.

Kim rief ihn noch einmal, wartete aber diesmal nicht ab, ob er ihn verstand, sondern rannte los, so schnell er konnte. Peer hatte inzwischen die flache Oberseite des gigantischen Felswürfels beinahe erreicht, als Kim keuchend am Fuße der Treppe ankam, und kurz stehenblieb, um Atem zu schöpfen. Und als Kim das nächste Mal nach oben schaute, war die Treppe leer.

Kim schrie ein drittes Mal und jetzt schon verzweifelt nach Peer. Dann rannte er die steinernen Stufen hinauf, ohne darüber nachzudenken, was ihn dort oben erwarten mochte. Vielleicht etwas Entsetzliches, vielleicht so schlimm, daß es besser war, es sich gar nicht auszumalen – aber als Kim mit einem letzten gewaltigen Satz auf die Fläche oben hinaufsprang, da stand der dunkelhaarige Junge hoch aufgerichtet und reglos vor ihm, zehn oder zwölf Schritte entfernt, genau in der Mitte des riesigen Blockes. Und da wußte Kim nun mit Sicherheit, daß es ein Altar war.

Peer hatte sich herumgedreht und blickte Kim mit sonderbar traurigen Augen an. Erschrocken blieb Kim mitten in der Bewegung stehen, aber Peer sah ihn nur weiter an. Dann lächelte er ebenso traurig und hob die rechte Hand, als wollte er zum Abschied winken. Ja, es war ein Abschied. Denn Peer hatte kaum die Hand gesenkt, da geschah etwas Furchtbares. Schnell und sonderbar undramatisch. Doch Kim stockte der Atem vor Entsetzen. Es war, als balle sich etwas von dem grauen Nebellicht, das hier überall herrschte, um Peer zusammen, bis er nur noch wie durch einen Vorhang aus wattigem Dunst erkennbar war. Seine Gestalt schien vor Kims Augen zu verschwimmen, wurde unscharf und flach wie ein Schatten, dessen Ränder im Licht zerfaserten, bis er nicht mehr zu sehen war.

Und als sich das graue Licht nach einigen Augenblicken wieder verflüchtigte, da stand Kim nicht mehr dem schwarzhaarigen Jungen gegenüber – sondern einem gewaltigen, kantigen Eisenmann mit einem einzigen grünglühenden Auge. Kim wollte schreien, aber das Entsetzen schnürte ihm die Kehle zu. Gelähmt vor Schreck, daß er sogar aufs Atmen vergaß, stand er da und schaute. Auch der Eisenmann blieb reglos auf seinem Platz und sah aus seinem glühenden Augenschlitz auf Kim herab. In diesem Augenblick fühlte sich Kim vollkommen wehrlos. Wäre der Eisenmann auf ihn zugetreten, um ihn zu packen, hätte Kim nicht den geringsten Versuch gemacht, zu entkommen. Jedoch der eiserne Riese griff ihn nicht an. Statt dessen ruckelte er nach einer Weile langsam an Kim vorbei, bewegte sich ungelenk die steinerne Treppe des Altars wieder hinunter und wandte sich dann nach rechts. Noch einmal blieb er stehen, drehte langsam den mächtigen Schädel und sah zu

Kim hinauf. Und obwohl es ganz unmöglich war, denn sein Gesicht bestand ja aus Eisen, das zu keiner Regung fähig war, schien es, als huschte ein Ausdruck sonderbarer Trauer drüber hinweg. Doch schon drehte der Eisenmann den Kopf wieder fort und ging mit schweren, gleichmäßigen Schritten davon.

Kim blickte ihm nach, bis er in der grauen Dämmerung der Halle verschwunden war. Auch dann noch dauerte es lange, sehr lange, bis auch Kim langsam den gewaltigen Altarstein verließ und sich auf den Rückweg ins Schloß hinauf machte.

XXV

Die Sonne war aufgegangen, als er zurückkehrte. Die Katakomben – das hatte Kim jetzt begriffen – gehörten zur Welt der Zwerge, wo die Zeit anderen Gesetzen gehorchte. Die Eingangshalle des Schlosses war leer, und auch auf dem Hof traf Kim niemanden. Ein unheimliches Schweigen hatte sich über Gorywynn gebreitet, und obwohl sich über den Türmen und Mauern ein wolkenloser Himmel spannte, zitterte Kim vor Kälte am ganzen Leib. Er fühlte sich müde, so müde und kraftlos wie niemals zuvor. Der Rückweg war lang und mühsam gewesen, doch die Schwäche in seinen Gliedern kam nicht von dieser Anstrengung. Die Erschöpfung lag tiefer. Vielleicht zum erstenmal im Leben hatte er begriffen, was Mutlosigkeit bedeutete; was es hieß, in einer Situation zu sein, aus der es keinen Ausweg mehr gab, in der jede Entscheidung falsch war, und in der sich alles, was er tat, gegen ihn wendete. Sie hatten verloren. Sie hatten einen Kampf gefochten, den sie von Anfang an nicht hatten gewinnen können. Tief in seinem Innersten hatte Kim dies wohl die ganze Zeit über gespürt, denn er fühlte zwar ein lähmendes Entsetzen und eine mit Worten kaum noch zu beschreibende Furcht, aber überrascht war er nicht.

Kim schlug den Weg zum Stadttor ein. Da fiel ihm abermals die fast unheimliche Stille auf, die über Gorywynn lag wie eine unsichtbare Decke, die jeden Laut und alles Leben erstickte. Wohl kaum jemand in dieser Stadt hatte in der vergangenen Nacht viel Ruhe oder gar Schlaf gefunden, so daß schwerlich zu erwarten war, einen Morgen ganz wie sonst zu erleben. Aber es war schlichtweg niemand in den Straßen. Alles war wie leergefegt, selbst die Häuser schienen verlassen. Hinter keinem Fenster rührte sich etwas, keine Tür stand offen, es war auch nicht das geringste Geräusch zu hören, und für einige Augenblicke kam es Kim so vor, als sei er der letzte Überlebende in Gorywynn, möglicherweise in ganz Märchenmond. Vielleicht hatten sie sich alle verwandelt, waren alle zu dem geworden, das schon lange nach ihren Seelen griff: Eisen.

Jetzt näherte sich Kim dem Stadttor, und nun endlich sah er sie – Steppenreiter, Waldläufer und auch Baumleute. Es waren ausnahmslos Krieger, die dem Tor zuströmten, hinter dem Kim eine gewaltige, brodelnde Menge erkennen konnte. Er hörte ein dumpfes Raunen, wie das Geräusch ferner, schwerer Meeresbrandung, und manchmal einen krächzenden Schrei, den der Tatzelwurm oder auch Rangarig ausstoßen mochten. Trotzdem war es zu ruhig. Die Hufschläge der Pferde klangen gedämpft und unnatürlich leise, selbst das Geräusch des Windes, das sich sonst an den Türmen und Zinnen Gorywynns brach wie an den Saiten einer gläsernen Harfe, war verstummt. Es war, dachte Kim schaudernd, als hielte die ganze Welt den Atem an.

Und als er durch das Tor schritt, da sah er, was draußen geschehen war.

Wo am Abend zuvor die Schlacht zwischen Priwinns Heer und den Flußleuten getobt hatte, da zog sich nun eine gewaltige, hundertfach gestaffelte Reihe von Reitern und Fußtruppen dahin: Priwinns Armee, verstärkt durch Tausende und Tausende anderer, die aus allen Teilen des Landes herbeigeströmt waren, um dem neuen König von Caivallon in seiner letzten Schlacht beizustehen – überragt von den gewaltigen Umrissen der beiden Drachen. Die zwei Ungeheuer kreisten knurrend über ihnen und zuckten mit den Flügeln, als könnten sie es kaum noch erwarten, sich auf den verhaßten Feind zu werfen.

Aber Kims Herz schien vor Schreck einen Schlag zu überspringen, als er die gewaltige Masse der feindlichen Armee erblickte. Kaum einen Steinwurf von Priwinns Heer entfernt hatte sie Aufstellung genommen, um zum Sturm auf Gorywynn anzusetzen.

Es waren die Reste der geschlagenen Flußleute, die Priwinns Männern am vergangenen Abend entkommen waren, aber nicht nur sie; längst nicht nur sie. Zwischen den in Leder und Eisen gehüllten Gestalten erblickte Kim zahllose kleinere Schatten, die zerfetzte schwarze Capes trugen, Schwerter schwangen, die kaum länger als ein Dolch waren. Und mit den Zwergen waren die Eisenmänner gekommen. Es waren Tausende, unübersehbar, eine gewaltige, schwarzglitzernde Masse, so weit das Auge reichte. Auf jeden, der sich um Priwinn und die beiden Drachen geschart hatte, kam mindestens einer. Einer für jedes Kind, das aus dem Haus seiner Eltern verschwunden war. Einer für jede Träne, die ein Vater und eine Mutter vergossen hatten. Märchenmonds Kinder waren zurückgekehrt, um den Preis für ihr Schicksal von ihren Eltern einzufordern.

Vielleicht war es ein grausames Schicksal, wahrscheinlich aber nur Zufall, daß der Kampf im gleichen Augenblick entbrannte, in dem Kim aus dem Tor hervortrat. Es gab kein Signal, kein Zeichen. Von einer Sekunde auf die andere erwachten die beiden gewaltigen Heere aus der Ruhe, in der sie bisher verharrt waren, und stürmten aufeinander los. Das unheimliche Schweigen wurde vom Schreien aus unzähligen Kehlen zerrissen. Und einen Augenblick später prallten die Heere fürchterlich und dumpf aufeinander. Die Drachen schwangen sich in einer einzigen, gleichzeitigen Bewegung hoch in die Luft und stürzten sich mit Klauen und Zähnen auf das feindliche Heer. Obwohl dieses an Zahl und vor allem an Kampfkraft sicherlich überlegen war, waren es doch zuerst Priwinns Reiter, die die Angreifer zurücktrieben, und sei es nur durch die pure Wucht ihres ungestümen Vordringens.

Kim schrie entsetzt auf und rannte los. Kaum hundert Schritte von Priwinns Armee entfernt, hatte er das Gefühl, sich kaum von der Stelle zu bewegen. Es vergingen nur Augenblicke, bis er die ersten Männer erreichte, aber es waren Augenblicke, in denen die Schlacht mit ganzer Härte entbrannt war. Auf beiden Seiten gab es bereits Verwundete und Tote, und Kim wußte, daß jeder Tropfen Blut, der vergossen wurde, alles nur schlimmer machen würde, daß jeder einzelne, den Priwinn und seine Männer niederstreckten, ihren Gegner stärken, jeder Sieg, den sie errangen, ihren eigenen Untergang besiegeln mußte. Verzweifelt schrie er immer wieder Priwinns Namen, aber Kims Stimme ging im Tosen der Schlacht unter. Er hatte das Heer kaum erreicht, da steckte er auch schon hoffnungslos zwischen Dutzenden von Männern und Pferden fest. Zwar erkannten die Reiter seine schwarze Rüstung und versuchten auszuweichen, aber das Gedränge war einfach zu groß. Immer wieder rief Kim nach Priwinn, aber vergeblich. Schließlich zerrte er in seiner Verzweiflung einfach einen der Männer vom Pferd herunter und sprang in den Sattel, um auf diese Weise schneller voranzukommen.

Obwohl gerade erst entbrannt, tobte die Schlacht bereits mit voller Härte. Die Luft war so von Staub und Rauch erfüllt, daß Kim kaum sehen konnte, was sich wenige Meter vor ihm abspielte. Der Boden zitterte unter dem mächtigen Zusammenprall der Armeen, und die Männer kämpften mit der Entschlossenheit jener, die wußten, daß nur der Sieg oder der sichere Tod sie erwartete.

»Priwinn!« schrie Kim, so laut er konnte. »Wo bist du?«

Er rief es fünf- oder sechsmal, und er rechnete kaum noch damit, Antwort zu erhalten. Aber plötzlich tauchte eine riesige, breitschultrige Gestalt aus dem Staub auf, und einen Augenblick später erschien neben dem Riesen auch der Steppenkönig, schon jetzt erschöpft und aus zwei kleinen Wunden an Stirn und Schulter blutend, aber mit einem Ausdruck grimmiger Entschlossenheit auf dem Gesicht.

»Kim!« rief Priwinn erleichtert. »Endlich! Wo bist du gewesen?« Er machte eine hastige Geste, als Kim antworten wollte, und fuhr gleich fort: »Das ist jetzt auch egal. Zu mir! Reite an meiner Seite. Wenn meine Männer dich sehen, werden sie neuen Mut fassen! Wir können es schaffen!«

Kim sagte etwas, aber seine Stimme ging einfach in dem dumpfen Krachen und Bersten um ihn unter. Die Verteidiger Gorywynns wankten und begannen zurückzuweichen, denn die Flußmänner hatten nur die Spitze des feindlichen Heeres gebildet, und hinter ihnen stampfte wie eine Lawine aus Stahl und Gewalt die Front der Eisenmänner heran!

Es vergingen nur Sekunden, bis Kim sein Pferd so dicht an das Priwinns herangelenkt hatte, um sich verständlich machen zu können, und doch fielen in dieser kurzen Zeit Dutzende Männer.

Die Eisenmänner waren unbewaffnet, aber sie fegten mit ihren fürchterlichen Armen einfach alles zu Boden oder trampelten nieder, was nicht rasch genug davonlaufen konnte. Doch auch die Steppenreiter verteidigten sich nach Kräften – nicht nur Gorg und die beiden Drachen waren den Eisenmännern gewachsen, auch alle anderen waren in nicht geringer Zahl mit Waffen ausgerüstet, die die eisernen Giganten sehr wohl zu verletzen imstande waren: Schwerter und Dolche aus Zwergenstahl, die sie von Gefangenen erbeutet oder aus den Schmieden und Erzgruben des kleinen Volkes gestohlen hatten. Manchmal warfen sie sich zu zehnt oder mehr auf einen der stählernen Kolosse und rangen ihn trotz seiner überlegenen Kräfte durch ihre pure Überzahl nieder, obwohl diese verzweifelten Angriffe einen furchtbaren Tribut verlangten.

»Hört auf!« schrie Kim. »Priwinn! Ruf sie zurück! Ihr dürft nicht gegen sie kämpfen!«

Priwinn starrte ihn an, als zweifle er an seinem Verstand. »Was sagst du da?«

»Ihr dürft es nicht tun!« wiederholte Kim. »Es ... es sind die Kinder!«

Priwinns Augen weiteten sich, und auch auf Gorgs Gesicht erschien ein Ausdruck von Fassungslosigkeit, dann, eine Sekunde später, von abgrundtiefem Entsetzen.

»Was sagst du da?« murmelte Priwinn noch einmal.

»Die Eisenmänner«, sagte Kim, »sie sind die verschwundenen Kinder, Priwinn – sie sind verwandelt, verstehst du?«

Langsam ließ der Steppenkönig sein Schwert sinken. Seine Augen waren dunkel vor Schrecken und aufgerissen, so stark, daß er nicht einmal blinzelte. Und für einen Moment verzerrte sich sein Gesicht, als litte er unerträgliche Schmerzen. »Du ... du lügst«, stammelte er. »Das ... das kann nicht sein!«

Aber das sagte er nicht, weil er Kim nicht glaubte. So wie der Riese Gorg hatte er im gleichen Moment, als er die Worte gehört hatte, begriffen, daß Kim die Wahrheit sprach. Noch einmal vergingen Sekunden, in denen er einfach im Sattel hockte und Kim ansah, dann drehte er sich langsam um, mit einer Bewegung, die wie erzwungen und unter unsäglichen Mühen wirkte, gab er das Zeichen zum Rückzug. »Hört auf!« schrie er. »Rührt die Eisenmänner nicht an!«

Die Männer in seiner unmittelbaren Nähe ließen tatsächlich die Waffen sinken und blickten ihren König verwirrt an, aber der Rest hatte den Befehl wahrscheinlich gar nicht vernommen. Wohin Kim auch blickte, tobte der Kampf mit unveränderter Härte weiter. Ihr Heer wurde Schritt für Schritt zurückgetrieben. Aber auch die Flußleute mit den Eisenmännern mußten schreckliche Verluste hinnehmen. Nur die Zwerge beteiligten sich nicht wirklich an dem Kampf, sondern flitzten mit erstaunlicher Behendigkeit zwischen den stampfenden Beinen der eisernen Giganten hin und her und wichen jeder Konfrontation aus.

»Zurück!« schrie Priwinn noch einmal. »Hört auf! Ich befehle es euch!«

Aber auch diesmal gehorchte nur eine Handvoll Männer. Der Rest wurde nun so rasch, wie sie vorhin vorgedrungen waren, von den Flußleuten und ihren stählernen Kampfgefährten zurückgetrieben. Mehr und mehr von Priwinns Männern fielen unter den Schwertern und Speeren der Flußpiraten. Aber Kim sah auch noch etwas anderes – wo die Eisenmänner nicht angegriffen wurden und sich wehren mußten, da töteten sie die Angreifer nicht, sondern beschränkten sich darauf, sie mit ihren fürchterlichen Klauen zu packen und festzuhalten.

»Hört auf!« schrie nun auch Kim, so laut er konnte. »Kämpft nicht gegen sie! Es sind eure Kinder!«

Und was Priwinns Befehl nicht vermocht hatte – diese Worte bewirkten es. Plötzlich ließen mehr und mehr Kämpfer ihre Waffen sinken und zügelten ihre Pferde. Anstelle von Haß und Zorn erschien auf ihren Gesichtern ein Ausdruck ungläubigen Schreckens, als sie die näherrückende Armee der eisernen Kolosse ansahen. Doch nicht nur sie vergaßen für einen Moment den Kampf. Kim sah, daß auch eine große Anzahl von Flußleuten vor Schrecken einfach erstarrte, und für Augenblicke schien die gewaltige Schlacht einfach eingefroren, als wäre jeder Mann in der Haltung, in der er gerade dastand, erstarrt. »Es sind eure Kinder!« rief Kim noch einmal. »Kämpft nicht gegen sie!«

Seine Stimme, so laut sie auch war, drang nicht sehr weit, aber mit einem Male nahmen die Männer den Ruf auf, und die Botschaft verbreitete sich in Windeseile. Krieger, die eben noch mit einem Eisenmann gerungen hatten, zogen sich wieder zurück. Männer, die ihre Schwerter und Dolche zum Stoß erhoben hatten, senkten die Arme. Und selbst die beiden Drachen, die bisher mit der Wut entfesselter Dämonen unter den Eisenmännern getobt hatten, schwangen sich plötzlich wieder hoch in die Luft und begannen, über den Platz zu kreisen.

»Zurück!« schrie Priwinn mit weit schallender Stimme. »Wir ziehen uns nach Gorywynn zurück!«

Die Krieger gehorchten. Aber was als geordneter Rückzug gedacht war, das wurde schon nach Augenblicken zu einer kopflosen Flucht. Die Flußleute überwanden ihre Überraschung schnell, und die Eisenmänner hielten erst gar nicht in ihrem Vormarsch inne, sondern stampften mit der Unaufhaltsamkeit von Maschinen weiter. Viele der vor Schrecken wie gelähmt dastehenden Steppenreiter wurden einfach niedergetrampelt, ehe sich das gewaltige Heer herumgedreht hatte und auf die Stadt zurückzubewegen begann. Auch Kim, Priwinn und selbst Gorg wurden einfach mitgerissen, und während sie sich dem Tor näherten, kam Kim die grausame Ironie dieser Situation zu Bewußtsein – am Abend zuvor war es Kim gewesen, dessen Erscheinen das Kriegsglück zu Priwinns Gunsten gewendet und seine Männer zum Sieg geführt hatte. Und nun brachte er ihnen die Niederlage. Da sich die Eisenmänner nicht so schnell bewegen konnten, fielen sie ein Stück weit zurück. Die Flußleute setzten den Fliehenden zwar weiter nach, wagten es aber nicht, ohne ihre stählernen Kampfgefährten das Heer direkt anzugreifen, denn sie waren ihm seit der Niederlage von gestern abend an Zahl hoffnungslos unterlegen. Trotzdem kam es vor dem Stadttor zu Kämpfen zwischen ihnen und den Steppenreitern, denn das Tor war einfach nicht breit genug, die zahllosen Männer rasch passieren zu lassen.

Kim, Priwinn und Gorg gehörten zu den letzten, die sich in die Stadt zurückzogen. Vor allem der Riese mit seinen übermenschlichen Kräften und auch Kim, der von der schwarzen Zauberrüstung geschützt und nahezu unverwundbar war, hielten die Angreifer auf Distanz, bis sich auch die letzten Männer in den Schutz der Wälle zurückgezogen hatten. Aber es war kaum geschehen, da war auch die Front der Eisenmänner heran, und nun wichen auch Gorg und Kim fluchtartig zurück.

Was folgte, war Chaos; ein Vorgeschmack des Weltuntergangs, wie ihn sich die schlimmste Phantasie nicht schrecklicher hätte ausdenken können. Die Eisenmänner stürmten durch das Tor, ohne auch nur eine Sekunde innezuhalten, und mit ihnen drängten die Flußmänner herein, um für die Niederlage vom vergangenen Tag Rache zu nehmen. Und ganz wie diese am gestrigen Abend, waren es nun Priwinns Krieger, die sich Schritt für Schritt weiter in die Stadt zurückzogen und in ihren verwinkelten Gassen Schutz und Unterschlupf suchten, ohne ihn zu finden. Die Eisenmänner drangen in jedes Haus vor, durchsuchten jede Straße, jeden Winkel, jeden Hof, und wo sie einen der Verteidiger fanden, da packten sie ihn und hielten ihn mit unbezwingbarer Kraft fest.

Schritt für Schritt wurden auch Kim und die anderen weiter zurückgedrängt, und ihre Zahl nahm weiter und weiter ab. Schließlich standen sie vor den Burgtoren, keine Eroberer mehr, sondern Geschlagene, die auf den letzten Ansturm warteten.

»Und jetzt?« fragte Priwinn. Sein Atem ging schnell. Er war in Schweiß gebadet, und auf seinen Zügen lag ein Ausdruck vollkommener Mutlosigkeit. Beinahe flehend starrte er Kim an.

»Was jetzt, Kim? Wozu das alles noch?«

Kim sah sich verzweifelt um. Sie waren vielleicht noch

hundert, der Rest des gewaltigen Heeres, das aufgebrochen war, um Märchenmond zu retten. Und sie waren von einer zehnfachen Übermacht eingekreist, die unaufhaltsam vorrückte. Er antwortete nicht, und Priwinn hatte wohl auch keine Antwort erwartet, denn er sprang plötzlich aus dem Sattel und stürmte in den Palast hinein. Nach kurzem Zögern folgten ihm Kim und auch Gorg, während sich das kleine Häufchen Verlorener, das noch bei ihnen war, vor dem Tor zusammenrottete, um ihnen eine letzte Gnadenfrist zu verschaffen. Kim warf im Laufen einen Blick über die Schulter zurück und sah, daß die Männer sich nicht mehr wehrten. Sie zogen ihre Waffen nur noch, wenn sie von einem Krieger angegriffen wurden. Den Eisenmännern warfen sie sich mit leeren Händen entgegen und ließen sich widerstandslos packen und forttragen. Es war nur das, was die stählernen Kolosse noch einen Augenblick aufhielt.

Priwinn hatte mittlerweile die Treppe erreicht und rannte mit weit ausgreifenden Schritten hinauf. Kim und der Riese folgten ihm, aber der junge Steppenreiter lief so schnell, daß sie Mühe hatten, mit ihm Schritt zu halten. Und sie hatten noch nicht die Hälfte der Treppe hinter sich gebracht, als sie unter sich das Stampfen schwerer, eiserner Schritte hörten, und dann die triumphierenden Schreie der Flußpiraten, die mit den Eisenmännern ins Haus stürmten.

Kims Kräfte drohten zu versagen, als sie die Turmkammer erreichten. Mit letzter Mühe schleppte er sich durch den Raum und sank neben Themistokles' Bett auf die Knie. Priwinn, der schon vor ihm hereingekommen war, hatte Themistokles an den Schultern gepackt und rüttelte ihn wild.

»Themistokles!« schrie er. »Wach auf! Ich flehe dich an, wach auf!«

Auch Sheera und Bröckchen, die auf dem Bett des Magiers hockten, bemühten sich nach Kräften, ihn aufzuwekken.

Aber der alte Mann rührte sich nicht. Priwinn schüttelte ihn verzweifelt, so daß sein Kopf hin- und herrollte und sich sein Gesicht wie unter Schmerzen verzog. Aber seine Augen blieben geschlossen, und Kim wußte, daß er auch nicht erwachen würde. Vielleicht nie mehr.

Schließlich hob er den Arm und drückte Priwinns Hand mit sanfter Gewalt beiseite. »Laß ihn«, sagte er leise. »Er kann uns nicht mehr helfen.«

Priwinn fuhr herum und hob die Faust, als wollte er ihn schlagen. Sein Gesicht verzerrte sich, und seine Augen füllten sich mit Tränen. Aber der Zorn, den Kim darin sah, galt nicht ihm, und es waren Tränen der Hilflosigkeit, nicht der Wut.

»Es ist vorbei«, murmelte Kim. Müde stand er auf und warf einen letzten, langen Blick auf den schlafenden Zauberer herab. Dann zog er das Schwert aus der Scheide. Er legte es auf den Tisch zurück, von dem er es mitten in der Nacht genommen hatte; in dem Traum, der kein Traum gewesen war.

»Das war sehr klug von dir, mein Junge.«

Kim drehte sich ohne Hast zur Tür herum und sah den Mann an, der gesprochen hatte. Er war groß und hatte ein dunkles, von einem kurzgeschnittenen, schwarzen Bart beherrschtes Gesicht. Er trug die Kleidung der Flußleute, aber um seine Stirn lag ein silberner Reif, so daß Kim annahm, daß er wohl König oder Heerführer war, oder vielleicht beides. Seine Augen waren hart, aber nicht so grausam, wie Kim es befürchtet hatte, und sein Gesicht war das eines starken, aber nicht gnadenlosen Mannes.

»Und Ihr, König Priwinn«, fuhr der Fremde fort, »solltet Euch ein Beispiel an Eurem Freund nehmen und die Waffe senken. Es ist vorbei.«

Priwinn starrte den Mann wortlos an, dann begannen seine Lippen zu zittern, und seine Hand schloß sich so fest um den Griff des Schwertes, daß das Blut aus seiner Haut wich. »Niemals!« sagte er leise. »Ihr habt vielleicht gewonnen, aber ich ergebe mich nicht. Eher sterbe ich!«

Und damit riß er das Schwert in die Höhe und stürzte sich auf den Fremden.

Mit einer blitzschnellen Bewegung trat Gorg dazwischen, riß Priwinn zurück und entrang ihm das Schwert. Er warf die Klinge mit solcher Macht gegen die Wand, daß sie zerbrach, dann setzte er den Freund beinahe sanft wieder zu Boden und schüttelte den Kopf. »Laß es gut sein, Priwinn«, sagte er leise. »Er hat recht. Es ist vorbei. Dein Tod nützt niemandem etwas.«

Priwinns Augen füllten sich abermals mit Tränen. Mit einem Schrei riß er sich los, fuhr herum und begann, mit beiden Fäusten auf die Brust des Riesen einzuhämmern. Gorg wehrte sich nicht, sondern stand einfach da und blickte traurig auf ihn herab. Nach einigen Augenblicken hörte Priwinn auf, auf ihn einzuschlagen. Mit hängenden Schultern und schluchzend wich er zurück.

»Dann tötet mich«, sagte er. »Tut, was Ihr wollt.«

»Wir wollen nicht Euren Tod, König Priwinn«, sagte der andere. Er lächelte auf eine sonderbar milde, verzeihende Art. »Das war es nie, was wir wollten. Wir wollten nur das Leben führen, das uns gefällt. Erst als Ihr versucht habt, uns Eure Art von Glück aufzuzwingen, da haben wir zur Waffe gegriffen.«

Er trat einen Schritt weiter in das Zimmer hinein und zugleich zur Seite, um einem Eisenmann Platz zu machen, dann beugte er sich über Themistokles' Lager und blickte nachdenklich auf den alten Mann herab. »Das also ist Themistokles. Ich habe viel von ihm gehört.«

»Er stirbt«, sagte Kim leise.

»Das tut mir leid«, antwortete der König der Flußleute. Und so wie er es sagte, klang es ehrlich. »Aber er war ein alter Mann«, fuhr er fort. »Und er hat ein langes Leben gelebt, viel länger als jeder von uns. Seine Zeit ist vorbei. Der Zauber vergeht, und mit ihm vergehen die Zauberer.«

»Und Männern wie dir wird die Zukunft gehören, wie?« sagte Priwinn bitter.

»Vielleicht«, antwortete der Flußkönig. »Es wird sich zeigen.«

Kim trat ans Fenster, blickte hinaus und sagte leise und ohne sich herumzudrehen: »Ihr werdet keine Zukunft haben.«

Er konnte hören, wie alle erstaunt aufsahen, und fuhr im

gleichen, leisen Tonfall und noch immer ohne hinzusehen fort: »Seht hinaus, dann wißt Ihr, was von Eurer Zukunft übriggeblieben ist. Ihr habt sie verkauft, für ein bißchen mehr Bequemlichkeit und Wohlstand.«

Priwinn schwieg, aber der Flußmann sagte: »Du bist verbittert, Junge. Ich habe von dir gehört. Ich weiß, wer du bist. Glaube mir, ich verstehe, wie du dich fühlst. Du hast diese Welt einmal gerettet, und du hast gedacht, du könntest es wieder tun. Aber du täuschst dich. Du kannst vielleicht den stärksten Feind besiegen. Aber du kannst nicht den Lauf der Welt aufhalten.«

Kim drehte sich nun doch herum. Im gleichen Moment, in dem er es tat, betrat ein Eisenmann den Raum, und dicht dahinter der Zwergenkönig Jarrn, als hätte er nur auf diesen Augenblick gewartet. Vielleicht hatte er draußen gestanden und gelauscht.

»Ihr glaubt mir nicht?« fragte Kim müde. Er deutete auf den Zwerg. »Dann fragt ihn.«

Der Flußmann wandte stirnrunzelnd den Kopf, und auch Priwinn blickte auf den Zwergenkönig herab. Jarrn sah von einem zum anderen und blinzelte dann zu Kim hinauf. »Was meinst du damit?« fragte er harmlos.

»Gib dir keine Mühe«, sagte Kim. »Ich kenne das Geheimnis. Ich habe gesehen, was mit Peer passiert ist.«

»Was soll das bedeuten, Zwerg?« fragte der Flußmann mißtrauisch.

Jarrn zuckte schnippisch mit den Achseln. »Ich weiß überhaupt nicht, wovon er redet«, antwortete er patzig. »Er spinnt! Glaubt ihm kein Wort.«

»Die Eisenmänner«, sagte Kim. »Ihr alle habt geglaubt, daß die Zwerge sie herstellen, daß sie sie mit magischen Kräften aus Erz schmieden, wie all ihre Waffen und Gerätschaften. Aber das stimmt nicht.« Er wandte sich mit einer auffordernden Geste an Jarrn. »Das ist doch wahr, nicht?«

»Nun ja«, knurrte Jarrn widerwillig. »Wie man es nimmt.«

»Sprich nicht in Rätseln, Zwerg!« sagte der Flußmann scharf. Jarrn funkelte ihn an. »Fängst du schon wieder an, dich aufzuspielen, Drecksack? Wir haben einen Vertrag, wenn ich mich recht besinne. Vielleicht könntest du ihn diesmal ausnahmsweise halten.«

»Das ist keine Antwort«, sagte der Flußmann ungerührt. Plötzlich runzelte er die Stirn, als wäre ihm gerade in diesem Moment etwas eingefallen, und er wandte sich an Kim. »Was hast du damit gemeint, als du vorhin sagtest: Es sind die Kinder?«

Kim schwieg eine Weile, während Jarrn begann, mit den Füßen zu scharren und plötzlich etwas ungeheuer Interessantes darauf zu entdecken. »Ihr habt zuvor von der Zukunft gesprochen«, hob Kim schließlich an, »und wem sie wohl gehört. Doch Ihr habt eines vergessen: Eure Kinder sind die Zukunft, Eure Kinder und Eure Welt. Ihr habt beides verspielt. Wer immer diese Schlacht und auch den Krieg gewinnen mag, er wird sich nicht lange am Sieg erfreuen können.«

»Er redet im Fieber!« keifte Jarrn. »Glaubt ihm kein Wort!« Aber der Flußmann forderte Kim mit einer Geste auf, weiterzusprechen. Er war sehr blaß geworden.

»Erinnert Ihr Euch, was Ihr gerade selbst gesagt habt?« fuhr Kim fort. »Ihr habt zur Waffe gegriffen, weil Ihr ein Leben führen wollt, wie es Euch gefällt. Priwinns Weg war falsch, aber der Eure ist nicht richtiger. Ihr habt gesiegt, aber für wen? Dies ist das Land des Zaubers und der Märchen, und wenn beides erlischt, dann wird auch Märchenmond erlöschen. Ihr habt eure Kinder geopfert und eure Welt.«

»Das ist ... Unsinn«, widersprach jetzt der Flußmann, aber seine Stimme klang unsicher. »Du redest schon so wie dieser Narr aus Caivallon hier, der alles haßt, was die Zwerge tun, und alle, die mit ihnen Handel treiben. Wir wollten diesen Krieg nicht. Was wir wollten, war nur ein besseres Leben, für uns und unsere Kinder.«

»Aber euer Weg ist falsch«, beharrte Kim ruhig. »Ihr tötet eure Welt, um ein wenig besser leben zu können. Ihr verbraucht, was für Generationen nach euch gedacht war, und ihr zerstört, wo andere leben sollten, die noch gar nicht geboren sind. Deshalb sind viele Kinder gegangen. Ihr glaubt, eine bessere Welt erschaffen zu können? Ihr baut eine Welt voller ... Dinge, die euch das Leben erleichtern. Breite Straßen aus Eisen, auf denen eure Wagen schneller fahren, Flüsse, die so fließen, wie ihr es wollt, Maschinen, die eure Arbeit tun.«

»Und was ist falsch daran?« krähte Jarrn.

»Nichts«, sagte Kim, »solange ihr anderen dabei keinen Schaden zufügt. Nicht solange ihr nicht mehr nehmt, als ihr selber gebt. Aber das habt ihr getan. Eure Herzen sind hart wie das Eisen eurer Maschinen geworden. Ihr denkt an Wohlstand, und habt dabei das einzige verloren, was ihr wirklich hattet – eure Zukunft. Wo sind eure Kinder?« Er deutete hinter sich auf das Fenster. »Seht hinaus. Dort sind sie, und viele andere haben Märchenmond verlassen. Sie alle sind der Preis, den ihr für euren Wohlstand bezahlt.«

»Ist das wahr?« fragte der Flußkönig, an Jarrn gewandt.

Der Zwerg scharrte wieder angelegentlich mit den Füßen, aber nach einer Welle zuckte er widerwillig mit den Schultern. »Es war nicht meine Idee«, murrte er.

Das Gesicht des Flußmannes verdüsterte sich, aber Kim hielt ihn mit einer Geste zurück. »Laß ihn«, meinte er. »Er sagt die Wahrheit.«

Kim lächelte, als Jarrn den Kopf hob und ihn ungläubig ansah. »Das Volk der Zwerge trägt keine Schuld«, schloß er.

»Keine Schuld?« schrie Priwinn. »Sie sind es, die die Eisenmänner machen, und du sagst, sie tragen keine Schuld?«

»Du verstehst immer noch nicht«, murmelte Kim traurig. »Nicht die Zwerge sind es, die die Eisenmänner erschaffen haben. Ihr selbst habt sie erschaffen, und mit ihnen die Zwerge. Ihr wart es, die die Zwerge gerufen haben, nicht umgekehrt. Themistokles hat es uns selbst gesagt – erinnerst du dich nicht? Das Volk der Zwerge entstand erst, als es gebraucht wurde. Von euch. Von all denen unter euch, die sie gerufen haben. Die Zwerge sind so, wie ihr sie erschaffen habt.«

Lange Zeit war es sehr still in dem Gemach. Schließlich ließ sich Priwinn auf einen Stuhl sinken und verbarg mit einem tiefen Seufzer das Gesicht zwischen den Händen.

»Dann ist alles aus«, stöhnte er. »Dann war unser Kampf vergebens. Dann gibt es keine Rettung mehr für uns.« Plötzlich spürte Kim etwas Seltsames. Es war, als bewege sich etwas Unsichtbares durch den Raum, ein Hauch von körperloser Wärme, etwas wie ein letztes, flüchtiges Streifen des alten Zaubers, der diese gläserne Burg und die Stadt um sie einmal erfüllt hatte. Und im gleichen Moment schlug Themistokles auf seinem Lager die Augen auf.

Kim wollte zu ihm eilen, aber als ihn Themistokles' Blick traf, da führte er die Bewegung nicht zu Ende.

»Themistokles!« rief Priwinn und sprang auf. Auch der König der Flußleute drehte sich überrascht um und sah den Zauberer an, mit einem Blick, in dem keine Spur von Feindseligkeit lag, sondern Respekt und so etwas wie Ehrfurcht, wenn auch eher derart, wie man sie einem Feind entgegenbringen mochte.

»Der Junge hat recht«, sagte Themistokles plötzlich. Und obwohl er nach wie vor alt und schwach und müde aussah, war es jetzt wieder seine weise Stimme, als sei all das Wissen seines jahrtausendewährenden Lebens zu ihm zurückgekehrt. »Er sagt die Wahrheit, Priwinn«, sprach der Zauberer. »Ihr habt den falschen Weg gewählt. Niemand vermag das Schicksal mit einer Waffe zu besiegen. Und auch Ihr, König des Flußvolkes«, fuhr er, an den Flußmann gewandt, fort, »seid den falschen Weg gegangen. Ihr tötet die Welt, von der Ihr lebt, und dafür wird sie Euch töten. Ihr habt die Kraft der Träume verloren, und damit Eure Zukunft. Denn was ist die Zukunft anderes als unsere Träume? Was sind wir, wenn nicht die Träume derer, die vor uns waren? Ihr seid blind, und Ihr habt nicht begriffen, was Ihr tatet. Manche unserer Kinder haben es gespürt und sind geflohen, in andere Welten. Doch sie werden dort nicht leben können. Und die, die blieben, zahlten den Preis für die Sünden ihrer Väter. Ihr habt den Krieg gewonnen, Märchenmond gehört Euch. Niemand ist mehr da, der es Euch streitig machen könnte. Doch sagt mir – was ist ein Sieg wert, wenn niemand da ist, dem man ihn schenken kann? Die Zukunft dieser Welt wird nicht Euch gehören, sondern allenfalls Euren Maschinen. Aber Maschinen haben keine Träume.«

Der Flußmann schwieg. Ein Ausdruck tiefer Betroffenheit machte sich auf seinen Zügen breit, und plötzlich drehte er sich um und blickte den Eisenmann neben sich an. Der stählerne Koloß erwiderte seinen Blick aus seinem grünglühenden Augenschlitz, und es war Kim, als redeten die Blikke der beiden ungleichen Wesen miteinander.

»Dann ist es so, wie der Steppenreiter sagt?« flüsterte der Flußmann. »Dann ist alles verloren? Dann haben wir keine Zukunft mehr?«

»Nicht auf dem Weg, auf dem Ihr seid«, antwortete Themistokles. »Nicht, solange Ihr nicht begreift, daß man einer Welt nicht mehr nehmen kann, als man ihr gibt und nach dieser Einsicht lebt.«

Wieder war es für lange Zeit still im Raum. Niemand regte sich, ja, niemand schien zu atmen; es war, als wäre die Zeit selbst stehengeblieben. Und dann, ganz langsam, wandte sich der König des Flußvolkes um, zog sein Schwert aus dem Gürtel und legte es neben Kims Waffe auf den kleinen Tisch. Und nach einigen weiteren Augenblicken stand auch König Priwinn auf, bückte sich nach dem abgebrochenen Griff seiner eigenen Klinge und legte ihn zu den beiden anderen.

Kim sah auf, und er erblickte im Gesicht des Flußmannes, dieses mächtigen, starken Königs, der einen solchen Krieg gewonnen hatte, nichts als Trauer und die Bitte um Vergebung. Und die winzige, verzweifelte Hoffnung, daß es noch nicht zu spät sei.

Das war es auch nicht. Denn als sich der Flußmann herumdrehte und den Eisenmann ansah, da war es, als strömte plötzlich goldener Sonnenschein durch das Fenster ins Zimmer, ein schimmernder, milder Strahl, der die Eisengestalt einhüllte und in unsagbar helles Licht tauchte. Der eiserne Koloß geronn zu einem Schatten. Für kurze Zeit stand er da ohne wirklich erkennbare Umrisse.

Und eben dort, wo gerade noch der Eisenmann gewesen war, erschien die Gestalt eines vielleicht zwölfjährigen, dunkelhaarigen Jungen in der aus Leder und Eisen gefertigten Kleidung der Flußleute.

Der Flußkönig schrie auf, warf sich mit einem Satz nach vorn und schloß seinen Sohn in die Arme, und fast im gleichen Augenblick erscholl draußen auf dem Flur ein zweiter und dritter Schrei, und Kim wußte, daß dort ähnliches geschah. Und er dachte, wie es sich bald überall wiederholen würde, hier in der Burg, unten auf dem Burghof, in der Stadt, überall im Land, wo die Menschen begreifen würden, welch fürchterlichen Preis sie um ein Haar für eine Illusion bezahlt hätten, und jetzt ihre verloren geglaubten Kinder wieder in die Arme schlossen.

Als sich Kim wieder zu Themistokles herumdrehte, da war dieser plötzlich kein sterbender Greis mehr, sondern der majestätische, gütige Zauberer, den er kannte, ein Mann mit einem alten und doch zeitlosen Gesicht, mit langem weißem Haar und einem wallenden Bart und Augen, die die Ewigkeit geschaut und begriffen hatten, wie klein und bedeutungslos alles war, was die Menschen taten. Und wie groß trotzdem die Verantwortung, die sie für jede einzelne dieser Taten trugen.

An seinem letzten Tag in Gorywynn – Kim hatte gespürt, daß es so war, als er an diesem Morgen die Augen aufschlug – stand er mit Themistokles, Peer und Bröckchen auf dem gläsernen Balkon des Palastes und blickte auf die Stadt hinab. Kim empfand eine leichte Trauer, aber keine Verbitterung, wußte er doch, daß er Märchenmond zwar verlassen, auf keinen Fall aber verlieren würde. Viel Zeit war vergangen seit jenem Tag, der das Schicksal dieser verzauberten Welt noch einmal zum Guten gewendet hatte, und viel war geschehen seither. Die Flußleute und die anderen Völker Märchenmonds hatten begonnen, wenn schon nicht in Freundschaft, so doch in einem gutnachbarlichen Verhältnis miteinander zu leben, und bald hatten sie begriffen, daß dies für alle von Vorteil war.

Fast überall im Lande waren die Eisenmänner verschwunden und die meisten der vermißten Kinder zu ihren

Familien zurückgekehrt. Zu Kims – und noch viel mehr Themistokles' – großer Trauer nicht alle. Auf manchem Gehöft, in manchem Dorf und mancher Stadt sah man auch jetzt noch einen der Roboter Arbeiten verrichten, denn die Herzen mancher Menschen waren so hart geworden, daß sie nicht mehr anders konnten. Aber es wurden weniger, mit jedem Tag, und wie Themistokles versichert hatte, kam nicht ein einziger mehr dazu.

Kim und Priwinn hatten die Zeit genutzt, gemeinsam ihre Freunde überall im Land zu besuchen und sich mit ihnen an ihrer zurückgewonnenen Zukunft zu erfreuen. Kim hatte Peer wiedergesehen und auch eine Weile auf Caivallon verbracht, der Festung der Steppenreiter, über die Priwinn nun als König herrschte; kein Junge mehr, der niemals alterte, sondern ein junger Mann, der Kims Freund war und dies auch bleiben würde. Er hatte Brobing und Jara besucht und ihnen schweren Herzens Sternenstaub zurückgebracht. Er sollte Torum gehören, und Torum war jetzt wieder da. Allen blieb noch genug zu tun. Die Wunden, die die Bewohner Märchenmonds ihrer eigenen Welt geschlagen hatten, waren groß und würden nicht von selbst verheilen. Sie zu beseitigen würde ungleich mehr Mühe und Kraft kosten, als die Zerstörung gekostet hatte. Und doch wußte Kim, daß es gelingen würde. Jetzt, wo es wieder eine Zukunft gab, hatten die Völker Märchenmonds auch wieder etwas, wofür es sich zu leben lohnte. Vielleicht würden sie aus den Fehlern der Vergangenheit lernen, so daß nie wieder eine Zeit anbrechen mochte, in der eiserne Pferde die Felder pflügten und die Kinder verschwanden, weil die Träume verlorengingen und die Herzen zu Stein wurden.

Als Kim zu spüren begann, daß sich sein Aufenthalt auf Märchenmond dem Ende zuneigte, da hatte er Priwinn gebeten, ihn nach Gorywynn zu begleiten, damit er sich von Themistokles verabschieden konnte. Und der neue König von Caivallon hatte seine Geschäfte einem Stellvertreter übertragen, um den Freund zu begleiten. Doch zu Kims Überraschung hatte sie kein Pferd und kein Floß erwartet, sondern Rangarig, der goldene Drache, der wieder zu sich selbst gefunden hatte (ebenso übrigens wie der Tatzelwurm, der nun wieder in seinem See im Norden hockte und Gift und Galle spuckte, wenn man sich ihm näherte). Auf den Schwingen des riesigen Zauberwesens waren sie hierhergeflogen, und nun stand Kim zum letztenmal hoch über den Türmen Gorywynns und blickte auf die Häuser und Mauern aus Glas und gefangenem Licht herab. Sie hatten über dies und das geredet, aber sowohl Themistokles als auch Priwinn schienen zu ahnen, was vorging, denn Trauer und Schwermut erfaßte sie. So standen sie einfach in vertrautem Schweigen nebeneinander, während der Kater Sheera unruhig um ihre Beine strich. Einzig Bröckchen war vorlaut wie immer und maulte, daß er hungrig sei – was Kim durchaus verstehen konnte. Die letzte Mahlzeit lag gut zwei Stunden zurück, und seines Wissens nach hatte Bröckchen dabei nicht einmal ein ganzes Wildschwein verputzt. Der arme Kerl mußte vor Hunger beinahe sterben.

»Wirst du wiederkommen?« fragte Priwinn plötzlich.

Kim zuckte nur mit den Schultern. »Ich hoffe es«, sagte er. Und dann hörte er sich zu seiner eigenen Überraschung hinzufügen: »Aber vielleicht sollte ich das gar nicht.«

»Wieso?« Priwinn sah verwundert auf.

»Nun, ich war immer nur hier, wenn … etwas Schlimmes geschah«, meinte Kim stockend.

»Wie kommt es, daß ich stets nur dann in die Welt der Phantasie reise, wenn sie in Gefahr schwebt?«

Priwinn sah betroffen aus, aber Themistokles lächelte und schüttelte sanft den Kopf. »Es ist nun einmal die Art der Menschen, daß sie das, was sie besitzen, erst dann wirklich schätzen, wenn sie es zu verlieren drohen. Aber die Welt der Phantasie ist immer da. Sie ist in euch, so wie ihr in dieser Welt seid. Ihr merkt es nur nicht.«

Kim dachte eine Weile über diese Worte nach, und schließlich glaubte er zu verstehen, was Themistokles meinte.

Lächelnd wandte er sich um und ging in das angrenzende Zimmer zurück. Es war die Turmkammer, in der sie zuletzt mit dem König der Flußleute zusammengetroffen waren. Die drei Schwerter lagen noch immer dort auf dem Tisch, wo sie sie hingelegt hatten, unberührt. Und sie würden unberührt bleiben, die beiden gekreuzten unversehrten Schwerter, und die zerbrochene Klinge, als ein Symbol, daß die Waffe keine Lösung war und keine Feindschaft so groß, daß man sie nicht überwinden konnte. Kim dachte ein wenig traurig an Jarrn, den Zwergenkönig. Mit den Eisenmännern waren auch die Zwerge verschwunden, und es tat ihm ein wenig leid um das kleine, kecke Volk, das von allen nur angefeindet worden war. Vielleicht gab es sie noch irgendwo und kamen sie eines Tages wieder, um andere, nützliche Dinge zu schmieden, Dinge, die halfen, ohne anderen zu schaden. Kim drehte sich herum, um Themistokles danach zu fragen, aber da waren die Wand, der gläserne Balkon und der Himmel über Gorywynn verschwunden, und an ihrer Stelle fand er sich in einem winzigen Zimmer wieder. Durch die Streifen einer halb heruntergelassenen Jalousie fiel wenig graues Licht herein.

Erschrocken fuhr er herum – und stieß unsanft an einen Gegenstand, der unter seinem Anprall hörbar knirschte und klirrte. Kim streckte schützend die Hand aus, da fühlte er kaltes, glattes Glas.

Einen Augenblick später rumorte es neben ihm, und dann wurde eine kleine Lampe angeknipst. Das verschlafene Gesicht seiner Schwester Rebekka hob sich aus den Kissen und blinzelte zu ihm auf. »Was willst du?« maulte Bekky. »Laß mich schlafen. Was tust du überhaupt hier?« Sie schloß die Augen und schlief wieder ein, ehe Kim noch antworten konnte – was er aber ganz bestimmt nicht getan hätte.

Er war wieder zu Hause. Und verwirrt stellte er fest, daß er genau dort stand, wo alles begonnen hatte – im Zimmer seiner Schwester, direkt neben dem Terrarium, durch das zwei winzige, rot-grün gemusterte Miniatureidechsen hin- und herflitzten, aufgescheucht durch den unsanften Stoß, den Kim versehentlich ihrer Behausung versetzt hatte.

Seltsam – er spürte überhaupt keine Enttäuschung. Es erschien ihm selbst unglaublich, aber alles, was er empfand, war bloß eine ganz leise Wehmut. Vielleicht war es wirklich so, wie Themistokles gesagt hatte: Märchenmond war immer in ihm, so wie er in gewisser Weise immer dort war. Vorsichtig, um Rebekka nicht noch einmal zu wecken, ging Kim zur Tür, öffnete sie, und trat auf den Korridor hinaus.

Die Nacht war beinahe vorüber. Im Treppenhaus hatte sich bereits das graue Licht der Dämmerung breitgemacht, und aus dem Erdgeschoß hörte er die gedämpften Stimmen der Eltern. Kim wollte in sein Zimmer zurückgehen, begriff aber dann, daß er jetzt doch nicht mehr schlafen konnte, und wandte sich schließlich zur Treppe.

Als er halb im Erdgeschoß angekommen war, vernahm er, daß sein Vater mit jemandem am Telefon sprach. Als Kim ins Wohnzimmer trat, hängte er eben den Hörer ein. Er staunte nicht wenig, als er seinen Sohn zu dieser ungewohnt frühen Stunde – und dazu noch komplett angezogen – erblickte. Aber er sagte nichts dazu, sondern tauschte nur einen überraschten Blick mit Kims Mutter und deutete dann mit einer Kopfbewegung auf das Telefon.

»Weißt du, wer das war?« sagte er.

Kim hatte eine ungefähre Ahnung, aber er schüttelte den Kopf und spielte den Unwissenden.

»Es war die Polizei.« Das Gesicht von Kims Vater verdüsterte sich, er dachte wohl an die Szene vom vergangenen Abend. Aber seine Stimme klang eher erstaunt als zornig, während er fortfuhr: »Der Kommissar wollte heute nachmittag noch einmal kommen, um dir ein paar Fragen zu stellen.«

»Aber worüber denn?« fragte Kim. »Ist denn etwas passiert?«

Sein Vater zuckte mit den Schultern. »Ich vermute, das wissen sie selbst nicht so genau. Aber es scheint so, als wäre der Junge aus dem Krankenhaus verschwunden. Kommissar Gerber war der Meinung, du könntest ihm irgend etwas dazu sagen. Aber das kannst du natürlich nicht, oder?«

»Natürlich nicht«, beeilte sich Kim zu versichern.

»Genau das habe ich ihm auch gesagt«, sagte der Vater – wobei er ihn mit einem prüfenden Blick maß. »Ich habe ihm erklärt, daß du ihm nichts mehr zu sagen hast und er nur seine Zeit verschwendet. Ich denke, er hat es begriffen. Auf jeden Fall wird er uns nicht weiter belästigen. Aber komisch ist die Sache schon«, fügte er fast lauernd hinzu, als Kim erleichtert aufatmete. »Du erinnerst dich, was der Professor erzählt hat? Daß sie mehrere dieser Kinder aufgegriffen haben, ohne Gedächtnis und scheinbar ohne Sprache?«

Kim nickte. Worauf wollte sein Vater hinaus?

»Nun«, fuhr der Vater mit einem abermaligen Achselzucken (und einem noch immer prüfenden Blick in Kims Gesicht) fort, während er sich an den Tisch setzte, »es scheint, als wären sie alle verschwunden. Spurlos.«

»Seltsam«, meinte Kim, »aber was habe ich damit zu tun?«

»Eben«, antwortete sein Vater. »Na ja«, er seufzte. »Sie werden früher oder später schon eine Erklärung finden.«

Das wiederum glaubte Kim ganz und gar nicht, aber er hütete sich, das laut auszusprechen. Statt dessen setzte er sich auf den freien Stuhl zwischen seinen Vater und seine Mutter, griff nach dem Milchglas, das schon für ihn bereitstand, und sagte leise und mit einem Lächeln, dessen wahre Bedeutung nur er selbst verstand: »Sicher – wenn sie genug Phantasie dazu haben.«

Sein Vater sah ihn erstaunt an, aber er schwieg. Es war, als spürte er, daß in seinem Sohn etwas vorging, über das sie nicht miteinander reden konnten – und auch nicht brauchten. Es gab Dinge, die mußte man nicht aussprechen.

Sonderbar, Kim konnte direkt fühlen, wie der Ärger seines Vaters jetzt einer Mischung aus Verwunderung und einer Art von Verstehen Platz machte, das keinerlei Erklärung benötigte. Sollte doch ein Teil dieses wunderbaren Landes Märchenmond auch in ihm, in Kims Mutter, ja, selbst in diesem unangenehmen Kommissar sein? Vielleicht irgendwo in jedem Menschen?

Das Geräusch eines Lastwagens, der dicht neben dem Haus hielt, drang in Kims Gedanken. Er sah auf und tauschte einen überraschten Blick mit seinen Eltern.

»Die neuen Nachbarn«, sagte seine Mutter. »Du weißt

doch – das Haus nebenan ist verkauft worden. – Die Familie zieht heute ein.«

Kim drängte es plötzlich, hinauszugehen und sich die Leute anzusehen, die künftig nebenan wohnen würden. Er sah seinen Vater an, der wie zur Antwort stumm mit dem Kopf nickte, und ging mit raschen Schritten hinaus.

Trotz der noch frühen Stunde war es bereits warm. Die Sonne schien von einem wolkenlosen Himmel, und es war, als läge etwas Fröhliches, Erleichtertes in der Luft. Fast als wäre ein Schatten vom Himmel gezogen worden, der gar nicht sichtbar, aber doch deutlich dagewesen war.

Kim verscheuchte diesen Gedanken und besah sich den riesigen Lastwagen, der nur wenige Meter entfernt stand. Zwei Möbelpacker in blauen Overalls waren eben dabei, die großen Türen an seinem Heck zu öffnen. Sonst war niemand zu sehen. Da bog ein zerschrammter Mercedes um die Ecke und hielt hinter dem Möbelwagen. Ein Mann und eine Frau stiegen aus und begannen mit den Möbelpackern zu reden. Kim schenkte ihnen nur einen flüchtigen Blick. Seine ganze Aufmerksamkeit war auf den dunkelhaarigen, schlanken Jungen gerichtet, der nun aus dem Wagen stieg.

Der Junge war in Kims Alter, aber ein gutes Stück größer, und obwohl Kim überzeugt war, ihn noch nie zuvor im Leben gesehen zu haben, schien es ihm doch, als wären sie uralte Freunde. Seltsam.

Noch seltsamer war – dem Jungen schien es genauso zu gehen, denn er hielt plötzlich inne und blickte Kim mit gerunzelter Stirn an.

Schließlich überwand sich Kim und ging langsam auf den Jungen zu. Es fiel ihm schwer, den anderen anzureden.

»Hallo«, sagte er schließlich.

»Hallo«, gab der Junge zurück. »Kennen wir uns?«

»Ich … glaube nicht«, sagte Kim stockend. »Ihr seid die neuen Nachbarn, nicht wahr?«

Der Junge nickte. »Ja. Wie heißt du?«

»Kim. Und du?«

Der Junge starrte ihn verblüfft an, so als hätte er etwas äußerst Erstaunliches gehört. »Ich heiße Peter«, sagte er dann. Er trat einen Schritt zurück, um einem noch kleineren, ebenfalls schwarzhaarigen Jungen Platz zu machen, der jetzt hinter ihm aus dem Wagen kletterte. »Und das ist mein Bruder Jan«, fügte er hinzu und grinste. »Ein Widerling, aber sonst ganz nett.«

Jan stieg schnaubend aus dem Wagen. Er drehte sich einmal im Kreis, um sich in aller Ruhe umzusehen. Kim bemerkte erst jetzt, daß er das Ende einer Leine in den schmutzigen Fingern hielt und schluckte, als er sah, was am Ende dieser Leine auf krummen Beinen hinter Jan hergewatschelt kam. Falls das ein Hund sein sollte, dann war es bestimmt das häßlichste Exemplar, das Kim jemals zu Gesicht bekommen hatte. Jedenfalls dachte Kim, daß es ein Hund war. Ganz sicher war er nicht.

»Ich sehe schon, du findest Jans Köter genauso hübsch wie ich.« Peter lachte leise. »Aber die beiden hängen aneinander wie Kletten. Und irgendwie passen sie gut zueinander, oder?«

Kim antwortete nicht. Er blickte gebannt auf den kleinen Hund, der jetzt auf ihn loswatschelte. Er beschnüffelte interessiert Kims Turnschuhe und zupfte dann an Kims Hosenbein. Winselnd blickte er dabei zu Kim hoch, während sein Speichel die Hose bekleckerte, und in seinen Augen stand deutlich: Hunger!

Kim war viel zu verblüfft, um sich auch nur zu rühren. Erst als er die Nässe spürte, sprang er rasch zurück.

Jan grinste hämisch. »Hallo, Blödmann«, sagte er.